魏晉南北朝文學史參考資料

北京大學中國文學史教研室選注

上　册

中　華　書　局

圖書在版編目(CIP)數據

魏晉南北朝文學史參考資料/北京大學中國文學史教研室選注.—2版.—北京:中華書局,1990.4(2024.7重印)
ISBN 978-7-101-00699-5

Ⅰ.魏… Ⅱ.北… Ⅲ.文學史-中國-魏晉南北朝時代-高等學校-教學參考資料 Ⅳ.I209.35

中國版本圖書館CIP數據核字(2003)第108744號

責任美編:劉　麗
責任印製:陳麗娜

魏晉南北朝文學史參考資料
(全二冊)

北京大學中國文學史教研室 選注

*

中 華 書 局 出 版 發 行
(北京市豐臺區太平橋西里38號　100073)
http://www.zhbc.com.cn
E-mail:zhbc@zhbc.com.cn

北京建宏印刷有限公司印刷

*

850×1168毫米 1/32 · 23½印張 · 4插頁 · 493千字
1962年8月第1版　1990年4月第2版
2024年7月第11次印刷
印數:163201-163800冊　定價:98.00元
ISBN 978-7-101-00699-5

前　言

　　魏晉南北朝文學史參考資料是繼先秦文學史參考資料和兩漢文學史參考資料而編選的。本書包括詩歌 234 首、散文和駢文 19 篇、賦 6 篇、小說 10 篇，共 269 篇，大致可以見出這一時期文學史的面貌。

　　本書對所選作品作了比較詳盡的注釋，歷代各家之說凡有可取者均酌情採錄。附錄部分包括作家本傳、以及對作家作品瞭解評價上較重要的有關資料，可供教學和研究參考。本書還增加了作者小傳(或作品介紹)，簡要地敍述了作家的生平、作品的思想藝術價值，及其在文學史中的地位，對一般讀者或許略有幫助。

　　本書是由林庚、陳貽焮和袁行霈三位同志主編的。林庚同志負責全部工作，最後審閱並修訂了全書。陳貽焮和袁行霈同志擔任了注釋初稿和定稿工作。倪其心同志在初稿注釋及附錄資料的輯校上付出了很多勞動。參加初稿注釋工作的還有呂乃岩、孫靜和少數研究生同志。游國恩和彭蘭兩位同志也幫助審閱了明詩、典論論文、阮籍、嵇康詩文等幾篇的注文。

　　此外延安大學進修教師趙雲天同志曾參加了一部分工作，中華書局編輯部又爲我們的初稿提了不少寶貴意見，一併感謝。

限於我們的水平，書中難免有疏漏錯誤，敬希讀者指敎。

北京大學中國語言文學系中國文學史敎研室

一九六一年十二月

引　言

目　録

三、正始詩文

八、東晉詩文

一　魏晉民謠

魏晉民間歌謠是指魏和西晉時期民間流傳的歌謠。魏晉樂府機關雖然不廢，但採詩的制度却沒有了，因此這些歌謠都不曾入樂。

魏晉民間歌謠所存不多，本散見於史書及其他一些書籍中。宋人郭茂倩樂府詩集雜歌謠辭裏收集了大部分。這些歌謠多是對封建統治階級殘暴行爲的揭露、詛咒和反抗，也有歌頌衞國英雄的。它們代表了這時期人民的聲音，無論在思想內容和藝術成就上都有一定的價值。

吳孫皓初童謠①

寧飲建業②水，不食武昌③魚；寧還建業死，不止武昌居。

①此謠見三國志吳志陸凱傳。“吳”是三國時孫吳。“孫皓”，孫權的孫子，繼孫休卽位，是孫吳末代皇帝。他粗暴驕盈，多忌諱，好酒色。卽位第二年(甘露元年)遷都武昌(今湖北鄂城縣)，因此下江人民須沿長江逆流而上，運輸物資，供他揮霍。這首謠辭表現了人民對他遷都武昌的强烈怨恨。

②建業：今江蘇省南京市，是孫皓遷都前的舊都。

③武昌：孫皓於甘露元年遷都於此，次年(寶鼎元年)又遷還建業。

蜀人爲羅尚言①

尚之所愛，非邪則佞②；尚之所憎，非忠則正。富擬魯衛③，家成市里；貪如豺狼，無復極已④。

> ①此謠見晉書羅尚傳。羅尚字敬之，一名仲，襄陽人。晉武帝太康末任梁州刺史，後任益州刺史。羅尚爲人貪婪少斷。益州人民在這首歌謠裏暴露了他那種奸邪貪暴的面目。
>
> ②佞 (ning)：有口才而不正派的人，僞善者。
>
> ③"富擬"句："魯衛"，周二諸侯國名。此言其財富可與諸侯比擬。
>
> ④無復極已：猶言無以復加。

幷州歌①

士爲將軍何可羞②，六月重裀被豹裘③，不識寒暑斷人頭。雄兒田蘭爲報仇④，中夜斬首謝幷州。

> ①此歌辭見樂府詩集。郭茂倩引樂府廣題："晉汲桑力能扛鼎，呼吸聞數里，殘忍少恩。六月盛暑，重裘累裀，使人扇之，忽不清涼，便斬扇者。幷州大姓田蘭薄盛斬於平原，士女慶賀，奔走道路而歌之。"據晉書石勒載記，汲桑先事成都王司馬穎，穎敗死，他和石勒一起聚衆搶掠郡縣，並自號大將軍。後來因戰敗而和石勒分手，被晉朝軍隊殺於平原(今山東平原南)。樂府廣題所敍本事不見史傳。幷州是晉朝的州名，治晉陽，即今山西太原。
>
> ②"士爲"句："士爲將軍"，指汲桑自號大將軍的事。"何可羞"，多麼可恥。
>
> ③"六月"二句："重"，幾層。"裀"，加於褥上者，猶今之毯子。這二句言汲桑在六月大熱天墊着幾層厚毯子，披着豹皮襖，自己不識寒暑，反而亂殺人。

④"雄兒"二句："雄兒"，猶言"英雄好漢"。"田蘭"，人名，身世不詳。"爲報仇"，爲并州人民報仇。"謝"，宣告。這二句說田蘭半夜殺死汲桑後把消息向并州人民宣告。

隴上歌①

隴上壯士有陳安②，軀幹雖小腹中寬，愛養將士同心肝。驫騱父馬鐵鍛鞍③，七尺大刀奮如湍，丈八蛇矛左右盤，十盪十決無當前。戰始三交失蛇矛④，棄我驫騱竄巖幽，爲我外援而懸頭。西流之水東流河⑤，一去不還奈子何！

① 此歌辭見晉書劉曜載記，曾爲前趙樂府所歌唱，亦可歸入樂府雜曲歌辭類，此依樂府詩集列爲歌謠。據晉書劉曜載記和司馬保傳，陳安原是晉都尉，後來反覆於晉王司馬保和前趙劉曜之間，最後堅持反抗劉曜，公元三一八年兵敗戰死。劉曜載記："曜親征陳安，圍安於隴城……（安）乃南走陝中。曜使其將軍平先、丘中伯率勁騎追安。……安與壯士十餘騎於陝中格戰。安左手奮七尺大刀，右手執丈八蛇矛，近交則刀矛俱發，輒害五六；遠則雙帶鞬服，左右馳射而走。平先亦壯健絕人，與安搏戰，三交奪其蛇矛而退，……斬安於澗曲。……安善於撫接，吉凶夷險，與衆同之。及其死，隴上歌之曰：……"這就是此歌辭的本事。

② "隴上"三句："隴上"，指晉秦州隴西，今甘肅隴西縣。這三句言陳安身材短小而心地寬厚，對部下將士很愛護。

③ "驫騱"四句：第一句，"驫（niè）"，馬奔馳。"騱"，青白相間的雜色馬。"父馬"，雄馬。第二句，"湍"，急流。"奮如湍"，是說揮舞大刀如急流一般迅疾，形容力大和武藝高超。第三句，"蛇矛"，兵器名，形狀像長槍。第四句，"盪"，衝擊。"決"，潰散。這四句言陳安騎着一匹雜色雄馬，馬鞍是鐵打的；他揮舞着七尺大刀和丈八蛇矛，衝到哪

裹哪裹就潰退，沒有人能够擋住他前進。

④"戰始"三句：第一句，"交"，交鋒，指與平先戰。第二句，"竄"，逃走。"嚴幽"，深山。據劉曜載記說，陳安失去蛇矛後，便丟了馬，和五六個戰士一起逃進深山。第三句，"懸頭"，謂被斬後懸頭示衆。據劉曜載記，陳安被圍在隴城（卽隴西）時曾經突圍出來，預備去取上邽（今甘肅天水縣西南）、平襄（今甘肅通渭縣西南）的軍隊來解隴城之圍，但突圍以後才知上邽也已被圍，平襄已被攻破，於是不得已南走陝中。這三句言與平先剛交鋒三次就失去蛇矛，只得把馬匹丟了，逃進深山；爲了替隴城求得外援，他犧牲了生命。

⑤"西流"二句："西流之水"，指隴水。隴頭歌辭："隴頭流水，流離西下。"這二句用流水一去不還比喩陳安長逝，表示痛惜和哀悼。

豫 州 歌①

幸哉遺黎②兒俘虜，三辰既朗遇慈父③。玄酒忘勞甘瓠脯④，何以詠思歌且舞⑤。

①此歌辭見晉書祖逖傳。祖逖是東晉初的民族英雄。他立志收復北方失地，曾幾次攻破石勒。這首歌是豫州人民對他的讚頌。當時他任豫州刺史，"躬自儉約，勸督農桑，剋己務施，不畜資產。子弟耕耘，負擔樵薪。又收葬枯骨，爲之祭醊，百姓感悅。嘗置酒大會，耆老中坐流涕曰：'吾等老矣，更得父母，死將何恨！'"接着就唱了這首歌。豫州是晉的州名，州治在今河南汝南，是東晉初的重要戰場。祖逖任職刺史時，此處已是東晉憑河而守的邊疆了。

②遺黎：指戰亂以後幸而能活着的百姓。

③"三辰"句："三辰"，日、月、星。"朗"，明。"三辰既朗"，喩重見光明。"慈父"，指祖逖；古稱地方官爲父母。這句意謂遇見了祖逖這樣的

好官,眞如重見光明。

④"玄酒"句:"玄酒",古代祭祀用的水,又稱"明水"。此指薄酒。"瓠",
　胡蘆屬植物;"瓠脯",瓠實作成的乾食品。這裏是指素食、薄餚。這
　句意謂:雖然酒食菲薄,吃起來却很甘美,可以使人忘却辛勞。

⑤"何以"句:"思",語助詞。這句是說用歌舞讚頌祖逖。

二　建安詩文

一　曹　操

曹操(公元一五五——二二〇)字孟德，沛國譙（今安徽亳縣)人，是建安時代傑出的政治家、軍事家和文學家。他在鎮壓黃巾起義的過程中發展了自己的勢力，獻帝初隨袁紹伐董卓，後迎獻帝遷都許昌，受封大將軍及丞相。曹操雖然是靠鎮壓農民起義起家，但他能接受農民起義的敎訓，採取了打擊豪强、抑制兼幷、廣興屯田等一系列較爲進步的政策，推動了生產的發展。再加上實行了"唯才是舉"等開明的政治措施，他終於統一了北方，且爲全國的統一奠定了基礎。

曹操的詩今存二十餘首，全是樂府詩。這些詩反映了漢末動亂的社會現實，也歌唱了統一天下的理想，在繼承詩經、楚辭和漢樂府的優良傳統、推動五言詩的發展上有不小的貢獻。曹操的詩裏也不免有一些糟粕，如氣出唱、精烈等詩所流露的人生無常的感歎，就是消極的。

曹操詩歌的藝術性很高。昂揚的精神、宏偉的氣魄和慷慨不平的感情，形成他所特有的風格。詩品說："曹公古直，頗有悲涼之句。"是很中肯的。作品存輯本曹操集(中華書局一九五九年版)。近人黃節的魏武帝詩注是較完善的注釋本。

蒿　里　行①

關東有義士②，興兵討羣凶。初期會盟津③，乃心在咸陽。軍合力不齊④，躊躇而雁行。勢利使人爭⑤，嗣還自相戕。淮南弟稱號⑥，刻璽於北方。鎧甲生蟣蝨⑦，萬姓以死亡。白骨露於野，千里無鷄鳴。生民百遺一，念之斷人腸。

①初平元年(公元一九〇)春，關東(函谷關以東)各州郡都起兵討伐董卓，推渤海太守袁紹爲盟主。董卓遂焚掠洛陽，挾持獻帝遷都長安，自留屯洛陽畢圭苑中。但關東州郡各有打算，觀望不前，甚至互相火併，以擴大自己的勢力。本詩除眞實地反映了上述情況外，並對人民表示了同情，不失爲一篇好詩。鍾惺說："漢末實錄，眞詩史也。"(古詩歸)方東樹說："此用樂府題，敍漢末時事。所以然者，以所詠喪亡之哀，足當挽歌也。薤露哀君，蒿里哀臣，亦有次第。"(昭昧詹言)蒿里行有樂府古辭，屬相和歌相和曲。崔豹古今注說："薤露、蒿里並喪歌也，出田橫門人。橫自殺，門人傷之，爲之悲歌。言人命如薤上之露，易晞滅也。亦謂人死魂魄歸乎蒿里。故有二章。……至孝武時李延年乃分爲二曲：薤露送王公貴人，蒿里送士大夫庶人。使挽柩者歌之，世呼爲挽歌。"或說"蒿"當作"蒿"，乾的意思，人死則槁乾，所以死人的居里叫"蒿里"。

②"關東"二句："義士"，指討伐董卓的諸州郡首領。"羣凶"，指董卓等。

③"初期"二句：上句"盟"、"孟"古通。"盟津"，卽孟津，在今河南孟縣南，是當時討董諸軍會合的地方；曹丕典論自敍："山東(卽關東)收守……于是大興義兵，……兗、豫之師，戰於滎陽；河內之甲，軍於孟津。"孟津又相傳是武王伐紂時會集八百諸侯的地方；尚書泰誓："惟十有三年春，大會於孟津。"這句紀實和用典結合，意思是說本來期望關東義士會合起來，共同討伐羣凶。下句"咸陽"，古址在今陝西咸

陽縣東，原是秦都城。史記高祖本紀："秦二世三年……懷王……與諸將約，先入定關中者王之。""入定關中"即"入定咸陽"；同紀載陳恢說劉邦語："臣聞足下約先入咸陽者爲王。"，所以說"心在咸陽"。舊說以爲"乃心"用尚書康王之誥："雖爾身在外，乃心罔不在王室（你身雖在外，你的心却是在王室）。"後世因稱忠於國事爲"乃心王室"。"咸陽"借指長安王室，當時獻帝已在長安。這句是說他們忠於國事，志在扶佐漢室。供參考。

④"軍合"二句："躊躇"，猶豫不前。雁行 (háng)，飛雁的行列；這裏用來形容諸軍列陣以待、觀望不前的樣子。三國志武帝紀："卓兵彊，紹等莫敢先進，太祖曰：'舉義兵以誅暴亂，大衆已合，諸君何疑？……'……太祖到酸棗，諸軍兵十餘萬，日置酒高會，不圖進取。太祖責讓之，因爲謀曰：'……今兵以義動，持疑而不進，失天下之望，竊爲諸君恥之！'"

⑤"勢利"二句：言由於爭勢奪利，關東諸州郡內部就自相殘殺起來。這是指袁紹、韓馥、公孫瓚等人之間的爭戰。"嗣還 (xuán)"，後來不久。"戕 (qiáng)"，殺害。

⑥"淮南"二句："淮南"，今安徽壽縣。"弟"，指袁紹從弟袁術。上句指建安二年（公元一九七）袁術在壽春稱帝號事。"璽"，皇帝的印。下句指初平二年（公元一九一）袁紹謀廢獻帝，立幽州牧劉虞事。獻帝起居注："公（指曹操）上言'大將軍鄴侯袁紹，前與冀州牧韓馥，立故大司馬劉虞，刻作金璽……又紹與臣書云："可都鄴城，當有所立。"擅鑄金銀印，孝廉計吏，皆往詣紹。'"（見三國志武帝紀裴注引）這是建安五年曹操擊敗袁紹以後上書所言。當初他就很反對這件事。"北方"與上句"淮南"對言，當時袁紹屯兵河內（今河南沁陽），故稱北方。

⑦"鎧甲"六句："鎧 (kǎi)"，就是甲，古代將士披掛之衣甲。"蟣"，蝨子的幼蟲。"生民"，人民。這六句的意思是說連年征戰，戰士長久不得解甲，百姓死亡慘重，百不餘一，想到這裏使人十分悲傷。

却東西門行①

鴻雁出塞北②,乃在無人鄉。舉翅萬餘里,行止自成行。冬節食
南稻,春日復北翔。田中有轉蓬③,隨風遠飄揚。長與故根絕,
萬歲不相當。奈何此征夫④,安得去四方?戎馬不解鞍⑤,鎧甲
不離傍。冉冉老將至,何時反故鄉?神龍藏深泉⑥,猛獸步高岡。
狐死歸首丘,故鄉安可望。

①本篇是相和歌瑟調曲歌辭。余冠英三曹詩選:"樂府有東門行,西門
行,又有東西門行。東西門行大約是合併東門行和西門行的調子。曹
操此題作却東西門行,後來陸機又有順東西門行,'却'和'順'有人以
爲是倒唱和順唱之別,這些都是樂調的變化。"本篇寫征夫久從征役
的懷鄉之情,也是作者自傷。

②"鴻雁"六句:"行止",謂飛行和棲止。這六句言鴻雁出於塞北無人地
區,遠飛萬里,自成行列,冬季在南方生活,春天又飛回北方。

③"田中"四句:"蓬",植物名,亦稱飛蓬。菊科,多年生草木。莖高尺
餘,葉頗似柳葉,秋日開黃花。俾雅:"蓬,末大於本,遇風輒拔而旋。"
故謂之"轉蓬"。古詩中常用來譬喻征人游子離鄉別井、在外飄泊。
"當",值、遇。這四句是說蓬草爲風所拔,飄揚遠方,與故根分離,永
遠不能會合。上寫鴻雁終能北返,此寫轉蓬永與根辭,從反正兩面襯
托征人久戍思鄉的哀傷。

④"奈何"二句:"奈何",如何。"去四方",謂離開四方而歸還故鄉。這
二句是說征夫們有什麼辦法能離開四方而回家去呢?

⑤"戎馬"四句:是說連年作戰,征夫漸老而還鄉無期。"冉冉",漸漸。

⑥"神龍"四句:黃節說:"'泉'當作'淵',避唐諱(唐高祖名淵)改。""丘",
指狐窟穴。"首(shòu)",向。"狐死首丘"是古諺語,見禮記檀弓:"古
之人有言曰:'狐死正丘首',仁也。"孔疏:"所以正首而嚮丘者,丘是

狐窟穴根本之處,雖狼狽而死,意猶嚮此丘。"亦見淮南子説林與楚辭哀郢。這四句是説龍藏深淵,虎步高岡,狐死首丘,皆不離本土或趨嚮舊穴,但征夫却難以望見故鄉。

步出夏門行①

東臨碣石②,以觀滄海。水何澹澹③,山島竦峙。樹木叢生,百草豐茂。秋風蕭瑟④,洪波湧起。日月之行⑤,若出其中;星漢粲爛,若出其裏。幸甚至哉⑥,歌以詠志。觀滄海。一解。

①本又稱隴西行,屬相和歌瑟調曲。夏門是洛陽北面西頭的城門,漢代名爲夏門,魏晉叫大夏門。古辭衹存"市朝人易,千歲墓平"兩句,見文選李善注。樂府詩集另有古辭"邪徑過空廬"一篇,寫升仙得道。曹操此篇,宋書樂志歸入大曲,題作碣石步出夏門行。南齊書樂志説:"晉以爲碣石舞。"此篇最前是"豔"(前奏曲),以下是觀滄海、冬十月、土不同、龜雖壽四解(章)。建安十二年(公元二〇七)曹操北征烏桓時所作,描寫河朔一帶的風土景物,抒發個人的雄心壯志。這裏選其中第一、四兩章。

②碣石:山名,卽漢書地理志所載右北平郡驪成縣(今河北樂亭縣)西南的大碣石山。曹操征烏桓,引軍出盧龍塞以前,曾經過此山。後來此山沈陷海中。

③"水何"四句:"澹澹",水波動蕩的樣子。"竦",同"聳",高。"峙",立。前兩句是俯瞰滄海,寫其全貌。後二句寫山島上的景物。

④蕭瑟:風聲。

⑤"日月"四句:這是詩人看到海水的洶湧浩盪所聯想到的景況。"星漢",星斗、銀河。

⑥"幸甚"二句:這是合樂時所加,每章章末都有,與正文無關。"幸",吉慶、慶幸。"詠",一作"言"。"志",志意。今文尚書堯典:"詩言志,歌

永言。”

神龜雖壽①，猶有竟時。騰蛇乘霧②，終爲土灰。老驥伏櫪③，志在千里；烈士暮年，壯心不已。盈縮之期④，不但在天；養怡之福，可得永年。幸甚至哉，歌以詠志。龜雖壽。四解。

① “神龜”二句：“神龜”，古以龜爲通靈而長壽的甲蟲，而神龜是龜類中最靈的一種，據說體長一尺二寸，甲紋作山川日月星辰的形狀（見爾雅釋魚郭璞注）。莊子秋水：“吾聞楚有神龜，死已三千歲矣。”“竟”，完，此指死。

② “騰蛇”二句：“騰蛇”，龍類，傳說能够興雲駕霧。韓非子難勢篇：“飛龍乘雲，騰蛇遊霧，雲罷霧霽，而龍蛇與螾螘（蠅蟻）同矣，則失其所乘也。”這二句是說騰蛇卽使能乘霧升天，但終究不免死亡，化爲土灰。

③ “老驥”四句：“驥”，千里馬。“櫪（lì）”，養馬的地方，猶馬棚。“烈士”，指重義輕生的或積極於建功立業的人。“暮年”，晚年。“不已”，不止。這四句是說千里馬雖然老了，終日伏在馬棚之下，但其志向仍在馳騁千里；烈士卽便到了晚年，他的壯志也不會消沈。

④ “盈縮”四句：“盈”，滿。“縮”，虧。“盈縮”，本指進退、升降、成敗、禍福等，此指人壽命的長短。“養怡”，猶養和，謂修養沖淡平和之氣，不爲利慾傷神。這四句是說人的壽命長短的期限，不只是由天來決定的，身心修養得法，也可以長壽。

對　酒①

對酒歌②，太平時，吏不呼門。王者賢且明③，宰相股肱皆忠良。咸禮讓④，民無所爭訟。三年耕有九年儲⑤，倉穀滿盈。斑白不負戴。雨澤如此⑥，百穀用成。却走馬⑦，以糞其土田。爵公侯伯子男⑧，咸愛其民，以黜陟幽明。子養有若父與兄⑨。犯禮法⑩，輕重隨其刑。路無拾遺之私⑪。囹圄空虛⑫，多節不斷。

人毫釐⑬，皆得以壽終。恩澤廣及草木昆蟲⑭。

①本篇屬相和歌相和曲，敍述了作者的政治理想，描述了一幅理想的太平盛世的圖景。作者另有度關山一篇，也是寫自己的政治理想，起首便說：“天地間，人爲貴。立君牧民，爲之軌則。”認爲執政者應當勤儉、守法、愛民。可以參看。

②“對酒歌”三句：舊讀爲“對酒歌太平，時吏不呼門”，不妥。此從黃節斷爲三句（見魏武帝詩注）。“吏不呼門”謂官吏不到百姓門上來呼叱催逼。

③“王者”二句：“股肱”，尚書益稷：“元首明哉，股肱良哉！”“股”是大腿，“肱”是臂膊。人的工作行動靠股肱，君王施政靠輔佐之臣，故封建社會中習以“股肱”爲輔佐之臣的代稱。這二句說君王賢能而且明智，宰相和衆臣都是忠良之士。

④“咸禮讓”二句：言人民都很守禮謙讓，沒有什麼爭奪訴訟的糾紛。“咸”，都。

⑤“三年”三句：第一句，禮記王制：“三年耕必有一年食，九年耕必有三年食。”又：“國無九年之蓄曰不足”。這裏又把前人的想法發展了一步。第三句，“斑白”，又作“班白”、“頒白”，頭髮花白的老人。“負戴”，用肩背和頭部頂物，這裏統指勞動。孟子梁惠王上言，孟子以爲君王應當先使民有恆產，豐衣足食，然後再施以禮義敎育，那末“斑白者不負戴於道路矣”。這三句的意思是說耕種三年的收穫可以使國家有足用九年的儲藏，倉裏堆滿了糧食，老年人不用再做繁重的體力勞動了。

⑥“雨澤”二句：“雨澤”，雨水滋潤。“百穀”，指一切穀物。一作“五穀”。“用”，因而。“成”，豐收。這二句說雨水這樣滋潤，各種莊稼因而得到豐收。

⑦“却走馬”二句：“却”，退。“走馬”，善跑的好馬。“糞”，這裏作動詞用，意謂施肥。老子：“天下有道，却走馬以糞。”意思是：在理想的

社會中，人人都很知足，不用到處奔走，所以善跑的馬都可以用來耕地了。

⑧"爵公"三句：第一句，周天子分封諸侯，爵位分公、侯、伯、子、男五等。第三句，"黜陟幽明"，是《尚書·舜典》篇中的成句。"黜"，貶謫。"陟(zhì)"，升遷。"幽明"，指人的善惡。這三句說各等諸侯都愛自己的百姓，並從"愛民"出發來挑選人才，陟善黜惡。

⑨"子養"句：言諸侯和官吏愛養其民猶如父兄之於子弟。

⑩"犯禮法"二句：言如有犯禮法者，則按其罪行輕重而判以適當的刑罰。

⑪"路無"句：言遺失在路上的東西沒有人去拾，揀拾遺物據為己有的私心是大家所沒有的。

⑫"囹圄"二句："囹圄(língyú)"，監獄。"冬節"，冬至日。"斷"，判罪。史言漢代在冬至日判決罪犯。這二句說監獄空了，冬至日就不需判處罪犯。

⑬"人耄耋"二句：年九十曰"耄(mào)"，八十曰"耋(zhì)"。這二句言人都可以活八九十歲，到老才死。

⑭"恩澤"句：言草木昆蟲也莫不普遍地受到仁政的恩惠與德澤。"澤"，一作"德"。

苦寒行①

北上太行山②，艱哉何巍巍！羊腸坂詰屈③，車輪為之摧。樹木何蕭瑟，北風聲正悲。熊羆對我蹲④，虎豹夾路啼。谿谷少人民⑤，雪落何霏霏！延頸長歎息⑥，遠行多所懷。我心何怫鬱⑦，思欲一東歸。水深橋梁絕⑧，中路正徘徊。迷惑失故路⑨，薄暮無宿棲。行行日已遠，人馬同時飢。擔囊行取薪⑩，斧冰持作糜。悲彼東山詩⑪，悠悠使我哀。

①本詩屬相和歌淸調曲。樂府解題：“晉樂奏魏武帝北上篇，備言冰雪
谿谷之苦。其後或謂之北上行，蓋因武帝辭而擬之也。”此詩大概作
於建安十一年（公元二〇六）春正月征高幹時（此本何焯說，見義門
讀書記）。三國志武帝紀載：“（建安十年冬十月）公還鄴。初，袁紹以
甥高幹領幷州牧。公之拔鄴，幹降，遂以爲刺史。幹聞公討烏丸，乃
以州叛，執上黨太守，舉兵守壺關口。遣樂進、李典擊之。幹還守壺關
城。十一年春正月，公征幹。……公圍壺關，三月拔之。”

②“北上”二句：“太行山”，起自今河南濟源縣，北入山西，再經河南入河
北。曹操自鄴城（在今河北臨漳縣西）西北度太行山攻高幹所在的壺
關（今山西長治市東南），故稱“北上”。“巍巍”，高峻貌。

③“羊腸坂”句：“羊腸坂”，地名，在壺關東南。坂(bǎn)，斜坡。“詰屈”，
盤旋紆曲。

④“熊羆”二句：“羆(pí)”，一種大熊，也叫人熊。“啼”，號叫。這二句言
途中多遇猛獸。

⑤“谿谷”二句：“谿”，通“溪”。“霏霏”，下雪貌。吳淇說：“山居趁坳（低
窪有水處），澤居趁突（高乾之地）。此山行而曰‘谿谷無人民’，則更
無人民矣。”（見六朝選詩定論）

⑥“延頸”二句：“延頸”，伸長脖子眺望。這二句言眺望遠方，不覺長歎；
遠行在外，心中更多懷念。

⑦“我心”二句：“怫鬱”，憂愁不安。“東歸”，劉履以爲指歸譙郡（今安徽
亳縣）而言（見選詩補注）。曹操是譙郡人。這二句言心中憂愁不安，
想回故鄉。

⑧“水深”二句：“中路”，中途。這二句言中途遇到深水而無橋梁可通，
所以徘徊不前。

⑨“迷惑”二句：“故路”，原來的路。這二句言迷失道路，傍晚找不到住
宿的地方。

⑩“擔囊”二句：“斧冰”，以斧斫冰。“斧”字在這裏作動詞用。“糜”，粥。

這二句言挑着行囊去拾柴，鑿冰取水煮粥。

⑪"悲彼"二句："東山"，詩經豳風篇名，這是一首描寫久戍的士卒在還鄉途中念家的詩。毛萇說："東山，周公東征也。周公東征，三年而歸，勞歸。士大夫美之，故作是詩也。"此處或許含有自比周公的意思。"悠悠"，深長貌。這二句是說想起東山這首詩來，深深地觸動了我心中的哀傷。

短　歌　行①

對酒當歌②，人生幾何？譬如朝露，去日苦多。慨當以慷③，幽思難忘。何以解憂？唯有杜康。青青子衿④，悠悠我心。但爲君故⑤，沈吟至今。呦呦鹿鳴⑥，食野之苹。我有嘉賓，鼓瑟吹笙。明明如月⑦，何時可掇？憂從中來，不可斷絕。越陌度阡⑧，枉用相存。契闊談讌，心念舊恩。月明星稀⑨，烏鵲南飛，繞樹三匝，何枝可依？山不厭高⑩，海不厭深，周公吐哺，天下歸心。

①短歌行是"漢舊歌"（見宋書樂志），屬相和歌平調曲。古辭已佚。崔豹古今注說："長歌、短歌，言人壽命各有定分，不可妄求。"此說前人多非之。樂府解題則據古詩"長歌正激烈"、曹丕燕歌行"短歌微吟不能長"、傅玄豔歌行"咄來長歌續短歌"，謂"長歌"、"短歌"是指歌聲長短而言。可供參考。曹操短歌行，樂府詩集載二首，第二首述王業之本。這裏選的是第一首。這首詩先感歎時光易逝，繼而抒寫求賢若渴的心情，最後說出自己的雄心大志。詩的開頭雖嫌消沈，但整首詩的基調還是昂揚的。清人朱嘉徵說："短歌行，歌對酒，燕雅也。"（見樂府廣序）他認爲這是用於宴會的歌辭，是可信的。陳沆說："此詩即漢高大風歌思猛士之旨也。'人生幾何'發端，蓋傳所謂古之王者知

壽命之不長，故並建聖哲，以貽後嗣。次兩引青衿、鹿鳴二詩，一則求之不得，而沈吟憂思；一則求之旣得，而笙簧酒醴。雖然，鳥則擇木，木豈能擇鳥？天下三分，士不北走，則南馳耳。分奔蜀、吳，栖皇未定。若非吐哺折節，何以來之？山不厭土，故能成其高；海不厭水，故能成其深；王者不厭士，故天下歸心。”（見詩比興箋）這段話可供參考。

②“對酒”四句：第一句，“當”，門當戶對之當。張正見對酒首句曰：“當歌對玉酒。”與此意同。或以爲“當”乃應當之當，亦可。第三句，“朝露”，早晨的露水見日卽乾，借喩人生短促。第四句，“去日”，已經逝去的歲月。“苦”，患。這四句大意是：歡宴之際，感到功業未成，盛年易逝，日子過去得苦於太多了。

③“慨當”四句：“慨當以慷”是“慷慨”的間隔用法，猶詩經言噉嘆曰“噉其嘆矣”。“慷慨”，形容歌聲激昂不平。“幽思”，深藏着的心事。一作“憂思”。“杜康”，相傳是開始造酒的人，一說黃帝時人，一說周時人，這裏作爲酒的代稱。這四句是說激昂不平，只好借酒消憂。

④“青青”二句：“衿”，衣領。“青衿”是周代學子的服裝。“悠悠”，長遠貌。詩經鄭風子衿：“青青子衿，悠悠我心，縱我不往，子寧不嗣音。”鄭玄箋：“學子而俱留學校之中，己留彼去，故隨而思之耳。嗣，續也。女(汝)曾不傳聲問我以思，責其忘己。”此處用子衿成句，藉以表示對賢才的思慕。詩人或兼用其下“縱我”二句含意，暗示自己與所思賢才有故舊情誼，並稍含“責其忘己”之意。

⑤“但爲”二句：李善本文選和樂府詩集均無，惟五臣本文選有此二句。胡克家認爲此詩四句一換韻，“今”與“心”協，李善本是“脫正文共注一節”（見文選考異）。“君”，指所思慕的賢才。“沈吟”，猶低吟，低聲吟味以思慮之。此連上四句，大意是說賢才儁士是我長久以來所欽慕的，正是因爲你們的緣故，所以我至今還是念念不忘。

⑥“呦呦”四句：詩經小雅鹿鳴首章：“呦呦鹿鳴，食野之苹(艾蒿)，我有嘉賓，鼓(奏)瑟吹笙。吹笙鼓簧，承筐是將，人之好我，示我周行。”毛

萇說:"鹿得苹,呦呦然,鳴而相呼,懇誠發乎中,以興嘉樂賓客,當有懇誠相招呼,以成禮也。吹笙而鼓簧矣。筐,篚屬,所以行幣帛也。"鄭玄箋末二句說:"示當作'寘'。'寘',置也。'周行',周之列位也。'好'猶'善'也。人有以往善我者,我則置之於周之列位,言己維賢是用。"此處節取鹿鳴前幾句,實含全章意思,表示自己渴望禮遇賢才。

⑦"明明"四句:大意是說如同那明潔的月亮,什麼時候會停止它的運行呢?我的憂慮出自內心,也同樣是不可斷絕的。這里接"青青子衿"四句,進一步說明自己求賢不得的憂慮。"掇",同"輟",停止。一作"輟"。

⑧"越陌"四句:第一句,"阡"、"陌",田間小道;南北叫"阡",東西叫"陌"。古諺:"越陌度阡,更為客主。"(應劭風俗通)第二句,"枉",枉駕、屈就。"用",以。"存",問。第三句,"契闊",猶言"聚散"、"合離"。這裏是偏義複詞,偏用"闊"的意思,謂久別。第四句,"舊恩",往日的情誼。這四句接"呦呦鹿鳴"四句,進一步說明自己求賢若渴的心情。大意是說勞你枉駕前來,久別重逢,思念着舊日的情誼,必當推心置腹,歡宴款待。

⑨"月明"四句:"匝(zā)",周、圈。此以烏鵲比喻賢者,大意是說他們都在尋找依托,但哪兒才是他們可靠的托身之所呢?清人沈德潛說:"'月明星稀'四句,喻客子無所依托。"(古詩源)

⑩"山不"四句:管子形勢解:"海不辭水,故能成其大;山不辭土石,故能成其高;明主不厭人,故能成其眾;士不厭學,故能成其聖。"上二句本此。韓詩外傳卷三載周公曰:"……吾文王之子,武王之弟,成王之叔父也。又相天下。吾於天下亦不輕矣!然一沐三握髮,一飯三吐哺,猶恐失天下之士。"下二句本此。"哺",咀嚼着的食物。這四句是全篇主旨,大意是說山不嫌高,海不嫌深,明主不嫌眾賢,要像周公"一飯三吐哺"那樣虛心地對待賢者,就會得到天下人衷心的擁戴。

〔附錄〕

（一）三國志武帝紀（節錄）

　　太祖武皇帝，沛國譙人也，姓曹，諱操，字孟德，漢相國參之後。桓帝世，曹騰爲中常侍大長秋，封費亭侯。養子嵩嗣，官至太尉，莫能審其生出本末。嵩生太祖。太祖少機警，有權數，而任俠放蕩，不治行業，故世人未之奇也。唯梁國橋玄、南陽何顒異焉。玄謂太祖曰："天下將亂，非命世之才不能濟也。能安之者，其在君乎？"年二十，舉孝廉，爲郎，除洛陽北部尉，遷頓丘令。徵拜議郎。光和末，黄巾起，拜騎都尉，討潁川賊。遷爲濟南相，國有十餘縣，長吏多阿附貴戚，贓污狼藉。於是奏免其八，禁斷淫祀，姦宄逃竄，郡界肅然。久之，徵還爲東郡太守，不就，稱疾歸鄉里。頃之，冀州刺史王芬、南陽許攸、沛國周旌等，連結豪傑，謀廢靈帝，立合肥侯，以告太祖，太祖拒之，芬等遂敗。金城邊章、韓遂殺刺史郡守以叛，衆十餘萬，天下騷動。徵太祖爲典軍校尉。會靈帝崩，太子卽位，太后臨朝。大將軍何進與袁紹謀誅宦官，太后不聽。進乃召董卓，欲以脅太后。卓未至而進見殺。卓到，廢帝爲弘農王，而立獻帝。京都大亂。卓表太祖爲驍騎校尉，欲與計事。太祖乃變易姓名，間行東歸。出關過中牟，爲亭長所疑，執詣縣。邑中或竊識之，爲請得解。卓遂殺太后乃弘農王。太祖至陳留，散家財，合義兵，將以誅卓。冬十二月，始起兵於己吾，是歲中平六年也。

　　初平元年春正月，後將軍袁術、冀州牧韓馥、豫州刺史孔伷、兗州刺史劉岱、河內太守王匡、渤海太守袁紹、陳留太守張邈、東郡太守橋瑁、山陽太守袁遺、濟北相鮑信，同時俱起兵，衆各數萬，推紹爲盟主。太祖行奮武將軍。二月，卓聞兵起，乃徙天子都長安。卓留屯洛陽，遂焚宮室。是時紹屯河內，邈、岱、瑁、遺屯酸棗，術屯南陽，仙屯潁川，馥在鄴。卓兵彊，紹等莫敢先進。太祖曰：“舉義兵以誅暴亂，大衆已合，諸君何疑？向使董卓聞山東兵起，倚王室之重，據二周之險，東向以臨天下；雖以無道行之，猶足爲患。今焚燒宮室，劫遷天子，海內震動，不知所歸，此天亡之時也；一戰而天下定矣，不可失也。”遂引兵西，將據成皋。邈遣將衞兹，分兵隨太祖到滎陽汴水，遇卓將徐榮，與戰不利，士卒死傷甚多。太祖爲流矢所中，所乘馬被創，從弟洪以馬與太祖，得夜遁去。榮見太祖所將兵少，力戰盡日，謂酸棗未易攻也，亦引兵還。太祖到酸棗，諸軍兵十餘萬，日置酒高會，不圖進取。太祖責讓之，因爲謀曰：“諸君聽吾計：使渤海引河內之衆臨孟津，酸棗諸將守成皋，據敖倉，塞轘轅、太谷，全制其險；使袁將軍率南陽之軍軍丹、析，入武關，以震三輔；皆高壘深壁，勿與戰，益爲疑兵，示天下形勢，以順誅逆，可立定也。今兵以義動，持疑而不進，失天下之望，竊爲諸君恥之。”邈等不能用。太祖兵少，乃與夏侯惇等詣揚州募兵，刺史陳溫、丹陽太守周昕與兵四千餘人。還到龍亢，士卒多叛。至銍、建平，復收兵得千餘人，進屯河內。劉岱與橋瑁相惡，岱殺瑁，以王肱領東郡太守。袁紹與韓馥謀立幽州牧劉虞爲帝，太祖拒之。紹又嘗得一玉印，於太祖坐中舉向其肘，太祖由是笑而惡焉。

　　二年春，紹、馥遂立虞爲帝，虞終不敢當。夏四月，卓還長

安。秋七月,袁紹脅韓馥,取冀州。黑山賊于毒、白繞、眭固等十
餘萬眾略魏郡,東郡王肱不能禦。太祖引兵入東郡,擊白繞於濮
陽,破之。袁紹因表太祖爲東郡太守,治東武陽。

　　三年春,太祖軍頓丘,毒等攻東武陽。太祖乃引兵西入山,
攻毒等本屯。毒聞之,棄武陽還。太祖要擊眭固,又擊匈奴於夫
羅於內黃,皆大破之。夏四月,司徒王允與呂布共殺卓。卓將李
傕、郭汜等殺允攻布。布敗,東出武關。傕等擅朝政。青州黃巾
眾百萬,入兗州,殺任城相鄭遂,轉入東平。劉岱欲擊之,鮑信諫
曰:“今賊眾百萬,百姓皆震恐,士卒無鬥志,不可敵也。觀賊眾
羣輩相隨,軍無輜重,唯以鈔略爲資。今不若畜士眾之力,先爲
固守。彼欲戰不得,攻又不能,其勢必離散。後選精銳,據其要
害,擊之可破也。”岱不從,遂與戰,果爲所殺。信乃與州吏萬潛
等至東郡,迎太祖領兗州牧。遂進兵擊黃巾於壽張東,信力戰鬥
死,僅而破之。購求信喪不得,眾乃刻木如信形狀,祭而哭焉。追
黃巾至濟北。乞降。冬,受降卒三十餘萬,男女百餘萬口,收其精
銳者,號爲“青州兵”。袁術與紹有隙,術求援於公孫瓚,瓚使劉
備屯高唐,單經屯平原,陶謙屯發干,以逼紹。太祖與紹會擊,皆
破之。

　　四年春,軍鄄城。荊州牧劉表斷術糧道。術引軍入陳留,屯
封丘,黑山餘賊及於夫羅等佐之。術使將劉詳屯匡亭。太祖擊
詳,術救之。與戰,大破之。術退保封丘,遂圍之。未合,術走襄
邑。追到太壽,決渠水灌城。走寧陵,又追之。走九江。夏,太
祖還軍定陶。下邳闕宣聚眾數千人,自稱天子。徐州牧陶謙與
共舉兵,取泰山華、費,略任城。秋,太祖征陶謙,下十餘城。謙

守城不敢出。是歲，孫策受袁術使，渡江，數年間遂有江東。

興平元年春，太祖自徐州還。初，太祖父嵩，去官後還譙，董卓之亂，避難瑯玡，爲陶謙所害，故太祖志在復讎東伐。夏，使荀彧、程昱守鄄城，復征陶謙，拔五城，遂略地至東海。還過郯，謙將曹豹與劉備屯郯東，要太祖，太祖擊破之，遂攻拔襄賁，所過多所殘戮。會張邈與陳宮叛，迎呂布，郡縣皆應。荀彧、程昱保鄄城，范、東阿二縣固守。太祖乃引軍還。布到，攻鄄城不能下，西屯濮陽。太祖曰：“布一旦得一州，不能據東平，斷亢父、泰山之道，乘險要我，而乃屯濮陽，吾知其無能爲也。”遂進軍攻之。布出兵戰，先以騎犯青州兵。青州兵奔，太祖陣亂，馳突火出，墜馬，燒左手掌。司馬樓異扶太祖上馬，遂引去。未至營止，諸將未與太祖相見，皆怖。太祖乃自力勞軍，令軍中促爲攻具。進復攻之。與布相守百餘日。蝗蟲起，百姓大餓，布糧食亦盡，各引去。秋九月，太祖還鄄城。布到乘氏，爲其縣人李進所破，東屯山陽。於是紹使人說太祖，欲連和。太祖新失兗州，軍食盡，將許之。程昱止太祖，太祖從之。冬十月，太祖至東阿。是歲穀一斛五十餘萬錢，人相食，乃罷吏兵新募者。陶謙死，劉備代之。

二年春，襲定陶。濟陰太守吳資保南城，未拔。會呂布至，又擊破之。夏，布將薛蘭、李封屯鉅野，太祖攻之。布救蘭，蘭敗，布走。遂斬蘭等。布復從東緡與陳宮將萬餘人來戰。時太祖兵少，設伏縱奇兵擊，大破之。布夜走。太祖復攻拔定陶，分兵平諸縣。布東奔劉備。張邈從布，使其弟超將家屬保雍丘。秋八月，圍雍丘。冬十月，天子拜太祖兗州牧。十二月，雍丘潰，超自殺。夷邈三族。邈詣袁術請救，爲其衆所殺。兗州平，遂東略陳地。是歲長安亂，天子東遷，敗於曹陽，渡河幸安邑。

建安元年春正月，太祖軍臨武平。袁術所置陳相袁嗣降。太祖將迎天子，諸將或疑，荀彧、程昱勸之。乃遣曹洪將兵西迎，衞將軍董承與袁術將萇奴拒險，洪不得進。汝南、潁川黃巾何儀、劉辟、黃邵、何曼等衆各數萬，初應袁術，又附孫堅。二月，太祖進軍討破之，斬辟、邵等，儀及其衆皆降。天子拜太祖建德將軍。夏六月，遷鎮東將軍，封費亭侯。秋七月，楊奉、韓暹以天子還洛陽，奉別屯梁。太祖遂至洛陽，衞京都。暹遁走。天子假太祖節鉞，錄尚書事。洛陽殘破，董昭等勸太祖都許。九月，車駕出轘轅而東，以太祖爲大將軍，封武平侯。自天子西遷，朝廷日亂，至是宗廟社稷制度始立。天子之東也，奉自梁欲要之，不及。冬十月，公征奉，奉南奔袁術，遂攻其梁屯，拔之。於是以袁紹爲太尉。紹恥班在公下，不肯受。公乃固辭，以大將軍讓紹。天子拜公司空，行車騎將軍。是歲用棗祗、韓浩等議，始興屯田。呂布襲劉備，取下邳，備來奔。程昱說公曰："觀劉備有雄才而甚得衆心，終不爲人下，不如早圖之。"公曰："方今收英雄時也。殺一人而失天下之心，不可。"張濟自關中走南陽。濟死，從子繡領其衆。

二年春正月，公到宛。張繡降，既而悔之，復反。公與戰，軍敗，爲流矢所中。長子昂、弟子安民遇害。公乃引兵還舞陰。繡將騎來鈔，公擊破之。繡奔穰，與劉表合。公謂諸將曰："吾降張繡等，失不便取其質，以至於此。吾知所以敗。諸卿觀之，自今已後，不復敗矣。"遂還許。袁術欲稱帝於淮南，使人告呂布。布收其使，上其書。術怒，攻布，爲布所破。秋九月，術侵陳，公東征之。術聞公自來，棄軍走，留其將橋蕤、李豐、梁綱、樂就。公到，擊破蕤等，皆斬之。術走渡淮。公還許。公之自舞陰還也，南陽、章陵諸縣復叛爲繡，公遣曹洪擊之，不利，還屯葉，數爲繡、表所侵。冬十一月，公自南征至宛。表將鄧濟據湖陽。攻拔之，生擒濟，湖陽降。攻舞陰，下之。

三年春正月，公還許，初置軍師祭酒。三月，公圍張繡於穰。夏五月，劉表遣兵救繡，以絕軍後。公將引還，繡兵來，公軍不得進，連營稍前。公與荀彧書曰："賊來追吾，雖日行數里，吾策之，到安衆，破繡必矣。"到安衆，繡與表兵合，守險，公軍前後受敵。公乃夜鑿險爲地道，悉過輜重，設奇兵。會明，賊謂公爲遁也，悉軍來追。乃縱奇兵，步騎夾攻，大破之。秋七月，公還許。荀彧問公："前以策賊必破，何也？"公曰："虜遏吾歸師，而與吾死地戰，吾是以知勝矣。"呂布復爲袁術使高順攻劉備，公遣夏侯惇救之，不利。備爲順所敗。九月，公東征布。冬十月，屠彭城，獲其相侯諧。進至下邳，布自將騎逆擊，大破之，獲其驍將成廉。追至城下，布恐，欲降。陳宮等沮其計，求救於術，勸布出戰，戰又敗，乃還固守。攻之不下。時公連戰，士卒罷，欲還，用荀攸、郭嘉計，遂決泗、沂水以灌城。月餘，布將宋憲、魏續等執陳宮舉城降，生禽布、宮，皆殺之。太山臧霸、孫觀、吳敦、尹禮、昌豨各聚衆。布之破劉備也，霸等悉從布。布敗，獲霸等，公厚納待，遂割青、徐二州附于海以委焉，分瑯琊、東海、北海爲城陽、利城、昌慮郡。初，公爲兗州，以東平畢諶爲別駕。張邈之叛也，邈劫諶母弟妻子，公謝遣之曰："卿老母在彼，可去。"諶頓首無二心。公嘉之，爲之流涕。既出，遂亡歸。及布破，諶生得，衆爲諶懼。公曰：“夫人孝於其親者，豈不亦忠於君乎？吾所求也。”以爲魯相。

四年春二月，公還至昌邑。張楊將楊醜殺楊，眭固又殺醜，以其衆屬袁紹，屯射犬。夏四月，進軍臨河，使史渙、曹仁渡河擊之。固使楊故長史薛洪、河內太守繆尙留守，自將兵北迎紹求救，與渙、仁相遇犬城，交戰，大破之，斬固。公遂濟河，圍射犬。洪、尙率衆降，封爲列侯。還軍敖倉，以魏种爲河內太守，屬以河北事。初，公舉种孝廉，兗州叛，公曰：“唯魏种且不棄孤也。”及聞种走，公怒曰：“种不南走越，北走胡，不置汝也。”既下射犬，生禽种，公曰：“唯其才也。”釋其縛而用之。是時袁紹既幷公孫瓚，兼四州之地，衆十餘萬，將進軍攻許。諸將以爲不可敵。公曰：“吾知紹之爲人，志大而智小，色厲而膽薄，忌克而少威，兵多而分畫不明，將驕而政令不一，土地雖廣，糧食雖豐，適足以爲吾奉也。”秋八月，公進軍黎陽，使臧霸等入靑州，破齊、北海、東安，留于禁屯河上。九月，公還許，分兵守官渡。冬十一月，張繡率衆降，封列侯。十二月，公軍官渡。袁術自敗於陳，稍困。袁譚自靑州遣迎之。術欲從下邳北過。公遣劉備、朱靈要之，會術病死。程昱、郭嘉聞公遣備，言於公曰：“劉備不可縱。”公悔，追之不及。備之未東也，陰與董承等謀反。至下邳，遂殺徐州刺史車冑，舉兵屯沛。遣劉岱、王忠擊之，不克。廬江太守劉勳率衆降，封爲列侯。

五年春正月，董承等謀泄，皆伏誅。公將自東征備，諸將皆曰：“與公爭天下者，袁紹也。今紹方來而棄之東，紹乘人後，若何？”公曰：“夫劉備，人傑也，今不擊，必爲後患。袁紹雖有大志，而見事遲，必不動也。”郭嘉亦勸公，遂東擊備，破之，生擒其將夏

侯博。備走奔紹，獲其妻子。備將關羽屯下邳，復進攻之。羽
降。昌狶叛爲備，又攻破之。公還官渡，紹卒不出。二月，紹遣
郭圖、淳于瓊、顏良攻東郡太守劉延於白馬。紹引兵至黎陽，將
渡河。夏四月，公北救延，荀攸說公曰："今兵少不敵，分其勢乃
可。公到延津，若將渡兵向其後者，紹必西應之，然後輕兵襲白
馬，掩其不備，顏良可擒也。"公從之。紹聞兵渡，即分兵西應之。
公乃引軍兼行趣白馬。未至十餘里，良大驚，來逆戰。使張遼、
關羽前登，擊破，斬良。遂解白馬圍，徙其民循河而西。紹於是
渡河追公軍，至延津南、公勒兵駐營南阪下，使登壘望之，曰："可
五六百騎。"有頃，復白："騎稍多，步兵不可勝數。"公曰："勿復
白。"乃令騎解鞍放馬。是時，白馬輜重就道，諸將以爲敵騎多，
不如還保營。荀攸曰："此所以餌敵，如何去之！"紹騎將文醜與
劉備將五六千騎，前後至。諸將復白："可上馬。"公曰："未也。"
有頃，騎至稍多，或分趣輜重，公曰："可矣。"乃皆上馬。時騎不
滿六百，遂縱兵擊，大破之，斬醜。良、醜皆紹名將也，再戰悉
禽，紹軍大震。公還軍官渡，紹進保陽武，關羽亡歸劉備。八月，
紹連營稍前，依沙塠爲屯，東西數十里。公亦分營與相當，合戰，
不利。時公兵不滿萬，傷者十二三。紹復進臨官渡，起土山地
道。公亦於內作之，以相應。紹射營中，矢如雨下，行者皆蒙楯。
衆大懼。時公糧少，與荀彧書，議欲還許。彧以爲："紹悉衆聚官
渡，欲與公決勝敗。公以至弱當至彊，若不能制，必爲所乘，是天
下之大機也。且紹布衣之雄耳，能聚人而不能用。夫以公之神
武明哲，而輔以大順，何向而不濟？"公從之。孫策聞公與紹相
持，乃謀襲許，未發，爲刺客所殺。汝南降賊劉辟等叛應紹，略

許下。紹使劉備助辟。公使曹仁擊破之。備走，遂破辟屯。袁紹運穀車數千乘至，公用荀攸計，遣徐晃、史渙邀擊，大破之，盡燒其軍。公與紹相拒連月，雖比戰斬將，然衆少糧盡，士卒疲乏。公謂運者曰："却十五日爲汝破紹，不復勞汝矣。"冬十月，紹遣車運穀，使淳于瓊等五人將兵萬餘人送之，宿紹營北四十里。紹謀臣許攸貪財，紹不能足，來奔，因說公擊瓊等。左右疑之。荀攸、賈詡勸公，公乃留曹洪守，自將步騎五千人夜往，會明至。瓊等望見公兵少，出陣門外，公急擊之。瓊退保營，遂攻之。紹遣騎救瓊。左右或言"賊騎稍近，請分兵拒之"。公怒曰："賊在背後，乃白¹"士卒皆殊死戰，大破瓊等，皆斬之。紹初聞公之擊瓊，謂長子譚曰："就彼攻瓊等，吾攻拔其營，彼固無所歸矣。"乃使張郃、高覽攻曹洪。郃等聞瓊破，遂來降。紹衆大潰。紹及譚棄軍走，渡河，追之不及，盡收其輜重、圖書、珍寶，虜其衆。公收紹書中得許下及軍中人書，皆焚之。冀州諸郡多舉城邑降者。初，桓帝時有黃星見於楚、宋之分，遼東殷馗善天文，言後五十歲當有眞人起於梁、沛之間，其鋒不可當。至是凡五十年，而公破紹，天下莫敵矣。

六年夏四月，揚兵河上，擊紹倉亭軍，破之。紹歸，復收散卒，攻定諸叛郡縣。九月，公還許。紹之未破也，使劉備略汝南，汝南賊共都等應之。遣蔡揚擊都，不利，爲都所破。公南征備。備聞公自行，走奔劉表，都等皆散。

七年春正月，公軍譙，……遂至浚儀，治睢陽渠，遣使以大牢祀橋玄。進軍官渡。紹自軍破後，發病歐血，夏五月死。小子尚代，譚自號車騎將軍，屯黎陽。秋九月，公征之，連戰，譚、尚數敗,退固守。

八年春三月,攻其郭,乃出戰,擊,大破之。譚、尚夜遁。夏四月,進軍鄴。五月還許,留賈信屯黎陽。……八月,公征劉表,軍西平。公之去鄴而南也,譚、尚爭冀州。譚爲尚所敗,走保平原。尚攻之急,譚遣辛毗乞降請救。諸將皆疑,荀攸勸公許之。公乃引軍還。冬十月,到黎陽,爲子整與譚結婚。尚聞公北,乃釋平原,還鄴。東平呂曠、呂翔叛尚,屯陽平,率其衆降,封爲列侯。

九年春正月,濟河,遏淇水入白溝,以通糧道。二月,尚復攻譚,留蘇由、審配守鄴。公進軍到洹水,由降。既至,攻鄴,爲土山、地道。武安長尹楷屯毛城,通上黨糧道。夏四月,留曹洪攻鄴,公自將擊楷,破之而還。尚將沮鵠守邯鄲,又擊拔之。易陽令韓範、涉長梁岐舉縣降,賜爵關內侯。五月,毀土山、地道,作圍塹,決漳水灌城,城中餓死者過半。秋七月,尚還救鄴。諸將皆以爲此歸師,人自爲戰,不如避之。公曰:“尚從大道來,當避之;若循西山來者,此成禽耳。”尚果循西山來,臨滏水爲營,夜遣兵犯圍。公逆擊破走之,遂圍其營。未合,尚懼,遣故豫州刺史陰夔及陳琳乞降,公不許,爲圍益急。尚夜遁,保祁山。追擊之,其將馬延、張顗等臨陣降,衆大潰。尚走中山。盡獲其輜重,得尚印綬節鉞,使尚降人示其家,城中崩沮。八月,審配兄子榮,夜開所守城東門,內兵。配逆戰,敗,生禽配,斬之。鄴定。公臨祀紹墓,哭之流涕,慰勞紹妻,還其家人寶物,賜雜繒絮,廩食之。初,紹與公共起兵,紹問公曰:“若事不輯,則方面何所可據?”公曰:“足下意以爲何如?”紹曰:“吾南據河,北阻燕、代,兼戎狄之衆，南向以爭天下，庶可以濟乎？”公曰：“吾任天下之智力，以道御之，無所不可。”九月，……重豪彊兼幷之法，百姓喜悅。天子以公領冀州牧，公讓還兗州。公之圍鄴也，譚略取甘陵、安平、渤海、河間，尚敗還中山，譚攻之，尚奔故安，遂幷其衆。公遺譚書，責以負約，與之絕婚。女還，然後進軍。譚懼，拔平原，走保南皮。十二月，公入平原，略定諸縣。

十年春正月，攻譚，破之，斬譚，誅其妻子，冀州平。……是月，袁熙大將焦觸、張南等叛攻熙、尚，熙、尚奔三郡烏丸。觸等舉其縣降，封爲列侯。初，討譚時，民亡椎冰，令不得降。頃之，亡民有詣門首者，公謂曰：“聽汝則違令，殺汝則誅首，歸深自藏，無爲吏所獲。”民垂泣而去，後竟捕得。夏四月，黑山賊張燕率其衆十餘萬降，封爲列侯。故安趙犢、霍奴等殺幽州刺史、涿郡太守。三郡烏丸攻鮮于輔於獷平。秋八月，公征之，斬犢等，乃渡潞河，救獷平。烏丸奔走出塞。……冬十月，公還鄴。初，袁紹以甥高幹領幷州牧，公之拔鄴，幹降，遂以爲刺史。幹聞公討烏丸，乃以州叛，執上黨太守，舉兵守壺關口。遣樂進、李典擊之。幹還守壺關城。

十一年春正月，公征幹。幹聞之，乃留其別將守城，走入匈奴求救於單于。單于不受。公圍壺關。三月，拔之。幹遂走荊州，上洛都尉王琰捕斬之。秋八月，公東征海賊管承至淳于，遣樂進、李典擊破之。承走入海島。割東海之襄賁、郯、戚以益琅邪，省昌慮郡。三郡烏丸承天下亂，破幽州，略有漢民合十餘萬戶。袁紹皆立其酋豪爲單于，以家人子爲己女，妻焉。遼西單于蹋頓尤彊，爲紹所厚，故尚兄弟歸之。數入塞爲害。公將征之，鑿渠自呼㳀入泒水，名平虜渠。又從泃河口鑿入潞河，名泉州渠，以通海。

十二年春二月，公自淳于還鄴。……大封功臣二十餘人，皆為列侯；其餘各以次受封，及復死事之孤，輕重各有差。將北征三郡烏丸，諸將皆曰：「袁尚亡虜耳，夷狄貪而無親，豈能為尚用？今深入征之，劉備必說劉表以襲許，萬一為變，事不可悔。」惟郭嘉策表必不能任備，勸公行。夏五月，至無終。秋七月，大水，傍海道不通，田疇請為鄉導，公從之。引軍出盧龍塞，塞外道絕不通，乃塹山堙谷五百餘里，經白檀，歷平剛，涉鮮卑庭，東指柳城。未至二百里，虜乃知之。尚、熙與蹋頓、遼西單于樓班、右北平單于能臣抵之等將數萬騎逆軍。八月，登白狼山，卒與虜遇，衆甚盛。公車重在後，被甲者少，左右皆懼。公登高望虜陣不整，乃縱兵擊之，使張遼為先鋒，虜衆大崩，斬蹋頓及名王已下。胡、漢降者二十餘萬口。遼東單于速僕丸及遼西、北平諸豪，棄其種人，與尚、熙奔遼東，衆尚有數千騎。初，遼東太守公孫康恃遠不服，及公破烏丸，或說公遂征之，尚兄弟可禽也。公曰：「吾方使康斬送尚、熙首，不煩兵矣。」九月，公引兵自柳城還，康即斬尚、熙及速僕丸等，傳其首。諸將或問：「公還而康斬送尚、熙，何也？」公曰：「彼素畏尚等，吾急之，則并力；緩之，則自相圖。其勢然也。」十一月，至易水，代郡烏丸行單于普富盧、上郡烏丸行單于那樓將其名王來賀。

十三年春正月，公還鄴，作玄武池以肄舟師。漢罷三公官，置丞相、御史大夫。夏六月，以公為丞相。秋七月，公南征劉表。八月，表卒，其子琮代，屯襄陽。劉備屯樊。九月，公到新野，琮逐降。備走夏口。公進軍江陵，下令荊州吏民，與之更始。乃論荊州服從之功，侯者十五人。以劉表大將文聘爲江夏太守，使統本兵，引用荊州名士韓嵩、鄧義等。益州牧劉璋始受徵役，遣兵給軍。十二月，孫權爲備攻合肥。公自江陵征備，至巴丘，遣張憙救合肥。權聞憙至，乃走。公至赤壁，與備戰，不利。於是大疫，吏士多死者，乃引軍還。備遂有荊州、江南諸郡。

十四年春三月，軍至譙，作輕舟，治水軍。秋七月，自渦入淮，出肥水，軍合肥。……置揚州郡縣長吏，開芍陂屯田。十二月，軍還譙。

十五年，……冬，作銅爵臺。

十六年春正月，天子命公世子丕爲五官中郎將，置官屬，爲丞相副。太原商曜等以大陵叛，遣夏侯淵、徐晃圍破之。張魯據漢中。三月，遣鍾繇討之。公使淵等出河東與繇會。是時關中諸將疑繇欲自襲，馬超遂與韓遂、楊秋、李堪、成宜等叛。遣曹仁討之。超等屯潼關。公勅諸將：關西兵精悍，堅壁勿與戰。秋七月，公西征，與超等夾關而軍。公急持之，而潛遣徐晃、朱靈等夜渡蒲阪津，據河西爲營。公自潼關北渡，未濟，超赴船急戰。校尉丁斐因放牛馬以餌賊，賊亂，取牛馬，公乃得渡，循河爲甬道而南。賊退拒渭口。公乃多設疑兵，潛以舟載兵入渭，爲浮橋，夜分兵結營於渭南。賊夜攻營，伏兵擊破之。超等屯渭南，遣信求割河以西請和，公不許。九月，進軍渡渭，超等數挑戰，又不許。固請割地，求送任子。公用賈詡計，僞許之。韓遂請與公相見。公與遂父同歲孝廉，又與遂同時儕輩。於是交馬語移時，不及軍事，但說京都舊故，拊手歡笑。既罷，超等問遂："公何言?"遂曰:"無所言也。"超等疑之。他日,公又與遂書,多所點竄,如遂改定者。超等愈疑遂。公乃與克日會戰,先以輕兵挑之,戰良久,乃縱虎騎夾擊,大破之,斬成宜、李堪等。遂、超等走涼州,楊秋奔安定。關中平。諸將或問公曰:"初,賊守潼關,渭北道缺,不從河東擊馮翊,而反守潼關,引日而後北渡,何也?"公曰:"賊守潼關,若吾入河東,賊必引守諸津,則西河未可渡。吾故盛兵向潼關,賊悉衆南守,西河之備虛,故二將得擅取西河,然後引軍北渡,賊不能與吾爭西河者,以有二將之軍也。連車樹柵,爲甬道而南,旣爲不可勝,且以示弱;渡渭爲堅壘,虜至不出,所以驕之也。故賊不爲營壘,而求割地。吾順言許之,所以從其意,使自安而不爲備。因畜士卒之力,一旦擊之,所謂'疾雷不及掩耳',兵之變化,固非一道也。"始賊每一部到,公輒有喜色。賊破之後,諸將問其故。公答曰:"關中長遠,若賊各依險阻,征之,不一二年不可定也。今皆來集,其衆雖多,莫相歸服。軍無適主,一舉可滅,爲功差易,吾是以喜。"冬十月,軍自長安北征楊秋,圍安定。秋降,復其爵位,使留撫其民人。十二月,自安定還,留夏侯淵屯長安。

十七年春正月,公還鄴。天子命公贊拜不名,入朝不趨,劍履上殿,如蕭何故事。馬超餘衆梁興等屯藍田,使夏侯淵擊平之。割河內之蕩陰、朝歌、林慮,東郡之衞國、頓丘、東武陽、發干,鉅鹿之廮陶、曲周、南和,廣平之任城,趙之襄國、邯鄲、易陽以益魏郡。冬十月,公征孫權。

十八年春正月,進軍濡須口,攻破權江西營,獲權都督公孫陽,乃引軍還。詔書并十四州復爲九州。夏四月,至鄴。五月丙申，天子使御史大夫郗慮持節策命公爲魏公。……秋七月，始建魏社稷宗廟。天子娉公三女爲貴人，少者待年於國。九月，作金虎臺，鑿渠引漳水入白溝以通河。冬十月，分魏郡爲東西部，置都尉。十一月，初置尚書、侍中、六卿。馬超在漢陽，復因羌胡爲害，氐王千萬叛應超，屯興國。使夏侯淵討之。

十九年春正月，始耕籍田。南安趙衢、漢陽尹奉等討超，梟其妻子。超奔漢中，韓遂徙金城，入氐王千萬部，率羌胡萬餘騎與夏侯淵戰，擊，大破之。遂走西平。淵與諸將攻興國，屠之，省安東、永陽郡。安定太守毋丘興將之官，公戒之曰：“羌胡欲與中國通，自當遣人來，慎勿遣人往。善人難得，必將教羌胡妄有所請求，因欲以自利。不從，便爲失異俗意；從之，則無益事。”興至，遣校尉范陵至羌中，陵果教羌使自請爲屬國都尉。公曰：“吾預知當爾，非聖也，但更事多耳。”三月，天子使魏公位在諸侯王上，改授金璽、赤紱、遠遊冠。秋七月，公征孫權。初，隴西宋建自稱河首平漢王，聚衆枹罕，改元，置百官，三十餘年。遣夏侯淵自興國討之。冬十月，屠枹罕，斬建，涼州平。公自合肥還。十一月，漢皇后伏氏坐昔與父故屯騎校尉完書，云帝以董承被誅，怨恨公，辭甚醜惡。發聞，后廢黜死，兄弟皆伏法。十二月，公至孟津。天子命公置旄頭，宮殿設鍾虡。……置理曹掾屬。

二十年春正月，天子立公中女爲皇后。省雲中、定襄、五原、朔方郡，郡置一縣領其民，合以爲新興郡。三月，公西征張魯，至陳倉，將自武都入氐，氐人塞道，先遣張郃、朱靈等攻破之。夏四月，公自陳倉以出散關，至河池。氐王竇茂衆萬餘人，恃險不服。五月，公攻屠之。西平、金城諸將麴演、蔣石等共斬送韓遂首。秋七月，公至陽平，張魯使弟衞與將楊昂等據陽平關，橫山築城十餘里，攻之不能拔，乃引軍還。賊見大軍退，其守備解散。公乃密遣解慓、高祚等乘險夜襲，大破之，斬其將楊任。進攻衞，衞等夜遁。魯潰奔巴中。公軍入南鄭，盡得魯府庫珍寶。巴、漢皆降。復漢寧郡爲漢中，分漢中之安陽、西城爲西城郡，置太守，分錫、上庸郡，置都尉。八月，孫權圍合肥。張遼、李典擊破之。九月，巴七姓夷王朴胡、寳邑侯杜濩舉巴夷、寳民來附，於是分巴郡，以胡爲巴東太守，濩爲巴西太守，皆封列侯。天子命公承制封拜諸侯守相。多十月，始置名號侯至五大夫，與舊列侯、關內侯凡六等，以賞軍功。十一月，魯自巴中將其餘衆降，封魯及五子皆爲列侯。劉備襲劉璋，取益州，遂據巴中。遣張郃擊之。十二月，公自南鄭還，留夏侯淵屯漢中。

二十一年春二月，公還鄴。三月壬寅，公親耕籍田。夏五月，天子進公爵爲魏王。代郡烏丸行單于普富盧與其侯王來朝。天子命王女爲公主，食湯沐邑。秋七月，匈奴南單于呼廚泉將其名王來朝，待以客禮，遂留魏。使右賢王去卑監其國。八月，以大理鍾繇爲相國。多十月，治兵，遂征孫權。十一月，至譙。

二十二年春正月，王軍居巢。二月，進軍屯江西郝谿。權在濡須口築城拒守，遂逼攻之。權退走。三月，王引軍還，留夏侯惇、曹仁、張遼等屯居巢。夏四月，天子命王設天子旌旗，出入稱警蹕。五月，作泮宮。六月，以軍師華歆爲御史大夫。多十月，天子命王冕十有二旒，乘金根車，駕六馬，設五時副車，以五官中郎將丕爲魏太子。劉備遣張飛、馬超、吳蘭等屯下辯。遣曹洪拒之。

二十三年春正月，漢太醫令吉本與少府耿紀、司直韋晃等反，攻許，燒丞相長史王必營。必與潁川典農中郎將嚴匡討斬之。曹洪破吳蘭，斬其將任夔等。三月，張飛、馬超走漢中，陰平氐強端斬吳蘭，傳其首。夏四月，代郡、上谷烏丸、無臣氐等叛，遣鄢陵侯彰討破之。……秋七月，治兵，遂西征劉備。九月，至長安。冬十月，宛守將侯音等反，執南陽太守，劫略民吏保宛。初，曹仁討關羽，屯樊城，是月使仁圍宛。

二十四年春正月，仁屠宛，斬音。夏侯淵與劉備戰於陽平，爲備所殺。三月，王自長安出斜谷，軍遮要以臨漢中，遂至陽平，備因險拒守。夏五月，引軍還長安。秋七月，以夫人卞氏爲王后，遣于禁助曹仁擊關羽。八月，漢水溢，灌禁軍，軍沒，羽獲禁，遂圍仁。使徐晃救之。九月，相國鍾繇坐西曹掾魏諷反，免。冬十月，軍還洛陽。孫權遣使上書，以討關羽自效。王自洛陽南征羽。未至，晃攻羽，破之。羽走，仁圍解。王軍摩陂。

二十五年春正月，至洛陽，權擊斬羽，傳其首。庚子，王崩于洛陽，年六十六。……諡曰武王。二月丁卯，葬高陵。

（二）曹操其他作品選錄

述 志 令

孤始舉孝廉，年少，自以本非巖穴知名之士，恐爲海內人之所見凡愚，欲爲一郡守，好作政教以建立名譽，使世士明知之。

故在濟南，始除殘去穢，平心選舉，違迕諸常侍。以爲彊豪所忿，恐致家禍，故以病還。

去官之後，年紀尚少，顧視同歲中，年有五十，未名爲老，內自圖之：從此却去二十年，待天下清，乃與同歲中始舉者等耳。故以四時歸鄉里，於譙東五十里築精舍，欲秋夏讀書，冬春射獵，求底下之地，欲以泥水自蔽，絕賓客往來之望，然不能得如意。

後徵爲都尉，遷典軍校尉，意遂更欲爲國家討賊立功，欲望封侯作征西將軍，然後題墓道言：“漢故征西將軍曹侯之墓”。此其志也。而遭值董卓之難，與舉義兵。是時合兵能多得耳，然常自損，不欲多之。所以然者，多兵意盛，與彊敵爭，倘更爲禍始。故汴水之戰數千，後還到揚州更募，亦復不過三千人。此其本志有限也。

後領兗州，破降黃巾三十萬衆。又袁術僭號於九江，下皆稱臣，名門曰建號門，衣被皆爲天子之制，兩婦預爭爲皇后。志計已定，人有勸術，使遂即帝位，露布天下。答言“曹公尚在，未可也”。後孤討禽其四將，獲其人衆，遂使術窮亡解沮，發病而死。及至袁紹據河北，兵勢彊盛。孤自度勢，實不敵之，但計投死爲國，以義滅身，足垂於後。幸而破紹，梟其二子。又劉表自以爲宗室，包藏奸心，乍前乍却，以觀世事，據有荊州。孤復定之，遂平天下。身爲宰相，人臣之貴已極，意望已過矣。

今孤言此，若爲自大，欲人言盡，故無諱耳。設使國家無有孤，不知當幾人稱帝幾人稱王。

或者人見孤彊盛，又性不信天命之事，恐私心相評，言有不遜之志，妄相忖度，每用耿耿。齊桓、晉文所以垂稱至今日者，以其兵勢廣大，猶能奉事周室也。論語云：“三分天下有其二，以服事殷，周之德可謂至德矣！”夫能以大事小也。昔樂毅走趙，趙王欲與之圖燕，樂毅伏而垂泣，對曰：“臣事昭王，猶事大王。臣若獲戾，放在他國，沒世然後已，不忍謀趙之徒隸，況燕後嗣乎？”胡亥之殺蒙恬也，恬曰：“自吾先人及至子孫，積信於秦三世矣。今臣將兵三十餘萬，其勢足以背叛，然自知必死而守義者，不敢辱先人之教以忘先王也。”孤每讀此二人書，未嘗不愴然流涕也。孤祖父以至孤身，皆當親重之任，可謂見信者也，以及子桓兄弟，過於三世矣。

孤非徒對諸君說此也，常以語妻妾，皆令深知此意。孤謂之言：“顧我萬年之後，汝曹皆當出嫁。欲令傳道我心，使他人皆知之。”孤此言皆肝鬲之要也。所以勤勤懇懇敍心腹者，見周公有金縢之書以自明，恐人不信之故。

然欲孤便爾委捐所典兵衆以還執事，歸就武平侯國，實不可也。何者？誠恐己離兵為人所禍也。既為子孫計，又己敗則國家傾危，是以不得慕虛名而處實禍，此所不得為也。前朝恩封三子為侯，固辭不受；今更欲受之，非欲復以為榮，欲以為外援為萬安計。

孤聞介推之避晉封，申胥之逃楚賞，未嘗不舍書而歎，有以自省也。奉國威靈，仗鉞征伐，推弱以克彊，處小而禽大，意之所圖，動無違事，心之所慮，何向不濟，遂蕩平天下，不辱主命，可謂天助漢室，非人力也。然封兼四縣，食戶三萬，何德堪之！江湖未靜，不可讓位；至於邑土，可得而辭。今上還陽夏、柘、苦三縣戶二萬，但食武平萬戶，且以分損謗議，少減孤之責也。（三國志魏

志武帝紀裴松之注引魏武故事）

軍譙令

　　吾起義兵，爲天下除暴亂。舊土人民，死喪略盡，國中終日行，不見所識，使吾悽愴傷懷。其舉義兵已來，將士絕無後者，求其親戚以後之，授土田，官給耕牛，置學師以教之。爲存者立廟，使祀其先人。魂而有靈，吾百年之後何恨哉！（三國志魏志武帝紀）

求賢令

　　自古受命及中興之君，曷嘗不得賢人君子與之共治天下者乎？及其得賢也，曾不出閭巷，豈幸相遇哉？上之人不求之耳。今天下尙未定，此特求賢之急時也。"孟公綽爲趙、魏老則優，下可以爲滕、薛大夫。"若必廉士而後可用，則齊桓其何以霸世！今天下得無有被褐懷玉而釣於渭濱者乎？又得無盜嫂受金而未遇無知者乎？二三子其佐我明揚仄陋，唯才是舉，吾得而用之。（三國志魏志武帝紀）

求逸才令

　　昔伊摯、傅說出於賤人，管仲，桓公賊也，皆用之以興。蕭何、曹參，縣吏也，韓信、陳平，負污辱之名，有見笑之恥，卒能成就王業，聲著千載。吳起貪將，殺妻自信，散金求官，母死不歸，然在魏，秦人不敢東向，在楚則三晉不敢南謀。今天下得無有至德之人放在民間，及果勇不顧，臨敵力戰；若文俗之吏，高才異質，或

堪爲將守；負污辱之名、見笑之行，或不仁不孝，而有治國用兵之術；其各擧所知，勿有所遺。（三國志魏志武帝紀裴注引魏書）

求直言令

夫治世御衆，建立輔弼，誠在面從。詩稱"聽用我謀，庶無大悔"，斯實君臣懇懇之求也。吾充重任，每懼失中，頻年以來，不聞嘉謀，豈吾開延不勤之咎邪？自今以後，諸掾屬治中、別駕，常以月旦各名其失，吾將覽焉。（三國志魏志武帝紀裴注引魏書）

抑兼幷令

有國有家者，不患寡而患不均，不患貧而患不安。袁氏之治也，使豪彊擅恣，親戚兼幷；下民貧弱，代出租賦，衒鬻家財，不足應命。審配宗族，至乃藏匿罪人，爲逋逃主。欲望百姓親附，甲兵彊盛，豈可得邪？其收田租畝四升，戶出絹二匹、綿二斤而已，他不得擅興發。郡國守相明檢察之，無令彊民有所隱藏，而弱民兼賦也。（三國志魏志武帝紀裴注引魏書）

掾屬進得失令

自今諸掾屬侍中、別駕，常以月朔各進得失，紙書函封，主者朝常給紙函各一。（初學記二十一）

存恤令

自頃已來，軍數征行，或遇疫氣，吏士死亡不歸，家室怨曠，百姓流離，而仁者豈樂之哉？不得已也。其令死者家無基業不能自存者，縣官勿絕廩，長吏存恤撫循，以稱吾意。（三國志魏志武帝紀）

給貸令

去冬天降疫癘，民有凋傷，軍興于外，墾田損少，吾甚憂之。其令吏民男女：女年七十已上無夫子，若年十二已下無父母兄弟，及目無所見、手不能作、足不能行而無妻子父兄產業者，廩食終身。幼者至十二止，貧窮不能自贍者，隨口給貸。老耄須待養者，年九十已上，復不事家一人。（三國志魏志武帝紀裴注引魏書）

慎刑令

夫刑，百姓之命也。而軍中典獄者或非其人，而任以三軍死生之事，吾甚懼之。其選明達法理者，使持典刑。（三國志魏志武帝紀）

（三）關於曹操在文學方面的評價

劉勰曰*：至於魏之三祖，氣爽才麗，宰割辭調，音靡節平。觀其北上衆引，秋風列篇，或述酣宴，或傷羈戍，志不出於滔蕩，辭不離於哀思。雖三調之正聲，實韶夏之鄭曲也。（文心雕龍樂府

---

*　劉勰這兩段話概括論述了建安文學，並非專論曹操。

篇）

又曰：自獻帝播遷，文學蓬轉，建安之末，區宇方輯。魏武以相王之尊，雅愛詩章；文帝以副君之重，妙善辭賦；陳思以公子之豪，下筆琳琅。並體貌英逸，故俊才雲蒸。仲宣委質於漢南，孔璋歸命於河北，偉長從官於青土，公干徇質於海隅；德璉綜其斐然之思，元瑜展其翩翩之樂；文蔚、休伯之儔，子叔、德祖之侶，傲雅觴豆之前，雍容衽席之上，灑筆以成酣歌，和墨以藉談笑。觀其時文，雅好慷慨，良由世積亂離，風衰俗怨，並志深而筆長，故梗概而多氣也。（文心雕龍時序篇）

鍾嶸曰：曹公古直，甚有悲涼之句。（詩品下）

敖器之曰：魏武帝如幽燕老將，氣韻沈雄。（敖陶孫詩評）

譚元春曰：此老詩歌中有霸氣，而不必其王；有菩薩氣，而不必其佛。"山不厭高，水不厭深"，"水何澹澹，山島竦峙"，吾即取為此老詩品。（古詩歸卷七）

鍾惺曰：老瞞生漢末，無坐而臣人之理，然其發念起手，亦自以仁人忠臣自負，不肯便認作奸雄。如"瞻彼洛城郭，微子為哀傷"，"生民百遺一，念之斷人腸"，"不戚年往，憂世不治"，亦是真心真話，不得概以"奸"之一字抹殺之。（同上）

陳祚明曰：孟德所傳諸篇，雖並屬擬古，然皆以寫己懷來，始而憂貧，繼而憫亂，慨地勢之須擇，思解脫而未能，亹亹之詞，數者而已。本無泛語，根在性情，故其跌宕悲涼，獨臻超越。細揣格調，孟德全是漢音，丕、植便多魏響。取法乎上，僅得乎中，孟德欲為三代以上之詞，劣乃似漢；子桓兄弟取法於漢體，逐漸淪矣。（采菽堂古詩選卷五）

又曰：曹孟德詩如摩雲之鵰，振翮捷起，排焱烟，指霄漢，其回翔扶搖，意取直上，不肯乍下，復高作起落之勢。（同上）

朱嘉徵曰：至東漢建安之亂，酷矣。魏武踵其事，挾孝獻帝爲共主，號令鞭笞天下，羣雄靡遺，六州歸心。……余頗頌其歌詩，未嘗不悲其志、憫其勞也。但託喩周公吐哺，以西伯自處，舉明辟付之後人，此爲英雄欺人。……若夫閔時悼亂，歌以述志，武帝有焉。（樂府廣序卷八魏風相和曲）

王士禛曰：曹氏父子兄弟，往往以樂府題敍漢末事，雖謂之古詩亦可。（古詩選五言詩凡例）

沈德潛曰：孟德詩猶是漢音，子桓以下，純乎魏響。沈雄俊爽，時露霸氣。（古詩源卷五）

方東樹曰：大約武帝詩沈鬱直樸，氣直而逐層頓斷，不一順平放，時時提筆換氣換勢。尋其意緒，無不明白，玩其筆勢文法，凝重屈蟠，誦之令人意滿。（昭昧詹言卷二）

二 曹 丕

　　曹丕(公元一八七——二二六)字子桓，曹操次子。公元二二〇年代漢卽帝位(文帝)，國號魏，都洛陽，改延康爲黃初。他效法漢文帝施行淸靜無爲、與民休息的政策，對人民有一定好處。但他對豪强大族做了讓步，立"九品中正法"，使世族門閥的統治開始確立。向豪强靠攏，勢必與人民遠離，加以宮廷生活的限制，所以他的詩題材狹窄，內容貧乏，思想成就不大。但其燕歌行是現存最早的一首七言詩，藝術成就很高。所著典論中論文篇是現存第一篇文學批評論文，對文學創作和文學批評的發展都有積極的影響。他的詩賦共百餘篇，現存完整的詩歌約四十首。有輯本魏文帝集二卷。黃節魏文帝詩注是較好的注本。

燕　歌　行①

秋風蕭瑟天氣涼②，草木搖落露爲霜。羣燕辭歸鵠南翔，念君客游多思腸。慊慊思歸戀故鄉③，君何淹留寄他方？賤妾熒熒守空房，憂來思君不敢忘，不覺淚下霑衣裳。援琴鳴弦發淸商④，短歌微吟不能長。明月皎皎照我牀⑤，星漢西流夜未央。牽牛織女遙相望，爾獨何辜限河梁？

　　①本篇屬相和歌平調曲。樂府廣題說："燕，地名。言良人從役於燕而爲此曲。"朱乾則認爲燕歌行和齊謳行、吳趨行、會吟行一樣，題中地

名主要表示聲音的地方特點。後世聲音失傳，就只用來寫各地風土人情了。漢末魏初因遼東、遼西爲慕容(指鮮卑族)所居，地遠勢偏，征戍不絕，所以本題與齊謳諸行有所不同，多作離別之辭(見樂府正義)。本篇寫婦人秋夜思念在遠方作客的丈夫。這是現在所能見到的最古最完整的七言詩。

②"秋風"四句："蕭瑟"，風聲。"搖落"，凋殘。"鵠(hú)"，天鵝。"鵠"一作"雁"。"多思腸"一作"思斷腸"。這四句是"感時物以起興，言霜飛木落，鳥亦知歸，獨我君子(指丈夫)，客遊不返，令我思之腸斷"(用王堯衢語，見古唐詩合解)。

③"慊慊"五句："慊慊(qìan)"，恨貌、不滿貌。"君何"一作"何爲"。"淹留"，久留。"寄"，寄旅。"賤妾"，婦人自稱的謙詞。"煢煢(qióng)"，孤單。這五句先寫婦人設想她丈夫此時也會因思歸懷鄉而痛苦，接着說，旣是這樣，他爲什麼又久留外地而不歸呢？游子不歸，令婦人獨守空閨，相念無已，憂傷極深。

④"援琴"二句："援"，取。"清商"，樂調名。吳淇說："歌不能長者，爲琴所限也。古人多以歌配弦，不似今人專鼓不歌。所謂聲依永也。……琴弦僅七，……故正調之外，或縵(慢)或緊，其弦因有四調：曰縵宮，曰縵角，曰緊羽，曰清商。……(清商)其節極短促，其音極纖微。長謳曼詠，不能逐焉。故云('不能長')。"(見六朝選詩定論)這二句是說由於心中哀傷，彈琴唱歌，不覺發出短促激越的聲音，很難彈唱舒緩平和的歌曲。

⑤"明月"四句：第一句從古詩"明月何皎皎，照我羅牀帷"二句變化而成。第二句，"星漢西流"，沈約夜夜曲："河漢縱且橫，北斗橫復直、星漢空如此，寧知心有憶。"是古人稱"星漢"乃泛指衆星及天河(河漢)，也就是說滿天星斗與天河都在向西流轉。"夜未央"，小雅庭燎："夜如何其？夜未央。""未央"未半。也即夜深將半之時。第三句，"牽牛"，即河鼓星，在銀河南。"織女"，即織女星，在銀河北，與牽牛

相對。傳說牽牛和織女是夫婦，只能在每年七月七日夜相會一次。第四句，"爾"，指牽牛、織女。"何辜"，何故。如解爲有何罪過，也可通。"河梁"，河上的橋。"限河梁"，意謂平日銀河之上無橋梁相通，牛、女爲此所限，故不能常見。這四句寫婦人夜深不寐，藉慨歎牛、女的不能相會，以表達自己獨處空閨的哀傷。張銑說："婦人自恨與夫離絕，問此星何辜復如此也。"(六臣注文選)

雜詩二首①

西北有浮雲，亭亭如車蓋②。惜哉時不遇③，適與飄風會。吹我東南行④，行行至吳會。吳會非我鄉⑤，安得久留滯？棄置勿復陳，客子常畏人。

①文選有雜詩一類，其中收有古詩十九首、傷蘇、李詩、張衡四愁詩等，而大部分詩以"雜詩"爲題，都是富有興寄的游子思婦詩。李善說："雜者，不拘流例，遇物即言，故云雜也。"(文選王粲雜詩注)所以雜詩的意思和"雜文"、"雜感"是一樣的。今存雜詩，以建安詩人之作爲最早，孔融、王粲、曹植等都有。本詩是其二，藉浮雲以喻遊子的飄泊不定，末寫久客異鄉的抑鬱心情。吳淇等以爲這詩是作者害怕曹操改立曹植爲世子時作，供參考。

②"亭亭"句："亭亭"，聳立而無所依靠的樣子。"車蓋"，車篷。

③"惜哉"二句：說這朶浮雲可惜沒有遇着好時機，恰巧碰到一陣暴風。

④"吹我"二句：說暴風吹着浮雲從西北飄行到東南吳、會地方。"吳、會"，指吳郡和會稽郡(今江、浙一帶)。"我"，浮雲自稱，亦指遊子。

⑤"吳會"四句：說異鄉不可久留，客子勢單，怕人欺負。第三句是樂府詩套語，意謂：拋開吧，不要再說了。

典論論文①

文人相輕，自古而然。傅毅之於班固②，伯仲之間耳。而固小之③，與弟超④書曰："武仲以能屬文⑤，爲蘭臺令史，下筆不能自休。"夫人善於自見⑥，而文非一體，鮮能備善，是以各以所長，相輕所短。里語曰⑦："家有弊帚，享之千金。"斯不自見之患也。

①典論是曹丕的論著，論文是其中的一篇。呂向說："文帝典論二十篇，兼論古者經典文事。有此篇，論文章之體也。"（見六臣注文選）嚴可均說："謹案隋志儒家，典論五卷，魏文帝撰。舊新唐志同。……齊王芳紀注：臣松之昔從征，西至洛陽，見典論石在太學者尚存。……唐時石本亡，至宋而寫本亦亡。世所習見，僅裴注之帝自叙，及文選之論文而已。"（見全三國文）本文先批評文人相輕的陋習，次論孔融等七子的創作和著述，以及不同文體的語言特點；末後說明文章的價值。

②"傅毅"二句："傅毅"，字武仲，茂陵（在今陝西興平縣東北）人。東漢章帝時爲蘭臺令史，拜郎中，與班固等共同主持校讎書籍的工作。早卒。現存詩、賦、誄、頌、連珠凡二十八篇。"班固"，字孟堅，東漢安陵（在今陝西咸陽縣東）人。學識廣博，明帝時爲郎，典校祕書。著漢書、白虎通義等。（見後漢書班彪傳）"伯仲"，兄弟的次序，長爲伯，次爲仲。"伯仲之間"，謂二者相差無幾。這二句是說傅毅對於班固說來，他的文才並沒有差多遠。

③小之：小看他（指傅毅）。

④超：即班超。

⑤"武仲"三句："屬(zhǔ)"，連綴。"屬文"，寫文章。"蘭臺"，漢時宮中藏書之處，由御史中丞掌管。後又設置蘭臺令史，主持整理圖書和辦理書奏的工作。這三句說傅毅因爲會寫文章而做了蘭臺令史，但他寫

作起來沒完沒了，不能很好地駕馭文字。

⑥"夫人"五句：說人們善於看見自己的長處，而文章並非只有一種體裁，各種體裁的文章都寫得好的人却不多，所以各以自己的所長，來輕視別人的所短。

⑦"里語"四句："里"，里巷、民間。"里語"，民間諺語。"弊帚"，破笤帚。"享"，李善引左傳杜預注說："享，通也。享或爲享。"李周翰說："言家有弊破之帚，自以爲寶重者乃通比於千金。"(見六臣注文選)通比，亦卽後文"當"的意思。許文雨說："以享訓通，於義未豁。姚永樸云：'案小爾雅廣言，享，當也。言以弊帚當千金之價。'"(見文論講疏)姚說較直截。這兩句諺語出東觀漢記，喩人們不僅看不見自己的缺點，反而將缺點當作長處。〔以上是第一段，講文人積習。〕

　　今之文人，<u>魯國孔融文舉</u>①、<u>廣陵陳琳孔璋</u>②、<u>山陽王粲仲宣</u>③、<u>北海徐幹偉長</u>④、<u>陳留阮瑀元瑜</u>⑤、<u>汝南應瑒德璉</u>⑥、<u>東平劉楨公幹</u>⑦，斯七子者⑧，於學無所遺，於辭無所假，咸以自騁驥騄於千里，仰齊足而並馳。以此相服⑨，亦良難矣。蓋君子審己以度人⑩，故能免於斯累。而作論文。

①孔融：字文舉，東漢魯國(今山東曲阜縣)人。獻帝時爲北海相，後爲曹操所殺。現存孔北海集一卷。後漢書有傳。

②陳琳：字孔璋，廣陵(今江蘇江都縣東北)人。初爲何進主簿，後歸袁紹。袁紹敗，歸附曹操，軍國書檄，多由他擬稿。現存陳記室集一卷。陳、徐、阮、應、劉諸人均詳三國志魏志王粲傳。

③王粲：字仲宣，山陽高平(今山東鄒縣西南)人。他祖父王暢作過漢靈帝時的司空，是當時的"八俊"之一。粲博學，善詩賦，少年時爲蔡邕所稱賞。曾因避難往荆州依劉表，後歸曹操。現存王侍中集一卷。魏志有傳。

④徐幹：字偉長，北海(今山東壽光縣)人，曹操辟爲司空軍謀祭酒掾屬，

五官將文學。現存中論二卷，詩四首。

⑤阮瑀：字元瑜，陳留（今河南陳留縣）人。曹操辟他爲司空軍謀祭酒，
管記室。當時軍國書檄，多是他和陳琳所作。現存阮元瑜集一卷。

⑥應瑒：字德璉，汝南（在今河南汝南縣東南）人。曹操辟爲丞相掾屬，
轉平原侯庶子，後爲五官將文學。現存應德璉集一卷。

⑦劉楨：字公幹，東平（今山東東平縣東）人，曹操辟爲丞相掾屬。楨詩
風格勁挺，曹丕曾稱“其五言詩之善者，妙絕時人”。現存劉公幹集一
卷，其中詩十五首。

⑧“斯七子”五句：第一句，“七子”之稱，始見於此，即後所謂“建安七
子”。第三句，“辭”，文辭、文章。“於辭無所假”，是說在文章的寫
作上，不抄襲前人的陳辭濫調。“假”，借。第四句，“咸”，都。“以
自”一作“自已”。胡紹煐說：“作‘自以’是也。”（見文選箋證）“驥”，千
里馬。“騄（lù）”，騄耳，周穆王八駿之一。“驥騄”，泛指好馬。一作“騏
驥”或“騄驥”，義同。第五句，“仰齊足而並馳”，姚永樸說：“案廣雅釋
詁，仰，恃也。言各恃其才而不相讓。”（見文論講疏引）這五句是說
“七子”學識廣博，無所遺漏，文章也寫得很好，無所不會，都自以其學
識、文辭馳騁在文壇上，好像驅馬競賽一樣，並駕齊驅，不相上下。曹
植與楊德祖書說：“今世作者，可略而言也。昔仲宣獨步於漢南，孔璋
鷹揚於河朔，偉長擅名於青土，公幹振藻於海隅，德璉發跡於此魏，足
下（指德祖）高視於上京。當此之時，人人自謂握靈蛇之珠，家家自謂
抱荊山之玉。”可參看。

⑨“以此”二句：謂“七子”能在寫作上互相佩服，也確實不容易。

⑩“蓋君子”二句：“君子”，指有修養的人。“審”，辨識。“度”，度量、衡量。
“斯累”，指上文所說的文人相輕而無自見之明的負累和毛病。這二
句說有修養的人，總是先檢查了自己然後去衡量別人，所以能免除這
種負累和毛病。〔以上爲第二段。此段言作論文之由。根據上二段
的意思，可知作者之所以作論文，是爲了要改變文人相輕、弊帚自珍

的陋習，而代之以"審己以度人"的態度來公正地評價作家。〕

　　王粲長於辭賦①，徐幹時有齊氣，然粲之匹也。如粲之初征、登樓、槐賦、征思②，幹之玄猿、漏卮、圓扇、橘賦，雖張、蔡不過也。然於他文③，未能稱是。琳、瑀之章表書記，今之雋也④。應瑒和而不壯⑤。劉楨壯而不密⑥。孔融體氣高妙⑦，有過人者；然不能持論⑧，理不勝詞；至於雜以嘲戲⑨，及其所善，揚、班儔也。

①"王粲"三句："齊氣"，李善注："言齊俗文體舒緩，而徐幹亦有斯累。漢書地理志曰：'故齊詩曰："子之營兮，遭我乎嶩之間兮。"'此亦其舒緩之體也。"謂每句有"兮"是舒緩之證。胡紹煐說："魏志注引作'幹詩有逸氣，然非粲匹也。'亦誤。"范寧魏文帝典論論文齊氣解（載國文月刊六十三期）中認爲"齊"是"高"之誤，可參考。這三句說王粲長於辭賦，徐幹的辭賦有時雖嫌文體舒緩，仍然是王粲的對手。

②"如粲"三句：嚴可均全後漢文卷九十輯錄王粲大暑賦等共二十五篇，其中有初征、登樓、槐賦，征思今佚。又同書卷九十三輯錄徐幹齊都賦等八篇。其中有團扇賦，玄猿、漏卮、橘賦今佚。"張、蔡"，呂延濟說："張衡、蔡邕"。（見六臣注文選）張衡，字平子，東漢人，是我國古代著名的文學家和科學家。善辭賦，代表作有西京賦、東京賦等。後漢書有傳。蔡邕，字伯喈，東漢人。博學，好辭章。現存蔡中郎集。後漢書有傳。這三句說像王粲的初征、徐幹的玄猿等賦，就是張衡、蔡邕的作品也不能超過。

③"然於"二句："稱"，相副，相稱。"是"，此，指他們的辭賦。這二句說王粲、徐幹的其他體裁的文章就沒有他們的辭賦好。

④"琳、瑀"二句："章"，臣屬上天子的書。"表"，漢魏以後，臣屬爲了說明事情，表白忠心而上給天子的書叫表，如諸葛亮出師表、曹植求通親親表之類。文心雕龍章表篇："漢定禮儀，則有四品：一曰章，二曰奏，三曰表，四曰議。章以謝恩，奏以按劾，表以陳請，議以執異。""書

記",謂一般公文和應用文。"雋",同"俊",才華出衆。這二句說陳
琳、阮瑀的奏章文告是當今最出色的。作者在與吳質書中也說:"孔
璋章表殊健,微爲繁富。……元瑜書記翩翩,致足樂也。"

⑤"應瑒"句:謂應瑒的語言風格平和而不壯健。與吳質書說:"德璉常
斐然有述作之意,其才學足以著書。"文心雕龍才略篇說:"應瑒學優
以得文。"

⑥"劉楨"句:謂劉楨的語言風格壯健而不綿密。與吳質書說:"公幹有
逸氣,但未遒耳。其五言詩之善者,妙絕時人。"才略篇說:"劉楨情高
以會采。"詩品上說:"(劉楨詩)仗氣愛奇,動多振絕,眞骨凌霜,高風
跨俗。但氣過其文,雕潤恨少。"

⑦"孔融"二句:"體",體質、性質。"體氣",即氣質。這二句說孔融
的才情氣質很高妙,有超過常人的地方。文心雕龍風骨篇說:"公幹
亦云:孔氏(指孔融)卓卓,信含異氣,筆墨之性,殆不可勝。"才略篇:
"孔融氣盛於爲筆。"

⑧"然不"二句:"持論",立論、議論。這二句說孔融不善於議論,道理不
能勝過文辭。"不能",一作"不長"或"不根"。李善注:"漢書,東方
朔、枚皋不根持論。"許巽行說:"善注,不根持論。師古曰:論議委隨,
不能持正,如樹木之無根柢也。見嚴助傳。校書者亦不尋究,改不根
爲不長,非是。"許嘉德說:"六臣各本皆作'不長持論'。尤本'長'改
'根',是也。"(見文選筆記)

⑨"至於"三句:"至於"一作"以至乎"。一本"所善"上有"時有"二字,
又"揚、班"下有"之"字。"揚",指揚雄。揚雄,字子雲,西漢人。博學
深思,以文章著名於世。成帝時,召對,奏甘泉等賦。其後看輕辭賦,
曾仿易作太玄,仿論語作法言等。漢書有傳。"班",指班固。文選
卷四十五收揚雄解嘲、班固答賓戲,即此所謂"嘲戲"一類文字。
許文雨說:"檢全後漢文卷八十三,所輯錄孔融文,已缺嘲戲之體。今
人孫至誠錄孔融聖人優劣又論曰:'馬之駿者,名曰騏驥。犬之駿者,

名曰韓盧。犬之有韓盧，馬之有騏驥，人之聖也，名號等。設騏驥與韓盧並走，寧能頭尾相當，八脚如一，無先後之覺矣’。評之曰：‘魏文論北海文，短其不能持論，理不勝詞，以至雜以嘲戲，如此文之類是也。’”（按嚴可均全後漢文卷八十三載孔融此論）“儕”，匹配。這三句說：至於孔融那些雜以嘲戲的議論文，好的可與揚雄、班固的這一類文字相匹敵。〔以上是第三段。本段具體評論“七子”之文。〕

　　常人貴遠賤近①，向聲背實，又患闇於自見，謂己爲賢。夫文本同而末異②，蓋奏議宜雅③，書論宜理④，銘誄尚實⑤，詩賦欲麗⑥。此四科不同⑦，故能之者偏也；唯通才能備其體。

　　①“常人”四句：“遠”、“近”，指時或指地均可，但主要指時。“向聲背實”，謂趨向虛名而背棄實際。“闇”，暗。“闇於自見”，意謂無自知之明。這四句說一般人看重前代的或遠處的，看輕近代、當代的或近處的；只重虛名，不顧實際；又患有那種無自知之明的毛病，認爲自己的文章最好。

　　②“夫文”句：“本”，根幹。“末”，枝梢。這句說各種文體基本上是相同的，但也有枝節上的差異。

　　③奏議宜雅：“奏議”，見第三段注④。“雅”，典雅。這句說奏議要典雅。陸機文賦說：“奏平徹以閑雅。”文心雕龍定勢篇說：“章表奏議，準的乎典雅。”

　　④書論宜理：“書”，文書、文牘。這句說文牘和論文要說理明白。文賦說：“論精微而朗暢。”定勢篇說：“符檄書移，則楷式於明斷；史論序注，則師範於覈要。”蕭統文選序說：“論則析理精微。”

　　⑤銘誄尚實：“銘”，文體名。古多刻於器物之上，如鼎銘、盤銘之類。秦、漢以後或刻於石，如班固燕然山銘、張載劍閣銘之類。或以示稱揚，或以著警戒，或兼有二義。“誄(lěi)”，人死後敍述其生前事迹的一種文體，後世以誄爲哀祭文的一種。這句說銘誄要眞實。呂向說：“銘誄述人德行，故不可虛也。”（見六臣注文選）文賦說：“誄纏綿而悽愴，

銘博約而溫潤。"定勢篇說:"箴銘碑誄,則體制於宏深。"文選序說:
"銘則序事清潤,美終則誄發。"

⑥詩賦欲麗:文賦說:"詩緣情而綺靡,賦體物而瀏亮。"定勢篇說:"賦頌
歌詩,則羽儀乎清麗。"

⑦"此四科"三句:承以上幾句,說:文既然有差異,而且奏議等四種文體
也都有自己的特點,所以人各有其偏長,只有通才纔能掌握所有的文
體。"科",科目、種類。〔以上是第四段。這段先指出文人的另一種
陋習;接着論述各種文體的特點,並說明一般作家各有所長,很難兼
善。〕

文以氣爲主①,氣之清濁有體,不可力強而致。譬諸音樂②,
曲度雖均,節奏同檢,至於引氣不齊,巧拙有素,雖在父兄,不能
以移子弟。

①"文以"三句:第一句,"氣",郭紹虞認爲是指才氣而言;所謂"齊氣"
"逸氣",又兼指語氣而言。"齊氣"是說語氣的舒緩,"逸氣"是說語氣
的奔放,而語氣的不同是跟着才氣變的。(見中國文學批評史)第二
句,"體",分別。第三句,"致",招致、得到。

②"譬諸"七句:第二句,"曲度",曲譜。"均",同。第三句,"檢",李善
說:"蒼頡篇曰:'檢,法度也。'"第四句,"引氣不齊",劉良說:"譬如簫
管之類者,言其用氣吹之,各不同也。"(見六臣注文選)第五句,"素",
本,這裏指人的本性。〔以上是第五段。這段說文章以才氣爲主,才
氣有清濁之分,不可勉強獲得,猶如演奏音樂,曲譜雖然相同,節奏也
按照同樣的規定,但由於運氣不同,本性有巧有拙,卽使技巧掌握在
父兄手中,也不能將它傳授給子弟。〕

蓋文章經國之大業①,不朽之盛事。年壽有時而盡②,榮樂
止乎其身,二者必至之常期,未若文章之無窮。是以古之作者③,
寄身於翰墨,見意於篇籍,不假良史之辭,不託飛馳之勢,而聲名

自傳於後。故西伯幽而演易④，周旦顯而制禮，不以隱約而弗務，不以康樂而加思。夫然則古人賤尺璧而重寸陰⑤，懼乎時之過已。而人多不强力⑥，貧賤則懾於飢寒，富貴則流於逸樂，遂營目前之務，而遺千載之功。日月逝於上⑦，體貌衰於下，忽然與萬物遷化，斯志士之大痛也。融等已逝⑨，唯幹著論，成一家言。

① "蓋文章"二句："經"，治。"大業"、"盛事"，猶言盛大的事業，重要的工作。這二句說文章是有助於治理國家的大業，是不朽的盛事。

② "年壽"四句：說年壽有終了的時候，榮譽、樂事也只限於一生，二者到一定期限必然終止，不如文章能永遠流傳。

③ "是以"六句：第二句，"翰墨"，猶言筆墨，用作文辭的代稱。"寄身於翰墨"，謂從事文章寫作。第三句，"見(xiàn)"，顯露、表現。第四句，"假"，借。"史"，史官，記事的官。第五句，"飛馳"，謂飛黃騰達、馳騁於仕途的達官貴人。這六句接着前面的意思說：由於文章可以永遠流傳，所以古代作者從事寫作，將自己的意見表現在篇章書籍中，就無須乎假借良史的文辭，無須乎依託權貴的勢力，而使自己的名聲自然留傳於後世。

④ "故西伯"四句：第一句，"西伯"，指周文王，文王在殷時爲西伯。詩經周南召南譜疏："殷之州長曰伯。文王爲雍州之伯，在西，故曰西伯。"史載紂王曾將文王囚禁於羑里，文王因而推演易象以作卦辭。"幽"，囚禁。第二句，"周旦"，即周公旦。周公是周武王之弟，成王之叔。當他平定管、蔡、霍三叔之亂後，歸而改定官制，創制禮法。"顯"，顯達。第三句，"隱約"，窮困(見左傳昭二十五年注)。呂延濟謂是失志貌。第四句，呂延濟說："康，安也。加，移也。"(見六臣注文選)這四句說：所以西伯被囚而演易，周公顯達而制禮，既不因窮困、失志而不去從事著述，也不因安樂而轉移著述的念頭。

⑤ "夫然"二句："夫然"，如此，這樣。"璧"，玉的通稱。這二句說：這樣，

古人就看輕一尺長的美玉而看重一寸長的光陰，害怕時間從自己身旁流逝過去。淮南子原道篇：“故聖人不貴尺之璧，而重寸之陰，時難得而易失也。”

⑥“而人”五句：第一句，“強力”，努力。第二句，“慴(zhé)”，害怕。第三句，“流”，放縱。這五句說一般人大多不努力，貧賤的則害怕飢寒，富貴的則縱情享樂，於是就只經營目前的事務，而遺漏了這千載不朽的功業(指著述)。

⑦“日月”四句：“逝”，往。“遷化”，變化。“與萬物遷化”，謂死亡。“斯”，這。這四句說時過體衰，忽然死去，這就是志士最大的悲痛。

⑧“融等”三句：“逝”，逝世。“一家言”謂自成一說足以著名於世的著作。這三句說孔融等人已死，只有徐幹著有中論，自成一說。作者在與吳質書中也說：“偉長獨懷文抱質，恬淡寡欲，有箕山之志，可謂彬彬君子者矣。著中論二十餘篇，成一家之言。辭義典雅，足傳於後，此子爲不朽矣。”中論現存二卷。〔以上是末段。這段先論述文章的價值、古代聖賢和一般人對著述的不同態度；末後慨歎老大無成是志士的悲哀，並謂徐幹在立言上很有成就。〕

〔附錄〕

(一)三國志文帝紀(節錄)

文皇帝諱丕，字子桓，武帝太子也。中平四年冬，生於譙。建安十六年爲五官中郎將、副丞相，二十二年立爲魏太子。太祖崩，嗣位爲丞相、魏王，尊王后曰“王太后”，改建安二十五年爲延康元年。

元年二月壬戌，以太中大夫賈詡爲太尉，御史大夫華歆爲相國，大理王朗爲御史大夫。置散騎常侍、侍郎各四人，其宦人爲官者不得過諸署令，爲金策著令，藏之石室。初，漢熹平五年，黃龍見譙，光祿大夫橋玄問太史令單颺：“此何祥也？”颺曰：“其國後當有王者興，不及五十年，亦當復見，天事恆象，此其應也。”內黃殷登黙而記之。至四十五年，登尚在。三月，黃龍見譙，登聞之曰：“單颺之言，其驗茲乎？”己卯，以前將軍夏侯惇爲大將軍，濊貊、扶餘單于、焉耆、于闐王皆各遣使奉獻。夏四月丁巳，饒安縣言白雉見。庚午，大將軍夏侯惇薨。五月戊寅，天子命王追尊皇祖太尉曰太王，夫人丁氏曰太王后，封王子叡爲武德侯。是月，馮翊山賊鄭甘、王照率衆降，皆封列侯。酒泉黃華、張掖張進等各執太守以叛，金城太守蘇則討進，斬之。華降。六月辛亥，治兵於東郊。庚午，遂南征。秋七月，……孫權遣使奉獻。蜀將孟達率衆降。武都氐王楊僕率種人內附，居漢陽郡。甲午，軍次於譙，大饗六軍及譙父老百姓于邑東。八月，石邑縣言鳳凰集。冬十月……丙午，行至曲蠡。漢帝以衆望在魏，乃召羣公卿士，告祠高廟，使兼御史大夫張音持節奉璽綬禪位冊。……乃爲壇於繁陽。庚午，王升壇卽阼，百官陪位。事訖降壇，視燎成禮而反。改延康爲黃初，大赦。

　　黃初元年十一月癸酉，以河內之山陽邑萬戶奉漢帝爲山陽公，行漢正朔，以天子之禮郊祭，上書不稱臣，京都有事于太廟，致胙；封公之四子爲列侯。追尊皇祖太王曰太皇帝，考武王曰武皇帝，尊王太后曰皇太后。賜男子爵人一級，爲父後及孝悌力田人二級。以漢諸侯王爲崇德侯，列侯爲關中侯。以潁陰之繁陽亭爲繁昌縣。封爵增位各有差。改相國爲司徒，御史大夫爲司空，奉常爲太常，郎中令爲光祿勳，大理爲廷尉，大農爲大司農。郡國縣邑，多所改易。更授匈奴南單于呼廚泉魏璽綬，賜青蓋車乘輿、寶劍、玉玦。十二月初，營洛陽宮。戊午，幸洛陽。是歲，長水校尉戴陵諫不宜數行弋獵。帝大怒。陵減死罪一等。

二年春正月，郊祀天地、明堂。甲戌，校獵至原陵，遣使者以太牢祠漢世祖。乙亥，朝日于東郊。初令郡國口滿十萬者，歲察孝廉一人；其有秀異，無拘戶口。辛巳，分三公戶邑，封子弟各一人爲列侯。壬午，復潁川郡一年田租，改許縣爲許昌縣，以魏郡東部爲陽平郡，西部爲廣平郡。……春三月，加遼東太守公孫恭爲車騎將軍。初復五銖錢。夏四月，以車騎將軍曹仁爲大將軍。五月，鄭甘復叛，遣曹仁討斬之。六月庚子，初祀五嶽四瀆，咸秩羣祀。丁卯，夫人甄氏卒。……秋八月，孫權遣使奉章，並遣于禁等還。丁巳，使太常邢貞持節拜權爲大將軍，封吳王，加九錫。冬十月，授楊彪光祿大夫。以穀貴，罷五銖錢。己卯，以大將軍曹仁爲大司馬。十二月，行東巡，是歲築陵雲臺。

三年春正月丙寅朔，日有蝕之。庚午，行幸許昌宮。……二月，鄯善、龜茲、于闐王各遣使奉獻。……是後西域遂通，置戊己校尉。三月乙丑，立齊公叡爲平原王，帝弟鄢陵公彰等十一人皆爲王。初制封王之庶子爲鄉公，嗣王之庶子爲亭侯，公之庶子爲亭伯。甲戌，立皇子霖爲河東王。甲午，行幸襄邑。夏四月戊申，立鄄城侯植爲鄄城王。癸亥，行還許昌宮。五月，以荊、揚、江表八郡爲荊州，孫權領牧故也。荊州江北諸郡爲郢州。閏月，孫權破劉備於夷陵。初，帝聞備兵東下與權交戰，樹柵連營七百

餘里,謂羣臣曰:"備不曉兵,豈有七百里營可以拒敵者乎?苞原
隰險阻而爲軍者,爲敵所禽,此兵忌也。孫權上事今至矣。"後
七日,破備書到。秋七月,冀州大蝗,民饑,使尚書杜畿持節開倉
廩以振之。八月,蜀大將黃權率衆降。九月,……庚子,立皇后郭
氏,賜天下男子爵人二級,鰥寡篤癃及貧不能自存者賜穀。冬
十月甲子,表首陽山東爲壽陵。……是月孫權復叛。復郢州爲荆
州。帝自許昌南征,諸軍兵並進。權臨江拒守。十一月辛丑,行
幸宛。庚申晦,日有食之。是歲穿靈芝池。

　　四年春正月,……築南巡臺于宛。三月丙申,行自宛還洛陽
宮。癸卯,月犯心中央大星。丁未,大司馬曹仁薨。是月大疫。
夏五月,有鵜鶘鳥集靈芝池。……六月甲戌,任城王彰薨于京
都。甲申,太尉賈詡薨。太白晝見。是月大雨,伊、洛溢流,殺人
民,壞廬宅。秋八月丁卯,以廷尉鍾繇爲太尉。辛未,校獵於滎
陽,遂東巡。論征孫權功,諸將已下進爵增戶各有差。九月甲辰,
行幸許昌宮。

　　五年春正月,初令謀反大逆乃得相告,其餘皆勿聽治,敢妄
相告,以其罪罪之。三月,行自許昌還洛陽宮。夏四月,立太學,
制五經課試之法,置春秋穀梁博士。五月,有司以公卿朝朔望
日,因奏疑事,聽斷大政,論辨得失。秋七月,行東巡,幸許昌宮。
八月,爲水軍,親御龍舟,循蔡、潁浮淮,幸壽春。揚州界將吏士
兵,犯五歲刑已下,皆原除之。九月,遂至廣陵,赦青、徐二州,改
易諸將守。冬十月乙卯,太白晝見。行還許昌宮。十一月庚寅,
以冀州饑,遣使者開倉廩振之。戊申晦,日有食之。……是歲穿
天淵池。

六年春二月，遣使者循行許昌以東，盡沛郡，問民所疾苦，貧者振貸之。三月，行幸召陵，通討虜渠。乙巳，還許昌宮。幷州刺史梁習討鮮卑軻比能，大破之。辛未，帝爲舟師東征。五月戊申，幸譙。壬戌，熒惑入太微。六月，利成郡兵蔡方等以郡反，殺太守徐質。遣屯騎校尉任福、步兵校尉段昭與青州刺史討平之，其見脅略及亡命者，皆赦其罪。秋七月，立皇子鑒爲東武陽王。八月，帝遂以舟師自譙循渦入淮，從陸道幸徐。九月築東巡臺。冬十月，行幸廣陵故城，臨江觀兵，戎卒十餘萬，旌旗數百里。是歲大寒，水道冰，舟不得入江，乃引還。十一月，東武陽王鑒薨。十二月，行自譙過梁，遣使以太牢祀故漢太尉橋玄。

七年春正月，將幸許昌，許昌城南門無故自崩，帝心惡之，遂不入。壬子，行還洛陽宮。三月，築九華臺。夏五月丙辰，帝疾篤，召中軍大將軍曹眞、鎮軍大將軍陳羣、征東大將軍曹休、撫軍大將軍司馬宣王，並受遺詔輔嗣主，遣後宮淑媛、昭儀已下歸其家。丁巳，帝崩於嘉福殿，時年四十。六月戊寅，葬首陽陵，自殯及葬，皆以終制從事。

初，帝好文學，以著述爲務，自所勒成垂百篇。又使諸儒撰集經傳，隨類相從，凡千餘篇，號曰皇覽。

（二）曹丕其他作品選錄

與吳質書

二月三日丕白。歲月易得，別來行復四年。三年不見，東山猶歎其遠，況乃過之？思何可支！雖書疏往返，未足解其勞結。

　　昔年疾疫，親故多離其災，徐、陳、應、劉，一時俱逝，痛可言邪！昔日遊處，行則連輿，止則接席，何曾須臾相失。每至觴酌流行，絲竹並奏，酒酣耳熱，仰而賦詩。當此之時，忽然不自知樂也。謂百年已分，可長共相保。何圖數年之間，零落略盡，言之傷心。頃撰其遺文，都爲一集。觀其姓名，已爲鬼錄。追思昔遊，猶在心目，而此諸子化爲糞壤，可復道哉！

　　觀古今文人，類不護細行，鮮能以名節自立。而偉長獨懷文抱質，恬淡寡慾，有箕山之志，可謂‘彬彬君子’者矣。著中論二十餘篇，成一家之言，辭義典雅，足傳於後，此子爲不朽矣。德璉常斐然有述作之意，其才學足以著書。美志不遂，良可痛惜。

　　間者歷覽諸子之文，對之抆淚。旣痛逝者，行自念也。孔璋章表殊健，微爲繁富。公幹有逸氣，但未遒耳，至其五言詩之善者，妙絕時人。元瑜書記翩翩，致足樂也。仲宣獨自善於辭賦，惜其體弱，不足起其文，至於所善，古人無以遠過。昔伯牙絕弦於鍾期，仲尼覆醢於子路，痛知音之難遇，傷門人之莫逮。諸子但爲未及古人，自一時之儁也。今之存者，已不逮矣。後生可畏，來者難誣，然恐吾與足下不及見也。

　　年行已長大，所懷萬端。時有所慮，至通夜不暝。志意何時復類昔日？已成老翁，但未白頭耳！光武言“年三十餘，在兵中十歲，所更非一”。吾德不及之，年與之齊矣。以犬羊之質，服虎豹之文；無衆星之明，假日月之光，動見瞻觀，何時易乎？恐永不復得爲昔日遊也！少壯眞當努力，年一過往，何可攀援！古人思秉燭夜遊，良有以也。

　　頃何以自娛？頗復有所述造否？東望於邑，裁書敍心。丕白。

(三)關於曹丕在文學方面的評價

劉勰曰：魏文之才，洋洋清綺，舊談抑之，謂去植千里。然子建思捷而才儁，詩麗而表逸，子桓慮詳而力緩，故不兢於先鳴，而樂府清越，典論辯要，迭用短長，亦無懵焉。但俗情抑揚，雷同一響，遂令文帝以位尊減才，思王以勢窘益價，未爲篤論也。（文心雕龍才略篇）

鍾嶸曰：魏文帝，其源出於李陵，頗有仲宣之體則。新奇百許篇，率皆鄙直如偶語，惟"西北有浮雲"十餘首，殊美瞻可玩，始見其工矣，不然，何以銓衡羣彥，對揚厥弟者耶？（詩品中）

胡應麟曰：魏文雜詩"漫漫秋夜長"，獨可與屬國（蘇武）並馳 然去少卿（李陵）尙一線也。樂府雖酷是本色，時有俚語，不若子建純用己調。蓋漢人語似俚，此最難體認處。（詩藪內編卷二）

王夫之曰：讀子桓樂府卽如引人於張樂之野，冷風善月，人世陵囂之氣，淘汰俱盡。古人所貴於樂者，將無在此？（古詩評選卷一）

陳祚明曰：子桓筆姿輕俊，能轉能藏，是其所優。轉則變宕不恆，藏則含蘊無盡，其源出於十九首，淡逸處彌佳，樂府雄壯之調，非其本長。（采菽堂古詩選卷五）

沈德潛曰：子桓詩有文士氣，一變乃父悲壯之習矣。要其便娟婉約，能移人情。（古詩源卷五）

三 曹 植

曹植(公元一九二——二三二)字子建，曹操第三子，曹丕弟。曹植少聰敏，曹操對他很寵愛，幾次想立他爲太子，但由於他"任性而行，不自彫勵"，終於失寵。公元二二〇年曹丕卽帝位後，對他施行壓抑和迫害，屢次將他貶爵徙封，他很不得志。明帝曹叡卽位後，情況也沒有變化。曹植幾次上疏，希望得到重用，都不能如願，因而終日過着困頓苦悶的生活。四十一歲因病去世。

曹植的生活和創作，可以曹丕卽位那年爲界，分成前後兩期。他前期的詩歌主要是表現自己的政治抱負，嚮往建功立業。他想以較清明的政治來統一天下，這在當時是有進步意義的。這時他也寫了一些反映戰亂和人民疾苦的詩。他後期的詩較深刻地揭露了曹丕等人的殘酷，也表現了渴望自由、反抗迫害、蔑視庸俗的思想感情和懷才不遇的憤懣，這些詩也有進步意義。他有一些歌詠貴公子享樂生活和表現追求長生永壽思想的作品，這是他詩歌中的糟粕。應當指出的是，他建功立業的思想中，也包含有熱衷於個人不朽的落後面。

曹植詩歌的藝術性很高，詩品說他"骨氣奇高，詞采華茂"，是恰當的。曹植對五言詩的發展起了很大的推動作用。今傳曹子建集十卷，淸人丁晏所編曹集詮評是較好的評校本。

送 應 氏①

步登北芒阪②，遙望洛陽山。洛陽何寂寞，宮室盡燒焚。垣牆皆
頓擗③，荊棘上參天。不見舊耆老④，但覩新少年。側足無行
徑⑤，荒疇不復田。遊子久不歸⑥，不識陌與阡。中野何蕭條⑦，
千里無人烟。念我平生親⑧，氣結不能言。

①送應氏共二首，此選其一。應氏指汝南應瑒(字德璉)、應璩(字休璉)
　兄弟，都是詩人。建安十六年(公元二一一)曹植隨曹操西征馬超，從
　鄴城出發，經過洛陽，會見應氏兄弟，而應氏兄弟又將北往，故曹植
　作詩送別(用黃節說，詳曹子建詩注)。洛陽經董卓焚掠以後(參見後
　悲憤詩注)，由於頻年戰亂，未經恢復，故更見荒蕪。詩人借送別之
　作，眞實地描寫了在洛陽所見的景象，其中還含有對當時戰亂的無限
　感慨。
②"步登"二句："北芒"，山名，即邙山，在洛陽城北，爲漢時王公貴官陵
　墓羣集地，這裏往往會引起當時封建文人對於人生的感慨。"阪
　(bǎn)"，斜坡。"洛陽山"，指洛陽外圍的山峰。洛陽城北有芒山，南
　有伊闕、龍門(在今洛陽市南)。這二句言登北邙遙望洛陽四圍的山
　峰。
③"垣牆"二句："頓擗"，倒塌崩裂。"參天"，高接於天。這二句寫宮室
　毀壞之狀，言宮室垣牆都倒塌崩裂，荊棘雜樹長得很高。
④"不見"二句："耆(qí)"，老。"覩"，見。這二句言洛陽城中已經看不見
　舊日的老人，只能見到新一代的少年。
⑤"側足"二句："側足"，側着身體走路。"疇"，耕種過的田地。"田"，此
　處作動詞用，耕種。這二句寫田地荒蕪之狀，言田野外沒有可走的小
　路，荒廢了的土地不再有人耕種。

⑥"遊子"二句：言遊子很久沒有回到家鄉，回來時連田野間南北東西的
　　阡陌小道也找不到了。舊解以爲"遊子"指應氏，由此轉到送別的意
　　思上去。

⑦"中野"二句："中野"，郊野之中。這二句言田野裏多麼蕭條，一望千
　　里，不見人烟。

⑧"念我"二句："平生親"，指應氏。"氣結"，謂因悲哀而氣鬱結。古詩
　　"悲與親友別，氣結不能言"。"平生親"，一作"平常居"。

雜詩六首①

高臺多悲風②，朝日照北林。之子在萬里③，江湖迥且深。方舟
安可極④，離思故難任。孤雁飛南遊⑤，過庭長哀吟。翹思慕遠
人⑥，願欲託遺音。形景忽不見⑦，翩翩傷我心。

①雜詩六首同載文選，故歷來以爲是一組詩，其實彼此並無關聯，也不
　全是同時之作。前人所作關於各首寫作時間的考證，多是據詩推測，
　旁證也不足；此處各取近是之說，僅資參考。六首次序，仍依文選。第
　一首是懷人之作，大概作於鄄城（今山東濮縣東），所懷者可能是曹
　彪。曹彪當時封吳王，在南方，他是曹植的異母弟。

②"高臺"二句："北林"，毛傳以爲是林名，見詩經秦風晨風："鴥彼晨風，
　鬱彼北林。未見君子，憂心欽欽。"這裏用"北林"，爲了使人聯想起
　"未見"二句，烘托懷人之情，加強藝術感染力。這二句寫作者早晨登
　臺所見所感，從而引起懷人之情。

③"之子"二句："之子"，那人，指所懷念的人。"迥(jiǒng)"，遠。這二句
　言所懷者在遠方，中隔大江大湖。

④"方舟"二句：兩只船併在一起叫"方舟"。"極"，至。"離思"，離別的
　悲愁。"任"，承當。這二句承上文，言遠隔江湖，水深難渡，就是方舟

也難到達那人所在的地方，所以離別的悲愁特別使人難於承當。

⑤“孤雁”二句：“孤雁”，雁是羣鳥，此指失羣的雁。“哀吟”，指孤雁悲哀的叫聲。這二句言一隻失羣的雁向南飛去，飛過庭院時發出悲哀的長叫聲。

⑥“翹思”二句：“翹”，向上仰，這裏指抬頭。“遺香”，寄個香信。這二句言仰見孤雁南飛，因而念及遠方的人，很想託孤雁帶個香信給他。

⑦“形景”二句：“景”卽“影”。“形景”，這裏指雁的形影。“翩翩”，鳥飛輕疾貌。這二句承上文，言正在想的時候，孤雁已經飛過，很快就不見了；它飛得那麼快，毫不理會我的心意，更使我傷心。

其　二①

轉蓬離本根②，飄颻隨長風。何意迴飇舉③，吹我入雲中。高高上無極④，天路安可窮？類此遊客子⑤，捐軀遠從戎。毛褐不掩形⑥，薇藿常不充。去去莫復道⑦，沈憂令人老。

①本篇以轉蓬爲喻，寫從戎在外的遊子，飄流不定，生活困苦。曹植有遷都賦，其序曰：“余初封平原，轉出臨菑，中命鄄城，遂徙雍丘，改邑浚儀，而末將適于東阿。號則六易，居實三遷。連遇瘠土，衣食不繼。”又有吁嗟篇，也以轉蓬爲喻，寫自己“十一年中而三遷都，常汲汲無歡”(本傳語)的生活。故前人以爲本篇也是自況。

②“轉蓬”二句：“蓬”，又叫飛蓬，是菊科植物，葉子像柳葉，開小白花，秋天乾枯了，能隨風飛起。埤雅：“末大於本，遇風輒拔而旋(旋轉)。”故稱“轉蓬”。這二句言轉蓬隨風飄揚。

③“何意”二句：“意”，料想。“迴飇 (biāo)”，大旋風。這二句言轉蓬忽然遇到一陣大旋風，把它吹入雲中。

④“高高”二句：言天高無止境，是走不到頭的。這二句或有所寓意，劉履

說:"久在遠外,政(正)如蓬離本根。一得入朝京都,如遇迴飆吹入雲中,自謂天路之可窮矣。及乎終不見用,轉致零落,乃知高高無極,不可企及。"(選詩補注)

⑤"類此"二句:意思是說轉蓬上下四方飄轉,正像遊子從軍遠方,到處飄泊。

⑥"毛褐"二句:"褐(hé)",粗毛布衣。"掩形",遮蔽身體。"薇",羊齒類植物,野生,嫩葉尖端爲渦卷狀,可食。"藿",豆葉。這二句言粗衣不足以蔽體,粗食難以充飢。作者在遷都賦中說:"琢蠡蜯而食蔬,摭皮毛以自蔽。"轉封東阿王謝表中也說:"桑田無業,左右貧窮,食裁糊口,形有躶露。"以及注①所錄遷都賦序:"連遇瘠土,衣食不繼。"都和這二句意思相同,可參看。

⑦"去去"二句:是自解語,言拋開這些不談吧,以免勾引起沈重的憂傷而使人老得更快。吳淇以爲這是"詩人從旁斷語",亦通(見六朝選詩定論)。

其　三①

西北有織婦②,綺縞何繽紛!明晨秉機杼③,日昃不成文。太息終長夜④,悲嘯入青雲。妾身守空閨⑤,良人行從軍。自期三年歸⑥,今已歷九春。飛鳥遶樹翔⑦,嗷嗷鳴索羣。願爲南流景⑧,馳光見我君。

①這詩寫思婦獨處空閨,感歎丈夫從軍日久而不歸來。前人多以爲寓有寄託。

②"西北"二句:黃節說:"'西北織婦',蓋喻織女星也。""綺(qǐ)",華麗的絲織品。"縞",白色生絹。"綺縞",這裏泛指所織之物。"繽紛",亂貌。這二句用織女星起興,言思婦在織絹,可是織的很亂。

③"明晨"二句："明晨"，清晨。"秉"，持。"杼(zhù)"，織布機上持緯的
織具。"日昃(zè)"，日過午。"文"，紋理。這二句言織婦從清晨開始
織布，但到太陽西斜了尚未織成紋理。詩經小雅大東："跂彼織女，終
日七襄。雖則七襄，不成報章。""西北有織婦"四句即用其中的意思
來寫思婦的心情。

④"太息"二句："太息"，即歎息。"嘯"，劉履說："蹙口出聲，以舒憤懣之
氣也。"這二句言思婦終夜歎息，悲嘯之聲上達青天。

⑤"妾身"二句："良人"，織婦對她丈夫的稱謂。這二句言丈夫出外從
軍，自己獨守空閨。

⑥"自期"二句："九春"，九年之意。這二句言丈夫外出時自以爲三年就
可以回來，而現在却已經過了九個春天了。

⑦"飛鳥"二句："噭噭(jiào)"，鳴叫聲。這二句是比興，言鳥兒遶樹飛
鳴，在尋求自己的伴侶。言外之意是鳥猶如此，何況我丈夫離去九
年，能不想念？能不盼望和他相見？

⑧"願爲"二句："景"，此處指陽光。這二句言思婦想化爲陽光，向南
流馳而去，照見自己的丈夫。

其　四①

南國有佳人②，容華若桃李。朝遊江北岸③，日夕宿湘沚。時俗
薄朱顏④，誰爲發皓齒？俛仰歲將暮⑤，榮耀難久恃。

①本篇以佳人爲喻，寫有才而不獲施展的悲哀。前人多以爲是曹植自
傷之詞。黃節則以爲"佳人蓋指(曹)彪，時爲吳王也。"又說："此詩蓋
爲彪而發，亦以自傷也。"曹彪在江南，也曾幾次改封，遷徙無定，與詩
中"南國"、"朝遊江北"、"夕宿湘沚"等喻意近。

②"南國"二句："南國"，江南。此本楚辭九章橘頌："受命不遷，生南國

兮。"王逸注："南國謂江南也。"這二句言南方有一美人，容貌像桃李之花一樣美麗。

③"朝遊"二句："湘"是湘水，在湖南。"沚"，小洲。下句一作"夕宿瀟湘沚"。"瀟"是瀟水，在湖南零陵縣西北與湘水會合。這二句言佳人朝遊江北，晚上住宿在湘水的小洲上。這是比喻生活的遷徙不定。

④"時俗"二句："薄"，作動詞用，鄙薄、不看重。"朱顏"，猶"紅顏"，謂美貌。"誰爲"，爲誰。"爲"讀去聲。"發"，開。"皓齒"，潔白的牙齒。"發皓齒"，開口露齒，或指歌唱，或指言笑。這二句言時俗不看重紅顏，那又爲了誰去歌唱呢？這是比喻有才而不受重視，不獲施展。

⑤"俛仰"二句："俛"，即"俯"。"俛仰"，喻時間短促。"榮耀"，指花開燦爛，也指人的青春盛顏。這二句意謂青春難於久駐。

其 五①

僕夫早嚴駕②，吾行將遠遊。遠遊欲何之③？吳國爲我仇。將騁萬里塗，東路安足由？江介多悲風④，淮泗馳急流。願欲一輕濟⑤，惜哉無方舟。閑居非吾志⑥，甘心赴國憂。

①這是一首述志的詩。可能是與贈白馬王彪同時所作。詩中說自己願意渡江征吳，而不願從"東路"歸藩。這"東路"就是贈白馬王彪中"怨彼東路長"的"東路"，是從洛陽到鄄城的路。其事可參看贈白馬王彪序。

②"僕夫"二句："僕夫"，這裏指趕車的僕人。"嚴駕"，整治車駕。"行"，且。這二句言趕車的已經套好了車馬，我就要開始遠行了。

③"遠遊"四句：第二句，"吳國"，即孫吳。曹植想征服吳、蜀，統一天下的志向，常表現在詩文中，可參看鰕䱇篇注①。第三句，"塗"，即"途"。第四句，"足"，值得。"由"，行。這四句言我遠行要到哪裏去呢？現在天下還沒有統一，東吳孫權就是我的仇敵。我要馳騁於萬里之

外，征服敵國，實現我的壯志。那麼，這條往東到鄄城去的路，怎值得我走呢？黃節說："植於黃初四年徙封雍丘，來朝洛陽，欲從征孫權，不願東歸，故曰'東路安足由'也。"

④"江介"二句："江介"，江間。"淮泗"，淮水和泗水，是南征孫吳必經之地。這二句言長江上風聲激越，淮水、泗水水流很急。

⑤"願欲"二句：言我本想渡過長江、淮水、泗水去，可惜沒有船隻。"方舟"喻權柄。

⑥"閑居"二句：言閑居不是我的志向，我情願爲國家的憂患而赴湯蹈火。曹植不甘閑居的思想，亦見於求自試表："如微才弗試，沒世無聞，徒榮其軀而豐其體，生無益於事，死無損於數，虛荷上位而忝重祿，禽息鳥視，終於白首，此徒圈牢之養物，非臣之所志也。"可參看。

其　六①

飛觀百餘尺②，臨牖御欞軒。遠望周千里，朝夕見平原。烈士多悲心③，小人媮自閑。國讎亮不塞④，甘心思喪元。拊劍西南望⑤，思欲赴太山。絃急悲風發⑥，聆我慷慨言。

①這也是述志之作。詩中說自己準備爲了"國仇"而犧牲生命。黃節以爲這是建安十九年曹操東征孫吳，曹植在鄄城留守時所作。

②"飛觀"二句："觀"，也稱"闕"，是宮門前的兩座望樓。"飛觀"，謂其高，凌空而起。"百餘尺"也是極言其高。古詩："雙闕百餘尺"，與此句極相似。"牖(yǒu)"，牆上的窗戶。"御"，猶"憑"，靠着。"欞(líng)"，窗格。"軒"，有窗的長廊。這二句言在望樓上臨窗憑欄遠眺。

③"烈士"二句："烈士"，志士。"媮"，同"偷"，苟且，一作"偷"。這二句言志士多憂時憂國之心，而小人則苟且自安。

④"國讎"二句："讎(chóu)"，仇。"亮"，誠然。"塞"，堵塞、杜絕。"喪元"，丟掉腦袋。這二句言目前國仇的確沒有杜絕；爲了征服敵國，杜

絕國仇，情願獻出自己的生命。

⑤“拊劍”二句：“拊”同“撫”。“西南望”，望敵國吳、蜀，蜀在西，吳在南。
“赴太山”，赴，死的意思。漢時緯書援神契說：“太山，天帝孫也，主召
人魂。”（文選劉楨贈五官中郎將李善注引）後漢書烏桓傳：“肥養一犬
……使護死者神靈歸赤山，……如中國人死者魂神歸岱山（卽太山）
也。”可見漢、魏間習俗以爲人死後魂赴太山。建安詩人也常用以入
詩，劉楨詩：“常恐遊岱宗（太山），不復見故人。”應瑒百一詩殘句：“年
命在桑榆，東嶽與我期。”都是此意。（見顧炎武日知錄卷三十“泰山
治鬼”）這二句言撫劍眺望西方和南方，願爲征討吳、蜀而戰死。

⑥“絃急”二句：“絃”，琴絃。“絃急”，謂琴聲急促。“悲風”，一作“悲聲”。
“聆”，聽。這二句言我已彈起這急促悲壯的調子，請聽聽這激昂慷慨
的歌辭吧。

贈 徐 幹①

驚風飄白日②，忽然歸西山。圓景光未滿③，衆星粲以繁。志士
營世業④，小人亦不閒⑤。聊且夜行遊，遊彼雙闕⑥間。文昌鬱
雲興⑦，迎風高中天。春鳩鳴飛棟⑧，流淼激櫺軒。顧念蓬室
士⑨，貧賤誠足憐。薇藿弗充虛⑩，皮褐猶不全。慷慨有悲心⑪，
興文自成篇。寶棄怨何人⑫？和氏有其愆。彈冠俟知己⑬，知己
誰不然？良田無晚歲⑭，膏澤多豐年。亮懷璵璠美⑮，積久德愈
宣。親交義在敦⑯，申章復何言。

①徐幹（公元一七一——二一四）字偉長，北海（今山東壽光縣東南）人，
“建安七子”之一。史載他性恬淡，不慕官祿。著有中論二卷，其詩現
存室思等四首。本篇是作者勸勉徐幹的詩，詩中說徐幹是有志於事

業的人,但貧困不得志,希望他努力修養品德,以待時機。

②"驚風"句:"驚風",急風。李善說:"夫日麗於天,風生乎地。而言飄者,夫浮景駿奔,倏焉西邁,餘光杳杳,似若飄然。"

③"圓景"二句:"圓景",謂月亮。"圓景光未滿",是說月亮還沒有圓。"以",且。"粲以繁",亮而且多。以上四句寫景,也有時光過得很快的意思,興起下文。有些舊注以爲白日比喩漢將亡,圓景比喩魏武功未竣,似嫌牽强。

④"志士"句:"志士",指徐幹這樣有志於建立功業的人。"世業",足以傳世的功業;一說指著書。

⑤"小人"句:"小人",與"志士"對舉,此指一般人。一說曹植自己戲稱;"不閒"即指下句"夜行遊"。

⑥"闕":皇宮前的望樓。

⑦"文昌"二句:"文昌",魏都鄴宮正殿名。"鬱雲興",雲氣鬱然昇起。"迎風",鄴城的迎風觀。"高中天",高聳於半空。這二句寫鄴都宮觀的壯麗。

⑧"春鳩"二句:"鳩",鳥名,狀如野鴿,屬鳩鴿類。"猋(biāo)",旋風。"激",猛吹。"欂軒",已見前雜詩注。以上四句寫夜遊所見景色。這裏描寫宮闕之盛是反襯下文徐幹處境的貧困和寂寞。黃節說:"王粲雜詩曰:'鷙鳥化爲鳩,遠竄江漢邊。遭遇風雲會,託身鸞鳳間。'當時建安諸子作詩,往往互相摹擬。子建'春鳩'、'流猋'二句,蓋有仲宣詩意。謂鳩居殿觀,際會風雲,喩人才雜出,而幹獨甘貧賤也。"可供參考。

⑨蓬室士:謂貧士。"蓬室",茅屋。全三國文無名氏中論序說徐幹晚年"疾稍沈篤,不堪王事,潛身窮巷,頤志保眞。……環堵之牆,以庇妻子,並日而食,不以爲戚"。

⑩"微驅"二句:"微驅",已見前雜詩注。"虛",指腹中空虛。"褐",粗布衣。這二句是說徐幹衣食不周。

⑪ "慷慨"二句：上句言憤懣不得志的思想感情，下句言這種思想感情發而成為詩文。按此即指徐幹所著的中論。

⑫ "寶棄"二句：用韓非子和氏中和氏獻璧事：楚國人卞和幾次將所發現的璞玉獻給楚厲王和楚武王，因無人能識，反而獲罪受刖足之刑；直到楚文王時才終於認出是真的寶玉，遂稱它為"和氏之璧"。曹植這裏將徐幹比作寶玉，將自己比作卞和，意思是說徐幹未得到重用，自己是有過失的。"愆"，過失。

⑬ "彈冠"二句："彈冠"，彈去冠上的灰塵，意為準備去作官。漢書王吉傳："吉與貢禹為友，時稱王陽(王吉字子陽)在位，貢公彈冠。"顏師古注："彈冠者，言入仕也。"這二句是說：徐幹等待知己(指作者自己)的援引方才出任，而知己誰又不是像徐幹一樣未被重用呢?或者說：知己誰不想如王吉、貢禹一樣相援引呢?言外是沒有力量。此處作者也流露出自己的牢騷。

⑭ "良田"二句："晚歲"，收穫遲。"膏澤"，肥沃有水的土地。這二句說，猶如好地一定有豐收，有才德的人是一定有出頭之日的。

⑮ "亮懷"二句："亮"，猶"信"，確實。"璵璠(yú fán)"，美玉，比喻美德。"宣"，顯著。這二句說，確實懷有美德，則日子愈長其德行也將愈為人所了解。

⑯ "親交"二句："親交"，好朋友。"敦"，勉勵。"申"，陳。"申章"，指贈與此詩。這二句說，好朋友的責任在於互相勉勵，所以就贈送你這首詩，此外，還有什麼好說的呢?清人朱緒曾認為徐幹性情恬淡，輕視功名，閉門著書，不求仕進，而曹植則鼓勵他出來做官，說貧賤著書、沈淪不仕就等於懷璞不獻、寶棄於地，這樣做，懷璞者本人就有過失("和氏有其愆")。假使能"彈冠"而俟知己，則誰不是知己?最後更以親交的身分敦促徐幹，希望他不要屢以疾病來推辭旌命(見曹子建集考異)。這樣來解釋本篇，也有一定道理，可資參考。

贈 丁 儀①

初秋凉氣發，庭樹微銷落。凝霜依玉除②，清風飄飛閣③。朝雲不歸山④，霖⑤雨成川澤。黍稷委疇隴⑥，農夫安所穫？在貴多忘賤，爲恩誰能博？狐白足禦冬⑦，焉念無衣客？思慕延陵子⑧，寶劍非所惜。子其寧爾心⑨，親交義不薄。

①丁儀，字正禮，沛郡人。曹操辟爲掾（屬官）。與曹植親近。曹操一度想立曹植爲太子，丁儀有意促成其事，故被曹丕忌恨。曹丕即位不久，就殺了丁儀。曹植這首詩約寫在曹丕即位後不久，詩中安慰丁儀，勸他不要因爲沒得到封賞而不安。

②“凝霜”句：“除”，殿階。“玉除” 玉石的殿階。這句言台階前有了寒霜。

③飛閣：即閣樓，因閣樓有飛簷，故稱“飛閣”。

④“朝雲”句：這裏說早晨雲聚集在天空不回到山裏去。也就是陰天的意思。

⑤霖：連下三天以上的雨。即久雨。

⑥“黍稷”句：“委”，同“萎”。這句說久雨不晴，莊稼被淹，因而萎死在田裏。

⑦“狐白”二句：晏子春秋卷一：“景公之時，雨雪三日而不霽，公被狐白之裘，坐堂側陛。晏子入見，立有間。公曰：‘怪哉！雨雪三日而天不寒。’晏子對曰：‘天不寒乎？’公笑。晏子曰：‘臣聞古之賢君，飽而知人之飢，溫而知人之寒，逸而知人之勞。今君不知也。’” 這二句是用這個典故來說明“在貴多忘賤”。

⑧“思慕”二句：新序節士：“延陵季子將西聘晉，帶寶劍以過徐君。徐君觀劍不言，而色欲之。延陵季子爲有上國之使，未獻也，然其心許之

矣。致使於晉，故反則徐君死於楚。……於是季子以劍帶徐君墓樹而去。”這二句說自己傾慕延陵季子的精神，爲了幫助朋友，是無所珍惜的。

⑨“子其”二句：大意說，你放心吧，咱們朋友間的交情是很深的。

贈白馬王彪① 并序

黄初四年五月②，白馬王、任城王與余俱朝京師，會節氣。到洛陽③，任城王薨。至七月，與白馬王還國④。後有司以二王歸藩⑤，道路宜異宿止，意每恨之。蓋以大別在數日⑥，是用自剖，與王辭焉，憤而成篇。

①據文選李善注，知本集原作於圈城作，當是蕭統根據序文改作此題。魏志陳思王傳：“(黄初)四年(植)徙封雍丘王，其年，朝京都。”裴注引魏氏春秋：“是時待遇諸國法峻。任城王暴薨，諸王既懷友于之痛。植及白馬王彪還國，欲同路東歸，以敍隔闊之思，而監國使者不聽。植發憤告離而作詩。”這是一首較長的抒情詩，共分七章，最早卽見於裴注所引魏氏春秋，無序。序文最先見於文選。這首詩揭露了統治階級內部的矛盾，對我們有一定的認識價值。“白馬王”，指曹彪。彪字朱虎，是曹植異母弟。“白馬”，在今河南滑縣東。魏志載彪於黄初四年爲吳王，七年徙封白馬王，與此詩不合。據朱緒曾、黄節考證，四年彪確曾封白馬王，魏志可能略而未載。

②“黄初”三句：“黄初”，魏文帝年號(公元二二〇——二二六)。黄初四年爲公元二二三年。“任城王”，指曹彰，彰字子文，曹植同母兄。“任城”，今山東濟寧市。時曹植爲鄄城王。鄄城，今山東濮縣東。“京師”，指洛陽。“會節氣”，魏有諸侯藩王朝節的制度。每年立春、立夏、立秋、立多四個節氣之前，諸王皆來京師行迎氣之禮，並舉行朝會。這叫做

“會節氣”。黃初四年六月二十四日立秋，依制須於立秋前十八日行迎氣之禮。植等三人五月動身前往京師，即爲此。

③“到洛陽”二句：“薨(bōng)”，古代稱諸侯或有爵位的大官死去爲“薨”。世說新語尤悔：“魏文帝忌弟任城王驍壯，因在卞太后閣共圍棋，並嘅棗。文帝以毒置諸棗蒂中，自選可食者而進，王弗悟，遂雜進之。……須臾遂卒。”這段記載不一定可靠，錄以備考。

④還國：回到封地。

⑤“後有司”三句：“有司”，官吏。職有專司，故稱有司。此指監國使者灌均。監國使者是文帝設以監察諸王、傳達詔令的官吏。“藩”，藩國、屬國。這三句說：後來監國使者認爲二王回封地，沿途不得同行同宿，心中每每很痛恨。魏鄄城、白馬同屬兗州東郡，故二王本可同路東歸。

⑥“蓋以”四句：“大別”，永別。當時魏已規定藩國不得互相交通，曹植自知不能再見，故云。詩末章說：“離別永無會，執手將何時？”可證。“自剖”，把自己的心裏話剖白出來。這四句說不久即將永別，爲了要表白心意，跟王告辭，就憤慨地寫成了這篇詩歌。〔以上是序文。〕

謁帝承明廬①，逝將返舊疆。清晨發皇邑②，日夕過首陽。伊洛廣且深③，欲濟川無梁。汎舟越洪濤④，怨彼東路長。顧瞻戀城闕⑤，引領情內傷。

①“謁帝”二句：“謁(yè)”，朝見。“承明廬”，長安漢宮有承明廬。此處是借用漢事，非實指。“逝”，語助詞，無義。“舊疆”，指作者的封地鄄城。這二句說朝見皇帝之後，又將返回封地。

②“清晨”二句：“發”，出發。“皇邑”，皇城，指京都洛陽。“首陽”，山名，李善注引陸機洛陽記：“首陽山在洛東北，去洛二十里。”這二句說清早從洛陽出發，傍晚時經過首陽山。

③“伊洛”二句：“伊”、“洛”，二水名。伊水源出河南熊耳山，至偃師縣入

洛水。洛水源出陝西冢嶺山,至河南鞏縣入黃河。"濟",渡。這二句
說伊、洛二水寬而且深,無橋梁可度。

④"汎舟"二句:"越",踰越、渡過。"東路",自洛陽東歸鄄城的路。這二
句說乘船越過驚濤駭浪,抱怨這東歸的路多麼漫長。

⑤"顧瞻"二句:"顧瞻",回頭眺望。"城闕",指京城洛陽。"引領",伸長
脖子極目遠望。這二句是說回望洛陽,極目傷神。〔以上是第一章,
寫初離京城時的眷戀之情。〕

太谷何寥廓①,山樹鬱蒼蒼。霖雨泥我塗②,流潦浩縱橫。中逵
絕無軌③,改轍登高岡。修坂造雲日④,我馬玄以黃。

①"太谷"二句:"太谷",一說山谷名,一說關名,在洛陽東南五十里,舊
名通谷。洛神賦也提到此地:"經通谷,陵景山。""寥廓",空闊廣遠
貌。"鬱",樹木叢生積聚貌。"蒼蒼",草木深綠色。這二句說太谷何
其空闊,而山上的樹林則是一片青葱。

②"霖雨"二句:"泥",這裏作動詞用,謂使道路泥濘,阻滯不通。"潦
(lǎo)",積水,路上的流水。魏志文帝紀載黃初四年六月大雨,伊、洛
溢流。這二句說大雨下個不停,泥濘阻塞了歸路,水流浩蕩,橫溢
四野。

③"中逵"二句:"逵",九達之道。"中逵",道路交錯的地方。詩經周南
兔罝:"肅肅兔罝,施于中逵。""絕",斷。"軌",車跡。"改轍",改道。
這二句說車子為泥濘所阻,就改道登上高岡。

④"修坂"二句:"修",長。"坂",斜坡。"造",至。呂向說:"言至雲日
者,坂高也。"(六臣注文選)"玄黃",馬病。詩經周南卷耳:"陟彼高
岡,我馬玄黃。"鄭玄箋:"玄馬病則黃。"朱熹注:"玄馬而黃,病極而
變色也。""以",而。這二句說山坡很高,使得馬也累病了。〔以上是
第二章,寫渡過伊、洛二水後,因霖雨不止,道路淤塞而登高涉險,人
馬不堪其苦。〕

玄黃猶能進①，我思鬱以紆。鬱紆將何念？親愛在離居。本圖相
與偕②，中更不克俱。鴟梟鳴衡軛③，豺狼當路衢。蒼蠅間白
黑④，讒巧令親疏。欲還絕無蹊⑤，攬轡止踟躕。

①"玄黃"四句："鬱"，憂鬱。"紆"，心情鬱結。李周翰說："鬱紆，愁思繁
　也。"（六臣注文選）"何念"一作"難進"。這四句寫與王臨別時悲傷
　之深。

②"本圖"二句："偕"，同。"克"，能。吳淇說："二王初出都未有異宿之
　命。出都後羣臣希旨，中途命下，始不許二王同路。"（見六朝選詩定
　論）

③"鴟梟"二句："鴟梟 (chī xiāo)"，似黃雀而小，惡鳥。"衡"，車轅前的
　橫木。"軛"，衡兩旁下面用以扼住馬頸的曲木。李善說："鴟梟、豺
　狼，以喻小人也。"黃節說："後漢書輿服志曰：'乘輿龍首衡軛，鸞雀立
　衡。'詩言'鴟梟鳴衡軛'，謂不祥之鳥近在乘輿，喻君側之多惡人也。"
　這二句以鴟梟喧囂、豺狼當道比喻小人包圍君主，離間兄弟間的感
　情。

④"蒼蠅"二句：詩經小雅青蠅："營營青蠅止於樊。"鄭玄解釋說："蠅之
　為蟲，汙白使黑，汙黑使白。"李善說："(此) 喻佞人變亂善惡也。"
　"間"，毀。"讒巧"，讒言巧語。"令"一作"反"。這二句說只因邪惡小
　人在皇帝面前像蒼蠅般地顛倒黑白，搬弄口舌，使得親骨肉反而疏遠
　了。

⑤"欲還"二句："蹊"，路徑。"攬轡"，拿着韁繩。"踟躕"，徘徊不進。呂
　向說這二句"言在朝讒人旣多，欲還無路，且攬轡而止，踟躕未進也。"
　（六臣注文選）〔以上是第三章，說明兄弟之所以不得相親，是由於小
　人從中離間。〕

踟躕亦何留？相思無終極。秋風發微涼，寒蟬①鳴我側。原野何
蕭條，白日忽西匿②。歸鳥赴喬林③，翩翩厲④羽翼。孤獸走索

羣⑤，銜草不遑⑥食。感物傷我懷⑦，撫心長太息。

　①寒蟬：蟬的一種，至秋深天寒則不鳴（見方言）；亦名寒蜩，或寒螿。

　②西匿：謂夕陽西下。“匿”，隱藏。

　③喬林：喬木林。“喬木”，高大的樹木。

　④厲：疾貌。

　⑤索：尋求。

　⑥不遑：沒有功夫。“遑”，閒暇。

　⑦“感物”二句：承上文，謂日暮飛鳥歸林、孤獸索羣，見此景物，更加感到別離之苦，於是就傷心、歎息起來。〔以上是第四章，寫秋原日暮淒涼景象和作者的離情別緒。〕

太息將何爲①？天命與我違。奈何念同生②，一往形不歸。孤魂翔故城③，靈柩寄京師。存者忽復過④，亡沒身自衰。人生處一世⑤，去若朝露晞。年在桑榆間⑥，影響不能追。自顧非金石⑦，咄唶令心悲。

　①“太息”二句：“天命”，受之於天的命運。這二句是說：何必歎息呢？命運總是和我的心願相違背的。

　②“奈何”二句：“同生”，謂同胞兄弟，指任城王曹彰。曹彰和作者都是卞皇后所生。“一往形不歸”，謂曹彰已死。

　③“孤魂”二句：“故城”，謂曹彰封地任城。“城”一作“城”。“靈柩”，裝着屍體的棺材。這二句說任城王的魂魄已飛回自己的封地，而靈柩仍寄放在洛陽。

　④“存者”二句：黃節說：“‘存者’，謂己與白馬(王)也。‘忽復過’，謂須臾亦與任城(王)同一往耳。”又說：“‘亡沒身自衰’句，倒文，謂身由衰而歿耳，指存者也。”這二句是說自己和白馬王曹彪目前雖還活着，但很快也會死去的。劉履認爲“存者”和“亡沒”應互換（見選詩補注），意思則是：死者已成過去，存者身體漸衰，也難久長。亦通。

⑤“人生”二句：“晞 (xī)”，乾。漢樂府薤露歌：“薤上露，何易晞！”呂向
　　說：“(此二句) 言人在一世，若日照朝露，其乾在須臾。”意謂人生短
　　暫。

⑥“年在”二句：“桑、榆”，二星名，都在西方。李善說：“日在桑榆，以喻
　　人之將老。”“影”，此處指日光。這二句說人到晚年，時光流逝極快，
　　就是最快的光和聲也追趕不上。

⑦“自顧”二句：“顧”，念。“咄喈(duò jiè)”，驚歎聲。古詩：“人生非金
　　石，豈能長壽考。”這二句本此而稍加變化，意謂念及人生短促，令人
　　驚歎、悲傷。〔以上是第五章，由悲悼任城王的暴死而引起人生無常
　　的哀歎。吳淇說：“題是贈白馬，非弔任城也。於彼兄弟有生死之感，
　　益於此兄弟有離合之悲。”〕──────────────

心悲動我神①，棄置莫復陳。丈夫志四海②，萬里猶比鄰。恩愛
苟不虧③，在遠分日親。何必同衾幬④，然後展殷勤。憂思成疾
疢⑤，無乃兒女仁。倉卒骨肉情⑥，能不懷苦辛？

①“心悲”二句：是說內心的悲痛影響着我的精神，把悲痛拋開吧，不要
　　再提它了。

②“丈夫”二句：是說大丈夫有四方之志，雖然相隔萬里，還感到好像就
　　在近鄰一樣。

③“恩愛”二句：“苟”，如果。“分(fèn)”，猶“志”。這二句是說兄弟間的
　　友愛如果沒有減弱，相隔越遠，情分反倒會與日俱增。

④“何必”二句：“衾”，被子。“幬”，牀帳。“同衾幬”，共用被帳。後漢姜
　　肱與弟仲海、季江相友愛，常同被而眠，見後漢書姜肱傳。這裏用此
　　典故 (用劉履說)。“殷勤”，委曲的情意。這二句是說並不一定非要
　　生活在一起，然後纔能互表深情。

⑤“憂思”二句：“疢 (chèn)”，熱病。這二句是說如果憂傷成病，那未免
　　有失大丈夫氣概而只是兒女之情。黃節說：“墨子曰：‘仁者，愛也。’

兒女之仁，謂兒女之愛也。恩愛在同衾禍，此乃兒女之仁耳。六句用
比義。劉履云用漢姜肱兄弟共被而臥之義，恐非。"亦可通，錄以備
考。

⑥"倉卒"二句："骨肉情"，謂兄弟手足之情。這二句指曹彰之死，故下
章接言天命可疑、列仙虛無、百年變故在斯須。〔以上是第六章，慰曹
彰，亦自慰；對於分手離別猶可以萬里比鄰的豪語相勉勵，對於骨肉
暴死則不能克制其悲辛。〕

苦辛何慮思①？天命信可疑。虛無求列仙，松子久吾欺。變故在
斯須②，百年誰能持？離別永無會，執手將何時？王③其愛玉體，
俱享黃髮期④。收淚即長路⑤，援筆從此辭。

①"苦辛"四句："松子"，即赤松子，相傳是古仙人。這四句是說作者從
悲苦中省悟到天命可疑，求仙無用。

②"變故"二句："變故"，災禍。"斯須"，頃刻。"百年"，古詩："生年不滿
百。"這二句是說禍福無常，頃刻間就可能發生變故，誰也沒有把握能
百年善終。

③王：指白馬王曹彪。

④"俱享"句："黃髮"，謂老人。人老髮黃，故稱黃髮。爾雅："黃髮，壽也。"
此謂高壽。這句是說希望你我俱享高壽。

⑤"收淚"二句："即"，就，謂就而近之。"援"，引。這二句說停止哭泣，
踏上漫長的歸途，提筆作詩相贈，就此告別。〔以上是第七章，謂人生
無常，後會無期，但望彼此保重，最後寫贈詩惜別的情意。〕

箜篌引①

置酒高殿上，親友②從我遊。中廚③辦豐膳，烹羊宰肥牛。秦箏
何慷慨④，齊瑟和且柔。陽阿奏奇舞⑥，京洛出名謳。樂飲過三

爵⑥，緩帶傾庶羞。主稱千金壽⑦，賓奉萬年酬。久要不可忘⑧，薄終義所尤。謙謙君子德⑨，磬折欲何求？驚風飄白日⑩，光景馳西流。盛時不可再⑪，百年忽我遒。生存華屋處⑫，零落歸山丘。先民誰不死⑬，知命復何憂？

①本篇是樂府歌辭，屬相和歌瑟調曲。宋書樂志及樂府詩集列此於野田黃雀行題下，亦屬相和歌瑟調曲。王僧虔技錄又以此爲門有車馬客行置酒篇。此辭晉樂所奏，共分四解，每解六句，將"盛時不可再，百年忽我遒"二句移置於"驚風飄白日，光景馳西流"之前，餘同。箜篌引古題的本事，據崔豹古今注說："箜篌引，朝鮮津卒（管理渡口的兵士）霍里子高妻麗玉所作也。高晨起，刺船而櫂，有一白首狂夫，被髮提壺，亂流而渡。其妻隨呼止之，不及，遂墮河水死。於是援箜篌而鼓之，作公無渡河之曲（"公無渡河，公竟渡河，墮河而死，當奈公何！"），聲甚悽愴。曲終，自投河而死。霍里子高還，以其聲語妻麗玉，玉傷之，乃引箜篌而寫其聲，聞者莫不墮淚飲泣焉。麗玉以其曲傳鄰女麗容，名之曰箜篌引。"後遂以"公無渡河"篇爲古辭。但本詩與古題本義無關。孫鑛說："（本詩）言歡宴之樂，出於久安之義，當及時建立，無徒以憂生爲也。"（孫月峰先生評文選）此詩大概作於封平原侯或臨淄侯時，在建安十六年到二十一年間（公元二一一——二一六）（用清人朱緒曾說，見曹子建集校異）。那時正是曹植貴盛之時，太子之位也未定，所以詩中含蓄地表現出要求與親交共同建立功業的願望。"箜篌"，樂器名，體曲而長，有二十三絃。

②親友：親近的友人。一作"親交"。

③中廚：內廚房。

④"秦箏"二句："秦箏"，"箏"是弦樂器，古箏五弦，形如筑；後來秦蒙恬改爲十二弦，變形如瑟，"秦箏"之名由此而來。"齊瑟"，"瑟"是弦樂器，弦數多至五十，少或十九，種類不一。戰國策齊策有蘇秦說齊王

語："臨淄（齊都），其民無不鼓瑟也。"此處是稱瑟之佳者。這二句寫宴會上的音樂，言秦箏的樂音激昂，而齊瑟柔和。

⑤"陽阿"二句："陽阿"，地名，在今山西省鳳臺縣北。漢書外戚傳載："孝成趙皇后（趙飛燕）……及壯，屬陽阿主家，學歌舞。"此處卽用此典。"京洛"，卽東漢都城洛陽。"名謳"，著名歌曲。這二句寫宴會上的歌舞，言所表演的美妙舞蹈是從陽阿來的，所唱的著名歌曲則出於京都洛陽。

⑥"樂飲"二句："樂飲"，歡樂地飲酒。"爵"，酒杯。"過三爵"，喝了不止三杯酒，意謂已有醉意。禮記玉藻說："君子之飲酒也，受一爵而色灑如也（肅敬貌）；二爵而言言（和敬貌）斯；禮已三爵而油油（悅敬貌）以退。"這裏活用其意。"緩帶"，鬆寬衣帶。"庶羞"，各種美味。這二句言主客都已喝得帶有醉意，舉動比較隨便了，鬆寬衣帶，大吃各種好菜。

⑦"主稱"二句："千金壽"，這是用史記魯仲連鄒陽列傳中的成詞。戰國時，魯仲連爲趙國退却了秦軍，"平原君欲封魯連，魯連辭讓使者三，終不肯受。平原君乃置酒，酒酣，起前，以千金爲魯連壽（以金帛贈人叫'壽'）。""奉"，獻。"萬年酬"，祝主人長壽以謝盛情。這二句寫酒酣後賓主酬答之情。

⑧"久要"二句："久要"，舊約。上句用論語憲問："久要不忘平生之言，亦可以爲成人矣。""尤"，非難。這二句言賓主相好的舊約不可忘却，始厚而終薄是道義所不容許的。

⑨"謙謙"二句："謙謙"，卑謙貌。"磬"，古代的一種樂器，普通用石作成，中腰彎曲，掛起來敲打。"磬折"，形容彎腰鞠躬的樣子。這二句說謙遜本是君子的好品德，但如此謙恭下士又想得到什麼呢？言外之意是要求親交不忘舊約，幫助他建立功業。

⑩"驚風"二句："驚風"，疾風。"光景"，指白日。這二句說時光過得很快，彷彿是疾風在吹送白日往西流駛。

⑪"盛時"二句："盛時"，壯盛之時。"不可再"，一作"不再來"。"百年"，指一生。"遒(qiú)"，盡。這二句言壯盛之時不會重來，一生很快就會過去。

⑫"生存"二句："零落"，謂人事衰謝。這二句言活着住在華美的房屋裏，死後就歸葬於山丘之中。

⑬"先民"二句："先民"，過去的人。"知命"，想通了生死的道理。這二句說過去的人誰不死呢？想通了又有什麼可憂愁的？言外之意是說可憂的乃在功業無成。這首詩要求作一番事業，有一定積極意義，但知命無憂的說法很含混，卻容易使人產生不健康的想法。

野田黃雀行①

高樹多悲風②，海水揚其波。利劍不在掌③，結交何須多？不見籬間雀④，見鷂自投羅？羅家見雀喜⑤，少年見雀悲。拔劍捎羅網⑥，黃雀得飛飛。飛飛摩蒼天⑦，來下謝少年。

①本篇是樂府歌辭，樂府詩集收在相和歌瑟調曲，說："漢鼓吹鐃歌亦有黃雀行，不知與此同否？"這一篇詩以少年拔劍捎網救雀的故事為喻，抒寫自己不能解朋友危難的悲憤情緒。朱乾說："自悲友朋在難，無力援救而作。猶前詩(箜篌引)'久要不可忘'四句意也。前以望諸人，此以責己也。"(見樂府正義)本傳說："植既以才見異，而丁儀、丁廙、楊修等為之羽翼。太祖狐疑，幾為太子者數矣。……太祖既慮終始之變，以楊修頗有才策，而又袁氏之甥也，於是以罪誅修。植益內不自安。……文帝卽王位，誅丁儀、丁廙並其男口。"可幫助理解此詩。

②"高樹"二句："悲風"，勁疾之風。朱乾說："風波以喻險惡。"李光地說："'海水揚其波'承首句，言風著樹，則作波浪之聲也。"(見榕村詩選)或謂"樹高多風，海大揚波"(張玉穀古詩賞析語)，亦可通。

③"利劍"二句："利劍"，喻權勢。"結交"，結識朋友。"結交"一作"結

友"。這二句言如果手裏沒有權勢，又何必結交許多朋友呢？

④"不見"二句："鷂"，也叫鷂子、鷂鷹，鷙鳥，似鷹較小。"羅"，捕鳥的網。這二句是說：你沒有看見嗎？那些在離笆間遊戲的黄雀，見了鷂子就慌慌張張地躲避，卻不料反而投入捕鳥的羅網裏去了。自此以下卽寫少年救雀的故事，寄託了自己渴望救人急難的心情。漢鐃歌艾如張："山出黄雀亦有羅，雀以高飛奈雀何。"對本篇構思有所啓發。

⑤"羅家"：指張羅捕雀的人。

⑥"拔劍"二句："挱"，卽"捎"，除；一作"削"。"飛飛"，重言之以見雀飛輕快之狀。這二句言少年拔劍削破羅網，放走黄雀。

⑦摩蒼天：謂黄雀高飛，上接蒼天。形容飛得極高。"摩"，接觸。

七　哀①

明月照高樓，流光正徘徊②。上有愁思婦③，悲歎有餘哀。借問歎者誰？自云宕子妻④。君行踰十年⑤，孤妾常獨棲。君若清路塵⑥，妾若濁水泥。浮沈各異勢，會合何時諧？願爲西南風，長逝⑦入君懷。君懷良⑧不開，賤妾當何依？

①本篇文選列入哀傷類。宋書樂志楚調怨詩類載："明月，東阿王詞，七解。"樂府詩集則以本詩爲怨詩行本辭。可見也是樂府歌辭。文選六臣注呂向說："七哀謂痛而哀，義而哀，感而哀，怨而哀，耳目聞見而哀，口歎而哀，鼻酸而哀。"按俞樾文體通釋說："古人之詞，少則曰一，多則曰九，半則曰五，小半曰三，大半曰七。是以枚乘七發，至七而止，屈原九歌，至九而終。不然，七發何以不六，九歌何以不八乎？若欲舉其實，則管子有七臣七主篇，可以釋七。"其說名七之故，近是。今存曹植、王粲的七哀詩有佚失，因疑七哀之名七，意思與七發等名七名九相同，原來可能有詩七首。

②"流光"句："流光"，謂月光明澈、晃動如流水。"徘徊"，行不進貌。

③"上有"二句：說高樓上有一個憂愁的思婦，懷有不盡的哀傷，正在悲苦地歎息。

④"自云"句："自云"一作"言是"。"宕"同"蕩"。"蕩子"是離鄉外游，久出不歸的人，和今天所謂"浪蕩子"的意思不同。"宕子"一作"客子"。此句以上是詩人敍述，以下則作婦人自述口氣。

⑤君：此指妻子尊稱丈夫之詞。"逾"，超過。

⑥"君若"四句：黃節說："清路塵與濁水泥是一物，浮爲塵，沈爲泥，故下云浮沈異勢，指塵泥也。"這四句說夫妻本如塵和泥一樣同是一體，而如今丈夫像路上的清塵，自己像水中的濁泥，路上清塵隨風浮揚，水中濁泥永沈水底，地位趨勢各不相同，不知何時才能會合、和好。作者在九愁賦中說："寧作清水之沈泥，不爲濁路之飛塵。"取喻相同，用意則異，可以參看。

⑦逝：往、去。

⑧良：誠然。"良"一作"時。"

白　馬　篇①

白馬飾金羈②，連翩西北馳。借問誰家子③？幽并游俠兒。少小去鄉邑，揚聲沙漠垂。宿昔秉良弓④，楛矢何參差。控弦破左的⑤，右發摧月支。仰手接飛猱⑥，俯身散馬蹄。狡捷過猴猿⑦，勇剽若豹螭。邊城多警急⑧，虜騎數遷移。羽檄從北來⑨，厲馬登高隄。長驅蹈匈奴⑩，左顧凌鮮卑。棄身鋒刃端⑪，性命安可懷？父母且不顧，何言子與妻？名編壯士籍⑫，不得中顧私。捐軀赴國難⑬，視死忽如歸。

①本篇是樂府歌辭，屬雜曲歌齊瑟行。無古辭，而以首二字名篇。太平御覽兵部引本詩，題作游俠篇。這是一篇熱情讚美邊塞游俠兒武藝

高超、勇敢機智、忠勇愛國的詩。曹植"生乎亂，長乎軍"，又曾隨父"南極赤岸，東臨滄海，西望玉門，北出玄塞"（求自試表），又素以國仇爲念，所以寫來情意盎然。朱乾以爲這是"寓意於幽并遊俠，實自況也。……篇中所云捐軀赴難，視死如歸，亦子建素志，非泛述矣"。

②"白馬"二句："羈"，馬籠頭。"連翩"，翻飛不停貌。這二句寫遊俠兒躍馬飛馳的姿態，言白馬上套着金色的馬籠頭，矯健地向西北方向馳騁而去。

③"借問"四句：第二句，"幽、并"，二州名，其地相當於現在的河北、山西和陝西的一部分。史書上稱幽、并之民"好氣任俠"。第四句，"揚聲"，猶言"揚名"。"垂"一作"陲"，邊疆。幽、并二州，外接沙漠地區，當時居住着匈奴和鮮卑等種族。這四句設爲問答，補敍來歷，言躍馬而去的是幽、并地方的遊俠少年，他從小就離開了家鄉，而揚名邊塞。

④"宿昔"二句："宿昔"，言非一朝一夕，經常的意思。"秉"持。"楛（hù）矢"，用楛木莖作的箭。這二句言游俠少年弓箭不離身手。

⑤"控弦"二句："控弦"，張弓。"左的"，左方的射擊目標。"摧"，射裂。"月支"，一種箭靶子；又名素支。

⑥"仰手"二句："接"，迎射。"猱（náo）"，猿類動物，體矮小，攀緣樹木，輕捷如飛，故稱"飛猱"。"散"，射碎。"馬蹄"，射帖（箭靶）名。此連上二句皆寫其騎射技藝的精湛，無論上下左右，靜的動的，莫不箭發中的。

⑦"狡捷"二句："狡捷"，靈巧敏捷。"剽"，輕疾。"螭（chī）"，傳說中的一種動物，若龍而黃。這二句言游俠兒靈巧敏捷超過猿猴，而勇猛輕疾則如同豹螭。

⑧"邊城"二句："虜騎（jì）"，一作"胡虜"，此處指匈奴、鮮卑的騎兵。這二句言邊塞多警急情況，匈奴、鮮卑常來入侵。

⑨"羽檄"二句："檄（xí）"，用于徵召的文書，寫在一尺二寸長的木簡上，遇有警急情況，則加插羽毛，故稱"羽檄"。"厲馬"，猶言"催馬"。

“隄”，築以禦敵的工事。這二句言告急的羽檄從北面傳來，游俠兒立刻催馬登上高隄，準備禦敵。

⑩“長驅”二句：“左顧”，四顧、迴顧。“凌”，壓制。這二句言游俠少年長驅直搗匈奴的軍營，回頭來又壓服了入侵的鮮卑人。

⑪“棄身”二句：“棄”，一作“寄”。“懷”，猶“惜”。這二句言游俠兒置身於槍鋒刀刃之前，哪裏還會愛惜自己的性命？

⑫“名編”二句：“顧”，念。這二句言既然名字編在壯士的簿籍中，那麼就不能够顧念到個人的私事。

⑬“捐軀”二句：“捐”，棄。“捐軀”，獻身之意。“國難”，國家的危難。此指抵禦匈奴、鮮卑。這二句言游俠兒獻身奔赴國難，視死如歸。

名　都　篇①

名都多妖女②，京洛出少年。寶劍直千金③，被服麗且鮮。鬪雞東郊道④，走馬長楸間。馳騁未及半⑤，雙兔過我前。攬弓捷鳴鏑⑥，長驅上南山。左挽因右發⑦，一縱兩禽連。餘巧未及展⑧，仰手接飛鳶。觀者咸稱善⑨，衆工歸我妍。歸來宴平樂⑩，美酒斗十千。膾鯉臇胎鰕⑪，寒鼈炙熊蹯。鳴儔嘯匹侶⑫，列坐竟長筵。連翩擊鞠壤⑬，巧捷惟萬端。白日西南馳⑭，光景不可攀。雲散還城邑⑮，清晨復來還。

①本篇是樂府歌辭，屬雜曲歌齊瑟行。以首二字名篇，故稱名都篇。本詩主旨，歷來有兩種解釋，一說以爲“刺時人騎射之妙，游騁之樂，而無愛國之心”（文選六臣注張銑語）；一說以爲“子建自負其才，思樹勳業，而爲文帝所忌，抑鬱不得伸，故感憤賦此”（唐汝諤語，見古詩賞析引）。二說俱可通，而以前說較當。

②“名都”二句：郭茂倩說：“名都者，邯鄲、臨淄之類。”“妖女”，豔麗的女

子，指樂伎而言。這二句說邯鄲、臨淄等名都多豔麗的女樂，京城洛陽出驕奢的游俠少年。沈德潛說："起句以妖女陪少年，乃客意也。"（見古詩源）

③"寶劍"二句："直"，值。"麗"，一作"光"。這二句言少年佩用的寶劍價值千金，身上的穿著華麗耀眼。

④"鬪雞"二句："鬪雞"，使兩雞相鬪爲娛樂。春秋時就有鬪雞的習俗，漢、魏時很盛行。魏明帝曾在洛陽築鬪雞台。"長楸"，古人種楸樹於道旁，行列很長，故云。這二句言少年鬪雞走馬於城東郊外。

⑤"馳騁"二句："馳騁"，一作"馳馳"。"馳馳"猶"行行"（見文選考異）。這二句言走馬途中忽然遇見兩隻兔子從面前經過。

⑥"攬弓"二句："捷"，引。"鏑(dí)"，箭頭。"鳴鏑"，響箭。"南山"，黃節說："洛陽南山也。潘尼（晉詩人）迎大駕詩曰：'南山鬱岑岺，洛川迅且急'。即指此山。"這二句言少年見兔，立刻攬弓引箭驅馬追上南山。

⑦"左挽"二句："縱"，射。"禽"，鳥獸的總稱。"兩禽"，指"雙兔"。這二句言左手挽弓，向右發射，一箭射去，連中二兔。

⑧"餘巧"二句："展"，施展，顯露。"接"，迎面射出。"鳶(yuān)"，鷂鷹、鷂子。這二句言少年覺得自己的箭術尚未完全顯露，就抬手一箭，將天空飛着的鷂子迎面射了下來。

⑨"觀者"二句："衆工"，指衆善射者。這二句言四周觀衆都叫好，那些善射的人也都認爲我的箭術最精。

⑩"歸來"二句："平樂"，平樂觀，漢明帝所造，在洛陽西門外。"斗"，酒的容器。朱緒曾說："'美酒斗十千'，乃盛言酒之美耳。詩人興到之言，不必執以定酒價之多寡也。"這二句言少年遊獵歸來，在平樂觀設宴飲酒。

⑪"膾鯉"二句："膾(kuài)"，細切的肉。"臛(jùn)"，少汁肉羹。"膾"、"臛"在這裏都作動詞用。"胎鰕"，有子的魵魚，或有子的蝦。寒，醬漬；

一作"炮"，則是燒烤。"鼈"，甲魚。"熊蹯"，熊掌。這二句寫他們所吃的菜。

⑫"鳴儔"二句："竟"，窮、極。"竟長筵"，謂賓客坐滿了長筵的席位。這二句是說呼喚朋友入座，席無虛位。

⑬"連翩"二句："連翩"，翩飛不停貌。"擊鞠壤"，"鞠"是毛球，古人踢以爲戲，謂之蹴鞠。"壤"，地。"擊鞠壤"就是蹴鞠之地。或以爲"擊鞠壤"指蹴鞠和擊壤。"擊壤"也是古時的一種遊戲。"壤"用兩塊木頭作成，一頭寬闊，一頭尖銳，長一尺四寸，闊三寸。玩時將一塊放在三四十步外，用另一塊扔過去打它，中者爲勝。"惟"，語助辭。這二句言少年們宴會後就矯健地奔馳於蹴踘場地上，他們玩得很靈巧，變化也很多。

⑭"白日"二句："攀"，留。這二句說夕陽西下，時光無法留住。

⑮"雲散"二句：言少年們像浮雲般分散，各自入城歸家，明天清早將又到今天這些地方來取樂。

美　女　篇①

美女妖且閑②，采桑歧路間。柔條紛冉冉③，葉落何翩翩！攘袖見素手④，皓腕約金環。頭上金爵釵⑤，腰佩翠琅玕。明珠交玉體⑥，珊瑚間木難。羅衣何飄飄⑦，輕裾隨風還。顧盼遺光彩⑧，長嘯氣若蘭。行徒用息駕⑨，休者以忘餐。借問女安居⑩？乃在城南端。青樓臨大路⑪，高門結重關。容華耀朝日⑫，誰不希令顏？媒氏何所營⑬？玉帛不時安。佳人慕高義⑭，求賢良獨難。衆人徒嗷嗷⑮，安知彼所觀。盛年處房室⑯，中夜起長歎。

①本篇是樂府歌辭，屬雜曲歌齊瑟行，無古辭，而以首二字名篇。詩中寫美女因不遇理想的配偶而盛年不嫁，用以比喻志士有才能、有理想，

但未遇明主,才能不得施展。劉履說:"子建志在輔君匡濟,策功垂名,乃不克遂,雖授爵封,而其心猶爲不仕,故託處女以寓怨慕之情焉。"

②"美女"二句:"妖",見前名都篇注。"閑",雅,嫻靜。"歧路",岔路。這二句言美女容貌豔麗,性格嫻靜,正在路旁采桑。

③"柔條"二句:"柔條",嫩枝。"冉冉",動貌。"翩翩",飛貌。這二句言柔嫩的桑枝紛紛搖動,采下的桑葉翩翩飄下。

④"攘袖"二句:"攘袖",捋起袖子。"素",白。"皓",潔白。"約",束。這二句言美女捋上袖子露出潔白的手臂,手腕上戴着金鐲子。

⑤"頭上"二句:"爵"同"雀"。"金爵釵"是一端作雀形的金釵。"琅玕(láng gān)",一種似玉的石。

⑥"明珠"二句:"交",絡。"間",隔。"木難",一種寶珠,李善注引南越志說:"木難,金翅鳥沫所成碧色珠也,大秦國珍之。"這二句寫美女身上絡佩着明珠,其間還點綴着珊瑚和木難。

⑦"羅衣"二句:"飄飄",一作"飄颻",義同。"裾",襟。"還(xuán)",轉動。這二句言其羅衣很薄很輕,衣襟隨風飄蕩。

⑧"顧盼"二句:"遺",餘。"嘯",蹙口出聲,吹口哨。古人好長嘯以抒情。這二句言美女顧盼之間髣髴留下了光采;有時長嘯,吐氣芬芳。

⑨"行徒"二句:"行徒",行路的人。"用",因而。"息駕",停車。這二句言行路的人因看美女而停車不走,休息的人也因而忘了吃飯。漢樂府陌上桑:"行者見羅敷,下擔捋髭鬚。……耕者忘其犁,鋤者忘其鋤。"這二句即由此變化而成。

⑩"借問"二句:說請問這位美女住在哪裏?她就住在城南頭。

⑪"青樓"二句:"青樓",塗飾青漆的樓,指顯貴之家。齊、梁以來,始偶以青樓形容倡女所居;然終唐代,青樓一般仍指閨閣而言。"重關",兩道閉門的橫木。這二句言美女住在大路旁高門重關的青樓裏。

⑫"容華"二句:"容華",容顏。"令",善。"希令顏",慕其美貌。這二句言其容光煥發,像早上耀眼的陽光(宋玉神女賦有:"耀乎若白日初出

照屋梁"），無人不慕其美貌。

⑬"媒氏"二句："營"，營媒。"玉帛"，指珪璋和束帛，古時定婚用的聘禮。"安"，定。這二句言媒人在幹什麽呢？爲什麽不及時來行聘定婚？

⑭"佳人"二句："良"，誠、實在。這二句言美女敬慕品德高尚之士，而要想找個賢德的丈夫卻實在很困難。此喻志士抱有理想但又難於實現。

⑮"衆人"二句："徒"，只。"徒"一作"何"。"嗷嗷"，亂叫。"觀"，一作"歡"。這二句言一般人對於她並不理解，只是亂嚷一陣；哪裏知道她看得上的（或所喜歡的）是怎樣的人。此喻一般人不了解志士的理想和抱負。

⑯"盛年"二句："中夜"，半夜。這二句言美女正當青春盛年，而獨居閨房，心中憂傷，深夜起而歎息。此喻志士不遇的苦悶。

泰山梁甫行①

八方各異氣②，千里殊風雨。劇哉邊海民③，寄身於草野。妻子象禽獸④，行止依林阻。柴門何蕭條⑤，狐兔翔我宇。

①本篇是樂府歌辭，題一作梁甫行，屬相和歌瑟調曲。"梁甫"，泰山旁一小山。梁甫、泰山俱爲傳說中人死後鬼魂歸往之地。泰山梁甫行古辭已佚。本篇寫海邊貧民生活的困苦。

②"八方"二句："八方"，東、西、南、北爲四方，東南、東北、西南、西北爲四隅，合稱"八方"。"氣"，氣候。這二句言不同地區有不同的氣候，相距千里則颳風下雨的情形就不一樣。喻各地的情況不同，引出海邊人民的生活特別艱苦。

③"劇哉"二句："劇"，艱難。"草野"，郊野之地。一作"草墅"，"墅"同"野"。這二句言海邊貧民住在郊野，生活艱難。

④"妻子"二句："行止"，動靜、行動與居處，泛指生活。"林阻"，山林險阻之地。這二句說妻兒住在山林裏，過着非人的生活。

⑥“柴門”二句：“柴門”，窮人家編柴羅爲門。“翔”，本義是盤旋地飛而不扇動翅膀，這裏謂狐兔自由地竄來竄去。“我”，代“邊海民”自稱。“宇”，屋宇，住處。這二句寫邊海民住處的荒涼景象。

吁嗟篇①

吁嗟此轉蓬②，居世何獨然！長去本根逝③，宿夜無休閒。東西經七陌④，南北越九阡。卒遇回風⑤起，吹我入雲間。自謂終天路⑥，忽然下沈泉。驚颷接我出⑦，故歸彼中田？當南而更北⑧，謂東而反西。宕宕當何依⑨，忽亡而復存。飄颻周八澤⑩，連翩歷五山。流轉無恆處，誰知吾苦艱？願爲中林草⑪，秋隨野火燔⑫。糜滅豈不痛⑬，願與株荄連。

①三國志魏志曹植本傳裴注稱本篇爲瑟調歌辭。樂府解題說“曹植擬苦寒行爲吁嗟。”郭茂倩樂府詩集據之列入清調曲。黄節說：“屈原卜居曰‘吁嗟默默兮，誰知吾之廉貞’。子建此篇……意蓋本之。”丁晏說：“魏志本傳：‘十一年中而三徙都，常汲汲無歡，遂發疾薨。’此詩當感徙都而作。”裴注以爲本詩爲太和三年徙東阿王後所作。作者在本詩中以“轉蓬”自喻，表達自己的飄泊之苦和骨肉離別的悲哀。

②“吁嗟”二句：“轉蓬”，已屢見前注。“居世”，生世。這兩句感歎轉蓬在世上單單遭遇到四處飄泊的命運。

③“長去”二句：“長去”，遠離。“逝”，往，去。這二句說遠遠地離開了自己的根，日夜不停地在外面飄泊。

④“東西”二句：“阡”、“陌”，見曹操短歌行注。“七陌”，“九阡”，極言地區的廣遠。這二句說轉蓬到處飄蕩。

⑤回風：旋風。

⑥“自謂”二句：“自謂”，自己以爲。“泉”，魏志注爲“淵”，唐人避諱，改

"淵"爲"泉"。作"淵"是。這二句說自以爲會被吹到了天路的盡頭，哪知忽然又下落到深淵裏。

⑦"驚颮"二句："颮"，自下而上的暴風。"故"，事。說文："使爲之也。""中田"，田中。這二句說突然一陣暴風把我從深淵接出，要把我送到田中去。

⑧"當南"二句："當"，正，意思是正往南飛之間忽然又吹轉向北。"當"，亦可解作應當。這二句說應當往南飛，而反吹向北去，以爲向東去，卻又吹向西來。

⑨"宕宕"二句："宕"與"蕩"通。"宕宕"猶"蕩蕩"。這二句說翾飄蕩蕩，無所依託，忽然消失，忽又出現。

⑩"飄颻"二句："飄颻"，飛動不定貌。"澤"，陸上水聚之地。淮南子說中國境內有八大澤。又有"八藪"之稱(見漢書嚴助傳顏師古注)。"五山"，卽華山、首山、太室、泰山、東萊(見史記武帝紀及後漢書馮衍傳注)。這二句是說飄過了許多高山巨澤。

⑪中林：林中。

⑫燔(fán)：燒。

⑬"糜滅"二句："糜"，爛。"荄(gāi)"，草根。這二句說：被野火燒成灰燼難道不痛苦嗎？但是我寧願毀滅，也願和本根相連。

鰕䱇篇①

鰕䱇游潢潦②，不知江海流。燕雀戲藩柴③，安識鴻鵠遊？世士此誠明④，大德固無儔。駕言登五嶽⑤，然後小陵丘。俯觀上路人⑥，勢利惟是謀。儔高念皇家⑦，遠懷柔九州。撫劍而雷音⑧，猛氣縱橫浮。汎泊徒嗷嗷⑨，誰知壯士憂！

①本篇屬相和歌平調曲。樂府解題說：“曹植擬長歌行爲鰕鯉。”這是一篇自抒壯志、譏諷世俗之士的詩。詩人以壯士自命，對於世俗之士不了解壯士的志向和抱負深表憤懣。曹植給明帝的求自試表說：“今臣無德可述，無功可紀；若此終年，無益國朝，將挂風人‘彼己’之譏。是以上慚玄冕，俯愧朱紱。方今天下一統，九州晏如，顧西尙有違命之蜀，東有不臣之吳，使邊境未得稅甲、謀士未得高枕者，誠欲混同宇內，以致太和也。”又說：“若使陛下出不世之詔，效臣錐刀之用，使得西屬大將軍，當一校之隊；若東屬大司馬，統偏師之任；必乘危蹈險，聘舟奮驪，突刃觸鋒，爲士卒先。”也表示不滿足於高爵厚祿，而有更高的志向、更大的抱負，可幫助理解此詩。

②“鰕鯉”二句：“鰕（xiá）”，鯢，一種小魚。又，“鰕”通“蝦”，作“蝦”解亦可。“鯉（shàn）”，即“鱓”字，黃鱔。“潢”，小水坑。“潦（lǎo）”，謂行潦，道上淤水。這二句本宋玉對楚王問：“夫尺澤之鯢，豈能與之量江海之大哉！”言鰕鱔這類小魚只在潢潦中游動，不知世上還有大江大海。

③“燕雀”二句：“藩柴”，籬笆。“鴻鵠（hú）”，即鵠，天鵝。這二句本史記陳涉世家中陳涉語：“燕雀安知鴻鵠之志哉！”言燕雀這類小鳥只在籬笆間遊戲，怎麼會知道鴻鵠遨遊于天地之間呢？以上四句都是比喩世俗之士不知壯士之志。

④“世士”二句：“此誠明”，眞正明白了這個道理（指上文所喩）。“固”，必。“儔”，比。黃節說：“（此二句）謂誠能明乎上之所云，則游江海而不遊潢潦，爲鴻鵠而不爲燕雀，德大無與匹也。”

⑤“駕言”二句：“駕”，驅車。“言”，語助詞。“五嶽”，指東嶽泰山、西嶽華山、南嶽衡山、北嶽恒山、中嶽嵩山。這二句言遊歷過五嶽名山，然後才知道丘陵之類的土山眞是太小了。這是比喩，意謂人有崇高志向，才能發現世人追求勢利的卑微渺小。由此興起下文。

⑥“俯觀”二句：“上路人”，指奔走於仕途的人。“惟是謀”，猶言“惟謀是”，“是”指“勢利”。一作“是謀讎”，“讎”即“仇”，則謂因爭權奪利而

互爲仇敵。這二句言往下看看那些奔走於仕途的人，他們只知追逐勢利。

⑦"鬩高"二句："鬩高"，李光地說："仇高者，仇敵之强，指敵國也。"參看雜詩六首"吳國爲我仇"句與求自試表中所述（見注①），上句一作"高念翼皇家"，"翼"，輔助的意思，言壯士的高尚意願是輔助皇家，建立大業。"柔"，安定。"九州"，古代中國分冀、兖、青、徐、揚、荆、豫、梁、雍九州（見尚書禹貢）。此言壯士的抱負是要使九州統一。這二句寫壯士的志向和抱負。

⑧"撫劍"二句：莊子說劍說："諸侯之劍，以知勇士爲鋒，以清廉士爲鍔，以賢良士爲脊，……此劍一用，如雷霆之震也，四封之內無不賓服而聽從君命者矣。"上句即用此典。因爲曹植的身分也是諸侯。"撫劍"，持劍。"而"，同"如"。"雷音"，言威如雷霆之震。"猛氣"，勇猛的戰鬥精神。這二句說：我揮動"諸侯之劍"，發出"雷霆之威"，勇猛戰鬥之情，縱橫洋溢。

⑨"汎泊"二句："汎"，浮在水上。"泊"，停船。"汎泊"，這裏用來指世上游游蕩蕩混日子的人。"徒"，祗。"嗷嗷"，亂叫聲。黄節說："宋玉高唐賦曰：'衆雀嗷嗷'。指上燕雀言"。"壯士"，自指。"憂"，指因不能實現統一天下的抱負而產生的憂傷。這二句言世上一般輕浮淺薄的人只像燕雀那樣嗷嗷亂叫，又有誰知道我心中的憂傷呢？雜詩"烈士多悲心，小人媮自閒"二句與此意同，可參看。

洛 神 賦① 并序

黄初三年②，余朝京師，歸濟洛川。古人有言③，斯水之神名曰宓妃。感宋玉對楚王說神女之事，遂作斯賦。其辭曰：

①這篇賦是黄初四年作者入朝後回封地途中經洛水時有感而作。內容

是寫與洛神相遇，兩相愛慕，但隔於人神之道，未能交接，不禁情懷悵怨。序文說："感宋玉對楚王說神女之事，遂作斯賦。"文選把它歸入賦中的情類，很可能就認爲這篇賦也是一般寫情之作。但宋尤袤的李注文選刻本(清胡克家重刊)中，有李善注引記說：魏東阿王(植)漢末求甄逸女，旣不遂，太祖回與五官中郎將(丕)。植殊不平，晝思夜想，廢寢與食。黃初中入朝，帝示植甄后玉鏤金帶枕，植見之不覺泣。時已爲郭后譖死，帝亦尋悟，因令太子留宴飲，仍以枕賚植。植還，度轘轅，少許時，將息洛水上，思甄后，忽見女來，自云：'我本託心君王，其心不遂。此枕是我在家時從嫁，前與五官中郎將，今與君王。遂用薦枕席。懽情交集，豈常辭能具？爲郭后以糠塞口，今被髮，羞將此形貌重睹君王爾。'言訖，遂不復見。所在遣人獻珠於王，王答以玉珮。悲喜不能自勝，遂作感甄賦。後明帝見之，改爲洛神賦。"世遂有此賦爲感甄而作之說。前人多認爲此說極不可靠：第一，明袁氏及茶陵陳氏六臣注文選刊本中所載李善注文均無此記，因此此記是否爲李注原有，還是疑問。清胡克家文選考異說："此二百七字(見上所引)袁本、茶陵本無，案二本是也。此因世傳小說有感甄記，或以載於簡中，而尤延之誤取之耳。何(焯)嘗駁此說之妄，今據袁、茶陵本考之，蓋實非善注。"可供參考。第二，旣不合常情，也不合史實。清何焯說："按魏志：(甄)后三歲失父，後袁紹納爲中子熙妻。曹操平冀州，丕納之于鄴下。安有子建嘗求爲妻之事？"又說："示枕賚枕，里巷之人所不爲，況帝(丕)又猜忌諸弟，留宴從容，正不可得，感甄名賦，其爲不恭，夫豈酗酒悖慢、劫脅使者(按魏志本傳載，文帝卽位，猜忌諸王，黃初二年，監國謁者灌均曾希旨奏植'醉酒悖慢、劫脅使者'，植因此被貶安鄉侯)之可比耶？"(見義門讀書記)又清張雲璈說："賦中子建自序本只說是洛神，何由見其爲甄后？旣託辭洛神，決不明言感甄，其附會之謬，可不辨自明。"(見選學膠言卷九)二說都很有道理。何焯又說："離騷：'我令豐隆乘雲兮，求宓妃之所在。'植旣不得於君，因濟洛以作爲此賦，託詞宓妃，以寄心文帝，其亦屈子之志也。"丁晏也說："序明云擬宋玉神女爲賦，寄心君王，托之宓妃，洛神猶屈、宋之志也。"按自文帝即位，植備受猜忌，本傳載："植每欲求別見獨談，論及時政，幸冀試用，終不能得。既還，悵然絕望。"就曹植的身世遭遇及其懷抱而論，何、丁之說似亦可信，錄以備考。"洛神"，相傳是宓羲氏之女宓妃，溺死於洛水而爲洛水之神，謂之洛神。

②"黃初"三句：三國志曹植本傳載："(黃初)三年，立爲鄄城王，……四年 徙封雍丘王。其年，朝京師。"又曹植贈白馬王彪詩序曰："黃初四年五月，白馬王、任城王與余俱朝京師。"皆言四年朝京師。李善說："此云'三年'，誤。一云魏志三年不言植朝，蓋魏志略也。"因此也有人認爲不誤。"京師"，京城、國都，此指魏都洛陽。"還"，指回返封地。"濟"，渡。"洛川"，即洛水，源出陝西省雒南縣冢嶺山，東南流，入河南省境，經洛陽，至鞏縣入黃河。

③"古人"四句："古人有言"，猶言古人說。"斯"，代詞，此。第三句，李善注本無"說"字。這句所說是指宋玉高唐賦、神女賦中的故事。高唐賦寫楚襄王與宋玉游雲夢澤，襄王見高唐雲氣，問宋玉是何氣，宋玉說昔時先王遊高唐，曾夢與巫山神女相接，神女去時說："(妾)且爲朝雲，暮爲行雨。"即此雲氣。神女賦即寫當天夜晚楚襄王夢與神女相遇事。這二賦對洛神賦有顯著影響。〔以上是序，說明作賦原委。〕

余從京域①，言歸東藩。背伊闕②，越轘轅，經通谷，陵景山。日既西傾③，車殆馬煩。爾迺稅駕乎蘅皋④，秣駟乎芝田，容與乎陽林，流眄乎洛川。於是精移神駭⑤，忽焉思散。俯則未察⑥，仰以殊觀——覩一麗人，於巖之畔。迺援御者而告之曰⑦："爾有覿於彼者乎？彼何人斯？若此之豔也！"御者對曰⑧："臣聞河洛之神，名曰宓妃。然則君王所見，無迺是乎？其狀若何？臣願聞之。"

①"余從"二句："京域"，"域"，界；"京域"，即京都，此指魏都洛陽。"言"，語助詞，無義。"東藩"，古時皇帝封建諸侯以屏衛皇室，因其似國之藩籬，所以稱藩國；時植受封爲鄄城王，鄄城在今山東濮縣東二十里，於洛陽爲東北方，故稱東藩。這二句說入朝洛陽後回返鄄城封地。

②"背伊闕"四句："背伊闕"，謂路過伊闕山而將之拋於背後。"伊闕"，山名，又名闕塞山、龍門山，在洛陽南。水經注伊水注："昔大禹疏以通水，兩山相對，望之若闕，伊水歷其間北流，故謂之伊闕矣。春秋之闕塞也。""轘轅"，山名，在河南偃師縣東南，鞏縣西南，登封縣西北。一名嶕嶺。元和志說："道路險阻，凡十二曲，將去復還，故曰轘轅。"李善注謂"阪名"，即指此險隘的山路而言。"通谷"，地名，在洛陽東南五十里，亦名大谷、大谷口、水泉口。"陵"，升，登。"景山"，山名，在河南偃師縣南。以上四句寫沿途經過的地方。

③"日旣"二句："殆"，通"怠"，怠惰。"煩"，疲。這二句說日已西斜，馬也疲了，車也慢了下來。

④"爾迺"四句："爾"，如此。"迺"，同"乃"，遂。"爾迺"，猶言"於是就"。"稅"，捨、置。"駕"，車乘的總稱。"稅駕"，猶言解馬卸車，亦卽停歇休息之意。"蘅"，杜蘅，香草名，多年生，常生山中陰地。"臯"，澤。第二句，"秣(mò)"，餵馬。"駟(sì)"，一車四馬，這裏作駕車的馬解。"芝"，菌類，生於枯木上，古人認爲是瑞草，服之可以成仙，所以又名靈芝。"芝田"，種有芝草的田地。李善注引十洲記："鍾山在北海，仙家數千萬，耕田種芝草。"又六臣注文選呂良說："芝田，地名也。"按河南鞏縣西南四十里有芝田鎮，卽其地，亦可備一說。第三句，"容與"，安閒悠然貌。"陽林"，李善注："一作楊林，地名，多生楊，因名之。"如作"楊林"，疑是泛指。"眄(miàn)"，斜視。"流眄"，謂目光轉動，縱目觀看。以上四句緊接上文，說天色已晚，車慢馬乏，於是就在杜蘅地歇下來，在芝田餵了馬，在陽林裏從容散步，縱目眺望着洛水。

⑤"於是"二句："駭"，散。"忽焉"，急速貌。這二句說正當遊玩眺望之時，不覺精神恍惚，思緒渙散。

⑥"俯則"四句："察"，看清。"殊觀"，所見殊異。"觀"，見。這四句說，往下看沒有發現什麼，抬頭却看到了不平常的景象——見一美人立在山崖旁邊。

⑦"迺援"四句："援"，牽、拉。"御者"，車夫。"覿(dí)"，見。"斯"，語助詞。這四句是說拉着車夫問道："你看見了那人嗎？那是誰？是那樣的美麗！"

⑧"御者"七句："對"，答。"然則"，連詞，與現代漢語的"那麼"相當。"無乃"，莫非就是。"狀"，容貌。這七句是說，車夫答道："我聽說洛水的神是宓妃，那麼，你看到的，莫非就是她？是甚麼樣子？我願意聽聽。"〔以上是賦的第一段，寫歸藩路過洛水、得見洛神情事。〕

　　余告之曰①：其形也，翩若驚鴻②，婉若遊龍。榮曜秋菊③，華茂春松。髣髴兮若輕雲之蔽月④，飄颻兮若流風之迴雪。遠而望之⑤，皎若太陽升朝霞，迫而察之，灼若芙蕖出淥波。穠纖得衷⑥，修短合度。肩若削成⑦，腰如約素。延頸秀項，皓質呈露。芳澤無加⑧，鉛華弗御。雲髻峨峨⑨，修眉聯娟，丹脣外朗，皓齒內鮮，明眸善睞，靨輔承權。瓌姿豔逸⑩，儀靜體閑。柔情綽態⑪，媚於語言。奇服曠世⑫，骨像應圖。披羅衣之璀粲兮⑬，珥瑤碧之華琚。戴金翠之首飾，綴明珠以耀軀。踐遠遊之文履，曳霧綃之輕裾。微幽蘭之芳藹兮⑭，步踟躕於山隅。於是忽焉縱體，以遨以嬉。左倚采旄，右蔭桂旗。攘皓腕於神滸兮，采湍瀨之玄芝。

　　①"余告"句：從這句開始，藉回答車夫的話，着重描寫洛神。先寫她的容貌。

②"翩若"二句："翩"，鳥疾飛貌。"鴻"，水鳥名，是雁中最大者。"婉"，曲折貌，這裏形容龍飛的樣子。這二句寫洛神動的姿態，說她像驚鴻疾飛、游龍蜿蜒那麼的輕疾柔美。

③"榮曜"二句："榮曜"，繁榮光彩。"華茂"，華美茂盛。這二句說洛神容光煥發，有如秋菊春松。

④"髣髴"二句："髣髴"，視不甚眞的樣子。"飄颻"，動蕩不定。"迴"，旋轉。這二句說洛神若隱若現，如輕雲籠月；搖蕩不定，似迴風旋雪。

⑤"遠而"四句："皎 (jiǎo)"，潔白光明。"迫"，近。"灼"，鮮明貌。"芙蕖"，荷。"蕖"，一本作"蓉"。芙蓉，芙蕖的別名。"淥 (lù)"，水清貌。這四句說，遠望，皎潔似朝霞中升起的太陽；近看，鮮豔似清水中挺立的荷花。

⑥"襛纖"二句："襛"，肥。"纖"，細。"修"，長。這二句說她肥瘦適中，高矮合度。

⑦"肩若"四句：第一句說她肩如削成，輪廓鮮明而又圓潤。第二句說她的腰身細而柔軟，像一束絹帛。"約"，纏束。"素"，生帛，精白的絹。第三句說她頸項秀長。"延"，長。前叫頸，後叫項。第四句說露出白皙的皮膚。"皓 (hào)"，白。"皓質"，猶言潔白的膚質。

⑧"芳澤"二句："芳澤"，化妝用的膏脂。"華"，化妝用的粉。中華古今注："自三代以鉛爲粉"。據博物志載是燒鉛而成。"御"，進。"無加"、"弗御"，皆謂不施、不用。這二句說洛神不施脂粉，自然芳香。

⑨"雲髻"六句：第一句，"雲髻 (jì)"，呂延濟說："美髮如雲也。"(見六臣注文選)"峩峩 (é)"，高貌。這句說高高如雲的髮髻。第二句，"聯娟 (juān)"，微曲貌。這句說彎彎的長眉。第三句，"丹"，紅色。"朗"，明。這句說鮮明的紅唇。第四句，說白亮的牙齒。唇在外，所以說外朗；齒在內，所以說內鮮。第五句，"眸 (móu)"，目瞳子。"睞 (lài)"，旁視。這句說明亮的眼睛善於睞視。第六句，"權"，"顴"之假借字，面頰骨。"靨 (yè) 輔"，即靨酺，頰邊文。淮南子說林："靨酺在頰則

好。"注："醫酺著頰上窐(窪下)也。"今謂酒窩。酒窩在頰邊近口處，位在顴骨下方，所以說"承權"。這句說顴下有美麗的酒窩。

⑩"瓌姿"二句："瓌"，同"瑰"，石之美者，這裏用以形容姿態之美。"瓌姿"，猶言美好的姿態。"豔逸"，美而不流于俗。"儀"，容止。"靜"，文靜。"閑"，嫻雅。這二句寫洛神的姿儀，說她姿態美好，豔而不俗，容止文靜，體態嫻雅。

⑪"柔情"二句："綽"，寬緩。這二句說洛神情態溫柔寬和，語言嫵媚動人。

⑫"奇服"二句："曠世"，曠絕一世，猶言舉世無雙。"骨像"，骨格狀貌。"應圖"，和圖上相應。當指合於神仙的圖像，以此狀其骨像之奇。這二句寫洛神的穿戴骨像，都不同凡俗。

⑬"披羅"六句："羅"，綺的一種，疏而輕頓。"璀(cuī)粲"，明淨貌。第二句，"珥(ěr)"，插。"瑤碧"，美玉。"琚(jū)"，佩玉名。"華琚"，有花紋的琚。第三句，"翠"，翡翠，綠色硬玉。第五句，"踐"，穿，著。"遠遊"，履名。"文履"，有文飾的鞋。第六句，"曳"，牽引。"綃(xiāo)"，生絲帛。"霧"，形容綃輕薄如霧。"裾"(jū)，衣前襟，此指裙邊。以上六句描寫洛神的穿戴，說她穿着明淨的羅衣，帶着瑤碧的佩玉，頭上是金翠的首飾，身上綴着明珠閃閃發光，穿着遠遊花鞋，拖曳着薄綃裙。

⑭"微幽蘭"八句："微"，隱。"幽蘭"，蘭花的別稱。"藹"，盛貌，這裏是形容蘭花香味之濃。第二句，"踟躕(chí chú)"，徘徊。"隅"，角。第三句，"縱體"，輕舉貌。第四句，"遨"，遊。"嬉"，戲。第五句，"采"，同"彩"。"旄"(máu)，本爲旌旗的竿飾，開始是用犛牛尾，後來改用毛羽。這裏指帶有旄飾的旌旗。旄飾之羽五彩，所以說"采旄"。第六句，"桂旗"，以桂木做竿的旗。第七句，"攘"，這裏作"伸"解。"濟"，水涯、水邊地。因是洛神遊戲之地，所以說"神濟"。第八句，"湍瀨(tuān lài)"，水流石上之謂，急流的水。"玄芝"，卽黑芝。這八句描寫洛神的行動，說她隱身於濃郁芳香的幽蘭叢中，徘徊於山邊，又忽

然輕舉遨遊,左倚彩旄,右蔭桂旗,伸出素手,在水灘邊採黑芝。〔以上是第二段,着重寫洛神的姿態、容貌、穿戴、動作,爲下文寫愛慕之情作準備。〕

　余情悅其淑美兮①,心振蕩而不怡。無良媒以接歡兮②,託微波而通辭。願誠素之先達兮③,解玉佩以要之。嗟佳人之信脩兮④,羌習禮而明詩。抗瓊珶以和予兮,指潛淵而爲期。執眷眷之款實兮⑤,懼斯靈之我欺。感交甫之棄言兮,悵猶豫而狐疑。收和顏而靜志兮,申禮防以自持。

①"余情"二句:"淑",善。"振蕩",不平靜。"怡",悅。這二句承上文,說由於洛神十分美好,引起自己愛慕之情,所以心神動蕩不寧,不大快活。

②"無良媒"二句:"接歡",通接歡情。"微波",有人說指水波,有人說指目光,皆可通。李周翰說:"悅其美恐不見眷,故心振動不樂。既無良媒通接歡情,故假託風波以達言辭。"(見六臣注文選)

③"願誠素"二句:"誠",眞誠。"素",通愫,誠,眞情。"先達",指先於別人而致之洛神。"要(yāo)",約、結。這二句是說趕先向洛神表達眞情,解下玉佩贈送給她,作爲定情的信物。

④"嗟佳人"四句:"嗟",歎美之辭。"佳人",指洛神。"信",誠然、實在。"脩",善、美好。"羌(qiāng)",發語辭。"習禮",懂得禮法,言其有德。"明詩",知詩,言其善於言辭。第三句,"抗",舉。"瓊珶(qióng dì)",美玉。"和",應和。"潛淵",指水中所居。"期",會。這四句緊接上六句,是寫洛神對致辭贈佩的答復,說洛神實在美好,既明禮度,又善言辭,她舉瓊玉作答,並約定在水中所居相會。

⑤"執眷眷"六句:"執",持。"眷眷",通"睠睠",懷戀貌。"款",誠。第二句,"斯靈",指洛神。第三句用鄭交甫的故事。李善注引韓詩內傳說:鄭交甫行於漢水旁,遇見兩個女子,請其珮玉,得之,納於

懷中；但行過十步，卻不見珮玉，回望二女，也忽然不見。"棄言"，指二女之背棄信言。第四句，"狐疑"，古人認爲狐性多疑，說狐渡水時，都要且聽且渡，所以稱疑惑爲"狐疑"。第五句，"收"，收斂。"和"，和悅。"和顏"，在這裏指喜悅愛慕的臉色。"靜志"，使激蕩的心志安定下來。第六句，"申"，即"伸"，展。"禮防"，禮義常則的約束。"自持"，自防。這六句是說雖已得到肯定的答覆，但滿懷眞摯的愛情，仍怕爲洛神所騙；想到鄭交甫漢濱遺珮的故事，心情更加惆恨而狐疑不定，於是便斂容定神，守之以禮。〔以上是第三段，寫對洛神的愛慕和同她約會等情事，最後寫担心受欺騙的矛盾心情。〕

於是洛靈感焉①，徙倚彷徨，神光離合，乍陰乍陽。竦輕軀以鶴立②，若將飛而未翔。踐椒塗之郁烈，步蘅薄而流芳。超長吟以永慕兮，聲哀厲而彌長。爾迺衆靈雜遝③，命儔嘯侶，或戲清流，或翔神渚，或采明珠，或拾翠羽。從南湘之二妃，携漢濱之游女。歎匏瓜之無匹兮④，詠牽牛之獨處。揚輕桂之猗靡兮⑤，翳脩袖以延佇。體迅飛鳧⑥，飄忽若神，陵波微步，羅襪生塵。動無常則，若危若安。進止難期，若往若還。轉眄流精⑦，光潤玉顏。含辭未吐，氣若幽蘭。華容婀娜，令我忘餐。

①"於是"四句："徙倚"，低迴。"彷徨"，徘徊。"離合"，與下句"乍陰乍陽"相照應，離則陰，合則陽。"陰"，暗。"陽"，明。"乍陰乍陽"，忽明忽暗。這四句緊接上段，說洛神爲之深受感動，於是低迴徘徊，搖曳不定。

②"竦輕軀"六句："竦(sǒng)"，聳。"輕軀"，輕盈的身體。第三句，"椒"，指花椒，植物名，有濃郁的香味。"塗"，即途、路。"郁烈"，謂香氣濃郁强烈。第四句，"薄"，草叢生。"流芳"，謂使芳氣流動。第五句，"超"，恨。"永慕"，猶言長相思。第六句，"厲"，激烈。"彌"，久長。這六句描寫洛神受感動後的情態，說她聳起輕軀，如鶴立欲飛

而未起；走在充滿香氣的椒途上，步過杜衡叢，曳引動一陣陣香氣；悵
然長嘯，抒發深長的相思情意，聲音是那麼悲哀、激越而悠長。

③"爾迺"八句："雜遝(tà)"，衆多貌。第二句，"儔"，匹、侶。"命儔嘯
侶"，猶言呼朋喚友。第三句，"清流"，清澈的河水。第四句，"渚
(zhǔ)"，水中小洲。因爲衆靈遊於此，所以這句說有的在水邊採集明珠。第六句，"翠羽"，翠鳥的
羽毛。古人多以翠羽爲飾物。第七句，"從"，跟隨。這句是說二妃也
跟隨在後。"南湘之二妃"，湘水之神。劉向列女傳載舜爲天子時，堯
將兩個女兒嫁給他。長女娥皇爲后，次女女英爲妃。後來舜到南方
巡遊，死於蒼梧，二妃往尋，死於江、湘之間，遂爲湘水之神。"漢濱之
游女"，漢水之神。李善注："韓詩：'漢有游女，不可求思。'薛君注：
'游女，漢神也'。"這八句緊接上文，說由於洛神的哀嘯，於是衆神齊
集，她們有的嬉戲于清澈的水上，有的在沙洲上翺翔，有的採明珠，有
的拾翠羽，連湘水、漢水之神也都來了。

④"歎匏瓜"二句："匏(páo)瓜"，星名，一名天鷄，在河鼓星東。李善說：
"阮瑀止欲賦曰：'傷匏瓜之無偶，悲織女之獨勤。'俱有此言，然無匹
之義未詳其始。"呂銑說："匏瓜，星名，獨在河鼓東，故云無匹。"（見
六臣注文選）可備一說。"牽牛"，星名，與織女星隔天河相對，傳說只
在每年七月七日才得一會。從這二句起，又從衆靈轉到洛神。這二
句寫洛神慨歎作者獨居。"匏瓜"、"牽牛"，洛神用以喻賦中的君王。

⑤"揚輕袿"二句："袿(guī)"，婦女的上衣。"猗(yī)靡"，隨風貌。"翳
(yì)"，隱蔽。"翳脩袖"，謂以長袖遮光遠視。"延佇(zhù)"，久立。這
二句寫洛神佇立遠望君王時的情狀。

⑥"體迅"八句："迅"，疾。"鳧(fú)"，水鳥，體似鴨而小，俗稱野鴨。
第二句，"神"，謂神奇莫測。第三句，"陵"，升。"陵波"，謂行走
於水波上。"微步"，輕步。第四句，"韈"，即"襪"。"生塵"，呂向
說："步於水波之上如塵生也。"（六臣注文選）李善注："陵波而韈生

塵，言神人異也。"這是作者夸張想像之詞，解釋不必過於拘泥。第五句、"常則"，一定的規則。這八句說洛神身體敏捷，像飛鳧一樣飄忽莫測；輕步行走在水波之上，羅襪似乎揚起塵土；她的行動沒有一定準則，時危時安，進退難料，像離去又像回來。

⑦"轉眄"六句："轉眄"，猶言轉動眼睛觀看。"流精"，目光有神。第二句，"光潤"，光澤溫潤。第五句，"婉娜"，美貌。這六句說洛神目光轉動，炯炯有神，容顏像玉一樣光澤溫潤，話未出口，已散發出幽蘭一樣的香氣；婉娜多姿，令我看了忘記吃飯。〔以上是第四段，寫洛神爲君王誠心所動之後的情懷與行動。〕

於是屏翳收風①，川后靜波，馮夷鳴鼓，女媧清歌。騰文魚以警乘②，鳴玉鸞以偕逝。六龍儼其齊首③，載雲車之容裔。鯨鯢踊而夾轂④，水禽翔而爲衞。於是越北沚④，過南岡。紆素領⑤，迴清揚，動朱唇以徐言，陳交接之大綱。恨人神之道殊兮，怨盛年之莫當。抗羅袂以掩涕兮⑥，淚流襟之浪浪。悼良會之永絕兮，哀一逝而異鄉。無微情以効愛兮，獻江南之明璫。雖潛處於太陰，長寄心於君王。忽不悟其所舍⑦，悵神宵而蔽光。

①"於是"四句："屏翳"，神話傳說中的神，其職司古人說法不一，呂氏春秋以爲是雲師，韋昭以爲是雷師，山海經、王逸、虞喜皆以爲是雨師。曹植詰洛文："河伯典澤，屏翳司風。"可見作者認爲他是風神。"川后"李善說："河也。"楚辭九歌河伯王逸注引抱朴子釋鬼篇說："馮夷以八月上庚日渡河溺死，天帝署爲河伯。""馮夷"，又相傳是古代能御陰陽的神。淮南子原道訓："馮夷泰丙之御也。""女媧"，女神名。相傳她曾鍊石補天，又傳她始作笙簧（見禮記與世本），所以這裏說"女媧清歌"。這四句說，風神將風停息下來，水神將波濤平靜下來，馮夷擊起鼓，女媧唱起歌。這些神祇行動起來，暗示洛神的車駕要走了。

②"騰文魚"二句："騰"，升。"文魚"，<u>李善</u>說："有翅能飛，故使警乘。" "警乘"，警衛乘輿。"鸞"，鈴，裝置在車衡上，車動則發聲。"偕"，俱。 "逝"，往。這二句說文魚飛出水面，警衛着車駕，玉鸞叮噹作響，衆神 一齊走了。

③"六龍"四句："六龍"，古代神話中神出遊有駕六龍的，所以這裏用 "六龍"。如<u>初學記</u>引<u>淮南子天文訓</u>："爰止<u>羲和</u>，爰息六螭。"<u>許慎</u> 注："日乘車，駕以六龍，<u>羲和</u>御之。"又<u>李善</u>注引<u>春秋命曆序</u>說："有 神人，右耳蒼色，大肩，駕六龍出輔，號曰<u>神農</u>。""儼 (yǎn)"，矜持莊 重的樣子。"齊首"，龍首相齊，是說六龍排列成行，走得很整齊。第 二句，"雲車"，神以雲為車，故云。<u>李善</u>注引<u>春秋命曆序</u>說："人皇乘 雲車，出谷口。"又<u>博物志</u>說："<u>漢武帝</u>好道，七月七日夜漏七刻，<u>西王 母</u>乘紫雲車來。""容裔"，行貌，有高低起伏和閒眼自得兩義，皆可通。 第三句，"鯨鯢 (ní)"，卽鯨魚，雄曰鯨，雌曰鯢。"轂 (gǔ)"，車輪正中 外接輪輻、內空而承軸之處。這四句是進一步描寫洛神車駕之盛，說 她駕着六龍，乘着雲車，鯨鯢夾乘而行，水禽飛翔護衛。

④"於是"二句："沚 (zhǐ)"，水中的小沙洲。"岡"，山脊。這二句說洛神 走過北面的沙洲，越過南面的山岡。

⑤"紆素領"六句："紆 (yū)"，回。"素領"，白晳的頸項。第二句，"清 揚"，<u>詩經</u>中屢見(如<u>鄭風野有蔓草</u>、<u>齊風猗嗟</u>)，是形容女性眉淸目秀 的狀辭。此卽謂淸秀的眉目。"揚"一作"陽"。第三句，"徐"，緩。第 四句，"陳"，訴說。"綱"，指綱常禮數。第五句，"殊"，不同。第六句， "當"，稱。這六句緊接上文，謂洛神越過南岡時，又回過頭來向君王 陳訴交接的綱常，說只恨人神之道有別，因此雖皆處盛年也不能如願 以償。

⑥"抗羅袂"八句："抗"，舉。"袂 (mèi)"，袖。"掩涕"，掩面流淚。第 二句，"浪浪"，淚流貌。第三句，"良會"，謂男女的歡會。第四句， "異鄉"，猶異方，謂遠隔兩地。第五句，"効愛"，盡其愛慕之情。

"効"，盡、致。洛神由於人神之道不同，沒與君王交接卽離去，所以說沒有表示一點微情以盡愛戀之心。第六句，"璫(dāng)"，耳珠。第七句，"太陰"，李善說："衆神之所居。"本賦第三段中以"潛淵"指所居，"太陰"與之義近，當亦指洛神水中所居。第八句，"君王"，洛神對曹植的稱呼。這八句寫洛神離別時悲哀繾綣之情，說她舉袖掩泣，淚流浪浪；哀念歡會永絕，一別異方；不曾以微情來表示愛忱，願贈明璫以表心意；今後雖深處太陰，但時常想念着君王。

⑦"忽不"二句："舍"，止。"宵"，通"消"，化。"蔽光"，光彩隱去。這二句說忽然不知洛神到哪裏去了，神消光隱，令我惆悵。〔以上是第五段，寫洛神因人神道殊，不得交接，只得滿懷戀情，恨怨地離去。〕

於是背下陵高①，足往神留，遺情想像，顧望懷愁。冀靈體之復形②，御輕舟而上遡。浮長川而忘反，思綿綿而增慕。夜耿耿而不寐，霑繁霜而至曙。命僕夫而就駕③，吾將歸乎東路。攬騑轡以抗策，悵盤桓而不能去。

①"於是"四句："陵"，大阜。據本賦第一段所述，作者是"陵景山"之後，息駕而遇洛神，此"陵"，當指景山。人從山上下來，胸朝前而背朝後，所以說"背下"。人愈行愈下，反似陵愈來愈高，所以說"陵高"。第二句，"足往神留"，是說脚往前走了，可是心神還留在那裏。極力描寫眷戀之深。第三句，情因遇洛神而生，今洛神已去，而愛戀之情卻留在心頭，所以說"遺情"。或以爲"遺"是"失"的意思，"遺情"謂由於洛神的離去而悵然若失。亦通。"想像"，回想洛神的神情容貌和相遇時的情景。第四句，"顧望"，回望遇見洛神之處。這四句是說洛神去後，自己走下高山，步履雖然前進了，可是神志還留在那裏；滿懷深情，不斷地想像着剛纔相遇的情景和洛神的神情容貌，回望相遇之地，更是愁緒盈胸。

②"冀靈體"六句："冀"，希望。"靈體"，指洛神。"復形"，猶言再現。

第二句，“御”，駕駛。“遡(sù)”，逆流而行。第三句，“長川”，河，指<u>洛水</u>。“反”，卽“返”。第四句，“緜緜”，思不絕貌。第五句，“耿耿”，心不安貌。這六句是說希望<u>洛神</u>再現，就駕着輕舟，逆流而上，前去追尋；在漫長的<u>洛水</u>裏行船，忘了歸來，思慕之情越來越深，以致整夜心神不寧，不得入睡，身上露滿了濃霜，直到天明。

⑧“命僕夫”四句：第三句，“騑(fēi)”，驂馬，古時駕車的馬在轅中的叫服，在轅外兩邊拉套的叫驂。“轡”，馬韁繩。“策”，古代的一種馬鞭，頭上有尖刺。第四句，“盤桓”，徘徊不進貌。這四句說，經過一夜追尋，未能如願，就命僕夫整駕，東歸封地；但一當手執驂轡，舉起馬鞭，却又悵然，徘徊依戀而不能離去。〔以上是第六段，也是最末一段，寫<u>洛神</u>去後作者思戀的深情，從而作結。〕

〔附錄〕

（一）　關於曹植的事蹟

（1）　三國志陳思王傳（節錄）

<u>陳思王植</u>字<u>子建</u>。年十歲餘，誦讀詩論及辭賦數十萬言。善屬文。<u>太祖</u>嘗視其文，謂<u>植</u>曰：“汝倩人邪？”<u>植</u>跪曰：“言出爲論，下筆成章，顧當面試，奈何倩人？”時<u>鄴銅爵臺</u>新成，<u>太祖</u>悉將諸子登臺，使各爲賦。<u>植</u>援筆立成，可觀，<u>太祖</u>甚異之。性簡易，不治威儀，輿馬服飾，不尚華麗。每進見難問，應聲而對，特見寵愛。建安十六年封<u>平原侯</u>，十九年徙封<u>臨菑侯</u>。<u>太祖</u>征<u>孫權</u>，使<u>植</u>留守<u>鄴</u>，戒之曰：“吾昔爲<u>頓丘</u>令，年二十三，思此時所行，無悔於今。今汝年亦二十三矣，可不勉與！”

植既以才見異，而丁儀、丁廙、楊修等為之羽翼。太祖狐疑，幾為太子者數矣。而植任性而行，不自彫勵，飲酒不節。文帝御之以術，矯情自飾，宮人左右並為之說，故遂定為嗣。二十二年，增植邑五千，并前萬戶。植嘗乘車行馳道中，開司馬門出。太祖大怒，公車令坐死。由是重諸侯科禁，而植寵日衰。太祖既慮終始之變，以楊修頗有才策，而又袁氏之甥也，於是以罪誅修。植益內不自安。二十四年，曹仁為關羽所圍。太祖以植為南中郎將，行征虜將軍，欲遣救仁，呼有所勑戒。植醉不能受命，於是悔而罷之。

文帝即王位，誅丁儀、丁廙并其男口。植與諸侯並就國。黃初二年，監國謁者灌均希指，奏植醉酒悖慢，劫脅使者。有司請治罪。帝以太后故，貶爵安鄉侯。其年改封鄄城侯。三年，立為鄄城王，邑二千五百戶。四年，徙封雍丘王。其年，朝京都。……六年，帝東征，還過雍丘，幸植宮，增戶五百。太和元年，徙封浚儀。二年，復還雍丘。植常自憤怨抱利器而無所施，上疏求自試……。三年，徙封東阿。五年，復上疏求存問親戚，……其年冬，詔諸王朝六年正月。

其二月，以陳四縣封植為陳王，邑三千五百戶。植每欲求別見獨談，論及時政，幸冀試用，終不能得。既還，悵然絕望。時法制待藩國既自峻迫，僚屬皆賈豎下才，兵人給其殘老，大數不過二百人。又植以前過，事事復減半。十一年中而三徙都，常汲汲無歡，遂發疾薨，時年四十一。遺令薄葬。以小子志保家之主也，欲立之。初，植登魚山，臨東阿，喟然有終焉之心，遂營為墓。子志嗣，徙封濟北王。

景初中，詔曰：“陳思王昔雖有過失，既克己慎行，以補前闕，且自少至終，篇籍不離于手，誠難能也。其收黃初中諸奏植罪狀，公卿巳下議尚書、祕書、中書三府、大鴻臚者皆削除之。撰錄植前後所著賦、頌、詩、銘、雜論凡百餘篇，副藏內外。”

（2）世說新語

魏文帝忌弟任城王驍壯，因在卞太后閤共圍棋，并噉棗。文帝以毒置諸棗蔕中，自選可食者而進。王弗悟，遂雜進之。既中毒，太后索水救之，帝預敕左右毀餅罐，太后徒跣趨井，無以汲，須臾遂卒。復欲害東阿，太后曰：“汝巳殺我任城，不得復殺我東阿！”（尤悔）

文帝嘗令東阿王七步中作詩，不成者行大法。應聲便爲詩曰：“煮豆持作羹，漉菽以爲汁。萁在釜下燃，豆在釜中泣。本自同根生，相煎何太急！”帝深有慚色。（文學）

（二）　曹植其他作品選錄

與楊德祖書

植白。數日不見，思子爲勞，想同之也。

僕少小好爲文章，迄至于今二十有五年矣。然今世作者，可略而言也。昔仲宣獨步於漢南，孔璋鷹揚於河朔，偉長擅名於青土，公幹振藻於海隅，德璉發跡於此魏，足下高視於上京。當此之時，人人自謂握靈蛇之珠，家家自謂抱荊山之玉。吾王於是設天網以該之，頓八紘以掩之，今悉集茲國矣。

　　然此數子，猶復不能飛軒絕迹，一舉千里也。以孔璋之才，不閑於辭賦，而多自謂能與司馬長卿同風，譬"畫虎不成反爲狗"也。前有書嘲之，反作論盛道僕讚其文。夫鍾期不失聽，于今稱之。吾亦不能妄歎者，畏後世之嗤余也。

　　世人之著述，不能無病。僕常好人譏彈其文，有不善者，應時改定。昔丁敬禮嘗作小文，使僕潤飾之。僕自以才不過若人，辭不爲也。敬禮謂僕："卿何所疑難？文之佳惡，吾自得之，後世誰相知定吾文者邪？"吾常歎此達言，以爲美談。

　　昔尼父之文辭，與人通流。至於制春秋，游、夏之徒，乃不能措一辭，過此而言不病者，吾未之見也。蓋有南威之容，乃可以論於淑媛；有龍淵之利，乃可以議於斷割。劉季緒才不能逮於作者，而好詆訶文章，掎摭利病。昔田巴毀五帝、罪三王、呰五霸於稷下，一旦而服千人，魯連一說，使終身杜口。劉生之辯，未若田氏，今之仲連，求之不難，可無歎息乎？人各有好尚。蘭茝蓀蕙之芳，衆人之所好，而海畔有逐臭之夫；咸池、六莖之發，衆人所共樂，而墨翟有非之之論；豈可同哉？

　　今往僕少小所著辭賦一通相與。夫街談巷說，必有可采。擊轅之歌，有應風雅；匹夫之思，未易輕棄也。辭賦小道，固未足以揄揚大義，彰示來世也。昔揚子雲先朝執戟之臣耳，猶稱"壯夫不爲"也。吾雖薄德，位爲蕃侯，猶庶幾戮力上國，流惠下民，建永世之業，流金石之功，豈徒以翰墨爲勳績，辭賦爲君子哉！若吾志未果，吾道不行，則將采庶官之實錄，辯時俗之得失，定仁義之衷，成一家之言。雖未能藏之於名山，將以傳之於同好。非要之皓首，豈今日之論乎？其言之不慚，恃惠子之知我也。明早相迎，書不盡懷。植白。

諫伐遼東表

臣伏以遼東負阻之國，勢便形固，帶以遼海；今輕車遠攻，師疲力屈；彼有其備，所謂“以逸待勞，以飽待飢”者也。以臣觀之，誠未易攻也。若國家攻之而必克，屠襄平之城，懸公孫之首，得其地不足以償中國之費，虜其民不足以補三軍之失，是我所獲不如所喪也。若其不拔，曠日持久，暴師於野，然天時不測，水濕無常。彼我之兵連於城下，進則有高城深池；無所施其功；退則有歸途不通，道路濘洳。東有待釁之吳，西有伺隙之蜀。吳起東南，則荆、揚騷動；蜀應西境，則雍、涼三分。兵不解於外，民罷困於內。促耕不解其飢，疾蠶不救其寒。夫渴而後穿井，飢而後殖種，可以圖遠，難以應卒也。臣以為當今之務，在於省徭役，薄賦斂，勤農桑，三者既備，然後令伊、管之臣得施其術，孫、吳之將得奮其力。若此則太平之基可立而待，康哉之歌可坐而聞，曾何憂於二敵，何懼於公孫乎？今不息邦畿之內，而勞神於蠻貊之域，竊為陛下不取也。

求自試表

臣植言。臣聞士之生世，入則事父，出則事君；事父尚於榮親，事君貴於興國。故慈父不能愛無益之子，仁君不能畜無用之臣。夫論德而授官者，成功之君也；量能而受爵者，畢命之臣也。故君無虛授，臣無虛受；虛授謂之謬舉，虛受謂之尸祿，詩之“素餐”所由作也。昔二虢不辭兩國之任，其德厚也；旦、奭不讓

燕、魯之封，其功大也。今臣蒙國重恩，三世于今矣。正值陛下
升平之際，沐浴聖澤，潛潤德教，可謂厚幸矣。而位竊東藩，爵在
上列，身被輕煖，口厭百味，目極華靡，耳倦絲竹者，爵重祿厚之
所致也。退念古之受爵祿者，有異於此，皆以功勤濟國，輔主惠
民。今臣無德可述，無功可紀，若此終年，無益國朝，將挂風人
“彼己”之譏。是以上慚玄冕，俯媿朱紱。

　　方今天下一統，九州晏如，顧西尚有違命之蜀，東有不臣之
吳，使邊境未得稅甲、謀士未得高枕者，誠欲混同宇內，以致太和
也。故啓滅有扈而夏功昭，成克商、奄而周德著。今陛下以聖明
統世，將欲卒文、武之功，繼成、康之隆，簡賢授能，以方叔、召虎
之臣，鎮衞四境，爲國爪牙者，可謂當矣。然而高鳥未挂於輕繳，
淵魚未懸於鉤餌者，恐釣射之術或未盡也。昔耿弇不俟光武，亟
擊張步，言不以賊遺於君父也。故車右伏劍於鳴轂，雍門刎首於
齊境，若此二子，豈惡生而尙死哉？誠念其慢主而陵君也。夫君
之寵臣，欲以除患興利；臣之事君，必以殺身靜亂，以功報主也。
昔賈誼弱冠，求試屬國，請繫單于之頸而制其命；終軍以妙年使
越，欲得長纓占其王，羈致北闕。此二臣者，豈好爲夸主而燿世
俗哉？志或鬱結，欲逞其才力，輸能於明君也。昔漢武爲霍去病
治第，辭曰：“匈奴未滅，臣無以家爲。”固夫憂國忘家，捐軀濟
難，忠臣之志也。今臣居外，非不厚也，而寢不安席，食不遑味
者，伏以二方未剋爲念。

　　伏見先帝武臣宿兵，年耆卽世者有聞矣。雖賢不乏世，宿
將舊卒，由習戰也。竊不自量，志在效命，庶立毛髮之功，以報
所受之恩。若使陛下出不世之詔，效臣錐刀之用，使得西屬大將

軍，當一校之隊；若東屬大司馬，統偏師之任；必乘危蹈險，騁舟奮驪，突刃觸鋒，爲士卒先。雖未能禽權馘亮，庶將虜其雄率，殲其醜類，必效須臾之捷，以減終身之愧，使名挂史筆，事列朝榮。雖身分蜀境，首懸吳闕，猶生之年也。如微才弗試，沒世無聞，徒榮其軀而豐其體，生無益於事，死無損於數，虛荷上位而忝重祿，禽息鳥視，終於白首，此徒圈牢之養物，非臣之所志也。流聞東軍失備，師徒小衄，輟食棄餐，奮袂攘衽，撫劍東顧，而心已馳於吳會矣。

　　臣昔從先武皇帝南極赤岸，東臨滄海，西望玉門，北出玄塞，伏見所以行軍用兵之勢，可謂神妙矣。故兵者不可豫言，臨難而制變者也。志欲自效於明時，立功於聖世，每覽史籍，觀古忠臣義士，出一朝之命，以殉國家之難，身雖屠裂，而功銘著於景鍾，名稱垂於竹帛，未嘗不拊心而歎息也。臣聞明主使臣，不廢有罪。故奔北敗軍之將用，秦、魯以成其功；絕纓盜馬之臣赦，楚、趙以濟其難。臣竊感先帝早崩，威王棄世，臣獨何人，以堪長久！常恐先朝露，塡溝壑，墳土未乾，而身名並滅。臣聞騏驥長鳴，伯樂昭其能；盧狗悲號，韓國知其才。是以效之齊、楚之路，以逞千里之任；試之狡兔之捷，以驗搏噬之用。今臣志狗馬之微功，竊自惟度，終無伯樂、韓國之舉，是以於悒而竊自痛者也。

　　夫臨搏而企踴，聞樂而竊抃者，或有賞音而識道也。昔毛遂，趙之陪隸，猶假錐囊之喩，以寤主立功，何況巍巍大魏多士之朝，而無慷慨死難之臣乎！夫自衒自媒者，士女之醜行也；干時求進者，道家之明忌也。而臣敢陳聞於陛下者，誠與國分形同氣，憂患共之者也。冀以塵霧之微，補益山海；熒燭末光，增輝日月；是以敢冒其醜而獻其忠，必知爲朝士所笑。聖主不以人廢言，伏惟陛下少垂神聽，臣則幸矣。

求通親親表

臣植言。臣聞天稱其高者，以無不覆；地稱其廣者，以無不載；日月稱其明者，以無不照；江海稱其大者，以無不容。故孔子曰："大哉堯之爲君！惟天爲大，惟堯則之。"夫天德之於萬物，可謂弘廣矣。蓋堯之爲敎，先親後疏，自近及遠。其傳曰："克明峻德，以親九族。九族既睦，平章百姓。"及周之文王，亦崇厥化。其詩曰："刑于寡妻，至于兄弟，以御于家邦。"是以雍雍穆穆，風人詠之。昔周公弔管、蔡之不咸，廣封懿親以藩屏王室。傳曰："周之宗盟，異姓爲後。"誠骨肉之恩，爽而不離，親親之義，實在敦固，未有義而後其君，仁而遺其親者也。

伏惟陛下咨帝唐欽明之德，體文王翼翼之仁，惠洽椒房，恩昭九親，羣后百寮，番休遞上，執政不廢於公朝，下情得展於私室，親理之路通，慶弔之情展，誠可謂恕己治人、推惠施恩者矣。至於臣者，人道絕緒，禁固明時，臣竊自傷也。不敢乃望交氣類，修人事，敍人倫。近且婚媾不通，兄弟永絕；吉凶之問塞，慶弔之禮廢；恩紀之違，甚於路人，隔閡之異，殊於胡、越。今臣以一切之制，永無朝覲之望，至於注心皇極，結情紫闥，神明知之矣。然天實爲之，謂之何哉！退省諸王常有戚戚具爾之心，願陛下沛然垂詔，使諸國慶問，四節得展，以敍骨肉之歡恩，全怡怡之篤義。妃妾之家，膏沐之遺，歲得再通，齊義於貴宗，等惠於百司。如此則古人之所歎，風雅之所詠，復存於聖世矣。

臣伏自惟省無錐刀之用。及觀陛下之所拔授，若以臣爲異姓，竊自料度，不後於朝士矣。若得辭遠遊，戴武弁，解朱組，佩青紱，駙馬奉車，趣得一號，安宅京室，執鞭珥筆，出從華蓋，入侍輦轂，承答聖問，拾遺左右，乃臣丹情之至願，不離於夢想者也。遠慕鹿鳴君臣之宴，中詠常棣匪他之誡，下思伐木友生之義，終懷蓼莪罔極之哀。每四節之會，塊然獨處，左右惟僕隸，所對唯妻子，高談無所與陳，發義無所與展，未嘗不聞樂而拊心，臨觴而歎息也。

臣伏以爲犬馬之誠不能動人，譬人之誠不能動天。崩城、隕霜，臣初信之；以臣心況，徒虛語爾。若葵藿之傾葉，太陽雖不爲之迴光，然終向之者，誠也。臣竊自比葵藿，若降天地之施，垂三光之明者，實在陛下。臣聞文子曰：“不爲福始，不爲禍先。”今之否隔，友于同憂，而臣獨唱言者，何也？竊不願於聖代使有不蒙施之物。有不蒙施之物，必有慘毒之懷，故栢舟有“天只”之怨，谷風有“棄予”之歎。伊尹恥其君不爲堯、舜，孟子曰：“不以舜之所以事堯事其君者，不敬其君者也。”臣之愚蔽，固非虞、伊，至於欲使陛下崇光被時雍之美，宣緝熙章明之德者，是臣憐憐之誠，竊所獨守，實懷鶴立企佇之心。敢復陳聞者，冀陛下儻發天聰而垂神聽也。

（三）　關於曹植的評價

鍾嶸曰：魏陳思王植。其源出于國風，骨氣奇高，詞采華茂，情兼雅怨，體被文質。粲溢今古，卓爾不羣。嗟乎！陳思之於文章也,譬人倫之有周、孔,鱗羽之有龍鳳,音樂之有琴笙,女工之有黼黻。俾爾懷鉛吮墨者,抱篇章而景慕,映餘暉以自燭。故孔氏之門如用詩,則公幹升堂,思王入室,景陽、潘、陸,自可坐於廊廡之間矣。(詩品上)

李瀚曰:謝靈運嘗云:"天下才共有一石,曹子建獨得八斗,我得一斗,自古及今同用一斗,奇才敏捷,安有繼之。"(蒙求集注)

張戒曰:鍾嶸詩品以古詩第一,子建次之,此論誠然。觀子建"明月照高樓"、"高臺多悲風"、"南國有佳人"、"驚風飄白日"、"謁帝承明廬"等篇,鏗鏘音節,抑揚態度,溫潤清和,金聲而玉振之,辭不迫切而意已獨至,與三百五篇異世同律,此所謂韻不可及也。(歲寒堂詩話)

敖器之曰:曹子建如三河少年,風流自賞。(敖陶孫詩評)

陳繹曾曰:陳思王斲削精潔,自然沈健。(詩譜)

王世貞曰:子桓之雜詩,子建之雜詩六首,可入十九首,不能辨也。(藝苑巵言卷三)

王世懋曰:古詩兩漢以來,曹子建出而始爲宏肆,多生情態,此一變也。(藝圃擷餘)

胡應麟曰:子建雜詩,全法十九首意象,規模酷肖,而奇警絕到弗如。送應氏、贈王粲等篇,全法蘇、李詞藻,氣骨有餘,而清和婉順不足,然東西京後,惟斯人得其具體。(詩藪內篇)

又曰:子建名都、白馬、美女諸篇,辭極瞻麗,然句頗尚工,語多致飾,視東西京樂府天然古質,殊自不同。(同上)

鍾惺曰:"子建柔情麗質,不減文帝,而肝腸氣骨,時有塊磊處,似爲過之。"(古詩歸卷七)

陳祚明曰：子建既擅凌厲之才，兼饒藻組之學，故風雅獨絕。不甚法孟德之健筆，而窮態極變，魄力厚於子桓。要之，三曹固各成絕技，使後人攀仰莫及。（采菽堂古詩選卷六。）

沈德潛曰：子建詩，五色相宣，八音朗暢，使才而不矜才，用博而不逞博。蘇、李以下，故推大家。仲宣、公幹烏可執金鼓而抗顏行也！（古詩源卷五）

又曰：陳思極工起調。如"驚風飄白日，忽然歸西山"，如"明月照高樓，流光正徘徊"，如"高臺多悲風，朝日照北林"，皆高唱也。（說詩晬語）

成書倬雲曰：魏詩至子建始盛，武帝雄才而失之粗，子桓雅秀而傷於弱；風雅當家，詩人本色，斷推此君。（多歲堂古詩存卷三）

方東樹曰：子建樂府諸篇，意厚詞贍，氣格渾雄，但被後人盜襲熟濫，幾成習見陳言。故在今日不容復擬，政與古詩十九首同成窠臼。究其真精妙髓，固分毫未損，亦分毫未昭。（昭昧詹言卷二）

陳衍曰：子建詩最傳者，如箜篌引，怨歌行，名都篇，美女篇，白馬篇，聖皇篇，吁嗟篇，棄婦篇，贈徐幹，贈丁儀，贈白馬王彪，雜詩，七哀詩諸作。箜篌引自"置酒高殿上"至"磬折欲何求"，使他人為之，詞意俱盡，將結束終篇矣，乃忽振起云"驚風飄白日"、"知命復何憂"。世只知"生存"二語之沈痛，不知非有"驚風"四語之兀起鶻落，如何接得上？此子建奇處也。（石遺雜說）

四　孔　融

孔融(公元一五三——二〇八)字文舉，魯國(今山東曲阜)人。二十八歲辟舉司徒尉，轉爲北海(郡治在今山東濰坊西南)相。曹操迎獻帝都許昌，孔融被徵爲少府。他是"建安七子"之一，但他和其他六人的政治態度不同，對曹操屢加攻擊，後來終於爲曹操所殺。孔融的作品流傳下來的很少，曹丕說他"體氣高妙，有過人者；然不能持論，理不勝詞"(典論論文)。今存輯本孔少府集一卷。

論盛孝章書①

歲月不居②，時節如流。五十之年③，忽焉已至。公爲始滿，融又過二。海內知識④，零落殆盡，惟會稽盛孝章尚存。其人困於孫氏⑤，妻孥湮沒，單子獨立，孤危愁苦。若使憂能傷人⑥，此子不得復永年矣。春秋傳曰⑦："諸侯有相滅亡者，桓公不能救，則桓公恥之。"今孝章實丈夫之雄也⑧，天下談士，依以揚聲；而身不免於幽執⑨，命不期於旦夕。是吾祖不當復論損益之友⑩，而朱穆所以絕交也。公誠能馳一介之使⑪，加咫尺之書，則孝章可致，友道可弘矣。

①本文見三國志吳志孫韶傳裴松之注引虞預會稽典錄，又見文選。"盛孝章"，漢末會稽(今浙江紹興)人，名憲，字孝章，曾任吳郡太守，因病

辭官。會稽典錄說：“孫策平定吳會，誅其英豪。憲素有名，策深忌之。初，憲與少府孔融善，融愛其不免禍，乃與曹公書……由是徵爲都尉。詔命未至，果爲權所害。”卽此書本事，時爲漢獻帝建安九年（二〇四），作者五十二歲，職任少府。曹操當時爲司空兼車騎將軍，挾天子以令諸侯，大權在握，故孔融致書爲盛求援。本文從交友之道和爲國家求賢材兩方面來勸說曹操，寫得十分委婉。

②“歲月”二句：“居”，停。這二句言時光不停，如流水般逝去。

③“五十”四句：“忽焉”，忽然。“公”，稱曹操。這四句言很快地到了五十歲的年齡，您是剛滿，而我已經過了兩歲了。

④“海內”三句：“海內”，謂國內。“知識”，謂相知相識者。“零落”，陸續死去。“殆”，幾乎。這三句言國內相知相識的人，差不多陸續死光了，只有會稽盛孝章還活着。

⑤“其人”四句：“其人”，卽指盛憲。“孫氏”，謂孫氏的東吳政權；劉良以爲“孫氏，謂策也”。按，孫策死於建安五年，而此書作於建安九年，詔命未至而盛憲爲孫權殺害，故此時“孫氏”當卽謂權。又據三國志吳志孫策傳裴注的記載，孫策平吳後，盛憲爲同郡高岱領到許昭家去躱避，許昭屯聚在餘杭。何焯以爲盛憲此時仍避難於許昭處。可備參攷。“妻孥（nú）”，謂妻子和子女。“湮沒”，謂喪亡。“單孑（jié）”，孤單無援。“孑”，無右臂（見說文），此喻孤單無援如只有一臂（用呂延濟說，見六臣注文選）。這四句言盛憲受困於孫權，妻子兒女都已喪亡，孤單一人而沒有援助，處境危險，心情愁苦。

⑥“若使”二句：“此子”，卽謂盛憲。“永年”，謂長壽。這二句言假使憂愁能夠傷害人的身體健康，那麼盛憲當是再也不能長壽了。下句一本無“復”字。

⑦“春秋”四句：春秋僖公元年公羊傳：“邢已亡矣。孰亡之？蓋狄滅之。曷爲不言狄滅之？爲桓公諱也。曷爲爲桓公諱？上無天子，下無方伯，天下諸侯有相滅亡者，桓公不能救，則桓公恥之。”“桓公”，齊桓公，

春秋五霸之一。這四句以齊桓公比曹操，說明天下大權在曹操手中，只有曹操才有力量解救盛憲。

⑧“今孝章”三句：“丈夫”，猶今所謂“男子漢大丈夫”。“談士”，評議清談之士。“揚聲”，揚名。這三句言盛孝章實在是英傑中的英傑，天下清議之士，都要依靠他來宣揚自己的聲名。意謂盛憲乃是極有聲望的名士。

⑨“而身”二句：“幽執”，謂囚禁。“不期於旦夕”，謂命懸於旦夕，不能預料。意即朝不保夕。

⑩“是吾”二句：“吾祖”，謂孔子。孔融是孔子二十世孫，故稱。“論損益之友”，論語季氏：“孔子曰：‘益者三友，損者三友。友直，友諒（誠實），友多聞，益矣；友便辟（花言巧語以媚人），友善柔（和顏悅色以誘人），友便佞（撒謊詭辯以欺人），損矣’”。“益”是於己有益，“損”是於己有害。此處即用孔子語，謂：孔子說友有益有損，現在像盛憲那樣的人遭遇危急而無一人引救，則所謂損益之別何在？意即世人都不重道義，沒有益友。“朱穆”，東漢時人，字公叔，“常感時世澆薄，慕尚敦篤，乃作崇厚論”，“又著絕交論，亦矯時之作”。後漢書有傳，附於朱暉傳後。這二句意謂像盛憲這樣有益於世的人而遭遇如此，那麼家祖孔子就不應當再談論“損益之友”，而朱穆所以要寫他的絕交論了。

⑪“公誠”四句：“一介”，謂一夫，“一介之使”猶言“一個使者”。“咫”，八寸；“咫尺之書”猶言短書。“一介”、“咫尺”，都含有“不費事”的意思。漢書韓信傳：“然後發一乘之使，奉咫尺之書，以使燕，燕必不敢不聽。”顏師古注曰：“咫尺者言其簡牘或長咫，或短尺，喻輕率也。”“致”，招致。“友道”，交友之道。“弘”，大。這四句言你如果能趕快派一個使者，帶上一封短信，前往東吳，那麼盛憲可以招來，而交友之道可得以發揚光大。〔以上是第一段，敘述盛憲處境和他的聲望　並委婉地以“友道”勸曹操出面營救。〕

　　今之少年①，喜謗前輩，或能譏平孝章。孝章要為有天下大名②，九牧之人所共稱歎。燕君市駿馬之骨③，非欲以騁道里，乃當以招絕足也。惟公匡復漢室④；宗社將絕⑤，又能正之。正之之術⑥，實須得賢。珠玉無脛而自至者⑦，以人好之也；況賢者之有足乎？昭王築臺以尊郭隗⑧，隗雖小才，而逢大遇，竟能發明主之至心。故樂毅自魏往，劇辛自趙往，鄒衍自齊往。嚮使郭隗倒懸而王不解⑨，臨溺而王不拯，則士亦將高翔遠引，莫有北首燕路者矣。

①"今之"三句："謗"，誹謗。"平"，一作"評"。這三句言現在少年人喜歡說前輩的壞話，或者也有人能譏諷評論盛孝章幾句。

②"孝章"二句："要"，凡要，總舉之詞。"九牧"，"牧"為州長之稱，古分天下為九州，"九牧"即謂九州之牧，此則謂九牧所轄之地，猶"九州"、天下之意。"稱歎"，稱讚歎賞。這三句言盛憲總是有天下大名，為天下人所共同稱讚歎賞的。

③"燕君"三句："道里"，謂道路。"絕足"，絕塵之足，指千里馬。戰國策燕策："郭隗先生曰：'臣聞古之君人（猶人君），有以千金求千里馬者，三年不能得。涓人（國君的近侍）言於君曰："請求之"。君遣之，三月得千里馬；馬已死，買其骨五百金，反以報君。君大怒曰："所求者生馬，安事（猶言何用）死馬？而捐五百金！"涓人對曰："馬死且買之五百金，況生馬乎？天下必以王為能市（買）馬。馬今至矣！"於是不能朞年，千里之馬至者三。'"此用其事，意謂孝章縱非賢良，你救了他，天下必知你好賢，賢能的人必然會到你這裏來，為你所用。

④"惟公"句："惟"，思。"匡復"，扶正恢復。此言我想你正在扶正和恢復漢朝皇室。

⑤"宗社"二句："宗"，宗廟，皇帝祭祖宗的廟堂。"社"，社稷，皇帝祭天地的地方的總稱，後成國家的代稱。"絕"，斷絕。宗廟社稷祭祀斷絕，即是這個王朝統治的覆滅。此處"宗社將絕"，指搖搖欲墜的漢王朝的

政權。"正",猶"定"。這二句言天下動盪不安,漢政權將要覆滅,你又能重新使它安定下來。

⑥"正之"二句:"術",道路,辦法。這二句言定天下之道,實在需要得到賢才。

⑦"珠玉"三句:"踁(jìng)",同"脛",小腿,此指"足"。韓詩外傳卷六:"盍胥謂晉平公曰:'珠出於江海,玉出於崑山,無足而至者,由主君之好也。士有足而不至者,蓋主君無好士之意耳。'"此從正面用其意,意謂只要有好士之心,賢者自然會來。

⑧"昭王"七句:史記燕召公世家:"燕昭王於破燕之後即位,卑身厚幣,以招賢者,謂郭隗曰:'齊因孤之國亂而襲破燕,孤極知燕小力少,不足以報,然誠得賢士以共國,以雪先王之恥,孤之願也。先生視可者,得身事之。'郭隗曰:'王必欲致士,先從隗始,況賢於隗者,豈遠千里哉?'於是昭王爲隗改築宮而師事之。樂毅自魏往,鄒衍自齊往,劇辛自趙往,士爭趨燕。"此七句即用此事,言燕昭王建築了高臺以尊敬郭隗;郭隗雖然是才能不大的人,而遇上了這樣大的知遇,竟然能够啟發明主的誠心,所以樂毅從魏國到燕國去,劇辛從趙國去,鄒衍從齊國去。"至心",誠摯之心,謂燕昭王尊士救國的誠心。按首句言"昭王築臺,"此臺即後所謂黃金臺,相傳其故址在易水東南,河北省薊縣附近。史記只說"築宮",未說"築臺"。"築臺"之說,始見於此。

⑨"嚮使"四句:"嚮",往昔。"使",假使。"倒懸",倒吊起來;言處境危急。孟子公孫丑上:"民之悅之,猶解倒懸也。""臨溺",落水的時候,也是危急的意思。"拯",拯救。"北首燕路",北向燕國走去。"首",向。這五句言從前如果郭隗危急的時候而昭王不去解救,那麼士人也就都要離開他而高飛遠走,不會再有人向燕國去了。〔以上是第二段,從求賢的角度來說動曹操,用昭王尊郭隗的故事作比喻,說明盛憲個人也許對曹操並無大益,但救盛憲却可獲得好士的美名,招

來更多的賢士。〕

凡所稱引①，自公所知；而復有云者，欲公崇篤斯義。因表不悉②。

 ①"凡所"四句："稱引"，謂信中所論及和引述到的事。"崇篤"，推崇重視。"義"，指友道、好士之義。這四句是信的收尾，大意是說上面所講到的事，自然是你所熟知的，而我所以還要再講一下，無非是希望你重視這些道理。

 ②"因表"句："表"，表白，提示。"悉"，詳盡。此謂順便提一下，不必詳說了。劉良說："言因孝章以表見志，不盡所懷也。"於義亦通。

〔附錄〕

後漢書孔融傳(節錄)

 孔融字文舉，魯國人，孔子二十世孫也。七世祖霸爲元帝師，位至侍中，父伷，太山都尉。融幼有異才，年十歲，隨父詣京師。時河南尹李膺以簡重自居，不妄接士、賓客，勑外：自非當世名人及與通家，皆不得白。融欲觀其人，故造膺門，語門者曰："我是李君通家子弟。"門者言之。膺請融，問曰："高明祖父嘗與僕有恩舊乎！"融曰："然。先君孔子與君先人李老君，同德比義而相師友，則融與君累世通家。"衆坐莫不歎息。太中大夫陳煒後至，坐中以告煒，煒曰："夫人小而聰了，大未必奇。"融應聲曰："觀君所言，將不早慧乎！"膺大笑曰："高明必爲偉器。"年十三喪父，哀悴過毀，扶而後起。州里歸其孝。性好學，博涉多該覽。

　　山陽張儉爲中常侍侯覽所怨，侯覽爲刊章下州郡，以名捕
儉。儉與融兄褒有舊，亡抵於褒，不遇。時融年十六，儉少之而
不告。融見其有窘色，謂曰："兄雖在外，吾獨不能爲君主邪？"因
留舍之。後事泄，國相以下，密就掩捕，儉得脱走，遂并收褒、融
送獄。二人未知所坐，融曰："保納舍藏者，融也，當坐之。"褒曰：
"彼來求我，非弟之過，請甘其罪。"吏問其母，母曰："家事任長，
妾當其辜。"一門爭死，郡縣疑不能决，乃上讞之。詔書竟坐褒焉。
融由是顯名，與平原陶邱洪、陳留邊讓齊聲稱州郡，禮命皆不
就，辟司徒楊賜府。

　　時隱覈官僚之貪濁者，將加貶黜。融多舉中官親屬，尚書畏
迫内寵，召掾屬詰責之。融陳對罪惡，言無阿撓。河南尹何進當
遷爲大將軍，楊賜遣融奉謁賀進，不時通，融卽奪謁還府，投劾
而去。河南官屬恥之，私遣劍客欲追殺融。客有言於進曰："孔
文舉有重名，將軍若造怨此人，則四方之士引領而去矣。不如因
而禮之，可以示廣於天下。"進然之，既拜，而辟融舉高第，爲侍御
史。與中丞趙舍不同，託病歸家。後辟司空掾，拜中軍侯。在職
三日，遷虎賁中郎將。會董卓廢立，融每因對答輒有匡正之言，
以忤卓旨，轉爲議郎。時黄巾寇數州，而北海最爲賊衝，卓乃諷
三府同舉融爲北海相。

　　融到郡收合士民，起兵講武，馳檄飛翰，引謀州郡。賊張饒
等羣輩二十萬衆，從冀州還。融逆擊，爲饒所敗，乃收散兵保朱
虛縣。稍復鳩集吏民爲黄巾所誤者男女四萬餘人，更置城邑，立
學校，表顯儒術，薦舉賢良鄭玄、彭璆、邴原等。郡人甄子然、臨
孝存知名早卒，融恨不及之，乃命配食縣社。其餘雖一介之善，

莫不加禮焉。郡人無後及四方游士有死亡者，皆爲棺具而斂葬之。時黃巾復來侵暴，融乃出屯都昌，爲賊管亥所圍。融逼急，乃遣東萊太史慈求救於平原相劉備。備驚曰：“孔北海乃復知天下有劉備邪！”卽遣兵三千救之，賊乃散走。時袁、曹方盛，而融無所協附。左丞黃祖者稱有意謀，勸融有所結納。融知紹、操終圖漢室，不欲與同，故怒而殺之。融負其高氣，志在靖難，而才疏意廣，迄無成功。在郡六年，劉備表領靑州刺史。建安元年，爲袁譚所攻，自春至夏，戰士所餘裁數百人。流矢雨集，戈矛內接，融隱几讀書，談笑自若。城夜陷，乃奔山東，妻子爲譚所虜。

及獻帝都許，徵融爲將作大匠，遷少府。每朝會訪對，融輒引正定議，公卿大夫皆隸名而已。初，太傅馬日磾奉使山東，及至淮南，數有意於袁術。術輕侮之，遂奪取其節；求去又不聽，因欲逼爲軍師。日磾深自恨，遂嘔血而斃。及喪還，朝廷議欲加禮，融乃獨議……。朝廷從之。而論者多欲復肉刑，融乃建議……。朝廷善之，卒不改焉。是時荆州牧劉表不供職貢，多行僭僞，遂乃郊祀天地，擬斥乘輿，詔書班下其事，融上疏……。

初，曹操攻屠鄴城，袁氏婦子多見侵略，而操子丕私納袁熙妻甄氏，融乃與操書，稱武王伐紂，以妲己賜周公。操不悟，後問出何經典，對曰：“以今度之，想當然耳。”後操討烏桓，又嘲之曰：“大將軍遠征蕭條海外，昔肅愼氏不貢楛矢，丁零盜蘇武牛羊，可并案也。”時年飢兵興，操表制酒禁，融頻書爭之，多侮慢之辭。旣見操雄詐漸著，數不能堪，故發辭偏宕，多致乖忤。又嘗奏宜準古王畿之制，千里寰內不以封建諸侯。操疑其所論建漸廣，益憚之，然以融名重天下，外相容忍，而潛忌正議，慮鯁大業。山陽郤慮承望風旨，以微法奏免融官，因顯明讎怨。歲餘，復拜太中大夫。

性寬容少忌，好士，喜誘益後進。及退閑職，賓客日盈其門，常歎曰："坐上客常滿，尊中酒不空，吾無憂矣。"與蔡邕素善，邕卒後，有虎賁士貌類於邕，融每酒酣，引與同坐曰："雖無老成人，且有典刑。"融聞人之善，若出諸己；言有可採，必演而成之；面告其短，而退稱所長；薦達賢士，多所獎進，知而未言，以爲己過；故海內英俊皆信服之。曹操既積嫌忌，而郤慮復構成其罪，遂令丞相軍謀祭酒路粹枉狀奏融……書奏，下獄棄市，時年五十六。妻子皆被誅。

初，女年七歲，男年九歲，以其幼弱得全，寄它舍。二子方弈棊，融被收而不動，左右曰："父執而不起，何也？"答曰："安有巢毀而卵不破乎？"主人有遺肉汁，男渴而飲之，女曰："今日之禍，豈得久活？何賴知肉味乎？"兄號泣而止。或言於曹操，遂盡殺之。及收至，謂兄曰："若死者有知，得見父母，豈非至願？"乃延頸就刑，顏色不變。莫不傷之。

初，京兆人脂習元升與融相善，每戒融剛直。及被害許下，莫敢收者，習往撫尸曰："文舉舍我死，吾何用生爲？"操聞大怒，將收習殺之，後得赦出。

魏文帝深好融文辭，歎曰："楊、班儔也。"募天下有上融文章者，輒賞以金帛。所著詩、頌、碑文、論議、六言、策文、表、檄、敎令、書記凡二十五篇。文帝以習有變布之節，加中散大夫。

五 陳 琳

陳琳(公元?——二一七)字孔璋，廣陵(今江蘇江都縣東北)人，"建安七子"之一。曾經爲袁紹掌管書記，後來歸附曹操。他和阮瑀，都以擅長於草擬公事文書而聞名當代。曹丕的典論論文說："琳、瑀之章表書記，今之雋也。"今傳陳記室集輯本一卷。他的詩歌僅存四篇，以飲馬長城窟行最有價值。

飲馬長城窟行①

飲馬長城窟②，水寒傷馬骨。往謂長城吏，"慎莫稽留太原卒③！""官作自有程④，舉築諧汝聲。""男兒寧當格鬬死⑤，何能怫鬱築長城！"長城何連連⑥！連連三千里。邊城多健少⑦，內舍多寡婦。作書與內舍⑧，"便嫁莫留住。善事新姑嫜，時時念我故夫子。"報書往邊地⑨，"君今出語一何鄙！""身在禍難中⑩，何爲稽留他家子？生男慎莫舉，生女哺用脯。君獨不見長城下，死人骸骨相撐拄！""結髮行事君⑪，慊慊心意關。明知邊地苦，賤妾何能久自全？"

①飲馬長城窟行是樂府古題，屬相和歌瑟調曲。其古辭或云即"青青河畔草，綿綿思遠道"一篇，已見兩漢文學史參考資料。本篇寫封建統治者修築長城的勞役連年不斷，造成了人民妻離子散的痛苦。全篇採用生動的對話形式，具有鮮明的民歌色彩。

②長城窟："窟"謂"泉窟"，即今所謂"泉眼"。"長城窟"即謂長城近邊的泉眼，可供行役者飲馬之用。酈道元水經注卷三河水注："芒干水又西南逕白道南谷口，有城在右，縈帶長城，背山面澤，謂之白道城。自城北出有高阪，謂之白道嶺。沿路惟土穴出泉，挹之不窮。余每讀琴操，見琴慎相和雅歌錄云'飲馬長城窟'，及其跋陟斯途，遠懷古事，始知信矣，非虛言也。"

③"慎莫"句："慎"，小心，留意；此處是懇請、叮嚀語氣，猶言"千萬請您"。"稽留"，滯留。"太原卒"，從太原地方徵調來服役的民伕。這句是服役戍卒懇請監督修築長城的官吏，不要延誤他們的歸期。

④"官作"二句："官作"，官府的工程，即指修築長城而言。"程"，期限。"築"，夯，築城夯土的工具。"舉築"猶今所謂"打夯"。"舉築諧汝聲"，是說你們且齊聲唱着夯歌打夯。這二句是官吏不耐煩地回答"太原卒"的話，意謂官家的工程自有期限，你們還是努力築城。

⑤"男兒"二句："格鬥"，短兵相接的搏鬥。"怫郁"，煩悶。這二句是"太原卒"憤慨地回答"長城吏"的話，意謂男子漢寧可與敵人搏鬥而死，怎能憋着滿肚子氣在這裏築長城呢！

⑥"長城"二句："連連"，綿長不絕貌。這二句寫長城之長，含有竣工無期、生還無望的憤慨。這憤慨針對上文官吏所說"官作自有程"而發，同時引起了下文"作書與內舍"勸嫁的話。

⑦"邊城"二句："邊城"，即指長城。"健少"，健壯的年輕人，謂戍卒。"內舍"，謂戍卒的家裏。"寡婦"，謂戍卒的妻子。古時凡婦人獨居者皆可稱"寡婦"，與後世專指夫死獨居者不同。

⑧"作書"四句："姑嫜"，古時稱丈夫的父母為姑嫜，亦稱舅章，今通稱公婆。"故夫子"，原來的丈夫，作書的戍卒自指。或解為"故夫之子"（見清朱乾樂府正義），非。這四句是戍卒寫信勸妻子改嫁的話。

⑨"報書"二句："君"，尊敬的稱呼；這裏是戍卒的妻子稱呼她的丈夫。"鄙"，薄。這二句謂妻子回信拒絕改嫁。

⑩"身在"六句:"禍難",指修築長城竣工無期、生歸無望的禍難。"他家子",謂別人家的子女,此指其妻。古人亦可稱女子爲"子"。"脯",肉乾。這六句謂戍卒再寫信給妻子,說明爲什麼要她改嫁的緣故。其中"生男"四句借用秦時民歌(參看後悲憤詩注)。

⑪"結髮"四句:"結髮",古時男年二十束髮而冠,女子十五歲取笄(簪)結髮,以示成年。"慊慊",怨恨不滿貌。"關",牽繫。這四句寫妻子再復丈夫的信,表示自己的堅貞,意謂成年與君結婚,不久卽相離別,心牽兩地,怨恨很深,如今夫君在邊地受苦,我又怎能活得長久呢?清張玉穀說:"答辭四句,表白己之亦當從死,而夫之死終不忍言,只以'苦'字代之,得體。"(見古詩賞析)可供參考。第三句"明知邊地苦",一無"明知"二字。

〔附錄〕

關於陳琳的事蹟

始文帝爲五官將,及平原侯植皆好文學。(王)粲與北海徐幹字偉長、廣陵陳琳字孔璋、陳留阮瑀字元瑜、汝南應瑒字德璉、東平劉楨字公幹並見友善。……琳前爲何進主簿。進欲誅諸宦官,太后不聽。進乃召四方猛將,並使引兵向京城,欲以劫恐太后。琳諫進曰:"易稱'卽鹿無虞',諺有'掩目捕雀',夫微物尙不可欺以得志,況國之大事,其可以詐立乎?今將軍總皇威,握兵要,龍驤虎步,高下在心。以此行事,無異於鼓洪爐以燎毛髮。但當速發雷霆,行權立斷,違經合道,天人順之。而反釋其利器,更徵於他。大兵合聚,彊者爲雄,所謂倒持干戈,授人以柄,必不成功,祗爲亂階。"進不納其言,竟以取禍。

　　琳避難冀州，袁紹使典文章。袁氏敗，琳歸太祖，太祖謂曰：
"卿昔爲本初移書，但可罪狀孤而已，惡惡止其身，何乃上及父祖
邪？"琳謝罪。太祖愛其才而不咎。……太祖並以琳、瑀爲司空軍
謀祭酒，管記室，軍國書檄，多琳、瑀所作也。琳徙門下督。……
（建安）二十二年卒。（三國志魏志王粲傳）

　　琳作諸書及檄，草成呈太祖。太祖先苦頭風，是日疾發，臥
讀琳所作，翕然而起曰："此愈我病。"數加厚賜。（同上裴松之注
引典略）

六 王 粲

王粲(公元一七七——二一七)字仲宣,山陽高平(今山東鄒縣西南)人。他從十七歲起就往荆州避難,依附劉表十五年。後歸曹操,作過丞相掾、軍謀祭酒、侍中等。由於"遭亂流寓,自傷情多"(謝靈運語),他的詩賦情調較悲涼,但較能深刻地反映當時社會的動亂和人民的苦難,在"建安七子"中成就最高。今傳王侍中集輯本一卷。

七 哀 詩①

西京亂無象②,豺虎方遘患。復棄中國去③,委身適荆蠻。親戚對我悲,朋友相追攀④。出門無所見⑤,白骨蔽平原。路有飢婦人,抱子棄草間。顧⑥聞號泣聲,揮⑦涕獨不還。"未知身死處⑧,何能兩相完?"驅馬棄之去,不忍聽此言。南登霸陵岸⑨,回首望長安,悟彼下泉人⑩,喟然傷心肝。

①吳兢樂府古題要解說:"七哀起於漢末。"這大概是當時的樂府新題,曹植、王粲、阮瑀、張載等人都作有七哀詩。見前曹植七哀注。晉樂用曹植七哀詩爲歌詞,分爲七解。王粲七哀詩三首,不是同時所作。第一首寫亂離中所見,是一幅難民圖。李周翰說:"此詩哀漢亂也。"(見六臣注文選)吳淇說:"哀漢實自哀也。"(六朝選詩定論)東漢初平元年(公元一九〇)董卓挾持獻帝遷往長安,關東州郡推渤海太守袁紹爲盟主,起兵討卓(參看曹操蒿里行注、蔡琰悲憤詩注)。初平三年

（公元一九二）卓將李傕、郭汜等在長安作亂。這詩當是王粲往荆州避亂，初離長安時作。

②"西京"二句："西京"，指長安。東漢都洛陽，洛陽在東，長安在西，因稱長安爲西京。"無象"，無道或無法。"豺虎"，指李傕、郭汜等人。"遘"，同"構"，造。這二句言長安被李、郭等弄得混亂不堪。

③"復棄"二句："中國"，我國古時建都黄河兩岸，因稱北方中原地區爲"中國"。"委身"，託身、寄身。"適"，往。"荆蠻"，謂荆蠻之地，指荆州。荆州是古楚國地，楚國本叫荆，周人稱南方的民族爲蠻，楚在南方，故稱荆蠻。這裏沿用舊稱。這二句言離中原往荆州。當時荆州未遭兵禍，到那裏去避亂的人很多。荆州刺史劉表曾經跟王粲的祖父學習，所以王粲去依附他。

④攀：謂攀着車轅戀戀不捨。

⑤"出門"二句：寫當時軍閥連年混戰，由於殺戮和飢餓所造成的人民死亡衆多的慘象。曹操蒿里行："白骨露於野，千里無鷄鳴"，也寫當時的那種慘象，可參看。

⑥顧：回頭看。

⑦揮：揮灑。

⑧"未知"二句："完"，全。這二句是婦人的話，說自身還不知死所，哪能兩相保全，不得已纔棄子逃生。以上六句寫作者見婦人棄子逃生的慘事。吳淇說："單舉婦人棄子而言之者，蓋人當亂離之際，一切皆輕，最難割者骨肉，而慈母於幼子尤甚。寫其重者，他可知矣。"張鳳翼說："迴顧雖聞其子號泣之聲，但知揮涕獨去，不復還視也。"（文選纂注）。

⑨霸陵岸："霸陵"，漢文帝陵墓所在之地，在今陜西長安縣東。"岸"，高地。

⑩"悟彼"二句："悟"，領悟、懂得。"下泉"，詩經曹風篇名。毛序說："下泉，思治也，曹人……思明王賢伯也。""下泉"謂黄泉。"下泉人"，在

這裏也有隱指漢文帝的意思。"喟 (kuì) 然"，歎息貌。 這二句是說登霸陵回望長安，思念文帝時的太平之世，因而深深地懂得了下泉詩的作者思念明王賢伯時的心情，於是不由得傷心、歎息起來。

其 二①

荆蠻非吾鄉②，何爲久滯淫？方舟泝大江③，日暮愁吾心。山岡有餘映④，嚴阿增重陰。狐狸馳赴穴⑤，飛鳥翔故林。流波激清響，猴猿臨岸吟，迅風拂裳袂，白露沾衣襟。獨夜不能寐，攝⑥衣起撫琴。絲桐⑦感人情，爲我發悲音。羈旅無終極⑧憂思壯難任。

①本篇寫作者久客荆州懷鄉思歸之情。作者另有登樓賦，也是在荆州抑鬱不得志時所作，與此詩內容相似，或作於同時，可以參看。

②"荆蠻"二句："滯淫"，淹留的意思。這二句言荆州不是我的故鄉，爲什麼老留在這裏呢？登樓賦："雖信美而非吾土兮，曾何足以少留！"語意與此同。

③"方舟"二句："方"，並。把兩隻船併起來叫"方舟"。"泝 (sù)"，同"溯"，逆流而上。這二句寫日暮乘船時所引起的思鄉之情。

④"山岡"二句："岡"，山脊。"映"，明。"餘映"，猶言餘光。"阿"，曲處曰阿，"嚴阿"，山曲。這二句，張銑說："謂日將沒，山脊之上猶映餘光，而嚴阿本陰，今復日暮，是增爲重陰。"(六臣注文選)

⑤"狐狸"二句：楚辭哀郢："鳥飛還故鄉兮，狐死必首丘。"這二句話用此意，寫卽目所見之景和思鄉念舊之情。"狐死首丘"的解釋見曹操却東西門行注。

⑥攝：整頓；此處謂整衣。

⑦絲桐：謂琴。桓譚新論："削桐爲琴，絲繩爲弦。""桐"，桐木，是製琴

的上等木料。

⑧ "羈旅"二句："羈旅"，寄居作客。左傳莊公二十二年："羈(即"羇"字)
旅之臣。"杜預注："羇，寄也。旅，客也。""終極"，盡。"壯"，
盛(用明張鳳翼說)。這二句說長期作客他鄉，沒有盡頭，愁思之盛，難以承
受。余冠英說："'壯難任'，猶言刺痛難堪。方言：'凡草木刺人，北燕、
朝鮮之間或謂之壯。'"(見漢魏六朝詩選)可備一說。

登 樓 賦①

登茲樓以四望兮，聊暇日以銷憂②。覽斯宇之所處兮③，實顯
敞而寡仇。挾清漳之通浦兮④，倚曲沮之長洲。背墳衍之廣陸
兮⑤，臨皋隰之沃流。北彌陶牧⑥，西接昭丘⑦。華實蔽野⑧，黍
稷盈疇。雖信美而非吾土兮⑨，曾何足以少留！

遭紛濁而遷逝兮⑩，漫踰紀以迄今。情眷眷而懷歸兮⑪，孰
憂思之可任！憑軒檻以遙望兮⑫，向北風而開襟。平原遠而極目
兮，蔽荊山之高岑。路逶迤而修迴兮⑬，川既漾而濟深。悲舊鄉
之壅隔兮⑭，涕橫墜而弗禁。昔尼父之在陳兮⑮，有"歸歟"之歎
音；鍾儀幽而楚奏兮⑯，莊舄顯而越吟；人情同於懷土兮⑰，豈窮
達而異心！

惟日月之逾邁兮⑱，俟河清其未極。冀王道之一平兮⑲，假
高衢而騁力。懼匏瓜之徒懸兮⑳，畏井渫之莫食。步棲遲以徙
倚兮㉑，白日忽其將匿。風蕭瑟而並興兮㉒，天慘慘而無色。獸
狂顧以求羣兮，鳥相鳴而舉翼。原野闃其無人兮㉓，征夫行而未
息。心悽愴以感發兮㉔，意忉怛而憯惻。循階除而下降兮㉕，氣
交憤於胸臆。夜參半而不寐兮㉖，悵盤桓以反側。

①此篇見於文選。據三國志魏志王粲傳，獻帝西遷，粲從至長安，以西京擾亂，乃南至荆州依劉表；表見粲貌醜體弱，故不予重視。又據李善注引盛弘之荆州記：粲嘗登湖北當陽縣城樓，感而作賦。按，昭丘在當陽之東，與本文"西接昭丘"不合，樓應仍是在荆州，時粲不得志，故有是作。

②"聊暇日"句："暇"同"假"，作"借"解。"銷憂"，消除憂悶。

③"覽斯宇"二句，"宇"，本指屋簷，此處的"斯宇"猶言"此樓"。"所處"，指所居的地勢。"顯"，豁亮，"敞"，寬闊。"仇"，作"匹"解。這二句言荆州的城樓形勢豁亮寬敞，少有比得上它的。

④"挾清漳"二句：上句"挾"，猶"帶"。"漳"，水名，源出湖北南漳縣西南，東南流經當陽，與沮水相合，又東南經江陵縣而入於長江。據風土記，大水有小口別通它水叫"浦"。此言城樓所在之地，正臨於漳水別支之上，宛如挾帶着潔淨的漳水一般。下句，"沮"，水名，源出湖北保康縣西南，東南流經南漳、當陽，與漳水合，又東南經江陵縣西堄，入於長江。"長洲"，水邊長形的陸地。此言城樓修築在曲折的沮水邊上，宛如倚長洲而立。

⑤"背墳衍"二句："背"，背對着，指北面。"墳"，高。"衍"，平。"臨"，面臨着，指南面。"皋"，水旁地。"隰"，低窪的地方。"沃"，美；"沃流"，指可以灌溉的流水。這二句言城樓的北面是地勢較高的大陸，南面是地勢較低的水涯。

⑥"北彌"句："彌"，終。"陶"，指陶朱公，卽越之范蠡。"牧"，爾雅釋地："邑外謂之'郊'，郊外謂之'牧'"。相傳湖北江陵縣附近有陶朱公的墳墓，故稱其地爲"陶牧"。

⑦"昭丘"：卽楚昭王的墓址，在當陽東南七十里。此連上言荆州城樓所在之地，北終陶牧之境，西與昭丘相接。

⑧"華實"二句：上句言許多果木的花和果實遮蔽了原野，下句言很多農作物鋪滿了田疇。

⑨"雖信美"二句："土"，故鄉。"少留"，猶言"暫居"。呂向說："言此雖高明寡匹，川原可賞，然非吾鄉，何足停留也。"（見六臣注文選）

⑩"遭紛濁"二句："紛"，紛擾。"濁"，污穢。"紛濁"，喻世亂。"遷逝"，猶言"遷徙流亡"，指避亂於荊州。"漫"，長久，此處作"踰紀以迄今"的狀詞。"踰"，過。"紀"，十二年叫一紀。"迄"，至。這二句言自己遭逢亂世，故遷徙於此，竟超過了十二年。

⑪"情眷眷"二句："眷眷"，留戀貌。"懷"，思。"任"，禁受。這二句言心戀故土而思歸，誰又能禁得起這種憂思呢？

⑫"憑軒檻"四句：第一句，"憑"，倚。"軒檻"，指樓上的窗和闌干。第二句，言故鄉在北，故向北而望，開衣襟以受北風。第三句，"極目"，指目光達於極遠處。第四句，"荊山"，在湖北南漳縣。小山而高者稱"岑"。呂延濟說："荊州在帝鄉（即帝都）南，故向北開襟，思故國之風，而極目遠望，爲荊山所蔽，終不復見。"（見六臣注文選）

⑬"路逶迤"二句："逶迤"，（wēiyí），長而曲折之貌。"修"，長。"迴"，遠。"漾"應作"羕"，水長貌。"濟"，作"渡"解，此處與"川"爲對文，泛指河水。這二句言路長而川深，歸途遙遠而艱難。

⑭"悲舊鄉"二句："壅"，阻塞。"隔"，隔絕。"橫墜"，零亂地墜落下來。這二句言由於喪亂而與故鄉隔絕，故悲傷而流涙不止。

⑮"昔尼父"二句："尼父"即孔子。論語公冶長："子在陳曰：'歸歟！歸歟！……'"朱熹集注："此孔子周流四方，道不行而思歸之歎也。"此處王粲即以孔子比喻自己，以見思歸之情。

⑯"鍾儀"二句：上句，"鍾儀"，事見左傳成公九年："晉侯觀於軍府，見鍾儀，問之曰：'南冠而縶者，誰也？'有司對曰：'鄭人所獻楚囚也。'使稅之，……問其族，對曰：'伶人也。'……使與之琴，操南音。……公語范文子，文子曰：'楚囚，君子也。……樂操土風，不忘舊也。……'""幽"，囚。"楚奏"，指彈奏楚國的樂調。下句，"莊舄"，事見史記張儀列傳："……越人莊舄仕楚執珪，有頃而病。楚王曰：'舄，故越之鄙細

人也。今仕楚執珪，富貴矣，亦思越否？’中謝（按，即‘中射之士’）對曰：‘凡人之思故，在其病也。彼思越則越聲，不思越則楚聲。使人往聽之，猶尚越聲也。”“顯”，指身居顯要之位。“越吟”，指操越國的方音說話、呻吟。按，此以鍾儀、莊舄自喻。上句言楚人鍾儀被晉所囚，但操琴時仍奏楚曲；下句言越人莊舄身任楚之顯職，但病中仍操越音。皆以喻己思鄉之情切。

⑰“人情”二句：此承上二句而言。“懷土”猶言“思鄉”。“窮”，謂處於劣境，指上文的鍾儀；“達”謂處於順境，指上文的莊舄。李周翰說：“言思歸者人情所同，豈窮達之際而有殊也。”（見六臣注文選）意謂人不論處境如何，思鄉之情是並無兩樣的。

⑱“惟日月”二句：“日月”，指光陰。“逾邁”猶言逝去。“河清”，左傳襄公八年：“俟河之清，人壽幾何？”相傳黃河水一千年清一次。後以河清喻太平盛世之時。“極”，至。這二句言光陰一天天地逝去，但天下太平的日子却一直沒有到來。

⑲“冀王道”二句：“冀”，盼望。“王道”，指王朝的政權。“一”，統一。“平”，穩定、鞏固。“高衢”，猶言“大道”，以喻帝王的良好措施。“騁”，施展。張銑說：“黃河清則聖人出，桀苦天下反亂，故云日月逾邁，河清未極期也。冀宇內清平，假借帝王之高道，馳騁才力，以爲輔弼。”（見六臣注文選）意謂如果天下太平，自己願憑藉帝王的力量以施展才智。

⑳“懼匏瓜”二句：上句，本孔子自喻之詞，此處王粲又借以爲喻。論語陽貨篇：“子曰：‘……吾豈匏瓜也哉，焉能繫而不食！’”意謂自己並非無用之人，故極顧獲得行道的機會。下句，“渫”，(xiè)，淘井叫“渫”。周易“井”卦：“井渫不食，爲我心惻。”意謂淘乾淨了井而沒有人吃水，是很可痛心的。六臣注李周翰說：“蓋喻修身全潔，畏時君之不用也。”

㉑“步棲遲”二句：“棲遲”，作“遊息”解。“徙倚”，徘徊。“匿”，藏。張鳳翼說：“言徘徊樓上，不覺白日將沒。”

㉒“風蕭瑟”二句：“蕭瑟”，蕭條寒冷之貌。“並興”，指風從四面同時俱

起。“慘慘”，暗淡無光。

㉓“原野”二句：“闃”，(què)，寂靜無人之貌。李善注：“原野闃無農人，但有征夫而已。”

㉔“心悽愴”二句：“感發”，猶言“感觸”。“切怛”音刀答，或音韜楊，憂勞之貌。“憯”同“慘”；“憯惻”，與“悽愴”同義。這二句言看到了四外的景物，心中有所感觸而悽愴不已。

㉕“循階除”二句：“除”，與“階”同義，“階除”，指樓梯。“交”，應作“狡”（用張雲璈、胡紹煐說），乖戾。“憤”，鬱悶，憤懣。這二句言順着樓梯下來，胸中積鬱難伸。

㉖“夜參半”二句：“參”，及；“夜參半”，“猶言”直到半夜”。“恨”，惆悵，此處是“盤桓以反側”的狀詞。“盤桓”，猶言“思來想去”。“反側”，翻來覆去。這二句言直到夜半也不能睡着，心中思來想去，身體翻來覆去，感到十分恨惘。

〔附錄〕

（一）　三國志王粲傳

王粲字仲宣，山陽高平人也。曾祖父龔，祖父暢，皆爲漢三公。父謙爲大將軍何進長史。進以謙名公之胄，欲與爲婚，見其二子，使擇焉。謙弗許。以疾免，卒于家。

獻帝西遷，粲徙長安，左中郎將蔡邕見而奇之。時邕才學顯著，貴重朝廷，常車騎塡巷，賓客盈坐。聞粲在門，倒屣迎之。粲至，年既幼弱，容狀短小，一坐盡驚。邕曰：“此王公孫也，有異才，吾不如也。吾家書籍文章，盡當與之。”

年十七，司徒辟，詔除黃門侍郎，以西京擾亂，皆不就，乃之荆州依劉表。表以粲貌寢而體弱通侻，不甚重也。表卒，粲勸表子琮，令歸太祖。太祖辟爲丞相掾，賜爵關內侯。

太祖置酒漢濱，粲奉觴賀曰：“方今袁紹起河北，杖大衆，志兼天下，然好賢而不能用，故奇士去之。劉表雍容荆楚，坐觀時變，自以爲西伯可規。士之避亂荆州者，皆海內之儁傑也，表不知所任，故國危而無輔。明公定冀州之日，下車即繕其甲卒，收其豪傑而用之，以横行天下。及平江、漢，引其賢儁而置之列位，使海內回心，望風而願治，文武並用，英雄畢力，此三王之舉也。”後遷軍謀祭酒。魏國既建，拜侍中。博物多識，問無不對。時舊儀廢弛，興造制度，粲恆典之。

初，粲與人共行，讀道邊碑。人問曰：“卿能闇誦乎？”曰：“能。”因使背而誦之，不失一字。觀人圍棊，局壞，粲爲覆之。棊者不信，以帊蓋局，使更以他局爲之。用相比校，不誤一道。其彊記默識如此。性善算，作算術，略盡其理。善屬文，舉筆便成，無所改定，時人常以爲宿構，然正復精意覃思，亦不能加也。著詩、賦、論、議垂六十篇。

建安二十一年，從征吳。二十二年，春，道病卒，年四十一。

（二）　關於王粲的評價

曹丕曰：爲太子時，北園及東閣講堂，并賦詩，命王粲、劉楨、阮瑀、應瑒稱同作。（典論叙詩，初學記卷十引）

曹植曰：既有令德，材技廣宜。彊記洽聞，幽讚微言。文若春華，思若湧泉。發言可詠，下筆成篇。何道不洽，何藝不閑。

（王仲宣誄）

劉勰曰：仲宣溢才，捷而能密，文多兼善，辭少瑕累，摘其詩賦，則七子之冠冕乎？（文心雕龍才略篇）

又曰：仲宣躁銳，故穎出而才果。（同上體性篇）

又曰：仲宣靡密，發端必遒。（同上詮賦篇）

鍾嶸曰：魏侍中王粲。其源出于李陵。發愀愴之詞，文秀而質羸，在曹（植）、劉（楨）間別搆一體，方陳思不足，比魏文有餘。（詩品上）

陳繹曾曰：王粲眞實有餘，澄瀘不足。（詩譜）

胡應麟曰：仲宣才弱肉勝骨。（詩藪內編）

陸時雍曰：子桓、王粲，時激風雅餘波，子桓逸而近風，王粲莊而近雅。（詩鏡總論）

陳祚明曰：王仲宣詩跌宕不足而眞摯有餘，傷亂之情，小雅變風之餘也。與子桓兄弟氣體本殊，無緣相比。（采菽堂古詩選卷七）

姚範曰：仲宣局面闊大。（昭昧詹言卷一引）

方東樹曰：建安七子，除陳思，其餘略同，而仲宣爲偉，局面闊大。公幹氣緊，不如仲宣。（昭昧詹言卷二）

又曰：（七哀詩）蒼涼悲慨，才力豪健，陳思而下，一人而巳。（同上）

劉熙載曰：曹子建、王仲宣詩出於騷。（藝概詩概）

又曰：王仲宣、潘安仁詩悲而不壯。（同上）

七　阮瑀

阮瑀(公元?——二一二)字元瑜,陳留尉氏(今河南尉氏縣)人,"建安七子"之一。年輕時曾從蔡邕學習,後來曹操請他作司空軍謀祭酒,遂與陳琳共同掌管記室;當時軍國書檄,多是阮、陳二人所擬。曹丕很稱讚他們的章表書記,曾說:"孔璋章表殊健,⋯⋯元瑜書記翩翩。"(與吳質書)今傳阮元瑜集輯本一卷,存詩十二篇。

駕出北郭門行①

駕出北郭門②,馬樊③不肯馳。下車步踟躕,仰折枯楊枝。顧聞④丘林中,嗷嗷⑤有悲啼。借問啼者出⑥:"何爲乃如斯?"⑦"親母舍⑧我歿,後母憎孤兒。飢寒無衣食,舉動鞭捶施⑨。骨消肌肉盡,體若枯樹皮。藏我空室中,父還不能知。上冢察故處⑩,存亡永別離。親母何可見!淚下聲正嘶⑪。棄我於此間⑫,窮厄豈有貲?"傳告後代人⑬,以此爲明規。

①本篇屬雜曲歌辭,內容寫後母虐待孤兒,可與漢樂府孤兒行參看。
②北郭門:"郭",外城;"北郭門",城郭北門。古時墳地多在城郭北郊。
③樊:馬背負過重,不肯再走,叫"樊"。
④顧聞:回頭聽見。
⑤嗷嗷:悲啼聲。

⑥“出”，一本“出”作“云”，或作“誰”。

⑦“何爲”句：是詩人問啼者的話。意思是說：“什麼原因使你哭得如此
悲傷？”

⑧舍：同“捨”，捨棄。

⑨“舉動”句：舉動”，動輒之意。“捶”，鞭馬用的小木棍。這句是說後母
動不動便鞭打孤兒。

⑩“上冢”二句：言孤兒來察看親母的墳墓，感到自己和親母一存一亡，
永遠分隔兩處。

⑪嘶：聲破。此謂聲音哭得嘶啞了。

⑫“棄我”二句：“窮厄”，窮困。“貲”，同“資”，財富。這二句是說親母將
我捨棄在世間受窮受困，沒有留下財產供我度日。從“親母舍我歿”
至此十四句都是孤兒的話，敍述他在此地悲哭的原因。

⑬“傳告”二句：“規”，規戒。這二句是詩人勸戒世人的話，意謂不要虐
待孤兒。

〔附錄〕

關於阮瑀的事蹟

瑀少受學於蔡邕。建安中都護曹洪欲使掌書記，瑀終不爲
屈。太祖並以琳、瑀爲司空軍謀祭酒，管記室，軍國書檄，多琳、
瑀所作也。琳徙門下督，瑀爲倉曹掾曹。……瑀以（建安）十七年
卒。（三國志王粲傳）

太祖雅聞瑀名，辟之，不應，連見偪促，乃逃入山中。太祖使
人焚山，得瑀，送至，召入。太祖時征長安，大延賓客，怒瑀不與
語，使就技人列。瑀善解音，能鼓琴，遂撫弦而歌，因造歌曲曰：

“奕奕天門開，大魏應期運。青蓋巡九州，在東西人怨。士爲知
己死，女爲悅者玩。恩義苟敷暢，他人焉能亂？”爲曲旣捷，音聲
殊妙，當時冠坐，太祖大悅。（同上裴松之注引文士傳）

（按裴松之以爲此事不可信，其辨駁之詞詳見此條注文之後，此處略。）

太祖嘗使瑀作書與韓遂，時太祖適近出，瑀隨從，因於馬上
具草，書成呈之。太祖竟筆欲有所定，而竟不能增損。（同上裴
松之注引典略）

八　劉楨

劉楨(公元?——二一七)字公幹，東平(今山東東平縣)人。
曹操任用他爲丞相掾屬。"建安七子"之一。曹丕與吳質書說:
"其五言詩之善者，妙絕時人。"詩品也說:"自陳思已下，楨稱獨
步。"他的詩剛勁挺拔，注重氣勢，不講究雕琢辭藻，可惜流傳
下來的作品只有十五首。今傳劉公幹集輯本一卷。

贈從弟三首①

汎汎東流水②，磷磷水中石。蘋藻生其涯③，華葉紛擾溺。采之
薦宗廟④，可以羞嘉客。豈無園中葵⑤，懿此出深澤。

①本篇見文選。"從弟"，堂弟。三首全用比興，分別以蘋藻、松、鳳凰喻
其從弟，有贊美與勉勵的兩重意思，希望他能堅貞自守，不因外力壓
迫而改變本性。其實也是作者自況。第一首藉蘋藻以喻其從弟品格
的高潔。

②"汎汎"二句:"汎汎(fàn)"，水暢流貌。"磷磷"，水中見石貌，喻水的清
澈。這二句寫蘋藻生長地的清澄潔淨。

③"蘋藻"二句:"蘋"，多年生草本，生長淺水中，又名四葉菜、田字菜。
"藻"，隱花植物，淡水和海水中都有。"涯"，水邊。"紛"，衆多貌。"擾
溺"，形容蘋藻爲水流飄動的樣子。這二句說蘋藻就生長在這清澄的
水邊，花葉紛繁，在水中蕩漾。下句一作"華紛何擾溺"。

④"采之"二句:"采"，同"採"。"薦"，進奉、獻。"宗廟"，古代帝王
敬奉其祖先的廟堂。"羞"，進。"嘉"，好。左傳隱公三年:"君子曰……

苟有明信，澗谿沼沚之毛，蘋蘩蘊藻之菜……可薦於鬼神，可羞於王公（如果有誠意，雖是山澗水澤的草和蘋藻等，也可用來祭祀鬼神，進享王公）。”這二句說蘋藻可以作祭祀祖先或宴會貴客的美味。嵇從弟雖出身寒門，品質却很高潔。

⑤“豈無”二句：“葵”，蔬類植物，有兔葵，楚葵、鳧葵等。古詩長歌行：“青青園中葵。”“懿”，美。李周翰說：“此言豈更無珍美之物以羞進宗廟王公，蓋美此出於幽深也。”（見六臣注文選）

<h1 style="text-align:center">其 二①</h1>

亭亭山上松②，瑟瑟谷中風。風聲一何盛，松枝一何勁。冰霜正慘悽③，終歲常端正。豈不罹凝寒④，松柏有本性。

①本篇以松柏喻其從弟，謂其本性堅貞，不屈不撓。

②“亭亭”四句：“亭亭”，聳立貌。“瑟瑟”，風聲。“勁”，堅。這四句說松樹生在山上，不管颳多大的風，始終堅强地挺立着。

③“冰霜”二句：謂冰霜正凛冽寒冷，然而松樹挺拔的姿態一年到頭總是那麼端正美好。

④“豈不”二句：“罹”，遭受。“凝寒”，嚴寒。這二句說松柏秉性堅貞，不怕嚴寒。

<h1 style="text-align:center">其 三①</h1>

鳳凰集南嶽②，徘徊孤竹根。於心有不厭③，奮翅凌紫氛。豈不常勤苦④，羞與黃雀羣。何時當來儀⑤？將須聖明君。

①本篇用鳳凰來比喻他的堂弟，說他的志向遠大，不苟同流俗。

②“鳳凰”二句：“鳳凰”，古代傳說中的神鳥。“南嶽”，謂丹穴山。山海經南山經：“丹穴之山有鳥焉，其狀如鶴，五采而文，名曰鳳。”詩經大

雅卷阿鄭箋："鳳凰之性，非梧桐不棲，非竹實不食。"這二句說鳳凰棲集在丹穴山上，徘徊於孤竹根旁。喻從弟不仕於朝的高蹈生活。

③"於心"二句："厭"，同"魘"，滿足。"奮翅"，謂振翅高飛。"凌"，上。"紫氛"，謂天空。天空愈高而色愈深，故也稱"紫氛"或"紫盧"。這二句承上文，說鳳凰並不滿足於現有生活，還想高飛上天。喻從弟志向遠大，有意出仕。

④"豈不"二句：李善說："黃雀喻俗士也。"這二句說振翅高飛豈不辛苦，只是羞與黃雀同羣。喻從弟不願與俗士爲伍。

⑤"何時"二句："儀"，來歸。"須"，待。尙書益稷："鳳皇來儀。"論語子罕孔安國箋："聖人出，則鳳皇至。"故這二句說聖明君主出來的時候鳳凰繞飛來。

〔附錄〕

（一）　關於劉楨的事蹟

（應）瑒、楨各被太祖辟，爲丞相掾屬。……楨以不敬被刑，刑竟署吏。……（建安）二十二年卒。（三國志魏志王粲傳）

楨父名梁，字曼山，一名恭。少有清才，以文學見貴，終於野王令。（同上裴松之注引文士傳）

文帝嘗賜楨廓落帶，其後師死，欲借取以爲像，因書嘲楨曰："夫物因人爲貴。故在賤者之手，不御至尊之側。今雖取之，勿嫌其不反也。"楨答曰："楨聞荆山之璞，曜元后之寶；隨侯之珠，燭衆士之好；南垠之金，登窈窕之首；麗貂之尾，綴侍臣之幘：此四寶者，伏朽石之下，潛汙泥之中，而揚光千載之上，發彩疇昔之外，亦皆未能初自接於至尊也。夫尊者所服，卑者所脩也；貴者所御，賤者所先也。故夏屋初成，而大匠先立其下；嘉禾始熟，而農夫先嘗其粒。恨楨所帶，無他妙飾，若實殊異，尚可納也。"楨辭旨巧妙皆如是，由是特爲諸公子所親愛。其後，太子嘗請諸文學，酒酣坐歡，命夫人甄氏出拜。坐中衆人咸伏，而楨獨平視。太祖聞之，乃收楨，減死輸作。（同上引典略）

（二）　關於劉楨的評價

劉勰曰：劉楨情高以會采。（文心雕龍才略篇）

又曰：公幹氣褊，故言壯而情駭。（文心雕龍體性篇）

鍾嶸曰：魏文學劉楨。其源出于古詩，仗氣愛奇，勁多振絕，眞骨凌霜，高風跨俗。但氣過其文，彫潤恨少。然自陳思已下，楨稱獨步。（詩品上）

釋皎然曰：鄴中七子，陳、王最高。劉楨辭氣偏正得其中，不拘對屬，偶或有之，語與興驅，勢逐情起，不由作意，氣格自高，與十九首其流一也。（詩式）

張戒曰：建安、陶、阮以前詩，專以言志，……古詩、蘇、李、曹、劉、陶、阮，本不期於詠物，而詠物之工，卓然天成，不可復及。其情眞，其味長，其氣勝，視三百篇幾於無愧，凡以得詩人之本意也。（歲寒堂詩話）

元好問論詩絕句三十首：曹劉坐嘯虎生風，四海無人角兩雄。可惜幷州劉越石，不敎橫槊建安中。（元遺山詩箋注卷十一）

又自題中州集後五首：鄴下曹劉氣儘豪。（同上卷十三）

陳繹曾曰：劉楨思健功圓。（詩譜）

徐禎卿曰：劉楨錐角重陷，割曳綴懸。（談藝錄）

王世貞曰：劉楨、王粲，詩勝於文，兼至者獨臨淄耳。正平、子建，直可稱建安才子，其次文舉，又其次爲公幹、仲宣。（藝苑巵言卷三）

胡應麟曰：公幹才偏氣過詞。（詩藪內編）

又曰：漢人詩不可句摘者，章法渾成，句意聯屬，通篇高妙，無一蕪蔓，不著浮靡故也。……王、劉以降，敷衍成篇，仲宣之淳，公幹之峭，似有可稱，然所得漢人氣象音節耳。精言妙解，求之邈如。嚴氏（羽）往往漢、魏並稱，非篤論也。（同上）

陸時雍曰：劉楨稜層，挺挺自持，將以興人，則未也。（詩鏡總論）

陳祚明曰：公幹詩筆氣雋逸，善於琢句，古而有韻。比漢多姿，多姿故近；比晉有氣，有氣故高。如翠峯插空，高雲曳壁，秀而不近。本無浩蕩之勢，頗饒顧盼之姿。詩品以爲“氣過其文”，此言未允。（采菽堂古詩選卷七）

姚範曰：公幹緊而狹。（昭昧詹言卷一引）

方東樹曰：觀公幹等作，清綺緊健，曹、劉並稱，有以哉！（昭昧詹言卷二）

又曰：（公幹詩）直書胸臆，一往清警，纏綿悱惻，自是一體。……大約此體但用敍事，羌無故實，而所下句字必樸質沈頓，感慨深至，不雕琢字法。（同上）

劉熙載曰：公幹氣勝，仲宣情勝，皆有陳思之一體，後世詩率不越此兩宗。（藝概詩概）

又曰：劉公幹、左太沖詩壯而不悲。（同上）

九　諸葛亮

　　諸葛亮(公元一八一——二三四)字孔明，瑯琊陽都(今山東沂水縣南)人。他是三國時著名的政治家和軍事家，曾經佐助劉備建立蜀漢，和魏、吳鼎足而立。他並不以文學著稱，但是他的梁甫吟、前後出師表等，卻頗爲後人所稱道。今傳諸葛亮集四卷。

出師表①

　　臣亮言②：先帝創業未半③，而中道崩殂。今天下三分④，益州罷弊，此誠危急存亡之秋也。然侍衛之臣不懈於內⑤，忠志之士忘身於外者，蓋追先帝之殊遇，欲報之於陛下也。誠宜開張聖聽⑥，以光先帝遺德，恢志士之氣；不宜妄自菲薄，引喻失義，以塞忠諫之路也。宮中府中⑦，俱爲一體，陟罰臧否，不宜異同。若有作姦犯科及爲忠善者⑧，宜付有司論其刑賞，以昭陛下平明之治，不宜偏私，使內外異法也。

　①三國蜀後主(劉禪)建興五年(公元二二七)，諸葛亮駐軍漢中(今陝西漢中市)，準備北伐曹魏。出發之前向劉禪上了這個奏疏，諄諄勤誠劉禪要尊賢納諫，發揚劉備的品德；推薦了朝內可以倚重的文臣武將，並且說明了出征的目的和任務，表白了自己對蜀忠誠的心迹。"出師表"就是關於軍隊出征的奏疏。本篇最初見於三國志蜀志諸葛亮傳，並無篇名，篇名是後人加的，最初見於文選。此文又稱前

出師表。這是因為後一年（建興六年），諸葛亮出兵散關，圍陳倉，出征之前又上過一個表（見本傳裴松之注引漢晉春秋），後人遂分稱為前後兩表。但後出師表是否為諸葛亮所撰，頗多異議。本傳裴松之注引漢晉春秋說："此表亮集所無，出張儼默記。"

②臣亮言：此三字蜀志無。此據文選。

③"先帝"二句："先帝"，指劉備。"中道"，中途、半途。"崩殂(cú)"，死亡。封建社會稱皇帝死叫崩。劉備是漢皇室之後，漢靈帝末年參加鎮壓黃巾起義，從此開始與其他軍閥角逐，企圖統一天下，控制中央皇朝的政權。但他並未能實現自己的志願，只保持了三國鼎立的局面。曹丕篡漢後，他也自稱皇帝，建號章武，但稱帝後第三年就死了。這二句是說劉備沒能實現自己的志願，半途就死了。

④"今天下"三句："三分"，指魏、蜀、吳三國的割據鼎立。當時這三國都已建立帝號。"益州"，當時中國版圖分為十二州，蜀據其一，即益州，其地相當今四川、雲南和貴州的一部分。"罷"通"疲"。"罷弊"，一作"疲敝"，困乏。益州地處西南，土地較肥沃，但當時生產比較落後，所以對魏、吳來說，是國小兵弱，處於困乏之境的。"秋"，猶言"緊要時刻"。李善說："歲以秋為功畢，故以喩時之要也。"這三句說現在天下局勢是三國分立，而益州又是處於困乏境地之中，這實在是存亡危急的緊張時刻。

⑤"然待衛"四句："內"，內廷、宮廷。"外"，與內廷相對而言，泛指執政機構。"殊"，特殊，優異。"遇"，待遇。這四句說現在內外的大臣將士所以忠心事蜀，是因為追念劉備的知遇之情，要把它報答給劉禪。這四句實是委婉而尖銳的勸諫，言外說劉禪是沾光父親的德澤，自己還沒有攝服眾心的威望。所以下文就勸他要繼承和發揚劉備的作風。

⑥"誠宜"六句："聖"，皇帝的尊稱，這裏指劉禪。第二句："光"，發揚。第三句"恢"，大。一作"恢宏"。第四句，"菲薄"，微薄。這六句說

劉禪應當多多聽取羣臣的意見，以發揚劉備的品德，加强志士的氣
節；不應當隨便看輕自己，言談失去大義，以致堵塞了臣子們忠心進
諫的道路。

⑦“宮中”四句：“宮”，皇宮。“府”，丞相府。建興元年劉禪命諸葛亮
開府治事（見三國志諸葛亮傳；華陽國志記載諸葛亮開府是建興二
年）。“宮中”，指宮中侍奉皇帝的官員。“府中”，指丞相府中的官
員，他們不是經常在皇帝左右的。第二句，“一體”，謂“宮中”、“府
中”兩部分同屬皇朝政權，乃是一個整體。第三句，“陟(zhì)”，升官。
“臧”，善。“否(pǐ)”，惡。這四句說在皇宮和在丞相府供職的官
員，同是一朝之臣，對於他們，賞罰善惡，不應當有厚薄的差別。諸
葛亮提出這點，是因爲鑒於漢末皇朝顚覆的敎訓：懦弱無能的皇帝容
易親信宮中近侍，受他們的牽制，而與朝中執政官員對立，造成互相
傾軋的混亂政局，最後導致亡國。蜀志董允傳載：“後主漸長大，愛宦
人黃皓。皓便僻佞慧，欲自容入。（董）允常上則正色匡主，下則數責
於皓。皓畏允，不敢爲非。終允之世，皓位不過黃門丞。……（後）皓
從黃門令爲中常侍、奉車都尉，操弄威柄，終至覆國。”可參看。

⑧“若有”五句：“姦”即“奸”。“科”，律條。第二句，“有司”，官吏，
古代設官分職，事各有專司，故謂之有司。第三句，“平明”，公平
英明。“治”一作“理”，義同。第五句，“內外”，承上文，指宮中、府
中。這五句說若有作奸犯法的或有忠善行爲的，應當交官議論，該判
刑的判刑，該獎賞的獎賞，用以表明公平英明的治理，不應有所偏私，
以致使宮中府中有不同的法度。〔以上是第一段，先述劉備死後蜀國
危急的形勢，然後囑咐劉禪應當注意繼承和發揚劉備尊賢納諫的品
德．特別要注意顧全大體，秉法持正，不能偏私左右親信。〕

　　侍中、侍郎郭攸之、費禕、董允等①，此皆良實，志慮忠純，是
以先帝簡拔以遺陛下。愚以爲宮中之事②，事無大小，悉以咨

之,然後施行,必須裨補闕漏,有所廣益也。將軍向寵③,性行淑均,曉暢軍事,試用於昔日,先帝稱之曰能,是以衆議舉寵爲督。愚以爲營中之事④,悉以諮之,必能使行陣和穆,優劣得所也。親賢臣,遠小人,此先漢⑤所以興隆也;親小人,遠賢臣,此後漢⑥所以傾頹也。先帝在時,每與臣論此事,未嘗不歎息痛恨於桓、靈⑦也。侍中、尚書、長史、參軍⑧,此悉貞亮死節之臣也,願陛下親之信之,則漢室之隆,可計日而待也。

① "侍中"四句:"侍中、侍郎",都是官職名,侍郎卽黃門侍郎。"郭攸之",字演長,南陽人,時爲侍中。蜀志無傳。李善注引楚國先賢傳謂郭"以器業知名"。"費禕(yī)",字文偉,江夏鄳人。劉備時曾任太子舍人,劉禪卽位,曾任黃門侍郎,很爲諸葛亮所器重,曾出使至吳,還,遷爲侍中。蜀志有傳。"董允",字休昭,南郡枝江人,也曾任太子舍人和黃門侍郎,蜀志有傳。第三句,"簡拔",選拔。這四句説郭攸之等都是善良持重的人,他們的志趣思想都是忠誠純潔的,所以劉備選拔出來給劉禪。

② "愚以爲宮中"六句:"愚",諸葛亮自稱,謙詞。第三句,"咨",問、商量。第五句,"裨(pí)",也就是"補"的意思。這六句是囑咐劉禪要依靠郭攸之等人,處理宮中大小事情,都要先和他們商量,然後施行,這樣一定會彌補缺漏,獲得更多的好處。

③ "將軍"六句:"向寵",字巨達,襄陽宜城人,劉備時爲牙門將。劉備爲報孫權殺關羽之仇,曾攻吳,結果反被擊敗。這次戰役中,只有向寵的部隊損傷很少。劉禪卽位封向寵爲都亭侯,後爲中部督。蜀志有傳,附見於向朗傳。第二句,"淑均",賢良公正。這六句説向寵賢良公正,明達軍事,劉備試用他時稱他能幹,所以大家推舉他爲都督。

④ "愚以爲營中"四句:"營",軍營。第三句,"行陣",隊伍行列。"穆",

一作"睦"，都是"和"的意思。第四句，"優劣"，並指將士才能和兵力的强弱。這四句說軍中的事情可以依靠向寵，那就會使軍隊和睦，將士和兵力的安置各得其所。

⑤先漢：指西漢。

⑥後漢：卽東漢。這裏實指東漢末年諸帝而言。

⑦桓、靈："桓"是漢桓帝劉志。他任用宦官單超等，朝政日敗，陳蕃、李膺等上書進諫，就大興黨錮之獄，正直的人都遭禁錮。"靈"，是漢靈帝劉宏。他寵任宦官曹節等，殺陳蕃、李膺。

⑧"侍中"五句："侍中"，卽指郭攸之、費、董等三人。"尚書"，官職名，這裏指陳震。陳震字孝起，南陽人，建興三年拜尚書，諸葛亮說他："忠純之性，老而益篤。"蜀志有傳。"長史"，官職名，這裏指張裔。張裔字君嗣，蜀郡成都人，當時以射聲校尉領留府長史。他很欽佩諸葛亮，說"公賞不遺遠，罰不阿近，爵不可以無功取，刑不可以貴勢免，此賢愚之所以僉忘其身者也。"蜀志有傳。"參軍"，官職名，這裏指蔣琬。蔣琬字公琰，零陵湘鄉人，當時任參軍。諸葛亮往漢中，他和張裔統留府事。諸葛亮常說他"託志忠雅，當與吾共贊王業者也"。並且"密表後主曰：'臣若不幸，後事宜以付琬。'"蜀志有傳。第二句，"貞"，忠誠。"亮"，忠直。第四句，"漢室"，蜀自以爲是繼承漢朝，故稱。這五句說侍中郭攸之、尚書陳震等人都是堅貞忠直、能够死節不變的臣屬，希望劉禪親信他們，如能做到這點，那麼蜀漢王朝不要很久就可興隆了。〔以上是第二段，向劉禪推薦可以依重的大臣和將軍，並提出漢末的教訓，强調依靠賢臣的重要。〕

臣本布衣①，躬耕於南陽；苟全性命於亂世，不求聞達於諸侯。先帝不以臣卑鄙②，猥自枉屈，三顧臣於草廬之中，諮臣以當世之事，由是感激，遂許先帝以驅馳。後值傾覆③，受任於敗軍之際，奉命於危難之間，爾來二十有一年矣。先帝知臣謹愼，故臨崩寄臣以大事也④。受命以來⑤，夙夜憂歎，恐託付不效，以傷先帝之明。故五月度瀘⑥，深入不毛。今南方已定⑦，兵甲已足，當獎帥三軍，北定中原。庶竭駑鈍⑧，攘除姦凶，興復漢室，還於舊都；此臣之所以報先帝，而忠陛下之職分也。至於斟酌損益⑨，進盡忠言，則攸之、禕、允之任也。願陛下託臣以討賊興復之效⑩；不效，則治臣之罪，以告先帝之靈。若無興德之言⑪，則戮允等以章其慢。陛下亦宜自課⑫，以咨諏善道，察納雅言，深追先帝遺詔，臣不勝受恩感激。感當遠離⑬，臨表涕零，不知所言。

①"臣本"四句："布衣"，平民；古代平民的衣服，除老年可以用絲外，都是用麻類材料製成的，所以"布衣"就成爲"平民"的代稱。"躬耕"，親自耕種。"南陽"，地名，今河南南陽市，諸葛亮曾避亂隱居於此。這四句說自己本是平民，在南陽親身參加耕作，只希望在這亂世中苟全性命，並不想使自己在諸侯間揚名。

②"先帝"六句："卑鄙"，低下粗野，這是謙詞。第二句，"猥"，猶言"曲"，一說是發聲詞。第三句，"草廬"，茅屋。蜀志諸葛亮傳載："徐庶謂先主曰：'此人（指諸葛亮）可就見，不可屈致也。將軍宜枉駕顧之。'由是先主遂詣亮，凡三往乃見。"第六句，"驅馳"，謂奔走効力。這六句說劉備屈駕三顧茅廬，向諸葛亮請教當世大事，諸葛亮感激這種禮遇，就答應爲劉備効力。

③"後值"四句：建安十三年曹操南征劉表，恰逢劉表死，其子劉琮請求投降。當時劉備依附劉表，屯兵在樊城，聞訊後趕到襄陽，責問劉琮，同時接受了荆州的大批兵馬物資，隨後便往當陽。曹操聽說劉備過襄陽，就派精兵輕騎追擊，在當陽的長坂擊潰劉備軍隊。諸葛亮就是在這次失敗後受任到東吳去聯結孫權，並與東吳一起在赤壁大破曹軍。劉備的荆州因而得以穩定。這就是這四句中所說的史實。裴松之說："劉備以建安十三年敗，遣亮使吳。亮以建興五年，抗表北伐。

自傾覆至此，整二十年。然則備始與亮相遇，在敗軍之前一年時也。”

④“故臨崩”句：蜀志諸葛亮傳載劉備臨死前對諸葛亮說：“君才十倍曹丕，必能安國，終定大事。若嗣子可輔，輔之；如其不才，君可自取。”諸葛亮流淚回答說：“臣敢竭股肱之力，效忠貞之節，繼之以死。”卽指此。

⑤“受命”四句：“受命”，指受劉備託他輔佐劉禪之命。“夙夜”，朝夕。“效”，奏效、實現。“明”，明智，此指知人之明而言。這四句說生怕有負劉備的重託而損害劉備明智知人的名聲。

⑥“故五月”二句：“瀘”是瀘水，今金沙江。“不毛”，謂未經開發的地方。“毛”，指五穀或其他農作物。建興元年，雲南境內少數民族統治者發動變亂，諸葛亮為了鞏固蜀本土，就在建興三年南征，恩威並施，穩定了後方。著名的“七擒孟獲”的故事就發生於這一戰爭中。據記載瀘水地方濕熱，多瘴氣，三四月就很少有人渡河，五月間連呼吸都感困難，渡河就更加艱苦了。這二句的意思是說，為了不辜負劉備的重託，要使蜀本土鞏固，所以才不顧艱苦，五月渡瀘，深入不毛之地，平定南方。

⑦“今南方”四句：第三句，“奬帥”，謂鼓勵、率領。一作“帥將”，皆作動詞用，謂率領。第四句：“中原”，指曹魏。諸葛亮南征在當年秋天卽結束。建興三年秋到五年間，諸葛亮依據蜀地豐富的物資，練兵講武，準備大舉。故此四句言南方已定，兵甲已足，就應當率領軍隊北伐曹魏。

⑧“庶竭”六句：“庶”，庶幾、差不多、勉強。“駑”，劣馬。刀刃不鋒利叫“鈍”。“駑鈍”比喻自己的才能低劣，謙辭。“攘”，排除、剷除。“姦凶”，指曹魏。“舊都”，指東漢故城洛陽，當時為曹魏的京都。前四句說庶幾乎竭盡自己低微的能力，剷除曹魏這班篡漢的奸凶，以興復漢室，重新回到舊都洛陽。後二句說只有這樣他纔能報答劉備知遇之恩，纔算忠於劉禪委派給他的職守。

⑨"至於"三句："損益"，得失。一作"規益"。這三句說至於權衡得失，向皇帝提意見，則是郭攸之等的職責。

⑩"願陛下"四句：言希望劉禪給以征服曹魏，復興漢室的任務；如果不能完成，則請治罪，以上告劉備在天之靈。

⑪"若無"二句：一作"責攸之、禕、允等之咎，以彰其慢"，前無"若無興德之言"六字。上句"興德之言"，即上文所謂"斟酌損益"的"忠言"。這種"忠言"可"興"皇朝之"德"。下句，"章"，表明。"慢"，惰、怠慢。這二句說若無興德之言，則殺董允等，以表明他們對國事的怠慢。

⑫"陛下"五句："自課"，約制自己。第二句，"咨諏(zōu)"，咨問，詢問。第三句，"雅言"，正言。第四句，一本"先帝"後有"遺詔"二字。這五句希望劉禪也應當約制自己，徵求好的意見，明察並採納正確的言論，遵循劉備的遺訓。

⑬"感當"三句："感當"一作"今當"。這三句說如今要遠離出征，寫這份表章時，感情激動，熱淚盈眶，真不知說了些什麼。

〔附錄〕

三國志諸葛亮傳(節錄)

諸葛亮字孔明，琅邪陽都人也，漢司隸校尉諸葛豐後也。父珪字君貢，漢末為太山郡丞。亮早孤。從父玄為袁術所署豫章太守，玄將亮及亮弟均之官。會漢朝更選朱皓代玄。玄素與荊州牧劉表有舊，往依之。玄卒，亮躬耕隴畝，好為梁父吟。身長八尺，每自比於管仲、樂毅，時人莫之許也。惟博陵崔州平、潁川徐庶元直與亮友善，謂為信然。

時先主屯新野，徐庶見先主，先主器之，謂先主曰："諸葛孔

明者,臥龍也。將軍豈願見之乎?"先主曰:"君與俱來。"庶曰:
"此人可就見,不可屈致也。將軍宜枉駕顧之。"由是先主遂詣
亮,凡三往,乃見,因屏人曰:"漢室傾頹,姦臣竊命,主上蒙塵。孤
不度德量力,欲信大義於天下,而智術淺短,遂用猖獗,至于今
日。然志猶未已,君謂計將安出?"亮答曰:"自董卓已來,豪
傑並起,跨州連郡者不可勝數。曹操比於袁紹,則名微而衆寡,
然操遂能克紹,以弱爲彊者,非惟天時,抑亦人謀也。今操已擁
百萬之衆,挾天子而令諸侯,此誠不可與爭鋒。孫權據有江東,
已歷三世,國險而民附,賢能爲之用,此可與爲援而不可圖也。
荆州北據漢、沔,利盡南海,東連吳會,西通巴、蜀,此用武之國,
而其主不能守,此殆天所以資將軍,將軍豈有意乎?益州險塞,
沃野千里,天府之土,高祖因之以成帝業。劉璋闇弱,張魯在北,
民殷國富而不知存恤,智能之士思得明君。將軍既帝室之冑,信
義著於四海,總攬英雄,思賢如渴。若跨有荆、益,保其巖阻,西
和諸戎,南撫夷越,外結好孫權,內修政理;天下有變,則命一上
將將荆州之軍以向宛、洛,將軍身率益州之衆以出秦川,百姓孰
敢不簞食壺漿以迎將軍者乎?誠如是,則霸業可成,漢室可興
矣。"先主曰:"善。"於是與亮情好日密。關羽、張飛等不悅,先主
解之曰:"孤之有孔明,猶魚之有水也。願諸君勿復言。"羽、飛乃
止。

　　劉表長子琦亦深器亮。表受後妻之言,愛少子琮,不悅於
琦。琦每欲與亮謀自安之術,亮輒拒塞,未與處畫。琦乃將亮
游觀後園,共上高樓,飲宴之間,令人去梯,因謂亮曰:"今日上不
至天,下不至地,言出子口,入於吾耳,可以言未?"亮答曰:"君不

見申生在內而危，重耳在外而安乎？"琦意感悟，陰規出計。會黃祖死，得出，遂爲江夏太守。俄而表卒，琮聞曹公來征，遣使請降。先主在樊聞之，率其衆南行，亮與徐庶並從，爲曹公所追破，獲庶母。庶辭先主而指其心曰："本欲與將軍共圖王霸之業者，以此方寸之地也。今已失老母，方寸亂矣，無益於事。請從此別。"遂詣曹公。

先主至於夏口，亮曰："事急矣，請奉命求救於孫將軍。"時權擁軍在柴桑，觀望成敗。亮說權曰："海內大亂，將軍起兵據有江東，劉豫州亦收衆漢南，與曹操並爭天下。今操芟夷大難，略已平矣，遂破荆州，威震四海。英雄無所用武，故豫州遁逃至此。將軍量力而處之：若能以吳、越之衆，與中國抗衡，不如早與之絕；若不能當，何不案兵束甲，北面而事之？今將軍外託服從之名，而內懷猶豫之計，事急而不斷，禍至無日矣。"權曰："苟如君言，劉豫州何不遂事之乎？"亮曰："田橫，齊之壯士耳，猶守義不辱，況劉豫州王室之胄，英才蓋世，衆士慕仰若水之歸海。若事之不濟，此乃天也，安能復爲之下乎？"權勃然曰："吾不能舉全吳之地，十萬之衆，受制於人。吾計決矣！非劉豫州莫可以當曹操者。然豫州新敗之後，安能抗此難乎？"亮曰："豫州軍雖敗於長阪，今戰士還者及關羽水軍精甲萬人，劉琦合江夏戰士，亦不下萬人。曹操之衆，遠來疲弊，聞追豫州，輕騎一日一夜行三百餘里，此所謂彊弩之末，勢不能穿魯縞者也。故兵法忌之曰：'必蹶上將軍。'且北方之人不習水戰，又荆州之民附操者，偪兵勢耳，非心服也。今將軍誠能命猛將統兵數萬，與豫州協規同力，破操軍必矣。操軍破，必北還，如此則荆、吳之勢彊，鼎足之形成矣。成敗之機，在於今日。”權大悅，即遣周瑜、程普、魯肅等水軍三萬，隨亮詣先主，并力拒曹公。

曹公敗于赤壁，引軍歸鄴。先主遂收江南，以亮爲軍師中郎將，使督零陵、桂陽、長沙三郡，調其賦稅，以充軍實。

建安十六年，益州牧劉璋遣法正迎先主，使擊張魯。亮與關羽鎮荆州。先主自葭萌還攻璋。亮與張飛、趙雲等率衆泝江，分定郡縣，與先主共圍成都。成都平，以亮爲軍師將軍，署左將軍府事。先主外出，亮常鎮守成都，足食足兵。

二十六年，羣下勸先主稱尊號，先主未許。亮說曰：“昔吳漢、耿弇等初勸世祖即帝位，世祖辭讓，前後數四。耿純進言曰：‘天下英雄喁喁，冀有所望。如不從議者，士大夫各歸求主，無爲從公也。’世祖感純言深至，遂然諾之。今曹氏篡漢，天下無主，大王劉氏苗族，紹世而起，今即帝位，乃其宜也。士大夫隨大王久勤苦者，亦欲望尺寸之功如純言耳。”先主於是即帝位，策亮爲丞相，曰：“朕遭家不造，奉承大統，兢兢業業，不敢康寧，思靖百姓，懼未能綏。於戲！丞相亮其悉朕意，無怠輔朕之闕，助宣重光，以照明天下。君其勖哉！”亮以丞相錄尚書事，假節。張飛卒後，領司隸校尉。

章武三年春，先主於永安病篤，召亮於成都，屬以後事，謂亮曰：“君才十倍曹丕，必能安國，終定大事。若嗣子可輔，輔之；如其不才，君可自取。”亮涕泣曰：“臣敢竭股肱之力，效忠貞之節，繼之以死。”先主又爲詔勑後主曰：“汝與丞相從事，事之如父。”

建興元年，封亮武鄉侯，開府治事。頃之，又領益州牧。政事無巨細，咸決於亮。南中諸郡並皆叛亂，亮以新遭大喪，故未便加兵；且遣使聘吳，因結和親，遂爲與國。

三年春，亮率衆南征，其秋悉平。軍資所出，國以富饒，乃治戎講武，以俟大舉。五年，率諸軍北駐漢中，臨發，上疏曰（卽前出師表）。遂行，屯于沔陽。

六年春，揚聲由斜谷道取郿，使趙雲、鄧芝爲疑軍，據箕谷。魏大將軍曹眞舉衆拒之。亮身率諸軍攻祁山，戎陣整齊，賞罰肅而號令明，南安、天水、安定三郡叛魏應亮，關中響震。魏明帝西鎮長安，命張郃拒亮。亮使馬謖督諸軍在前，與郃戰于街亭。謖違亮節度，舉動失宜，大爲郃所破。亮拔西縣千餘家還于漢中，戮謖以謝衆。上疏曰："臣以弱才，叨竊非據，親秉旄鉞以厲三軍，不能訓章明法，臨事而懼，至有街亭違命之闕，箕谷不戒之失，咎皆在臣，授任無方。臣明不知人，恤事多闇，春秋責帥，臣職是當。請自貶三等，以督厥咎。"於是以亮爲右將軍，行丞相事，所總統如前。冬，亮復出散關，圍陳倉，曹眞拒之，亮糧盡而還。魏將王雙率騎追亮，亮與戰，破之，斬雙。

七年，亮遣陳式攻武都、陰平。魏雍州刺史郭淮率衆欲擊式，亮自出至建威，淮退還，遂平二郡。詔策亮曰："街亭之役，咎由馬謖，而君引愆，深自貶抑。重違君意，聽順所守。前年燿師，馘斬王雙，今歲爰征，郭淮遁走，降集氐、羌，興復二郡，威震凶暴，功勳顯然。方今天下騷擾，元惡未梟，君受大任，幹國之重，而久自挹損，非所以光揚洪烈矣。今復君丞相，君其勿辭。"

九年，亮復出祁山，以木牛運。糧盡退軍，與魏將張郃交戰，射殺郃。

十二年春，亮悉大衆由斜谷出，以流馬運。據武功五丈原，與司馬宣王對於渭南。亮每患糧不繼，使己志不伸，是以分兵屯田，爲久住之基。耕者雜於渭濱居民之間，而百姓安堵，軍無私焉。相持百餘日。

其年八月，亮疾病，卒于軍，時年五十四。

及軍退，宣王案行其營壘處所，曰：“天下奇才也！”

亮遺命葬漢中定軍山，因山爲墳；冢足容棺，斂以時服，不須器物。詔策曰：“……今使使持節左中郎將杜瓊贈君丞相武鄉侯印綬，謚君爲忠武侯。……”初，亮自表後主曰：“成都有桑八百株，薄田十五頃，子弟衣食自有餘饒。至於臣在外任，無別調度，隨身衣食，悉仰於官，不別治生，以長尺寸。若臣死之日，不使內有餘帛，外有贏財，以負陛下。”及卒，如其所言。

亮性長於巧思，損益連弩，木牛流馬，皆出其意。推演兵法，作八陣圖，咸得其要云。

亮言教書奏多可觀，別爲一集。

景耀六年春，詔爲亮立廟於沔陽。秋，魏鎭西將軍鍾會征蜀，至漢川，祭亮之廟，令軍士不得於亮墓所左右芻牧樵採。

一〇 蔡琰

蔡琰(生卒年未詳)字文姬,陳留圉（今河南杞縣南)人。她是漢代著名學者蔡邕的女兒,博學多才,精通音律。漢末天下大亂,她爲胡兵所擄,身陷南匈奴十二年,生了兩個兒子;後爲曹操贖回。她的作品今傳悲憤詩二篇:一是五言,一是騷體。後者所述情節,有與作者生平不符處,大多認爲非蔡琰所作。此外,胡笳十八拍相傳也是她的作品,但由於不見於後漢書,而且文體和一般漢、魏作品不同,有人認爲也是後人僞託。近年來學術界對此曾進行討論,其眞僞尙無定論。

悲 憤 詩①

漢季失權柄②,董卓亂天常,志欲圖篡弒③,先害諸賢良。逼迫遷舊邦④,擁主以自彊。海內興義師⑤,欲共討不祥。卓衆來東下⑥,金甲耀日光。平土人脆弱⑦,來兵皆胡羌。獵野圍城邑⑧,所向悉破亡。斬截無孑遺⑨,尸骸相撑拒。馬邊懸男頭⑩,馬後載婦女。長驅西入關⑪,迥路⑫險且阻。還顧邈冥冥⑬,肝脾爲爛腐。所略有萬計⑭,不得令屯聚。或有骨肉俱⑮,欲言不敢語。失意幾微間⑯,輒言"艷降虜,要當以亭刃⑰,我曹不活汝。"豈敢惜性命⑱,不堪其詈罵。或便加棰杖⑲,毒痛參並下。且則號泣行,夜則悲吟坐,欲死不能得,欲生無一可。彼蒼者何辜⑳,乃遭此戹禍？

①本詩最早見於後漢書列女傳董祀妻傳。本傳說："興平(漢獻帝年號，公元一九四——一九五)中，天下喪亂，文姬爲胡騎所獲，沒於南匈奴左賢王。在胡中十二年，生二子。曹操素與邕善，痛其無嗣，乃遣使者以金璧贖之，而重嫁於祀。……後感傷亂離，追懷悲憤，作詩二章。"本詩爲首章，次章爲騷體，兩首詩的內容大致相同。本詩分三大段。先寫漢末大亂和被虜入胡情形，次寫胡地生活和被贖情形，末寫歸途和到家後情形。

②"漢季"二句："漢季"，漢末。"權柄"，指漢代的中央統治權力。"天常"，猶言"天理"、"天道"。"亂天常"，違背天理。這二句說，漢末皇帝已經失去了統治天下的權力，所以董卓才乘機幹出了違背天理的事情。按，漢代末年，宦官外戚相繼把持朝政，皇帝實是傀儡。黃巾起義雖然被殘酷鎮壓，但充分暴露了漢中央政權的腐朽和實力空虛。地方軍閥勢力在鎮壓黃巾起義中逐漸形成並強大起來。董卓就是這樣的一個軍閥。當時他駐兵河東，任并州牧。中平六年(公元一八九)漢靈帝死，大將軍何進和袁紹、袁術等人密召董卓帶兵進京(洛陽)，以威脅太后，翦除宦官。卓兵未至，何進謀洩身死，宦官段珪等挾持少帝和陳留王出京。董卓聞訊趕至，在北邙山劫住少帝和陳留王，於是就駐兵洛陽，控制了中央政權，廢少帝爲弘農王，立陳留王爲帝(即漢獻帝)。初平元年(公元一九〇)春，關東州郡結成聯盟，推袁紹爲盟主，起兵討伐董卓。董卓預備遷都長安以避關東諸軍。督軍校尉周珌、城門校尉伍瓊等反對遷都，皆遭殺害。隨即焚掠洛陽，遷都長安，自屯留畢圭苑。從此就釀成了長期的軍閥混戰。本詩開頭八句寫的就是這一段歷史。這是作者一生悲慘遭遇的根源。

③"志欲"二句："篡弒"，殺君奪位。"諸賢良"，指周珌、伍瓊等人。此言董卓爲了圖謀篡弒，所以先殺害周、伍等賢臣。

④"逼迫"二句："舊邦"，指長安；長安爲西漢舊都，故稱。這二句言董卓强迫朝廷君臣從洛陽遷往長安，企圖挾持皇帝以加强自己的權勢。

⑤"海內"二句："海內"，古謂中國四境皆有海環繞，故稱國中爲海內。"義師"，指關東諸侯討伐董卓的聯軍。"祥"，善。"不祥"，猶言惡人，指董卓。這二句言國內興起了忠義的軍隊，要想一起來討伐董卓這個惡人。

⑥"卓衆"句：意謂李傕、郭汜所帶的軍隊，由陝出函谷關東下陳留、潁川(今河南許昌市東)諸縣。何焯說："董卓傳，(董卓)以牛輔子壻，素所親信，使以兵屯陝，輔分遣其校尉李傕、郭汜、張濟擊破河南尹朱儁于中牟(今河南中牟縣東)，因略陳留、潁川諸縣，殺掠男女，所過無復遺類。文姬流離當在此時(初平三年，公元一九二年)。"(義門讀書記)。

⑦"平土"二句："平土"，指中原。"胡、羌"，指董卓軍中的羌、氐族人。這二句言中原人民素來就較爲脆弱，而董卓的軍隊中却又多是勇猛强悍的羌、胡。

⑧"獵野"二句：言李、郭軍或在田野裏打獵(實指作戰)，或包圍城市，所到之處，無不慘遭殺掠。

⑨"斬截"二句："截"，斷。一作"殲"。"孑"，單獨。"無孑遺"，用詩經大雅雲漢："周餘黎民，靡有孑遺"句中的成辭，意謂一個不剩。"撐拒"，支柱。"相撐拒"，形容死人骸骨雜亂地堆積在地上的樣子。

⑩"馬邊"二句：言掠奪者屠殺男子，虜掠婦女。三國志魏志董卓傳記董卓軍隊暴行說："嘗遣軍到陽城，適值二月社，民在其社下，悉就斷其男子頭，駕其車牛，載其婦女財物，以所斷頭繫車轅軸，連軫而還雒。"可與此二句參看。

⑪"長驅"句："關"，指函谷關。這句說李、郭所部在陳留等地掠奪後又西入函谷關返陝。

⑫迥路：遠路。

⑬"還顧"二句："邈冥冥"，渺遠迷茫貌。這二句言回顧來路，渺遠迷茫，悲傷得心都要碎了。自"卓衆"句至此，"述卓兵掠衆入關之暴"（吳闓生語，見古今詩範）。

⑭"所略"二句："屯聚"，聚集。這二句言被虜掠的人成千成萬，掠奪者不准他們聚集在一起。

⑮"或有"二句：言或有骨肉至親一起被虜掠來了，他們想說什麼也不敢說。

⑯"失意"二句："幾微"，極微小的，猶言"稍許"。"艷降虜"，是掠奪者罵人的話，言殺了這些降虜（用清人陳祚明說，見采菽堂古詩選）。這二句言被虜者稍不留意，那些掠奪者就罵道："殺了這些降虜！"

⑰"要當"二句："要當"，應當。"亭"，通"停"。"停刃"猶言"挨刀"（用張玉穀說，見古詩賞析）。"我曹"，猶我輩。這二句仍是掠奪者罵人的話，言"應當讓你挨刀子，我們不想養活你"。

⑱"豈敢"二句：言被虜者不想活了，因爲這種咒罵實在很難忍受。

⑲"或便"二句："棰杖"，木棍子。"參"，雜。這二句言掠奪者有時用木棍子打人，被打者心裏的恨毒和身上的痛苦交雜在一起。

⑳"彼蒼者"二句："彼蒼者"，指天。"辜"，罪孽。"戹"，同"厄"，困苦。這二句言："老天啊，我們有什麼罪孽，爲什麼要遭受這種災難？"〔以上是第一段，寫董卓兵的暴亂，作者自己的被虜，最後一節寫被虜者途中所受到的非人的虐待。〕

邊荒與華異①，人俗少義理②。處所多霜雪，胡風春夏起，翩翩③吹我衣，肅肅④入我耳。感時念父母⑤，哀歎無終巳。有客從外來⑥，聞之常歡喜。迎問其消息，輒復非鄉里。邂逅徼時願⑦，骨肉來迎己。巳得自解免⑧，當復棄兒子⑨。天屬綴人心⑩，念別無會期。存亡永乖隔⑪，不忍與之辭。兒前抱我頸，問"母欲何之?人言母當去,豈復有還時?阿母常仁惻,今何更不慈?我尚未成人,奈何不顧思!見此崩五內⑫,恍惚生狂癡。號泣手撫摩⑬,當發復回疑。兼有同時輩⑭,相送告離別。慕我獨得歸,哀叫聲摧裂⑮。馬爲立踟躕,車爲不轉轍。觀者皆歔欷⑯,行路⑰亦嗚咽。

①"邊荒"句:"邊荒",遠之地,指蔡琰被虜後所居住的南匈奴(今山西臨汾附近)。余冠英漢魏六朝詩選:"蔡琰如何入南匈奴人之手,本詩略而不敍,史傳也不曾明載,後漢書本傳祗言其時在興平二年(公元一九五)。是年十一月李傕、郭汜等軍大爲南匈奴左賢王所破,疑蔡琰就在這次戰爭中由李、郭軍轉入南匈奴軍。"

②"人俗"句:這是從漢族的風俗道德習慣來看。

③翩翩:風吹衣貌。

④蕭蕭:風聲。

⑤"感時"二句:言在這種處境下,有時想起父母,往往悲哀歎息個沒完。

⑥"有客"四句:言有時有客人從外地來到了南匈奴地方,自己聽到了總是非常高興,趕緊迎上前去探聽親故的消息,但那客人往往又不是自己同鄉同里的人,自然也就打聽不到什麼消息了。〔以上是第二段第一節。這一節寫作者在胡地的孤苦和對祖國家人的思念。〕

⑦"邂逅"二句:"邂逅",意外地相遇。"徼",徼幸。"骨肉",指親人。曹丕蔡伯喈女賦序:"家公(曹操)與蔡伯喈有管、鮑之好,乃命使使者周近擇玄璧於匈奴贖其女還。"這裏的"骨肉來迎"即指此。這二句是說平時的願望意外地徼倖實現了,竟然有親人來接我回國。

⑧解免:謂脫離在南匈奴的屈辱生活。

⑨兒子：指在南匈奴所生的兒子。

⑩"天屬"句："天屬"，天然的親屬，指直系親屬而言。"綴"，聯繫。這句言母子連心。

⑪乖隔：隔離。

⑫"見此"二句："五內"，五臟。"恍惚"，神志不清。這二句言見兒子戀母情狀，內心好像崩裂了一樣，迷迷糊糊的，像發了痴狂。

⑬"號泣"二句：言作者傷心得痛哭流淚，用手撫摩着兒子，當車子開動時，又遲疑地不忍走了。〔以上是第二段第二節，寫作者得知自己能回國時的高興心情，但又非得與兒子分別不可，不禁悲痛萬分。〕

⑭同時輩：指同時被虜的人。

⑮摧裂：形容哀叫聲的悽苦，聽了使人心肝也要裂開。

⑯歔欷：悲泣抽噎。

⑰行路：謂過路的行人。〔以上是第二段末後一節，寫難友們的送別。〕

去去割情戀①，遄征日遐邁。悠悠三千里②，何時復交會？念我出腹子③，胸臆爲摧敗。既至家人盡④，又復無中外。城郭爲山林，庭宇生荊艾⑤。白骨不知誰，從橫⑥莫覆蓋。出門無人聲，豺狼號且吠。煢煢對孤景⑦，怛咤糜肝肺。登高遠眺望，魂神忽飛逝。奄若壽命盡⑧，旁人相寬大。爲復彊視息⑨，雖生何聊賴？託命於新人⑩，竭心自勖勵。流離成鄙賤⑪，常恐復捐廢。人生幾何時，懷憂終年歲！

①"去去"二句："情戀"，指上述母子之情。"遄（chuán）征"，疾行。"日遐邁"，一天天走遠了。這二句言割斷了母子間的情戀，離開兒子越來越遠了。

②"悠悠"二句："悠悠"，長遠貌。"交會"，相會。這二句言南匈奴與中原相去甚遠，母子後會無期。

③出腹子：猶言"親生子"。〔以上是第三段第一節，寫歸途中仍爲母子

之情所繫,悲痛難忍。〕

④“旣至”二句:“中外”,猶言“中表”。“中”指舅父的子女,爲內兄弟;“外”指姑母的子女,爲外兄弟。

⑤荆艾:荆棘、艾蒿,總指雜草。

⑥從橫:卽“縱橫”。

⑦“煢煢”二句:“煢煢(qióng)”,孤獨貌。“景”,卽“影”。“怛咤(dázhà)”,驚呼。“糜”、爛、碎。這二句言作者孤獨地對着自己的影子,不覺爲家鄉的荒涼感到痛心而驚叫起來。

⑧“奄若”二句:“奄”,忽然。這二句言忽然感到壽命已盡,無法再生存下去了,周圍的人就勸她寬心。

⑨“爲復”二句:“覕息”,睜開眼,喘過氣來,意思是活了過來。“聊賴”,樂趣,依靠。這二句言在衆人的勸慰下,自己才又勉强地活了下來,但是這樣地活下去又有什麼依靠和樂趣呢?〔以上是第三段第二節,寫作者回鄉後所見家破人亡情景及其悲痛。〕

⑩“託命”二句:“新人”,指董祀,見第一段注①。“竭心”,努力的意思。“勖(xù)厲”,勉勵。這二句言現在又嫁了人,且努力自勉,好好地生活下去吧。

⑪“流離”二句:“捐廢”,拋棄、遺棄。沈德潛說:“託命新人四句,逆揣人心,直宣己意,它人所不能道。”(見古詩源)〔以上是第三段第三節,以悲欷身世作結。〕

〔附錄〕

(一)　後漢書董祀妻傳

陳留董祀妻者,同郡蔡邕之女也,名琰字文姬,博學有才辯,又妙於音律。適河東衞仲道，夫亡無子，歸寧于家。興平中，天下喪亂，文姬爲胡騎所獲，沒於南匈奴左賢王。在胡中十二年，生二子。曹操素與邕善，痛其無嗣，乃遣使者以金璧贖之，而重嫁於祀。

祀爲屯田都尉，犯法當死。文姬詣曹操請之。時公卿名士及遠方使驛，坐者滿堂。操謂賓客曰：“蔡伯喈女在外，今爲諸君見之。”及文姬進，蓬首徒行，叩頭請罪，音辭清辯，旨甚酸哀。衆皆爲改容。操曰：“誠實相矜，然文狀已去，奈何！”文姬曰：“明公廐馬萬匹，虎士成林，何惜疾足一騎而不濟垂死之命乎？”操感其言，乃追原祀罪。時且寒，賜以頭巾履襪。操因問曰：“聞夫人家先多墳籍，猶能憶識之不？”文姬曰：“昔亡父賜書四千許卷，流離塗炭，罔有存者。今所誦憶，裁四百餘篇耳。”操曰：“今當使十吏就夫人寫之。”文姬曰：“妾聞男女之別，禮不親授。乞給紙筆，眞草唯命。”於是繕書送之，文無遺誤。

後感傷亂離，追懷悲憤，作詩二章，其辭曰（卽五言體悲憤詩）。其二章曰（卽騷體悲憤詩，見後附錄）。

（二）　悲憤詩（騷體）和胡笳十八拍

悲　憤　詩

嗟薄祜兮遭世患，宗族殄兮門戶單。身執略兮入西關，歷險阻兮之羌蠻。山谷眇兮路曼曼，眷東顧兮但悲歎。冥當寢兮不能安，飢當食兮不能餐。常流涕兮眥不乾，薄志節兮念死難，雖苟活兮無形顏。

惟彼方兮遠陽精，陰氣凝兮雪夏零。沙漠壅兮塵冥冥，有草木兮春不榮。人似禽兮食臭腥，言兜離兮狀窈停。歲聿暮兮時邁征，夜悠長兮禁門扃。不能寐兮起屏營，登胡殿兮臨廣庭。玄雲合兮翳月星，北風厲兮肅泠泠。胡笳動兮邊馬鳴，孤雁歸兮聲嚶嚶。樂人興兮彈琴箏，音相和兮悲且清。心吐思兮胸憤盈，欲舒氣兮恐彼驚，含哀咽兮涕沾頸。家既迎兮當歸寧，臨長路兮捐所生。兒呼母兮號失聲，我掩耳兮不忍聽。追持我兮走煢煢，頓復起兮毀顏形。還顧之兮破人情，心怛絕兮死復生。（後漢書列女傳董祀妻傳）

胡笳十八拍

我生之初尚無爲，我生之後漢祚衰。天不仁兮降亂離，地不仁兮使我逢此時。干戈日尋兮道路危，民卒流亡兮共哀悲。烟塵蔽野兮胡虜盛，志意乖兮節義虧。對殊俗兮非我宜，遭惡辱兮當告誰？笳一會兮琴一拍，心憤怨兮無人知。

戎羯逼我兮爲室家，將我行兮向天涯。雲山萬重兮歸路遐，疾風千里兮揚塵沙。人多暴猛兮如虺蛇，控弦被甲兮爲驕奢。兩拍張弦兮絃欲絕，志摧心折兮自悲嗟。

越漢國兮入胡城，亡家失身兮不如無生。氈裘爲裳兮骨肉震驚，羯羶爲味兮枉遏我情。鞞鼓喧兮從夜達明，胡風浩浩兮暗塞營。傷今感昔兮三拍成，銜悲畜恨兮何時平。

無日無夜兮不思我鄉土，稟氣含生兮莫過我最苦。天災國亂兮人無主，唯我薄命兮沒戎虜。殊俗心異兮身難處，嗜欲不同兮誰可與語！尋思涉歷兮多艱阻，四拍成兮益悽楚。

　　雁南征兮欲寄邊聲，雁北歸兮爲得漢音。雁飛高兮邈難尋，空斷腸兮思愔愔。攢眉向月兮撫雅琴，五拍泠泠兮意彌深。

　　冰霜凜凜兮身苦寒，飢對肉酪兮不能餐。夜聞隴水兮聲嗚咽，朝見長城兮路杳漫。追思往日兮行李難，六拍悲來兮欲罷彈。

　　日暮風悲兮邊聲四起，不知愁心兮說向誰是！原野蕭條兮烽成萬里，俗賤老弱兮少壯爲美。逐有水草兮安家茸壘，牛羊滿野兮聚如蜂蟻。草盡水竭兮羊馬皆徙，七拍流恨兮惡居於此。

　　爲天有眼兮何不見我獨漂流？爲神有靈兮何事處我天南海北頭？我不負天兮天何配我殊匹？我不負神兮神何殛我越荒州？製茲八拍兮擬俳優，何知曲成兮心轉愁。

　　天無涯兮地無邊，我心愁兮亦復然。人生倏忽兮如白駒之過隙，然不得歡樂兮當我之盛年。怨兮欲問天，天蒼蒼兮上無緣。舉頭仰望兮空雲烟，九拍懷情兮誰與傳？

　　城頭烽火不曾滅，疆場征戰何時歇？殺氣朝朝衝塞門，胡風夜夜吹邊月。故鄉隔兮音塵絕，哭無聲兮氣將咽。一生辛苦兮緣別離，十拍悲深兮淚成血。

　　我非貪生而惡死，不能捐身兮心有以。生仍冀得兮歸桑梓，死當埋骨兮長已矣。日居月諸兮在戎壘，胡人寵我兮有二子。鞠之育之兮不羞恥，愍之念之兮生長邊鄙。十有一拍兮因茲起，哀響纏綿兮徹心髓。

　　東風應律兮暖氣多，知是漢家天子兮布陽和。羌胡蹈舞兮共謳歌，兩國交懽兮罷兵戈。忽遇漢使兮稱近詔，遺千金兮贖妾身。喜得生還兮逢聖君，嗟別稚子兮會無因。十有二拍兮哀樂均，去住兩情兮難具陳。

　　不謂殘生兮却得旋歸，撫抱胡兒兮泣下沾衣。漢使迎我兮四牡騑騑，號失聲兮誰得知？與我生死兮逢此時，愁爲子兮日無光輝，焉得羽翼兮將汝歸。一步一遠兮足難移，魂消影絕兮恩愛遺。十有三拍兮弦急調悲，肝腸攪刺兮人莫我知。

　　身歸國兮兒莫之隨，心懸懸兮長如飢。四時萬物兮有盛衰，唯我愁苦兮不暫移。山高地闊兮見汝無期，更深夜闌兮夢汝來斯。夢中執手兮一喜一悲，覺後痛吾心兮無休歇時。十有四拍兮涕淚交垂，河水東流兮心是思。

　　十五拍兮節調促，氣塡胸兮誰識曲？處穹廬兮偶殊俗。願得歸來兮天從欲，再還漢國兮懽心足。心有懷兮愁轉深，日月無私兮曾不照臨。子母分離兮意難任，同天隔越兮如商參，生死不相知兮何處尋！

　　十六拍兮思茫茫，我與兒兮各一方。日東月西兮徒相望，不得相隨兮空斷腸。對萱草兮憂不忘，彈鳴琴兮情何傷！今別子兮歸故鄉，舊怨平兮新怨長！泣血仰頭兮訴蒼蒼，胡爲生兮獨罹此殃！

　　十七拍兮心鼻酸，關山阻脩兮行路難。去時懷土兮心無緒，來時別兒兮思漫漫。塞上黃蒿兮枝枯葉乾，沙場白骨兮刀痕箭瘢。風霜凜凜兮春夏寒，人馬飢豗兮筋力單。豈知重得兮入長安，嘆息欲絕兮淚闌干。

　　胡笳本自出胡中，緣琴翻出音律同。十八拍兮曲雖終，響有餘兮思無窮。是知絲竹微妙兮均造化之功，哀樂各隨人心兮有變則通。胡與漢兮異域殊風，天與地隔兮子西母東。苦我怨氣兮浩於長空，六合雖廣兮受之應不容！（楚辭後語）

此詩眞僞問題，參看中華書局出版的胡笳十八拍討論集。

（三）　關於悲憤詩（五言）的眞僞問題

蘇軾曰：列女傳蔡琰二詩明白感慨，頗類木蘭詩，東京無此格也。建安七子猶含蓄不盡發見，況伯喈女乎？琰之流離必在父歿之後，董卓旣誅，伯喈乃遇禍，此詩乃云董卓所驅虜入胡，尤知非眞也。蓋范曄荒陋，遂載之本傳。（仇池筆記擬作，又見與劉貢甫書）

蔡居厚曰：後漢蔡琰傳載其二詩，或疑董卓死，邕被誅，而詩敍以卓亂流入胡，爲非琰辭。此蓋未嘗詳考於史也。且卓旣擅廢立，袁紹輩起兵山東，以誅卓爲名，中原大亂。卓挾獻帝遷長安，是時士大夫豈能皆以家自隨乎？則琰之入胡不必在邕誅之後。其詩首言“逼迫遷舊邦，擁主以自彊，海內興義兵，共欲誅不祥”，則指紹輩固可見；繼言“中土人脆弱，來兵皆胡羌，縱獵圍城邑，所向悉破亡”，“馬邊懸男頭，馬後載婦女，長驅西入關，迥路險且阻”，則是爲山東兵所掠也，其末乃云“感時念父母，哀歎無窮已”，則邕尙無恙，尤亡疑也。（見胡仔苕溪漁隱叢話前集卷一引蔡寬夫詩話，又見西清詩話）

閻若璩曰：予嘗謂事有實證，有虛會，……如東坡謂蔡琰二詩東京無此格，此虛會也；謂琰流落在董卓旣誅之後，今詩乃云爲董卓所驅掠入胡，尤知非眞，此實證也。傳本云興平中天下喪亂，文姬爲胡騎所獲，沒於胡中者十二年，始贖歸。興平凡二年，甲戌、乙亥，距卓誅於初平三年壬申已後兩三載，坡說是也。（尙

書古文疏證卷五十下）

張玉穀曰:"長驅西入關",當卽指卓所將羌胡兵。蔡以爲山東兵,亦誤;然其駁蘇處,則具眼也。且琰與建安七子正復同時,何見其必效七子而非琰作。(古詩賞析悲憤詩注)

吳闓生曰:蘇東坡不信此詩,疑爲僞造。吾以謂決非僞者,因其爲文姬肺腑中言,非他人之所能代也。(古今詩範悲憤詩注)

又曰:東坡不信此傳者,以爲琰非卓衆所掠,所言失實。後人又疑中幅言己陷胡一段佚去。吾謂此詩以哀痛爲主,紀載固不暇求詳,且其情事,亦不忍詳言矣。(同上)

按近人論著,有張長弓蔡琰悲憤詩辨僞(載東方雜誌 40 卷 7 期);余冠英論蔡琰悲憤詩(見其所著漢魏六朝詩論叢)。張文證其僞,余文定爲眞,論列都頗詳,可以參看。

三 正始詩文

一 阮 籍

阮籍(公元二一〇——二六三)字嗣宗,陳留尉氏(今河南尉氏縣)人,"建安七子"之一阮瑀的兒子,"竹林七賢"之一。晉書阮籍傳說他"本有濟世志,屬魏、晉之際,天下多故,名士少有全者,籍由是不與世事,遂酣飲爲常"。這雖是消極遁世的表現,但在當時,卻有反抗黑暗政治和虛僞禮法的進步意義。

他的主要作品是八十二首五言詠懷詩。此外,他的散文大人先生傳也很著名。這些作品暴露了封建統治階級內部的種種黑暗和罪惡,抨擊了虛僞的禮敎和僞君子,並表達了正直之士在當時恐怖政治統治下的苦悶。但由於階級和時代的局限,他在現實中找不到出路,於是就因不滿現實而產生了遁世和頹廢思想,這就使得他的作品同時又存在着較嚴重的消極因素。

由於害怕招致政治迫害,阮籍寫詩多不敢明白地表露心迹,而大量地運用了比興、寄託和象徵手法,使詩意變得很隱晦。這雖然對詩歌藝術表現的發展不無貢獻,但隱晦難懂,究竟是一個不小的缺點。

今傳阮步兵集輯本一卷。黃節的阮步兵詠懷詩注,注釋較詳盡。

詠　懷①

夜中不能寐，起坐彈鳴琴。薄帷鑒明月②，清風吹我襟。孤鴻號
外野③，翔鳥鳴北林。徘徊將何見④，憂思獨傷心。

①阮籍詠懷詩，晉書阮籍傳說有"八十餘篇"，據明人馮惟訥編輯的詩
紀，則現存八十二首。詠懷是阮籍生平詩作的總題，不是一時所作。他
另有四言四首（見丁福保編輯的全漢三國晉南北朝詩）也稱詠懷。這
些詠懷詩的內容主要是表現詩人在生活中的各種感慨。由於處在政
治黑暗的魏末晉初時代，詩寫得比較隱晦曲折（尤其是那些有關於時
政的詩）。劉宋顏延之說："阮籍在晉文代常慮禍患，故發此詠。"（文
選李善注引）李善說："詠懷者謂人情懷。籍於魏末晉文之代，常慮禍
患及己，故有此詩。多刺時人無故舊之情，逐勢利而已。觀其體趣，
實謂幽深，非夫作者不能探測之。"又說他"雖志在譏刺，而文多隱避，
百代之下，難以情測"，所以只能"粗明大意"而"略其幽旨"。清代學
者往往徵引史實來說明阮籍詩的內容，以求確切，但這只能作為參
攷。這裏選錄的十四首，正文和排列次序都根據黃節的阮步兵詠懷詩
注，各首原來的序數，分別於注中標明。"夜中"首原列第一。清人方
東樹說："此是八十一首發端，不過總言所以詠懷不能已於言之故。"
（見昭昧詹言）

②"薄帷"二句："帷"，帳幔。"鑒"，照。這二句言月光照在薄帷上，清風吹
動衣襟。清吳淇說："'鑒'字從'薄'字生出，……堂上止有薄帷。……
堂上帷既薄，則自能漏月光若鑒然。風反因之而透入，吹我衿矣。"
（見六朝選詩定論）

③"孤鴻"二句："翔鳥"，飛翔盤旋著的鳥；一作"朔鳥"，北方的鳥。吳淇
說："鳥不夜翔；曰翔鳥，正以月明故。即曹孟德曰：'月明星稀，烏鵲
南飛。'"王堯衢以為此二句"感孤鴻號於野外，朔鳥鳴於北林，飛者樓

者,各哀其生。"(見古唐詩合解)這二句說孤鴻在野外哀號,而北林上的翔鳥又在那裏悲鳴。

④"徘徊"二句:是說自己得不到任何慰藉。可參看"獨坐空堂上"一首。

其　二①

二妃遊江濱②,逍遙順風翔。交甫懷環珮,婉孌有芬芳。猗靡情歡愛③,千載不相忘。傾城迷下蔡④,容好結中腸。感激生憂思⑤,萱草樹蘭房。膏沐爲誰施⑥,其雨怨朝陽。如何金石交⑦,一旦更離傷!

①本篇原列第二,詩中借江妃二女的傳說以詠歎交而不忠、始好終棄的憂傷情懷。方東樹說:"此卽'初旣與予成言,後悔遁而有他'、'交不忠兮怨長'之恉。然不知其爲何人而發。"元人劉履則以爲這是刺司馬昭的:"初司馬昭以魏氏託任之重,亦自謂能盡忠於國,至是專權僭竊,欲行篡逆,故嗣宗婉其詞以諷刺之。"(見選詩補注)錄以備考。

②"二妃"四句:第四句,"婉孌",猶親愛。這四句用江妃二女與鄭交甫的故事。列仙傳載鄭交甫於江、漢之濱,逢江妃二女,見而悅之,不知其爲神人。交甫下請其佩,二女遂手解其佩與交甫。交甫懷之,走數十步,視佩,則已不見,回顧二女,亦不見。這裏只是借其中相遇贈佩一段情節以抒發作者心中的感慨。吳淇說:"首四句之外,便于交甫事不合,特借以成文耳。"這四句大意是:江妃二女在江邊上遊玩,自由自在地順風飄舞。後來鄭交甫遇見了她們,向她們表示愛慕,她們就送他一對環佩。鄭交甫把環佩藏在懷裏,芬芳而情意深長。

③"猗靡"二句:"猗靡",纒綿之意。這二句寫鄭交甫與二妃相遇,情致

纏綿地表示衷心相愛，永世不忘。

④"傾城"二句："傾城"、"迷下蔡"都是表示絕世美貌的意思。漢書外戚傳載李延年歌曰："絕代有佳人，……一顧傾人城。……"宋玉登徒子好色賦曰："臣東家之子，嫣然一笑，惑陽城，迷下蔡（陽城、下蔡皆地名）。""中腸"，猶言"衷心"。這二句言二妃之所以獲得鄭交甫的衷心愛慕，是由於她們的絕世美貌。

⑤"感激"二句："萱"，或作"蕿"、"諼"，音義俱可通假（說見清人梁章鉅文選旁證）。"萱草"，相傳是忘憂草。此用詩經衞風伯兮中"焉得諼草，言樹之背（北堂階下）"的意思，表示憂思之深。黃節說："此詩'萱草樹蘭房'，亦指房北之階下，非樹於房中也。""蘭房"，猶言香閨，泛稱婦女所居。這二句言二妃感激於鄭交甫的衷心愛慕，因而產生了思念的憂傷。

⑥"膏沐"二句："膏沐"，婦女用來潤澤頭髮的化妝品。上句用詩經衞風伯兮中"自伯之東，首如飛蓬；豈無膏沐，誰適爲容"的意思，言二女因思念鄭交甫而懶於梳妝。下句用伯兮中"其雨其雨，杲杲（gǎo，明亮）出日"的意思，言二女希望鄭交甫再來，而他却不再來了，就像極盼下雨，却偏偏出太陽一樣，使人怨恨不盡。

⑦"如何"二句："金石交"，像金石般堅固的情誼。"一旦"，與"千載"相對應，極言時間短促，猶言"一下子"、"片刻間"。這二句言：怎麼當初像金石一般堅固的情誼，一下子就斷絕了呢？這是寫二女對鄭交甫的怨恨責難，也是詩人感慨寄意的所在。舊說以爲"金石交"是用漢書中成語，指君臣之間的交誼。漢書韓信傳："楚王使武涉說韓信曰：足下自以爲與漢王爲金石交，然終爲漢王所禽矣。"因此梁沈約說："婉孌則千載不忘，金石之交一旦輕絕，未見好德如好色。"（文選李善注引）何焯說："此蓋託朋友以喻君臣，非徒休文（沈約的字）好德不如好色之謂。結謂一與之齊，終身不易，臣無貳心，奈何改操乎？"（見義門讀書記）錄以備考。

其　三①

嘉樹下成蹊②，東園桃與李。秋風吹飛藿③，零落從此始。繁華
有憔悴④，堂上生荆杞。驅馬舍之去⑤，去上西山趾。一身不自
保⑥，何況戀妻子。凝霜被野草⑦，歲暮亦云已。

①本篇原列第三。張玉穀說：“此首言世事有盛有衰，避亂宜早也。”(見
　古詩賞析)舊解多以爲此首是憂懼魏的滅亡。

②“嘉樹”二句：“嘉樹”，指桃李。“蹊”，小路。這二句由漢書李廣傳贊
　語“桃李不言，下自成蹊”變化而來，大意是說，像東園裏桃李這樣的
　嘉樹，自會吸引許多人到它們下面來，走出一條條的小路。此喻世事
　盛時情況。

③“秋風”二句：“藿”，豆葉。文選注引沈約說：“風吹飛藿之時，蓋桃李
　零落之日，華實旣盡，柯葉又彫，無復一毫可悅。”

④“繁華”二句：“荆、杞”，二種灌木名，此謂雜樹。這二句言一切繁華景
　象終有它衰落的一天，就是高大的殿堂也會因主人的破敗而變得雜
　樹叢生，一片荒蕪。意謂世事榮悴不常。張玉穀說：“首六(句)就植
　物春盛夏衰比起，說到堂生荆杞，京師亂象隱然。”

⑤“驅馬”二句：“舍”，即“捨”，一本作“捨”。“西山”，即首陽山，相傳是
　伯夷、叔齊隱居之處。“趾”，山腳。這二句言自己要離開這亂世，追隨
　伯夷、叔齊而到西山去隱居。張玉穀說：“驅馬去，言其急。上西山，
　言其決。”

⑥“一身”二句：言自己尚無自全之計，何必還眷戀妻子。

⑦“凝霜”二句：“已”，止。這二句言野草已經蒙上了冰霜，一年快過完
　了。李善說：“繁霜已凝，歲已暮止，野草殘悴，身亦當然。”

其　四①

平生少年時②,輕薄好弦歌。西遊咸陽中③,趙李相經過。娛樂未終極④,白日忽蹉跎。驅馬復來歸⑤,反顧望三河。黃金百鎰盡⑥,資用常苦多。北臨太行道⑦,失路將如何?

①本篇原列第五。清人姚範以爲"此爲阮公自言實事"(轉引昭昧詹言)。劉履則以爲"此嗣宗自悔其失身也",用比喻說明"初不自重,不審時而從仕;魏室將亡,雖欲退休而無計"。

②"平生"二句:"平生",昔日、已往。"輕薄",輕浮好動,不守禮法。這二句言自己年少時,性情輕浮好動,喜歡歌樓舞榭的生活。

③"西遊"二句:"咸陽",秦都,故城在今陝西咸陽市東。"趙、李",顏延之說:"趙,漢成帝趙后飛燕也,李,武帝李夫人也,並以善歌妙舞幸於二帝也。"姚範說:"……疑顏注爲近。蓋李夫人,故倡也,而飛燕亦屬陽阿主家歌舞,此詩不過言少時俠遊縱倡樂耳,假趙、李爲經過之地,似不必索異解也。"(見援鶉堂筆記)按,前人對於"趙、李"解釋紛歧,可參看文選旁證或阮步兵詠懷詩注,此處從略。上文言"輕薄好弦歌",則"趙、李"之輩自以指樂伎爲是,故從姚說,以顏注爲近是。這二句大意是說少年時在咸陽冶遊,常和善歌妙舞的樂伎相來往。

④"娛樂"二句:"蹉跎",歲月消逝。這二句言歡樂尚未到極點,而時光却已很快地消逝了。

⑤"驅馬"二句:"三河",秦代三川郡(郡治在今河南滎陽東北)治河東、河南、河北(又稱河內),稱三河。阮籍故鄉爲陳留(今河南陳留),舊屬三川郡,在河南之東,故自咸陽望陳留,概稱三河(參用沈約、劉履說。沈說見文選阮籍詠懷"登高臨四野"首李善注引)。這二句言

如今要回故鄉了，回頭看看故鄉所在的三河之地。

⑥“黃金”二句：“鎰”，二十四兩。“百鎰”，極言其多。“資用”，財貨。

⑦“北臨”二句：“失路”，走錯道路。此連上二句用戰國策魏策季良說魏王語：“魏王欲攻邯鄲，季良聞之，中道而反，衣焦不信，頭塵不浴，往見王曰：‘今者臣來，見人於太行，乃北面而持其駕（御馬朝北），告臣曰：我欲之楚。臣曰：之楚將奚爲（爲什麼）北面？曰：吾馬良。臣曰：雖良，此非楚之道也。曰：吾用（資財）多。臣曰：雖多，此非楚之路也。曰：吾善御。此數者逾善而離楚逾遠耳。今王動欲成霸王，舉欲信於天下，恃王國之大、兵之精銳，而欲攻邯鄲以廣地尊名，王之動逾數而離王逾遠耳，猶至楚而北行也。’”這四句大意是說：黃金百鎰是很容易用盡的，資財雖多也挽救不了失路的悲哀，其結果只是同那個太行道上“南轅北轍”的人一樣。

其　五①

昔聞東陵瓜②，近在青門外。連畛距阡陌③，子母相鈎帶。五色曜朝日④，嘉賓四面會。膏火自煎熬⑤，多財爲患害。布衣可終身⑥，寵祿豈足賴。

①本篇原列第六。此詩詠歎邵平失侯種瓜的事，表現了作者羨慕布衣生活的心情。

②“昔聞”二句：“東陵瓜”，史記蕭相國世家：“召（邵）平者，故秦東陵侯。秦破，爲布衣，貧，種瓜於長安城東。瓜美，故時俗謂之‘東陵瓜’。”“青門”，漢代長安城東面南頭的第一門叫霸城門，門色青，故俗稱青門。這二句言從前聽說東陵侯種瓜地方就近在長安青門外。

③“連畛”二句：“畛（zhěn）”，周頌載芟：“徂隰徂畛”。毛傳訓“畛”爲場。鄭箋：“隰謂所發田也，畛謂舊田有徑路者。”此處“畛”泛指田

間。“距”，到。“子母”，指大大小小的瓜。“鈎帶”，串連。這二句說瓜結得多。

④“五色”二句：述異記：“吳桓王時，會稽生五色瓜。今吳中有五色瓜，歲充貢賦。”此處借以形容瓜美。這二句言五色繽紛的瓜閃耀在早晨的陽光裏，吸引着客人們從四面八方前來。

⑤“膏火”二句：“膏火”，油火。上句用莊子人間世“山木自寇也，膏火自煎也”的成語，謂油脂可以燃燒，而燃燒起來，却是自己煎熬自己。這裏用來襯托下句“多財爲患害”。

⑥“布衣”二句：“布衣”，平民。古代平民除老人可穿絲織品外，都得穿布衣，於是“布衣”就成爲平民的代稱。“寵祿”，皇帝賜與的恩寵和爵祿。“足”，値。“賴”，依靠。這二句言平民生活可以終老此身，恩寵和爵祿不足憑靠。

其　六①

湛湛長江水②，上有楓樹林。皋蘭被徑路③，青驪逝駸駸。遠望令人悲④，春氣感我心。三楚多秀士⑤，朝雲進荒淫。朱華振芬芳⑥，高蔡相追尋。一爲黃雀哀⑦，淚下誰能禁。

①本篇原列第十一。詩中所刺時事，前人立說頗多，以劉履說爲近是：“正元（魏高貴鄉公曹髦年號）元年（公元二五四），魏主芳幸平樂觀。大將軍司馬師以其荒淫無度，褻近倡優，乃廢爲齊王，遷之河內，羣臣送者皆爲流涕。嗣宗此詩其亦哀齊王之廢乎？蓋不敢直陳遊幸平樂之事，乃借楚地而言。”

②“湛湛”二句：“湛湛（zhàn）”，水深貌。這二句由楚辭招魂“湛湛江水兮上有楓”句變化而來。

③“皋蘭”二句：“皋蘭”，水邊的蘭草。“青驪”，黑馬。“逝”，奔馳。“駸駸

(qín)"，馬急馳貌。這二句由招魂"皋蘭被徑兮斯路漸"及"青驪結駟兮齊千乘"二句變化而來。

④"遠望"二句：此由招魂"目極千里兮傷春心"句變化而來。以上六句大意是說：長江的水很深，岸上是楓樹林子。蘭草被覆在小路上，黑色的馬兒（拉着車）飛快地奔馳過去。極目遠望，使人悲哀，春天新鮮的景色，觸動了我心中的憂傷。這裏全用招魂中語，一方面因爲這詩表面上是歌詠楚國史事，故借以描寫楚地風景；同時又因爲舊說認爲招魂是宋玉所作，故借以引出下文。

⑤"三楚"二句："三楚"，古稱江陵爲南楚，吳爲東楚，彭城爲西楚，統稱三楚。"秀士"，指宋玉等有文才的人（用文選六臣注李周翰說）。"朝雲"，宋玉有高唐賦，寫巫山神女與楚懷王歡會的故事，其中有云："妾（神女自稱）在巫山之陽，高丘之岨，且爲朝雲，暮爲行雨，朝朝暮暮，陽臺之下。"這二句說楚國有許多有才華的人，但是他們却都像宋玉那樣，寫些巫山神女之類的荒淫故事去娛樂君王。

⑥"朱華"二句："朱華"，紅花。"振"，散發。"高蔡"，即今河南上蔡縣。

⑦"一爲"二句：此連上二句用戰國策楚策莊辛諫楚襄王語："莊辛謂楚襄王曰：……郢都必危矣！……王獨不見夫蜻蛉乎？……而下爲螻蟻食也。夫蜻蛉其小者也，黃雀因是以。俯喝白粒，仰棲茂樹，鼓翅奮翼，自以爲無患，與人無爭也；不知夫公子王孫，左挾彈，右攝丸，將加己乎十仞之上，以其類爲招。晝遊乎茂樹，夕調乎酸鹹。……蔡靈侯之事因是以。南遊乎高陂，北陵乎巫山，飲茹谿之流，食湘波之魚，左抱幼妾，右擁嬖女，與之馳騁乎高蔡之中，而不以國家爲事；不知夫子發方受命乎宣王，繫己以朱絲而見之也。……君王之事因是以。左州侯，右夏侯，輦從鄢陵君與壽陵君，飯封祿之粟，而載方府之金，與之馳騁乎雲夢之中，而不以天下國家爲事；不知夫穰侯方受命乎秦王，填黽塞之內，而投己乎黽塞之外。"這裏借以指斥魏主追求荒淫，不計後患。此連上二句，大意是說：鮮花盛開，馨香迷人，楚王在尋歡逐

樂,就像蔡靈侯在高蔡時那樣荒淫,但不知有人卻正在乘機暗算他,
這就像樹上逍遙自在的黃雀不知少年公子正持弓彈擊牠一樣。這種
事情一旦發生,那就會令人悲痛不已。

其 七①

徘徊蓬池上②,還顧望大梁。綠水揚洪波③,曠野莽茫茫。走獸
交橫馳,飛鳥相隨翔。是時鶉火中④,日月正相望。朔風屬嚴
寒⑤,陰氣下微霜。羇旅無儔匹⑥,俛仰懷哀傷。小人計其功⑦,
君子道其常。豈惜終憔悴⑧,詠言著斯章。

①本篇原列第十六。這詩表現了作者對時政混亂、對士人無節的幽憤
　和哀傷。何焯以為這首詩是因司馬師廢邵陵厲公曹芳為齊王而立高
　貴鄉公曹髦一事而發。這事發生在正元元年(公元二五四)九、十月
　間。參見前其六注①。

②"徘徊"二句:"蓬池",地名,戰國時屬魏,在大梁東北,是沼澤地。"大
　梁",戰國魏都,今河南開封市,這裏借以指曹魏王室(用何焯說)。這
　二句言詩人在蓬池旁徘徊不前,並回頭眺望魏都大梁。

③"綠水"四句:第二句,"莽",草的統稱。方言說:"草,南楚之間謂之
　莽。""莽茫茫",荒草無垠貌。第三句,"交橫",縱橫紛亂。這四句寫
　詩人回顧時所見景象,寓有象徵時政的意味;言綠水揚起大浪,曠野
　裏荒草茫茫,野獸縱橫奔馳,鳥兒成羣地在空中飛翔。這裏寫的是
　深秋景象。吳淇說:"綠水句已明是秋水,曠野句已明是秋草,獸交
　馳,鳥隨飛,已明是寒而呼羣也。"

④"是時"二句:"鶉火",古代天文學把天空中主要星象分列為廿八宿,
　南方的七宿稱朱鳥七宿,其第三、四、五宿叫柳宿、星宿、張宿(除星宿
　七星中一星以外,均屬長蛇星座),此三宿又合稱"鶉火"。"鶉火中",

是鶉火星的位置移在南方正中，時當夏曆九、十月之交，禮記月令說：
"孟冬之月，旦，七星中（星宿七星位在正中）"。"日月正相望"，在每
月十五日。這二句言其時在九月十五日。李善注引左傳僖公五年載
晉侯爲伐虢事問卜偃語："晉侯圍上陽（虢國都），問於卜偃曰：'吾其
濟乎？'對曰：'克之。'公曰：'何時？'對曰：'……，其九月十月之交乎？
丙子旦，日在尾，月在策，鶉火中，必是時也。'"舊解多以爲詩中用此
事，暗示司馬師廢立之事。錄以備攷。

⑤"朔風"二句：言北風猛烈，天氣嚴寒，地面上已開始結霜。這兩句也
　有象徵意味。呂向說："寒、霜，喩奸臣之害人者。"（見六臣注文選）

⑥"羈旅"二句："羈旅"，或作"覊旅"，義同，謂寄跡在外。"俛仰"，同"俯
　仰"。這二句言自己寄跡在外，沒有伴侶，動輒引起心中的哀傷。李
　周翰說："代多邪佞，故我無儔匹，而俯仰悲傷。"（見六臣注文選）

⑦"小人"二句：此用荀子天論"君子道其常，小人計其功"成句，大意是
　說小人計較利害得失，君子則遵循常規行事。

⑧"豈惜"二句：此承上文，言君子可能因爲不苟於亂世而始終不得志，
　但是他並不因此而爲自己感到惋惜；有感於此，就寫了這一首詩。

其　八①

獨坐空堂上②，誰可與親者？出門臨永路③，不見行車馬。登高
望九州④，悠悠分曠野。孤鳥西北飛，離獸東南下。日暮思親
友⑤，晤言用自寫。

①本篇原列第十七。這首詩表達了作者不合於世、孤獨苦悶的心情。

②"獨坐"二句：是說一個人坐在空堂上，無人可以相親。"親"一作"歡"。

③"出門"二句："臨"，及、至。"永路"，長路。這二句說出門走到漫長的
　大路上，卻不見有車馬行走。

④"登高"四句："九州"，古代分中國爲九州。爾雅釋地說是冀州、豫州、雝州、荊州、揚州、兗州、徐州、幽州、營州。此處泛指天下。"悠悠"，廣遠貌。"離獸"，失羣的野獸。這四句的意思是：登高遠望，一片茫茫曠野，周圍只見孤單的飛鳥和失羣的野獸。"西北"與"東南"互文見義。

⑤"日暮"二句："晤言"，兩人對坐談話。"用"，以。"寫"，除。這二句說在黃昏的時候，作者因孤獨而思念親友，希望能够和他們見面，對坐談心，以排除憂悶。王融巫山高："寤言紛在矚"。據說文"晤"訓明。段注認爲"悟"、"寤"皆訓覺，覺亦明。知"晤"、"寤"可通；"晤言"卽"寤言"。如此，則此二句是說日暮愁多，不覺入睡，醒後作此詩以自遣。"言"，助辭，無義。

其　九①

西方有佳人②，皎若白日光。被服纖羅衣③，左右珮雙璜。修容耀姿美，順風振微芳。登高眺所思④，舉袂當朝陽。寄顏雲霄間⑤，揮袖凌虛翔。飄颻恍惚中⑥，流盼顧我傍。悅懌未交接⑦，晤言用感傷。

①本篇原列第十九，以象徵、比興手法，通過男女相悅無由來寄託自己理想不能實現的憂傷。吳汝綸說："此首似言司馬之於己也。末書彼雖悅懌，吾則未與交接也，然吾終有身世之感傷。蓋興亡之感，憂生之嗟，無時可忘耳。"（古詩鈔）可供參攷。

②"西方"二句："佳人"，美人。"皎"，白、明亮。這二句說西方有一絕色美人，她像太陽一樣光明燦爛。

③"被服"四句："被服"，動詞，穿着。"纖"，精細。"羅衣"，絲綢的衣服。"璜"，半璧（平圓形而中間有孔的玉器）形的玉器，古代婦人身上的裝

飾物。上面有一葱玉（青色的玉）為橫梁，其左右兩頭有兩條絲帶懸二璜，叫做"雙璜"。"修容"，修飾過的儀容。"振"，發。這四句描寫佳人服飾華貴，容姿美麗，說美人穿着精細的羅衣，佩着雙璜，容光煥發，姿態優美，隨風散發出芳香。

④"登高"二句："當"，對。這二句說登高眺望所思念的人，舉起袖子對着太陽。

⑤"寄顏"二句："寄顏"，託迹的意思。"雲霄"，猶言天際。"凌虛"，謂升於天空。這二句說託迹于雲霄之間，揮舞袖子，凌空飛翔。

⑥"飄颻"二句："飄颻"，風動物貌，此處形容人在天空因風飄動。"恍惚"，看不真切。"流"，轉來轉去的意思。"盼"，看。"顧"，回視。這二句說佳人在天空飛翔，飄颻恍惚，在我身傍流連徘徊，不時地回頭看我。

⑦"悅懌"二句："懌"，悅、樂的意思。"交接"，交往接觸。"晤言"，參看其八注⑤。這二句說，雖然佳人對我多情，然而只遙遙相對，未能和她接觸，因而無限感傷。

其　十①

駕言發魏都②，南向望吹臺。簫管有遺音③，梁王安在哉！戰士食糟糠④，賢者處蒿萊。歌舞曲未終⑤，秦兵已復來。夾林非吾有⑥，朱宮生塵埃。軍敗華陽下⑦，身竟為土灰。

　①本篇原列第三十一。這首詩借古事以慨時政。清陳沆說："此借古以寓今也。（魏）明帝末年，歌舞荒淫，而不求賢講武，不亡於敵國，則亡於權奸，豈非百世殷鑒哉！"（見詩比興箋）張玉穀說："魏都許昌，即古梁地，故獨舉。"

　②"駕言"二句："言"，語助詞。"魏都"，戰國時魏都大梁，今河南開封。

"吹臺"，戰國時魏王宴飲之所，遺跡在今開封東南，又稱繁臺、范臺。戰國策魏策載："梁王魏嬰觴諸侯於范臺。"(用黃節說)這二句言從大梁駕車起程，往南去探望吹臺。

③"簫管"二句："遺音"，指戰國魏時流傳下來的音樂。"梁王"，即戰國魏王嬰。這二句言如今在那裏尚能聽到當時傳留下來的音樂，但是在吹臺宴樂的梁王却在何處呢？張玉穀說："首四(句)就發魏都、望吹臺，一氣趨出當日梁王行樂不長來。"

④"戰士"二句：言梁王當日只知行樂，不顧國事，不知養兵用賢，使兵士食糟糠，使賢士處於草野之中。張玉穀說："'戰士'二句，乃推原所以致敗之由。"

⑤"歌舞"二句：言梁王行樂未終，秦兵已乘機重來進攻。

⑥"夾林"二句："夾林"，梁王在吹臺所建的游覽之所，見戰國策魏策。"吾"，擬梁王自稱。"朱宮"，指吹臺的宮殿。這二句言夾林失陷，吹臺荒蕪。

⑦"軍敗"二句："華陽"，地名，今河南新鄭東。公元前二七三年，秦兵圍大梁，破魏軍於華陽，魏割南陽求和。一說"華陽"是山名，又亭名，在密縣，今河南密縣附近(見史記卷五集解及卷四十五正義引司馬彪說)。下句用曹操步出夏門行"神龜雖壽，猶有竟時；騰蛇乘霧，終為土灰"及阮瑀七哀詩"良時忽一過，身體爲土灰"成句。這二句言梁王兵敗，身死名滅。

其 十 一①

一日復一夕，一夕復一朝。顏色改平常②，精神自損消。胸中懷湯火③，變化故相招。萬事無窮極④，知謀苦不饒。但恐須臾間⑤，魂氣隨風飄。終身履薄冰⑥，誰知我心焦。

①本篇原列第三十三。這首詩抒寫作者胸中極端苦悶和壓抑的情緒，說
　自己生活在　個時刻有生命危險的環境裏。黃節說：“司馬師曰：阮
　嗣宗至愼，每與言，終日言皆玄遠，口不臧否人物。詩曰‘終身履薄
　冰’，所以昭其愼歟？”

②“顏色”二句：連上文言自己一天天在沈重的痛苦中衰弱下去，容顏憔
　悴，精神消損。

③“胸中”二句：“湯火”，熱湯和火。這二句說內心十分痛苦，好像胸中
　懷着熱湯和火一樣難熬，因此就發生了上述“顏色改常”、“精神損消”
　的變化。

④“萬事”二句：“饒”，富。這二句言世間萬事變化無窮，苦於智謀不多，
　無法應付。

⑤“但恐”二句：“須臾”，片刻。這二句緊承上文，言自己只怕處事疏忽，
　說不定片刻之間就會把命送掉。

⑥“終身”二句：“履”，踐。這二句言看起來我似乎很安然，其實我一生
　中如同在薄冰上行走，時時有喪命的危險，誰知道我心中的焦慮呢！

其　十　二①

壯士何慷慨②，志欲威八荒。驅車遠行役③，受命念自忘。良弓
挾烏號④，明甲有精光。臨難不顧生⑤，身死魂飛揚。豈爲全軀
士⑥，效命爭戰場。忠爲百世榮⑦，義使令名彰。垂聲謝後世⑧，
氣節故有常。

①本篇原列第三十九。這首詩歌頌胸有大志、效命戰場的壯士。

②“壯士”二句：“八荒”，海外極遠之地。”賈誼過秦論：“有席卷天下，包
　舉宇內，囊括四海之意，幷吞八荒之心。”說苑：“八荒之內有四海，
　四海之內有九州焉。”這二句言壯士意氣激昂，志在威揚海外。

③"驅車"二句："念"，指私念。"念自忘"，"言一切之私念皆忘也"（近人王文濡語，見古詩詳注讀本）。這二句言壯士驅車遠征，受君命而忘却私念。

④"良弓"二句："烏號"，良弓名。淮南子原道："射者扞烏號之弓。"注："桑柘，其材堅勁，烏峙其上；及其將飛，枝必橈下，勁能復巢，烏隨之；烏不敢飛，號呼其上，伐其枝以爲弓，因曰烏號之弓也。一說黃帝鑄鼎於荆山鼎湖，得道而仙，乘龍而上，其臣援弓射龍，欲下黃帝不能也；烏，於也；號，呼也；於是抱弓而號，因名其弓爲烏號之弓也。"後說亦見史記孝武本紀，說百姓抱黃帝所墮之弓號，故名烏號。略有不同。"明甲"，有光澤的鎧甲，卽曹植上先帝賜鎧表"先帝賜臣鎧黑光、明光各一領"中所說的明光鎧之類。這二句寫壯士挾良弓穿明鎧的英勇神情。

⑤"臨難"二句：言壯士遇到危難不惜生命，寧願身死魂飛。

⑥"豈爲"二句："全軀士"，保全身軀性命的人。這二句言壯士不是貪生怕死之輩，他願意在戰場上爲了爭取勝利而獻出生命。

⑦"忠爲"二句："令名"，美名。"彰"，顯揚。這二句言壯士將以自己的忠義行爲而揚名百世。

⑧"垂聲"二句："垂聲"，流傳聲譽於後世。"謝"，告訴。這二句言壯士忠義的美名流傳於後，可知氣節並不因死生而有所變化。

其十三①

少年學擊刺②，妙伎過曲城。英風截雲霓③，超世發奇聲。揮劍臨沙漠④，飲馬九野垌。旗幟何翩翩⑤，但聞金鼓鳴。軍旅令人悲，烈烈有哀情。念我平常時⑥，悔恨從此生。

①本篇原列第六十一，寫作者回想少年時渴望建立戰功而終不見用的

感慨。

②"少年"二句："少年"，追溯之詞，謂少年時。"妙伎"，神妙的技能。"過"，超越。"曲城"，地名，屬山東東萊。此處指曲城侯張仲，史記日者列傳褚先生曰："齊張仲曲成侯，以善擊刺，學用劍，立名天下。"這二句是說少年時學擊刺，武藝極高。"刺"，一作"劍"。

③"英風"二句："截"，絕、斷。"超世"，超越一世。"奇"，非常。"聲"，聲譽。這二句說英風直衝雲霄，美譽超越一世。

④"揮劍"二句："臨"，及。"九野"，謂九州之野。"坰"，郊野。詩經魯頌駉："在坰之野。"毛傳："坰，遠野。"這二句寫少年時渴望効力沙場、建立功業的豪情壯志。

⑤"旗幟"四句："翩翩"，飛動輕快貌。"但"，空、徒。"烈烈"，憂貌。"旗幟"、"金鼓"皆用以指揮軍隊者，吳子應變："凡戰之法，晝以旌旗旛麾為節，夜以金鼓笳笛為節。麾左而左，麾右而右，鼓之則進，金之則止。"蔣師爚說："按旗幟翩翩，但聞金鼓，則是兵終不交，仗終不接也，擊刺無所用之矣，其能不有哀情而生悔恨乎？"(見阮步兵詠懷詩注)這四句大意說作戰雙方並不交鋒，徒有雄心壯志，而無用武之地，這種軍旅生活，實在令人悲哀。

⑥"念我"二句："平常時"，黃節說："平常時，謂少年時也。平常，猶平生。其五辭曰：‘平生少年時’"。這二句說回想少年時所學無用，因而引起無限悔恨的心情。

其　十　四①

洪生資制度②，被服正有常③。尊卑設次序④，事物齊紀綱。容飾整顏色⑤，磬折執圭璋。堂上置玄酒⑥，室中盛稻粱。外厲貞素談⑦，戶內滅芬芳。放口從衷出⑧，復說道義方。委曲周旋儀⑨，姿態愁我腸。

①本篇原列第六十七。這詩諷刺當時僞善的儒生，說他們拘禮法，盛容飾，言論高尙，行爲惡劣，裝模作樣，令人作嘔。

②“洪生”句：“洪生”，猶言“鴻儒”，學問淵博的大儒。“資”，憑藉。“制度”，指古代的禮樂制度。

③“被服”句：言衣裳服飾有正式的規定。“被服”，衣服。

④“尊卑”二句：“紀綱”，法紀政綱、規章制度。這二句言尊卑上下有一定次序，任何事物均須一律遵守禮法。

⑤“容飾”二句：“容飾”，謂儀態服飾。“磬”，樂器，形曲折。“磬折”，折腰如磬，形容儒生鞠躬貌。“珪璋”，玉器名。古時諸侯朝王執珪，朝后執璋。這二句言洪生的儀態服飾極其整齊，見了帝后，手執珪璋，彎腰屈膝，十分恭順。

⑥“堂上”二句：“玄酒”，古代祭祀用的水。“稻粱”，指祭祀所用者。荀子禮論說：“饗尙玄尊而用酒醴，先黍稷而飯稻粱。”此言洪生在內室經常設供祭祀，表示尊敬祖宗，恪遵禮度。

⑦“外厲”二句：“厲”，高。“貞”，正。“素”，純。“芬芳”，謂德行修美。這二句言洪生在外面大唱純正的高調，而家中的私生活卻毫無美德可言。

⑧“放口”二句：“放口”，放肆說話不加約束。這二句言有時說話不加約束，倒說出了一些眞心話，但一當發現說漏了嘴，馬上又滿口仁義道德地說敎了。

⑨“委曲”二句：言儒生揖讓進退、矯揉造作的樣子令我生厭。

大人先生傳①（節錄）

　　或遺大人先生書②，曰："天下之貴，莫貴於君子。服有常色③，貌有常則④，言有常度⑤，行有常式⑥。立則磬折⑦，拱若抱鼓⑧。動靜有節⑨，趨步商羽⑩。進退周旋⑪，咸有規矩。心若懷冰⑫，戰戰慄慄。束身修行⑬，日慎一日。擇地而行⑭，唯恐遺失。誦周、孔之遺訓⑮，歎唐、虞之道德。唯法是修⑯，唯禮是克⑰。手執珪璧⑱，足履繩墨。行欲爲目前檢⑲，言欲爲無窮則。少稱鄉閭⑳，長聞邦國。上欲圖三公㉑，下不失九州牧。故挾金玉㉒，垂文組。享尊位，取茅土。揚聲名於後世㉓，齊功德於往古。奉事君上㉔，牧養百姓。退營私家㉕，育長妻子。卜吉宅㉖，慮乃億祉。遠禍近福，永堅固己。此誠士君子之高致㉗，古今不易之美行也。今先生乃被髮而居巨海之中㉘，與若君子者遠，吾恐世之歎先生而非之也。行爲世所笑㉙，身無由自達，則可謂恥辱矣。身處困苦之地，㉚而行爲世俗之所笑，吾爲先生不取也。"

　　①本文是一篇賦體傳記。"大人先生"是本文所傳的虛構人物。"大人"、"先生"都是表示尊敬的稱呼。本文起首說："大人先生，蓋老人也，不知姓字，陳天地之始，言神農、黃帝之事，昭然也。莫知其生年之數，嘗居蘇門之山，故世咸謂之閒。""大人先生"實際上是作者理想的化身。晉書阮籍傳載："籍嘗於蘇門山遇孫登，與商略終古及栖神道氣之術，登皆不應，籍因長嘯而退。至半嶺，聞有聲若鸞鳳之音，響乎巖谷，乃登之嘯也。遂歸著大人先生傳。"孫登是當時著名隱士，也是阮籍和嵇康所推崇的人物。晉書孫登傳說："（孫登）嘗往宜陽山，有作

炭人見之，知非常人，與語，登亦不應。文帝(司馬昭)聞之，使阮籍往觀，既見與語，亦不應。嵇康又從之游三年，問其所圖，終不答。……或謂登以魏、晉去就，易生嫌疑，故或嘿(沉默不語之意)者也。竟不知所終。”本文中的大人先生“嘗居蘇門之山”，曾遇隱士，又曾遇“薪於阜者”，然後離世而去，所寫情節略同於孫登。本文或是作者取材於孫登而加神化，借以抒寫自己的理想。同時，本文在虛幻的外形下對當時的統治，尤其是虛偽的禮法制度，加以激烈的斥責和無情的諷刺。文章可分三段：第一段寫大人先生駁斥“君子”的非難；第二段寫他遇見憤世疾俗的隱士；第三段寫他遇見通達自得的薪者。這裏節錄其第一段中的兩小節：一節是世士給大人先生的信，信中通過世士讚美“君子”的口吻，描繪了“君子”的迂腐虛偽和向上爬的醜態；一節是大人先生回答的前半篇。後一節駁斥了信中的非難，從正面揭穿了“君子”守禮求榮、吃人幫兇的實質和可憐可笑的處境，痛快淋漓地對之加以嘲罵。除了上述這些進步意義與認識價值，本文又極力宣揚老、莊出世思想和魏、晉名士風度，消極影響也不小，應有所批判。本文是用賦體寫的，全篇用韻，並運用了賦體所常用的借長篇大論的對話以表達內容的表現手法。

②“或遺”句：“遺”，給。這句言有人給大人先生信。

③服有常色：“常”，一定。漢書禮樂志：“武帝卽位，進用英儁，議立明堂，制禮服。”顏師古注：“服謂衣服之色也。”按古代禮制，衣服的顏色隨貴賤、吉凶而定。故言衣服有一定的顏色。

④貌有常則：“貌”，容顏，此謂面部表情。“則”，法則。禮記樂記說：“樂者爲同，禮者爲異。同則相親，異則相敬。樂勝則流，禮勝則離。合情飾貌者，禮樂之事也。”這句言面部表情有一定的法則；卽謂合乎禮制中用以維持貴賤等級的“合情飾貌”的要求。

⑤言有常度：“度”，尺度，猶今言“分寸”。這句言說話有一定的分寸。這也是“君子”之禮。論語鄉黨中記孔子的言行分寸，可供參考：“孔子

於鄉黨，恂恂如也(溫和恭敬)，似不能言者；其在宗廟朝廷，便便言唯謹爾(雖辯而謹)；朝與下大夫言，侃侃如也(流利痛快)；與上大夫言，誾誾如也(嚴肅正經)；君在，踧踖如也(恭敬不安)，與與如也(威儀適中)。"

⑥行有常式："行"，行爲。"式"，法式，模範。此連上三句言君子行動舉止皆有常則。上三句說"服"、"貌"、"言"，這句說行爲也有一定的法式。晉崇尚禮教。晉書禮志載："及晉國建，文帝又命荀顗因魏代前事，撰爲新禮，參考今古，更其節文；羊祜、任愷、庾峻、應貞並共刊定，成百六十五篇奏之。"本文所謂"君子"，雖泛指儒家所謂"君子"，實際上在攻擊統治者的崇禮，譏刺那些趨附司馬氏的世士。

⑦磬折：見詠懷詩其十四注⑤。禮記曲禮："立則磬折垂佩。"

⑧拱若抱鼓：言打拱時像懷抱着鼓一般。

⑨動靜有節："節"，拍，猶言"板眼"；此變化禮記樂記"動靜有常，小大殊矣"的成句而來，言一舉一動都有板有眼。

⑩趨步商羽："趨"，奔。"步"，行。"趨步"，卽謂走路時步子的快慢。"商"、"羽"，皆樂調名，古分宮、商、角、徵、羽五聲；此處意猶謂音樂的節拍。這句言走步的快慢都合乎音樂的節拍。

⑪進退周旋："周旋"，輾轉相從，引伸爲應接、交接之意。此話用禮記內則"進退周旋愼齊"的成語；連下句言進進出出，與人交接，都有一定規矩。

⑫"心若"二句："懷"，抱着。"慄"，通"栗"。"戰戰慄慄"，原爲形容寒冷顫抖之貌，借以形容恐懼戒謹之貌。爾雅釋詁："戰慄，懼也。"漢書元帝紀："詔曰：'朕戰戰栗栗，夙夜思過失，不敢荒寧。'"這二句說君子的心中像是抱着冰塊，戰戰慄慄驚恐不止。

⑬"束身"二句："束"，約束。"束身"，謂約束自己。"修行"，謂修養德行。這二句言約束自己，修養德行，一天比一天謹愼。

⑭"擇地"二句："擇地而行"，漢書馮奉世傳贊："宜鄉侯參，鞠躬履方，擇

地而行,可謂淑人君子。然卒死於非罪,不能自免。”“參”是馮參,西
漢人,此處借用成語,表示執禮謹慎之意。“遺失”,謂疏忽失禮。這
二句言君子擇地而行,唯恐有疏忽失禮之處。

⑮“誦周”二句:“周”,周公。“孔”,孔子。“唐”,唐堯。“虞”,虞舜。前二
人是製禮作樂的“聖人”,後二人是“聖君”,都是儒家所崇敬的人物。
故此二句言君子們背誦着周公、孔子的遺訓,讚歎着唐堯、虞舜的道
德。

⑯唯法是修:“法”,謂禮法。這句言禮法是君子絕對要實踐躬行的。

⑰唯禮是克:“克”‘約束。論語顏淵:“子曰:克己復禮為仁。”這句言君
子絕對要用禮制來約束自己。

⑱“手執”二句:“珪璧”,古代王侯朝聘祭祀用的玉器,有珪有璧,璧圓珪
方,象天地之形;也有合為一者,稱珪璧,則為珪之一種,即此所謂。禮
記郊特牲:“朝覲,大夫之私覿,非禮也。執圭而使,所以申信也。不
敢私覿,所以致敬也。”執圭是朝見君王時示敬的儀禮,其物則似後世
“牙笏”、“朝板”之類。“繩墨”,正曲直之具,猶今木工用的墨斗;此喻
行為正確。這二句言君子手裏拿着珪璧,筆直走路。

⑲“行欲”二句:“檢”,法式、榜樣。荀子儒效:“禮者,所以為羣臣尺寸尋
丈檢式也。”“無窮”,謂後世千年萬代。禮記中庸:“君子動而世為天
下道,行而世為天下法(效法),言而世為天下則。”這二句由此變化而
來,言君子要使其行為成為當世的榜樣,要使其言語成為後代人的準
則。

⑳“少稱”二句:“鄉閭”,鄉邑里閭。“邦國”,國家。這二句言君子少時
為家鄉地方人士所贊美,而年長以後則聞名於全國。上文寫君子修
身守禮種種情狀,自此以後述守禮之目的和作用。

㉑“上欲”二句:“圖”,圖謀,企圖得到。“三公”,謂朝廷最高官職。周以
太師、太傅、太保,西漢以大司馬、大司徒、大司空,東漢以太尉、司徒、
司空為三公。“九州牧”,謂地方政權的最高官職。“九州”,古分全國

為九州。"牧"，一州之長。禮記曲禮說："九州之長，入於天子之國曰牧。"這二句言君子的抱負是想向上爬到"三公"的地位，起碼也要做"九州牧"。

㉒ "故挾"四句："金玉"，謂珍寶。"文組"，絲織成的有花紋的綬帶，用來垂玉佩等物。這裏用以表示為官的尊貴。"茅土"，天子封五色土為社，封諸侯時，取其方面土，苴(裹)以白茅授之，故謂之授茅土。李陵答蘇武書："謂足下當享茅土之薦，受千乘之賞。"李周翰說："茅土、千乘，皆謂封諸侯之事也。"(六臣注文選)這四句言君子由於立志做官，所以能擁有珍寶財富，佩帶組綬，而身處尊位，封為諸侯。

㉓ "揚聲"二句：言君子因此能顯揚聲名於後世，而其功德則可與古時聖賢相比。

㉔ "奉事"二句："牧養"，謂治理養育百姓。這是過去統治者的辭彙，顯示了他們賤視人民的觀點。這二句言可以為皇帝辦事，可以治理百姓。

㉕ "退營"二句："營"，經營、管理。這二句言退朝或告退之後，可以經營家室，養活妻子兒女。

㉖ "卜吉"四句："卜吉宅"，謂占卜以求風水吉祥的宅地。"慮"，思慮、考慮。"億"，謂多至無窮。"祉"，福祿。"億祉"，謂世代的福祿。詩經大雅皇矣："既受帝祉，施于孫子。"這四句言君子謀求風水吉祥之地，建造住宅，考慮使福祿得以千年萬代地傳下去，要遠禍近福，以便永遠牢固地保住自己所獲得的榮祿。

㉗ "此誠"二句："高致"，高尚的情趣。這二句言這纔是士君子的高尚情趣，古今不變的值得讚美的行為。這二句總結上文，轉入下文，進而非難大人先生的志趣行為。

㉘ "今先"三句："被髮"，披髮。晉書孫登傳："(孫登)夏則編草為裳，冬則被髮自覆。""巨海"，大海。古人以為中國四環大海。此言居於海中，即謂其遠離人間，不預世事。這三句言如今先生披着頭髮，居於

大海之中，與那些君子們離得很遠，恐怕世人要歎息先生的行為而加
以非議。

㉙"行為"三句："行"，行為。"為"，被。"自達"，謂使自己進薦於君上。
這三句言先生的行為為世人所笑，又無法使自己進薦於君上，那可以
說是恥辱了。這裏是用諷刺的筆觸，描繪出禮法之士的口吻。

㉚"身處"三句：言先生身處困苦的境地，而行為又為世人所恥笑，我替
先生設想，覺得不值得。〔以上一段是世俗之士致大人先生的信，揭
露禮法之士的虛偽、迂腐，有進步性；但作者意下肯定大人先生高蹈
出世的生活，則有消極因素。〕

　　於是大人生先乃逌然而歎①，假雲霓而應之②曰："若之云
尙何通哉③！夫大人者④，乃與造物同體，天地並生；逍遙浮世，
與道俱成；變化散聚，不常其形。天地制域於內⑤，而浮明開達於
外。天地之永固⑥，非世俗之所及也。吾將為汝言之。往者天嘗
在下⑦，地嘗在上，反覆顚倒，未之安固，焉得不失度式而常之？
天因地動⑧，山陷川起，雲散震壞，六合失理，汝又焉得擇地而
行，趨步商羽？往者羣氣爭存⑨，萬物死慮，支體不從，身為泥土，
根拔枝殊，咸失其所，汝又焉得束身修行，磬折抱鼓？李牧功而身
死⑩，伯宗忠而世絕，進求利而喪身⑪，營爵賞而家滅，汝又焉得
挾金玉萬億，祗奉君上，而全妻子乎？且汝獨不見夫虱之處於褌
中⑫，逃乎深縫⑬，匿乎壞絮㉔，自以為吉宅也⑮。行不敢離縫
際⑯，動不敢出褌襠，自以為得繩墨也。饑則囓人⑰，自以為無
窮食也。然炎邱火流⑱，焦邑滅都，羣虱死於褌中而不能出，汝君
子之處區內⑲，亦何異夫虱之處褌中乎！……"

　　①逌然而歎：謂意味深長地歎息。"逌(yóu)然"，悠然，自得貌。
　　②假雲霓而應之："假"借，司馬相如大人賦，"世有大人兮在乎中

洲,……乘絳幡之素蜺兮載雲氣而上浮。"此言大人先生憑藉雲霓而
回答。

③"若之"句:"若",你。這句言你這種論調還怎能說得通呢。

④"夫大"七句:"造物",謂造物者,創造世界者。"逍遙",曠放不拘、怡
適自得之貌。"浮世",謂飄游於世。"浮",喻自在無定。"道",此係
老、莊之所謂"道",謂萬物之所由生者。老子二十五章:"有物混成,先
天地生。寂兮寥兮,獨立不改,周行而不殆,可以爲天下母。吾不知
其名,字之曰'道',强爲之名曰'大'。""散聚",分散聚合,此謂生死。
莊子知北游:"人之生,氣之聚也。聚則爲生,散則爲死。""常",一定、
固定。這七句言大人與造物者同爲一體,與天地一起生成;他自由自
在地在世上飄游,因爲他與"道"同時形成;世間的生死變化對他並無
影響,因爲在他看來,萬物的形體本來不是一定的。以上所述,卽莊
子齊物論所謂"天地與我並生,萬物與我爲一"的思想。這是莊子消
極達觀的虛無主義思想的基礎,應加批判。

⑤"天地制"二句:"域",區域,境界。"內",謂心。"浮明",謂自在明智。
"開達",謂自然表現。"外",謂形。這二句言大人以天地形成其內心
世界,因而在形迹上自然表現爲自在而明智。

⑥"天地"二句:言大人心目中天地的永久而鞏固,決非世俗之人所能想
像得到的。按禮樂之制,是封建統治者利用古人關於天地的種種觀念
以達到維持封建等級制度的目的。禮記樂記說:"天尊地卑,君臣定
矣。卑高已陳,貴賤位矣。動靜有常,小大殊矣。方以類聚,物以羣分,
則性命不同矣。在天成象,在地成形。如此,則禮者,天地之別也。"漢
書禮樂志說:"人函天地陰陽之氣,有喜怒哀樂之情。天稟其性,而不
能節也。聖人能爲之節,而不能絕也。故象天地而制禮樂,所以通神
明,立人倫,正情性,節萬事者也。"阮籍在這裏所以要從"天地"說
起,就是爲了要從根本上否定禮法之士的根據。既然"天地"無常,那
麽由此而產生的一切視爲固定不變的禮法,則都無從存在。這種天地

無常的思想，對於將封建禮法看作永恒不變的法則的儒家思想來說是一種否定，是積極的；但認爲天地可以隨着各人的主觀而改變，却是主觀唯心主義的。

⑦“往者天”五句：言從前天曾經在下面，地曾經在上面，反覆顚倒，沒有固定，那麽，怎麽能不失去法度規範而保持一定不變呢？

⑧“天因”六句：“因”，隨。“川起”，河谷上突。“震”，謂雷，易經說卦：“震爲雷”。“六合”，謂天地四方。“理”，條理。“失理”，謂天地四方顚倒紊亂。這六句言天隨着地而動搖，山嶽陷落，河谷突起，雲散雷消，天地四方顚倒紊亂，那時，你又怎麽能“擇地而行”而“趨步商羽”呢？

⑨“往者”八句：“羣氣”，猶言萬物。易經繫辭說：“精氣爲物，游魂爲變。”莊子知北游：“人之生，氣之聚也，聚則爲生，散則爲死。”皆以“氣”爲生命之所由成。“死慮”，猶心死亡。“支體”，即肢體。“從”，順從、聽從。“枝殊”，謂枝葉脫離根幹。“咸”，皆。這八句言從前萬物方生方死，肢體不隨心意，身軀化爲泥土，如草木之根拔枝斷，都失去根本所在，那時，你又怎麽能够“束身修行，罄折抱鼓”呢？這裏也是以人生無常的虛無思想，來反對封建禮教的“束身修行”，有積極因素，也有消極因素。

⑩“李牧”二句：“李牧”，戰國時趙國名將，屢破秦軍，以功封武安君；後因秦國賄賂趙王寵臣誣其欲反而被斬。史記有傳（在廉頗藺相如列傳內）。“伯宗”，戰國時晉國大夫，忠而好直諫，爲權臣譖害。其事見國語晉語、史記晉世家。這二句言李牧有功，却遭受殺身之禍，宗伯忠於晉國，最後反弄得絕了後代。

⑪“進求”五句：“進”謂仕進，作官。“營”，營謀。“祗奉”，敬奉。這五句承上文，言作官求利而身死，營謀爵祿賞賜而全家遭害，那麽，你又怎麽能够“挾金玉萬億”，敬奉君上而保全妻子兒女呢？

⑫“且汝”句：“虱”，蝨子。“褌（kūn）”，褲子。這句說，況且，你難道沒有看見過虱子處在褲子中嗎？

⑬逃乎深縫：逃到褲子的深縫中。

⑭匿乎壞絮：藏在壞了的絮絮中。

⑮"自以"句：言虱子自以爲找到了風水吉利的住宅。這是針對上文"卜吉宅"進行諷刺。

⑯"行不"三句："際"，邊。"褌襠"，褲襠。這三句卽針對上文"行欲爲目前檢"等語而發，言虱子行動不敢離開褲縫褲襠，而自以爲做得很對。

⑰"饑則"二句："嚙(niè)"，咬。"無窮食"，謂享用不盡的食物。這二句針對"挾金玉"等語而發，言虱子饑了便叮人，自以爲有吃不盡的食物。

⑱"然炎"三句："炎邱"，猶炎土，謂南方炎熱之地。淮南子墜形訓："西南方曰焦僥，曰炎土。""火流"，謂酷熱如火般流來。這三句意謂，然而當南方炎土熱氣如火般襲來，城市都邑全被烤焦，那時虱子就只能死在褲子裏而出不來了。

⑲"汝君"二句："區內"，謂世內。這二句言你們君子活在世界上，和虱子活在褲子裏，又有什麼不同呢！〔以上一段是大人先生對世俗之士的回答：前駁書中之見，後以虱子比君子，用潑辣的語言，對之作了尖銳而深刻的諷刺。〕

〔附錄〕

（一）　關於阮籍的事蹟

晉書阮籍傳（節錄）

阮籍字嗣宗，陳留尉氏人也。父瑀，魏丞相掾，知名於世。籍容貌瓌傑，志氣宏放，傲然獨得，任性不羈，而喜怒不形於色。或閉戶視書，累月不出；或登臨山水，經日忘歸。博覽羣籍，尤好莊、老。嗜酒能嘯，善彈琴。當其得意，忽忘形骸，時人多謂之癡。惟族兄文業每歎服之，以爲勝己，由是咸共稱異。

籍嘗隨叔父至東郡，兗州刺史王昶請與相見，終日不開一言，自以不能測。太尉蔣濟聞其有雋才而辟之。籍詣都亭奏記曰："……補吏之召，非所克堪，乞迴謬恩，以光清舉。"初濟恐籍不至，得記欣然。遣卒迎之，而籍已去。濟大怒。於是鄉親共喻之，乃就吏。後謝病歸。復爲尚書郎，少時，又以病免。及曹爽輔政，召爲參軍，籍因以疾辭，屏於田里。歲餘而爽誅，時人服其遠識。宣帝爲太傅，命籍爲從事中郎。及帝崩，復爲景帝大司馬從事中郎。高貴鄉公即位，封關內侯，徙散騎常侍。

籍本有濟世志，屬魏、晉之際，天下多故，名士少有全者，籍由是不與世事，遂酣飲爲常。文帝初欲爲武帝求婚於籍，籍醉六十日，不得言而止。鍾會數以時事問之，欲因其可否而致之罪，皆以酣醉獲免。

及文帝輔政，籍嘗從容言於帝曰："籍平生曾游東平，樂其風土。"帝大悅，即拜東平相。籍乘驢到郡，壞府舍屏障，使內外相望，法令清簡，旬日而還。帝引爲大將軍從事中郎。有司言有子殺母者，籍曰："嘻！殺父乃可，至殺母乎？"坐者怪其失言。帝曰："殺父，天下之極惡，而以爲可乎？"籍曰："禽獸知母而不知父，殺父，禽獸之類也；殺母，禽獸之不若。"衆乃悅服。

籍聞步兵廚營人善釀，有貯酒三百斛，乃求爲步兵校尉，遺落世事。雖去佐職，恆游府內，朝宴必與焉。會帝讓九錫，公卿將勸進，使籍爲其辭。籍沈醉忘作，臨詣府使取之，見籍方據案醉眠，使者以告，籍便書，按使寫之，無所改竄。辭甚清壯，爲時所重。

　　籍雖不拘禮教，然發言玄遠，口不臧否人物。性至孝，母終，正與人圍棋，對者求止，籍留與決賭。既而飲酒二斗，舉聲一號，吐血數升。及將葬，食一蒸肫，飲二斗酒，然後臨訣，直言窮矣，舉聲一號，因又吐血數升。毀瘠骨立，殆致滅性。裴楷往弔之，籍散髮箕踞，醉而直視，楷弔唁畢便去。或問楷："凡弔者，主哭，客乃爲禮。籍既不哭，君何爲哭？"楷曰："阮籍既方外之士，故不崇禮典；我俗中之士，故以軌儀自居。"時人歎爲兩得。籍又能爲青白眼，見禮俗之士，以白眼對之。及嵇喜來弔，籍作白眼，喜不懌而退。喜弟康聞之，乃齎酒挾琴造焉。籍大悅，乃見青眼。由是禮法之士，疾之若讎。而帝每保護之。

　　籍嫂嘗歸寧，籍相見與別。或譏之，籍曰："禮豈爲我設邪！"隣家少婦有美色，當壚沽酒。籍嘗詣飲，醉便臥其側。籍既不自嫌，其夫察之，亦不疑也。兵家女有才色，未嫁而死。籍不識其父兄，徑往哭之，盡哀而還。其外坦蕩而內淳至，皆此類也。

　　時率意獨駕，不由徑路，車迹所窮，輒慟哭而反。嘗登廣武，觀楚、漢戰處，歎曰："時無英雄，使豎子成名！"登武牢山，望京邑而歎。於是賦豪傑詩。

　　景元四年冬，卒，時年五十四。

　　籍能屬文，初不留思。作詠懷詩八十餘篇，爲世所重。著達莊論，敍無爲之貴。文多不錄。籍嘗於蘇門山遇孫登，與商略終古及栖神道氣之術，登皆不應，籍因長嘯而退。至半嶺，聞有聲若鸞鳳之音，響乎巖谷，乃登之嘯也。遂歸著大人先生傳。其略曰……。此亦籍之胸懷本趣也。

　　子渾，字長成，有父風，少慕通達，不飾小節，籍謂曰："仲容已豫吾此流，汝不得復爾。"太康中爲太子庶子。

世說新語

　　阮步兵嘯聞數百步。蘇門山中忽有眞人，樵伐者咸共傳說。阮籍往觀，見其人擁膝巖側。籍登嶺就之，箕踞相對。籍商略終古，上陳黃、農玄寂之道，下考三代盛德之美以問之，仡然不應。復敍有爲之敎，棲神導氣之術以觀之，彼猶如前，凝矚不轉。籍因對之長嘯。良久，乃笑曰："可更作。"籍復嘯，意盡退還。半嶺許，聞上嘈然有聲，如數部鼓吹，林谷傳響。顧看，迺向人嘯也。

　　劉孝標注引魏氏春秋曰："阮籍常率意獨駕，不由徑路，車跡所窮，輒慟哭而反。嘗遊蘇門山，有隱者，莫知姓名，有竹實數斛，杵臼而已。籍聞而從之，談太古無爲之道，論五帝三王之義。蘇門先生翛然曾不眄之。籍以嘐然長嘯，韻響寥亮。蘇門先生乃逌爾而笑。籍旣降，先生喟然高嘯，有如鳳音。籍素知音，乃假蘇門先生之論，以寄所懷。其歌曰：'日沒不周西，月出丹淵中。陽精晦不見，陰光代爲雄。亭亭在須臾，厭厭將復隆。富貴俛仰間，貧賤何必終？'"又引竹林七賢論曰："籍歸，遂著大人先生論，所言皆胸懷間本趣，大意謂先生與己不異也。觀其長嘯相和，亦近乎目擊道存矣。"（棲逸）

　　阮籍遭母喪，在晉文王坐，進酒肉，司隸何曾亦在坐，曰："明公方以孝治天下，而阮籍以重喪顯於公坐，飲酒食肉，宜流之海外，以正風敎！"文王曰："嗣宗毀頓如此，君不能共憂之，何謂？

且有疾而飲酒食肉，固喪禮也。"籍飲噉不輟，神色自若。（任誕）

步兵校尉缺，廚中有貯酒數百斛，阮籍乃求爲步兵校尉。

劉孝標注引文士傳曰："籍放誕有傲世情，不樂仕宦。晉文帝親愛籍，恆與談戲，任其所欲，不迫以職事。籍嘗從容曰：'平生曾遊東平，樂其土風，願得爲東平太守。'文帝說從其意。籍便騎驢徑到郡，皆壞府舍諸壁障，使內外相望，然後敎令清寧。十餘日，便復騎驢去。後聞步兵廚中有酒三百石，忻然求爲校尉。於是入府舍，與劉伶酣飲。"（同上）

阮籍嫂嘗還家，籍見與別。或譏之，籍曰："禮豈爲我輩設也！"（同上）

阮公鄰家婦有美色，當壚酤酒，阮與王安豐常從婦飲酒，阮醉，便眠其婦側。夫始殊疑之，伺察終無他意。

劉孝標注引王隱晉書曰："籍鄰家處子有才色，未嫁而卒。籍與無親，生不相識，往哭盡哀而去。其達而無檢，皆此類也。"（同上）

阮籍當葬母，蒸一肥豚，飲酒二斗，然後臨訣，直言窮矣，都得一號，因吐血，廢頓良久。

劉孝標注引鄧粲晉紀曰："籍母將死，與人圍棋未決，對者求止，籍不肯，留與決。賭旣，而飲酒二斗，舉聲一號，吐血數升，廢頓久之。"（同上）

阮步兵喪母，裴令公（楷）往弔之。阮方醉，散髮坐牀，箕踞不哭。裴至，下席於地，哭弔畢便去。或問裴曰："凡弔，主人哭，客乃爲禮，阮旣不哭，君何爲哭？"裴曰："阮方外之人，故不崇禮制；我輩俗中人，故以儀軌自居。"時人歎爲兩得其中。（同上）

阮渾長成，風氣韻度似父，亦欲作達。步兵曰：“仲容已預之，卿不得復爾。”（同上）

晉文王稱阮嗣宗至慎，每與之言，言皆玄遠，未嘗臧否人物。

劉孝標注引魏氏春秋曰：“……（籍）宏達不羈，不拘禮俗。兗州刺史王昶請與相見，終日不得與言，昶愧歎之，自以爲不能測也。口不論事，自然高邁。”（德行）

晉文王功德盛大，坐席嚴敬，擬於王者。唯阮籍在坐，箕踞嘯歌，酣放自若。（簡傲）

王戎弱冠詣阮籍時，劉公榮在坐，阮謂王曰：“偶有二斗美酒，當與君共飲，彼公榮者無預焉。”二人交觴酬酢，公榮遂不得一杯，而言語談戲，三人無異。或有問之者，阮答曰：“勝公榮者，不得不與飲酒，不如公榮者，不可不與飲酒；唯公榮可不與飲酒。”（同上）

魏朝封晉文王爲公，備禮九錫，文王固讓不受，公卿將校，當詣府敦喻。司空鄭沖，馳遣信就阮籍求文，籍時在袁孝尼家，宿醉扶起，書札爲之，無所點定，乃寫付使。時人以爲神筆。（文學）

（二）　關於阮籍的評價

劉勰曰：嗣宗儌儻，故響逸而調遠。（文心雕龍體性篇）

鍾嶸曰：“晉步兵阮籍。其源出于小雅，無雕蟲之功。而詠懷之作，可以陶性靈，發幽思。言在耳目之內，情寄八荒之表。洋洋乎會于風雅，使人忘其鄙近，自致遠大。頗多感慨之詞。厥旨

淵放，歸趣難求。顏延年注解，怯言其志。（詩品上）

李善曰：嗣宗身仕亂朝，常恐罹謗遇禍，因茲發詠，故每有憂生之嗟。雖志在刺譏，而文多隱避，百代之下，難以情測。（文選卷二十三詠懷詩注）

王世貞曰：阮公詠懷，遠近之間，遇境卽際，興窮卽止，坐不著論，宗佳耳。（藝苑巵言卷三）

陸時雍曰：八十二首俱憂時閔亂，無一忿世嫉俗語。（詩鏡卷七魏第四）

王夫之曰：步兵詠懷自是曠代絕作，遠紹國風，近出入於十九首，而以高朗之懷，脫穎之氣，取神似於離合之間，大要如晴雲出岫，舒卷無定質。而當其有所不極，則弘忍之力，內視荆、聶矣。且其託體之妙，或以自安，或以自悼，或標物外之旨，或寄疾邪之思，意固徑庭，而言皆一致，信其但然而又不徒然，疑其必然而彼固不然。不但當時雄猜之渠長，無可施其怨忌，且使千秋以還了無覓脚根處。蓋詩之為敎，相求於性情，固不當容淺人以耳目薦取，況公且視劉、項為孺子，則人頭畜智者令可測公，不幾令泗上亭長反屑哉？人固自有分際，求知音於老嫗，必白居易而後可爾。”（古詩評選卷四）

陳祚明曰：阮公詠懷，神至之筆。觀其抒寫，直取自然，初非琢煉之勞，吐以匠心之感，與十九首若離若合，時一冥符。但錯出繁稱，辭多悠謬；審其大旨，始覩厥眞。悲在衷心，乃成楚調，而子昂、太白目為古詩，共相倣效，是猶强取龍門憤激之書，命為國史也。且子昂、太白所處之時，寧有阮公之情，而能效其所作也哉！公詩自學離騷，而後人以為類十九首耳。（采菽堂古詩

選卷八）

　　沈德潛曰：阮公詠懷，反覆零亂，興寄無端，和愉哀怨，雜集
於中，令讀者莫求歸趣。此其爲阮公之詩也。必求時事以實之，
則鑿矣。（古詩源卷六）

　　吳汝綸曰：阮公雖云志在刺譏，文多隱避，要其八十一章決
非一時之作，吾疑其總集平生所爲詩，題爲詠懷耳。（古詩鈔卷
二）

二　嵇　康

　　嵇康(公元二二三——二六二)字叔夜,譙郡銍(今安徽宿縣西)人。他崇尚老、莊,常言養生服食之事,但富於正義感和反抗性。他反對虛僞的禮教和禮法之士,對當時政治的黑暗深爲不滿,曾當面奚落過司馬昭的心腹鍾會,還公開發表過離經叛道、非薄"聖人"的言論。因此,直接觸犯了利用禮敎圖謀篡奪的司馬昭和他的幫兇,終於被誣害處死。他是當時著名的思想家,寫過重要的文章,而詩歌成就卻較小。今傳嵇中散集十卷;魯迅輯校的嵇康集較爲完善。

贈秀才入軍①

　　良馬旣閑②,麗服有暉。左攬繁弱③,右接忘歸。風馳電逝④,躡景追飛。凌厲中原⑤,顧盼生姿。

　　①本篇是嵇康送他哥哥嵇喜(字公穆,曾擧秀才)從軍的詩。古詩紀把十八首四言體和一首五言體合在一起,作爲一組。但歷來學者頗有異議。魯迅先生以五言一首別爲古意,餘十八首四言仍從原題。本篇原列第九,想像嵇喜在軍中戎裝馳射的生活。文選以此與第十首合爲一首,陳祚明更以爲第十一首也當屬此首。

　　②"良馬"二句:"閑",熟習。"麗服",指戎裝。這二句說騎着訓練得很好的馬,穿着光彩、漂亮的軍裝。

③"左攬"二句："繁弱"，古良弓名。"忘歸"，箭矢名。荀子性惡："繁弱、
鉅黍，古之良弓也。"新序："楚王載繁弱之弓，忘歸之矢，以射兕(獸
名)於夢(地名)。"這二句言左手拿着弓，右手搭上箭。

④"風馳"二句："電"，一作"雷"。"躡(niè)"，追。"景"，即"影"。這二句
言其馳馬快速，如風如電，可以追上掠影、飛鳥。

⑤"凌厲"二句："凌厲"，奮行直前貌。"顧"，回看。"盼"，看。這二句說
嵇喜在中原馳騁，左右顧盼，很有風姿。

其　二①

息徒蘭圃②，秣馬華山。流磻平臯③，垂綸長川。目送歸鴻④，
手揮五弦。俯仰自得⑤，游心太玄。嘉彼釣叟⑥，得魚忘筌。郢
人逝矣⑦，誰與盡言。

①本篇原列第十四，想像嵇喜行軍各地，休息時領略山水樂趣的自得情
景。

②"息徒"二句："徒"，步卒、軍隊。"蘭圃"，有蘭草的野地。"秣(mò)馬"，
飼馬。"華山"，有花草的山。這二句言軍隊在蘭圃休息，在華山飼
馬。

③"流磻"二句："磻(bō)"，用生絲繩繫在箭上射鳥叫弋，箭繩一端再加
繫石塊叫磻。"臯"，草澤地。"綸"，繫釣鈎的線。這二句言在平原草
澤地上弋鳥，在長河裏釣魚。

④"目送"二句："五弦"，樂器名，似琵琶而略小。這二句言目送南歸的
鴻雁，手彈奏着五弦琴。

⑤"俯仰"二句："俯仰"，猶言"一舉一動"，引伸出隨時隨地的意思。"太
玄"，大道。這二句言隨時隨地都有所領會，心思游樂於天地自然的
大道之中。

⑥"嘉彼"二句："嘉"，讚美。"筌(quán)"，捕魚的竹籠。"得魚忘筌"，

見莊子外物："筌者所以在魚，得魚而忘筌。……言者所以在意，得意而忘言。"這裏比喻只求得到事物的本質，而不在於它的形迹，也類似陶淵明好讀書不求甚解所表達的精神。這二句讚美"得魚忘筌"的"釣叟"，藉以讚美領悟了大道、"得意忘言"的嵇喜。

⑦"郢人"二句："郢"，春秋時楚國的都城。"逝"，死。莊子徐無鬼："郢人堊(è，白土)慢其鼻端，若蠅翼，使匠石斲(zhuó，削)之。匠石運斤成風，聽而斲之，盡堊而鼻不傷，郢人立不失容。宋元君聞之，召匠石曰：'嘗試爲寡人爲之。'匠石曰：'臣則嘗能斲之。雖然，臣之質(意謂對手)死久矣，自夫子之死也，吾無以爲質矣。'"這個寓言是莊子在惠施墓前對從人講的，意謂像郢人死後匠石找不到'質'一樣，惠施死後，他也找不到論辯的對手了。這裏用此典故，意思是說像郢人死後，匠石"無以爲質"一樣，嵇喜如有所領會，也沒有可談的人(參用余冠英説)。

與山巨源絶交書①

　　康白：足下昔稱吾於潁川②，吾嘗謂之知言。然經怪此③，意尚未熟悉於足下，何從便得之也？前年從河東還④，顯宗、阿都説足下議以吾自代；事雖不行⑤，知足下故不知之。足下傍通⑥，多可而少怪；吾直性狹中⑦，多所不堪，偶與足下相知耳。間聞足下遷⑧，惕然不喜；恐足下羞庖人之獨割⑨，引尸祝以自助，手薦鸞刀，漫之羶腥。故具爲足下陳其可否。

①山巨源，名濤，巨源是字，河内懷人。山濤曾與嵇康、吕安等人爲友，也是當時著名的"竹林七賢"之一。但他未堅持隱退，在四十歲以後出仕。任尚書吏部郎時，想請嵇康出來替代自己的職務，未成。一年

後，嵇康寫給他這封有名的絕交書。時約在魏元帝景元二年到三年之間（公元二六一——二六二）。嵇康在這封信中，固然是痛罵山濤，怪他不該糾纏自己出仕，但更重要的是以滿腔憤慨攻擊了時政。魏末晉初，司馬氏假借禮法之名而陰謀篡奪政權。對於異己，採取籠絡欺騙以至橫加迫害的手段，政治十分黑暗。嵇康絕世不仕，就是表示與這種政治對抗，有一定的進步性。魏氏春秋："大將軍（司馬昭）嘗欲辟康，康既有絕世之言，又從子不善，避之河東，或云避世。及山濤爲選曹郎（即尚書吏部郎，職主選舉），舉康自代，康答書拒絕，因自說不堪流俗，而非薄湯、武。大將軍聞而怒焉。"（三國志魏志王粲傳裴松之注引）不久，遂被害。信中推崇老、莊，強調任眞，力言本性不堪出仕，針對司馬氏統治下的虛僞、殘酷的政治作了揭露和批判。至於語言尖銳深刻，更足以看出作者的憤激之情。

②"足下"二句："足下"，對人的敬稱，過去書札中常用，此稱山濤。"嘗"，曾經；一作"常"。"潁川"，指山嶔，山濤的族父，曾爲潁川（今河南許昌市東）太守，此以官稱之；梁章鉅以爲李善注引虞預晉書中"山嶔守潁川"的"守"是"字"之誤，潁川當是山嶔的字（見文選旁證）。"知言"，知己之言。李善說："稱，謂說其言不願仕也，愜其素志，故謂知言也。"這二句說足下從前在潁川那裏稱說我的話，我曾說那是知己之言。

③"然經"三句："經"，常。"此"，上述"知言"之事。"意"，心裏想。這三句說然而我常奇怪這件事情，心想我還沒有爲您所熟悉，您從何處就得知我的志趣呢？又，此句舊解有斷爲："然經怪此意，尚未熟悉……"，則"此意"即指下文"尚未熟悉……"而言，亦可通。

④"前年"二句："河東"，地名，今山西夏縣西北。"顯宗"，公孫崇，字顯宗，譙國人，曾爲尚書郎（見李善注引晉氏八王故事注）。"阿都"，呂安，字仲悌，小名阿都，東平人，與嵇康爲至交，性亦至烈，有濟世志。嵇康寓居山陽，曾一度避居河東（見本文注①），那時山濤正任選曹郎，

擬請嵇康出來替代自己的職務。這二句即說前年自河東回來後,公孫
崇和呂安告訴我足下打算要我替代您的職務。

⑤"事雖"二句:"事",指"議以自代"之事。"不行",不成。這二句說這
件事雖然沒有成功,但由此知道足下原來還是並不瞭解我的。

⑥"足下"二句:"傍通",謂善於應變。揚雄法言問明:"或問'行',曰:
'旁通厥德。'"注:"動靜不能由一塗,由一塗不可以應萬變。應萬變
而不失其正者,惟旁通乎?"語意本此。這二句說足下善於應變,遇事
多認可而少疑怪。

⑦"吾直性"三句:"狹中",謂心地狹窄。"堪",忍受。這三句說我是心
地褊狹的直性子人,許多事不能忍受,只是偶然與您認識罷了。意謂
兩人性情不合,彼此不可能眞正瞭解。

⑧"間闊"二句:"間",最近。"遷",升官。呂向說:"遷,謂爲大司馬也。"
(見六臣注文選)非。據晉書山濤傳,山濤以大將軍從事中郞行軍司
馬之事,在魏元帝咸熙元年司馬昭西征鍾會之亂時,此時嵇康已死。
山濤爲吏部郞後即遷爲大將軍從事中郞,此當指此。"惕然":憂懼
貌。這二句說近闊足下又高升了,我深爲憂慮不快。

⑨"恐足下"四句:"庖人",廚師。"尸祝",祭師。第一、二句用"越俎代
庖"的成語,莊子逍遙遊說:"庖人雖不治庖,尸祝不越樽俎(謂祭器)
而代之。"意謂祭師不會越職去做廚師的工作。此處活用其意。"鸞
刀",謂屠宰用的刀,"鸞"是刀把上裝飾的鈴。詩經小雅信南山:"執
其鸞刀,以啓其毛。""漫",沾污。這四句說恐怕足下獨自做這樣的官
害羞,要拉我給您當助手,就像廚師羞於一個人屠宰,想拉祭師去幫
忙一樣,讓我手執屠刀,也沾上一身羶腥氣。〔以上是第一段,說明寫
絕交書的緣由。〕

　　吾昔讀書①,得并介之人,或謂無之,今乃信其眞有耳。性
有所不堪②,眞不可强。今空語同知有達人③,無所不堪,外不

殊俗，而內不失正，與一世同其波流，而悔吝不生耳。老子、莊周④，吾之師也，親居賤職；柳下惠、東方朔⑤，達人也，安乎卑位。吾豈敢短之哉⑥！又仲尼兼愛⑦，不羞執鞭；子文無欲卿相⑧，而三登令尹。是乃君子思濟物之意也⑨。所謂達能兼善而不渝⑩，窮則自得而無悶。以此觀之⑪，故堯、舜之君世⑫，許由之巖棲⑬，子房之佐漢⑭，接輿之行歌⑮，其揆一也⑯。仰瞻數君⑰，可謂能遂其志者也。故君子百行⑱，殊塗而同致，循性而動，各附所安。故有處朝廷而不出⑲，入山林而不反之論。且延陵高子臧之風⑳，長卿慕相如之節㉑，志氣所託㉒，不可奪也。

①"吾昔"四句："幷"，李善說："謂兼善天下也。""介"，耿介孤直。"幷介之人"，謂既能兼善天下又是耿介孤直的人。這四句是說，我從前讀書，見書上講有這樣一種既能兼善天下又耿介孤直的人，那時我認爲沒有，現在才相信眞有。這是諷刺山濤的反話。

②"性有"二句：謂生性對某些事情不能忍受，眞不能勉強。

③"今空"六句："空語"，空說。"達人"，通達之人。"外不殊俗"，外表上不異於世俗。"內不失正"，內心沒有失去正道。這六句是說，現在空說什麼彼此都知道有這樣一種通達的人，這種人沒有什麼是他所不能忍受的，他外表上與世俗無異，而內心又沒有失去正道，他可以與世俗同流合污而不生悔恨之心。"吾昔"句至此一節暗諷山濤，言外之意是說山濤想把自己裝扮成這種實際上不存在的所謂"幷介之人"、"達人"。

④"老子"三句："老子"，曾爲周柱下史，轉爲守藏史。"莊周"，曾爲蒙漆園吏。二人職位都很低。嵇康崇尙老、莊，故尊之爲"吾師"。"賤職"，職位卑下。

⑤"柳下惠"三句："柳下惠"，即展禽，名獲，字季，春秋魯人。居於柳下，

卒諡爲"惠"。曾爲魯國典獄官，被罷職三次，有人勸他到別國去，他說："直道而事人，焉往而不三黜？枉道而事人，何必去父母之邦！"（見論語微子）"東方朔"，漢武帝時名士，字曼倩，平原厭次（在今山東省）人。漢書有傳。他除一度爲太中大夫外，常爲郎官，雖曾上書，終不見用。朔因而著文章（此文後人名爲答客難）以自慰。此二人的職位都低下，故言"安乎卑位"。

⑥"吾豈"句：此連上文，言老、莊是我所師法的人，柳下惠、東方朔都是達人，他們都安於小官卑位，我哪裏敢妄訾他們呢？"短"，過失，此作動詞用。

⑦"又仲尼"二句：孔子，名丘，字仲尼。論語述而："子曰：富而可求也，雖執鞭之士，吾亦爲之；如不可求，從吾所好。"意謂如果有合乎道義的富貴可求，即使要我去當執鞭趨車的也幹。此處用其意，言孔子兼愛，爲了道義，即使去當趨車的也不羞愧。

⑧"子文"二句：論語公冶長，"子張問：'令尹子文，三仕爲令尹，無喜色；三已之，無慍色。舊令尹之政，必以告新令尹，何如？'子曰：'忠矣！'""令尹"，春秋楚國官名。這二句言子文沒有當卿相的欲望，而三登令尹的高位。

⑨"是乃"句：承上文，說這是君子（指孔子等）想救世濟人的心意啊。

⑩"所謂"二句：孟子盡心篇中載孟子說："古之人得志，澤加於民；不得志，修身見於世。窮則獨善其身，達則兼善天下。"易經乾傳有"遯世無悶"的話。"達"，顯達。"不渝"，不變。"窮"，謂仕路閉塞。"無悶"，無憂慮。這二句兼用孟子和易經以上兩段話的意思，說孔子和子文纔是所謂"達則兼善天下"而始終不變其志、"窮則獨善其身"而能自得無悶的人。

⑪以此觀之：由以上所談的道理看來。

⑫堯、舜之君世：唐堯、虞舜是儒家所推崇的古代"聖君"。"君世"，爲君於世，猶言"做皇帝"。

⑬許由之巖棲：許由，堯時的隱士，堯想讓位於許由，由不願，就逃到箕山去隱居（見呂氏春秋求人篇）。"巖棲"，隱居山林。

⑭子房之佐漢：張良，字子房，輔佐劉邦統一天下，建立漢朝。

⑮接輿之行歌：楚國隱士接輿曾經唱着歌從孔子旁邊走過，諷勸孔子歸隱（見論語微子）。

⑯其揆一也："揆"，法度、原則。此用孟子離婁中"先聖後聖，其揆一也"的成句。此連上四句是說，按照這種說法看來，所以堯、舜做皇帝，許由逃到山裏隱居，張良佐助漢朝，接輿行歌勸孔子歸隱，他們出處行爲雖然不同，而原則卻是一樣的（即指下文"能遂其志"而言）。

⑰"仰瞻"二句："仰瞻"，舉目而視，表示尊敬。這二句說堯、舜數人可說是能够實現其志向的人了。

⑱"故君子"四句："百行"，各種行爲表現。第二句用易經繫辭"天下同歸而殊途，一致而百慮"成語，意謂所走道路不同而終歸到達同一地點，"循性"，順着本性。"附"，歸附。這四句接上文，言君子的行爲雖各有不同，但"殊塗同歸"，都是順着本性而行，各得其安。

⑲"故有"二句：韓詩外傳五："朝廷之人爲祿，故入而不出；山林之士爲名，故往而不返"。班固漢書王貢兩龔鮑傳贊說："易稱：'君子之道，或出或處，或默或語。'言其各得道之一節，譬諸草木，區以別矣。故曰：'山林之士，往而不能反；朝廷之士，入而不能出'。二者各有所短。"這二句說因此就有君子出處當依本性的說法。

⑳"且延陵"句："延陵"，春秋吳國公子，姓延陵，名季札。"子臧"，曹國公子，一名欣時。公元前五五九年吳國諸樊要立季札，季札辭絕，並引子臧不爲曹國君的事以自勉。曹宣公死，諸侯與曹人要立子臧，子臧因非本分，離國而去（見左傳襄公十四年）。

㉑"長卿"句："長卿"，漢司馬相如的字。"相如"，指戰國時趙國人藺相如。他曾以"完璧歸趙"事拜上大夫。史記司馬相如傳說："相如旣學，慕藺相如之爲人，更名'相如'"。此用其事。

㉒"志氣"二句：此連上二句，言季札和司馬相如二人各自愛慕子臧和藺相如的節操，因而寄託了自己的志向，這是不能強加改變的。〔以上是第二段，歷舉古時的所謂聖君、賢人、達士、隱者都能順其本性，堅守節操，不爲物移，並指出君子或出或處，不可兼得，以證明"并介之人"並不存在。此段文字，雖是揭發山濤中途變節而和當權派同流合污的行徑，但宣揚老、莊"委運任化"的消極落後思想，應有所批判。〕

吾每讀尙子平、臺孝威①傳，慨然②慕之，想其爲人。少加孤露③，母兄見驕，不涉經學④。性復疏嬾⑤，筋駑肉緩，頭面常一月十五日不洗；不大悶癢⑥，不能沐也。每常小便而忍不起，令胞中略轉⑦，乃起耳。又縱逸來久⑧，情意傲散⑨，簡與禮相背⑩，嬾與慢相成，而爲儕類見寬⑪，不攻其過。又讀莊、老⑫，重增其放。故使榮進之心日積⑬，任實之情轉篤。此由禽鹿⑭，少見馴育，則服從教制；長而見羈⑮，則狂顧頓纓，赴蹈湯火；雖飾以金鑣⑯，饗以嘉肴，逾思長林而志在豐草也。

①尙子平、臺孝威："尙子平"，後漢人，"有道術，爲縣功曹，休歸，自入山擔薪，賣以供食飮"（見李善注引王粲英雄記）。後漢書有向長傳，向長字子平，章懷注說："高士傳'向'字作'尙'。"錄以備考。"臺孝威"，臺佟字孝威，後漢隱士。州刺史去見他，說他居身清苦，他答道："佟幸得保終性命，存神養和，如明使君（稱刺史）奉宣詔書，夕惕庶事，反不苦邪？"遂隱逸不見（後漢書逸民傳臺佟傳）。

②慨然：贊歎貌。

③"少加"二句："孤"，嵇康幼年亡父，故云。"露"，瘦弱。左傳昭公元年杜預注："露，羸也。""孤露"，謂孤且羸瘦。"驕"，愛。這二句說我少孤，加之體格瘦弱，所以母兄很驕寵我。

④"不涉"句："涉"，及。"經學"，謂儒家六經，漢以來被奉爲修身致仕的經典。此承上二句，說因受母兄驕寵，所以不去讀那些修身致仕的經

書。

⑤"性復"二句："疏嬾"，疏頑嬾惰。"嬾"，同"懶"。"駑"，原指劣馬，此
喻筋骨遲鈍。"緩"，鬆弛。這二句言性情疏頑懶惰，不受拘束；筋骨遲
鈍，肌肉鬆弛。

⑥"不大"二句："能(nài)"，義與"耐"通。"不能"，不耐。"沐"，洗頭。解
作沐浴(洗澡)亦可。這二句言如果不是特別發悶發癢，我是不願意
去洗澡的。

⑦"令胞"二句："胞"，原意爲胎衣，此謂膀胱。這二句說忍到令尿在胞
中略略轉動而將脹出時才起身去小便。

⑧縱逸來久：言爲母兄放縱以來時間已很長了。

⑨傲散：孤傲散漫。

⑩"簡與"二句："簡"，簡略，謂舉止隨便。這二句說行爲隨便是與禮法
相違背的，而性情懶散却與爲人傲慢相輔相成。

⑪"而爲"二句："儕類"，同輩們。"其"，指自己的性情舉止。這二句意
謂疏懶傲慢的性情，又爲同輩和朋友們所寬容，並不受到責備。

⑫"又讀"二句：言又讀了莊子和老子，更助長了我的放蕩。

⑬"故使"二句："榮進"，謂致仕求榮。"頹"，減弱。"任實"，謂放任本
性。"篤"，厚。這二句說，由於上述原因，使我對於做官求榮的進取
心一天天減弱，而放縱任性的情意愈益强烈。

⑭"此由"三句："由"，同"猶"。"禽"，同"擒"。"馴育"，馴服養育。"教
制"，管教約制。這三句說，如果鹿從小就捉來馴育，那就會服從主人
的管教和約制。

⑮"長而"三句："見"，被。"羈"，束縛。"縲"，絲繩，此指拴鹿之羈繩。"頓
縲"，謂掙扎擺脫羈繩。"湯"，沸水。這三句言如果鹿長大而被束縛，
那麼牠一定會瘋狂四顧，亂蹦亂跳地掙脫羈繩，即使赴湯蹈火也在所
不顧。

⑯"雖飾"三句："鑣(biāo)"，原爲馬籠頭，此謂鹿籠頭。"金鑣"言其貴

重。“饗”，飲宴。“嘉肴”，謂佳美的肉食。“饗嘉肴”，此謂餵鹿以精美的飼料。“長林”、“豐草”，指鹿所生活於其間的草野之地。這三句說雖然給牠帶上金籠頭，拿最好的飼料餵牠，牠還是忘不了牠所生活慣了的長林豐草之地。〔以上是第三段，敍述自己的生活遭遇，並表明由此而養成的放蕩不羈的性格萬難改變。“簡與禮相背”，放蕩不羈，在當時有對抗禮法的意義，但是，這種生活作風本身是不好的。〕

阮嗣宗①口不論人過，吾每師之②，而未能及。至性過人③，與物無傷，唯飲酒過差耳。至爲禮法之士所繩④，疾之如讎，幸賴大將軍保持之耳。以不如嗣宗之賢⑤，而有慢弛之闕⑥；又不識人情，闇於機宜⑦，無萬石⑧之愼，而有好盡之累⑨，久與事接⑩，疵釁日興，雖欲無患，其可得乎？又人倫有禮，朝庭有法，自惟至熟⑪，有必不堪者七，甚不可者二。臥喜晚起⑫，而當關呼之不置，一不堪也。抱琴行吟⑬，弋釣草野，而吏卒守之，不得妄動，二不堪也。危坐一時，⑭，痹不得搖，性復多蝨，把搔無已，而當裹以章服⑮，揖拜上官，三不堪也。素不便書⑯，又不喜作書，而人間多事，堆案盈机，不相酬答，則犯教傷義，欲自勉強，則不能久，四不堪也。不喜弔喪⑯，而人道以此爲重，己爲未見恕者所怨，至欲見中傷者；雖瞿然自責⑰，然性不可化，欲降心順俗⑱，則詭故不情，亦終不能獲無咎無譽，如此五不堪也。不喜俗人⑲，而當與之共事，或賓客盈坐，鳴聲聒耳，囂塵臭處，千變百伎，在人目前，六不堪也。心不耐煩⑳，而官事鞅掌，機務纒其心，世故繁其慮，七不堪也。又每非湯、武而薄周、孔㉑，在人間不止此事，會顯世教所不容，此甚不可一也。剛腸疾惡㉒，輕肆直言，遇事便發，此甚不可二也。以促中小心之性㉓，統此九患，不有外難，當有內病，寧可久處人間邪？

①阮嗣宗：阮籍字嗣宗，參看本書阮籍詠懷詩前所附小傳。

②吾每師之：謂我常想學習他口不論人過這一長處。

③"至性"三句：言阮籍天性的純厚超過一般人，他待人接物，無相害之心，只是有愛喝酒的毛病罷了。張銑以爲"過差"謂過失（見六臣注文選）。

④"至爲"三句："繩"，繩削，此爲彈劾糾正。"疾"，恨。"賴"，依靠。孫盛晉陽秋載："何曾於太祖（卽司馬昭）坐，謂阮籍曰：'卿任性放蕩，敗禮傷教，若不革變，王憲豈得相容！'謂太祖宜投之四裔（謂邊遠之地），以絜（卽'潔'）王道。太祖曰：'此賢素羸病，君當恕之'。"（李善注引）這裏卽指此事。又晉書阮籍傳載："籍又能爲靑白眼，見禮俗之士，以白眼對之。及嵇喜來弔（籍母喪），籍作白眼，喜不懌而退。喜弟康聞之，乃齎酒挾琴造焉。籍大悅，乃見靑眼。由是禮法之士，疾之若讎。而帝（司馬昭）每保護之。"可參看。文中"禮法之士"卽指何曾之流，司馬氏也提倡虛僞的禮法以鞏固自己的統治，這裏對"禮法之士"的攻擊，不宜拘泥于某人某事，應看成是針對司馬氏的統治。"大將軍"，指司馬昭。這三句說阮籍只是由於愛喝酒，以致受到了禮法之士的彈劾，恨之如仇，幸虧得到了大將軍的保護。

⑤賢：一作"資"，則謂天賦的材資、性情。

⑥慢弛之闕：傲慢懶散的缺點。

⑦闇於機宜：不懂事理。"闇"，同"暗"，不明。"機宜"，謂事理。

⑧萬石：漢石奮，與子四人皆俸二千石，合爲萬石，號"萬石君"。一家人都以謹慎小心著稱。長子石建曾在奏事上將"馬"字少寫一點，發現後驚恐地說："書馬者，與尾而五，今乃四，不足一，護譴死矣。"對別的事情也這樣。漢書有石奮傳。

⑨"而有"句："好盡"，直言盡情，不知避忌。"累"，負累，意猶"毛病"。

⑩"久與"四句："疵"，病。"釁（xìn）"，過隙，事端。"患"，害、危。這四句說，我若長久與人事相接觸，那麼得罪人的事情每天會發生，雖然想

求個太平無事，那又怎能得到呢？

⑪“自惟”句：“惟”，思。這句說我各方面都想得爛熟了。

⑫“臥喜”三句：“當關”，守門的差役。這三句說第一件不能忍受的事，是我喜歡睡懶覺，但是做官以後，守門的差役就要叫我起來。

⑬“抱琴”五句：第二件不能忍受的事，是我喜歡抱着琴漫步行吟，或在野外射鳥釣魚，但爲官以後，出入有吏卒守着，不能隨意行動。“弋釣”，謂射鳥釣魚。

⑭“危坐”七句：“危坐”，端坐。“性”，身體。呂覽遠鬱：“牛之性不若羊。”淮南子脩務訓：“不待脂粉芳澤而性可悅者。”皆此義。“把搔”，用手搔癢。“章”，冠。“章服”，冠服，指官用禮帽禮服。“上官”，上級官員。這七句說第三件不能忍受的事，是爲官要端正地坐着辦公，腿脚麻痺也不能動搖，而我身上又多蝨子，搔起癢來沒個完，然而還要衣冠端正，去拜迎官長。

⑮“素不”九句：“便”，習。“人間”，世俗間。“机”，同“几”，“案”。這九句說第四件不能忍受的事，是素來不善於寫信札，也不喜歡寫信札，但爲官以後，人世間事多，公文信件堆滿案上，如不應酬，則有傷禮教，若是勉强去做，又不能持久。

⑯“不喜”四句：李善說：“言人於己爲，未見有矜恕之者，而輒有所怨，乃至欲見中傷，言被疾苦也。”這四句說我不喜歡弔喪，但是人情世俗對此却很看重，自己的這種行爲不見有人寬恕而爲人所怨恨，甚至還有人藉此對我進行中傷。

⑰“雖瞿”二句：我雖然警惕到而且也責備自己，然而本性終究不能改變。“瞿”，一作“懼”，義同。“化”，變。

⑱“欲降”四句：“降心”，抑制着心意。“詭故”，違背本性。“情”，願。“咎”，過失。“無咎無譽”，易屯：“括囊無咎無譽。”此用其意。這四句說我抑制本心去隨順世俗，但違背本性，是我所不情願的，而且這樣下去，也終歸不能做到不露心跡、無咎無譽。自“不喜弔喪”至此十句

寫第五件不能忍受的事。

⑲"不喜俗"八句："聒"，喧鬧。"囂塵"，聲音嘈雜、塵埃飛揚。"伎"，伎倆，猶今俗言"花招"。這八句說第六件不能忍受的事，是不喜歡俗人，但爲官以後，要和他們同事，或者賓客滿坐，喧鬧嘈雜之聲刺耳；在那囂塵穢氣之處，各種各樣的花招伎倆，全擺在眼前。

⑳"心不"五句："鞅掌"，形容忙迫紛擾的樣子。詩經小雅北山："或王事鞅掌。""機務"，謂官府要務。"世故"，謂世俗人情等。這五句說第七件不能忍受的事，是心不耐煩，但爲官以後，官事紛繁，吏治要務和人情世故都要費精神去思慮。

㉑"又每"四句："湯"，商湯。"武"，周武王。"周"，周公。"孔"，孔子。這四人是漢以來儒家奉爲正統的明君聖人。"人間"，相對於隱居，指出仕而言。"會"，將會。"顯"，顯然。"世敎"，指正統禮敎。這四句說第一件不可的事，是我常常非難湯、武而鄙薄周、孔，如果在世間做官而不停止這種議論（或可解釋爲：而世間可非難鄙薄的事，遠遠不止我所非難湯、武鄙薄周、孔的那些，對此我必然所有議論），那顯然會爲禮敎所不容。清俞正燮認爲當時王肅、皇甫謐等人替司馬氏篡位製造禮敎根據，而杜撰湯、武、周、孔的話，康謂"篡逆之事，以聖賢爲口實，心每非薄之，若出仕在人間，不自晦止，必身顯見此事，非毀抵突，新代所不能容"，因此，司馬昭讀了這幾句話，很恨嵇康（癸巳存稿卷七書文選幽憤詩後）。其說頗是，可供參攷。

㉒"剛腸"四句：說第二件不可之事，是我性情倔强，憎恨壞人壞事，說話輕率放肆，直言不諱，這種脾氣遇事便發。

㉓"以促"五句："促中（衷）小心"，謂心胸狹隘。"九患"，指上述"七不堪"、"二不可"之患。"寧"，怎能。這五句說以我這種心胸狹隘的性情，再加上以上的九個毛病，卽使沒有外來的災難，也當有內在的病痛發生，這敎我怎能長久地生活在人間呢？〔以上是第四段，列舉"九患"，說明自己不能爲官的理由，實質上便是拒絕與司馬氏合作。〕

又聞道士遺言①，餌朮、黃精，令人久壽，意甚信之。游山澤，觀魚鳥，心甚樂之。一行②作吏，此事便廢，安能舍其所樂③，而從其所懼哉！

①“又聞”四句：“餌”，食。“朮、黃精”，皆藥名，李善注引本草經說：“朮、黃精，久服輕身延年。”這四句說又聽道士傳言，服食朮、黃精可使人長壽，心裏很相信。

②一行：猶言“一去”。

③“安能”二句：“安”，怎麼。“舍”，捨。這二句說怎能捨棄自己樂意的事而去做那些自己所怕做的事呢〔以上是第五段，寫自己興趣愛好所在，補充不能爲官的理由。〕

夫人之相知①，貴識其天性，因而濟之。禹不偪伯成子高②，全其節也。仲尼不假蓋於子夏③，護其短也。近諸葛孔明不偪元直以入蜀④，華子魚不強幼安以卿相⑤。此可謂能相終始⑥，眞相知者也。足下見直木必不可以爲輪⑦，曲者不可以爲桷，蓋不欲以枉其天才，令得其所也。故四民有業⑧，各以得志爲樂，唯達者爲能通之；此足下度內耳⑨。不可自見好章甫⑩，強越人以文冕也；己嗜臭腐⑪，養鴛雛以死鼠也。吾頃學養生之術⑫，方外榮華，去滋味，游心於寂寞，以無爲爲貴。縱無九患⑬，尚不顧足下所好者。又有心悶疾⑭，頃轉增篤，私意自試，不能堪其所不樂。自卜已審⑮，若道盡塗窮則已耳。足下無事冤之⑯；令轉於溝壑也。

①“夫人”三句：“夫”，發語詞。“因”，循。“濟”，救濟、幫助。這三句說人的相互瞭解，貴於認識彼此的天性，然後順其天性加以幫助。

②“禹不”二句：“禹”，夏禹。“偪”，逼。伯成子高，傳說中三代時賢者，禹時歸隱。莊子天地篇：“堯治天下，伯成子高立爲諸侯。堯授舜，舜授

禹，伯成子高辭爲諸侯而耕。禹往見之，則耕在野。禹趨就下風立而
問焉，曰：‘昔堯治天下，吾子立爲諸侯；堯授舜，舜授予，而吾子辭爲
諸侯而耕，敢問其何故也。’子高曰：‘昔堯治天下，不賞而民勸，不罰
而民畏。今子賞罰，而民且不仁，德自此衰，刑自此立，後世之亂，自
此始矣。夫子盍行邪，無落吾事。’俋俋乎耕而不顧。”這二句卽用其
事，說禹不强逼伯成子高出來做官，是爲了成全他的節操。

③“仲尼”二句：“假”，借。“蓋”，雨傘。“子夏”，卜商，字子夏，衞國人，
孔子弟子。孔子家語致思：“孔子將行，雨而無蓋。門人曰：‘商也有
之。’孔子曰：‘商之爲人也，甚恡於財。吾聞與人交，推其長者，違其短
者，故能久也……。’”這二句說孔子不向子夏借傘，是爲了掩飾子夏
的短處。

④“近諸葛”句：“諸葛孔明”，諸葛亮，字孔明。巳見前出師表前小傳。“元
直”，徐庶，字元直。徐庶本與諸葛亮從劉備，後因母爲曹操所俘，不
得巳而投曹操，劉備和諸葛亮都未加阻留（見三國志蜀志諸葛亮傳）。
此句用其事。

⑤“華子魚”句：“華子魚”，華歆字子魚，魏文帝時拜相。黃初（魏文帝年
號）中詔舉獨行君子，華歆舉管寧，管寧便舉家浮海而歸（見三國志魏
志華歆傳、管寧傳）。“幼安”，管寧的字。

⑥“此可”二句：此總括上六句意，說禹、孔子、諸葛亮、華歆諸人，才可以
說是自始至終夠朋友，是眞正相知的人。

⑦“足下”四句：“輪”，車輪。“桷（júe）”，方形的椽子。“枉”，屈。這四句
說您看直木不能做車輪，曲木不可以當椽子，因爲人們不想委屈天生
的材料，而讓它們各得其所。

⑧“故四”三句：“四民”，謂士、農、工、商。這三句說因此四民各有自己
的職業，各自以能夠達到自己的志願爲樂事，這惟有通達的人才能懂
得。

⑨“此足”句：“度”識度。這句說這本是您所明瞭的。

⑩“不可”二句：“章甫”，冠名。“越人”，指古越地（今閩、浙一帶）居民。“文冕”，飾有圖紋的華冠，即指“章甫”。莊子逍遙游：“宋人資（販賣）章甫而適諸越。越人斷髮文身，無所用之。”此用其事，謂越人斷髮文身，用不着戴帽子，不可自以爲是漂亮的華冠，就强迫他們戴。

⑪“己嗜”二句：“鵷雛”，鳥名。莊子秋水中說惠子爲梁國相，怕莊子來替代他的相位，便派人搜尋莊子，於是莊子去見他，對他說：“南方有鳥，其名曰鵷雛，子知之乎？夫鵷雛發於南海，而飛於北海，非梧桐不止，非練食不食，非醴泉不飲。於是鴟得腐鼠，鵷雛過之，仰而視之曰：‘嚇！’今子欲以子之梁國而嚇我耶？”此用其事，緊承上文，言自己嗜好腐爛發臭的食物，卻不可拿死鼠去餵養鵷雛。“臭腐”，喻仕途。“鵷雛”，自喻。“鵷”，與“鴛”通。

⑫“吾頃”五句：“頃”，不久。“養生之術”，謂保養身心、延年益壽的方法。“外”，鄙棄、排斥。“寂寞”，安靜無慮。莊子刻意說：“恬惔寂漠，虛無無爲，此天地之平，而道德之質也。”這五句說我不久前學“養生之術”，正鄙棄榮華，摒除美味，心情恬淡寂寞，以無爲爲貴。

⑬“縱無”二句：說即使沒有“九患”，我尚且不屑於看看足下所喜好的那些東西。

⑭“又有”四句：說又有“心悶”之病，近來更加重了，私自盤算，必定不能勝任所不樂意的事。

⑮“自卜”二句：“卜”，考慮。“審”，審定。“已”，止。這二句說自己經過考慮並已決定，如果我無路可走，也就算了。

⑯“足下”二句：“冤”，冤屈。“轉於溝壑”，輾轉於山溝河谷之間，意謂流離而死。孟子梁惠王：“凶年饑歲，君之民，老弱轉乎溝壑。”這二句說您平白無故地要使我受委屈，讓我陷於絕境。〔以上是第六段，說朋友相知貴在因其本性而予以幫助，不能勉强别人幹違背本性的事；責備山濤勉强自己出仕等於在逼自己陷入深淵。作者以“寂寞”、“無爲”來對抗污濁的仕途，在當時雖有一定意義，但這種思想本身是消極

的,應有所批判。〕

　　吾新失母兄之歡①,意常悽切。女年十三,男年八歲,未及成人,況復多病,顧此恨恨②,如何可言。今但願守陋巷③,教養子孫;時與親舊敍闊④,陳說平生⑤。濁酒一杯,彈琴一曲,志願畢矣。足下若嬲之不置⑥,不過欲爲官得人,以益時用耳。足下舊知吾潦倒麤疏⑦,不切事情,自惟亦皆不如今日之賢能也⑧。若以俗人皆喜榮華⑨,獨能離之,以此爲快;此最近之,可得言耳。然使長才廣度⑩,無所不淹,而能不營,乃可貴耳。若吾多病困⑪　欲離事自全,以保餘年,此眞所乏耳。豈可見黃門而稱貞哉⑫!若趣欲共登王塗⑬,期於相致,共爲懽益,一旦迫之,必發其狂疾。自非重怨⑭,不至於此也。

　　①"吾新"二句:說我剛死了母親和兄長,失去了他們的歡愛,心中常感到悲切。

　　②"顧此"二句:說想到這些,心中的悲傷不知從何說起。"恨恨(liàng)",悲傷。

　　③陋巷:狹隘破陋之巷,語出論語雍也。"守陋巷",意謂過貧窮的生活。

　　④敍闊:"闊",分開,此謂離別。"敍闊",言敍談離別之情。

　　⑤陳說平生:談論往事。

　　⑥"足下若"三句:"嬲(niǎo)",相擾、糾纏。"置",放。"嬲之不置",意謂纏住不放。"時用",爲世所用。這三句說您若是纏住我不放,那也不過是想替官家拉人,對辦事有利罷了。

　　⑦"足下舊"二句:"舊知",即篇首所謂"昔稱吾於潁川"事。"潦倒",頹放貌。"潦倒麤疏",行爲疏慢,不守禮法。"麤",同"粗"。"切",近。這二句說過去曾知我行爲疏慢,不拘禮法,不願接觸世事。

　　⑧"自惟"句:"今日之賢能",指當時在朝爲官的人。這句說我自己也認爲各方面都不如今天在朝的賢能之士。

⑨“若以”五句：說倘若認爲俗人都喜歡榮華富貴，而我獨能離棄它，並且以此爲快意之事，這話就最接近我的性情了，可以這麼說。

⑩“然使”四句：“長才”，大才。“廣度”，度量很大。“淹”，淹通、貫通。“營”，經營，此處指謀求仕進。這四句說假若原來是個才能高、度量大、無所不通的人，而又能不營謀於仕途，那才可貴。

⑪“若吾”四句：“乏”，短。這四句說，至於像我這樣因爲多病多累，而想躲開世事顧全自己 以保餘年的人，那眞是不長於作官的。或云“眞”指天性，言天性短於此。亦通。

⑫“豈可”句：“黃門”，閹者。“貞”，正。閹者不能爲人道之事，故近婦人亦無所謂失德，但這是天性有缺，不能說是守貞。這句緊承上文，說怎能見了閹者而稱贊他守貞呢！這是用比喻來說明自己不慕榮華是由於天性短於此，並非如“長才廣度”的人那樣能够不謀求仕進。

⑬“若趣”五句：“趣”，同“趨”，急於。“王塗”，即“王途”，謂仕途。“致”，招致。“懽”，同歡。“益”，饒、多。此處用作表態副詞 其用法猶“饒益”（史記貨殖列傳中“七十子之徒，賜最饒益”）。“懽益”，猶言歡樂。這四句說倘使你急於要我共登仕途，想把我招去，和你共作歡樂，一旦來逼迫我，那麼，我一定會發瘋的。第三句“共”一作“時”，亦可通。

⑭“自非”二句：“自”，若。“自非”，若不是。這二句說若不是有深仇大恨，是不至於這樣做的。〔以上是第七段，說自己多病多累，不謀高官，不慕榮利，再次表示不能爲官。〕

　　野人有快炙背而美芹子者①，欲獻之至尊，雖有區區之意，亦巳疏矣。願足下勿似之②。其意如此。既以解足下③，並以爲別。嵇康白④。

①“野人”四句：“野人”，指居於田野之人。“炙”，烤。“芹子”，即芹荣。“至尊”，謂當時最尊貴者，指天子。“區區”，誠意。“疏”，遠，不切實

際。列子楊朱篇："宋國有田夫，常衣緼黂，僅以過冬，暨春東作，自曝於日，不知天下之有廣厦隩室，緜纊狐狢。顧謂其妻曰：'負日之暄，人莫知者，以獻吾君，將有重賞。'里之富室告之曰：'昔人有美戎菽甘枲莖芹萍子者，對鄉豪稱之。鄉豪取而嘗之，蜇於口，慘於腹。衆哂而怨之，其人大慚。'"這四句用其事，說有田野之人感到太陽晒背很快意，就想獻給君上，他雖然出于一片誠意，但也是太不切於實際了。

②"願足"二句：希望您不要像"野人"那樣做。我的意思就是這樣。

③"旣以"二句：說寫這封信，旣是爲了擺脫足下對我的推薦，並且也是用來告別的。"別"，表示絕交的意思。

④白：告語。正字通："下告上曰稟白，同輩述事陳義亦曰白。"〔這是最後一段，用"野人獻曝"的典故諷刺山濤的愚蠢作法，並表明與之絕交。〕

〔附錄〕

(一)關於嵇康的事蹟

晉書嵇康傳（節錄）

嵇康字叔夜，譙國銍人也。其先姓奚，會稽上虞人，以避怨徙焉。銍有嵇山，家于其側，因而命氏。兄喜，有當世才，歷太僕宗正。康早孤，有奇才，遠邁不羣，身長七尺八寸，美詞氣，有風儀，而土木形骸，不自藻飾，人以爲龍章鳳姿。天質自然，恬靜寡慾，含垢匿瑕，寬簡有大量。學不師受，博覽，無不該通，長好莊、老。與魏宗室婚，拜中散大夫。常修養性服食之事，彈琴詠詩，自足於懷。以爲神仙禀之自然，非積學所得，至於導養得理，則安期、彭祖之倫可及,乃著養生論。又以爲君子無私,其論曰……。蓋其胸懷所寄,以高契難期,每思郢質。所與神交者,惟陳留阮籍、河內山濤,豫其流者,河內向秀、沛國劉伶、籍兄子咸、琅邪王戎,遂爲竹林之遊,世所謂"竹林七賢"也。戎自言與康居山陽二十年,未嘗見其喜慍之色。

　　康嘗採藥,游山澤,會其得意,忽焉忘反。時有樵蘇者遇之,咸謂神。至汲郡山中,見孫登,康遂從之游。登沈默自守,無所言說。康臨去,登曰:"君性烈而才儁,其能免乎!"康又遇王烈,共入山。烈嘗得石髓如飴,即自服半,餘半與康,皆凝而爲石。又於石室中見一卷素書,遽呼康往取,輒不復見。烈乃歎曰:"叔夜趣非常,而輒不遇,命也!"其神心所感,每遇幽逸如此。

　　山濤將去選官,舉康自代。康乃與濤書告絕曰(即與山巨源絕交書)。此書既行,知其不可羈屈也。

　　性絕巧而好鍛。宅中有一柳樹甚茂,乃激水圜之。每夏月,居其下以鍛。東平呂安,服康高致,每一相思,輒千里命駕,康友而善之。後安爲兄所枉訴,以事繫獄,辭相證引,遂復收康。康性慎言行,一旦縲紲,乃作幽憤詩……。

　　初康居貧,嘗與向秀共鍛於大樹之下,以自贍給。潁川鍾會,貴公子也,精練有才辯,故往造焉。康不爲之禮,而鍛不輟。良久會去,康謂曰:"何所聞而來?何所見而去?"會曰:"聞所聞而來,見所見而去。"會以此憾之。及是言於文帝曰:"嵇康,臥龍也,不可起。公無憂天下,顧以康爲慮耳。"因譖"康欲助毋丘儉,賴山濤不聽。昔齊戮華士,魯誅少正卯,誠以害時亂教,故聖賢去之。康、安等言論放蕩,非毀典謨,帝王者所不宜容。宜因釁除之，以淳風俗"。帝既昵聽信會，遂并害之。

康將刑東市，太學生三千人，請以爲師，弗許。康顧視日影，索琴彈之曰："昔袁孝尼嘗從吾學廣陵散，吾每靳固之。廣陵散於今絕矣！"時年四十。海內之士，莫不痛之。帝尋悟而恨焉。初，康嘗游乎洛西，暮宿華陽亭，引琴而彈。夜分，忽有客詣之，稱是古人。與康共談音律，辭致清辯，因索琴彈之，而爲廣陵散，聲調絕倫，遂以授康，仍誓不傳人，亦不言其姓字。

康善談理，又能屬文，其高情遠趣，率然玄遠，撰上古以來高士爲之傳贊，欲友其人於千載也。又作太師箴，亦足以明帝王之道焉。復作聲無哀樂論，甚有條理。

世說新語

嵇康遊於汲郡山中，遇道士孫登，遂與之遊。康臨去，登曰："君才則高矣，保身之道不足。"（棲逸）

山公將去選曹，欲舉嵇康，康與書告絕。

劉孝標注引嵇康別傳曰："山巨源爲吏部郎，遷散騎常侍，舉康，康辭之，並與山絕。豈不識山之不以一官遇己情邪？亦欲標不屈之節，以杜舉者之口耳。乃答濤書，自說不堪流俗，而非薄湯、武。大將軍聞而惡之。"（同上）

陳留阮籍、譙國嵇康、河內山濤，三人年皆相比，康年少亞之。預此契者：沛國劉伶、陳留阮咸、河內向秀、琅邪王戎。七人常集于竹林之下，肆意酣暢，故世謂"竹林七賢"。（任誕）

王戎云："與嵇康居二十年，未嘗見其喜慍之色。"（德行）

鍾會撰四本論始畢，甚欲使嵇公一見，置懷中既定，畏其難，

懷不敢出。於戶外遙擲，便回急走。（文學）

鍾士季精有才理，先不識嵇康，鍾要于時賢儁之士，俱往尋康。康方大樹下鍛，向子期爲佐鼓排，康揚槌不輟，傍若無人，移時不交一言。鍾起去，康曰："何所聞而來？何所見而去？"鍾曰："聞所聞而來，見所見而去。"

劉孝標注引文士傳曰："康性絕巧，能鍛鐵。家有盛柳樹，乃激水以圜之，夏天甚清涼，恆居其下傲戲，乃身自鍛。家雖貧，有人說鍛者，康不受直。唯親舊以雞酒往，與共飲噉，清言而已。"又引魏氏春秋曰："鍾會爲大將軍兄弟所暱，聞康名而造焉。會名公子，以才能貴幸，乘肥衣輕，賓從如雲。康方箕踞而鍛，會至不爲之禮，會深銜之。復因呂安事，而遂譖康焉。"（簡傲）

（二）嵇康其他作品選錄

難自然好學論

夫民之性，好安而惡危，好逸而惡勞。故不擾，則其願得；不逼，則其志從。昔鴻荒之世，大樸未虧，君無文于上，民無競于下，物全理順，莫不自得。飽則安寢，飢則求食，怡然鼓腹，不知爲至德之世也。若此，則安知仁義之端，禮律之文？

及至人不存，大道陵遲，乃始作文墨，以傳其意；區別羣物，使有類族。造立仁義，以嬰其心。制爲名分，以檢其外。勸學講文，以神其教。故六經紛錯，百家繁熾，開榮利之塗，故奔騖而不覺。是以貪生之禽，食園池之粱菽；求安之士，乃詭志以從俗。操筆執觚，足容蘇息；積學明經，以代稼穡。是以因而後學，學以致榮；計而後習，好以習成，有似自然，故令吾子謂之自然耳。

推其原也：六經以抑引爲主，人性以從欲爲歡。抑引則違其願，從欲則得自然。然則自然之得，不由抑引之六經；全性之本，不須犯情之禮律。固知仁義務於理僞，非養眞之要術；廉讓生于爭奪，非自然之所出也。由是言之：則鳥不毀以求馴，獸不羣而求畜；則人之眞性無爲正當，自然鈌此禮學矣。

論又云：嘉肴珍膳，雖未所嘗，嘗必美之，適于口也。處在闇室，觀烝燭之光，不教而悅得于心；況以長夜之冥，得照太陽，情變鬱陶，而發其蒙。雖事以末來，情以本應，則無損于自然好學。

難曰：夫口之于甘苦，身之于痛癢，感物而動，應事而作，不須學而後能，不待借而後有。此必然之理，吾所不易也。今子以必然之理，喻未必然之好學，則恐似是而非之議，學如一粟之論，于是乎在也。今子立六經以爲準，仰仁義以爲主，以規矩爲軒乘，以講誨爲哺乳，由其塗則通，乖其路則滯。遊心極視，不覩其外；終年馳騁，思不出位；聚族獻議，唯學爲貴；執書摘句，俛仰咨嗟；使服膺其言以爲榮華，故吾子謂六經爲太陽，不學爲長夜耳。今若以明堂爲丙舍，以諷誦爲鬼語，以六經爲蕪穢，以仁義爲臭腐；覩文籍則目瞧，修揖讓則變傴，襲章服則轉筋，譚禮典則齒齲；於是兼而棄之，與萬物爲更始，則吾子雖好學不倦，猶將闕焉。則向之不學，未必爲長夜，六經未必爲太陽也。俗語曰："乞兒不辱馬醫。"若遇上古無文之治，可不學而獲安，不勸而得志，則何求於六經，何欲於仁義哉？以此言之：則今之學者，豈不先計而後學邪？苟計而後動，則非自然之應也。子之云云，恐故得菖蒲葅耳。

太師箴

　　浩浩太素，陽曜陰凝；二儀陶化，人倫肇興。爰初冥昧，不慮不營，欲以物開，患以事成。犯機觸害，智不救生。宗長歸仁，自然之情。故君道因然，必託賢明。芒芒在昔，罔或不寧。華胥既往，紹以皇羲。默靜無文，大朴未虧。萬物熙熙，不夭不離。降及唐、虞，猶篤其緒。體資易簡，應天順矩。絺褐其裳，土木其宇。物或失性，懼若在予。疇咨熙載，終禪舜、禹。夫統之者勞，仰之者逸。至人重身，棄而不恤。故子州稱疾，石戶乘桴，許由鞠躬，辭長九州。先王仁愛，愍世憂時。哀萬物之將頹，然後蒞之。

　　下逮德衰，大道沈淪。智惠日用，漸私其親，懼物乖離，攘臂立仁。名利愈競，繁禮屢陳，刑教爭馳，夭性喪眞。季世陵遲，繼體承資，憑尊恃勢，不友不師。宰割天下，以奉其私。故君位益侈，臣路生心。竭智謀國，不吝灰沈。賞罰雖存，莫勸莫禁。若乃驕盈肆志，阻兵擅權，矜威縱虐，禍崇丘山。刑本懲暴，今以脅賢。昔爲天下，今爲一身。下疾其上，君猜其臣。喪亂弘多，國乃隕顚。故殷辛不道，首綴素旗；周朝敗度，彘人是謀；楚靈極暴，乾谿潰叛；晉厲殘虐，欒書作難；主父棄禮，轂胎不宰；秦皇荼毒，禍流四海。是以亡國繼踵，今古相承。覩彼摧滅，而襲其亡徵。初安若山，後敗如崩。臨刃振鋒，悔何所增。故居帝王者，無曰“我尊”，慢爾德音；無曰“我彊”，肆于驕淫。棄彼佞倖，納此遷顔。諛言順耳，染德生患。

　　悠悠庶類，我控我告：唯賢是授，何必親戚？順乃造好，民實冐效。治亂之源，豈無昌教？穆穆天子，思聞其儆。虛心導人，允求讜言。師臣司訓，敢獻在前。

(三)關於嵇康在文學方面的評價

劉勰曰：叔夜儁俠，故興高而釆烈。（文心雕龍體性篇）

又曰：嵇康師心以遣論，阮籍使氣以命詩，殊聲而合響，異翮而同飛。（同上才略篇）

鍾嶸曰：晉中散嵇康。頗似魏文，過為峻切，訐直露才，傷淵雅之致，然託諭清遠，良有鑒裁，亦未失高流矣。（詩品中）

陳繹曾曰：嵇康人品胸次高，自然流出。（詩譜）

王夫之曰：中散五言頹唐不成音理，而四言居勝。（古詩評選卷二）

陳祚明曰：叔夜詩實開晉人之先，四言中饒儁語，以全不似三百篇，故佳。五言句法初不矜琢，同於秀氣。時代所限，不能為漢晉之古樸，而復少魏響之鮮妍，所緣漸淪而下也。（釆菽堂古詩選卷八）

又曰：叔夜婞直，所觸即形，集中諸篇，多抒感憤，召禍之故，乃亦緣茲。夫盡言刺譏，一覽易識，在平時猶不可，況猜忌如仲達父子者哉！叔夜衷懷既然，文筆亦爾，徑遂直陳，有言必盡，無復含吐之致，故知詩誠關乎性情，婞直之人，必不能為婉轉之調審矣。（同上）

三　向　秀

向秀(生卒年不詳)字子期,河內懷(今河南武陟縣西南)人。"竹林七賢"之一。好老、莊,曾注莊子。嵇康被殺後,應徵入洛,官至黃門侍郎散騎常侍。作品今多散佚。

思舊賦①幷序

余與嵇康、呂安,居止②接近,其人並有不羈之才③。然嵇志遠而疏④,呂心曠而放⑤,其後各以事見法⑥。嵇博綜技藝⑦,於絲竹⑧特妙。臨當就命⑨,顧視日影,索琴而彈之。余逝將西邁⑩,經其舊廬⑪;于時日薄虞淵⑫,寒冰凄然。鄰人⑬有吹笛者,發聲寥亮;追思曩昔遊宴之好⑭,感音而歎,故作賦云:

將命適於遠京兮⑮,遂旋反而北徂。濟黃河以汎舟兮,經山陽之舊居。瞻曠野之蕭條兮⑯,息余駕乎城隅。踐二子之遺跡兮⑰,歷窮巷之空廬。歎黍離之愍周兮⑱,悲麥秀於殷墟。惟古昔以懷人兮⑲,心徘徊以躊躇。棟宇存而弗毀兮⑳,形神逝其焉如。昔李斯之受罪兮㉑,歎黃犬而長吟。悼嵇生之永辭兮,顧日影而彈琴。託運遇於領會兮㉒,寄餘命於寸陰。聽鳴笛之慷慨兮㉓,妙聲絕而復尋。停駕言其將邁兮㉔,遂援翰而寫心。

①這是一篇抒情短賦,前有序,說明是思念故友嵇康、呂安的。向秀曾與嵇康一起鍛鐵,又曾與呂安一起灌園。嵇康、呂安因反對司馬昭被

殺，向秀懾於司馬氏的威勢，被迫赴洛陽應郡舉。這篇賦便是他應郡舉歸來，經過嵇康在山陽（今河南修武東南）的舊居，有感而作。魯迅先生曾說這篇賦幾乎是剛開始便結束了，其原因便是當時政治的極端黑暗和恐怖（見魯迅爲了忘却的紀念）。這篇賦，一方面表現了作者委曲求全的消極態度；另一方面也從側面反映了當時政治的黑暗和恐怖。

②居止：住處。

③不羈之才：有才能，但不肯受約束。

④志遠而疏：志向高遠而疏略於人事。“疏”也是遠的意思。

⑤心曠而放：心性曠達，脫略人事。

⑥各以事見法：指嵇、呂被司馬昭殺害事。“見法”，遭刑。

⑦“嵇博”句：言嵇康的藝術才能是多方面的。“綜”，總聚。

⑧絲竹：琴簫之類的弦管樂器。

⑨“臨當”三句：“就”，終。“就命”，猶言終命。據晉書本傳載：嵇康臨刑時曾“顧視日影”，索琴彈奏了一曲廣陵散，並歎息廣陵散將從此失傳。這三句即謂此事。

⑩“余逝”句：“逝”，往。“邁”，遠行。“西邁”，指赴洛陽。洛陽在山陽西南面，故云。

⑪“經其”句：“其”，指嵇康（兼及呂安）。“舊廬”，故日的屋舍。據文選集釋說，嵇康故居在今河南輝縣和嘉獲縣之間的天門山。此連上二句李善說：“言昔逝將西邁，今返經其舊廬。”劉良說：“言往日西行，今還而過其舊居。舊居，即山陽竹林也。”（六臣注文選）

⑫“于時”句：“薄”，迫近。“虞淵”，古代傳說中太陽落的地方。這句說經過嵇康故居的時候，太陽已快落山了。

⑬鄰人：嵇康的故鄰。

⑭“追思”句：“曩昔”，從前。這句說笛聲使他追想起從前和嵇、呂的交遊。

⑮"將命"四句："將命",奉命。"適",去。"遠京",指京都洛陽。"逯",
即,就。"旋",轉。"反",即返,即從洛陽回來。"徂",往。山陽在洛陽
之北,故云"北徂"。山陽在黃河以北,故云"濟黃河"。"濟",渡。這四
句說奉命到洛陽去,然後就轉回來往北走,渡過黃河,經過山陽舊
居。

⑯"瞻曠"二句:言眺望曠野的蕭條景象,把車駕停在城邊。"隅",謂邊側
之地。

⑰"踐二"二句:"二子",指嵇、呂。"遺跡",嵇、呂生前的舊居。"歷",經。
"窮巷",隱僻的里巷。這二句說去探訪嵇、呂的故居。

⑱"歎黍"二句:"黍離",詩經王風篇名。毛序曰:"黍離,閔宗周也。周
大夫行役至於宗周,過故宗廟宗室,盡爲禾黍。閔周室之顛覆,徬徨
不忍去而作是詩也。""愍"當作"愍",同"閔",胡紹煐以爲是避唐諱
而改(見文選箋證)。"殷墟",殷商故都的廢墟。尚書大傳載殷商王
室微子去朝見周天子,過殷墟,見那裏已經淪爲田畝,於是唱了兩句
歌:"麥秀漸漸兮禾黍油油,彼狡童兮不我好仇。"(歌辭據今本尚書,
與李善注所引不同)以抒發心中的感觸。這裏用黍離和微子事都是
表示過故居而思舊友,歎息從前和嵇、呂遊宴的生活不可復得。

⑲"惟古"二句:"惟",想、思念。"古昔",字面承上文,指黍離和微子事,
實指昔日與嵇、呂的交遊。"躊躇",住足不前。這二句說回想起從
前和嵇、呂交遊情景,心裏感慨很多,就不覺住足不前了。

⑳"棟宇"二句:言嵇康舊居還保存着,沒有毀壞,只是人不知到哪裏去
了。"焉如",何往。

㉑"昔李斯"四句:"李斯",秦丞相,二世二年被腰斬於咸陽。"斯出獄,與
其中子俱執,顧謂其中子曰:'吾欲與若(你)復牽黃犬,俱出上蔡東門
逐狡兎(揩打獵),豈可得乎?'遂父子相哭,而夷三族。"(見史記李斯
列傳)"吟",歎聲。此處用以比擬嵇康臨死時顧日影彈琴事。劉勰文
心雕龍指瑕篇說:"君子擬人,必於其倫。……向秀之賦嵇生,方罪於

李斯，……不類甚矣。”

㉒“託運”二句：“運遇”，命運遭遇，一作“運命”，義同。“領會”，李善說：冥理相會也。”指對於命運的領悟。“寸陰”，此指嵇康臨刑前短暫的時刻。這二句說嵇康臨刑時已經領悟了自己必有此厄運，因而聽天由命，將自己的餘生寄託在彈琴的片刻之間。李周翰說：“言康之刑，是運遇會合當終之秋。索琴而彈，是寄命於分寸之陰耳。此向生思舊之深，故再言也。”(六臣注文選)

㉓“聽鳴”二句：“鳴笛”，卽本篇序所謂“鄰人有吹笛者”。“尋”，繼續。這二句說聽見悲涼慷慨的笛聲，笛聲斷斷續續地響着。

㉔“停駕”二句：言停着的車子卽將出發，於是就提筆寫下自己的心意。“言”，助詞，無義。

〔附錄〕

晉書向秀傳

向秀字子期，河內懷人也。清悟有遠識，少爲山濤所知。雅好老、莊之學。莊周著內外數十篇，歷世方士，雖有觀者，莫適論其旨統也。秀乃爲之隱解，發明奇趣，振起玄風。讀之者超然心悟，莫不自足一時也。惠帝之世，郭象又述而廣之。儒墨之迹見鄙，道家之言遂盛焉。

始，秀欲注，嵇康曰：“此書詎復須注，正是妨人作樂耳！”及成，示康曰：“殊復勝不？”又與康論養生，辭難往復，蓋欲發康高致也。康善鍛，秀爲之佐，相對欣然，傍若無人。又共呂安灌園於山陽。

　　康既被誅，秀應本郡計入洛。文帝問曰：“聞有箕山之志，何以在此？”秀曰：“以爲巢、許狷介之士，未達堯心，豈足多慕。”帝甚悅。秀乃自此役作思舊賦云……。

　　後爲散騎侍郎，轉黃門侍郎散騎常侍，在朝不任職，容迹而已。卒於位。

四　西晉詩文

一　張　華

張華（公元二三二——三〇〇）字茂先，范陽方城（今河北固安縣南）人。他少年時貧苦，曾經以牧羊爲生。晉武帝時他因伐吳有功封侯，歷任要職。後因拒絕參與趙王倫和孫秀的篡奪陰謀而遭殺害。他博聞彊記，著有博物志（今傳）等。他的詩"兒女情多，風雲氣少"，而又"巧用文字，務爲娟冶"（詩品語），無論思想或藝術，成就都不很高。今傳張司空集輯本一卷。

情　詩①

清風動帷簾②，晨月照幽房。佳人處遐遠③，蘭室無容光。襟懷擁虛景④，輕衾覆空牀。居歡惜夜促⑤，在戚怨宵長。撫枕獨嘯歎，感慨心內傷。

①情詩共五首，都寫夫婦別離後思慕的心情。這首原列第三，寫妻子獨守閨房思念遠方的丈夫。
②"清風"二句："帷"，帳幔。"晨月"，天將亮時的月亮。"幽"，僻靜。"幽房"，謂女子的深閨。這二句說清晨微風吹動帷簾，月亮照着閨房。
③"佳人"二句："佳人"，五首詩中夫婦都以"佳人"互稱，此謂丈夫。"遐"，遠。"蘭室"，芬芳的居室，指女子閨房。這二句說丈夫在遙遠

的地方,因而房裏也顯得闇淡無光。

④"襟懷"二句:"襟懷",胸懷。"擁",抱。"虛景",猶"虛影"。"景"、"影"
通。"衾",被子。"覆",蓋。李周翰說這二句"言襟懷之中但抱虛影,
而輕被覆於空牀也。"(見六臣注文選)

⑤"居歡"四句:說歡樂的時候惋惜夜太短,悲戚的時候抱怨夜太長;獨
自一人撫枕感歎,心中無限憂傷。

其　二①

游目四野外②,逍遙獨延佇。蘭蕙緣清渠③,繁華蔭綠渚。佳人
不在茲④,取此欲誰與?巢居知風寒⑤,穴處識陰雨;不曾遠別
離,安知慕儔侶?

①這首原列第五,敍游子思慕妻子之情。但歷來也有人解作閨情詩。

②"游目"二句:"游目",隨意觀覽。"逍遙",自在地。"延佇",久立。這
二句說在野外隨意游覽。

③"蘭蕙"二句:"蕙",蕙蘭,暮春開花,一莖八九朵,顏色、香味都比蘭花
稍淡。古代有持蘭蕙以贈所愛的風習。"緣",沿。"繁華",謂繁多的
蘭蕙花。"渚",小洲。這二句說沿着清溪長滿了蘭蕙,盛開的蘭蕙花
蔭覆着綠洲。

④"佳人"二句:"佳人",此謂妻。"誰與",與誰,贈誰。一說,"與","和"
的意思。"誰與",謂與誰共賞。亦可。這二句說妻子不在這裏,摘
取了蘭蕙也無人可贈。

⑤"巢居"四句:"巢居",謂鳥。"穴處",謂螻蟻之屬。相傳螻蟻穴處預
知陰雨。這四句意謂鳥兒巢居在樹梢上,所以先知風寒,螻蟻生活在
卑濕的洞穴中,所以預識陰雨;不曾經受遠別離的人們,怎能體會這
種思慕心愛伴侶的情感呢?

晉書張華傳（節錄）

張華字茂先，范陽方城人也。父平，魏漁陽郡守。華少孤貧，自牧羊。同郡盧欽，見而器之。鄉人劉放亦奇其才，以女妻焉。華學業優博，辭藻溫麗，朗瞻多通，圖緯方伎之書，莫不詳覽。少自修謹，造次必以禮度。勇於赴義，篤於周急。器識弘曠，時人罕能測之。

初未知名，著鷦鷯賦以自寄。……陳留阮籍見之，歎曰："王佐之才也！"由是聲名始著。郡守鮮于嗣，薦華爲太常博士。盧欽言之於文帝，轉河南尹丞，未拜，除佐著作郎。頃之，遷長史，兼中書郎，朝議表奏，多見施用，遂即眞。晉受禪，拜黃門侍郎，封關內侯。華彊記默識，四海之內，若指諸掌。武帝常問漢宮室制度，及建章千門萬戶，華應對如流，聽者忘倦，畫地成圖，左右屬目。帝甚異之，時人比之子產。數歲，拜中書令，後加散騎常侍。遭母憂，哀毀過禮，中詔勉厲，逼令攝事。

初，帝潛與羊祜謀伐吳，而羣臣多以爲不可，唯華贊成其計。其後祜疾篤，帝遣華詣祜問以伐吳之計。語在祜傳。及將大舉，以華爲度支尚書。乃量計運漕，決定廟算。衆軍旣進，而未有剋獲。賈充等奏誅華以謝天下，帝曰："此是吾意，華但與吾同耳。"時大臣皆以爲未可輕進，華獨堅執以爲必剋。及吳滅，詔曰："尚書關內侯張華，前與故太傅羊祜共創大計，遂典掌軍事，部分諸方，算定權略，運籌決勝，有謀謨之勳，其進封爲廣武縣侯，增邑萬戶，封子一人爲亭侯，千五百戶，賜絹萬匹。”

華名重一世，衆所推服。晉吏及儀禮憲章並屬於華，多所損益。當時詔誥皆所草定。聲譽益盛，有台輔之望焉，而荀勗自以大族，恃帝恩，深憎疾之，每伺間隙，欲出華外鎮。會帝問華：“誰可託寄後事者？”華對曰：“明德至親，莫如齊王攸。”既非上意所在，微爲忤旨。間言遂行，乃出華爲持節都督幽州諸軍事，領護烏桓校尉，安北將軍，撫納新舊，戎夏懷之，東夷馬韓、新彌諸國，依山帶海，去州四千餘里，歷世未附者二十餘國，並遣使朝獻。於是遠夷賓服，四境無虞，頻歲豐稔，士馬彊盛。朝議欲徵華入相，又欲進號儀同。

初，華毀徵士馮恢於帝，紞，卽恢之弟也，深有寵於帝。紞嘗侍帝從容論魏、晉事，因曰：“臣切謂鍾會之覺，頗由太祖。”帝變色曰：“卿何言邪？”紞免冠謝曰：“臣愚蠢瞽言，罪應萬死。然臣微意，猶有可申。”帝曰：“何以言之？”紞曰：“臣以爲善御者必識六轡盈縮之勢，善政者必審官方控帶之宜，故仲由以兼人被抑，冉求以退弱被進，漢高八王以寵過夷滅，光武諸將由抑損克終。非上有仁暴之殊，下有愚智之異，蓋抑揚與奪使之然耳。鍾會才具有限，而太祖誇獎太過，嘉其謀猷，盛其名器，居以重勢，委以大兵，故使會自謂算無遺策，功在不賞，翻張跋扈，遂遘凶逆耳。向令太祖錄其小能，節以大禮，抑之以權勢，納之以軌則，則亂心無由而生，亂事無由而成矣。”帝曰：“然。”紞稽首曰：“陛下既已然微臣之言，宜思堅冰之漸，無使如會之徒復致覆喪。”帝曰：“當今豈有如會者乎？”紞曰：“東方朔有言：‘談何容易。’易曰：‘臣不密則失身。’”帝乃屏左右曰：“卿極言之。”紞曰：“陛下謀謨之臣，著

大功於天下，海內莫不聞知，據方鎮、總戎馬之任者，皆在陛下聖
慮矣。"帝默然。頃之，徵華爲太常，以太廟屋棟折免官，遂終帝之
世以列侯朝見。

惠帝卽位，以華爲太子少傅，與王戎、裴楷、和嶠俱以德望爲
楊駿所忌，皆不與朝政。及駿誅後，將廢皇太后，會羣臣於朝堂，
議者皆承望風旨，以爲春秋絕文姜，今太后自絕於宗廟，亦宜廢
黜，惟華議以爲"夫婦之道，父不能得之於子，子不能得之於父，
皇太后非得罪於先帝者也。今黨其所親，爲不母於聖世，宜依漢
廢趙太后爲孝成后故事，貶太后之號，還稱武皇后，居異宮，以全
貴終之恩"。不從，遂廢太后爲庶人。

楚王瑋受密詔殺太宰汝南王亮、太保衞瓘等，內外兵擾，朝
廷大恐，計無所出。華白帝"以瑋矯詔擅害二公，將士倉卒謂是
國家意，故從之耳。今可遣騶虞幡使外軍解嚴，理必風靡"。上
從之。瑋兵果敗。及瑋誅，華以首謀有功，拜右光祿大夫，開府
儀同三司，侍中中書監，金章紫綬；固辭開府。

賈謐與后共謀，以華庶族，儒雅有籌略，進無逼上之嫌，退爲
衆望所依，欲倚以朝綱，訪以政事；疑而未決，以問裴頠。頠素重
華，深贊其事。華遂盡忠匡輔，彌縫補闕，雖當闇主虐后之朝，而
海內晏然，華之功也。華懼后族之盛，作女史箴以爲諷。賈后雖
凶妬，而知敬重華。久之，論前後忠勳，進封壯武郡公。華十餘
讓，中詔敦譬乃受。數年，代下邳王晃爲司空，領著作。

及賈后謀廢太子，左衞率劉卞甚爲太子所信。每遇會宴，卞
必預焉，屢見賈謐驕傲，太子恨之，形于言色，謐亦不能平。卞以
賈后謀問華，華曰："不聞。"卞曰："卞以寒悴自須昌小吏受公成

拔，以至今日，士感知己，是以盡言，而公更有疑於卜邪？”華曰：
“假令有此，君欲如何？”卜曰：“東宮俊乂如林，四率精兵萬人，公
居阿衡之任，若得公命，皇太子因朝入錄尚書事，廢賈后於金墉
城，兩黃門力耳。”華曰：“今天子當陽，太子，人子也，吾又不受阿
衡之命，忽相與行此，是無其君父而以不孝示天下也。雖能有
成，猶不免罪，況權戚滿朝，威柄不一，而可以安乎？”及帝會羣臣
於式乾殿，出太子手書徧示羣臣，莫敢有言者，惟華諫曰：“此國
之大禍，自漢武以來，每廢黜正嫡，恆至喪亂。且國家有天下日
淺，願陛下詳之。”尚書左僕射裴頠以爲宜先檢校傳書者，又請比
校太子手書，不然，恐有詐妄。賈后乃內出太子素啓事十餘紙，
衆人比視，亦無敢言非者。議至日西不決。后知華等意堅，因表
乞免爲庶人，帝乃可其奏。

　　初，趙王倫爲鎮西將軍，撓亂關中，氐、羌反叛，乃以梁王肜
代之。或說華曰：“趙王貪昧，信用孫秀，所在爲亂，而秀變詐，姦
人之雄。今可遣梁王斬秀，刈趙之半，以謝關右，不亦可乎？”華從
之，肜許諾。秀友人辛冉從西來，言於肜曰：“氐、羌自反，非秀之
爲。”故得免死。倫旣還，諂事賈后，因求錄尚書事。後又求尚書
令。華與裴頠皆固執不可，由是致怨。倫、秀疾華如讎。武庫
火，華懼因此變作，列兵固守，然後救之，故累代之寶及漢高斬
蛇劍、王莽頭、孔子履等盡焚焉。時華見劍穿屋而飛，莫知所向。
初，華所封壯武郡有桑化爲柏，識者以爲不祥。又華舍及監省數
有妖怪。少子韙以中台星坼，勸華遜位。華不從，曰：“天道玄
遠，惟修德以應之耳，不如靜以待之，以俟天命。”

　　及倫、秀將廢賈后，秀使司馬雅夜告華曰：“今社稷將危，趙

王欲與公共匡朝廷，爲霸者之事。"華知秀等必成篡奪，乃距之。雅怒曰："双將加頸，而吐言如此！"不顧而出。華方畫臥，忽夢見屋壞，覺而惡之。是夜難作，詐稱詔召，華遂與裴頠俱被收。華將死，謂張林曰："卿欲害忠臣耶？"林稱詔詰之曰："卿爲宰相，任天下事，太子之廢，不能死節，何也？"華曰："式乾之議，臣諫事具存，非不諫也。"林曰："諫若不從，何不去位？"華不能答。須臾，使者至曰："詔斬公。"華曰："臣先帝老臣，中心如丹。臣不愛死，懼王室之難，禍不可測也。"遂害之於前殿馬道南，夷三族。朝野莫不悲痛之。時年六十九。

　　華性好人物，誘進不倦，至於窮賤候門之士，有一介之善者，便咨嗟稱詠，爲之延譽。雅愛書籍，身死之日，家無餘財，惟有文史溢於几篋。嘗徙居，載書三十乘。祕書監摯虞撰定官書，皆資華之本以取正焉。天下奇祕世所希有者，悉在華所。由是博物洽聞，世無與比。惠帝中，人有得鳥毛三丈以示華，華見慘然曰："此謂海鳧毛也，出則天下亂矣。"陸機嘗餉華鮓，於時賓客滿座，華發器便曰："此龍肉也。"衆未之信。華曰："試以苦酒濯之，必有異。"旣而五色光起。機還問鮓主，果云："園中茅積下得一白魚，質狀殊常，以作鮓過美，故以相獻。"武庫封閉甚密，其中忽有雉雊。華曰："此必蛇化爲雉也。"開視，雉側果有虵蛻焉。吳郡臨平岸崩，出一石鼓，搥之無聲。帝以問華，華曰："可取蜀中桐材，刻爲魚形，扣之則鳴矣。"於是如其言，果聲聞數里。

　　初，吳之未滅也，斗牛之間常有紫氣。道術者皆以吳方疆盛，未可圖也，惟華以爲不然。及吳平之後，紫氣愈明。華聞豫章人雷煥妙達緯象，乃要煥宿，屏人曰："可共尋天文，知將來吉凶。”因登樓仰觀。煥曰：“僕察之久矣，惟斗牛之間頗有異氣。”華曰：“是何祥也？”煥曰：“寶劍之精，上徹於天耳。”華曰：“君言得之。吾少時，有相者言吾出六十，位登三事，當得寶劍佩之。斯言豈效與？因問曰：“在何郡？”煥曰“在豫章豐城。”華曰：“欲屈君爲宰，密共尋之，可乎？”煥許之。華大喜，卽補煥爲豐城令。煥到縣，掘獄屋基，入地四丈餘，得一石函，光氣非常，中有雙劍，並刻題，一曰“龍泉”，一曰“太阿”。其夕，斗牛間氣不復見焉。煥以南昌西山北巖下土以拭劍，光芒豔發，大盆盛水，置劍其上，視之者精芒炫目。遣使送一劍并土與華，留一自佩。或謂煥曰：“得兩送一，張公豈可欺乎？”煥曰：“本朝將亂，張公當受其禍，此劍當繫徐君墓樹耳。靈異之物，終當化去，不永爲人服也。”華得劍寶愛之，常置坐側。華以南昌土不如華陰赤土，報煥書曰：“詳觀劍文，乃‘干將’也，‘莫邪’何復不至？雖然，天生神物，終當合耳。”因以華陰土一斤致煥，煥更以拭劍，倍益精明。華誅，劍失所在。煥卒，子華爲州從事，持劍行經延平津，劍忽於腰間躍出墮水。使人沒水取之，不見劍，但見兩龍各長數丈，蟠縈有文章，沒者懼而反。須臾，光彩照水，波浪驚沸，於是失劍。華歎曰：“先君化去之言，張公終合之論，此其驗乎？”

華之博物多類此，不可詳載焉。

倫、秀伏誅，齊王冏輔政……議者各有所執，而多稱其寃（指張華）。壯武國臣竺道義詣長沙王，求復華爵位。依違者久之。太和二年，詔曰：“……其復華侍中中書監，司空公廣武侯。……”

初，陸機兄弟志氣高爽，自以吳之名家，初入洛，不推中國人士，見華一面如舊，欽華德範，如師資之禮焉。華誅後作誄，又爲詠德賦以悼之。

　華著博物志十篇及文章並行於世。

二　陸　機

　　陸機(公元二六一——三〇三)字士衡，吳郡(今江蘇吳縣)人。他出身於東吳的世族大地主，祖父陸遜爲吳丞相，父陸抗爲吳大司馬。晉武帝太康末，與弟陸雲入洛陽，以文章爲當時的士大夫所推重，被辟爲祭酒，累遷太子洗馬、著作郎。晉惠帝太安初，成都王穎與河間王顒起兵討長沙王乂，任命他爲後將軍、河北大都督。戰敗，被誣遇害，年四十三。他的詩現存一〇四首，多於同時各作家，在當時文壇上地位也較高。但作品大都內容空虛，感情貧乏，又多因襲摹擬，雕琢排偶。沈德潛說他：“詞旨敷淺，但工塗澤。”“意欲逞博，而胸少慧珠，筆又不足以舉之，遂開出排偶一家。”(古詩源)他的文賦在我國文學理論的發展上有一定貢獻。現存陸士衡集十卷。近人注本有郝立權陸士衡詩注可用。

擬明月何皎皎①

安寢北堂上②，明月入我牖。照之有餘暉，攬之不盈手。涼風繞曲房③，寒蟬鳴高柳。踟躕感節物，我行永已久。遊宦會無成④，離思難常守。

> ①陸機有擬古詩十二首，都是摹擬古詩十九首的。此其第六首，擬古詩十九首最後一首“明月何皎皎”。原詩一說是思婦閨中望夫之詞；一說是遊子久客思歸之詞。關於此詩亦有此二說。

②"安寢"四句："寢"，卧。"堂"，卽正室。又郝立權陸士衡詩注引儀禮士昏禮："婦洗在北堂。"賈公彥疏："房與室相連爲之，房無北壁，故得北堂之名。""牖"，窗。"攬"，采，取。"盈"，充滿。李善注引淮南子說："天地之間，巧歷不能舉其數，手微惚恍，不能攬其光也。"高誘說："天道廣大，手雖能微，其惚恍無形者，不能攬得日月之光也。"這四句是寫夜寢北堂，室中月光皎潔，雖則光輝有餘，然而不能攬取滿手。

③"涼風"四句："涼風"，爾雅："北風謂之涼風。""曲房"，帶曲廊之室。"踟蹰"，躊躇，此謂心神猶豫不定。"節物"，一個季節的景物，此處指涼風吹屋、寒蟬鳴叫、暮秋時候的景物。"我行"，清吳淇六朝選詩定論："此詩舊注閨中之什，張伯起因以'我行'兩字改注遊宦不得意而忽思其室家。不知'我行'二字可虛可實，兩說不妨並存也。"這四句詩觸景生情；由於節物的變遷，引起感觸，滿心躊躇地想念着遠人。

④"遊宦"二句："遊宦"，遠遊仕宦。"會"，當。

赴洛道中作①

遠遊越山川，山川修②且廣。振策陟崇丘③，案轡遵平莽。夕息抱影寐④，朝徂銜思往。頓轡倚嵩巖⑤，側聽悲風響。清露墜素輝⑥，明月一何朗。撫枕不能寐，振衣獨長想。

①這是作者於太康末年赴洛陽途中所作，共二首，此選其二。詩中描寫行旅情景和客子的哀傷心情。張雲璈說："按南史宋彭城王義康傳，康素無學術，待文義者甚薄。袁淑嘗詣義康，義康問其年，答曰：'鄧仲華拜袞之歲。'義康曰：'身不識也。'淑又曰：'陸機入洛之年。'義康曰：'身不讀書，無爲作才語相向。'初不知士衡入洛時年幾何。考後

漢書鄧禹拜大司徒年二十四。以拜袞之語例之，則入洛之年亦當二十四。又按晉書陸機本傳，年二十而吳滅，退居舊里，閉門勤學，積有十年，至太康末與弟雲入洛，其後與雲同被害，年四十二。吳滅在太康元年，時機年二十。太康終於十年。計入洛在太康末，則年二十九矣。與袁淑所言不合。"(見選學膠言)

②修：長。

③"振策"二句："策"，古代的一種馬鞭，頭上有尖刺。"振策"，揮鞭。"陟(zhì)"，登高。"崇丘"，高山。"案"，通"按"。"案"，一作"安"。"轡(pèi)"，馬嚼子和馬繮繩。"案轡"，手按馬繮，任馬慢行，與"振策"恰好相反。"遵"，循。"平莽"，平地有草之處。這二句說策馬登上高山，到了草木叢生的平地就按轡信馬循路而行。

④"夕息"二句："徂(cú)"，往。"銜思"，猶言含悲。這二句說晚上住宿時很孤獨，早上又懷着悲傷繼續前往。

⑤"頓轡"二句："頓"，捨。"頓轡"，謂駐馬。"嵓"，高。"嵓"，一作"高"。這二句說駐馬靠着高嚴，聽見旁邊傳來悲風的聲音。

⑥"清露"四句：第三句"枕"一作"几"。几，小桌子；古人設於座旁，倦時可以憑倚。許巽行說："何(焯)改'撫枕'，云宋本誤'几'。"(見文選筆記)"振衣"，抖掉衣服上的灰塵。此謂穿衣，因穿衣前常要抖衣。這四句描寫旅宿情景：夜晚月亮很明朗，清露下滴，閃爍着潔白的光輝，旅人對此不能入睡，只好重新穿衣而起，獨自長想。

招　隱　詩①

明發心不夷②，振衣聊躑躅。躑躅欲安之③，幽人在浚谷。朝采南澗藻④，夕息西山足。輕條象雲構⑤，密葉成翠幄。激楚佇蘭林，回芳薄秀木。山溜何泠泠⑥，飛泉漱鳴玉。哀音附靈波，穎響赴曾曲。至樂非有假⑦，安事澆淳樸。富貴苟難圖⑧，稅駕從所欲。

① 楚辭有招隱士，是淮南小山招山林隱逸之士出山之作。魏、晉以來，希企隱逸之風大熾，招隱詩的命意則變爲招人歸隱，與淮南小山招隱士之義恰好相反。陸機招隱詩二首，大意是説如果仕途轗軻，富貴難圖，不如棲遁山林。這裏富貴的理解可參看論語述而："子曰：飯蔬食飲水，曲肱而枕之，樂亦在其中矣，不義而富且貴，於我如浮雲。"

② "明發"二句："明發"，早晨。"夷"，悦。"振衣"，謂振動衣服，去除塵穢。"聊"，且。"躑躅(zhí zhú)"，欲行不行貌。這二句説早晨起來心中不樂，整整衣裳想出去走走，又猶疑不定。

③ "躑躅"二句："幽人"，指隱者。"浚(jùn)"，深。這二句説，猶疑不決到哪裏去才好呢？還是到那深谷中隱士那裏去吧。下面就接着描寫隱士的生活和作者對這種生活的羨慕嚮往。

④ "朝采"二句："藻"，水草名。"南澗"，用詩經召南"于以采蘋，南澗之濱"中的成辭。"澗"，兩山中間的水曰澗。"西山"，指首陽山。據史記伯夷列傳，商孤竹君二子伯夷、叔齊，恥食周粟，隱於首陽山，採薇而食，及餓且死，乃作歌説："登彼西山兮，采其薇矣。"遂餓死於首陽山。此處"南澗"、"西山"泛指隱士居住的地方。這二句描寫隱士無拘無束的閑適生活，説早晨到南澗邊去採藻，傍晚就回到西山下休息。

⑤ "輕條"四句："雲構"，謂高聳入雲的建築。"幄(wò)"，帳。"激楚"、"回芳"，吳淇説："激楚、回芳，舞名。借以當風。"(見六朝選詩定論) "佇"，停留。"薄"，附。"蘭"、"秀"，都是形容林木的芳美。這四句寫山林之美，大意是説輕柔的樹枝搭在一起，好像一座座高大的建築，密葉結成翠綠的帷帳，清風吹拂着蘭林秀木。

⑥ "山溜"四句："山溜"，山溪。"泠泠(líng)"，水聲。"漱"，盪。"鳴玉"，李善説："亦瓊瑤也。"此指山石。"哀音"，指低微哀怨的水聲。"靈波"，

神異奇妙的水波。“頹響”，猶言餘響、餘音。“曾曲”，深谷。這四句寫山泉之美，大意是說飛泉擊蕩着山石泠泠有聲，哀音伴隨着靈波遠遠而去，深谷裏迴響着餘音。

⑦“至樂”二句：“至樂”，極樂。莊子有至樂篇，講欲求至樂，惟無爲近之。“假”，借。“澆”，薄。莊子繕性篇：“及唐、虞，始爲天下，興德化之流，澆（澆）淳散朴。”這二句說至樂全靠清靜無爲來求得，而不須憑藉富貴榮華。

⑧“富貴”二句：“苟”，誠，實在。“圖”，求。“稅”，方言：“捨車曰稅。”“駕”，車駕。李善說：“稅駕，喻辭榮。”史記李斯列傳：“當今人臣之位，無居臣上者，可謂富貴極矣。物極則衰，吾未知所稅駕也。”索隱：“稅駕，猶解駕，言休息也。”這二句說富貴誠然難求，不如辭去榮華從我所欲，來過這種隱逸的生活。

文　賦①并序

余每觀才士之所作②，竊有以得其用心。夫放言遣辭③，良多變矣，妍蚩好惡，可得而言。每自屬文④，尤見其情。恆患意不稱物⑤，文不逮意，蓋非知之難，能之難也。故作文賦以述先士之盛藻⑥，因論作文之利害所由，他日殆可謂曲盡其妙。至於操斧伐柯⑦，雖取則不遠，若夫隨手之變，良難以辭逮。蓋所能言者⑧，具於此云。

①李善注引臧榮緒晉書說：“（機）天才綺練，當時獨絕，新聲妙句，係蹤張、蔡。機妙解情理，心識文體，故作文賦。”本篇是討論創作問題的辭賦，作者根據自己的體會，總結了前人的經驗，指出思想與藝術之間的主從關係，說明作家要等到有了內容和創作衝動纔能寫出好文章來，強調想像在創作中的作用，反對抄襲，提倡創新，並論述了各種文

體的特點以及遣辭、立警策、剪裁、音律等問題。

②"余每"二句：說我每當看了才智之士的著作，對他的用心(指構思、意圖、技巧等)，私下有所領會。"竊"，私。

③"夫放"四句："放"，縱，在這裏意謂表達出來。縱猶遣，文賦："其遣言也貴姸。""言"，周禮注："發端曰言，答述曰語。""良"，很。"姸蚩"，美醜。"蚩"，今多用"媸"字。這四句說意思的表達，辭彙的運用，變化很多，而文辭的美醜好壞還是可以論述的。

④"每自"二句："屬(zhǔ)"，連綴。"屬文"，作文。這二句說每當自己作文，尤其能體會才士們寫作時的用心和心情。

⑤"恆患"四句："稱"，相副。"逮"，及、達到。"蓋"，連辭，表原因。"之"，代辭，指放言遣辭等作文的方法。這四句說常常怕自己的意思和所要表達的事物不相副，而文辭又不達意，這不是因為難於知道它，而是因為難於掌握它。

⑥"故作"三句："盛藻"，豐茂華美的文章。李善說："孔安國尚書傳曰：藻，水草之有文者。'以喻文焉。""他日"，異日。"殆"，大概、或。這三句說，所以作文賦以講述前輩才士豐茂華美的文章，通過這些文章，討論作文時為什麼這樣寫有利那樣寫有害的原由，待此賦作成後，他日看看，也許可以說它竟曲折深入地將文章的奧妙講盡了。

⑦"至於"四句：前二句，"操斧"，持斧。"柯"，斧柄。"則"，法則。此用詩經幽風伐柯"伐柯伐柯，其則不遠"的意思，說用斧頭砍製斧柄，所要取法的式樣就在不遠。這裏用來譬喻作文可依前輩文章為法則。(一解為：作文賦以論述作文的事，正如操斧伐柯一樣，取則不遠。似較切。)後二句，莊子天道篇："輪扁曰：'臣也以臣之事觀之。斲輪徐則甘而不固，疾則苦而不入。不徐不疾，得之於手而應於心，口不能言，有數存焉於其間。臣不能以喻臣之子，臣之子亦不能受之於臣。是以行年七十而老斲輪。'"此用其意，喻創作經驗很難述說。這四句說，至於學習前輩文章作文，雖如操斧伐柯一樣，取則不遠，但寫作經驗也好

像輪扁斲輪，得手應心，隨手而變，很難用文辭把它說清楚。

⑧"蓋所"二句："蓋"，承上啓下之辭，含有大概如此的意思。"具"，陳。
這二句說大概所有能夠講述得出來的都寫在這裏了。〔以上是序，說
明作文賦的動機和用意。〕

佇中區以玄覽①，頤情志於典、墳，遵四時以歎逝②，瞻萬物
而思紛；悲落葉於勁秋③，喜柔條於芳春；心懍懍以懷霜④，志眇
眇而臨雲；詠世德之駿烈⑤，誦先人之清芬；游文章之林府⑥，嘉
麗藻之彬彬；慨投篇而援筆⑦，聊宣之乎斯文。

①"佇中"二句：上句，"佇"，久立。"中區"，謂適中的地區。"玄"，幽遠。
"覽"，觀察。"玄覽"，謂深察萬物變化。老子："滌除玄覽。"河上公
注："心居玄冥之處，覽知萬物，故謂之玄覽。"下句，"頤"，養。"情志"，
性情志趣。"典、墳"，此泛指古代著述。"典"，五典。"墳"，三墳。左傳
昭公十二年："是能讀三墳、五典、八索、九丘。"杜注："皆古書名。"孔
穎達疏："孔安國尚書序云：'伏羲、神農、黃帝之書，謂之三墳，言大道
也。少昊、顓頊、高辛、唐、虞之書，謂之五典，言常道也。'"這二句說佇
立於適中的地區深察萬物，在古代著述中涵養自己的性情和志趣。

②"遵四"二句："四時"，謂春夏秋冬四季。李善說："遵，循也。循四
時而歎其逝往之事，攬視萬物盛衰而思慮紛紜也。"鄭石君文賦義證：
"案士衡有感時賦、歎逝賦（全晉文九十六）。"

③"悲落"二句："勁"，強有力。秋氣肅殺，草木凋落，故謂之"勁秋"。
"喜"，一作"嘉"。下有"嘉"字，此作"喜"較佳。這二句說秋天見樹葉
搖落而悲，春天見枝條柔嫩而喜。

④"心懍"二句：李善說："懍懍(lǐn)，危懼貌。眇眇(miǎo)，高遠貌。
懷霜、臨雲，言高潔也。說文曰：'懍懍，寒也。'孔融薦禰衡表曰：'志
懷霜雪。'舞賦曰：'氣若浮雲，志若秋霜。'"胡紹煐說："注，善曰：說文
曰：'懍懍，寒也。'五臣作'凜凜'。按今說文：'凜凜，寒也。'則善

本亦當作‘凜’。本書寡婦賦：‘寒淒淒以凜凜。’注引説文：‘凜凜，寒也。’作‘凜凜’可證。注中又出‘懍懍，危懼貌’五字，與所引説文不相應。六臣本無之，是也。”按，作“凜”是。“凜”訓寒，可引伸出肅然敬畏之義，如“威風凜凜”等。李善説亦可通。這二句説想到寒霜就心意肅然，對着雲霞就志趣高遠。文心雕龍物色篇與詩品序“若乃春風春鳥”數句都論述四時景物與文學創作的關係，可與以上這幾句參看。

⑤“詠世”二句：“世德”，世代累積的德行。“駿”，大。一作“俊”，義同。“烈”，功業。“駿烈”，盛大的功業。“先人”，孫志祖説：“疑本文是‘先民’。‘人’字，避唐諱改。”（見文選考異）日本遍照金剛文鏡祕府論本即作“先民”。“先人”、“先民”，義同，均謂前代的賢者。李善説：“言歌詠世有俊德者之盛業。先民，謂先世之人，有清美芬芳之德而誦勉。”鄭石君説：“庾信哀江南賦序：‘陸機之辭賦，先陳世德。’案士衡有祖德賦、述先賦（全晉文九十六）。”“烈”，張銑訓“美”（見六臣注文選）。“駿烈”與“清芬”對偶。依張説，則此二句謂歌頌前人世代德行的宏大、清美而芬芳。

⑥“游文”二句：李周翰説：“林府，謂多如林木，富如府庫也。”（見六臣注文選）“嘉”，樂、喜愛。“彬彬”，既有美質又有文彩的樣子。這二句是説，流覽了許多文章，喜愛那些既有美質又有文彩的好的作品。

⑦“慨投”二句：“援”，取。“斯文”，泛指文章，非謂本篇。這二句説有所感受就放下那些篇章而拿起筆來，且將這些感受表達在文章中。〔以上是第一段。這段説作家先有了觀察、修養與種種感受，然後才開始創作。〕

其始也①，皆收視反聽，耽思傍訊，精騖八極，心游萬仞。其致也②，情曈曨而彌鮮，物昭晰而互進。傾羣言之瀝液③，漱六藝之芳潤，浮天淵以安流，濯下泉而潛浸。於是沈辭怫悦④，若游魚銜鈎而出重淵之深；浮藻聯翩，若翰鳥纓繳而墜曾雲之峻。
收百世之闕文⑤，採千載之遺韻，謝朝華於已披⑥，啟夕秀於未
振，觀古今於須臾⑦，撫四海於一瞬。

①"其始"五句："反"，歸。"耽思"，深思。"訊"，問、探求。"精"，精神。
　"騖"，亂馳。"八極"，八方（東、南、西、北、東南、西南、西北、東北）極
　遠之處。後漢書明帝紀："被之八極。"注引淮南子說："九州之外有八
　寅，八寅之外有八紘，八紘之外有八極。""仞"，古以周尺八尺或七尺
　爲仞。這五句說作家開始寫作的時候，都集中精神，心不外用，杜絕
　耳目的紛擾，深思傍求，以極力馳騁其想像。

②"其致"三句：李善注引爾雅說："致，至也。""其致"，謂到了後來，
　與上文"其始"對照，也就是說到了醞釀成熟的時候。"致"又訓"就"，
　有成就的意思。"瞳曨（tóng lóng）"，日欲明貌。"情瞳曨"，謂文情
　由隱而顯，有如日之欲明。"彌"，益、越。"物"，此指情事景物。"昭晰
　（xī）"，明顯。這三句說文思漸臻成熟，來時有如太陽欲出，一步比一
　步更加鮮明，各種事物形象都交互地湧進心中。

③"傾羣"四句：第一句，"羣言"，羣書。"瀝"，滴；酒之餘滴亦叫瀝。
　這裏以羣書的精華比作醇酒。第二句，"六藝"，李善注引周禮說：
　"六藝，禮、樂、射、御、書、數也。"何焯義門讀書記以爲以上下文求
　之，似不當引周禮，乃據史記，謂六藝當指六經易、詩、書、禮、樂、春秋
　而言（詳見梁章鉅文選旁證，胡紹煐文選箋證）。這四句說，將羣書、
　六藝等芳潤的瀝液全部傾瀉出來，使文思漱蕩於其中，又安然浮游於
　天漢的淵流，洗濯浸淫於地下的泉水中。

④"於是"四句：第一句，"怫悅"，難出貌。第二句，"重淵"，謂水極深處。
　第三句，"聯翩"，將墮貌。第四句，"翰"，高。"翰鳥"，高飛的鳥。"纓"，
　纓。或爲"嬰"之誤；"嬰"，觸。"繳（zhuó）"，生絲作的繩子，用以
　繫矢而弋射。"曾"，通"層"，重。"峻"，高。這四句意謂最恰當的辭
　藻，若沈淵之魚（故謂之"沈辭"），若浮空之鳥（故謂之"浮藻"），須精

心探求而後始得。

⑤“收百”二句：“世”一作“代”。“闕文”，論語衞靈公：“吾猶及史之闕文也。”包咸注：“古之良史，於書字有疑，則闕之以待知者。”“遺韻”，指韻文。這二句說在散文和韻文的領域中採取前人還未用到的方面。意思是文詞須求新奇。

⑥“謝朝”二句：“華”，古“花”字。“秀”，草花，此泛指花。張銑說：“朝華巳披，謂古人巳用之意，謝而去之。夕秀未振，謂古人未述之旨，開而用之。‘啓’，開也。”

⑦“觀古”二句：上句中的“於”字一作“之”。“須臾”，片刻。“瞬”，一瞬間，謂眼睛一開一闔的短暫時間。這二句說運用想像，一下子就觀察到古今，馳騁於四海。〔以上是第二段。這段描寫構思時馳騁想像、探求情思、捕捉形象的情況。〕

然後選義按部①，考辭就班。抱景者咸叩②，懷響者畢彈。或因枝以振葉③，或沿波而討源，或本隱以之顯，或求易而得難，或虎變而獸擾④，或龍見而鳥瀾，或妥帖而易施⑤，或岨峿而不安。罄澄心以凝思⑥，眇衆慮而爲言，籠天地於形內⑦，挫萬物於筆端。始躑躅於燥吻⑧，終流離於濡翰。理扶質以立榦⑨，文垂條而結繁。信情貌之不差⑩，故每變而在顏：思涉樂其必笑，方言哀而巳歎。或操觚以率爾⑪，或含毫而邈然。

①“然後”二句：說然後按分段布局的需要，選擇並遣使辭句。

②“抱景”二句：“景”，許巽行說：“六臣本云：善本作‘暑’。此據譌本妄言之。”（見文選筆記）“景”，光，此謂形象。“叩”，敲擊。雷琳、張杏濱賦鈔箋畧說：“物之有形者，叩之以求其形。物之有聲者，彈之以盡其聲。”意謂應盡量掌握所要描寫的事物的形象和聲音。

③“或因”四句：第三句“之”，至。一作“末”。李周翰說：“或賦詠於枝，乃思發於葉。或流情於波，而求討其源也。或本深於隱，而末至於明

也。或求思於易，得詞於難。物理相推，有此迴轉也。"此寫思考辭句時的種種情形。

④"或虎"二句："虎變"，謂虎毛更生，文彩很美（參閱易革卦："大人虎變，其文炳也。"朱熹本義）。"擾"，馴。"見"，同"現"。胡紹煐説："善曰：大波曰'瀾'。按'瀾'之言渙散也。本書洞簫賦……注：'瀾漫'，分散也。連言爲'瀾漫'，單言曰'瀾'，……此言龍見而鳥散也。與波瀾義無涉。"這二句的意思説或者找到了最形象的構思其餘的就都迎刃而解。或者出現了奇句而別的却配合不上。

⑤"或妥"二句："妥帖"，猶云穩當。此指放言遣辭而言。"岨峿(jǔ yǔ)"，不相當。這二句説用字遣辭，有時一下子就停當，有時怎麼也不合適。

⑥"罄澄"二句："罄(qìng)"，盡。"眇"通"妙"，精微。這二句説用盡清新的心思凝想，經過精細多方的考慮，然後措辭造句。

⑦"籠天"二句：張銑説："'形'，文章之形也。'挫'，折挫也。謂天地雖大，可籠於文章形內，萬物雖衆，可折挫取其形，以書於筆之端。'端'，筆鋒也。"（六臣注文選）

⑧"始躑"二句："躑躅(zhí zhú)"，猶踟躕，徘徊不進貌。"流離"，猶淋漓。"濡(rú)"，漬、染。"翰"，筆毫。"濡翰"，飽蘸墨汁的毛筆。這二句説，開始時言辭停留在乾燥的嘴唇邊很難出來，最後就淋漓盡致地奔流於筆端。

⑨"理扶"二句：賦鈔箋略説："以名理爲質榦，以詞采爲枝條，先樹理，次擇詞也。"

⑩"信情"四句：説內心情感與容貌表情的相應真是一絲不差，所以情感每有變化，即表現在容顏上：一想到快樂的事就發笑，剛講到悲哀的事就已在欷息了。

⑪"或操"二句："操"，持。"觚(gū)"，即木簡，供書寫用。"率爾"、不經意貌。"邈"，遠、渺。許巽行説："'邈'，依(李善)注作'藐'。"義同。這

二句說有時拿起木簡不經意地就寫了出來，有時含着筆毫却陷入了冥想。〔以上是第三段。這段寫開始寫作時分段布局、遣辭命意以及下筆難易等情事。〕

伊茲事之可樂①，固聖賢之所欽，課虛無以責有②，叩寂寞而求音，函緜邈於尺素③，吐滂沛乎寸心。言恢之而彌廣④，思按之而愈深，播芳蕤之馥馥⑤，發青條之森森，粲風飛而猋豎，鬱雲起乎翰林。

①“伊茲”二句：“伊”，發語辭。“茲事”，這事；此指作文之事。“固”，本是、原是。“欽”，敬。這二句說寫作是樂事，它本是聖賢所看重的，

②“課虛”二句：“課”，試。“責”，求、索取。這二句說作文是試探虛無而索取實有，叩擊寂寞（無聲）而求得聲音。意謂通過虛構、想像產生有聲有色的文章。

③“函緜”二句：“函”，含、容。“緜邈”，久遠。“尺素”，尺來長的潔白的生絹，古人用來寫信作文。“滂沛”，大。“寸心”，即謂心。心的地位，方寸而已，故云。這二句說文章能將無窮的事容納在尺來長的絹帛中，心雖方寸，卻能傾吐出宏大的內容。

④“言恢”二句：“恢”，恢張，擴大。“彌”，益、愈。“愈”一作“逾”。這二句說言辭經過恢張概括就更加廣博，思想扣緊了所敍的義理就更加深刻。

⑤“播芳”四句：“蕤（ruí）”，草木的花。“馥馥（fù）”，芬芳。第二句，“青”一作“清”。“森森”，長密貌。第三句，“粲”，美好貌。“猋（biāo）”，從下而上颳的暴風、回風。一作“飇”。第四句，“鬱”，蘊結。“翰”，筆毫。“翰林”，謂文翰之多若林，猶今言文壇。呂向說：“文美如芳蕤之馥馥，似清條之森森，粲然如風飛飇立，鬱然如雲起翰林。”（六臣注文選）〔以上是第四段。這段寫文章的功用及其深宏芳茂的情狀。〕

體有萬殊①，物無一量，紛紜揮霍，形難爲狀。辭程才以效伎②，意司契而爲匠，在有無而僶俛，當淺深而不讓。雖離方而遯員③，期窮形而盡相。故夫誇目者尚奢④，愜心者貴當，言窮者無隘，論達者唯曠。詩緣情而綺靡⑤。賦體物而瀏亮⑥。碑披文以相質⑦。誄纏綿而悽愴⑧。銘博約而溫潤⑨。箴頓挫而清壯⑩。頌優游以彬蔚⑪。論精微而朗暢⑫。奏平徹以閑雅⑬。說煒曄而譎誑⑭。雖區分之在茲⑮，亦禁邪而制放。要辭達而理舉，故無取乎冗長。

①"體有"四句："體"，文體。"殊"，別。"物"，指客觀事物。"量"，度量(指輕重、多少、長短)。"紛紜"，繁亂貌。"揮霍"，疾貌。此謂變化迅速。這四句說文體千差萬別，事物的大小輕重又沒有同一的度量，兩者交織起來，其紛繁多變的情形就難以描狀了。

②"辭程"四句："程"，顯示、呈現。"效"，通"効"，獻。"伎"，技藝、才能。"司"，主。"契"，合。"司契"，謂掌握分寸。"僶俛(mǐn miǎn)"，勉强去作。梁章鉅說："詩谷風……'僶俛'作'黽勉'，錢大昕以爲'勉'卽'俛'字。"(見文選旁證)"不讓"，爭取。這四句說作文時言辭呈現出自己的才能有如貢獻技藝，心意則像匠人一樣掌握分寸，有無(可與"課虛無以責有"參看)之間要盡力鑽研，深淺之間要爭取恰當。

③"雖離"二句："遯(dùn)"，通"遁"，回避。"員"一作"圓"，義同。李善說："方圓，謂規矩也。""期"，期望。"相"，象。這二句說，文章雖然沒有一定的規矩，總是期望能窮盡事物的形象。

④"故夫"四句："夫"，助辭。"誇目者"，好眩耀的人。"奢"，奢華、華靡。第二句，"愜(qiè)"，快意。"愜心者"，喜歡稱心快意的人。第三句，"言窮者"，說窮困的人。"隘"，窘迫，"無隘"，無可再窘迫。李善說："言其窮賤者，立說無非湫隘也。"孫鑛說："言窮無隘者，言

雖盡而意有餘也。"（見文選旁證引）後二說可參看。第四句，"論達者"，喜通達的人。"曠"，明豁空闊，無所拘滯。孫鑛說："論達惟曠者，論之達由於識之曠也。"可參看。這四句說好眩耀的人崇尚華豔，要稱心的人着重恰當，愛說窮愁的人說來無可再窘，喜歡通達的人一味開闊。意謂文章風格因人而異，各極其致。

⑤"詩緣"句："緣"，因。"綺（qǐ）靡"，猶言侈麗、浮豔。這是六朝詩風的特點。這句說詩是抒情的，因情而生，特色是侈麗。曹丕典論論文："詩賦欲麗。"劉勰文心雕龍明詩篇："四言正體，則雅潤爲本；五言流調，則清麗居宗。"可參看。

⑥"賦體"句："體"，形狀，作動辭用可引伸出鋪陳的意思。"瀏亮"，清明貌。這句說賦鋪陳事物，特色是清明。

⑦"碑披"句："碑"，漢以後在坟墓宮廟等處立碑石，於其上刻誌先人功德；此處指碑文。"披"，披露。"相"，助。"質"，實質、事實。李善說："碑以敍德，故文質相半。"意謂碑上刻誌文字以述事，但因爲要表彰功德，故其事須借助於文辭的修飾。

⑧"誄纏"句："誄"，見前典論論文注。"纏緜"，固結不解。"悽愴"，悲傷。李善說："誄以陳哀，故纏緜悽愴。"

⑨"銘博"句："銘"，見前典論論文注。"溫潤"，溫和柔潤。李善說："博約，謂事博文約也。銘以題勒示後，故博約溫潤。"

⑩"箴頓"句："箴（zhēn）"，文體名，以寓規戒。"頓挫"，猶抑揚。這句意謂箴要令人警惕，故須抑揚頓挫、清新壯健。張銑說："箴所以刺前事之失者，故須抑折前人之心，使文清理壯也。頓挫，猶抑折也。"可參看。

⑪"頌優"句："頌"，文體名，用來頌揚功德。文心雕龍頌讚篇："頌惟典雅，辭必清鑠。敷寫似賦，而不入華侈之區。敬愼如銘，而異乎規戒之域。""優游"，閒暇自得貌。"彬蔚"，華盛貌。這句說頌要舒緩而華茂。

⑫"論精"句：意謂論用來評議是非，故說理須精深入微、明朗通暢。

⑬"奏平"句：意謂奏章是臣屬進奏君主的文書，故須平和透徹、雍容閒

雅。

⑭“說煒”句：“煒燁 (wěi yè)”，光明貌。此謂意思顯明。“譎(jué)誑”，謂語言奇詭而有誘惑力。李周翰說：“說 (shuì) 者，辯詞也。辯口之詞，明曉前事，詭譎虛誑，務感人心。”

⑮“雖區”四句：“茲”，此。“舉”，全、概括。這四句說以上所舉十種文體，雖然其特點區別如此，但也不能過分地不正當地强調，最重要的還是在於音辭能表達意思，說理能概括事物，因此，宂長總是不可取的。〔以上是第五段。這段說明作者性格與文體的關係，辨別各種文體，並指出寫作時應注意的要點。〕

其爲物也多姿①，其爲體也屢遷，其會意也尚巧②，其遣言也貴妍。暨音聲之迭代③，若五色之相宣。雖逝止之無常④，固崎錡而難便，苟達變而識次，猶開流以納泉。如失機而後會⑤，恆操末以續顛，謬玄黃之秩序，故淟涊而不鮮。

①“其爲”二句：李善說：“萬物萬形，故曰多姿。文非一則，故曰屢遷。”謂萬物姿態不一，文體屢有變化。呂向說：“文體非一，故云多姿。……未妥帖，故屢遷也。”亦可通。

②“其會”二句：“會意”，會心，謂作文時對事理的體會。“遣言”，用辭。“妍”，美好。這二句說領會事理要巧，運用辭藻要美。以上四句中的“其”字皆發語辭。

③“暨音”二句：“暨 (jì)”，及、與。“迭代”，輪流替代。“宣”，明。李善說：“音聲迭代而成文章，若五色相宣而爲繡也。”謂文章聲律配合和諧，像彩繡五色鮮明相映一樣。

④“雖逝”四句：“逝止”，去留。此謂變化。第二句，“崎錡 (qí)”，不安、不妥貼貌。“便”，宜、適合。第三句，“達”，通曉。“次”，舍止。這句中的“變”、“次”和第一句中的“逝止”一樣皆統指變化。“次”解作次序亦可。這四句說音韻變化無常，固然難以用文辭加以妥貼的安排，

但如果懂得了它們的變化，則下筆流暢，猶如開流納泉。

⑤“如失”四句：“失機”、“後會”，謂失去了變化的時機，錯過了離合的際會。即不能掌握規律的意思。第三句，“謬”，錯誤。“玄”，黑中帶赤的顏色，後通稱黑色。“玄黃”，此泛指顏色。“秩序”一作“袟袟”。禮記祭義：“逐朱綠之，玄黃之，以爲黼黻文章。”第四句，“淟涊(tiǎn niǎn)”，穢濁。李善說：“言音韻失宜，類繡之玄黃謬袟，故淟涊垢濁而不鮮明也。”這四句說如果不能掌握得恰到好處，而拿末尾來接開頭，那麼寫出來的文章，就像配錯了顏色、顛倒了顏色次序的綵繡一樣，顯得污濁而不鮮明了。〔以上是第六段。這段說文章立意尚巧，用辭貴美，而音韻尤當和諧。〕

或仰偪於先條①，或俯侵於後章。或辭害而理比②，或言順而義妨，離之則雙美③，合之則兩傷。考殿最於錙銖④，定去留於毫芒。苟銓衡之所裁⑤，固應繩其必當。

①“或仰”二句：“偪”，侵迫。“先條”，謂前段文章。這二句說或者意思往上而逼害了前段，或者往下而侵犯了後段。呂向說：“謂思之俯仰前後不定，故或偪換先成之條例，或侵改後次之章句，謂未安也。”

②“或辭”二句：“害”、“妨”，義同，皆謂中有妨礙。“比(bì)”，從、順從，一致的意思。這二句說前後兩段之間，或者言辭相悖而義理一致，或者言辭一致而義理相悖。

③“離之”二句：意謂這些互相矛盾衝突的辭句，如果分開來兩方面都好，如果放在一起兩方面就都不好。

④“考殿”二句：“殿最”，考課的等差，上者爲最，下者爲殿。“錙(zī)”、“銖(zhū)”，皆古代重量單位，六銖等於一錙，四錙等於一兩。“錙銖”，喩其輕微。這二句說作文時應細緻地考較辭句的高下，仔細地決定它們的取捨。

⑤“苟銓”二句：“銓衡”，權物輕重之具。“裁”，剪裁。這二句說，如果經

過權衡而有所剪裁，就自應根據法度而使之歸於恰當。〔以上是第七段。這段指出文章辭意互相矛盾的種種毛病、剪裁取捨的原則及其重要性。〕

　　或文繁理富①，而意不指適。極無兩致②，盡不可益。立片言而居要③，乃一篇之警策。雖衆辭之有條④，必待兹而效績。亮功多而累寡⑤，故取足而不易。

　　①“或文”二句：說或者文辭繁多義理豐富，而文意卻不符合所要表現的事物。“適”，中、恰如其分。

　　②“極無”二句：說話只能朝着一個頭說，又已經說得到頭了無可再說。

　　③“立片”二句：“策”，馬鞭。文章扼要處，其辭義足以警動人者，謂之“警策”。李善說：“以文喻馬也。言馬因警策而彌駿，以喻文資片音而益明也。”朱珔說：“此處蓋謂一篇中之警動者，即孟子‘吾於武城取二三策’之意也。必以馬喻，似未免迂曲。”（見文選集釋）可參看。這二句說已經文繁理富而還是意不指適，那麼就必須突出片言隻語於扼要之處，作爲全篇的警策。

　　④“雖衆”二句：“兹”，指警策。“效”，致，招致。“績”，功績。“效績”，奏功效。這二句說雖然文中許多辭句都有條有理，但必待有了警策才能收到功效。

　　⑤“亮功”二句：“亮”，誠然，實在是。這二句說警策在文章中實在是功用多而累贅少，所以取一而足不再有所更易。〔以上是第八段。這段說文章中須有警策。〕

　　或藻思綺合①，清麗芊眠。炳若縟繡②，悽若繁絃。必所擬之不殊③，乃闇合乎曩篇。雖杼軸於予懷④，怵他人之我先。苟傷廉而愆義⑤，亦雖愛而必捐。

　　①“或藻”二句：“藻”，見本篇序注⑥。“藻思”，文思。“綺”，有文彩的

絲織品。"芊眠"，一作"千眠"，光色盛貌。這二句說或者文思清麗、燦爛，像錦綺的色彩會合在一起一樣。

②"炳若"二句："炳"，明。此謂文采之美。"縟(rù)"，繁多的彩飾。"繡"，五彩俱備之謂，亦指刺繡。這二句說文辭鮮麗有如五彩繽紛的縟繡，文情悽惻有如繁絃奏出的悲諒感人的音樂。

③"必所"二句："擬"，摹擬。"闇(àn)"，暗。"曩(nǎng)"，往昔。這二句說必定是寫出來的東西沒有什麼獨特的地方，於是就和前代的章篇暗中相合了。

④"雖杼"二句："杼軸"，織具；杼持緯，軸受經。這裏以杼軸喻組織文章。"怵(chù)"，恐怕。這二句承上二句，說雖然文辭是出於我自己的胸臆，却仍然怕這些話已經是前人所說過的了。

⑤"苟傷"二句："愆(qiān)"，差失。"愆義"，有損道義。"捐"，拋棄。這二句又是接着上二句的，意謂如果傷廉且有損於道義(指有抄襲別人的嫌疑)，則卽使喜愛這些辭句也必須拋棄不用。〔以上是第九段。這段說作文應有所繼承，但又不應與前人雷同。〕

或苕發穎豎①，離衆絕致。形不可逐②，響難爲係。塊孤立而特峙③，非常音之所緯。心牢落而無偶④，意徘徊而不能掃。石韞玉而山暉⑤，水懷珠而川媚。彼榛楛之勿翦⑥，亦蒙榮於集翠。綴下里於白雪⑦，吾亦濟夫所偉。

①"或苕"二句："苕(tiáo)"，葦花。胡紹煐說："'苕'與'芀'同。葦華謂之芀，故凡草華秀亦謂之芀。本書(指文選)謝靈運南樓中望所遲客詩：'瑤華未堪折，蘭苕已屢摘。'是蘭華亦稱苕，不專指葦言也。""穎"，禾穗。"絕致"，絕妙的風致。這二句說或者文章中有些辭句像草花開放、禾穗挺豎一樣，高高地離開其他許多辭句而具有絕妙的風致。

②"形不"二句："係"，通用"繫"。李善說："鶡冠子曰：'影之隨形，響之應聲。'言方之於影，而形不可逐；譬之於聲，而響難係也。"這二句

說這些絕妙的辭句若比作爲影子,則不是形體所能追逐得上的;若比作爲聲音,則是回響所難維繫的。意謂它們很難趕上、很難捕捉。

③"塊孤"二句:"塊",孤獨。"峙",直立、聳立。"常音",平常的語句。"緯",織橫絲。以經(織縱絲)緯組織成布帛來比喻將辭句組織成文章。這二句意謂這些絕妙的辭句孤單獨特地峙立於衆辭之中,一般語句都不能與之相稱。

④"心牢"二句:"牢落",遼落,言心曠然無所寄泊。"摘(dì)",捐棄(見集韻)。"摘"一作"禘"。"禘",奪。二字義近,均可解釋。這二句說由於未能爲這些絕妙的辭句找到相稱的偶對,心意老是安不下來,老是在徘徊探索而又不能捨棄。也可以這樣解釋:未能爲佳句找到偶對,心老是安不下來,想要將此佳句捨棄不用,而意猶遲疑不決。

⑤"石韞"二句:"韞(yùn)",藏。"暉",通"輝",光。荀子勸學篇:"玉在山而草木潤,淵生珠而岸不枯。"這二句說石中藏有美玉山嶺就光輝,水中含有珍珠川流就明媚。

⑥"彼榛"二句:"榛楛",李善據詩經"榛楛濟濟"與山海經郭注,謂榛是小栗,楛是可以作箭之木。朱珔說:"廣雅:'木叢生曰榛。'與柔之爲小栗者異字,已見蜀都賦。荀子勸學篇注:'楛,濫惡也。'……賦意若草木之叢雜濫惡者未翦除也。不得實指爲二木。詩之'榛楛濟濟',正稱其美,豈惡而須翦乎?注似失之。"朱說可通。解作二灌木名,以泛指灌木叢,亦可。不必過於拘泥。許文雨說:"(此二句)謂草木雖有叢雜濫惡,而一旦翠鳥來集,亦可增其美觀。喩庸拙之文,亦添榮生色於警絕之句也。'翠'宜解爲翠鳥,張銑訓爲青,實不合。……陸雲與兄平原書云:'兄文章之高遠絕異,不可復稱言。然猶皆欲微多,但清新相接,不以爲病耳。'文心雕龍鎔裁篇曰:'士衡才優,而綴辭尤繁;士龍思劣,而雅好清省。及雲之論機,亟恨其多,而稱清新相接,不以爲病,蓋崇友于耳。夫美錦製衣,脩短有度,雖翫其采,不倍領袖,巧猶難繁,況在乎拙?而文賦以爲榛楛勿翦,庸音足曲,其識非不

鑒,乃情苦芟繁也。'黃侃札記云:'此段極論文之不宜繁,自是正論。然士衡所云榛楛勿翦,蒙榮集翠,亦有此一理。古人文傷繁者,不厪士衡一人,閱之而不以繁爲病者,必由有新意清氣以彌縫之也。'"

⑦"綴下里"二句:"綴",連。"下里",即下里巴人,謂里俗歌謠。"白雪",即陽春白雪,謂高雅的歌曲。宋玉對楚王問:"客有歌於郢中者,其始曰下里巴人,國中屬而和者數千人。其爲陽阿薤露,國中屬而和者數百人。其爲陽春白雪,國中屬而和者不過數十人。⋯⋯是其曲彌高,其和彌寡。""濟",益、增加。"偉",奇異、壯美。這二句說將衆辭和絕妙的辭句組成文章,猶如將下里巴人這樣的里俗歌謠和陽春白雪這樣高雅的歌曲連綴在一起一樣,明知道它們高下不屬一類,但我們可借助於佳句而增加文章的奇美。"石韞"句至此六句是承接以前幾句的意思說的,大意說,絕妙的辭句沒有偶對,放在文章中還是有好處的。這就像石韞玉而山暉,水懷珠而川媚,也像那些未加翦伐的蕪雜的灌木叢中因集聚着幾隻翠鳥而蒙榮生色一樣,即使像綴下里於白雪那樣有美醜高下之別,但也可增加文章的奇異壯美。〔以上是第十段。這段說文章中如果有精彩之處,即使全篇不能與之相稱也是可以的。〕

　　或託言於短韻①,對窮迹而孤興,俯寂寞而無友,仰寥廓而莫承。譬偏絃之獨張②,含清唱而靡應。

①"或託"四句:"短韻",謂幾句話。"迹",痕迹、足跡、事蹟,這裏指所寫的對象。"窮迹",謂窮極孤僻的對象。"興",起、發;作"起興"解亦可。"寥廓",寬廣空虛。這四句說或者對着孤僻的對象獨有所感,寫成了幾句話,可是往下看看,寂寞而無相稱之語,往上看看,空虛而無所承。

②"譬偏"二句:"張",琴瑟上絃的意思。"靡",無。這二句承上而言,說這樣孤僻的幾句話,孑然無友,猶如獨張偏側的絃,彈之雖含清音,然而無應和之聲。〔以上是第十一段。這段指出離開了全文的描寫對象,孤

獨而無應和的作文弊病。〕

或寄辭於瘁音①，言徒靡而弗華，混姸蚩而成體，累良質而爲瑕。象下管之偏疾②，故雖應而不和。

①“或寄”四句：“瘁（cuì）”，病、勞。“瘁音”，憔悴之音，喻不剛健的辭句。“瑕”，玉上的斑點，喻缺點。這四句說或者用了不剛健的辭句，語言徒然奢侈而不華美，將美的醜的混成一體，就連累了其中優美的言詞而成爲缺陷。

②“象下”二句：“象”，古有象舞，武王所作以象文王的武功，屬於武舞。表演象舞時奏維清詩。禮記仲尼燕居：“下管象武，夏籥序興。”孫希旦集解：“維清以奏象舞，故因謂維清爲象。下管象，謂堂下之樂以管播維清之詩也。”按本文，“象”字猶如上段中“譬偏絃之獨張”、下段中“猶絃幺而徽急”裏的“譬”字“猶”字，不是名詞，或不指“象武”之“象”，故李善注雖然引了禮記“下管象武”，而於“象”字則引杜預注“象，類也”。按“下管”既以伴奏象舞，而武王作象舞又所以象文王時刺擊之法，則其音節必急促，故說“下管偏疾”。這二句說，瘁音的出現，極不協調，類如下管的偏急與其他樂器的聲音雖相呼應，然而不和。〔以上是第十二段。這段指出文辭美醜不調諧的弊病。〕

或遺理以存異①，徒尋虛而逐微。言寡情而鮮愛，辭浮漂而不歸。猶絃幺而徽急②，故雖和而不悲。

①“或遺”四句：說或者文章遺棄義理而保存奇異之見，只尋求虛飾，追逐依稀隱微的表現，言語缺少愛憎感情，用辭漂浮不定而無所歸附。文心雕龍指瑕篇說：“晉末篇章，依希其旨，始有賞際奇至之言，終無撫叩酬卽之語。”黃侃札記說：“案晉來用字有三弊：一曰造語依稀，如賞撫二字之外，戒嚴曰纂嚴，送別曰瞻送，解識曰領悟，契合曰會心。至如品藻稱譽之詞，尤爲模略，……叩其實義，殊欠分明。”可幫助理解“尋虛逐微”的意思。

②“猶絃”二句：“幺”，俗作“么”，小。“徽”，鼓琴循絃。這二句承上而言，說文章缺乏感情，不切事實，猶如絃小而彈急，聲音雖和諧，然而不悲切感人。〔以上是第十三段。這段指出文章浮詭、感情不眞摯的弊病。〕

或奔放以諧合①，務嘈囋而妖冶，徒悅目而偶俗，固聲高而曲下。寤防露與“桑間”②，又雖悲而不雅。

①“或奔”四句：“奔放”，疾馳。此處借以形容文勢的縱逸。“務”，專力。“嘈囋（zá）”，新方言釋言：“通語謂多聲爲嘈囋。”胡紹煐說：“蓋聲盛之貌。”“妖冶”，佚蕩貌。“偶”，合。這四句說或者文章寫得縱逸、和諧，特別注意聲韻的繁雜、佚蕩，但這僅只好看，能投合世俗的愛好，卽使它聲音高，其曲調卻是卑下的。

②“寤防露”二句：“寤”，通“悟”。“防露”，李善說：“防露，未詳。一曰謝靈運山居賦曰：‘楚客放而防露作。’注曰：‘楚人放逐，東方朔咸江潭，而作七諫。然靈運有七諫，有防露之言，遂以七諫爲防露也。”月賦：“徘徊房露，惆悵陽阿。”李善注卻說：“防露，蓋古曲也。文賦曰：‘寤防露與桑間，又雖悲而不雅。’‘房’與‘防’古字通。”朱琦說：“案楊氏愼云：楚客爲屈原，原忠諫放逐，其辭何得云不雅？防露與‘桑間’對，則爲淫曲。謝莊月賦……以防露對陽阿，可知非雅曲也。孫氏(志祖)補正引何(焯)云：防露，指‘豈不夙夜，謂行多露’言。言‘桑間’不可竝論，故戒妖冶也。余謂如何說，一貞一淫，非‘與’字之義。楊說近是。”但他又以爲二者亦非所謂“淫曲”，並因宋玉對楚王問有陽阿薤露，而疑防露卽薤露，與“桑間”皆悲詞。何說顯然不對，朱琦以爲防露卽薤露，亦無據，楊說近是。解“防露”，應從“桑間”入手。“桑間”，指桑間濮上之音。禮記樂記：“桑間濮上之音，亡國之音也。”漢書地理志：“衞地有桑間濮上之阻，男女亦亟聚會，聲色生焉，故俗稱鄭、衞之音。”可見桑間濮上之音卽情歌，其中多男女相思之悲，不必像朱琦那樣拘泥地解作爲亡國之悲。(朱說：“‘桑間’，亡國之音，與‘悲’合。”其實，“亡

國之音"即所謂"靡靡之樂")。"桑間"既指情歌,防露與"桑間"並稱,亦當是古代情歌。從本段前四句看,這樣解釋較順,若僅强調爲悲詞,與本意似不合。這二句說這種佚蕩的文章,令人感到像防露與"桑間"之類男女相戀相思之詞一樣,雖悲哀感人,然而不雅正。〔以上是第十四段。這段指出文章佚蕩而不雅正的弊病。〕

　　或清虛以婉約①,每除煩而去濫,闕大羹之遺味,同朱絃之清汜,雖一唱而三歎,固既雅而不豔。

　　①"或清"六句:第二句,"煩",繁多、雜亂。"濫",過而不得其當。第三句,"闕",虧缺。"大羹",謂不調五味的肉汁。"遺",餘。"遺味",餘味。第四句,"朱絃",深紅色的瑟絃。"清汜",許文雨說:"康熙字典引陸賦朱絃清汜語,注云:'汜,叶孚絢切,音現。'汜之義散也。清散則不繁密,以形古樂之質樸。"禮記樂記:"清廟之瑟,朱弦而疏越,一唱而三歎,有遺音者矣。大饗之禮,尙玄酒而俎腥魚,大羹不和,有遺味者矣。"這六句說或者文章清虛婉約,去除了繁縟和誇誕的辭句,就如同太羹缺乏餘味,如同朱絃清散而不繁密,雖一人唱三人和,雅倒是够雅了,可就是不豔麗。〔以上是第十五段。這段指出文章過於質樸而不富麗的弊病。〕

　　若夫豐約之裁①,俯仰之形,因宜適變,曲有微情:或言拙而喩巧;或理朴而辭輕;或襲故而彌新;或沿濁而更淸;或覽之而必察;或研之而後精。譬猶舞者赴節以投袂②,歌者應絃而遣聲。是蓋輪扁所不得言③,亦非華說之所能精。

　　①"若夫"十句:"豐約",猶言繁簡。"俯仰",猶言上下。這十句說至於文章繁簡的裁剪,上下氣勢的形成,則各因其所宜,適應其變化,其中頗有曲折細微之處:或語言古拙而所喩甚巧;或文理質樸而文辭輕鬆;或襲用典故而愈見新意;或出於渾濁而反更清澄;或一見就能覺察其妙;或鑽研後纔知其精美。

②"譬猶"二句："赴"，一作"趁"。"節"，音樂的節奏、節拍。"袂(mèi)"，衣袖。這二句說文章的鎔裁、定勢，因宜適變，好像舞蹈者隨着音樂的節拍投袖起舞，歌唱者應合着絲絃放聲歌唱一樣。

③"是蓋"二句：上句用輪扁斲輪得手應心而不可言傳事，詳本篇序注⑦。"華"，繁飾或花巧的意思。這二句說這大概就是輪扁所謂"口不能言"的那種情形，也不是繁言縟詞所能講得明白的。〔以上是第十六段。這段說文章的曲折變化，十分細微，有種種不同的情況，其間的奧妙頗難用言語說得透澈明白。〕

　　普辭條與文律①，良余膺之所服。練世情之常尤②，識前脩之所淑。雖濬發於巧心③，或受吷於拙目。彼瓊敷與玉藻④，若中原之有菽；同橐籥之罔窮，與天地乎並育。雖紛藹於此世⑤，嗟不盈於予掬。患挈缾之屢空⑥，病昌言之難屬。故踸踔於短垣，放庸音以足曲，恆遺恨以終篇⑦，豈懷盈而自足？懼蒙塵於叩缶⑧，顧取笑乎鳴玉。

①"普辭"二句："普"，呂延濟解釋爲"普見"，謂廣泛閱覽。"膺"，胸。許文雨說："賦意亦猶昭明所謂 '歷觀文囿，泛覽辭林，未嘗不心遊目想' 也。"若如此解，則"條（枝條）"喻篇章（如第七段中的"先條"），"文律"，謂文章之有音律者，"辭條"、"文律"皆泛指文章；整個的意思是說廣泛地閱覽了許多文章，這些篇章，我都很佩服。張鳳翼說："辭條，辭之條幹也。文律，文之紀律也。言二者皆吾所佩服而不忘也。"亦可參看。

②"練世"二句："練"，諳練、熟悉。"尤"，過失。"前脩"，前代修德之士。"淑"，善。這二句說熟知時人寫作上的缺點，也認識前賢的優點。

③"雖濬"二句："濬(jùn)"，深。"吷"，當作"欰"(見選學膠言)，同"嗤"，譏笑。這二句說文章雖然深深地發自作者精巧的心意，也許還會受

到拙劣的欣賞者的譏笑。

④“彼瓊”四句：“敷”，字亦作“蕻”或“専”（詳文選筆記）。“瓊敷”、“玉藻”，比喻瑰麗的文章。第二句，“中原”，原中，原野中。“菽”，豆的總稱。詩經小雅小宛：“中原有菽，庶民采之。”第三句，“橐籥(tuó yuè)”，冶鑄用器，猶今之風箱。老子：“天地之間，其猶橐籥乎？”“罔窮”，無窮。第四句，“育”，生長。這四句說那些優美的文辭，猶如平原中的豆子，隨處皆有；猶如橐籥中鼓出的風，沒有窮盡，和天地同存。

⑤“雖紛”二句：“紛藹”，繁多。“掬”，彎曲手掌而承取東西。“掬”一作“手”。這二句說世上優美的文辭雖然繁多，可惜我所得到的不滿一捧。

⑥“患挈”四句：“挈(qiè)”，手提。“餅”亦作“瓶”。“挈餅”，左傳昭公七年：“雖有挈餅之知，守不假器。”注：“挈餅，汲者，喻小知。”“屢空”，常空。呂延濟說：“(此句)謂小智之人，才思屢空也。”第二句，“昌”，當。“昌言”，適當的言辭。或訓美言，義近。“屬”，綴輯。第三句，“踸踔(chēn Zhuó)”，行無常貌。“垣”，矮牆。國語吳語：“君有短垣，而自踰之。”“短垣”一作“短韻”。朱珔說：“(段玉裁言)踸踔，謂腳長短也。短垣可云踸踔不進，不得施於短韻。賦上文既云‘短韻’，此不應複，是寫書者涉上文而誤。尤本獨得之。余謂段說是也。‘踸踔短韻’，殊不成文義。推賦意與上‘患挈瓶之屢空’，皆為喻語。挈瓶，喻小智，故云‘昌言難屬’。此謂力薄而放庸音，如蹋踔於短垣，未免踦躅之狀，總形支絀。二者皆由於才有不逮，故下云‘恆遺恨以終篇，豈懷盈而自足’也。第四句，“音”、“曲”，皆喻文。這四句說苦於才思經常空乏，很難找到適當的優美的言辭來寫作，所以只好勉強地拿平庸的語句來拼湊成篇。

⑦“恆遺”二句：“懷盈自足”，內心自滿。這二句說勉強湊成一篇文章之後常常很遺憾，哪裏還會感到自滿？

⑧“懼蒙”二句：“缶(fǒu)”，瓦器，大肚子小口。“顧”，必，與“固”通。這

二句是說害怕瓦器蒙上塵土更加敲叩不響，必然會被發音很美的玉磬所取笑。〔以上是第十七段。這段慨歎爲文不易，佳篇難得。〕

若夫應感之會①，通塞之紀，來不可遏，去不可止。藏若景滅②，行猶響起。方天機之駿利，夫何紛而不理？思風發於胸臆③，言泉流於脣齒，紛葳蕤以馺遝，唯毫素之所擬。文徽徽以溢目④，音泠泠而盈耳。及其六情底滯⑤，志往神留，兀若枯木，豁若涸流。攬營魂以探賾⑥，頓精爽而自求，理翳翳而愈伏，思乙乙其若抽。是以或竭情而多悔⑦，或率意而寡尤。雖茲物之在我⑧，非余力之所勠。故時撫空懷而自惋，吾未識夫開塞之所由。

①"若夫"四句："應感"，猶言靈感。"通塞"，謂文思的通暢與滯塞。"紀"，法、規律。這四句說若講到靈感的交會和文思通塞的規律，那是很難捉摸的，說來就來，說去就去，非人力所能阻擋。

②"藏若"四句："景"，光。"方"，當。"天機"，天然的機神；此謂天所賦與的文思，猶言神思。"駿"，迅速。"駿利"，猶言流利。這四句說文思藏匿起來就像光滅了一樣，湧現出來就像聲音響起來了一樣；當神思流暢的時候，有什麼紛亂理不清呢？

③"思風"四句："臆"，即胸。"葳蕤(wēi ruí)"，盛貌。"馺遝(sà tà)"，壯貌。"毫"，謂筆。筆以毫(長銳毛)爲之，故稱。"素"，潔白的生絹。古人用以書寫。這四句說文思如風而發於胸中，言辭如泉而流於脣齒，只要用毫素(猶今言紙筆)草擬出來，就是豐富多彩的壯美的好文章。

④"文徽"二句："徽徽"，猶煥爛。"泠泠(líng)"，聲音洋溢。這二句說如上面所說那樣地寫出來的文章，其文采煥爛滿目，其音韻泠泠盈耳。

⑤"及其"四句："六情"，謂喜、怒、哀、樂、愛、惡。"底"，即滯的意思。"底滯"，停滯。"兀(wù)"，無知貌。"豁"，開啟。這四句說到了情思

凝滯的時候，心志雖想前往而精神卻停留不動，就慒慒然像一截枯
木，空蕩蕩的像乾涸了的河流。

⑥"攬營"四句："攬"，持。"攬"一作"覽"。"營魂"，許文雨說：
"案老子道德經注：'營，魂也。'蓋單言曰魂，重言之則曰營魂。其義一
也。秘府'營'，作'熒'，謂熒獨之魂，亦助一解。""賾(zé)"，深奧。第二
句，"頓"，翠，提。第三句，"翳翳(yì)"，暗貌。第四句，"乙乙(yà)"，
難出貌。"乙乙"一作"軋軋"。這四句說竭盡心力去探索奧秘，提起精
神去獨自尋求，但文理隱暗而更加潛伏，文思也很難抽引來。

⑦"是以"二句："率"，輕率。"率意"，猶隨意。"尤"，過失。這二句說
由於文思有通有塞，所以或耗盡情思作文，反而有許多不如意處，或
隨意爲之，倒也沒什麼缺點。

⑧"雖茲"四句："茲物"，指文章。"勦(lù)"，通"戮"，謂戮力、并力，猶
勉力。這四句說雖然文章都在於我去作，但有時即使再用心也作不
好；因此令我時常撫空懷而暗自驚歎，我眞不認識文思之所以有開
有塞的根由。〔以上是第十八段。這段說文思有通有塞、作文或易或
難，但不知何以如此。〕

伊茲文之爲用①，固衆理之所因。恢萬里而無閡②，通億載
而爲津。俯貽則於來葉③，仰觀象乎古人。濟文、武於將墜④，
宣風聲於不泯。塗無遠而不彌⑤，理無微而弗綸。配霑潤於雲
雨⑥，象變化乎鬼神，被金石而德廣，流管絃而日新。

①"伊茲"二句："伊"，維，發語辭。"固"，乃。這二句說文章的功用乃在
於衆理因之而得以表達。

②"恢萬"二句："恢"，恢張，擴大。"閡"，隔閡，阻隔不通。"津"，此謂津
梁，卽橋。架橋津（渡水處）上以濟渡叫津梁。上句中的"而"字一
作"使"。這二句說文可以擴大萬里之遠而無阻隔，可作爲溝通億萬
年之間的津梁。

③"俯貽"二句："貽則"，遺留法則，猶言垂範。"葉"，世。"來葉"，後世。"象"，法。"觀象"，猶言取法。這二句說通過它(指文)往上可取法於古人，往下可垂範於後世。

④"濟文"二句："濟"，救助。"文、武"，指周文王、周武王的道德。論語子張："文、武之道，未墜於地。""風聲"，謂風教。書畢命："彰善癉惡，樹之風聲"。傳："明其爲善，病其爲惡，立其善風，揚其善聲。"這二句說它可挽救文、武之道以免於墜地，可宣揚風教使不至於泯滅。

⑤"塗無"二句："塗"，道路。此借喻道理。易繫辭："易與天地準，故能彌綸天地之道。"疏"'彌'謂彌縫補合。'綸'爲經綸牽引。能補合牽引天地之道，用此易道也。"這二句意謂沒有任何高遠的或細微的道理不是它所能彌縫牽引的。按"彌"，玉篇說："徧也"。此實彌字本義，引申爲彌縫，亦猶徧其縫，故有補合之意。易屯卦："君子以經綸。"疏："綸謂綱也，以織綜經緯。"分絲叫經，合絲叫綸，綸有綜合的意思，此處也可解爲"塗無遠而不徧，理無微而不合"。

⑥"配霑"四句："象"通"像"，擬。李周翰說："文德可以養人，故配霑潤於雲雨；出幽入微，故象變化乎鬼神。""被"，加。"金石"，金謂鐘鼎彝器之屬，石謂碑碣石刻之屬，二者皆用來紀創造、勒箴銘及頌揚功德以垂久遠的。"管絃"，謂樂器、音樂。這四句說它能教育人，故可與雲雨的霑潤之功相配；它出幽入微，變化莫測，故可用鬼神來比擬；它可刻於金石，播於管絃，使盛德得以廣泛流傳而永不衰微。〔以上是末段。這段贊揚文章的功用。〕

〔附錄〕

（一）　晉書陸機傳（節錄）

陸機字士衡，吳郡人也。祖遜，吳丞相。父抗，吳大司馬。機

身長七尺,其聲如雷。少有異才,文章冠世。伏膺儒術,非禮不
動。抗卒,領父兵爲牙門將。年二十而吳滅,退居舊里,閉門勤
學,積有十年。以孫氏在吳,而祖、父世爲將相,有大勳於江表,
深慨孫皓舉而棄之,乃論權所以得,皓所以亡,又欲述其祖、父功
業,遂作辯亡論二篇。……

　　至太康末,與弟雲俱入洛,造太常張華。華素重其名,如舊
相識,曰:“伐吳之役,利獲二俊。”又嘗詣侍中王濟,濟指羊酪謂
機曰:“卿吳中何以敵此?”答云:“千里蓴羹,未下鹽豉。”時人
稱爲名對。張華薦之諸公。後太傅楊駿辟爲祭酒,會駿誅。累
遷太子洗馬,著作郎。范陽盧志於衆中問機曰:“陸遜、陸抗於君
近遠?”機曰:“如君於盧毓、盧珽。”志默然。既起,雲謂機曰:“殊
邦遐遠,容不相悉,何至於此。”機曰:“我父祖名播四海,寧不知
邪?”議者以此定二陸之優劣。

　　吳王晏出鎮淮南,以機爲郎中令,遷尚書中兵郎,轉殿中郎。
趙王倫輔政,引爲相國參軍,豫誅賈謐功,賜爵關中侯。倫將篡
位,以爲中書郎。倫之誅也,齊王冏以機職在中書,九錫文及禪
詔,疑機與焉,遂收機等九人付廷尉。賴成都王穎、吳王晏並救
理之,得減死徙邊,遇赦而止。

　　初,機有駿犬,名曰“黃耳”,甚愛之。既而羈寓京師,久無家
問,笑語犬曰:“我家絕無書信,汝能齎書取消息不?”犬搖尾作
聲。機乃爲書以竹筩盛之,而繫其頸。犬尋路南走,遂至其家,
得報還洛。其後因以爲常。

　　時中國多難,顧榮、戴若思等咸勸機還吳。機負其才望,而
志匡世難,故不從。冏既矜功自伐,受爵不讓,機惡之,作豪士賦

以刺焉。……罔不之悟，而竟以敗。……時成都王穎推功不居，勞謙下士，機旣感全濟之恩，又見朝廷屢有變難，謂穎必能康隆晉室，遂委身焉。穎以機參大將軍軍事，表爲平原內史。

太安初，穎與河間王顒起兵討長沙王乂，假機後將軍，河北大都督，督北中郎將王粹、冠軍牽秀等諸軍二十餘萬人。機以三世爲將，道家所忌，又羈旅入宦，頓居羣士之右，而王粹、牽秀等皆有怨心，固辭都督，穎不許。機鄉人孫惠亦勸機讓都督於粹，機曰：「將謂吾首鼠避賊，適所以速禍也。」遂行。穎謂機曰：「若功成事定，當爵爲郡公，位以台司，將軍勉之矣。」機曰：「昔齊桓任夷吾以建九合之功，燕惠疑樂毅以失垂成之業；今日之事在公不在機也。」穎左長史盧志心害機寵，言於穎曰：「陸機自比管、樂，擬君闇主，自古命將遣師，未有臣陵其君而可以濟事者也。」穎默然。

機始臨戎而牙旗折，意甚惡之。列軍自朝歌至於河橋，鼓聲聞數百里，漢、魏以來，出師之盛未嘗有也。長沙王乂奉天子與機戰於鹿苑，機軍大敗，赴七里澗，而死者如積焉，水爲之不流。將軍賈稜皆死之。

初，宦人孟玖、弟超，並爲穎所嬖寵。超領萬人爲小都督，未戰，縱兵大掠。機錄其主者。超將鐵騎百餘人，直入機麾下，奪之，顧謂機曰：「貉奴能作督不！」機司馬孫拯勸機殺之，機不能用。超宣言於衆曰：「陸機將反。」又還書與玖，言機持兩端，軍不速決。及戰，超不受機節度，輕兵獨進而沒。玖疑機殺之，遂譖機於穎，言其有異志。將軍王闡、郝昌、公師藩等皆玖所用，與牽秀等共證之。

　　穎大怒，使秀密收機。其夕機夢黑幰繞車，手決不開。天明而秀兵至，機釋戎服，著白帢與秀相見，神色自若，謂秀曰："自吳朝傾覆，吾兄弟宗族，蒙國重恩，入侍帷幄，出剖符竹。成都命吾以重任，辭不獲已；今日受誅，豈非命也！"因與穎牋，詞甚淒惻。既而歎曰："華亭鶴唳，豈可復聞乎？"遂遇害於軍中。時年四十三。二子蔚、夏，亦同被害。機既死非其罪，士卒痛之，莫不流涕。是日昏霧晝合，大風折木，平地尺雪，議者以爲陸氏之寃。

　　機天才秀逸，辭藻宏麗。張華嘗謂之曰："人之爲文，常恨才少，而子更患其多"。弟雲嘗與書曰："君苗見兄文，輒欲燒其筆硯。"後葛洪著書稱機文："猶玄圃之積玉，無非夜光焉，五河之吐流，泉源如一焉。其弘麗妍贍，英銳漂逸，亦一代之絕乎！"其爲人所推服如此。然好游權門，與賈謐親善，以進趣獲譏。所著文章凡二百餘篇，並行於世。

（二）　關於陸機的評價

　　陸雲與兄平原書曰：往日論文，先辭而後情，尚絜而不取悅懌。嘗憶兄道張公（華）父子論文，實自欲得。今日便欲宗其言。兄文章之高遠絕異，不可復稱言，然猶皆欲微多，但清新相接，不以此爲病耳。若復令小省，恐其妙欲不見，可復稱極，不審兄由以爲爾不？……雲今意視文，乃好清省，欲無以尚，意之至此，乃出自然。

　　又曰：蔡氏所長，唯銘頌耳。銘之善者，亦復數篇，其餘平平耳。兄詩賦自與絕域，不當稍與比校，張公昔亦云兄新聲多之不同也，典當故爲未及。

劉義慶世說新語曰：蔡司徒在洛，見陸機兄弟佳參佐廨中，三間瓦屋，士龍佳東頭，士衡佳西頭。士龍爲人，文弱可愛；士衡長七尺餘，聲作鍾聲，言多忼慨。（賞譽）

又曰：孫興公（綽）云：“潘文爛若披錦，無處不善。陸文若排沙簡金，往往見寶。”

劉孝標注引續文章志曰：“岳爲文選言簡章，淸綺絕倫。”又引文章傳曰：“機善屬文，司空張華見其文章，篇篇稱善。猶譏其作文大治，謂曰：‘人之作文，患於不才；至子爲文，乃患太多也。’”（文學）

劉勰曰：至如士衡才優，而綴辭尤繁；士龍思劣，而雅好淸省。及雲之論機，亟恨其多，而稱淸新相接，不以爲病。（文心雕龍鎔裁篇）

又曰：士衡矜重，故情繁而詞隱。（同上體性篇）

又曰：陸機才欲窺深，辭務索廣，故思能入巧，而不制煩。（同上才略篇）

鍾嶸曰：晉平原相陸機。其源出於陳思。才高詞贍，舉體華美。氣少於公幹，文劣於仲宣。尙規矩，不貫綺錯，有傷直致之奇。然其咀嚼英華，厭飫膏澤，文章之淵泉也。張公（華）歎其大才，信矣！（詩品上）

陳繹曾曰：士衡才思有餘，但胸中書太多，所擬能痛割捨，乃佳耳。（詩譜）

王夫之曰：陸以不秀而秀，是云夕秀。乃其不爲繁聲，不爲切句，如此作者，風骨自拔，固不許兩潘腐氣所染。（古詩評選卷四）

又曰：平原擬古，步趨如一，然當其一致順成，便爾獨舒高調。一致則淨，淨則文，不問叛守，皆成獨構也。（同上）

又曰：三國以降，風雅幾可墜地。……二陸雖為陶、謝開先，而方在驅除，尤多鉏耰棘矜之色。（同上）

李重華曰：陸士衡擬古詩，名重當世，余每病其呆板。（貞一齋詩說）

陳祚明曰：士衡詩束身奉古，亦步亦趨，在法必安，選言亦雅，思無越畔，語無溢幅。造情既淺，抒響不高。擬古樂府，稍見蕭森；追步十九首，便傷平淺。至於述志贈答，皆不及情。夫破亡之餘，辭家遠宦，若以流離為感，則悲有千條；倘懷甄錄之欣，亦幸逢一旦。哀樂兩柄，易得淋漓，乃敷旨淺庸，性情不出。豈餘生之遭難，畏出口以招尤，故抑志就平，意滿不敍，若脫綸之鱉，初放微波，圉圉未舒，有懷靳展乎？大較衷情本淺，乏於激昂者矣。（采菽堂古詩選卷十）

沈德潛曰：士衡詩亦推大家，然意欲逞博，而胸少慧珠，筆又不足以舉之，遂開出排偶一家。西京以來，空靈矯健之氣，不復存矣。降自梁、陳，專攻隊仗，邊幅復狹，令閱者白日欲臥，未必非士衡為之濫觴也。（古詩源卷七）

又曰：謝康樂詩亦多用排，然能造意，便與潘、陸輩迥別。（同上）

又曰：士衡以名將之後，破國亡家，稱情而言，必多哀怨，乃詞旨敷淺，但工塗澤，復何貴乎？（同上）

又曰：蘇、李、十九首，每近於風。士衡輩以作賦之體行之，所以未能感人。（同上）

又曰：文賦云"詩緣情而綺靡"，殊非詩人之旨。（同上）

黃子雲曰：平原五言樂府，一味排比敷衍，間多硬句；且踵前人步伐，不能流露性情，均無足觀。（野鴻詩的）

劉熙載曰：劉彥和謂"士衡矜重"，而近世論陸詩者，或以累句訾之。然有累句，無輕句，便是大家品位。（藝概詩概）

又曰：士衡樂府，金石之音，風雲之氣，能令讀者驚心動魄。雖子建諸樂府，且不得專美於前，他何論焉。（同上）

三　潘　岳

　　潘岳(公元二四七——三〇〇)字安仁，滎陽中牟(今河南中牟縣東)人。他少年時被鄉里稱爲奇童，二十幾歲才名就已很大。他趨附勢利，熱心功名，但仕途卻並不得意。晉惠帝時趙王倫輔政，他被趙王的親信害死。潘岳以善於寫哀傷詩文著稱，代表作有悼亡詩等。這些作品雖有一定藝術價值，但社會意義不大。今傳潘黃門集輯本一卷。

悼亡詩①

荏苒冬春謝②，寒暑忽流易。之子歸窮泉③，重壤永幽隔。私懷誰克從④，淹留亦何益。僶俛恭朝命⑤，迴心反初役。望廬思其人⑥，入室想所歷。幃屏無髣髴⑦，翰墨有餘迹。流芳未及歇⑧，遺掛猶在壁。悵怳如或存⑨，回惶忡驚惕。如彼翰林鳥⑩，雙棲一朝隻；如彼游川魚，比目中路析。春風緣隙來⑪，晨霤承檐滴。寢息何時忘⑫，沈憂日盈積。庶幾有時衰⑬，莊缶猶可擊。

　　① 悼亡詩共三首，成一組，都是詩人爲悼念亡妻而作的。這是第一首，敍亡妻既葬，自己準備赴任時的情景。
　　② "荏苒"二句："荏苒(rěn rǎn)"，形容時間逐漸消逝。"謝"，去。"流易"，消逝，變換。這二句說光陰消逝，時節變易，忽忽一年。古代禮制：妻死，丈夫服喪一年。何焯說："安仁悼亡，蓋在終制之後，荏苒多春，寒

瞀忽易,是一期已周也。古人未有喪而賦詩者。"(義門讀書記)

③"之子"二句:"之子",猶言伊人、那人,指亡妻。"窮泉",深泉,謂地下。"重壤",層層土壤。"幽",深邃;"幽隔",謂被阻隔在深邃的地下。這二句說妻子已亡歸地下,永遠被土層隔絕了。

④"私懷"二句:"私懷",心中懷念亡妻的哀傷之情,呂延濟謂此指"哀傷私情,欲不從仕"(見六臣注文選)。"克",能够。"從",隨、順。宋玉神女賦:"情獨私懷,誰者可語。"語意與上句同。"淹留",謂滯留于家。這二句說自己心中哀傷,想再留在家裏,但是不爲王命和世情所許,而且長久滯留于家也無益處。

⑤"俛俛"二句:"俛俛(mǐn miǎn)",勉力。"恭",從。"朝命",朝廷的任命。"迴心",轉念。"反",同"返"。"初役",原任官職,指妻亡返家時所任官職。這二句說勉力恭從朝命,扭轉心情回原官任所去。以上八句寫服喪期滿,必須離家赴任。

⑥"望廬"二句:"廬",住宅。"室",內屋。"歷",經過,指亡妻過去的生活。這二句說看着住宅就想起亡妻,走進內室就想起她的行跡。

⑦"幃屏"二句:上句,"幃",帳子。"屏",屏風。"髣髴",相似的形影。此言自己雖然神志沮喪地思念亡妻,却不能在幃屏中見到她的髣髴之影。下句,"翰",毛筆。"翰墨",即筆墨之意。"餘迹",猶"遺跡"。這句意謂亡妻生前所作文字却有遺留下來的。

⑧"流芳"二句:"遺挂",呂延濟說:"遺挂謂平生玩用之物尚在於壁。"李善以爲指亡妻的翰墨遺迹。余冠英說:"'流芳'、'遺挂'都承翰墨而言,言亡妻筆墨遺迹,挂在牆上,還有餘芳(近人以遺挂爲影像,未審是否)。"(見漢魏六朝詩選)

⑨"恍怳"二句:"恍怳(huǎng)",神志恍惚。"回惶",心情由恍惚而轉爲不安、惶恐。一作"回遑",又作"周遑",則形容其心情的急遽變化。"忡(Chōng)",憂。"惕",懼。清陳祚明、沈德潛皆謂"周遑忡驚惕"不成語。吳淇則說:"此詩'周遑忡驚惕'五字似複而實一字有一字之

情。'悵怳'者，見其所歷而猶爲未亡。'周遑忡驚惕'，想其所歷而已知其亡，故以'周遑忡驚惕'五字，合之'悵怳'，共七字，總以描寫室中人新亡，單剩孤孤一身在室內，其心中忐忐忑忑光景如畫。"（六朝選詩定論）以上八句寫"將出未出，連流虛室，觸目傷心景象"（清張玉穀語，見古詩賞析）。

⑩　"如彼"四句："翰"，羽；"翰林"，謂棲鳥之林（用唐李周翰說，見六臣注文選）。"比目"，魚名，爾雅釋地："東方有比目魚焉，不比不行。""析"，分開，一作"折"，又作"拆"。這四句以雙棲鳥成單、比目魚分離來比擬妻喪後的孤獨憂傷之情。

⑪　"春風"二句："緣"，沿着。"隟"，即"隙"字，此謂門窗上或牆壁上的隙縫。"霤（liù）"，屋簷流下來的水；一作"溜"。這二句說春風沿着門窗上的隙縫吹進來；早晨，簷霤滴瀝。

⑫　"寢息"句："寢息"，安寢休息；一作"寢興"，則謂無論睡着或醒來。這句意謂無論何時都不能忘却妻亡的哀傷。

⑬　"庶幾"二句："庶幾"，但願，强作希望之詞。"莊"，指莊周。"缶（fǒu）"，瓦盆，古代的一種打擊樂器。這是用莊子至樂中說莊子達觀，妻死而不悲哀的典故："莊子妻死，惠子弔之，莊子則方箕踞鼓盆而歌。"此連上二句言自己不能忘掉妻亡的哀傷，而且日益加深；但願將來這哀傷淡薄些，能像莊周那樣達觀才好。

〔附錄〕

（一）晉書潘岳傳（節錄）

潘岳字安仁，滎陽中牟人也。祖瑾，安平太守；父茈，琅玡內史。岳少以才穎見稱鄉邑，號爲奇童，謂終、賈之儔也。早辟司空太尉府，舉秀才。泰始中，武帝躬耕藉田，岳作賦以美其事。……

岳才名冠世，爲衆所疾，遂栖遲十年，出爲河陽令，負其才而鬱鬱不得志。時尙書僕射山濤領吏部，王濟、裴楷等並爲帝所親遇，岳內非之，乃題閣道爲謠曰："閣道東，有大牛，王濟鞅，裴楷鞧，和嶠刺促不得休。"轉懷令。時以逆旅逐末廢農，奸淫亡命多所依湊，敗亂法度，勑當除之。十里一官攤，使老小貧戶守之。又差吏掌主，依客舍收錢。岳議曰："……"。從之。岳頻宰二邑，勤於政績，調補尙書度支郎，遷廷尉評，以公事免。

楊駿輔政，高選吏佐，引岳爲太傅主簿。駿誅，除名。

初，譙人公孫宏少孤貧，客田於河陽，善鼓琴，頗屬文。岳之爲河陽令，愛其才藝，待之甚厚。至是，宏爲楚王瑋長史，專殺生之政。時駿綱紀皆當從坐，同署主簿朱振已就戮。岳其夕取急在外。宏言之瑋，謂之假吏，故得免。未幾選爲長安令。作西征賦，述所經人物山水，文淸旨詣。辭多不錄。微補博士，未召，以母疾輒去官，免。尋爲著作郎，轉散騎侍郎。

岳性輕躁，趨世利，與石崇等諂事賈謐。每候其出，與崇輒望塵而拜。構愍懷之文，岳之辭也。謐二十四友，岳爲其首。謐晉書限斷，亦岳之辭也。其母數誚之曰："爾當知足而乾沒不已乎？"而岳終不能改。既仕宦不達，乃作閑居賦……。

初，岳爲瑯玡內史，孫秀爲小史，給岳而狡黠自喜。岳惡其爲人，數撻辱之，秀常銜忿。及趙王倫輔政，秀爲中書令。岳於省內謂秀曰："孫令猶憶疇昔周旋不？"答曰："中心藏之，何日忘之！"岳於是自知不免。俄而秀遂誣岳及石崇、歐陽建謀奉淮南王允、齊王冏爲亂，誅之，夷三族。岳將詣市，與母別曰："負阿母。”初被收，俱不相知。石崇已送在市，岳後至，崇謂之曰：“安仁，卿亦復爾邪？”岳曰：“可謂‘白首同所歸’！”岳金谷詩云“投分寄石友，白首同所歸”，乃成其讖。岳母及兄侍御史釋、弟燕令豹、司徒掾據、據弟詵，兄弟之子，已出之女，無長幼，一時被害。唯釋子伯武逃難得免，而豹女與其母相抱號呼不可解，會詔原之。

岳美姿儀，辭藻絕麗，尤善爲哀誄之文。少時常挾彈出洛陽道，婦人遇之者，皆連手縈繞，投之以果，遂滿載以歸。時張載甚醜，每行，小兒以瓦石擲之，委頓而反。

（二）關於潘岳的評價

劉義慶世說新語曰：孫興公云：“潘文淺而淨，陸文深而蕪。”（文學）

劉勰曰：安仁輕敏，故鋒發而韻流。（文心雕龍體性篇）

又曰：潘岳敏給，辭自和暢，鍾美於西征，賈餘于哀誄，非自外也。（同上才略篇）

鍾嶸曰：晉黃門郎潘岳。其源出于仲宣。翰林歎其翩翩然如翔禽之有羽毛，衣服之有綃縠，猶淺於陸機。謝混云：“潘詩爛若舒錦，無處不佳。陸文如披沙簡金，往往見寶。”嶸謂益壽輕華，故以潘爲勝，翰林篤論，故歎陸爲深。余常言：陸才如海，潘才如江。（詩品上）

陳繹曾曰：安仁質勝於文，有古意，但澄汰未精耳。（詩譜）

王夫之曰：古今文筆之厄，凡有二會，世替風凋，禍亦相等，一爲西晉，一爲汴宋。……二潘、孫、傅、成公之風，大曆以後染之而得荒怪，……(潘)尼、(孫)楚、(傅)咸、(成公)綏之陋，旣皆黃茅白葦，棘目煩心，安仁爲其領袖，差有津欣之致，顧如河陽、懷縣、悼亡諸作，世所推獎，乃其一情一景，一今一昔，自以爲經緯，而擧止煩擾，旣措大買驢之券，晉容嚅囁，亦翁嫗攤絮之談。(古詩評選卷四)

陳祚明曰：安仁情深之子，每一涉筆，淋漓傾注，宛轉側折，旁寫曲訴，刺刺不能自休。夫詩以道情，未有情深而語不佳者；所嫌筆端繁冗，不能裁節，有遜樂府古詩含蘊不盡之妙耳。安仁過情，士衡不及情；安仁任天眞，士衡準古法。夫詩以道情，天眞旣優，而以古法繩之，曰未盡善，可也。蓋古人之能用法者，中亦以天眞爲本也。情則不及，而曰吾能用古法；無實而襲其形，何益乎？故安仁有詩而士衡無詩。鍾嶸惟以聲格論詩，曾未窺見詩旨。其所云"陸深而蕪，潘淺而淨"，互易評之，恰合不謬矣。不知所見何以顚倒至此！(采菽堂古詩選卷十一)

沈德潛曰：安仁詩品，又在士衡之下，茲特取悼亡二詩，格雖不高，其情自深也。(古詩選卷七)

又曰：潘、陸詩如翦綵爲花，絕少生韻。(同上)

黃子雲曰：安仁情深而語冗繁。唯內顧詩"獨悲"云云一首，悼亡詩"曜靈"云云一首，抒寫新婉，餘罕佳構，昔人謂之潘江，過矣。(野鴻詩的)

四 左 思

左思(公元二五〇?——三〇五?)字太沖，臨淄(今山東臨淄縣)人。他雖然博學能文，但由於出身寒素，所以仕進很不得意。他的詩主要就是反映了寒門出身的知識分子和士族門閥之間的矛盾，揭露了門閥制度的不合理，同時表達了自己建功立業的願望，以及對士族權貴的蔑視。筆力充沛，絕少雕琢，大都充滿了積極浪漫主義精神。這使他遠遠超出於當時其他的詩人。左思的作品流傳下來的很少，僅文選和玉臺新詠中存有少量詩賦。詠史八首是他的代表作，此外三都賦也是名篇。

詠 史①

弱冠弄柔翰②，卓犖觀羣書。著論準過秦③，作賦擬子虛。邊城苦鳴鏑④，羽檄飛京都。雖非甲胄士⑤，疇昔覽穰苴。長嘯激淸風⑥，志若無東吳。鉛刀貴一割⑦，夢想騁良圖。左眄澄江湘⑧，右盼定羌胡。功成不受爵⑨，長揖歸田廬。

①詠史共八首，都是托古諷今，藉古人古事以抒寫自己的懷抱和不平的作品。鍾嶸詩品評論左詩："文典以怨，頗爲精切，得諷諭之致。"就是指詠史而言。明胡應麟詩藪說："詠史之名，起自孟堅(班固)，但指一事。魏杜摯贈毋丘儉，疊用入古人名，堆垛寡變。太沖題實因班，體亦本杜，而造語奇偉，創格新特，錯綜震蕩，逸氣干雲，遂爲古今絕

唱。"這些評論都是十分愜當的。本篇是其一,自敍才能懷抱,並未涉及史事,但與以下詠魯仲連、詠揚雄等首前呼後應,可以看做是一篇序詩。從詩中"左眄澄江湘,右盼定羌胡"二句推斷,此詩當作於公元二八〇年滅吳以前。

② "弱冠"二句:"弱冠",禮記曲禮:"人生二十曰弱冠。"古時男子二十歲成人而行冠禮,體猶未壯,故曰"弱冠"。"柔翰",毛筆。"卓犖(luò)",卓越。這二句說自己二十歲的時候就很會寫文章了,而且博覽羣書,才學出衆。

③ "著論"二句:"過秦",西漢賈誼新書中的一篇,後人分爲三篇,題爲過秦論。張雲璈認爲以過秦爲論,似始於此詩(見選學膠言)。"子虛",賦名,司馬相如所作。這二句承上"弄柔翰",說自己著論作賦是以過秦、子虛這樣的名篇爲典範。以上四句是講自己的文才。

④ "邊城"二句:"鏑(dí)",箭頭。"鳴鏑",又叫"嚆(hāo,鳴叫)矢",古時發射它作爲戰鬥的信號。本爲匈奴所造。"檄(xí)",檄文,文書。寫在一尺二寸長的木簡上,緊急文書上揷鳥羽叫"羽檄"。這兩句說邊疆苦於外患,告急的文書飛快地傳到京都。按這可能是指二七九年對孫皓和對涼州羌胡機樹能部的戰爭。晉書武帝紀:"咸寧五年十一月,大舉伐吳。"其伐吳詔書曰:"孫皓犯境,夷虜擾邊。……上下戮力,以南夷句吳,北威戎狄。"

⑤ "雖非"二句:"冑",頭盔。"甲冑士",謂戰士。"疇昔",以往。"穰苴(ráng jū)",司馬穰苴兵法,此泛指一般兵書。穰苴,春秋時齊國人,姓田氏。齊景公時因拒晉、燕有功,尊爲大司馬(掌軍政的最高官職),因稱司馬穰苴。後來"齊威王使大夫追論古者司馬兵法,而附穰苴於其中,因號司馬穰苴兵法"(見史記司馬穰苴列傳)。這二句說自己雖非將士,但也曾讀過兵法。這是講自己的武略。

⑥ "長嘯"二句:說放聲長嘯,嘯聲激盪着清風,志豪氣勇,沒有把東吳放在眼裏。"嘯",蹙口成聲。

⑦ "鉛刀"二句：上句，李善注引東觀漢記："超曰：'臣乘聖漢威神，出萬死之志，冀立鉛刀一割之用。'"據後漢書知此是章帝建初三年班超上疏請兵語。這二句說鉛刀雖鈍，如果能有一割之用也好，自己雖然才能低拙，但仍然想望施展自己良好的抱負。以下四句就具體講出他的"良圖"。

⑧ "左眄"二句："眄(miǎn)"、"盼"，都是看的意思。"澄"，清。"江、湘"，長江、湘水，是當時東吳所在。地在東南，故曰"左眄"。下句"羌胡"，即所謂五胡中之羌族，分佈在甘肅、青海一帶，地在西北，故曰"右盼"。這二句即伐吳詔書中"南夷句吳，北威戎狄"的意思。

⑨ "功成"二句："爵"，爵位。"田廬"，家園。這二句說功成之後，謝絕封賞，歸隱田園。

其　二①

鬱鬱澗底松②，離離山上苗，以彼徑寸莖③，蔭此百尺條。世冑躡高位④，英俊沈下僚。地勢使之然⑤，由來非一朝。金張藉舊業⑥，七葉珥漢貂。馮公豈不偉⑦，白首不見招。

① 第二首取喻松、苗，揭示出"上品無寒門，下品無世族"的現象。何焯義門讀書記："左太沖詠史，'鬱鬱'首，良圖莫騁，職由因于資地。託前代以自鳴所不平也。"

② "鬱鬱"二句："鬱鬱"，茂密貌。"離離"，下垂貌。"苗"，初生之樹木。

③ "以彼"二句："徑"，直徑。"徑寸莖"，一寸粗的莖幹。"蔭"，遮蓋。"條"，樹枝。此連上四句以澗底松比喻才高位卑的寒士，以山上苗比喻才拙位高的世族。

④ "世冑"二句："世冑"，世家子弟。"冑"，後裔。"躡(niè)"，登。"沈下僚"，沈沒於低下的官職上。

⑤ "地勢"二句：說這種情況正像澗底松和山上苗一樣，是地勢使得他們如此，由來已久，並非一朝一夕之事。

⑥ "金張"二句：上句"金"，指金日磾（mì dí）家，自漢武帝時起，至漢平帝時止，金家七代爲內侍。漢書金日磾傳贊："七世內侍，何其盛也。""張"，指張湯家。漢書張湯傳："安世（張湯子）子孫相繼，自宣、元以來爲侍中、中常侍……者凡十餘人。功臣之世唯有金氏、張氏親近貴寵，比於外戚。"下句，"珥（ěr）"，插。"貂"，此指貂尾。李善注引魏董巴輿服志："侍中、中常侍冠武弁，貂尾爲飾。"這二句說金、張兩家子弟憑藉祖先的功業，七代做漢朝的貴官。

⑦ "馮公"二句："馮公"，指馮唐，漢文帝時人，爲中郎署長，年老而官甚微（見史記馮唐列傳）。李善注引荀悅漢紀："馮唐白首，屈於郎署。""偉"，奇偉出衆。"招"，招見，重用的意思。連上四句舉史實說明"世胄躡高位，英俊沈下僚"，已是由來已久了。

其　三①

吾希段干木②，偃息藩魏君；吾慕魯仲連③，談笑却秦軍。當世貴不羈④，遭難能解紛。功成恥受賞，高節卓不羣。臨組不肯緤⑤，對珪寧肯分？連璽耀前庭⑥，比之猶浮雲。

① 第三首歌詠段干木和魯仲連二人有功於國而輕視祿位的高節，並說明自己的志向。

② "吾希"二句："希"，響慕。"段干木"，戰國時魏人，隱居窮巷，不願仕進。魏文侯尊他爲師。當時秦國要攻魏，司馬唐諫秦王說："段干木賢者也，而魏禮之，天下莫不聞。無乃不可加兵乎！"秦王以爲然，遂罷。（見呂氏春秋察賢篇）班固幽通賦："木偃息以藩魏兮。""偃息"，安臥。"藩"，籬垣，此爲動詞，猶言衞護。

③“吾慕”二句:“魯仲連”,戰國時齊國人。“好奇偉俶儻之畫策,而不肯仕官任職,好持高節。”秦使白起圍趙,魯仲連正在趙國,他斥退了魏國派往趙國勸趙尊秦爲帝的辛垣衍,使趙人也放棄了帝秦的打算,秦將聞之,爲却軍五十里(見戰國策趙策及史記魯仲連列傳)。這二句說我敬慕魯仲連,他以談笑舌辯而能使秦國退兵。

④“當世”四句:“不覊”,不受籠絡。“貴不覊”,以不受人籠絡爲貴。“遭”,遇。“難”,患難。“紛”,糾紛。史記魯仲連列傳載:“魯仲連却秦軍後,於是平原君欲封魯連,魯連辭讓。使者三,終不肯受。平原君乃置酒,酒酣,起前,以千金爲魯連壽。魯連笑曰:‘所謂貴於天下之士者,爲人排患釋難解紛亂而無取也。即有取者,是商賈之事也,而連不忍爲也。’遂辭平原君而去。”此前二句用魯仲連語原意,後二句是對他的評價。意謂世上所推崇的是那些不覊之士,他們能够爲人排難解紛,功成而不受賞,高節卓越實在與衆不同。

⑤“臨組”二句:“組”,絲織的綬帶,用以繫印章結於腰間。“緤(xiè)”,繫。“珪”,瑞玉,上圓下方。古代封諸侯,爵位不同,珪也不同。揚雄解嘲:“析(分)人(人君)之珪,儋(荷,接受)人之爵,懷(取)人之符,分人之禄。”“分珪”本此。“寧(豈)肯分珪”與“不肯緤組”都是功成不受賞的意思。

⑥“連璽”二句:“璽”,印。“連璽”,幾個印連在一起;李善説:“將加之官,必授之以印。後仲連爲書遺燕將,燕將自殺。田單欲爵之,仲連逃海上。再封(因先平原君曾欲封之,故曰再封),故言連璽。”“浮雲”,論語述而:“子曰:‘不義而富且貴,於我如浮雲。’”這二句再次强調魯仲連把爵禄看得像浮雲一樣地輕。

其　四①

濟濟京城内②,赫赫王侯居。冠蓋蔭四術③,朱輪竟長衢。朝集金張館④，暮宿許史廬。南鄰擊鐘磬，北里吹笙竽。寂寂揚子宅⑤，門無卿相輿。寥寥空宇中，所講在玄虛。言論準宣尼⑥，辭賦擬相如。悠悠百世後⑦，英名擅八區。

① 第四首寫京城權貴的豪華生活，以顯示揚雄的寂寥，又以揚雄的不朽，反襯權貴的速朽。何焯義門讀書記：“‘濟濟’首，謂王愷、羊琇之屬，言地勢既非，立功難覬，則柔翰故在，潛於篇籍，以章厥身者，乃吾師也。”

② “濟濟”二句：“濟濟”，美盛衆多貌。“京城”，指長安。“赫赫”，顯盛貌。這二句說京城內王侯的住宅很多，而且十分富麗堂皇。

③ “冠蓋”二句：冠冕和車蓋，都是貴人的輿服。“術”，道路。“朱輪”，車輪塗以赤色。漢代列侯二千石以上的官方得乘朱輪。“竟”，盡。“衢”，四通的道路。這二句說京城裏貴族高官來來往往，絡繹不絕，他們的冠蓋遮蔽了四通八達的道路，車駕塞滿了長街。

④ “朝集”四句：“金、張”，見第二首注⑤。“許”，指漢宣帝許皇后的娘家。后父許廣漢被封爲平恩侯，廣漢兩弟亦皆封侯。“史”，指宣帝祖母史良娣的娘家，宣帝封史良娣侄史高等三人爲侯（事均見漢書外戚列傳）。“擊鐘磬”、“吹笙竽”謂這些豪門貴戚奏樂娛樂。這四句意謂豪貴之家，日夕相聚，朝暮歡娛。

⑤ “寂寂”四句：“揚子”，指揚雄。雄家貧，門少賓客。他仿周易作太玄經十卷，講論玄妙虛無的道理（見漢書揚雄傳）。這四句說揚雄家貧，不與卿相過往，而獨自閉門著書。

⑥ “言論”二句：“宣尼”，謂孔子。漢平帝時追諡孔子爲褒城宣尼公，揚雄仿論語作法言十三卷。上句指此。下句，“相如”，司馬相如。漢書揚雄傳說：“先是時，蜀有司馬相如作賦甚弘麗溫雅，雄心壯之，每作賦，常擬以爲式。”下句言揚雄的辭賦是摹擬司馬相如的。這二句皆言其才學之高。

⑦ "悠悠"二句："悠悠",長久。"擅",專、據有。"八區",八方之域。這二句說揚雄的美名將永遠流傳於八方。

<h1 style="text-align:center">其　五①</h1>

皓天舒白日②,靈景耀神洲。列宅紫宮裏③,飛宇若雲浮。峨峨高門內④,藹藹皆王侯。自非攀龍客⑤,何爲欻來游?被褐出閶闔⑥,高步追許由。振衣千仞岡⑦,濯足萬里流。

① 第五首前半寫京城宮室的壯麗,後半表示自己摒棄榮華富貴,志在隱居高蹈。本篇在八首中情感最爲激揚。

② "皓天"二句："皓",明。"白日"、"靈景",皆指日光。"神州","赤縣神州"的簡稱,指中國。這二句說明亮的天空中陽光四射,普照着中國的大地。

③ "列宅"二句："紫宮",本星名,即紫微宮。漢未央宮中有紫宮。此"紫宮",泛指帝王宮禁。"宇",屋邊、屋簷。古代宮殿的屋簷像飛揚的鳥翼,所以叫"飛宇"。"雲浮",形容飛宇高而且密。這二句寫皇宮裏一排排的建築,飛簷如雲,十分豪華。

④ "峨峨"二句："峨峨",高貌。"藹藹",盛多貌。這二句意謂高大的門第裏,居住着許多王侯。

⑤ "自非"二句："攀龍客",揚雄法言淵騫:"攀龍鱗,附鳳翼,巽以揚之。"此指追隨帝王侯相以求功名利祿的人。"欻(xù)",忽。這二句說自己并不是攀龍附鳳之人,爲什麽忽然到這種地方來了呢?

⑥ "被褐"二句："被褐",穿着粗布衣服。孔子家語三恕:"子路問於孔子曰:'有人於此,被褐而懷玉,何如?'子曰:'國無道,隱之可也;國有道,則袞冕而執玉。'""閶闔",宮門。"高步",猶言高蹈,遠行隱遁。"許由",傳說中的隱士。高士傳:"許由字武仲,……後隱於沛澤之

中。堯讓天下於許由，……不受而逃去。……由於是遁耕於中岳潁水之陽，箕山之下，……堯又召爲九州長，由不欲聞之，洗耳於潁水濱。”這二句說穿着粗布的衣服，離開皇都，追隨許由高蹈隱居。

⑦“振衣”二句：“仞”，七尺爲仞。這二句說在高山上抖衣，在長河裏洗腳，以除去世俗塵污。李善注引王粲七釋：“濯身乎滄浪，振衣乎高嶽。”

其　六①

荆軻飲燕市②，酒酣氣益震。哀歌和漸離，謂若傍無人。雖無壯士節③，與世亦殊倫。高眄邈四海，豪右何足陳！貴者雖自貴④，視之若埃塵。賤者雖自賤，重之若千鈞。

① 第六首讚揚了荆軻慷慨高歌、睥睨四海的精神，藉以表示對權貴的蔑視。何焯義門讀書記：“‘荆軻’首，又言雖博徒狗屠，猶有軼倫之才，視碌碌豪右、自詫攀龍者，方復夷然不屑，況吾儕也。”

②“荆軻”四句：史記刺客列傳：“荆軻既至燕，愛燕之狗屠及善擊筑者高漸離。荆軻嗜酒，日與狗屠及高漸離飲於燕市。酒酣以往，高漸離擊筑，荆軻和而歌於市中，相樂也。已而相泣，旁若無人者。”“酣”，半醉。“震”，威。“謂”，以爲。

③“雖無”四句：“節”，志操。“殊倫”，不同於一般人。“倫”，輩、類。“邈”，同藐，小看。“豪右”，古時以右爲上，故稱豪門貴族爲豪右。“陳”，陳述。這四句說荆軻雖然還缺少壯士的操行，但也與衆不同。他高視不凡，以四海爲小，那般豪門怎值得一提！

④“貴者”四句：說豪貴雖自以爲貴，但我看來卻輕若埃塵；賤者（如荆軻、高漸離等）雖自以爲賤，但我看來却重若千鈞。“鈞”，三十斤爲一鈞。

其　七①

主父宦不達②，　骨肉還相薄。買臣困采樵③，　伉儷不安宅。陳平無產業④，　歸來翳負郭。長卿還成都⑤，　壁立何寥廓。四賢豈不偉⑥，　遺烈光篇籍。當其未遇時，憂在填溝壑。英雄有屯邅⑦，由來自古昔。何世無奇才，遺之在草澤。

①第七首慨歎主父偃等四人的困阨，説明自古有不少奇才埋没在草野之中。

②"主父"二句：主父偃，漢武帝時人。史記主父偃傳："主父曰：'臣結髮游學四十餘年，身不得遂。親不以爲子，昆弟不收，賓客棄我，我阨日久矣。'""骨肉"，喻至親，這裏兼指父母兄弟。"薄"，輕視，看不起。

③"買臣"二句：朱買臣，漢武帝時人。漢書朱買臣傳："家貧，好讀書，不治產業。常艾(yì 刈)薪樵，賣以給食。擔束薪行，且誦書。其妻亦負戴相隨，數止買臣毋歌嘔道中，買臣愈益疾歌。妻羞之求去。買臣笑曰：'我年五十當富貴，今已四十餘矣！女苦日久，待我富貴，報女功。'妻恚怒曰：'如公等終餓死溝中耳，何能富貴！'買臣不能留，卽聽去。""樵"，柴。"伉儷(kàng lì)"，配偶，夫妻。這二句説朱買臣困於采樵之時，連妻子也不安於室而要離開他了。

④"陳平"二句："陳平"，漢高祖的功臣之一。史記陳丞相世家："少時家貧，好讀書。……户牖(今河南東仁縣東北)富人有張負，張負女孫，五嫁而夫輒死，人莫敢娶，平欲得之。邑中有喪，平貧，侍喪，以先往後罷爲助。張負既見之喪所，獨視偉平。平亦以故後去，負隨平至其家，家乃負郭窮巷，以弊席(蓆)爲門，然門外多有長者車轍(長者所乘安車，與載運之車軌轍有別)。""翳負郭"，以背靠城牆的破房子蔽身。"翳(yì)"，蔽。"負"，背。"郭"，外城。

⑤"長卿"二句：史記司馬相如列傳："司馬相如者，蜀郡成都人也。字長

卿。……相如之臨邛，從車騎雍容閒雅甚都（姣）。及飲卓氏，弄琴，文君竊從戶窺之，心悅而好之，恐不得當也。……文君夜亡奔相如，相如乃與馳歸，家居徒四壁立"索隱："徒，空也。家空無資儲，但有四壁而已。言就此中以安立也。""寥廓"，空虛貌。

⑥　"四賢"四句："遺烈"，遺業。"篇籍"，史冊。"溝壑"，溪谷，這裏泛指山野。這四句說主父偃等四個賢者的業績流傳後世，光耀史冊，豈不偉大；但當他們未遇之時，却有窮困致死、葬身溝壑的憂慮。

⑦　"英雄"四句："屯邅（zhūn zhān）"，謂處在困難中不敢前進。"草澤"，猶草野。這四句說英雄都有艱難的遭遇，自古就是如此，什麼時代沒有奇才被遺棄在草野之中呢！

其　八①

習習籠中鳥②，舉翮觸四隅。落落窮巷士③，抱影守空廬。出門無通路④，枳棘塞中塗。計策棄不收⑤，塊若枯池魚。外望無寸祿⑥，內顧無斗儲。親戚還相蔑⑦，朋友日夜疏。蘇秦北游說⑧，李斯西上書。俛仰生榮華⑨，咄嗟復彫枯。飲河期滿腹⑩，貴足不願餘，巢林棲一枝，可爲達士模。

①　第八首是說貧士的生活雖困苦，但蘇秦、李斯那樣的人却不值得羡慕；富貴不可恃，災禍起於俛仰之間，不如安貧知足，做個"達士"。這詩慨歎社會的黑暗，但又有消極避世的思想。

②　"習習"二句："習習"，屢飛貌。"翮（hé）"，鳥翎的莖。"舉翮"猶舉翼起飛。"四隅"，籠子的四角。此言籠中鳥舉翼就會碰到籠子的四角，不能飛起。此以"籠中鳥"比"窮巷士"，興起下文。

③　"落落"二句："落落"，和人疏遠難合。"窮巷士"，謂居住在僻巷的貧士。"抱影"，形影相對的意思。這二句說貧士住在窮巷空室之中，抱

影自守。

④“出門”二句：“枳、棘”，兩種有刺的樹。“塗”，即“途”。這二句說仕進的路上障礙極多。

⑤“計策”二句：“塊”，塊然獨處的樣子。李周翰說：“計策不見用，塊然其若涸池之魚”。（見六臣注文選）

⑥“外望”二句：“寸祿”，微薄的俸祿。“斗儲”，一斗糧食的儲蓄。“無寸祿”，“無斗儲”，極言其貧苦。

⑦“親戚”二句：“蔑”，蔑視。這二句說受到親戚朋友的輕視、疏遠。

⑧“蘇秦”二句：“蘇秦”，戰國時洛陽人，先說秦未被用，說燕、趙等六國，佩六國相印，後在齊國遇刺死（見史記蘇秦列傳）。燕、趙二國在北，故云“北游說”。李斯，戰國時楚上蔡人，西至秦國說秦王，得爲客卿，秦統一之後爲丞相，二世時被殺（見史記李斯列傳）。

⑨“俛仰”二句：“俛”，同“俯”。“俛仰”，低頭抬頭，謂極短暫的時間。“咄嗟”，猶言倉卒。這二句說蘇秦、李斯尊榮和殺身都在頃刻之間。

⑩“飲河”四句：莊子逍遙遊：“鷦鷯巢林，不過一枝；偃鼠飲河，不過滿腹。”言鷦鷯在林子裏作巢，不過佔用一個小樹枝；偃鼠飲於河中，不過希望喝飽。鷦鷯(jiāo liáo)是一種小鳥，長約三寸。偃鼠卽鼹鼠、田鼠。“模”，法。這四句意謂達士應學習偃鼠、鷦鷯，要做到知足安分。

招　　隱①

杖策招隱士②，荒塗橫古今。巖穴無結構③，丘中有鳴琴。白雲停陰岡④，丹葩曜陽林。石泉漱瓊瑤⑤，纖鱗或浮沈。非必絲與竹⑥，山水有清音。何事待嘯歌？灌木自悲吟。秋菊兼餱糧⑦，幽蘭間重襟。躊躇足力煩⑧，聊欲投吾簪。

　　①招隱共二首，見文選，此選其一。這首詩歌詠隱士的清高生活，表現了

作者不肯與污濁社會同流合污的精神。

②“杖策”二句：“杖”，持。“策”，樹木的細枝。“招”，招尋。“荒塗”，荒蕪的道路。“橫”，塞。這二句說持杖招尋隱士，荒蕪的道路，好像從古至今沒人走過。

③“巖穴”二句：“巖穴”，山巖的洞穴。“結構”，謂交結構架，卽房屋建築。這二句說山巖之上但見洞穴，不見房舍，山丘之中却有人在彈琴。

④“白雲”二句：“陰”，山北，山北背陽故云。“岡”，山脊。“丹葩(bā)”，紅色的花。“陽林”，山南的樹木，山南向陽故云。“白雲”一作“白雪”。

⑤“石泉”二句：“漱”，激盪。“瓊瑤”，美玉，此指山石。“纖鱗”，小魚。這二句說泉水在山石間激盪，小魚時浮時沈。

⑥“非必”四句：“絲”、“竹”，指弦樂器和管樂器。“嘯歌”，吟唱。這四句說何必還要奏樂呢，山水自有淸美的聲音了；何須再吟唱呢，風吹灌木自是悲悽的咏哦了。

⑦“秋菊”二句：“餱(hóu)”，食。“間”，雜。這二句說食物裏兼有秋菊，衣襟上佩戴幽蘭。這兩句是由離騷“紉秋蘭以爲佩”和“夕餐秋菊之落英”化來。

⑧“躊躇”二句：“煩”，勞、疲乏。“聊”，且。“簪”，古時用它把冠冕別在髮上。“投簪”，拋棄冠簪，猶言掛冠，謂放棄官職去隱居。李善說：“言世務勞促，故足力煩殆也。”這二句說徘徊世途，足力疲勞，也想在此隱居。

嬌女詩①

吾家有嬌女，皎皎頗白晳②。小字爲紈素③，口齒自淸歷。鬢髮覆廣額，雙耳似連璧④。明朝弄梳臺⑤，黛眉類掃跡。濃朱衍丹唇⑥，黃吻瀾漫赤。嬌語若連瑣⑦，忿速乃明懂。握筆利彤管⑧，篆刻未期益。執書愛綈素⑨誦習矜所獲。其姊字惠芳，面目粲⑩如畫。輕妝⑪喜樓邊，臨鏡忘紡績。舉觶擬京兆⑫，立的成復易。玩弄眉頰間⑬，劇兼機杼役。從容好趙舞⑭，延袖像飛翮。上下絃柱際⑮，文史輒卷襞。顧眄屏風畫，如見⑯已指摘。丹青日塵闇⑰，明義為隱賾。馳騖翔園林，果下皆生摘。紅葩綴紫蒂⑲，萍實驟抵擲。貪華風雨中⑳，眴忽數百適。務躡霜雪戲㉑，重綦常累積。並心注肴饌㉒，端坐理盤槅。翰墨戢閒案㉓，相與數離逖。動為壚鉦屈㉔，屣履任之適。止為茶荈據㉕，吹噓對鼎䥶。脂膩漫白袖㉖，煙薰染阿錫。衣被皆重地㉗，難與沈水碧。任其孺子意，羞受長者責。瞥聞當與杖㉘，掩淚俱向壁。

①本詩見玉臺新詠。寫作者兩個小女兒的嬌憨姿態，頗為生動。

②“皎皎”句：“皎皎”，光潔的樣子。“白晰”，面皮白淨。

③“小字”二句：“小字”，乳名。“紈素”，作者次女名。“紈”，一作“織”，據左棻墓誌，左思二女，長名惠芳，次名紈素。當作“紈”。“清歷”，分明、清楚。

④連璧：“璧”，美玉。“連璧”，一對美玉，此處用來形容雙耳的白潤。

⑤“明朝”二句：“明朝”，早晨。“黛”，畫眉膏，墨綠色。這二句說早晨在梳妝臺前給自己畫眉毛，眉毛畫得像用掃帚掃出來的一樣。

⑥“濃朱”二句：“濃朱”，深紅。“衍”，敷抹。“黃吻”，黃口，本指小孩，這裏指小孩的唇。“瀾漫”，淋漓貌。這二句是說小嘴兒抹得紅成一片。

⑦“嬌語”二句：“連瑣”，此謂話說個不停。“忿速”，惱了，急了。“懂(huā)”，玉篇：“乖戾也，頑也。”“明懂”，明目張膽貌。這二句說撒嬌的時候話語不絕，褊急惱怒的時候就撒潑起來。

⑧“握筆”二句：“利”，貪、愛。“彤管”，紅漆管的筆，古代史官所用。此泛指好筆。“篆刻”，謂寫字。“益”，進益。這二句說紈素拿筆不過是

遊戲，並不期望練好字。

⑨“執書”二句：“綈(tí)”，厚絹。“素”，白色生絹。古人在綈素上寫字。
　“矜”，誇示。這二句說翻弄書本是因爲愛那綈素，認識了幾個字就向
　人誇耀。以上寫次女執素。

⑩溧：紀容舒玉臺新詠考異謂疑當作“粲”。“粲”，美好貌。

⑪輕妝：淡妝。

⑫“舉觶”二句：上句，“觶(zhì)”，酒器。“舉觶”於文義不通。吳兆宜疑
　“觶”當作“觚(gū)”，並說：“正字通引文選云：操觚進牘。或以觚爲
　筆。”(見玉臺新詠注)“觚”通“柧”，一種木做的寫字工具。“京兆”，張
　敞於漢宣帝時爲京兆尹，故稱張京兆，有爲妻畫眉事。下句，“的”，古
　代女子面部的裝飾，用朱色點成。這二句說惠芳舉筆畫眉，模仿着張
　敞的樣子；學着點的，點成又揩去重新再點。

⑬“玩弄”二句：說惠芳把修飾面容和學作織布活兒都當作是遊戲。
　“劇”，玩弄。

⑭“從容”二句：“從容”，舒緩貌。“趙舞”，趙國的舞，古代趙國的歌舞很
　有名。“延袖”，長袖。這二句說她喜歡舒緩的趙舞，跳起舞來兩隻長
　袖像飛動的鳥翼一樣。

⑮“上下”二句：“柱”，琴瑟繫弦之木。“襞(bì)”，摺疊。這二句說她又
　喜歡撥弄琴瑟，常把文史典籍捲疊起來，丟在一邊。

⑯如見：謂看不清楚，只能得其彷彿。

⑰“丹青”二句：“丹青”，指屏風上的畫。“塵閽”，因灰塵污染而晦暗。“蹟
　(zé)”，深隱難見。此連上二句是說屏風上的畫年深日久，已很晦暗，
　小孩子看了得其彷彿，便指指點點地評論其中的內容。以上寫長女
　惠芳。

⑱驚：亂跑。

⑲“紅葩”二句：“葩”，花。“蔕(dì)”，花與枝莖相連處。“萍實”，孔子家
　語致思：“楚王渡江。江中有物，大如斗，圓而赤，直觸王舟。舟人取

之，王大怪之，遍問羣臣，莫之能識。王使使聘于魯，問於孔子，子
曰：‘此所謂萍(水草)實者也，可剖而食之，吉祥也。唯霸者爲能獲
焉。’使者反，王遂食之，大美。”這裏借來泛指一般佳果。“驟”，頻繁。
“抵”，投擲。這二句說採花時連莖一起折下來，摘了果子拋來拋去以
相嬉戲。

⑳“貪華”二句：“肶 (shèn)”，疾貌。“肶忽”，一作“倏忽”、“倏肶”，義同。
“適”，往。這二句說她們愛花，風雨中也多次跑到園林裏去。

㉑“務躐”二句：“躐”，踏地。“重”，重複。“綦 (qí)”，鞋帶。這二句說
她們一定要在雪地裏跑着玩，鞋弄濕了，很重，繫上幾雙鞋帶才穿得
穩。

㉒“並心”二句：“並心”，猶言全神。“肴 (xiáo) 饌”，肉食。“楅”，同
“核”，古人祭祀時盛在籩(祭祀燕饗時用的器皿，以竹爲之)中的桃、
梅之類叫核。“盤楅”，盤果。這二句說她們全神貫注地端坐着料理
食品。

㉓“翰墨”二句：“戢 (jí)”，收藏。“案”，几桌。“迻”，遠。這二句說她們
常常把筆墨收起來放在桌上，一起遠離而去。

㉔“動爲”二句：余冠英漢魏六朝詩選：“‘鑪’，缶也，古人用爲樂器。
‘鉦’，樂器名，鏡鐸之類。‘屈’，疑是‘出’字之誤(和‘止爲’句‘據’字
相對)。這句似說兒童聽到門外有鉦、缶的聲音因而奔出。鉦、缶當
是賣小食者所敲。”“鑪”，音 lú。“鉦”，音 zhēng。“屣(xǐ) 履”，拖着
鞋。“之”，指鞋。下句說跑出去的時候，鞋都顧不得穿好，拖着它就
走了。

㉕“止爲”二句：“荈 (chuǎn)”，晚採的茶。“茶荈”一作“茶菽”。“荼”，
苦荣。“菽”，豆類的總稱。“據”，安坐。“鬷 (li)”，或作“鬲 (lì)”，烹
飪器，鼎(三足兩耳的烹飪器)類。這二句說她們爲正在煮着的食物
而停下來坐着，還不住地對着爐子吹火。

㉖“脂膩”二句：“阿錫”，或作“阿緆 (xì)”，“錫”古通“緆”。“阿”是細繒，

"綌"是細布。這二句說穿的衣服都被油膩和煙弄髒了。

㉗ "衣被"二句："衣被",猶"衣著",指衣服。"地",質地,底子。"重地",言衣服的底色被油污煙熏,變得五顏六色。"水碧",恐是"碧水"的倒文。下句是難以浸入碧水之中洗淨的意思。

㉘ "瞥聞"二句："瞥",見。這二句說瞥見或聽說要打她們的時候,就都面向牆壁掩面而泣。以上合寫二女。

〔附錄〕

（一）晉書左思傳

左思字太沖,齊國臨淄人也。其先齊之公族,有左右公子,因爲氏焉。家世儒學。父雍,起小吏,以能擢授殿中侍御史。思少學鍾、胡書及鼓琴,並不成。雍謂友人曰："思所曉解,不及我少時。"思遂感激勤學,兼善陰陽之術。

貌寢口訥,而辭藻壯麗。不好交遊,惟以閑居爲事。造齊都賦,一年乃成。復欲賦三都,會妹芬入宮,移家京師,乃詣著作郎張載,訪岷、邛之事。遂構思十年,門庭藩溷,皆著筆紙,遇得一句,卽便疏之。自以所見不博,求爲祕書郎。及賦成,時人未之重。思自以其作不謝班、張,恐以人廢言,安定皇甫謐有高譽,思造而示之。謐稱善,爲其賦序,張載爲注魏都,劉逵注吳、蜀,而序之曰："觀中古已來,爲賦者多矣。相如子虛,擅名於前;班固兩都,理勝其辭;張衡二京,文過其意;至若此賦,擬議數家,傅辭會義,抑多精致,非夫研覈者不能練其旨,非夫博物者不能統其異。世咸貴遠而賤近,莫肯用心於明物,斯文吾有異焉,故聊以餘思,爲其引詁，亦猶胡廣之於官箴，蔡邕之於典引也。"陳留衞瓘又爲思賦作略解，序曰："余觀三都之賦，言不苟華，必經典要，品物殊類，稟之圖籍，辭義瓖瑋，良可貴也。有晉徵士故太子中庶子安定皇甫謐，西州之逸士，耽籍樂道，高尙其事，覽斯文而慷慨，爲之都序；中書著作郎安平張載、中書郎濟南劉逵並以經學洽博，才章美茂，咸皆悅玩，爲之訓詁，其山川、土域、草木、鳥獸、奇怪珍異，僉皆研精所由，紛散其義矣。余嘉其文，不能默已，聊藉二子之遺忘，又爲之略解。祇增繁重，覽者闕焉。"自是之後，盛重於時。文多不載。司空張華見而歎曰："班、張之流也，使讀之者，盡而有餘，久而更新。"於是豪貴之家，競相傳寫，洛陽爲之紙貴。

　　初陸機入洛，欲爲此賦，聞思作之，撫掌而笑，與弟雲書曰："此間有傖父欲作三都賦，須其成，當以覆酒甕耳。"及思賦出，機絕歎伏，以爲不能加也，遂輟筆焉。

　　祕書監賈謐請講漢書。謐誅，退居宜春里，專意典籍。齊王冏命爲記室督，辭疾不就。及張方縱暴都邑，舉家適冀州。數歲，以疾終。

(二)左思其他作品選錄

三都賦序

　　蓋詩有六義焉，其二曰"賦"。揚雄曰："詩人之賦麗以則。"班固曰："賦者，古詩之流也。先王采焉，以觀土風。"見"綠竹猗猗"，則知衞地淇澳之產；見"在其版屋"，則知秦野西戎之宅；故能居然而辨八方。然相如賦上林而引盧橘夏熟，揚雄賦甘泉而陳玉樹青蔥，班固賦西都而歎以出比目，張衡賦西京而述以遊海若，假稱珍怪，以為潤色。若斯之類，匪啻于茲。考之果木，則生非其壤；校之神物，則出非其所。於辭則易為藻飾，於義則虛而無徵。且夫玉卮無當，雖寶非用；侈言無驗，雖麗非經。而論者莫不詆訐其研精，作者大氐舉為憲章。積習生常，有自來矣。余既思摹二京而賦三都，其山川城邑，則稽之地圖；其鳥獸草木，則驗之方志；風謠歌舞，各附其俗；魁梧長者，莫非其舊。何則？發言為詩者，詠其所志也；升高能賦者，頌其所見也；美物者貴依其本，讚事者宜本其實；匪本匪實，覽者奚信？且夫任土作貢，虞書所著；辨物居方，周易所慎；聊舉其一隅，攝其體統，歸諸詁訓焉。

（三）關於左思的評價

劉義慶世說新語曰：左太沖作三都賦初成，時人互有譏訾，思意不愜，後示張公（華），張曰："此二京可三。然君文未重於世，宜以經高名之士。"思乃詢求於皇甫謐。謐見之嗟歎，遂為作敍。於是先相非貳者，莫不斂袵讚述焉。（文學）

劉勰曰：左思奇才，業深覃思，盡銳于三都，拔萃于詠史。（文心雕龍才略篇）

鍾嶸曰：晉記室左思。其源出于公幹。文典以怨，頗為精切，得諷諭之致。雖野於陸機，而深於潘岳。謝康樂嘗言："左太沖詩，潘安仁詩，古今難比。"（詩品上）

王夫之曰：三國之降為西晉，文體大壞，古度古心，不絕于來茲者，非太沖其焉歸？（古詩評選卷四）

張蔚然曰：在六朝而無六朝習氣者，左太沖、陶彭澤也。（西園詩麈習氣）

陳祚明曰：太沖一代偉人，胸次浩落，灑然流詠。似孟德而加以流麗，做子建而獨能簡貴。創成一體，垂式千秋。其雄在才，而其高在志。有其才而無其志，語必虛僑；有其志而無其才，音難頓挫。鍾嶸以爲"野於陸機"；悲哉，彼安知太沖之陶乎漢、魏，化乎矩度哉？（采菽堂古詩選卷十一）

沈德潛曰：鍾嶸評左詩謂"野於陸機，而深於潘岳"，此不知太沖者也。太沖胸次高曠，而筆力又復雄邁，陶冶漢、魏，自製偉詞，故是一代作手，豈潘、陸輩所能比埒！（古詩源卷七）

又曰：太沖詠史，不必專詠一人，專詠一事，詠古人而己之性情俱見。此千秋絕唱也。後惟明遠、太白能之。（同上）

吳琪曰：左太沖若有見於孔、顏用舍行藏之意，但其壯志勃勃，急於有爲，故氣象極似孟子。有入選數詩，廣大精微悉備。昔謂亞於士衡，殆就其詞句而論耳；若其造詣所得，較士衡則遠邁之矣。（六朝選詩定論卷十一）

黃子雲曰：太沖祖述漢、魏，而修詞造句，全不沿襲一句。落落寫來，自成大家，視潘、陸諸人，何足數哉！（野鴻詩的）

成書倬雲曰：太康詩，二陸才不勝情，二潘才情俱減，情深而才大者，左太沖一人而已。（多歲堂古詩存卷四）

五 張 協

張協(公元?——三〇七)字景陽，安平(今河北安平縣)人。他作了幾任官，見天下紛亂，便棄絕人事，屏居草澤，以吟詠自娛。在當時文壇上，他和他哥哥張載，以及張華齊名，並稱"三張"。他的詩"詞彩葱蒨，音韻鏗鏘"，多"巧構形似之言"(詩品語)，有較高的藝術成就，但缺乏深刻的思想內容。今傳張景陽集輯本一卷。

雜 詩①

秋夜涼風起②，清氣蕩暄濁。蜻蜊吟階下③，飛蛾拂明燭。君子從遠役④，佳人守煢獨。離居幾何時，鑽燧忽改木⑤。房櫳無行跡⑥，庭草萋以綠。青苔依空牆，蜘蛛網四屋。感物多所懷⑦，沈憂結心曲。

　①雜詩共十首，這是第一首，寫思婦感時懷遠之情。

　②"秋夜"二句："蕩"，洗滌。"暄(xuān)"，暖。這二句說秋天的晚上涼風吹來，滌除了地面的悶熱混濁。

　③"蜻蜊"二句："蜻蜊(liè)"，即蟋蟀。"飛蛾"，蟲名，有翅能飛，夜出，見燈火即飛撲，故俗稱"燈蛾"。這二句寫室外蜻蜊鳴，室內飛蛾拂燭，用以襯托出思婦的孤獨情景。

　④"君子"二句："君子"，謂游子。"佳人"，謂思婦。"煢(qióng)獨"，孤

獨。這二句說游子遠出行役，思婦獨守空閨。

⑤“鑽燧”句：“鑽燧”，鑽木取火。“改木”，古時鑽燧，季節不同，取火之木也不同。李善注引鄒子：“春取榆柳之火，夏取棗杏之火，季夏取桑柘之火，秋取柞楢之火，冬取槐檀之火。”這句意謂時節變易很快。

⑥“房櫳”二句：“櫳（lóng）”，泛指房室。“萋”，草盛貌。“萋以綠”，萋而且綠。這二句說室內久已不見其夫踪影，庭院裏秋草長得很茂盛。此連下二句皆敍空房凄冷索寞情景。

⑦“感物”二句：“物”，即指上四句所寫景物。“心曲”，心中深隱之處。這二句說，眼前景物引起了許多懷念，沈重的憂思糾結在心的深處。吳淇說：“此詩前云蜻蜘云云，尚未感物，只是感時而思。凡人所思，未有不低頭，低頭則目之所觸，正在昔日所行之地上。房櫳既無行跡，意者其在室之外乎，於是又稍稍抬頭一看，前庭又無行跡，惟草之萋綠而已。於是又稍稍抬頭平看，惟見空牆而已。於是不覺回首向內仰屋而歎，惟見蛛網而已。如此寫來，眞抉情之三昧。”（六朝選詩定論）

其　二①

朝霞迎白日②，丹氣臨湯谷。翳翳結繁雲③，森森散雨足。輕風摧勁草④，凝霜竦高木。密葉日夜疏⑤，叢林森如束。疇昔歎時遲⑥，晚節悲年促。歲暮懷百憂⑦，將從季主卜。

①這首原列第四，寫壯志未遂，晚年生活空虛，沒有出路的苦悶。

②“朝霞”二句：“丹氣”，紅光，日光照射空氣成紅色，即謂朝霞。“湯谷”，傳說中日出之所；一作“暘谷”，音義同。這二句說朝霞升起，紅光映天，迎接白日從湯谷出現。

③“翳翳”二句：“翳翳（yì）”，雲出蔽日貌。“森森”，雨長密貌。“雨足”，

謂雨點。其雜詩第十首"雲根臨八極，雨足灑四溟"中亦用"雨足"。這二句說天陰雨密。

④"輕風"二句："摧"，摧折。"勁草"，挺立的草。"竦(sǒng)"，驚懼。"高木"一作"喬木"。這二句說輕風摧折挺立的草，凝霜也像使得高大的樹木驚懼而聳立。

⑤"密葉"二句："疏"，稀少。"森"，枝條衆多貌。"束"，細縛。這二句寫秋天樹木凋落之狀，李周翰說："木葉密則枝重，葉既疏落，條輕上指，森森然如束也。"（六臣注文選）以上八句分寫春夏秋冬景象，言時光流逝很快。

⑥"疇昔"二句："疇昔"，從前。"晚節"，謂老年。"促"，急促。這二句是由上文所寫秋冬蕭條景象而引起的感觸，說少年時嫌時光過得慢，到了老年，却悲歎年歲流易得太快了。

⑦"歲暮"二句："歲暮"，一年之末；兼喻人的暮年。"百憂"，極言憂愁之多。"季主"，即司馬季主。他是漢初長安著名的賣卜者。宋忠和賈誼曾經問他："何居之卑而行之污耶？"他答道："賢者不與不肖者同列，故寧處卑以避衆。"（見史記日者列傳）這二句說歲暮憂多，世道紛亂，所以將跟着司馬季主去賣卜，以隱居避衆。

〔附錄〕

晉書張協傳

（張）協字景陽，少有儁才，與（張）載齊名。辟公府掾，轉祕書郎，補華陰令，征北大將軍從事中郎，遷中書侍郎，轉河間內史。在郡清簡寡欲。于時天下已亂，所在寇盜，協逐棄絕人事，屏居草澤，守道不競，以屬詠自娛，擬諸文士作七命，……世以爲工。永嘉初，復徵爲黃門侍郎，託疾不就，終於家。（張載傳附載）

六　劉琨

劉琨(公元二七一——三一八)字越石，中山魏昌(今河北無極縣東北)人，出身士族。少時有詩名，好老、莊，尚清談，與石崇、陸機等人以文章事權貴賈謐，時稱“二十四友”。晉懷帝永嘉元年(公元三〇七)，他出任幷州(今山西一帶)刺史，召募流亡與劉淵、劉聰對抗。兵敗，父母遇害。愍帝建興三年(公元三一五)，劉琨受命都督幷、冀、幽三州軍事，又爲石勒所敗。敗後投奔幽州刺史鮮卑人段匹磾，和他相約共扶晉室。後因他的兒子劉羣得罪段匹磾，劉琨就牽連被囚，不久即被縊殺，時年四十八。

永嘉之亂以後，劉琨由於投入了衛國的鬥爭，所以詩歌創作也起了顯著變化。今僅存詩三首：扶風歌、答盧諶、重贈盧諶，都是後期的作品。這些詩表現了愛國思想，格調悲壯，在當時思想性薄弱的詩壇上，顯得尤其可貴。詩品說他“善爲淒戾之詞，自有清拔之氣”。文心雕龍才略篇說他“雅壯而多風”。都是中肯的評語。

扶　風　歌①

朝發廣莫門②，暮宿丹水山③。左手彎繁弱④，右手揮龍淵。顧瞻望宮闕⑤，俯仰御飛軒。據鞍長歎息，淚下如流泉。繫馬長松下⑥，發鞍高岳頭。烈烈悲風起，泠泠澗水流。揮手長相謝⑦，哽咽不能言。浮雲爲我結，歸鳥爲我旋。去家日已遠⑧，安知存與亡。慷慨窮林中，抱膝獨摧藏。麋鹿遊我前⑨，猨猴戲我側。資糧旣乏盡，薇蕨安可食。攬轡命徒侶⑩，吟嘯絕巖中。君子道微矣⑪，夫子故有窮。惟昔李騫期⑫，寄在匈奴庭。忠信反獲罪，漢武不見明。我欲竟此曲⑬，此曲悲且長。棄置勿重陳，重陳令心傷。

①本篇李善注：“集云：扶風歌九首，然以兩韻爲一首。今此合之，蓋誤。”陳沆說：“蓋以兩韻爲一首，卽樂府四句一解之例也。”（詩比興箋）樂府詩集錄劉琨扶風歌九首，屬雜歌謠辭鮮歌辭。本篇作於永嘉元年（公元三○七）出任幷州刺史時。晉書劉琨傳：“琨在路上表曰：‘九月末得發，道險山峻，胡寇塞路。輒以少擊衆，冒險而進。頓伏艱危，辛苦備嘗。卽自達壺口關。臣自涉州疆，目睹困乏，流移四散，十不存二。……嬰守窮城，不得薪采，耕牛旣盡，又乏田器。……’……琨募得千餘人，轉鬥至晉陽（幷州州治，今山西太原縣）。府寺焚毀，僵屍蔽地，其有存者，飢羸無復人色。荆棘成林，豺狼滿道。”此詩卽敍述自洛陽赴晉陽沿途的所見所感，因爲朝廷對於抗敵並不熱心，劉琨也難得後援，所以最後表達了一種憂危忠憤的心情。“扶風”，郡名，郡治在今陝西涇陽縣。

②廣莫門：晉都洛陽城北門。幷州在洛陽北，故出廣莫門。

③丹水山：卽丹朱嶺，丹水發源處，在今山西高平縣北。

④“左手”二句：“彎”，拉弓。“繁弱”，大弓名。“龍淵”，古寶劍名。這二句是說戎裝出發，“繁弱”、“龍淵”都非實指。

⑤“顧瞻”四句：“顧”，迴首。“瞻”，臨視。呂向說：“‘俯仰’，猶高下也。‘御’，猶駕也。‘飛軒’，廊宇也。言顧見晉宮”（六臣注文選）“據”，依、靠。這四句接“朝發”句，是說出廣莫門時回望宮闕，只見廊宇高

聲，自己靠在馬鞍上長歎不已，淚流如泉。

⑥"繫馬"四句："發鞍"，起鞍，卸下馬鞍。張雲璈選學膠言說："晉書袁瓌傳言'魏武身親介胄，務在武功，猶尚廢鞍覽卷，投戈吟詠。'此'發鞍'或亦作'廢鞍'，與上'繫馬'句合。"可備一說。這四句接"暮宿"句，是說在丹水山的長松下繫馬，高山頭卸鞍，但聞北風烈烈，澗水泠泠。當時是九月末，故有"烈烈悲風"之語。

⑦"揮手"四句："謝"，告辭。"哽咽"，氣結咽塞，悲傷得說不出話來。"旋"，盤旋。這四句說揮手與京城長辭，抑鬱悲痛得話都說不出來了。浮雲歸鳥都替我傷心，凝聚盤旋不忍離去。

⑧"去家"四句：離開家一天比一天遠，哪知將來是死是活。在這偏僻的深林裏慷慨高歌，抱膝長歎，獨自悽愴。"摧藏"，卽"悽愴"之轉。（用聞一多說，見樂府詩箋焦仲卿妻注）。

⑨"麋鹿"四句：寫當時荒涼窘困的情況。"貲"，財貨，盤纏。"薇蕨"，一種野菜，嫩時可食。

⑩"攬轡"二句："攬轡"，挽住馬繮繩。"徒侶"，指隨從。"吟嘯"，猶言歌唱。這二句說手挽馬繮，命令徒侶準備重新啓程，在此絕壁之上高聲歌唱。

⑪"君子"二句：論語衞靈公："夫子在陳絕糧，子路慍，見曰：'君子亦有窮乎？'子曰：'君子固窮，小人窮斯濫矣！'"這二句說君子之道衰微不行，所以孔子也有窮困的時候。此用孔子之事比喻自己所遭受的困阨。

⑫"惟昔"四句：用李陵事。史記李將軍列傳："天漢二年秋，……使陵將其射士步兵五千人，出居延北可千餘里，欲以分匈奴兵，……陵旣至期還，而單于以兵八萬圍擊陵軍。陵軍五千人，……且引且戰，連鬥八日。還，未到居延百餘里，匈奴遮狹絕道。陵食乏而救兵不到，虜急擊，招降陵，……遂降匈奴。……漢聞，族陵母妻子。""騫"，通"愆"；"愆期"，謂李陵過期不歸。這四句說過去李陵出征匈奴，過

期未能歸來,而流落在匈奴那裏了。他本來忠信,卻反而有了罪,不被漢武帝所諒解。關於李陵忠信的說法,本於司馬遷。他在報任安書中說李陵"身雖陷敗,彼觀其意,且欲得其當而報於漢。"陳沆說:"時琨領匈奴中郎將,故借李陵以見志。文選注:'騫期卽愆期'。蓋恐曠日持久,討賊不效,區區孤忠,不獲見諒於朝廷耳。"

⑬"我欲"四句:"兢",結束。"棄置",猶言丟在一邊。"陳",述。

重贈盧諶①

握中有懸璧②,本自荊山璆。惟彼太公望③,昔在渭濱叟。鄧生何感激④,千里來相求。白登幸曲逆⑤,鴻門賴留侯。重耳任五賢⑥,小白相射鉤。苟能隆二伯⑦,安問黨與讎?中夜撫枕歎⑧,想與數子游。吾衰久矣夫⑨,何其不夢周?誰云聖達節⑩,知命故不憂?宣尼悲獲麟⑪,西狩泣孔丘。功業未及建⑫,夕陽忽西流。時哉不我與,去乎若雲浮。朱實隕勁風⑬,繁英落素秋。狹路傾華蓋⑭,駭駟摧雙輈。何意百鍊鋼⑮,化爲繞指柔!

① 盧諶(諶 chén)字子諒,范陽人。曾爲劉琨的主簿,轉從事中郎,與劉琨屢有詩贈答。詩題"重贈",可知在此以前已有詩贈盧。晉書劉琨傳載劉琨被段匹磾囚禁,"自知必死,神色怡如也。爲五言詩贈其別駕盧諶"。又說此詩"託意非常,攄暢幽憤,遠想張、陳,感鴻門、白登之事,用以激諶"。詩中自敍懷抱而痛於功業無成,希望盧諶能追步先賢,完成救國使命。

② "握中"二句:"懸",懸黎,一種美玉。戰國策楚策:"梁有懸黎,楚有和璞,而爲天下名器。""懸璧"卽美玉。"璆(qiú)",玉。"荊山",在今湖北省南漳縣西,楚國卞和曾在此得璞玉,後稱"和氏璧"。這二句是以美玉喻盧諶才質之美。

③“惟彼”二句：“惟”，思。“太公望”，即姜尙。姜尙隱於渭水之濱，周文王出獵，遇於渭陽，與語大悅，曰：“自吾先君太公曰，當有聖人適周，周以興，子眞是邪？吾太公望子(指姜尙)久矣。”因號太公望(事見史記齊太公世家)。這二句說想起被稱爲太公望的姜尙，原是隱於渭水邊的老翁。

④“鄧生”二句：“鄧生”，東漢鄧禹，字仲華，南陽人。他從南陽北渡黃河到鄴城投奔漢光武劉秀(事見東觀漢紀)。“感激”，感奮激發。這二句說鄧禹多麼奮發有爲，不遠千里投奔光武。

⑤“白登”二句：“白登”，山名，在山西大同東。“曲逆”，漢陳平封曲逆侯。漢高祖劉邦曾被匈奴圍於白登山，陳平出奇計解圍(見史記陳丞相世家)。“鴻門”，地名，在今陝西省臨潼縣東。“留侯”，漢張良封留侯。項羽在鴻門宴請劉邦，范增欲謀在席間殺之，幸賴張良事前謀劃防備，劉邦得以倖免，故曰“賴留侯”(事見史記項羽本紀)。

⑥“重耳”二句：“重耳”，晉文公名。晉獻公嬖驪姬，殺太子申生，重耳奔狄，後藉秦穆公之力還晉，立爲晉侯，重耳任狐偃、趙衰、顚頡、魏武子、司空季子等“五賢”爲臣，輔佐自己成其霸業。“小白”，齊桓公名。“射鈎”，謂射鈎者，指管仲。管仲先事公子糾，公子糾與小白爭君位，管仲用箭射小白，中其帶鈎。後小白卽位，不記前仇，任管仲爲相，終成霸業。“相”，此處作動詞用。

⑦“苟能”二句：“苟”，如果。“隆”，興盛。“二伯”，謂晉文公和齊桓公。“伯”讀作 bà，同“霸”。“黨”，指狐偃等五人爲晉文公重耳的隨臣，是其一黨之人。“讎”，指小白與管仲原有射鈎之仇。這二句說，如果能輔佐二伯興其霸業，何必計較是同黨還是仇人呢？

⑧“中夜”二句：“數子”，指姜尙以至管仲等人。這二句說夜裏撫枕歎息，想與姜尙諸人交游。言外之意是希望盧諶與自己合作，同建功業，復興晉室。

⑨“吾衰”二句：論語述而“子曰：‘甚矣吾衰也，久矣，吾不復夢見周

公。'"此處用以歎息自己年老力衰,不能成就功業。

⑩"誰云"二句:"聖達節",用左傳成語。左傳成公十五年:曹子臧曰:
"前志有之曰:'聖達節,次守節,下失節。……'""節",分,謂自己應
得的本分。下句用易繫辭"樂天知命故不憂"的成語。這二句意謂:誰
說孔子是識分知命而沒有憂愁呢?

⑪"宣尼"二句:"宣尼",即孔子,漢平帝追諡孔子爲褒成宣尼公。"狩",
爲冬獵。"西狩"、"獲麟",指魯哀公十四年冬在魯國西面狩獵,獲麟
之事。"涕孔丘",孔子聽說"西狩獲麟",就"反袂拭面,涕沾袍",悲麒
麟出非其時,並感歎道:"吾道窮矣!"(見公羊傳)這二句即具體寫孔
子之憂,也有作者對自己遭遇的感慨。

⑫"功業"四句,"與",待。"雲浮",言時光流逝之疾速。這四句意謂日
月飛逝,時不我待,功業已來不及建樹了。

⑬"朱實"二句:"朱實",紅色的果實。"英",花。"隕",落。意謂自己已
到暮年,不能經受時間的打擊,就像繁花和成熟的果實墜落於秋天勁
風之中一樣。

⑭"狹路"二句:"蓋",車上的傘蓋。"華蓋",華麗的車蓋。"輈(zhōu)",
車轅。這二句說在狹路上翻了車子,馬受驚把車轅折斷。喻世途險
惡。

⑮"何意"二句:說怎麼想得到千錘百煉的鋼,如今却柔軟得可以纏到指
頭上了。張玉穀古詩賞析:"首二,即以璆璧比盧才質之美,立定篇主。
'惟彼'十二句,歷引昔賢,爲盧之影,言才質美者固當有爲如此。勒
到想與之遊,即是冀與盧同建功業也。'吾衰'十句,落到己身衰暮無
成,即將孔聖亦憂,拓空作引,然後實點出功業未建,時不我與,感慨
頓住。後六,忽叠四比,比出遭世多艱,士氣固易摧折,再用鋼金繞
指,比出有志者亦復灰心,閔然竟止。語似自嘲,而意則諷盧,當早
樹功……"。

〔附錄〕

（一）　晉書劉琨傳（節錄）

劉琨字越石，中山魏昌人，漢中山靖王勝之後也。祖邁，有經國之才，爲相國參軍散騎常侍，父蕃，清高沖儉，位至光祿大夫。

琨少得儁朗之目，與范陽祖納俱以雄豪著名。年三十六爲司隸從事，時征虜將軍石崇，河南金谷澗中有別廬，冠絕時輩，引致賓客，日以賦詩。琨預其間，文詠頗爲當時所許。祕書監賈謐，參管朝政，京師人士無不傾心。石崇、歐陽建、陸機、陸雲之徒，並以文才降節事謐，琨兄弟亦在其間，號曰“二十四友”。太尉高密王泰辟爲掾，頻遷著作郎、太學博士、尚書郎。

趙王倫執政，以琨爲記室督。轉從事中郎。倫子荂，即琨姊壻也，故琨父子兄弟，並爲倫所委任。及篡，荂爲皇太子，琨爲荂詹事。三王之討倫也，以琨爲冠軍，假節與孫秀子會率宿衞兵三萬，距成都王穎，戰於黃橋，琨大敗而還，焚河橋以自固。及齊王冏輔政，以其父兄皆有當世之望，故特宥之，拜兄輿爲中書郎，琨爲尚書左丞，轉司徒左長史。冏敗，范陽王虓鎮許昌，引爲司馬。及惠帝幸長安，東海王越謀迎大駕，以琨父蕃爲淮北護軍。豫州刺史劉喬攻范陽王虓於許昌也，琨與汝南太守杜育等率兵救之，未至而虓敗。琨與虓俱奔河北，琨之父母遂爲劉喬所執。琨乃說冀州刺史溫羨，使讓位於虓。及虓領冀州，遣琨詣幽州，乞師於王浚，得突騎八百人，與虓濟河共破東平王楙於廩丘，南走劉喬,始得其父母。又斬石超,降呂朗,因統諸軍,奉迎大駕於長安,以勳封廣武侯,邑二千戶。

永嘉元年爲幷州刺史,加振威將軍,領匈奴中郎將。……時東瀛公騰自晉陽鎮鄴,幷土飢荒,百姓隨騰南下,餘戶不滿二萬,寇賊縱橫,道路斷塞。琨募得千餘人,轉鬭至晉陽。府寺焚毁,僵尸蔽地,其有存者,飢羸無復人色。荆棘成林,豺狼滿道。琨翦除荆棘,收葬枯骸,造府朝,建市獄。寇盗互來掩襲,恆以城門爲戰場。百姓負楯以耕,屬鞬而耨。琨撫循勞來,甚得物情。劉元海時在離石,相去三百許里,琨密遣離間其部,雜虜降者萬餘落。元海甚懼,逐城蒲子而居之。在官未朞,流人稍復,鷄犬之音復相接矣。琨父蕃自洛赴之,人士奔迸者多歸於琨。琨善於懷撫,而短於控御,一日之中,雖歸者數千,去者亦以相繼。

然素奢豪,嗜聲色。雖暫自矯勵,而輒復縱逸。河南徐潤者,以音律自通,遊於貴勢。琨甚愛之,署爲晉陽令。潤恃寵驕恣,干預琨政。奮威護軍令狐盛性亢直,數以此爲諫,幷勸琨除潤,琨不納。初,單于猗恆以救東瀛公騰之功,琨表其弟猗盧爲代郡公,與劉希合衆於中山。王浚以琨侵己之地,數來擊琨,琨不能抗,由是聲實稍損。徐潤又譖令狐盛於琨曰:"盛將勸公稱帝矣。"琨不之察,便殺之。琨母曰:"汝不能弘經略,駕豪傑,專欲除勝己以自安,當何以得濟,如是禍必及我。"不從。盛子泥,奔於劉聰,具言虛實。聰大喜,以泥爲鄕導,屬上黨太守襲醇降於聰。雁門烏丸復反,琨親率精兵出禦之。聰遣子粲及令狐泥乘虛襲晉陽。太原太守高喬以郡降聰,琨父母並遇害。琨引猗盧幷力攻粲,大敗之,死者十五六。琨乘勝追之,更不能剋。猗

盧以爲聰未可滅，遺琨牛羊車馬而去，留其將箕澹、段繁等戍晉
陽。琨志在復讎而屈於力弱，泣血尸立，撫慰傷痍，移居陽邑城，
以招集亡散。

愍帝卽位，拜大將軍都督幷州諸軍事，加散騎常侍假節。
……三年，帝遣兼大鴻臚趙廉持節拜琨爲司空，都督幷、冀、幽三
州諸軍事。琨上表讓司空，受都督，剋期與猗盧討劉聰。尋猗盧
父子相圖，盧及兄子根皆病死，部落四散。琨子遵先質於盧，衆
皆附之，及是遵與箕澹等帥盧衆三萬，人馬牛羊十萬，悉來歸
琨。琨由是復振，率數百騎自平城撫納之。屬石勒攻樂平，太守
韓據請救於琨，而琨自以士衆新合，欲因其銳以威勒，箕澹諫曰：
“此雖晉人，久在荒裔，未習恩信，難以法御。今內收鮮卑之餘
穀，外抄殘胡之牛羊，且閉關守險，務農息士，旣服化感義，然後
用之，則功可立也。”琨不從，悉發其衆，命澹領步騎二萬爲前驅，
琨自爲後繼。勒先據險要，設伏以擊澹，大敗之，一軍皆沒，幷土
震駭。尋又災旱，琨窮蹙不能復守。幽州刺史鮮卑段匹磾數遣
信要琨，欲與同獎王室，琨由是率衆赴之，從飛狐入薊。匹磾見
之，甚相崇重，與琨結婚約，爲兄弟。是時西都不守，元帝稱制江
左，琨乃令長史溫嶠勸進。於是河朔征鎮夷夏一百八十人連名
上表。語在元紀。……

建武元年，琨與匹磾期討石勒。匹磾推琨爲大都督，歃血載
書檄，諸方守俱集襄國，琨、匹磾進屯固安以俟衆軍。匹磾從弟末
波納勒厚賂，獨不進，乃沮其計。琨、匹磾以勢弱而退。是歲元
帝轉琨爲侍中太尉，其餘如故，幷贈名刀。……匹磾奔其兄喪，琨
遣世子羣送之，而末波率衆要擊匹磾而敗走之。羣爲末波所得，

末波厚禮之，許以琨爲幽州刺史，共結盟而襲匹磾，密遣使齎羣書請琨爲內應，而爲匹磾邏騎所得。時琨別屯故征北府小城，不之知也。因來見匹磾，匹磾以羣書示琨曰："意亦不疑公，是以白公耳。"琨曰："與公同盟，志獎王室，仰憑威力，庶雪國家之恥。若兒書密達，亦終不以一子之故，負公忘義也。"匹磾雅重琨，初無害琨志，將聽還屯。其中弟叔軍，好學有智謀，爲匹磾所信，謂匹磾曰："吾胡夷耳，所以能服晉人者，畏吾衆也。今我骨肉構禍，是其良圖之日，若有奉琨以起，吾族盡矣。"匹磾遂留琨。琨之長子遵，懼誅，與琨左長史楊橋、幷州治中如綏閉門自守。匹磾諭之不得，因縱兵攻之。琨將龍季猛迫於乏食，遂斬橋、綏而降。初，琨之去晉陽也，慮及危亡而大恥不雪，亦知夷狄難以義伏，冀輸寫至誠，僥倖萬一。每見將佐，發言慷慨，悲其道窮，欲率部曲死於賊壘。斯謀未果，竟爲匹磾所拘，自知必死，神色怡如也。爲五言詩贈其別駕盧諶……。琨詩託意非常，攄暢幽憤，遠想張、陳，感鴻門、白登之事，用以激諶。諶素無奇略，以常詞酬和，殊乖琨心。重以詩贈之。乃謂琨曰："前篇帝王大志，非人臣所言矣。"然琨既忠於晉室，素有重望，被拘經月，遠近憤歎。匹磾所署代郡太守辟閭嵩與琨所署雁門太守王據、後將軍韓據連謀密作攻具，欲以襲匹磾。而韓據女爲匹磾兒妾，聞其謀而告之匹磾，於是執王據、辟閭嵩及其徒黨，悉誅之。會王敦密使匹磾殺琨，匹磾又懼衆反己，遂稱有詔收琨。初，琨聞敦使至，謂其子曰："處仲使來而不我告，是殺我也。死生有命，但恨讐恥不雪，無以下見二親耳。"因歔欷不能自勝。匹磾遂縊之。時年四十八，子姪四人俱被害。朝廷以匹磾尚彊，當爲國討石勒，不舉琨哀。三年，琨故從事中郎盧諶、崔悅等上表理琨。……太子中庶子溫嶠又上疏理之。帝乃下詔……贈侍中太尉，謚曰"愍"。

琨少負志氣，有縱橫之才，善交勝己，而頗浮誇。與范陽祖逖爲友，聞逖被用，與親故書曰："吾枕戈待旦，志梟逆虜，常恐祖生先吾著鞭。"其意氣相期如此。在晉陽，嘗爲胡騎所圍數重，城中窘迫無計，琨乃乘月登樓清嘯，賊聞之，皆凄然長歎。中夜奏胡笳，賊又流涕歔欷，有懷土之切。向曉復吹之，賊並棄圍而走。

（二）　劉琨其他作品選錄

與段匹磾盟文

天不靜晉，難集上邦，四方豪傑，是焉扇動。乃憑陵諸夏，俾天子播越震蕩，罔有攸底。二虜交侵，區夏將泯。神人乏主，蒼生無歸。百羅備臻，死喪相枕。肌膚潤於鋒鏑，骸骨曝於草莽。千里無烟火之廬，列城有兵曠之邑。茲所以痛心疾首，仰訴皇穹者也。臣琨蒙國寵靈，叨竊台岳，臣磾世效忠節，忝荷公輔。大懼醜類，猾夏王旅，殞首喪元，盡其臣禮。古先哲王，貽厥後訓，所以翼戴天子，敦序同好者，莫不臨之以神明，結之以盟誓。故齊桓會於邵陵，而羣后如恭，晉文盟於踐土，而諸侯茲順。加臣等介在遐鄙，而與主相去迥遼，是以敢干先典，刑牲歃血。自今日既盟之後，皆盡忠竭節，以剪夷二寇。有加難於磾，琨必救；加難於琨，磾亦如之。繾綣齊契，披布胸懷；書功金石，藏於玉府。有渝此盟，亡其宗族，俾墜軍旅，無其遺育。

答盧諶書

琨頓首。損書及詩，備辛酸之苦言，暢經通之遠旨，執玩反復，不能釋手，慨然以悲，歡然以喜。昔在少壯，未嘗檢括，遠慕老、莊之齊物，近嘉阮生之放曠，怪厚薄何從而生，哀樂何由而至。自頃輈張，困於逆亂，國破家亡，親友凋殘。負杖行吟，則百憂俱至；塊然獨坐，則哀憤兩集。時復相與，舉觴對膝，破涕爲笑，排終身之積慘，求數刻之暫歡。譬由疾疢彌年，而欲以一丸銷之，其可得乎？夫才生於世，世實須才。和氏之璧焉得獨曜於郢握，夜光之珠何得專玩於隨掌，天下之寶當與天下共之；但分析之日，不能不悵恨耳。然後知聃、周之爲虛誕，嗣宗之爲妄作也。昔騄驥倚輈於吳坂，長鳴於良、樂，知與不知也；百里奚愚於虞而智於秦，遇與不遇也。今君遇之矣，勖之而已。不復屬意於文，二十餘年矣。久廢則無次，想必欲其一反，故稱指送一篇，適足以彰來詩之益美耳。琨頓首頓首。

（三）　關於劉琨的評價

劉義慶世說新語曰：劉琨雖隔閡寇戎，志存本朝，謂溫嶠曰："班彪識劉氏之復興，馬援知漢光之可輔。今晉祚雖衰，天命未改，吾欲立功於河北，使卿延舉於江南，子其行乎？"溫曰："嶠雖不敏，才非昔人，明公以桓文之姿，建匡立之功，豈敢辭命！"（言語）

劉勰曰：劉琨雅壯而多風，……亦遇之於時勢也。（文心雕龍才略篇）

鍾嶸曰：晉太尉劉琨，中郎盧諶。其源出于王粲。善爲悽戾之詞，自有清拔之氣。琨旣體良才，又罹厄運，故善敍喪亂，多感恨之詞。中郎仰之，微不逮者矣。（詩品中）

陳繹曾曰：劉琨……忠義之氣自然形見，非有意於詩也。杜子美以此爲根本。（詩譜）

陳祚明曰：越石英雄失路，滿裹悲憤，卽是佳詩。隨筆傾吐，如金笳成器，木檀商聲，順風而吹，嘹靂悽戾，足使櫪馬仰歎，城烏俯咽。（采菽堂古詩選卷十二）

沈德潛曰：越石英雄失路，萬緒悲涼，故其詩隨筆傾吐，哀音無次，讀者烏得於語句間求之！（古詩源卷八）

成書倬雲曰：（劉琨扶風歌）蒼蒼莽莽，一氣直達，卽此便不可及，更不必問其字句工拙。（多歲堂古詩存卷四）

又曰：氣猛神王，意槪不凡，作者一生氣象，於此亦可見一斑。（同上）

劉載熙曰：孔北海雜詩："呂望老匹夫"，"管仲小囚臣"。劉越石重贈盧諶詩："惟彼太公望，昔在渭濱叟。"又稱："小白相射鈎。"於漢於晉，興復之志同也。北海言"人生有何常，但患年歲暮"，越石言"時哉不我與，去矣若雲浮"，其欲及時之志亦同也。鍾嶸謂越石詩出於王粲，以格言耳。（藝槪詩槪）

又曰：劉越石詩，定亂扶衰之志；郭純景詩，除殘去穢之情。第以"清剛"、"儁上"（詩品序中語）目之，殆猶未覘厥蘊。（同上）

又曰：劉公幹、左太冲詩壯而不悲，王仲宣、潘安仁悲而不壯，兼悲壯者，其惟劉越石乎？（同上）

七 郭 璞

郭璞(公元二七六——三二四)字景純,河東聞喜(今山西聞喜縣)人。他博學有高才,注釋過爾雅、山海經、楚辭等書。西晉滅亡,他隨晉室南渡。後因反對王敦謀反,被殺。郭璞是南渡之際的重要作家之一,詩賦都很有名。詩傳二十二首,以遊仙詩十四首為代表。它們的內容主要是歌詠高蹈遺世,蔑棄富貴榮華,流露出對現實的不滿。這和阮籍的詠懷詩相近。所以詩品說它們"詞多慷慨,乖遠玄宗。……乃是坎壈詠懷,非列仙之趣也。"這些詩抒情成分較濃,形象也較豐富生動,比當時"淡乎寡味"的玄言詩高出一籌。但詩中所宣揚的全身遠禍的遁世思想,是有消極影響的。作品有郭弘農集輯本二卷。

游 仙 詩①

京華游俠窟②,山林隱遯棲。朱門何足榮③,未若託蓬萊。臨源挹清波④,陵岡掇丹荑。靈谿可潛盤⑤,安事登雲梯。漆園有傲吏⑥,萊氏有逸妻。進則保龍見⑦,退為觸藩羝。高蹈風塵外⑧,長揖謝夷齊。

①游仙詩共十四首,此其一。這首詩以游仙的高超來否定"朱門",否定從仕。但是詩中所寫的游仙,又似乎並非真的求仙。詩人心目中的游仙,其實也就是隱逸。

②“京華”二句：“京華”，京都繁華之地。“窟”，原意洞穴，此謂游俠出沒之所。“隱遯”，隱居避世者。“樓”，山居曰樓。這二句說京華是游俠活動的地方，而山林則爲隱士樓居之所在。何焯說：“以京華山林並起，見仙卽是山林客，非迂怪之談也。”（見何焯評點海錄軒本文選）

③“朱門”二句：“朱門”，謂豪門貴宅。“榮”，榮耀。“託”，寄身。“蓬萊”，相傳爲海中仙山名（見漢書郊祀志）。史記孝武本紀載：“安期生，僊者，通蓬萊中，合則見人，不合則隱。”則以蓬萊仙境爲隱逸的理想境界，於義亦通。這二句言“朱門”何足爲榮，不如寄身於蓬萊。

④“臨源”二句：“源”，水的源頭。“挹”，斟，掇，採拾。“丹荑”，初生的赤芝草。“丹”是丹芝，本名赤芝，據本草說，服之延年；“荑”是初生之草的通稱。這二句寫隱者的生活：渴了可以到水源處斟飲淸波，餓了可以登上高崗採食靈芝。

⑤“靈谿”二句：“靈溪”，水名，李善注引庾仲雍荊州記：“大城西九里有靈溪水。”“潛盤”，謂隱居盤桓。“雲梯”，“言仙人昇天因雲而上”（李善語）。這二句說靈谿足以隱居盤桓，何必一定要升天求仙呢？郭璞的遊仙詩本來是借歌詠遊仙以“坎壈詠懷”的。和那些正格的遊仙詩不同，所以這裏才有潛隱也就是遊仙的意思。

⑥“漆園”二句：上句，史記老莊申韓列傳載：莊子嘗爲漆園吏，“楚威王聞莊周賢，使使厚幣迎之，許以爲相。周笑謂楚使者曰：‘……子亟去，無污我……。’”下句，列女傳載老萊子逃世，耕於蒙山之陽。楚王駕至老萊之門，請他出仕，老萊許諾。“妻曰：……今先生食人酒肉，受人官祿，爲人所制也。能免於患乎？妾不能爲人所制。’投其畚而去。老萊乃隨而隱。”“萊氏”卽老萊子。“逸”，隱。又，晉書郭璞傳：“璞……乃著客傲。其辭曰：‘……若乃莊周偃蹇于漆園，老萊婆娑于林窟，……吾不能幾韵於數賢，故寂然玩此員策與智骨’。”可與此參看。

⑦“進則”二句：“進”，謂進仕。“保”，保證，保全。“龍見”，易乾卦：“九二，見龍在田，利見大人。”魏王弼注：“出潛離隱故曰見龍，處於地上故曰在地。德施周普，居中不廢，雖非君位，君之德也。”此處卽用乾卦九二之意，謂當爲君王所見而得重用。“退”謂退隱。“觸藩羝”，易大壯：“上六，羝羊觸藩，不能退，不能遂，無攸利，艱則吉。”“羝”卽羝羊，牡羊。“藩”，籬笆；“觸藩羝”觸於籬笆的牡羊，旣不能進，又因角被籬笆卡住，不能就退，表示處於窘困之境，也卽老萊妻所謂“爲人所制”。這二句意謂像莊子、老萊那樣的著名賢者，如果進仕，則可見重於君王，但是如果一旦陷入困境，那時再想退隱，就成爲“觸藩羝”了。這二句承上二句，讚美了莊子、老萊妻的不爲榮位所誘，因而也就終能不爲人所制(此二句解釋參用淸沈德潛古詩源說)。李善說：“進謂求仙也，退謂處俗也。”錄以備考。

⑧“高蹈”二句：“風塵”，謂塵世、人間。“謝”，辭別。“夷、齊”，伯夷、叔齊，都是商代孤竹君之子，先是兩人互相推讓王位而逃到西伯昌(卽周文王)那裏；後來武王伐紂，他們就不食周粟，逃入首陽山，采薇而食，結果餓死(見史記伯夷列傳)。這二句說我要高蹈於風塵之外，長揖告別夷、齊而去。其意卽謂自己的隱逸是更高於夷、齊，而完全超乎塵世之外的。

〔附錄〕

(一)晉書郭璞傳（節錄）

郭璞字景純，河東聞喜人也。父瑗，尙書都令史。時尙書杜預有所增損，璞多駁正之，以公方著稱，終於建平太守。璞好經術，博學有高才，而訥於言論。詞賦爲中興之冠，好古文奇字，妙於陰陽算歷。有郭公者，客居河東，精於卜筮，璞從之受業。公以青囊中書九卷與之，由是遂洞五行、天文、卜筮之術。攘災轉禍，通致無方，雖京房、管輅，不能過也。璞門人趙載，嘗竊青囊書，未及讀，而爲火所焚。

惠、懷之際，河東先擾，璞筮之，投策而歎曰："嗟乎，黔黎將湮於異類，桑梓其翦爲龍荒乎？"於是潛結姻昵及交遊數十家，欲避地東南，抵將軍趙固。會固所乘良馬死，固惜之，不接賓客。璞至，門吏不爲通。璞曰："吾能活馬。"吏驚入白固，固遽出曰："君能活吾馬乎？"璞曰："得健夫二三十人，皆持長竿，東行三十里，有丘林社廟者，便以竿打拍，當得一物，宜急持歸。得此，馬活矣。"固如其言，果得一物似猴，持歸。此物見馬死，便噓吸其鼻。頃之，馬起奮迅嘶鳴，食如常，不復見向物。固奇之，厚加資給。行至廬江，太守胡孟康被丞相召爲軍諮祭酒，時江、淮清晏，孟康安之，無心南渡。璞爲占曰"敗"，康不之信。璞將促裝去之，愛主人婢，無由而得，乃取小豆三斗，繞主人宅散之，主人晨見赤衣人數千圍其家，就視則滅，甚惡之，請璞爲卦。璞曰："君家不宜畜此婢，可於東南二十里賣之，愼勿爭價，則此妖可除也。"主人從之，璞陰令人賤買此婢。復爲符投於井中，數千赤衣人皆反縛一一自投于井，主人大悦。璞攜婢去後數旬，而廬江陷。

璞既過江，宣城太守殷祐引爲參軍。時有物大如水牛，灰色卑腳，腳類象，胸前尾上皆白，大力而遲鈍。來到城下，衆咸異焉。祐使人伏而取之，令璞作卦，遇遯之蠱，其卦曰："艮體連乾，其物壯巨，山潛之畜，匪兕匪虎。身與鬼并，精見二午。法當爲禽，兩翼不許。遂被一創，還其本墅。按卦名之，是爲驢鼠。”卜適了，伏者以戟刺之，深尺餘，遂去不復見。郡綱紀上祠，請殺之。巫云廟神不悅，曰：“此是邽亭驢山君鼠，使詣荆山，暫來過我，不須觸之。”其精妙如此。祜遷石頭督護，璞復隨之。時有鼮鼠出延陵，璞占之曰：“此郡東當有妖人欲稱制者，尋亦自死矣。後當有妖樹生，然若瑞而非瑞，辛螫之木也。儻有此者，東南數百里必有作逆者，期明年矣。”無錫縣欻有茱萸四株，交枝而生，若連理者。其年盜殺吳興太守袁琇。或以問璞，璞曰：“卯爻發而沴金，此木不曲，直而成災也。”

王導深重之，引參己軍事。嘗令作卦，璞言：“公有震厄，可命駕西出數十里，得一栢樹，截斷如身長，置常寢處，災當可消矣。”導從其言。數日果震，栢樹粉碎。時元帝初鎮建鄴，導令璞筮之，遇咸之井，璞曰：“東北郡縣有‘武’名者，當出鐸，以著受命之符。西南郡縣有‘陽’名者，井當沸。”其後，晉陵武進縣人於田中得銅鐸五枚，歷陽縣中井沸，經日乃止。及帝爲晉王，又使璞筮，遇豫之睽，璞曰：“會稽當出鍾，以告成功，上有勒銘，應在人家井泥中得之。繇辭所謂‘先王以作，樂崇德殷，薦之上帝’者也。”及帝即位，太興初，會稽剡縣人果於井中得一鍾，長七寸二分，口徑四寸半，上有古文奇書十八字云：“會稽嶽命。”餘字時人莫識之，璞曰：“蓋王者之作，必有靈符塞天人之心，與神物合契，然後可以言受命矣。觀五鐸啓號於晉陵，機鍾告成於會稽，瑞不失類，出皆以方，豈不偉哉！若夫鐸發其響，鍾徵其象，器以數臻，事以實應，天人之際，不可不察。”帝甚重之。

璞著江賦，其辭甚偉，爲世所稱。後復作南郊賦，帝見而嘉之，以爲著作佐郎。于時陰陽錯繆，而刑獄繁興，璞上疏……疏奏，優詔報之。其後，日有黑氣，璞復上疏……頃之，遷尙書郎，數言便宜，多所匡益。

明帝之在東宮，與溫嶠、庾亮並有布衣之好，璞亦以才學見重，埒於嶠、亮，論者美之。然性輕易，不修威儀，嗜酒好色，時或過度。著作郎干寶常誡之曰：“此非適性之道也。”璞曰：“吾所受有本限，恆恐不得盡，卿乃憂酒色之爲患乎？”璞旣好卜筮，縉紳多笑之，又自以才高位卑，乃著客傲……

永昌元年，皇孫生，璞上疏……疏奏，納焉，卽大赦改年。時暨陽人任谷因耕息於樹下，忽有一人著羽衣就淫之，旣而不知所在。谷遂有娠。積月將產，羽衣人復來，以刀穿其陰下，出一蛇子便去。谷遂成宦者。後詣闕上書自云有道術，帝留谷于宮中。璞復上疏……其後，元帝崩，谷因亡走。

璞以母憂去職，卜葬地於暨陽，去水百步許。人以近水爲言，璞曰：“當卽爲陸矣。”其後沙漲，去墓數十里皆爲桑田。未幾，王敦起璞爲記室參軍。是時潁川陳述爲大將軍掾，有美名，爲敦所重，未幾而沒。璞哭之哀甚，呼曰：“嗣祖，嗣祖，焉知非福！”未幾而敦作難。時明帝卽位踰年，未改號而熒惑守房。璞時休歸，帝乃遣使齎手詔問璞。會暨陽縣復上言曰：“赤烏見。”璞乃上疏請改年肆赦。文多不載。璞嘗爲人葬，帝微服往觀之，因問主人：“何以葬龍角，此法當滅族。”主人曰：“郭璞云此葬龍耳，不出三年，當致天子也。”帝曰：“出天子邪？”答曰：“能致天子問耳。”帝甚異之。

　　璞素與桓彝友善。彝每造之，或值璞在婦間，便入，璞曰：
"卿來，他處自可徑前，但不可廁上相尋耳，必客主有殃。"彝後因
醉詣璞，正逢在廁，掩而觀之，見璞裸身被髮，銜刀設醊。璞見
彝，撫心大驚曰："吾每屬卿勿來，反更如是，非但禍吾，卿亦不免
矣。天實爲之，將以誰咎！"璞終嬰王敦之禍，彝尋亦死蘇峻之難。

　　王敦之謀逆也，溫嶠、庾亮使璞筮之，璞對不決。嶠、亮復令
占己之吉凶，璞曰："大吉。"嶠等退相謂曰："璞對不了，是不敢
有言，或天奪敦魄。今吾等與國家共舉大事，而璞云'大吉'，是
爲舉事必有成也。"於是勸帝討敦。初，璞每言殺我者"山宗"，
至是果有姓崇者構璞於敦。敦將舉兵，又使璞筮，璞曰："無成。"
敦固疑璞之勸嶠、亮，又聞卦凶，乃問璞曰："卿更筮吾壽幾何？"
答曰："思向卦，明公起事，必禍不久；若往武昌，壽不可測。"敦
大怒曰："卿壽幾何？"曰："命盡今日日中。"敦怒收璞，詣南
崗斬之。璞臨出，謂行刑者欲何之。曰："南崗頭。"璞曰："必
在雙柏樹下。"既至，果然。復云："此樹應有大鵲巢。"衆索之
不得。璞更令尋覓，果於枝間得一大鵲巢，密葉蔽之。初，璞中興
初行經越城間，遇一人呼其姓名，因以袴褶遺之。其人辭不受，
璞曰："但取，後自當知。"其人遂受而去。至是果此人行刑。時
年四十九。及王敦平，追贈弘農太守。

　　初，庾翼幼時嘗令璞筮公家及身，卦成，曰："'建元'之末丘
山傾，'長順'之初子凋零。"及康帝即位，將改元爲建元。或謂
庾冰曰："子忘郭生之言邪？丘山上，名此號，不宜用。"冰撫心歎
恨。及帝崩，何充改元爲永和，庾翼歎曰："天道精微，乃當如是，
'長順'者，永和也。吾庸得免乎？"其年翼卒。冰又令筮其後嗣，

卦成,曰:"卿諸子並當貴盛,然有白龍者, 凶徵至矣。若墓碑生金,庾氏之大忌也。"後冰子蘊爲廣州刺史,妾房內忽有一新生白狗子,莫知所由來。其妾祕愛之,不令蘊知。狗轉長大, 蘊入見狗,眉眼分明,又身至長而弱,異於常狗。蘊甚怪之, 將出共視,在衆人前忽失所在。蘊愾然曰:"殆白龍乎? 庾氏禍至矣1"又墓碑生金。俄而爲桓溫所滅,終如其言。璞之占驗皆如此類也。

　　璞占前後筮驗六十餘事,名爲洞林,又抄京、費諸家要最,更撰新林十篇,卜韻一篇;注釋爾雅,別爲音義圖譜;又注三倉、方言、穆天子傳、山海經及楚辭、子虛、上林賦數十萬言,皆傳於世。所作詩、賦、誄、頌亦數萬言。

(二)　關於郭璞的評價

　　劉義慶世說新語曰:郭景純詩云:"林無靜樹,川無停流。"阮孚云:"泓崢蕭瑟,實不可言,每讀此文,輒覺神超形越。"(文學)

　　劉勰曰:景純豔逸,足冠中興,郊賦旣穆穆以大觀,仙詩亦飄飄而凌雲矣。(文心雕龍才略篇)

　　鍾嶸曰:晉弘農太守郭璞。憲章潘岳,文體相輝,彪炳可翫。始變永嘉平淡之體,故稱中興第一。翰林以爲詩首。但游仙之作,詞多慷慨,乖遠玄宗。其云"奈何虎豹姿",又云,"戢翼棲榛梗",乃是坎壈詠懷,非列仙之趣也。(詩品中)

　　李善曰:凡游仙之篇,皆所以滓穢塵網, 鎦鉄纓紱,凌霞倒景,餌玉玄都。而璞之制,文多自敍。雖志狹中區,而詞兼(本作"無",據梁章鉅旁證改)俗累;見非前識,良有以哉1(文選注)

陳繹曾曰：郭璞構思險怪而造語精圓，三謝皆出於此，杜、李精奇處皆取此，本出自淮南小山。（詩譜）

陳祚明曰：景純本以仙姿游於方內，其超越恆情，乃在造語奇傑，非關命意。游仙之作，明屬寄託之詞，如以“列仙之趣”求之，非其本旨矣。（采菽堂古詩選卷十二）

何焯曰：景純游仙，當與屈子遠游同旨。蓋自傷坎壈，不成匡濟，寓旨懷生，用以寫鬱。鍾嶸詩品譏其無列仙之趣，此以辭害意也。至所摘“奈何虎豹姿”及“戢翼棲榛梗”等句，今此七篇（文選所錄）並無之。當係初稿刪去，抑出昭明別擇之餘耳。（義門讀書記）

姚範曰：景純游仙本屈子遠遊之旨，而撮其意，遂成此製。……余謂屈子以時俗迫阨，沈濁汙穢，不足與語，託言己欲輕舉遠游，脫屣人羣，而求與古眞人爲侶，乃夷、齊西山之歌，小雅病俗之旨，孔子浮海之志，非眞欲服食求長生也。至其所陳道，要司馬相如大人賦且不能至，何論景純。若景純此詩，正道其本事。鍾、李乃譏之，誤也，義門更失之矣。（方東樹昭昧詹言卷一引）

陳沆曰：景純游仙，振響兩晉。自鍾嶸謂其“詞多慷慨，乖遠玄宗”，“坎壈詠懷，非列仙之趣”，李善亦謂其文多自敍，未能湌霞倒景，錙銖塵網，見非前識，良匪無以。質諸弘農，竊恐啞然。夫殉物者繫情，遺世者冥感。繫情者難乎尤怨，冥感者但任沖玄。取捨異途，情詞難飾。今旣蟬蛻塵寰，霞舉物外，乃復骯髒權勢，流連塞修。匪惟旨謬老、莊，毋亦卜迷詹尹。是知君平兩棄，必非無因，夷、叔長辭，正緣篤感云爾。世累人繁，此情未覯；

毀譽兩非，比興如夢。是用屏彼藻繪，直揭胸懷。景純勸處仲以
勿反，知壽命之不長，游僊之作，殆是時乎？青谿之地，正在荆州，
斯明證也，何焯謂景純游仙之什，卽屈子遠游之思，殆知言乎。
（詩比興箋卷二）

　　劉熙載曰：嵇叔夜、郭景純皆亮節之士，雖秋胡行貴玄默之
致，游仙詩假棲遯之言，而激烈悲憤，自在言外，乃知識曲宜聽其
眞也。（藝概詩概）

（三）　關於玄言詩

　　劉義慶世說新語曰：簡文稱許掾（詢）云："玄度五言詩，可謂
妙絕時人。"

　　劉孝標注引續晉陽秋："詢有才藻，善屬文，自司馬相如、王
褒、揚雄諸賢，世尙賦頌，皆體則詩、騷，傍綜百家之言。及至建
安，而詩章大盛。逮乎西朝之末，潘、陸之徒，雖時有質文，而
宗歸不異也。正始中，王弼、何晏，好莊、老玄勝之談，而世遂貴
焉。至過江佛理尤盛，故郭璞五言，始會合道家之言而韻之。
詢及太原孫綽，轉相祖尙，又加以三世之辭，而詩、騷之體盡矣。
詢、綽並爲一時文宗，自此作者悉體之。至義熙中謝混始改。"
（文學）

　　劉勰曰：自中朝貴玄，江左稱盛，因談餘氣，流成文體。是以
世極迍邅，而辭意夷泰，詩必柱下之旨歸，賦乃漆園之義疏。（文
心雕龍時序篇）

答許詢* 　　　　　　　　　　孫　綽

仰觀大造，俯覽時物。機過患生，吉凶相拂。智以利昏，識由情
屈。野有寒枯，朝有炎鬱。失則震驚，得必充詘。

* 孫綽、許詢等都是東晉著名玄言詩人，但他們的五言詩今多不存，故
　錄其四言一首供參考。本題全篇共九首，此其一。

蘭　亭 　　　　　　　　　　　王渙之

去來悠悠子，披褐良足欽。超跡脩獨往，眞契齊古今。

蘭　亭 　　　　　　　　　　　王徽之

先師有冥藏，安用羈世羅。未若保仲眞，齊契箕山阿。

詠懷詩* 　　　　　　　　　　支　遁

傲兀乘尸素，日往復月旋。弱喪困風波，流浪逐物遷。中路高韻
益，窈窕欽重玄。重玄在何許，採眞遊理間。苟簡爲我養，逍遙
使我閒。寥亮心神瑩，含虛映自然。亹亹沈情去，彩彩沖懷鮮。
踟躕觀象物，未始見牛全。毛鱗有所貴，所貴在忘筌。

* 支遁，字道林，本姓關。二十五歲便出家，是當時名僧，也以善於玄談
　著稱，與文學之士頗有交往。今錄其詩一首以見玄言詩之一斑。

五 南朝小說

一 干 寶

干寶(生卒年未詳)字令升，新蔡(今河南新蔡)人。他博學多才，晉元帝時召爲著作郎。曾領國史，著晉紀，當時稱爲"良史"。又撰搜神記。搜神記自序說："及其著述，亦足以發明神道之不誣也。"雖意在宣揚迷信，但也保存了一些有意義的故事傳說。

搜 神 記①

干將莫邪②

楚干將、莫邪爲楚王作劍，三年乃成，王怒，欲殺之。劍有雌雄。其妻重身③當產。夫語妻曰："吾爲王作劍，三年乃成，王怒，往必殺我。汝若生子是男，大，告之曰：'出戶望南山，松生石上，劍在其背。'"於是即將雌劍往見楚王。王大怒，使相④之。劍有二，一雄一雌，雌來雄不來。王怒，即殺之。

莫邪子名赤，比⑤後壯，乃問其母曰："吾父所在？"母曰："汝父爲楚王作劍，三年乃成，王怒，殺之。去時囑我語汝：'出戶望南山，松生石上，劍在其背。'"子出戶南望，不見有山，但覩⑥堂前松柱下石低⑦之上。即以斧破其背，得劍，日夜思欲報楚王。

　　王夢見一兒眉間廣尺⑧，言欲報讎⑨。王卽購之千金⑩。
兒聞之亡去⑪，入山行歌。客有逢者，謂：“子年少，何哭之甚悲
耶？”曰：“吾干將、莫邪子也，楚王殺吾父，吾欲報之⑫。”客曰：
“聞王購子頭千金，將⑬子頭與劍來，爲子報之。”兒曰：“幸甚！”
卽自刎⑭，兩手捧頭及劍奉之，立僵⑮。客曰：“不負子也。”於是
屍乃仆⑯。

　　客持頭往見楚王，王大喜。客曰：“此乃勇士頭也，當於湯
鑊⑰煮之。”王如其言煮頭，三日三夕不爛。頭踔⑱出湯中，瞋
目⑲大怒。客曰：“此兒頭不爛，願王自往臨視⑳之，是必爛也。”王
卽臨之。客以劍擬㉑王，王頭隨墮湯中，客亦自擬己頭，頭復墮
湯中。三首俱爛，不可識別，乃分其湯肉葬之，故通名三王墓。
今在汝南北宜春縣㉒界。

①隋書經籍志載，“搜神記三十卷，晉干寶撰。”宋史藝文志說是十卷，四
　庫全書總目提要說是二十卷。今流傳本有二十卷本，有八卷本。魯迅
　說：“搜神記今存者正二十卷，然亦非原書，其書于神祇、靈異、人物變
　化之外，頗言神仙五行，又偶有釋氏說。”(見中國小說史略)續書有搜
　神後記十卷，題陶潛撰。魯迅說：“陶潛曠達，未必拳拳于鬼神，蓋僞
　托也。”

②這傳說在搜神記以前已見於列異傳 (見太平御覽卷三百四十三所
　引)。它反映了統治者的暴虐和人民的反抗精神。魯迅的鑄劍(見故
　事新編)就是根據這故事寫成的。吳越春秋說：“干將，吳人，莫邪，干
　將之妻也。干將作劍，莫邪斷髮剪爪，投於爐中，金鐵乃濡，遂以成
　劍。陽曰干將，陰曰莫邪。”正字通說：“干將、莫邪，當時鑄劍者夫婦
　之名。”近人也有將“干將莫邪”四字理解爲一個名字的，非。干將、莫
　邪鑄劍的傳說亦見吳地記，謂爲吳王闔廬鑄劍，可參看。

③重 (chóng) 身：謂懷孕。素問奇病論注說：“‘重身’，謂身中有身。”

④相 (xiàng)：察看。

⑤比 (bì)：比及，等到。

⑥覩：看見。

⑦石低："低"，當是誤字。"石低"，當指柱下石，或叫碩，或叫礎。徐震
堮說："'低'應該是'砥'字，就是柱礎。"(見漢魏六朝小說選)似可信，
但砥是磨刀石，未見有用以指柱礎的。待考。"但覩"句不可通，或有
漏誤("下"字或本是"在"字，因下文"上"字而誤)。

⑧眉間廣尺：謂兩眉之間有尺把寬的距離。

⑨讎："仇"字的異體。

⑩購之千金：謂懸重賞通緝他。

⑪亡去：逃走。

⑫報之：謂向楚王報仇。

⑬將：此猶言拿。

⑭自刎：謂以刀劍自割其頸。

⑮立僵：謂屍體發僵直立不倒。

⑯仆：向前跌倒。

⑰鑊：鍋一類的器物。

⑱踔 (zhuó)：跳。

⑲瞋 (chēn) 目：睜大眼睛瞪人。

⑳臨視：謂靠近鍋邊觀看。"臨"，挨着、靠近。

㉑擬：度。此謂估計準確而砍殺之。

㉒汝南北宜春縣："汝南"，郡名，漢置，治平輿，在今河南汝南縣東南。晉
移治縣瓠城，即今汝南縣治。隋、唐各朝廢置不常，金廢。"北宜春"，故
城在今河南汝南縣西南六十里。西漢時叫宜春，東漢時改爲北宜春。

韓憑夫婦①

宋康王②舍人③韓憑，娶妻何氏，美。康王奪之。憑怨，王囚之④，論爲城旦⑤。妻密遺⑥憑書，繆其辭⑦曰："其雨淫淫，河大水深，日出當心。"旣⑧而王得其書，以示左右⑨；左右莫解其意。臣蘇賀對曰："其雨淫淫，言愁且思⑩也。河大水深，不得往來也。日出當心，心有死志也。"俄⑪而憑乃自殺。

其妻乃陰腐其衣⑫。王與之登臺，妻遂自投臺；左右攬之⑬，衣不中手⑭而死。遺書於帶曰："王利其生，妾利其死。願以屍骨賜憑合葬。"

王怒，弗⑮聽，使里人⑯埋之，冢⑰相望也。王曰："爾夫婦相愛不已，若能使冢合，則吾弗阻也。"宿昔⑱之間，便有大梓⑲木生於二冢之端⑳，旬日㉑而大盈㉒抱。屈體相就，根交於下，枝錯㉓於上。又有鴛鴦㉔，雌雄各一，恆㉕棲樹上，晨夕不去，交頸悲鳴，音聲感人。宋人哀之，遂號其木曰相思樹。相思之名，起於此也。南人謂此禽卽韓憑夫婦之精魂。

今睢陽㉖有韓憑城。其歌謠㉗至今猶存。

①這是一則富有人民性的傳說，它揭露了統治者的荒淫和殘暴；歌頌了韓憑夫婦生死不渝的愛情，和何氏的機智勇敢、堅貞不屈的鬥爭精神；並通過幻想，顯示了人民的美好願望。這傳說在唐嶺表錄異、法苑珠林和宋太平御覽中都有記載。敦煌石室所藏寫本中有唐代的民間賦韓朋賦一卷，寫的就是這個故事。

②宋康王：戰國宋國君，名偃，逐兄剔成自立爲王。溺於酒色，羣臣有進諫的，卽射之。於是諸侯都叫他爲桀宋。在位四十七年，齊湣王與魏、楚合兵伐宋，殺偃，三分其地，宋亡。

③舍人：戰國及漢初，王公貴官皆有舍人，猶門客之類。

④囚之：謂將韓憑拘禁起來。

⑤論爲城旦：“論”，定罪。“城旦”，是一種刑罰。史記秦始皇本紀集解說：“城旦者，晝日伺寇虜，夜暮築長城也。”這句謂將韓憑判處了“城旦”的刑罰。

⑥遺：給予。

⑦繆其辭：謂用巧妙的言辭掩飾其本意以隱瞞別人。“繆(miù)”，詐。字亦作“謬”。

⑧既：猶旋，頃刻、不久。

⑨左右：謂左右親近的臣屬。

⑩思：悲。

⑪俄：頃刻、不久。

⑫“其妻”句：謂何氏暗中將自己的衣服腐蝕。“陰”私下、暗中。

⑬攬之：拉扯她。

⑭不中(zhòng)手：經不起手拉。

⑮弗：不。

⑯里人：謂地方上的人。

⑰冢 (zhǒng)：墳墓。

⑱宿昔：猶早晚，謂時間不長。

⑲梓 (zǐ)：落葉喬木，花淡黃色，木材可供建築和製造器物之用。

⑳端：物的一頭。

㉑旬日：十日。十日爲一旬。

㉒盈：滿。

㉓錯：交錯。

㉔鴛鴦：鳥名，較鴨小。雄的羽毛很美麗，頭上有紫黑色羽冠，翼上部黃褐色，叫鴛。雌的蒼褐色，胸腹灰色，叫鴦。它們棲息在池沼中，雌雄不離。

㉕恆：經常。

㉖睢(suī)陽：戰國宋地，秦置睢陽縣，故城在今河南商丘縣南。

㉗其歌謠：彤管集：“韓憑爲宋康王舍人，妻何氏美，王欲之，捕舍人築靑陵之臺。何氏作烏鵲歌以見志：‘南山有鳥，北山張羅；烏自高飛，羅當奈何！’‘烏鵲雙飛，不樂鳳凰；妾是庶人，不樂宋王。’遂自縊。”(烏鵲歌亦見<u>人鏡陽秋</u>)這裏所指大概是這一類歌謠。

吳王小女①

吳王夫差②小女，名曰紫玉，年十八，才貌俱③美。童子韓重，年十九，有道術，玉悅④之，私交信問⑤，許爲之妻。重學於齊、魯⑥之間，臨去，囑其父母使求婚。王怒，不與⑦女。玉結氣⑧死，葬閶門⑨之外。三年，重歸，詰⑩其父母，父母曰：“王大怒，女結氣死，已葬矣。”

重哭泣哀慟⑪，具牲幣⑫往弔⑬於墓前。玉魂從墓出，見重流涕，謂曰：“昔爾行之後，令二親⑭從王相求，度⑮必克⑯從大願；不圖⑰別後遭命，奈何！”玉乃左顧宛頸⑱而歌曰：“南山有鳥，北山張羅⑲；鳥旣⑳高飛，羅將奈何！意欲從君，讒言孔多㉑。悲結生疾，沒命黃壚㉒。命之不造㉓，冤如之何！羽族之長，名爲鳳凰。一日失雄，三年感傷。雖有衆鳥，不爲匹雙㉔。故見鄙㉕姿，逢君輝光。身遠心近，何當暫忘！”歌畢，歔欷㉖流涕，邀重還冢㉗。重曰：“死生異路，懼有尤愆㉘，不敢承命。”玉曰：“死生異路，吾亦知之，然今一別，永無後期，子將畏我爲鬼而禍子乎？欲誠所奉㉙，寧不相信？”重感其言，送之還冢。玉與之飲宴，留三日三夜，盡夫婦之禮。臨出，取徑寸㉚明珠以送重曰：“旣毀其

名,又絕其願,復何言哉！時節自愛㉛！若至吾家,致敬大王。"重
既出,遂詣王㉜自說其事。王大怒曰:"吾女既死,而重造訛言㉝,
以玷穢㉞亡靈,此不過發冢㉟取物,託以鬼神。"趣收重㊱,重走
脫,至玉墓所訴之。玉曰:"無憂！今歸白㊲王。"王妝梳,忽見玉,
驚愕悲喜,問曰:"爾緣何生?"玉跪而言曰:"昔諸生㊳韓重來求
玉,大王不許。玉名毀義絕,自致身亡。重從遠還,聞玉已死,故
齎㊴牲幣詣冢弔唁㊵。感其篤終㊶,輒㊷與相見,因以珠遺之㊸,
不爲發冢。願勿推治㊹。"夫人聞之,出而抱之。玉如煙然㊺。

①這故事寫男女青年生死不渝的愛情,反映了封建統治者對愛情的扼
　殺。也見於錄異傳。

②吳王夫差:春秋時人。其父闔廬爲越王句踐所敗,受傷而死。夫差立,
　戰敗句踐,將句踐囚禁在會稽以報父仇。後吳終爲句踐所滅,夫差自
　殺。

③俱:都、全。

④悅:喜歡、愛。

⑤私交信問:謂暗中互相派人通信。"信",使者。演繁露說:"晉人書問
　凡言'信至'或'遣信'者,皆指信爲使臣也。""問",書信。

⑥"齊、魯":春秋時齊、魯二大國,都在今山東省境。

⑦與:給。

⑧結氣:感情鬱結。

⑨闔(chāng)門:春秋時吳國都城姑蘇(即蘇州)的城門。今蘇州西門
　還叫閶門。

⑩詰(jié):追問。

⑪慟(tòng):言極悲哀。

⑫具牲幣:"具",備辦。"牲幣",犧牲和帛,祭祀用的物品。

⑬弔:祭奠死者。

⑭令二親：您的父母親。"令"，尊稱之詞。

⑮度(duò)：揣度、意料。

⑯克：能。

⑰不圖：不料。

⑱左顧宛頸：往左回顧扭着脖子。"宛"，屈。

⑲羅：捕鳥的羅網。

⑳既：已。"南山"四句亦見彤管集中所記載的烏鵲歌（見前韓憑夫婦
注㉗）。或爲民歌。

㉑孔多：很多。"孔"，甚。

㉒黃壚："壚"，黑剛土。此泛指土。"黃壚"，黃土，猶言黃泉，指死人埋
葬之處。

㉓命之不造：猶言命運不濟。

㉔匹雙：配偶。

㉕鄙：自謙之辭。

㉖欷歔(xī xū)：抽咽哭泣，或大哭後不自主地急促呼吸。

㉗冢：墳墓。

㉘尤愆(qiān)：過失。

㉙"欲誠"二句：說我想誠懇地表達出我所要奉告您的話，您怎能不相信
呢？

㉚徑寸：直徑一寸。

㉛時節自愛：謂一年四季你自己要注意愛護身體。"時節"，謂時候節令。

㉜詣王：到吳王那裏去。"詣"，到。

㉝訛言：假話、謠言。

㉞玷穢：謂污辱。"玷(diàn)"，白玉上面的污點。"穢(huì)"，污穢、骯
髒。

㉟發冢：謂掘開墳墓。

㊱趣收重：謂吳王催促左右將韓重抓起來。"趣(cù)"，催促。"收"，捕。

㊲白：告訴。

㊳諸生：儒生。每用來稱在學之士。通俗編說：“‘諸生’猶‘諸侯’，雖一人亦得云‘諸’，今仍然也。”

㊴齎（ji）：帶着。

㊵弔唁（yàn）：弔喪。

㊶篤終：謂感情到最終仍然純厚。“篤”，純、厚。

㊷輒（zhé）：就。

㊸以珠遺之：將珠子送給他。“遺（wèi）”，贈送。

㊹推治：推究治罪。

㊺如烟然：意謂像烟一樣地消失了。“然”，助辭，表示比擬事象，常與“如”字、“若”字連用。

李　寄①

東越閩中有庸嶺②，高數十里。其西北隙中，有大蛇，長七八丈，六十餘圍③。土俗④常懼。東冶都尉⑤及屬城長吏⑥，多有死者。祭以牛羊，故⑦不得禍。或與人夢⑧，或下諭巫祝⑨欲得啗⑩童女年十二三者。都尉、令、長⑪，並共患之。然氣厲⑫不息。共請求人家生婢子⑬，兼有罪家女養之。至八月朝⑭祭，送蛇穴口，蛇出吞囓⑮之。累年如此，已用九女。

爾時⑯預復募索，未得其女。將樂縣李誕，家有六女，無男。其小女名寄，應募欲行。父母不聽⑰。寄曰：“父母無相，惟生六女，無有一男，雖有如無。女無緹縈⑱濟父母之功，既不能供養，徒⑲費衣食，生無所益，不如早死。賣寄之身，可得少錢，以供父母，豈不善耶？”父母慈憐，終不聽去⑳。寄自潛行，不可禁止。寄乃告請㉑好劍，及咋㉒蛇犬。至八月朝，便詣㉓廟中坐，懷劍將㉔犬。先將數石㉕米餈㉖，用蜜麨㉗灌之，以置穴口。蛇便出，頭大如囷㉘，目如二尺鏡，聞餈香氣，先啗食之。寄便放犬，犬就嚙咋；寄從後斫㉙得數創㉚。瘡㉛痛急，蛇因踊出，至庭㉜而死。寄入視穴，得九女髑髏㉝，悉舉出，咤㉞言曰：“汝曹㉟怯弱，爲蛇所食，甚可哀愍㊱！”於是寄女緩步而歸。

越王聞之，聘㊲寄女爲后，拜其父爲將樂令，母及姊皆有賞賜。自是東冶無復妖邪之物。其歌謠至今存焉。

①這故事寫一個女孩子爲地方除害的勇敢行爲，同時也反映了官吏的無能。

②“東越”句：“東越”，古國名。漢武帝建元(公元前一四〇——一三五)時封越王句踐後裔餘善爲東越王，與閩越的後裔繇王丑並處，約有今浙江東部南部及福建東南部等地。“閩中”，古郡名。秦幷天下，以閩越(國名)的地方爲閩中郡。漢初又立句踐後裔無諸爲閩越王，仍舊統治閩中，國都在東冶(舊城在今福建福州市)。

③圍：五寸爲一圍。這裏指蛇體之粗。

④土俗：土著、世俗之人，謂當地百姓。

⑤都尉：官名。秦於三十六郡各置尉，輔助郡守，掌管軍事。漢景帝時更名都尉，僅在邊陲之郡設置，職位和太守相當。

⑥屬城長吏：“屬城”，謂東冶郡所屬縣城。“長(zhǎng)吏”，高級縣吏。漢書百官公卿表：“縣令、長……皆有丞、尉，秩四百石至二百石，是爲長吏。百石以下有斗食佐史之秩，是爲少吏。”

⑦故：仍舊。

⑧與人夢：給人們託夢，通過夢告訴人們。

⑨下諭巫祝：往下告訴巫師。“巫祝”，用歌舞來娛神的人，迷信的人以爲他們能與鬼神交通。

⑩啗(dàn)：同“啖”，吃。

⑪令、長：都是縣官。秦、漢制，凡人口在萬戶以上的縣稱"令"，不滿萬戶的稱"長"（見漢書百官公卿表）。

⑫氣厲：時疫。"氣"，節氣、節候。"厲"，病。

⑬家生婢子：古代奴婢所生子女，仍爲奴婢的，男的叫"家生奴"，女的叫"家生婢"。"子"，語尾辭。

⑭朝（zhāo）：初一日。

⑮囓（niè）：咬。

⑯爾時：這時候。

⑰不聽：不答應。"聽"，聽從。

⑱緹縈：人名。漢太倉令淳于意的小女兒。意沒有兒子，只有五個女兒。文帝時，意有罪，當受肉刑，就罵他的女兒說："生女不生男，一旦有急事，就毫無用處！"緹縈痛哭，卽隨父到長安，上書自願作公家的婢女，以贖父罪。文帝可憐她，下詔廢除了肉刑，意因而得免（見劉向列女傳）。

⑲徒：徒然，白白地。

⑳不聽去：不讓她去。"聽"，任憑、隨。

㉑告請：猶言訪求。"請"，求。

㉒咋（zé）：咬。

㉓詣：到。

㉔將：帶、領。

㉕石（shí）：今讀如"擔"，十斗爲一石。

㉖餈（cí）：一種用米或米粉作成的食品。

㉗麨（chǎo）：炒米粉、炒麥麨之類乾糧。

㉘囷（jūn）：圓形的米囷。

㉙斫（zhuó）：用刀（或斧）砍。

㉚創（chuāng）：傷。

㉛瘡：受傷亦叫瘡。

㉜庭：堂階前。

㉝髑(dú)髏：死人的頭骨。

㉞咤 (zhà)：痛惜。

㉟汝曹：你們這些人。“曹”，輩。

㊱愍：同“憫”。

㊲聘：舊時娶妻，訂婚叫聘。

〔附錄〕

(一)晉書干寶傳(節錄)

　　干寶字令升，新蔡人也。祖統，吳奮武將軍都亭侯；父瑩，丹陽丞。寶少勤學，博覽書記，以才器召爲著作郎。平杜弢有功，賜爵關內侯。中興草創，未置史官 中書監王導上疏曰：“……宜備史官，勅佐著作郎干寶等漸就撰集。”元帝納焉；寶於是始領國史。以家貧，求補山陰令，遷始安太守。王導請爲司徒右長史，遷散騎常侍。著晉紀，自宣帝迄於愍帝，五十三年，凡二十卷，奏之。其書簡略，直而能婉，咸稱良史。

　　性好陰陽術數，留思京房、夏侯勝等傳。寶父先有所寵侍婢，母甚妬忌；及父亡，母乃生推婢於墓中。寶兄弟年小，不之審也。後十餘年，母喪開墓，而婢伏棺如生；載還，經日乃蘇，言其父常取飲食與之，恩情如生。在家中，吉凶輒語之，考校悉驗。地中亦不覺爲惡。旣而嫁之，生子。又寶兄嘗病，氣絕積日不冷，後遂寤，云見天地間鬼神事如夢覺，不自知死。寶以此遂撰集古今神祇靈異、人物變化，名爲搜神記，凡二十卷，以示劉惔，惔曰：

"卿可謂鬼之董狐。"寶既博採異同,遂混虛實 因作序以陳其志曰:"雖考先志於載籍,收遺逸於當時,蓋非一耳一目之所親聞覩也,亦安敢謂無失實者哉。衞、朔失國,二傳互其所聞;呂望事周,子長存其兩說;若此比類,往往有焉。從此觀之,聞見之難,一由來尚矣。夫書赴告之定辭,據國史之方策,猶尚若茲,況仰述千載之前,記殊俗之表,綴片言於殘闕,訪行事於故老。將使事不二迹,言無異途,然後爲信者,固亦前史之所病。然而國家不廢注記之官,學士不絕誦覽之業,豈不以其所失者小, 所存者大乎? 今之所集,設有承於前載者,則非余之罪也。若使采訪近世之事,苟有虛錯,願與先賢前儒分其譏謗。及其著述,亦足以明神道之不誣也。羣言百家,不可勝覽;耳目所受,不可勝載;今粗取足以演八略之旨,成其微說而已。幸將來好事之士,錄其根體,有以游心寓目而無尤焉。"寶又爲春秋左氏義外傳,注周易、周官凡數十篇,及雜文集,皆行於世。

(二)關於魏晉南北朝小說的發生、發展 和分類問題

莊子外物篇:飾小說以干縣令,其於大達亦遠矣。

桓譚新論:小說家合殘叢小語,近取譬喻,以作短書,治身理家,有可觀之辭。(文選卷三十一李善注引)

漢書藝文志:*

伊尹說二十七篇(其語淺薄,似依託也。──原注,下同)。

鬻子說十九篇(後世所加)。

周攷七十六篇(攷周事也)。

青史子五十七篇(古史官記事也)。

師曠六篇(見春秋;其言淺薄,本與此同,似因託也)。

務成子十一篇(稱堯問,非古語)。

宋子十八篇(孫卿道宋子,其言黃老意)。

天乙三篇(天乙謂湯,其言非殷時。皆依託也)。

黃帝說四十篇(迂誕,依託)。

封禪方說十八篇(武帝時)。

待詔臣饒心術二十五篇(武帝時。師古曰:劉向別錄云:饒,齊人也,不知其姓,武帝時待詔作書,名曰心術)。

待詔臣安成未央術一篇(應劭曰:道家也,好養生事,爲未央之術)。

臣壽周紀七篇(項國圉人,宣帝時)。

虞初周說九百四十三篇(河南人,武帝時,以方士侍郎,號黃車使者。應劭曰:其說以周書爲本。師古曰:史記云,虞初,洛陽人,卽張衡西京賦"小說九百,本自虞初"者也)。

百家百三十九卷。

右小說十五家,千三百八十篇。

小說家者流,蓋出於稗官。街談巷語、道聽塗說者之所造也。孔子曰:雖小道必有可觀焉,致遠恐泥,是以君子弗爲也。然亦弗滅也,閭里小知者之所及,亦使綴而不忘,如或一言可采,此亦芻蕘狂夫之議也。

　　*班固將小說列入諸子類,諸子類中共有儒家、道家、陰陽家、法家、名家、墨家、縱橫家、雜家、農家、小說家等十家,但是班固在諸子類的序中說:"諸子十家其可觀者九家而已。"小說家並未入"可觀者"之

列。

隋書經籍志:

燕丹子一卷(丹,燕王喜太子。梁有青史子一卷;又宋玉子一卷、錄一卷,楚大夫宋玉撰;羣英論一卷,郭頒撰;語林十卷,東晉處士裴啓撰,亡。——原注,下同)。

雜語五卷。郭子三卷(東晉中郎郭澄之撰)。

雜對語三卷。要用語對四卷。

文對三卷。

瑣語一卷(梁金紫光祿大夫顧協撰)。

笑林三卷(後漢給事中邯鄲淳撰)。

笑苑四卷。

解頤二卷(楊松玢撰)。

世說八卷(宋臨川王劉義慶撰)。

世說十卷(劉孝標注。梁有俗說一卷,亡)。小說十卷(梁武帝勅安右長史殷芝撰,梁目三十卷)。

小說五卷。

邇說一卷(梁南台治書伏極撰)。

辯林二十卷(蕭賁撰)。

辯林二卷(席希秀撰)。

瓊林七卷(周獸門學士陰顥撰)。

古今藝術二十卷。

雜書鈔十三卷。

座右方八卷(庾元威撰)。

座右法一卷。

魯史猷器圖一卷（儀同劉徽注）。

器準圖三卷（後魏丞相士曹行參軍信都芳撰）。

水飾一卷。

右二十五部，合一百五十五卷。

小說者，街談巷語之說也。傳載輿人之誦，詩美詢於芻蕘。古者聖人在上，史爲書，瞽爲詩，工誦箴諫，大夫規誨，士傳言而庶人謗。孟春，徇木鐸以求歌謠，巡省，觀人詩以知風俗。過則正之，失則改之；道聽塗說，靡不畢紀。周官誦訓，"掌道方志，以詔觀事；道方慝以詔辟忌，以知地俗。"而職方氏掌道四方之政事與其上下之志，誦四方之傳道而觀衣物，是也。孔子曰，"雖小道，必有可觀者焉，致遠恐泥"。

胡應麟曰：一曰"志怪"：搜神、述異、宣室、酉陽之類是也；……一曰"雜錄"：世說、語林、瑣言、因話之類是也……。（少室山房筆叢二十八）

四庫全書總目提要卷一百四十子部五十小說家類：張衡西京賦曰："小說九百，本自虞初。"漢書藝文志載虞初周書九百四十三篇，注稱武帝時方士，則小說興於武帝時矣。故伊尹說以下九家，班固多注"依託"也（漢書藝文志注，凡不著姓名者，皆班固自注——原注）。然屈原天問，雜陳神怪，多莫知所出，意卽小說家言。而漢志所載青史子五十七篇，賈誼新書保傅篇中先引之，則其來已久，特盛於虞初耳。迹其流別，凡有三派；其一敍述雜事；其一記錄異聞；其一綴輯瑣語也。……

二　劉義慶

劉義慶(公元四○三——四四四)，彭城(今江蘇銅山縣)人，是劉宋宗室，襲封臨川王。宋書臨川烈武王道規傳說他"爲性簡素，寡嗜欲。愛好文義，文辭雖不多，然足爲宗室之表。……招聚文學之士，近遠必至"。世說新語說是他所作。魯迅說："書或成於衆手，未可知也。"(中國小說史略)

世說新語①

過江諸人②

過江諸人③，每至美日④，輒相邀新亭⑤．藉卉⑥飲宴。周侯⑦中坐而歎曰："風景不殊⑧，正自有山河之異！"皆相視流淚。唯王丞相⑨愀然⑩變色曰："當共戮力⑪王室，克復神州⑫，何至作楚囚相對！"

①世說新語凡三卷。梁劉孝標注。唐時叫新書，五代、宋改稱新語。東觀餘論說劉向曾有一部叫世說的書，已亡，爲了有所區別，所以後世稱這書爲世說新語。全書共分三十六篇，記東漢至東晉士大夫的軼事瑣語，在一定程度上揭露了統治者的荒淫無恥和殘忍凶惡，同時也表彰了少數好人好事，但宣揚魏、晉名士風度，曾對後世產生過不小的消極影響。

②本篇選自言語篇，反映了東晉高級士族官僚軟弱無能、無法收復失地

的沒落情緒。

③過江諸人：指南渡後東晉政權中王導、周顗等高級士族人物。

④美日：謂風和日麗，天氣很好的日子。

⑤"輒相"句："輒"，常。"新亭"，亦名勞勞亭，三國吳築，故址在今南京市南。

⑥藉卉：謂坐在草地上，席地。"藉(jiè)"，襯、墊，謂坐臥其上。"卉"，草的總稱。

⑦周侯：謂周顗。周顗，字伯仁，元帝時曾爲寧遠將軍、荆州刺史，官至尚書左僕射，與王導很接近，晉書有傳。"侯"，州牧的美稱。周顗曾任荆州、兗州刺史，故稱"周侯"。一說顗父浚以平吳功封成武侯，顗襲爵，世稱周侯(見呂叔湘筆記文選讀)。

⑧"風景"二句："殊"，不同。"正自"，只是。"山河之異"，謂領土變異。這二句說風景沒有什麼不同，只是山河已有了變化。

⑨王丞相：謂王導。王導，臨沂(今山東臨沂)人，字茂弘。晉元帝過江卽位後，任命他爲丞相。

⑩愀然：臉色改變的樣子。

⑪戮(lù)力：勉力，合力。

⑫神州：戰國騶衍稱中國爲赤縣神州。此處用來稱中原一帶的地方。

⑬楚囚：左傳成公九年："晉侯觀于軍府，見鍾儀，問之曰：'南冠而縶者誰也？'有司對曰：'鄭人所獻楚囚也。'""楚囚"一辭出於此，後用來泛指俘虜、囚犯。以上三句是王導勉勵大家的話。他雖有此豪語，但因內部矛盾重重，實力虛弱，終身也並未曾北伐。

魏武將見匈奴使①

魏武②將見匈奴使，自以形陋③，不足雄遠國，使崔季珪④代，帝自捉刀立牀頭⑤。旣畢，令閒諜⑥問曰："魏王何如？"匈奴使答曰："魏王雅望非常⑦，然牀頭捉刀人，此乃英雄也！"魏武聞之，追殺此使。

①本篇選自容止篇，寫曹操的譎詐。

②魏武：曹操生前封魏王，死後謚武，曹丕即位後追尊爲武帝。

③自以形陋：劉孝標注引魏氏春秋說：“武王姿貌短小，而神明英發。”

④崔季珪：崔琰，字季珪，三國志魏志崔琰傳：“琰聲姿高暢，眉目疏朗，鬚長四尺，甚有威重。”

⑤“帝自”句：“捉刀”，握刀。後人謂代人作文爲“捉刀”，就是從這故事引伸出來的。“牀”，古代的坐具。此連上句謂曹操命崔琰代替自己坐着，自己握着刀站在旁邊。

⑥間諜：即間諜，古時亦稱細作。

⑦“魏王”三句：“雅”，謂儀表之美。“望”，仰望。這三句說魏王（實是崔琰）儀表很美，令人非常景仰，但牀頭那個捉刀的人，才眞是個英雄呢！

周處年少時①

周處年少時，兇彊俠氣②，爲鄉里所患③。又義興水中有蛟④，山中有邅跡虎⑤，並皆暴犯⑥百姓，義興人謂爲“三橫”⑦，而處尤劇。或說處殺虎斬蛟⑧，實冀三橫唯餘其一。處即刺殺虎，又入水擊蛟。蛟或浮或沒⑨，行數十里，處與之俱。經三日三夜⑩，鄉里皆謂已死，更相慶。竟殺蛟而出⑪，聞里人相慶，始知爲人情所患，有自改意。乃自吳尋二陸⑫。平原不在⑬，正見清河，具以情告⑭，並云：“欲自修改，而年已蹉跎⑮，終無所成。”清河曰：“古人貴朝聞夕死⑯，況君前途尚可⑰。且人患志之不立，亦何憂令名不彰邪⑱？”處遂改勵⑲，終爲忠臣孝子⑳。

①本篇選自自新篇，寫周處少年時勇於改過、終於成名的故事。周處字

子隱，吳郡陽羨（晉名義興，今江蘇宜興縣南）人，吳將周魴之子，晉
書有傳。

② “兇彊”句：“彊”同“强”。“俠氣”，猶“霸氣”。漢書季布傳顏師古注：“俠
之言挾也，以權力挾輔人也。”這句言周處年少時爲人兇狠而霸道。

③ “爲鄉”句：“鄉里”，猶言家鄉、地方上。這句說地方上認爲他是禍害。
晉書周處傳：“處少孤，……好馳騁田獵，不脩細行，縱情肆慾，州曲患
之。”

④ 蛟：古代傳說是能發洪水的一種龍。這或是鱷魚一類動物，被人誤認
爲蛟。

⑤ 邅跡虎：“邅(zhān)”，邅迴，行難貌。“跡”，足跡。劉孝標注引孔氏志
怪說：“義興有邪足虎。”“邪足”和“邅跡”義近，皆狀老虎走路的姿態。
“邅跡虎”一作“白額虎”。

⑥ 暴犯：危害。

⑦ “義興”二句：“橫”，橫逆，暴虐。“三橫”，晉書作“三害”。這二句說義
興人將蛟、虎和周處合稱爲“三橫”，而其中又以周處爲害最甚。

⑧ “或說”二句：說或有人勸說周處去殺虎斬蛟，實是希望除掉兩害而剩
一害。

⑨ “蛟或”三句：“之”，指蛟。“俱”，偕。這三句說蛟或沈或浮，游了幾十
里，周處始終和它在一起，追着不放。

⑩ “經三”三句：說經過三日三夜，還不見周處回來，家鄉的人以爲他已
經死了，就互相慶賀。

⑪ “竟殺”四句：說周處終於殺死了蛟從水裏出來，聽說地方上的人誤以
爲他已死而曾互相慶賀，才知道人們很痛恨他，於是有改過自新之
意。“竟”，終於。

⑫ “乃自”句：“乃”，於是。“自”，從。“吳”，吳郡，約有今江蘇境內長江
以南及長江以北南通、海門、啓東諸縣之地；治吳，即今吳縣。周處陽
羨人，陽羨屬吳郡，故云。“二陸”，陸機、陸雲，都是吳大將陸抗的兒

子，並有文名，時稱二陸。周處找二陸是想向他們學習。二陸當時或
在吳都建業(故城在今南京市南)。

⑬"平原"二句："平原"，謂陸機。陸機後仕晉，作過平原內史。"清河"，
　謂陸雲。陸雲仕晉爲淸河內史。古時常以官名或所治地名稱其人。
　周處找二陸時吳未亡，平原、淸河之稱是作者的追叙。這二句是說
　陸機不在家，只見到陸雲。

⑭"具以"句："具"，同"俱"，皆、都。這句說把事情經過全部告訴了
　陸雲。

⑮蹉跎：失時，虛廢光陰。

⑯朝聞夕死：論語里仁："子曰：'朝聞道，夕死可矣。'"謂早上聽到了聖
　賢之道，晚上死掉也不虛度此生。此處陸雲用其意勉勵周處，謂古人
　貴"朝聞夕死"，如今你自知前非，是已聞道，不必擔憂蹉跎無成。

⑰前途尙可：說周處尙有前途，可作一番事業。

⑱"亦何"句："令名"，美名。"彰"，顯揚。"邪"，同"耶"，語助詞，表示疑
　問或感歎。這句說不必爲美名不揚而擔憂。

⑲勵：勉勵。

⑳終爲忠臣孝子：這是按封建禮敎的道德標準來表彰周處的話。據晉
　書周處傳記載，周處在晉作御史中丞(掌檢察的官)時上書彈劾(檢舉
　罪狀)王親國戚，不避權勢。後與氐人齊萬年戰，以少入衆，猶斬首萬
　計，弦絕矢盡，臨危不退，終至戰死。

顧長康從會稽還①

顧長康從會稽還，人問山川之美。顧云："千巖②競秀，萬
壑③爭流。草木蒙籠④其上，若雲興霞蔚⑤。"

①本篇選自言語篇。東晉偏安江南，士族文人不敢面對動亂的現實，多
　寄情於山水景物。他們對自然美的認識和欣賞，直接有助於中國山

水詩畫的發生和發展。顧愷之就是當時的優秀畫家。伴隨着山水畫的發展，文人的山水詩到晉、宋之際也逐漸興盛起來。這一段文字就記載了顧愷之對會稽山川恰到好處的描述。"顧長康"，顧愷之，字長康，晉無錫（今江蘇無錫）人，博學多能，尤以善畫著稱。當世說他有三絕：才絕、畫絕、癡絕。"會稽"，山名，在今浙江紹興市東南。

②嶵：陡峭的山厓。

③壑：山谷、山溝。

④蒙籠：草木茂密貌。

⑤蔚：文彩盛貌。

嵇康身長七尺八寸①

嵇康身長七尺八寸，風姿特秀②。見者歎曰③："蕭蕭肅肅，爽朗清舉。"或云："肅肅如松下風，高而徐引④。"山公⑤曰："嵇叔夜之爲人也，巖巖⑥若孤松之獨立；其醉也，傀俄⑦若玉山之將崩。"

①本篇選自容止篇。這一段文字記載了當時人對嵇康的風度儀表的讚美。"嵇康"，字叔夜，"竹林七賢"之一。本書選有他的作品，詳作品前所附小傳。

②風姿特秀："風姿"，風度姿態。"秀"，異。劉孝標注引（嵇）康別傳說："康長七尺八寸，偉容色，土木形骸，不加飾厲，而龍章鳳姿，天質自然，正爾在羣形之中，便自知非常之器"。

③"見者"三句："歎"，讚歎。"蕭"、"肅"互通。釋名："蕭，肅也。""蕭蕭肅肅"，風聲。此處用來形容人的瀟洒風度。"舉"，挺拔。這三句說見到嵇康的人都讚歎他的風姿瀟洒、清朗。

④徐引：舒緩而綿長。"徐"，緩。"引"，長。

⑤山公：山濤，字巨源，時人呼爲山公，也是"竹林七賢"之一。

⑥巖巖：積石貌。此處用來形容孤松的蒼勁挺拔。

⑦傀俄："傀（guī）"，偉異貌。"俄"，傾貌。

王子猷居山陰①

王子猷居山陰，夜大雪，眠覺，開室，命酌酒，四望皎然。因起仿偟②，詠左思招隱詩③。忽憶戴安道④，時戴在剡⑤，即便夜乘小船就之。經宿⑥方至，造⑦門不前而返。人問其故，王曰：“吾本乘興而行，興盡而返，何必見戴？”

①本篇選自任誕篇，寫王徽之的任性放達。“王子猷”，名徽之，字子猷，王羲之子。初為桓溫參軍，後來作過黃門侍郎。劉孝標注引中興書說：“徽之任性放達，棄官東歸，居山陰也。”又，任誕篇王子猷嘗暫寄人空宅住注引同書說：“徽之卓犖不覊，欲為傲達，放肆聲色，頗過度，時人欽其才，穢其行也。”“山陰”，即今浙江紹興。

②仿偟：同“彷徨”。這裏有逍遙的意思。

③左思招隱詩：共二首，本書選一首，見前。

④戴安道：戴逵，字安道。他博學多能，擅長於音樂、書畫和佛像雕刻。終身不仕，不事權貴。武陵王晞曾遣人召他去鼓琴，他就當着使者的面毁了琴，說：“戴安道不為王門伶人。”

⑤剡（shàn）：縣名，秦置；故城在今浙江嵊縣西南。有剡溪，為曹娥江上游，自山陰可溯流而上。

⑥經宿：過了一夜。

⑦造：到。

〔附錄〕

（一）　宋書劉義慶傳（節錄）

（臨川烈武王）道規無子，以長沙景王第二子義慶為嗣。……

義慶幼爲高祖所知，常曰：“此吾家‘豐城’也。”年十三，襲封南郡公，除給事，不拜。義熙十二年，從伐長安，還輔國將軍、北青州刺史，未之任，徙督豫州諸軍，豫州刺史，復督淮北諸軍事，豫州刺史、將軍並如故。永初元年，襲封臨川王，徵爲侍中。元嘉元年，轉散騎常侍祕書監，徙度支尙書，遷丹陽尹，加輔國將軍，常侍並如故。……六年，加尙書左僕射。八年，太白星犯右執法，義慶懼有災禍，乞求外鎭。太祖詔譬之。……義慶固求解僕射，乃許之，加中書令，進號前將軍，常侍、尹如故。

在京尹九年，出爲使，持節都督荆、雍、益、寧、梁、南北秦七州諸軍，平西將軍，荆州刺史。荆州居上流之重，地廣兵彊，資實兵甲居朝廷之半，故高祖使諸子居之。義慶以宗室令美，故特有此授。性謙虛，始至及去鎭，迎送物並不受。……義慶留心撫物，州統內官長親老不隨在官舍者，年聽遣五吏餉家。先是王弘爲江州，亦有此制。在州八年，爲西土所安。撰徐州先賢傳十卷，奏上之。又擬班固典引爲典敍，以述皇代之美。

十六年，改授散騎常侍都督江州之西陽、晉熙、新蔡三郡諸軍事、衞將軍，江州刺史，持節如故。十七年，即本號都督南兗州、徐、兗、青、冀、幽六州諸軍事，南兗州刺史，尋加開府儀同三司。

爲性簡素，寡嗜欲。愛好文義，文辭雖不多，然足爲宗室之表。受任歷藩，無浮淫之過。唯晚節奉養沙門，頗致費損。少善騎乘，及長，以世路艱難，不復跨馬。招聚文學之士，近遠必至。太尉袁淑，文冠當時，義慶在江州，請爲衞軍諮議參軍。其餘吳郡陸展、東海何長瑜、鮑照等並爲辭章之美，引爲佐史國臣。太祖與義慶書，常加意斟酌。……

　　義慶在廣陵有疾，而白虹貫城，野麕入府，心甚惡之，固陳求
還。太祖許解州以本號還朝。二十一年薨於京邑，時年四十二。
追贈侍中司空，諡曰“康王”。（附臨川烈武王道規傳後）

（二）　關於世說新語的評價

　　魯迅曰：宋臨川王劉義慶有世說八卷，梁劉孝標注之爲十
卷，見隋志。今存者三卷曰世說新語，爲宋人晏殊所刪併，於注
亦小有翦裁，然不知何人又加“新語”二字，唐時則曰“新書”，殆
以漢志儒家類錄劉向所序六十七篇中，已有世說，因增字以別之
也。世說新語今本凡三十八篇，自德行至仇隙，以類相從，事起
後漢，止于東晉，記言則玄遠冷俊，記行則高簡瑰奇，下至繆惑，
亦資一笑。孝標作注，又徵引浩博。或駁或申，映帶本文，增其
儁永，所用書四百餘種，今又多不存，故世人尤珍重之。然世說
文字，間或與裴、郭二家書所記相同，殆亦犹幽明錄、宣驗記然，
乃纂輯舊文，非由自造。宋書言義慶才詞不多，而招聚文學之士，
遠近必至，則諸書或成於衆手，未可知也。（中國小說史略）

魏晉南北朝文學史參考資料

北京大學中國文學史教研室選注

下　册

中　華　書　局

六　南朝樂府民歌

　　南朝樂府民歌大部分保存在樂府詩集清商曲辭中，主要有吳聲歌曲和西曲歌兩大類，此外還有民間祭歌神弦歌。"吳聲雜曲並出江南，東晉以來，稍有增廣。其始皆徒歌，既而被之管弦。蓋自永嘉渡江之後，下及梁、陳，咸都建業（故城在今南京市南），吳聲歌曲起於此"（晉書樂志）；"西曲歌出於荆、郢、樊、鄧（今湖北中西部和河南西南部江、漢流域一帶）之間，而其聲節送和與吳歌亦異，故因其方俗而謂之西曲"。（樂府詩集）

　　現存吳聲、西曲歌辭，多是當時樂府機構爲了南朝那些極端荒淫腐朽的統治者享樂而採集的。因此思想性强的作品很少，大多僅限於描寫愛情相思和離愁別恨，社會意義不大，甚至有些還存在着色情成分。

　　吳聲、西曲主要採取五言四句的體製，好用雙關隱語，風格清新，語言生動，富於表現力，有一定藝術成就，對後來詩歌形式（尤其是五言絶句）和詩歌表現手法的發展起過良好作用。

吳聲歌曲

（一）子夜歌①

始欲識郎時，兩心望如一。理絲入殘機②，何悟不成匹！

①樂府詩集收子夜歌<u>晉</u>、<u>宋</u>、<u>齊</u>辭四十二首，此選四首。<u>宋書樂志</u>説：
"<u>子夜</u>歌者，有女子名<u>子夜</u>造此聲。<u>晉孝武太元</u>(公元三七六——三九
六)中<u>琅邪王軻</u>之家有鬼歌<u>子夜</u>。<u>殷允</u>爲<u>豫章</u>，<u>豫章</u>僑人<u>庾僧虔</u>家亦
有鬼歌<u>子夜</u>。<u>殷允</u>爲<u>豫章</u>亦是<u>太元</u>中，則<u>子夜</u>是此時以前人也。"鬼歌
<u>子夜</u>之事荒誕不經，但據此可揣知此曲産生與流行的大約年代，故録
以備考。

②"理絲"二句："絲"，諧"情思"的"思"。"殘機"，殘破的織布機。"悟"，
知道、意識到。"匹"，<u>漢書食貨志</u>："布帛廣二尺二寸爲幅，長四丈爲
匹。"後亦作"疋"。這裏用作雙關語，諧"匹配"的"匹"。這二句説將理
好的絲安在殘破的織機上，哪知道這是織不成布匹的！意謂二人不能
成爲匹配。

高山種芙蓉①，復經黃蘗塢②。果得一蓮時③，流離嬰辛苦。

①芙蓉：荷。

②黃蘗塢："黃蘗(bò)"，落葉喬木，高三四丈。夏開黃色小花，秋結實如
黃豆，可入藥。莖內皮色黃，可作染料，亦可入藥。"蘗"本作"檗"，亦
作"藥"。"塢"，四面高中央凹下的地方。

③"果得"二句："蓮"，雙關語，諧"憐"(憐愛)。"流離"，此猶言輾轉、周
折。"嬰"，加。這詩説黃蘗心苦(可參看<u>子夜四時歌</u>："黃檗向春生，苦
心隨日長")，種荷高山(荷本不應種在高山上)，採蓮就要從黃蘗塢經
過，即使真的能得到蓮子，不知費了多少周折，受了多少辛苦。意謂得
到情人的憐愛實在不易。

夜長不得眠，明月何灼灼①。想聞散喚聲②，虛應空中諾。

①灼灼：明亮貌。

②"想聞"二句："想"，想像。"諾(nuò)"，答應的聲音。這二句説相思出
神時，彷彿聽見情人斷斷續續的呼喚聲，而空自答應。

儂作北辰星①，千年無轉移。歡行白日心②，朝東暮還西。

①"儂作"二句："儂"，<u>吳</u>地人自稱，意即"我"。"北辰星"，即北極星。北

極星是永遠不會移動的，所以用來借以譬喻自己的愛情專一，永無變化。

②"歡行"二句："歡"，男女用來稱呼其所愛者。"行"，施行。"還(xuán)"，轉、旋。這二句謂其所愛心易轉移，朝東暮西，猶如白日一樣。

（二）子夜四時歌①

春風動春心，流目矚②山林。山林多奇釆③，陽鳥④吐清音。（春歌）

①樂府詩集收子夜四時歌晉、宋、齊辭七十五首，其中春歌二十首，夏歌二十首，秋歌十八首，冬歌十七首。此選五首。子夜四時歌是子夜歌的變曲。樂府古題要解說："後人依四時行樂之詞，謂之子夜四時歌，吳聲也。"

②流目矚：舉目移視。"矚(zhǔ)"，視。

③奇釆：奇麗的色彩。

④陽鳥：一謂雁，一謂鶴。這裏可解作春天的鳥雀。"陽"，陽春，指春天。

春林花多媚，春鳥意多哀①。春風復多情，吹我羅裳開。（春歌）

①多哀：動人的意思。

田蠶事已畢，思婦①猶苦身。當暑理絺服②，持寄與行人。（夏歌）

①思婦：因丈夫外出而有憂思的婦人。

②"當暑"二句：說當這暑熱的天氣，還要忙着料理葛衣，爲遠行在外的丈夫寄去。"絺(chī)"，細葛布。

秋風入窗裏，羅帳起飄颺。仰頭看明月，寄情千里光①。（秋歌）

①"寄情"句:"千里光",指月光。這句說託月光將相思之情寄給千里之外所懷念的人。

淵① 冰厚三尺,素雪覆千里。我心如松柏②,君情復何似?(冬歌)

①淵:深水潭。

②"我心"二句:松柏歲寒不凋,用以喻其心堅貞不變。這二句說我的心堅貞如歲寒不凋的松柏,您的情意又像什麽呢?

(三)大子夜歌①

歌謠數百種,子夜最可憐②。慷慨吐清音,明轉③出天然。

①大子夜歌也是子夜歌的變曲。鄭振鐸說:"(大子夜歌)大約是當時文士們寫來頌讚子夜諸歌的。"(見中國俗文學史)樂府詩集收此二首。

②可憐:可愛。

③明轉:謂音調明亮宛轉。

絲竹①發歌響,假②器揚清音。不知歌謠妙,聲勢出口心③。

①絲竹:謂絃樂器和管樂器,如琴瑟和簫管之屬。

②假:借。

③"聲勢"句:"聲勢",指聲音和餘韻。"口"一作"由"。全詩說用絲竹演奏歌曲,借助於樂器而發出清新的聲音,還不如唱子夜這類歌謠,聲勢直接出於口心的美妙。

(四)懊儂歌①

江陵去揚州②,三千三百里。已行一千三,所有二千在。

①樂府詩集收懊儂歌十四首,引古今樂錄說:"懊儂歌者,晉石崇、綠珠

所作，唯‘絲布澀難縫’一曲而已。後皆隆安初民間訛謠之曲。”此選一首。

②“江陵”句：“江陵”，今湖北江陵縣。“揚州”，當時揚州的治所在建業，故城在今南京市南。這詩反映了旅客歸心似箭的心情。

（五）華山畿①

華山畿②，君旣爲儂死，獨生爲誰施③？歡若見憐時，棺木爲儂開！

①樂府詩集收華山畿二十五首，引古今樂錄說：“華山畿者，宋少帝（公元四二三——四二四在位）時懊惱一曲，亦變曲也。少帝時，南徐一士子，從華山畿往雲陽，見客舍有女子，年十八九，悅之無因，遂感心疾。母問其故，具以啓母。母馳至華山尋訪，見女具說。聞感之，因脫蔽膝，令母密置其席下，臥之當已。少日果差。忽擧席見蔽膝而抱持，遂吞食而死。氣欲絕，謂母曰：‘葬時車載從華山度。’母從其意。比至女門，牛不肯前，打拍不動。女曰：‘且待須臾。’妝點沐浴，旣而出，歌曰：‘華山畿，君旣爲儂死，獨活爲誰施？歡若見憐時，棺木爲儂開！’棺應聲開，女透入棺。家人叩打，無如之何，乃合葬。呼曰神女冢。”此選五首。

②畿：垠，山邊。

③施：用。

未敢便相許。夜聞儂家論，不持儂與汝①！

①“不持”句：“持”，猶把。這句說不肯把我嫁給你。

懊惱不堪止①，上牀解要繩②，自經③屏風裏。

①“懊惱”句：“懊惱”，悔恨。“堪”，能、可以。這句說不能止住自己的悔恨。

②要繩：腰間的繩索，謂腰帶之類。“要”，古“腰”字。

③自經：自縊、自己弔死。

啼著曙①，淚落枕將浮，身沈被流去②。

　①啼著曙：哭到天亮。

　②“身沈”句：說身體沈浸在淚水中而被漂流去了。“被”或作被子解，則
　　是說身沈淚水中而被子隨淚水流去，亦通。

相送勞勞渚①。長江不應滿②，是儂淚成許！

　①勞勞渚：當是地名。“渚(zhǔ)”，小洲。

　②“長江”二句：說長江本來是不應這樣滿的，這滿江大水應是我的眼淚
　　流成。“許”，如許，這樣，如此。

（六）讀曲歌①

打殺長鳴鷄，彈去烏臼鳥②。願得連冥不復曙③，一年都一曉。

　①樂府詩集收讀曲歌八十九首。此選一首。宋書樂志說：“讀曲歌者，
　　民間爲彭城王義康所作也(義康於公元四五一年被殺)。其歌云：‘死
　　罪劉領軍，誤殺劉第四’是也。”樂府詩集引古今樂錄說：“讀曲歌者，
　　元嘉十七年(公元四四〇)，袁后崩，百官不敢作聲歌。或因酒讌，止
　　竊聲讀曲細吟而已。以此爲名。”

　②“彈去”句：“彈”，謂以弓發丸射擊。“烏臼”即鵶鳩，又名鵶舅，天明
　　時比鷄還先叫；吳融富春詩：“五更鵶舅最先啼。”

　③“願得”二句：“冥”，昏晦不明。“都”，總。這二句說但願接連地黑下
　　去，一年總共只天亮一次才好。

神 弦 歌

（一）清溪小姑曲①

開門白水，側近橋梁。小姑所居，獨處無郎。

①樂府詩集收靑溪小姑曲一首,卽此。續齊諧記說:"會稽趙文韶,爲東宮扶侍。坐淸溪中橋,與尙書王叔卿家隔一巷,相去二百步許。秋夜嘉月,恨然思歸,倚門唱西烏夜飛,其聲甚哀怨。忽有靑衣婢,年十五六,前曰:'王家娘子白扶侍,聞君歌聲,有門人(樂府詩集引作'有悅人者',是)。逐月遊戲,遣相聞耳。'時未息,文韶不之疑,委曲答之。亟邀相過。須臾女到,年十八九,行步容色可憐,猶將兩婢自隨。問家在何處。擧手指王尙書宅曰:'是。聞君歌聲,故來相詣,豈能爲一曲邪?'文韶卽爲歌草生盤石,音韻淸暢,又深會女心。乃曰:'但令有瓶,何患不得水?'顧謂婢子,還取箜篌,爲扶侍鼓之。須臾至,女爲酌兩三彈,泠泠更增楚絕。乃令婢子歌繁霜,自解裙帶繫箜篌腰,叩之以倚歌。歌曰:'日暮風吹,葉落依枝。丹心寸意,愁君未知!''歌繁霜,繁霜侵曉幕,何意空相守,坐待繁霜落!'歌闋,夜已久,遂相佇燕寢,竟四更別去。脫金簪以贈文韶,文韶亦答以銀椀、白琉璃匕各一枚。旣明,文韶出,偶至靑溪廟歇,神座上見椀,甚疑而委悉之,屛風後則琉璃匕在焉,箜篌帶縛如故。祠廟中惟女姑神像,靑衣婢立在前。細視之,皆夜所見者,於是遂絕。當宋元嘉五年(公元四二八)也。"(見說郛卷一一五)女姑卽"靑溪小姑",是漢末蔣子文的第三妹。蔣子文爲秣陵尉,逐賊至鍾山下,傷額而死;作祟,孫權乃封之爲中都侯,爲立廟堂,轉號鍾山(卽今南京鍾山)爲蔣山(見異苑、搜神記)。幽明錄、搜神後記等皆有關於靑溪小姑的傳說的記載。此曲卽用來祭祀小姑的。"靑溪",水名,發源於鍾山。

(二)靑溪小姑歌①

日暮風吹,葉落依枝。丹心寸意,愁君未知!

　　①這歌見續齊諧記(詳前詩注①)。

西　曲　歌

（一）石城樂①

布帆百餘幅，環環在江津②。執手雙淚落，何時見歡還③？

①樂府詩集收石城樂五首　此選二首。舊唐書音樂志說：“石城，宋臧
質，所作也。石城在竟陵。質嘗爲竟陵郡，於城上眺矚，見羣少年
歌謠通暢，因作此曲。歌云：‘生長石城下，開門對城樓。城中美年
少，出入見依投。’”宋臧質（公元三九九——四五四），宋書有傳。爲
竟陵江夏內史時，在三十歲左右。此曲當產生於五世紀初。“石城”，
卽今湖北鍾祥縣城。

②“環環”句：“環環”，圍繞。此處用來形容江津布帆叢集的情況。“江
津”，指今湖北江陵附近之江津。這句說江津碼頭邊遠行船隻很多，
布帆層層疊疊。

③歡：見子夜歌“儂作北辰星”首注②。

聞歡遠行去，相送方山亭①。風吹黃蘗藩②，惡聞苦離聲。

①方山亭：王運熙據太平廣記引幽明錄：“東陽（郡名，屬揚州）丁譁出
郭，於方山亭宿。”認爲卽此方山亭，在東陽郭外（見六朝樂府與民歌）。

②黃蘗藩：“黃蘗”，苦木，詳子夜歌“高山種芙蓉”首注②。“藩”，籬。“黃
蘗藩”，意卽“苦離”，因同音而引出下文“苦離”（痛苦的別離）的意思。

（二）莫愁樂①

莫愁在何處？莫愁石城西。艇子②打兩槳，催送莫愁來。

①舊唐書音樂志說：“莫愁樂出於石城樂。石城有女子名莫愁，善歌謠。

石城樂和中復有莫愁聲,故歌云。"樂府詩集收此二首。"石城",見石城樂注①。

②艇子:輕快的小船。

聞歡下揚州①,相送楚山②頭。探手抱腰看,江水斷不流③。

①揚州:見懊儂歌注②。

②楚山:泛指楚地的山,是"歡"動身啓程的地點。

③"江水"句:謂離別在卽,十分悲傷,江水也好像受了感動,爲之不流。或以爲希望江水不流,令"歡"無法乘船東去,亦可。

(三)三洲歌①

送歡板橋彎②,相待三山③頭。遙見千幅帆,知是逐風流④。

①舊唐書音樂志說:"三洲,商人歌也。"樂府詩集收三洲歌三首,引古今樂錄說:"三洲歌者,商客數遊巴陵、三江口往還,因共作此歌。其舊辭云:'啼將別共來。'梁天監十一年(公元五一二)武帝於樂壽殿道義竟,留十大德法師設樂。敕人人有問,引經奉答。次問法雲:'聞法師善解音律,此歌何如?'法雲奉答:'天樂絕妙,非膚淺所聞。愚謂古辭過質,未審可改與不?'敕云:'如法師語音。'法雲曰:'應歡會而有別離。啼將別可改爲歡將樂。'故歌歌和云:'三洲斷江口,水從窈窕河傍流。歡將樂共來,長相思。'"此選一首。

②板橋彎:地名,卽板橋。景定建康志卷十六橋航篇:"板橋,在城南三十里。"

③三山:山名,在今南京市西南,上有三峯。

④風流:雙關語。表面是指風和流水,實卽暗示"風流樂事"的風流。

(四)採桑度①

蠶生春三月,春桑正含綠。女兒採春桑,歌吹當初曲②。

①採桑度一作採桑。舊唐書音樂志說：“採桑，因三洲曲而生此聲也。”是三洲歌的變曲。樂府詩集收七首，說：“(唐書樂志謂)採桑度梁時作。⋯⋯古今樂錄曰：‘採桑度，舊舞十六人，梁八人。’即非梁時作矣。”此選五首。

②“歌吹”句：“歌吹”指歌唱與吹奏。“初”一作“春”。這首可能是採桑度的引子。“初曲”，似即指採桑度開始的樂曲。

語歡稍養蠶，一頭養百塸①。奈當黑瘦盡，桑葉常不周②。

①“一頭”句：“一頭”，謂房子的一邊。“塸 (ōu)”，沙堆。“百塸”，謂百堆蠶。下首“養蠶不滿百”句和此意思相近。

②周：周全、足夠。

春月採桑時，林下與歡俱。養蠶不滿百①，那得羅繡襦？

①“養蠶”二句：這詩寫男女同往採桑情事。這二句是女子提醒所歡不要因相悅而耽誤採桑的話。

採桑盛陽月①，綠葉何翩翩！攀條上樹表②，牽壞紫羅裙。

①盛陽月：猶豔陽天，謂春天。

②樹表：樹杪。

僞蠶①化作繭，爛熳不成絲②。徒勞無所獲，養蠶持底爲③？

①僞蠶：假蠶。

②“爛熳”句：“爛熳”，當作“爛漫”，散亂貌。“絲”，雙關語，諧“思”。

③持底爲：拿來作什麼用。

(五)那呵灘①

我去只如還②，終不在道邊③。我若在道邊，良信④寄書還。

①樂府詩集引古今樂錄說：“那呵灘，舊舞十六人，梁八人。其和云：‘郎去何當還？’多敍江陵及揚州事。那呵，蓋灘名也。”王運熙說：“‘那呵’與‘奈何’聲同，當即是‘奈何’。歌詞有云：‘願得篙櫓折，交郎倒

頭還。’因灘很凶險，故名。”（見六朝樂府與民歌）樂府詩集收此六首。

②這是一首出門作客臨行時安慰家人的詩，大意是說我這次出門只是
　　像回家一樣，總不至於落難；萬一落了難，也會有可靠的人帶信回來。

③在道邊：倒在路邊，意謂落難。

④良信：“信”，謂信使。“良信”，謂可靠的信使。

沿江引百丈①，一濡多一艇②。上水郎檐篙③　何時至江陵？

①“沿江”句：“引”，牽。“百丈”，指百丈繂索（上水拉船用的）。

②“一濡”句：“濡”，沾。繂索一沾着水，卽產生阻力，如增加了一個艇子
　　的重量一樣，所說“多一艇”。

③檐篙：或是“擔篙”之訛。“擔”，負荷。“擔篙”，謂持篙撑船。雲麓漫
　　鈔：“舟人所用器，特與他舟異，篙用竹，加鐵鑽，又有肩篙、拐篙。……
　　所謂肩篙者，覆面向水用肩撑。”

江陵三千三①，何足持作遠？書疏②數知聞，莫令信使斷。

①三千三：此謂江陵至揚州（今南京）的路程。懊儂歌說：“江陵去揚州，
　　三千三百里。”

②書疏：書信。

聞歡下揚州①，相送江津彎②。願得篙櫓③折，交郎到頭還④。

①這首和下“篙折”首是男女互相唱和的詩。這是女方贈別之作。

②江津彎：見石城樂注。

③櫓：撥水使船前進的器具。

④“交郎”句：“交”，同“教”。“到”，通“倒”。這句說教郎去不成，半路上
　　又倒轉頭回來。

篙折當更覓，櫓折當更安。各自是官人①，那得到頭還！

①“各自”二句：“官人”，謂應官差的人。這是駕船人回答情人的詩，說
　　我們大家都是應官差的駕船人，哪能因篙櫓折了而倒頭回來呢？

百思纏中心，顧頓為所歡。與子結終始①，折約在金蘭。

　①"與子"二句："折約"，猶言立約。"金蘭"，謂交情如金之堅，如蘭之
　　香。易繫辭："二人同心，其利斷金。同心之言，其臭如蘭。"這二句說
　　與你結成始終不渝的情誼，立下金蘭之約。

(六)拔蒲①

青蒲②銜紫茸，長葉復從風。與君同舟去，拔蒲五湖③中。

　①樂府詩集收此二首，引古今樂錄說："拔蒲，倚歌也。"倚歌無舞。古今
　　樂錄說："凡倚歌，悉用鈴鼓，無弦有吹。"
　②蒲：水草，亦名香蒲。嫩莖可食，葉可作席、扇等。夏抽花梗於叢葉
　　中，花與絮叢生梗端，形如蠟燭，俗稱蒲槌。
　③五湖：此泛指湖泊。

朝發桂蘭渚，晝息桑榆下。與君同拔蒲①，竟日不成把。

　①"與君"二句：意思是說只顧與所歡談情說愛，忘了拔蒲。

(七)作蠶絲①

春蠶不應老，晝夜常懷絲②。何惜微軀盡③，纏綿④自有時。

　①樂府詩集收四首，引古今樂錄說："作蠶絲，倚歌也。"此選一首。
　②懷絲：雙關語，諧"懷思"。
　③"何惜"句：蠶吐絲後即化為蛹。此借以喻自己為愛情不惜性命。"微
　　軀盡"，謂身死。
　④纏綿：雙關語，以蠶絲的"纏綿"喻情愛的"纏綿"。

西 洲 曲①

憶梅下西洲②，折梅寄江北。單衫杏子紅③，雙鬢鴉雛色④。西
洲在何處？兩槳橋頭渡。日暮伯勞⑤飛，風吹烏臼⑥樹。樹下卽
門前，門中露翠鈿⑦。開門郎不至，出門採紅蓮。採蓮南塘秋，蓮
花過人頭。低頭弄蓮子，蓮子靑如水。置蓮懷袖中，蓮⑧心徹底
紅。憶郎郎不至，仰首望飛鴻⑨。鴻飛滿西洲，望郎上靑樓⑩。
樓高望不見，盡日欄杆頭。欄杆十二曲，垂手明如玉。卷簾天自
高⑪，海水搖空綠。海水夢悠悠，君愁我亦愁⑫。南風知我意，
吹夢到西洲⑬。

①樂府詩集將本篇收入雜曲歌辭類，說是古辭。玉臺新詠以爲江淹作，
但宋本不載。明、淸人的古詩選本或以爲晉辭，或以爲梁武帝作。當
是經過文人加工的南朝民歌，可能產生於梁代。本篇"繽繽相生，連
蹁接萼，搖曳無窮，情味愈出"(見古詩源)，意思卻不很明顯。或以爲
自始至"海水搖空綠"句是男人口氣，寫他正在憶梅花而想到情人住
處西洲時，恰逢她寄來一枝梅花到其住處江北來，因而憶及她的儀
容、家門、服飾、生活和心情；末四句改作女子口氣，自道其心事，希
望"向南的風"將她的夢吹到西洲。或以爲全詩都是女子口吻，她所
憶念的情郎住在西洲，而西洲在江北，自己在江南，不易晤面，他們曾
於梅花開時歡晤過，今梅花又放，就折梅託人寄去；篇末希望自己的
"夢雲"被南風吹向情郎的住處。按寄梅之事實際上不可能，而詩中
說："西洲在何處？兩槳橋頭渡。"似去女子住處不遠，當仍在江南。如
此則女子應是想起了過去曾與情人在西洲賞梅，這時又想到西洲折
一枝梅花寄往江北去。而作了一個夢，所以篇末說："南風知我意，吹
夢到西洲。"這夢也卽"折梅寄江北"的夢景。全詩卽描寫這個作夢的

女子自春及秋的別後相思之情。

②“憶梅”二句：“下西洲”，謂到西洲去。“西洲”，未詳。唐溫庭筠西洲曲說：“西洲風色好，遙見武昌樓。”也可能是武昌附近的地名。這二句意謂詩中女子和她的情人曾於西洲梅下歡唔，今梅花又開，而情人遠在江北，故憶及梅花而欲往西洲折梅寄遠。按，本詩云：“採蓮南塘秋”，則西洲與南塘近在咫尺。唐書地理志：“鍾陵，貞元中又更名，縣南有東湖。元和三年刺史韋丹開南塘斗門以節江水，開陂塘以溉田。”耿湋春日洪州即事：“鍾陵春日好，春水滿南塘。”則南塘在鍾陵附近，即今江西南昌市。西洲曲可能產生於這個地區。

③紅：一作“黃”。

④“雙鬢”句：謂女子的兩鬢黑得像小烏鴉的顏色一樣。“雛”，孵出不久開始能啄食的小鳥。

⑤伯勞：鳴禽，亦稱博勞，一名鵙。禮記月令說：“仲夏鵙始鳴。”古微書說：“博勞好單棲。”

⑥烏臼：一作烏柏。落葉喬木，高二丈許。葉廣卵形而尖，秋變紅。夏開小黃花。種子可榨油。

⑦翠鈿：用翠玉作成或鑲嵌成的首飾。“鈿 (tián)”，金花。

⑧蓮：雙關語，諧“憐”（憐愛）。

⑨望飛鴻：古人認爲魚和鴻雁都能傳遞書信，所以“望飛鴻”有盼望書信的意思。

⑩青樓：漆成青色的樓。此謂美人所居，後代纔用來指妓院。

⑪“卷簾”二句：“海水”，如海之水，指大江或大湖，張若虛春江花月夜中說“斜月沉沉藏海霧”，則古人固嘗以江爲海矣。“單衫”句至此寫女子自春至秋思念所歡時的情景。

⑫“君愁”句：“君”，女子稱其所歡。“我”，女子自稱。

⑬“吹夢”句：女子曾與其所歡於西洲會唔，今相思至極，故夢魂亦常縈繞西洲。末四句作女子口氣，自述相思情意。

歌　謠

（一）巴東三峽歌①

巴東三峽巫峽長，猿鳴三聲淚沾裳。巴東三峽猿鳴悲，猿鳴三聲淚沾衣。

①此歌辭見酈道元水經注江水注（本書已選），説是巴東漁人之歌。樂府詩集收入雜歌謠辭。"巴東"，郡名，其地卽今四川奉節、雲陽、巫山一帶，郡治在今奉節東。"三峽"，卽瞿塘峽、巫峽、西陵峽。三峽在今四川、湖北之間，是長江上游險隘處，首尾長約七百餘里。

（二）三峽謠①

朝發②黃牛，暮宿③黃牛。三朝三暮，黃牛如故。

①此謠辭亦見水經注江水注。據載：西陵峽西有一險灘（在今湖北宜昌西北），灘邊峭崖上有石紋如人負刀牽牛，人黑色牛黃色，故名其峽爲黃牛峽、其灘爲黃牛灘。經此溯流而上，險曲難行。這歌説早上開船看見黃牛，晚上停船看見黃牛，走了三天三夜，崖上的黃牛還是看得見。第一、二句也可解釋爲：早上從黃牛灘開船，晚上還是停泊在黃牛灘。

②發：一作"見"。

③宿：一作"見"。

七　北朝樂府民歌

　　北朝樂府民歌大部分收在樂府詩集梁鼓角橫吹曲中；此外，同書雜曲歌辭和雜歌謠辭中也收有少數作品。現在保存的這些歌辭，多是後魏太武帝以後北方各民族經過和漢族的融合，用漢語記錄下來的；其中也有不少漢族的民歌。

　　北朝民歌豪放爽朗、慷慨激昂，和委婉含蓄、清新秀麗的南朝民歌比較起來，風格、情調迥然不同。

　　北歌的題材範圍較寬廣，內容較豐富，除情歌外，還有戰歌、牧歌和反映人民痛苦生活的歌謠。這些歌辭，描繪了北方遼闊壯麗的景色，抒寫了健康、坦率的愛情，表現了北方各民族英勇豪邁的氣概，反映了當時的階級矛盾和其他的社會現象，總的看來，價值較南歌爲高。

(一)企喩歌①

放馬大澤中②，草好馬著膘③。牌子鐵裲襠④，鉅鋒鸐尾條⑤。

　　①樂府詩集收企喩歌四首，說：“古今樂錄曰：……企喩本北歌。唐書樂志曰：北狄樂其可知者鮮卑、吐谷渾、部落稽三國，皆馬上樂也。後魏樂府始有北歌，……此歌是燕、魏之際鮮卑歌也。”此選一首。

　　②澤：水所聚之處，此指有水草的地方。

　　③著膘：“膘”同“臕”，馬肥。“著膘”，就是上膘。

④"牌子"句:"牌子",未詳,可能指盾。"鐵裲襠",鐵甲的一部分。"裲
襠"本作"兩當",狀如今之背心。

⑤"鉏鍪"句:"鉏(音未詳)鍪(móu)",疑是頭盔之類。"鸐(dí)",長尾山
雉。"鸐尾條",指插在鉏鍪上作裝飾的雉尾。

(二)雀勞利歌辭①

雨雪霏霏雀勞利②,長嘴飽滿短嘴飢。

①雀勞利歌辭,樂府詩集僅收此一首。這是一首諷刺詩,以鳥雀爲喻,
說有手腕的人（詩中的"長嘴"）生活好,而貧困老實的人（詩中的"短
嘴"）却挨餓受凍。

②"雨雪"句:"霏霏",雨雪下得緊密的樣子。"勞利",疑謂鳥雀的喧叫聲。

(三)隔谷歌①

兄②在城中弟在外。弓無弦③,箭無栝,食糧乏盡若爲④活？救
我來！救我來！

①樂府詩集收隔谷歌二首,引古今樂錄說:"前云無辭,樂工有辭如此。"
此選一首。這歌寫被圍在城中的哥哥向城外的弟弟求援。

②兄:一作"兒",誤。

③"弓無"二句:是說沒有完整可用的弓箭。"栝(guā)",箭的末端。

④若爲:猶"如何"。

(四)捉搦歌①

誰家女子能行步,反著袂襌後裙露②。天生男女共一處,願得兩

箇成翁嫗③。

   ①樂府詩集收捉搦歌四首,皆叙兒女情事。此選三首“捉搦(nuò)”,猶
   言捉拿,此當謂男女捉搦相戲。

   ②袷褝:“袷(jiá)”,夾衣。“褝(dān)”,單衣。

   ③成翁嫗:成夫婦,含有白頭偕老的意思。“嫗(yù)”,老婦的通稱。

<u>華陰</u>①山頭百丈井,下有流泉徹骨冷。可憐②女子能照影,不見
其餘見斜領③。

   ①<u>華陰</u>:縣名,故治在今<u>陝西華陰</u>縣東南。

   ②可憐:可愛。

   ③斜領:斜衣領。這歌寫女子汲水時照見其容顔的情景。

黄桑柘屐蒲子履①,中央有系兩頭繫。小時憐母大憐婿,何不早
嫁論家計。

   ①“黄桑”二句:“柘(zhè)”,常綠灌木,葉圓形有尖,可以餵蠶,皮可以染
   黄色。“黄桑”,卽柘。“履”,鞋。“系”,繫物的絲繩。這二句說木屐
   和蒲鞋都有聯繫兩頭(比母家和婿家)的帶子,興起下文女子盼望出
   嫁的情意。

（五）折楊柳歌辭①

上馬不捉鞭,反折楊柳枝。蹀座吹長笛②,愁殺行客兒。

   ①樂府詩集收折楊柳歌辭五首,此選四首。

   ②“蹀座”句:“蹀(dié)”,行。“座”,同“坐”。這句說行者和坐者都吹長笛。

腹中愁不樂,願作郎馬鞭。出入擐郎臂①,蹀座②郎膝邊。

   ①“出入”句:“出入”,言出門進門。“擐(huàn)”,貫。這句說出出進進
   都掛在郎臂上。

   ②蹀座:見前首註。這歌寫女子想和愛人形影不離的天眞願望。

遙看孟津河①，楊柳鬱婆娑②。我是虜家兒③，不解漢兒歌。

①孟津河：謂孟津邊的黃河。"孟津"，黃河渡口名，在河南孟縣南。

②鬱婆娑："鬱"，樹木叢生。"婆娑"，盤旋舞蹈貌。此處用來形容楊柳
搖曳的樣子。

③"我是"二句："虜"，胡虜，古代漢人對北方民族的稱呼。"虜家兒"、
"漢兒"就是胡人、漢人。

健兒須快馬，快馬須健兒。蹕跋①黃塵下，然後別雄雌②。

①蹕跋："蹕 (bié)"，用腳擊地。"蹕跋"，馬蹄擊地的聲音。

②雄雌：謂勝負。

(六)幽州馬客吟歌辭①

快②馬常苦瘦，勦兒③常苦貧。黃禾起羸④馬，有錢始作人。

①樂府詩集收幽州馬客吟歌辭五首。此選一首。這首慨歎在貧富不均
的社會裏，勞動人民無錢難作人。

②快：一作"愷"。

③勦兒：謂勞動人民。"勦 (chāo)"，勞。

④羸 (léi)：瘦弱。

(七)折楊柳枝歌①

門前一株棗，歲歲不知老。阿婆不嫁女，那得孫兒抱？

①樂府詩集收折楊柳枝歌四首，此選三首。

敕敕何力力①，女子臨窗織。不聞機杼聲，只聞女歎息。

①"敕敕"句:"敕敕"、"力力",歎息聲。"何",語助詞,猶"啊"。此句句
　法和孔雀東南飛中"隱隱何甸甸"句相同。

問女何所思①?問女何所憶?阿婆許嫁女,今年無消息。

①"問女"二句問,"阿婆"二句答。這首和上首緊密相連。

（八）隴頭歌辭①

隴頭②流水,流離③山下。念吾一身,飄然曠野。

①隴頭歌本出魏、晉樂府,樂府詩集收此三首,皆寫游子的苦辛及其思
　鄉的悲哀。隴頭歌本是漢橫吹曲題,古辭已亡。這三首歌辭,樂府詩
　集收入梁鼓角橫吹曲。其中一、三兩首見於秦川記:"隴西郡隴山,其
　上懸巖吐溜,於中嶺泉渟,因名萬石泉。泉溢,漫散而下,溝澮皆注,故
　北人升此而歌:……"。其一多"登高遠望,涕零雙墮"二句。明、清以
　來,說者多以爲這三首可能是漢魏舊辭。

②隴頭:卽隴山,亦名隴坂、隴坻、隴首,在今陝西隴縣西北。三秦記說:
　"其坂九回,上者七日乃越。上有清水四注下。所謂'隴頭水'也。"

③流離:山水淋漓四下的樣子。

朝發欣城①,暮宿隴頭。寒不能語,舌卷②入喉。

①欣城:地名,未詳。

②卷:同"捲"。

隴頭流水,鳴聲嗚咽。遙望秦川①,心肝斷絕。

①秦川:指"關中",今陝西一帶之地。

（九）高陽樂人歌①

可憐白鼻騧②,相將③入酒家。無錢但共飲④,畫地作交賒。

①樂府詩集收高陽樂人歌二首,引古今樂錄説:"魏高陽王樂人所作也。又有白鼻騧,蓋出於此。"此選一首。

②騧 (guā):黑嘴黄身的馬。

③相將:謂喝酒的人互相扶着。"將",扶。

④"無錢"二句:"畫地",似是一種記帳的方法。"交",交現錢。"賒",賒帳。"交賒",是偏義複詞,偏用"賒"義。這二句説無錢共飲,只好賒帳。

(一〇)木蘭詩①

唧唧②復唧唧,木蘭當③户織。不聞機杼④聲,唯聞女歎息。問女何所思?問女何所憶?女亦無所思,女亦無所憶。昨夜見軍帖⑤,可汗⑥大點兵,軍書十二卷,卷卷有爺名。阿爺無大兒,木蘭無長兄,願爲市⑦鞍馬,從此替爺征。

①這是敍述女英雄木蘭代父從軍的故事詩,樂府詩集收入横吹曲辭梁鼓角横吹曲。共二首,此選一首。本篇最早著錄於陳智匠所撰的古今樂錄,從詩中地名看來,當是與東北庫莫奚、契丹的戰爭。可知這故事和這詩大約產生在北朝後期。關於木蘭的姓氏、鄉里、事蹟,後世有種種記載,但這是民間傳説,未必實有其人,不必深究。

②"唧唧"句:"唧唧",歎息聲。此句一作"唧唧何力力"(文苑英華注説:"'力力'又作'歷歷'),又作"促織何唧唧",都是流傳中產生的異文。

③當:對着。

④杼:織布機上理經的工具。這詩開頭六句是從折楊柳枝歌"敕敕"、"問女"二首(本書已選)變化而來。

⑤軍帖:即下文中的"軍書",徵兵的文書、名册。

⑥可汗 (kè hán):古代西域和北方各國對君主的稱呼。

⑦市:買。〔以上爲第一段,寫木蘭得知徵兵的消息,準備代父從軍。〕

東市買駿馬，西市買鞍韉①，南市買轡頭②，北市買長鞭。朝③
辭爺娘去，暮宿黃河邊。不聞爺娘喚女聲，但聞黃河流水鳴濺濺。
且辭黃河去，暮至黑山頭④。不聞爺娘喚女聲，但聞燕山胡騎聲
啾啾⑤。

①韉（jiān）：馬鞍下的墊子。

②轡頭：馬籠頭。“轡（pèi）”，駕馭馬的嚼子和韁繩。

③朝：一作“且”。

④“暮至”句：“至”，一作“宿”。“黑山”，即今河北昌平之天壽山，錢起盧
　龍塞行：“雨雪紛紛黑山外”，即指此山。“黑山”一作“黑水”，無可考。

⑤“但聞”句：“燕山”，自薊北綿延東迄遼西之燕山山脈。徐陵出自薊北
　門行“薊北聊長望，黃昏心獨愁，燕山對古刹，代郡隱城樓”。即指此
　山。“聲”，一作“鳴”。“啾啾”，馬鳴聲。〔以上為第二段，寫木蘭赴戰
　地途中所見所感。〕

萬里赴戎機①，關山度若飛。朔氣傳金柝②，寒光照鐵衣③。將軍
百戰死，壯士十年歸。

①赴戎機：謂奔赴戰地參加軍事機要。

②“朔氣”句：“朔氣”，謂北方的寒風。“朔”，北方。“柝（tuò）”，打更用
　的梆子。“金柝”，金屬梆子，即刁斗。博物志：“番兵謂刁斗曰金柝。”
　刁斗用銅作成，樣子像鍋，三腳，有柄，容量相當於一斗，白天當鍋使，
　夜間用來報更。這句說寒風傳來刁斗聲。唐高適燕歌行“寒聲一夜
　傳刁斗”句，即由此變化而來。

③鐵衣：鐵甲戰袍。〔以上為第三段，概括地寫木蘭戰鬭十年然後得勝
　而歸。〕

歸來見天子，天子坐明堂①。策勳十二轉②，賞賜百千强。可汗問
所欲，“木蘭不用尚書郎③，願借明駝千里足④，送兒⑤還故鄉。”

①明堂：說法不一，約是天子祭祀，朝諸侯，教學，選士的地方。

②"策勳"二句：謂封官極高，賞賜極多。"策勳"，記功。軍功每加一等則官爵也隨升一等，謂之一轉。"十二轉"，極言官爵之高。

③尚書郎：官名，漢以來尚書分曹，任曹務者謂之尚書郎。

④"願借"句：一作"願馳千里足"。"明駝千里足"，酉陽雜俎："駝臥腹不帖地，屈足漏明，則行千里。"舊注多用此說。但近人頗有懷疑，據內蒙人民傳說，古有專用於喜慶佳節的駱駝，軀體精壯，平時善爲飼養，用時盛飾珠絲，古時文士，卽稱之爲"明駝"。聊供參考。

⑤兒：木蘭自稱。〔以上爲第四段，寫木蘭入朝天子，受賞辭歸。〕

爺娘聞女來，出郭相扶將①。阿姊聞妹來②，當戶理紅妝。小弟聞姊來，磨刀霍霍③向豬羊。開我東閣門，坐我西閣牀。脫我戰時袍，著我舊時裳。當窗理雲鬢④，對鏡帖花黃⑤。出門看火伴，火伴皆驚惶。"同行十二年，不知木蘭是女郎。"

①"出郭"句："郭"，城外圍着城的牆，卽外城。"將"，也是"扶"的意思。這句說爺娘互相攙扶着出郭迎接木蘭。

②"阿姊"句：一作"阿妹聞姊來"。

③霍霍：急速貌。

④雲鬢：以雲喻鬢髮的柔美。"鬢"，臉旁靠近耳朵的頭髮。

⑤帖花黃："帖"，黏帖、塗抹。"花黃"，古時婦女的面飾。穀山筆麈說："古時婦人之飾，率用粉黛；粉以傅面，黛以塡額。元魏時禁民間婦人不得施粉黛；自非宮人，皆黃眉黑妝。故木蘭詞中有'對鏡貼花黃'之句。"〔以上爲第五段，寫木蘭歸家親人歡迎和改裝後同伴驚訝情事。〕

雄兔脚撲朔①，雌兔眼迷離。雙兔傍地走，安能辨我是雄雌？

①"雄兔"四句："撲朔"，猶今日云"撲騰"，亂動的意思。"迷離"，模糊不明，捉摸不定的意思。這四句是說，一個脚亂動，一個眼不定，跑在一起，如何能辨清誰雄誰雌？按兔前後脚長短不齊，所以總像是亂蹦，古人又以爲兔善顧，古怨歌云："熒熒白兔，東走西顧。"以見其眼神

不定，這原是兔可以共有的現象，這裏各舉一端。以見其不易仔細辨認。張玉穀說：“‘撲朔’，兔走足縮之貌。‘迷離’，猶矇矓也。言雄兔雌兔，腳眼雖殊，然當其走，實是難辨也。”(古詩賞析)〔以上爲末段，以雙兔爲喻，讚歎木蘭的裝束、行爲都令人難辨男女。〕

(十一)敕勒歌①

敕勒川②，陰山③下。天似穹廬④，籠蓋四野。天蒼蒼，野茫茫，風吹草低見牛羊。

①樂府詩集收本篇入雜歌謠辭，引樂府廣題說：“北齊神武(高歡)攻周玉壁，士卒死者十四五，神武恚憤疾發。周王下令曰：‘高歡鼠子，親犯玉壁。劍弩一發，元凶自斃。’神武聞之，勉坐以安士衆，悉引諸貴，使斛律金唱敕勒(歌)，神武自和之。其歌本鮮卑語，易爲齊言，故其句長短不齊。”斛律金從高歡攻周玉壁在東魏孝靜帝武定四年(公元五四六)。這是當時的敕勒民歌。“敕勒”，種族名，北朝時居朔州(今山西北部)一帶。

②敕勒川：當是敕勒族所居草原上的地名或河流名，未詳。

③陰山：起於河套西北，綿亘於內蒙古自治區，和內興安嶺相接。

④穹廬：氈帳，今俗稱蒙古包。

〔附錄〕

關於南北朝樂府民歌

郭茂倩曰：清商樂一曰清樂。清樂者，九代之遺聲，其始卽相和三調是也。並漢、魏已來舊曲。其辭皆古調及魏三祖所作。自晉朝播遷，其音分散，苻堅滅涼得之，傳於前後二秦。及宋武定關中,因而入南,不復存於內地。自時已後,南朝文物號爲最盛,民謠國俗,亦世有新聲。故王僧虔論三調歌曰:"今之清商,實由銅雀,魏氏三祖,風流可懷;京、洛相高,江左彌重。而情變聽改,稍復零落,十數年間,亡者將半。所以追餘操而長懷,撫遺器而太息者矣。"後魏孝文討淮、漢,宣武定壽春,收其聲伎,得江左所傳中原舊曲明君、聖主、公莫、白鳩之屬。及江南吳歌、荊楚西聲,總謂之清商樂。至於殿庭饗宴,則兼奏之。遭梁、陳亡亂,存者蓋寡。及隋平陳得之,文帝善其節奏,曰:"此華夏正聲也。"乃微更損益,去其哀怨,考而補之,以新定律呂更造樂器。因於太常置清商署以管之,謂之"清樂"。開皇初,始置七部樂,清商伎其一也。大業中,煬帝乃定清樂、西涼等爲九部,而清樂歌曲有楊伴,舞曲有明君、并契,樂器有鐘、磬、琴、瑟、擊琴、琵琶、箜篌、筑、箏、節鼓、笙、笛、簫、篪、塤等十五種,爲一部。唐又增吹葉而無塤。隋室喪亂,日益淪缺。唐貞觀中用十部樂,清樂亦在焉。至武后時猶有六十三曲。其後歌辭在者有:白雪、公莫、巴渝、明君、鳳將雛、明之君、鐸舞、白鳩、白紵、子夜吳聲四時歌、前溪、阿子及歡聞、團扇、懊憹、長史變、丁督護、讀曲、烏夜啼、石城、莫愁、襄陽、西烏夜飛、估客、楊伴、雅歌驍壺、常林歡、三洲、採桑、春江花月夜、玉樹後庭花、堂堂、泛龍舟等三十二曲,明之君、雅歌各二首,四時歌四首,合三十七首。又七曲有聲無辭:上柱、鳳雛、平調、清調、瑟調、平折、命嘯,通前爲四十四曲存焉。長安已後,朝庭不重古曲,工伎寖缺,能合於管弦者,唯明君、楊伴、驍壺、春歌、秋歌、白雪、堂堂、春江花月夜等八曲。自是樂章訛失,與吳音轉遠。開元中,劉貺以爲宜取吳人,使之傳習,以問歌工李

郎子。郎子，北人，學於江都人俞才生，時聲調已失，唯雅歌曲辭
辭典而音雅。後郎子亡去，清樂之歌遂闕。自周、隋已來，管弦雅
曲將數百曲，多用西涼樂，鼓舞曲多用龜茲樂，唯琴工猶傳楚、漢
舊聲及清調蔡邕五弄、楚調四弄，謂之九弄。雅聲獨存，非朝廷
郊廟所用，故不載。樂府解題曰：“蔡邕云清商曲又有出郭西門、
陸地行車、夾鐘、朱堂寢、奉法等五曲，其詞不足采著。”（樂府詩
集卷四十四清商曲辭）

　　沈約曰：吳歌雜曲，並出江東，晉、宋以來，稍有增廣。*……
始皆徒歌，既而披之管絃。（宋書樂志）

　　*省略處爲敍述子夜、鳳將雛、前溪、阿子及歡聞、團扇、督護、懊憹、六
　　變、長史變、讀曲等十一曲的起源。

　　郭茂倩曰：晉書樂志曰：“……（同上引沈約語）。”蓋自永嘉
渡江之後，下及梁、陳，咸都建業，吳聲歌曲起於此也。古今樂錄
曰：“吳聲歌，舊器有箎、箜篌、琵琶，今有笙、箏，其曲有命嘯、吳
聲、游曲、半折、六變、八解。命嘯十解，存者有烏噪林、浮雲、驅
雁歸湖、馬讓，餘皆不傳。吳聲十曲：一曰子夜，二曰上柱，三曰
鳳將雛，四曰上聲，五曰歡聞，六曰歡聞變，七曰前溪，八曰阿子，
九曰丁督護，十曰團扇郎。並梁所用曲。鳳將雛巳上三曲，古有
歌，自漢至梁不改，今不傳。上聲巳下七曲，內人包明月製舞前溪
一曲，餘並王金珠所製也。游曲六曲：子夜四時歌、警歌、變歌、
並十曲中間游曲也。半折、六變、八解，漢世巳來有之。八解者，
古彌、上柱古彌、鄭干、新蔡、大冶、小冶、當男、盛當。梁太清中，
猶有得者，今不傳。”又有七日夜女歌、長史變、黃鵠、碧玉、桃葉、
長樂佳、歡好、懊惱、讀曲、亦皆吳聲歌曲也。*（樂府詩集卷四十

（四吳聲歌曲）

＊宋書樂志、古今樂錄記述的吳聲歌曲的曲調，有不少曲調的歌詞巳失傳，有的可能原來就是有聲無辭的。現在收集在郭茂倩樂府詩集中的吳聲歌曲歌辭，計有二十六種：子夜、前溪、阿子、歡聞、團扇、丁督護、懊憹、長史變、讀曲（以上九種宋書樂志巳述及）、上聲、歡聞變、子夜四聲歌、子夜警歌、子夜變歌（以上五種古今樂錄巳述及）、七日夜女歌、黃鵠、碧玉、桃葉、長樂佳、歡好、黃生、華山畿、春江花月夜、玉樹後庭花、堂堂、泛龍舟（以上爲宋書樂志、古今樂錄未述及而爲樂府詩集所收）。（參看王運熙吳聲西曲的產生時代，見其所著六朝樂府及民歌）

郭茂倩曰：古今樂錄曰：“西曲歌有石城樂、烏夜啼、莫愁樂、估客樂、襄陽樂、三洲、襄陽蹋銅蹄、採桑度、江陵樂、青陽度、青驄白馬、共戲樂、安東平、女兒子、來羅、那呵灘、孟珠、翳樂、夜黃＊、夜渡娘、長松標、雙行纏、黃督、黃纓、平西樂、攀楊枝、尋陽樂、白附鳩、拔蒲、壽陽樂、作蠶絲、楊叛兒、西烏夜飛、月節折楊柳歌三十四曲。石城樂、烏夜啼、莫愁樂、估客樂、襄陽樂、三洲、襄陽蹋銅蹄、採桑度、江陵樂、青驄白馬、共戲樂、安東平、那呵灘、孟珠、翳樂、壽陽樂，並舞曲。青陽度、女兒子、來羅、夜黃、夜度娘、長松標、雙行纏、黃督、黃纓、平西樂、攀楊枝、尋陽樂、白附鳩、拔蒲、作蠶絲，並倚歌。孟珠、翳樂，亦倚歌。”按西曲歌出於荆、郢、樊、鄧之間，而其聲節送和，與吳歌亦異，故其方俗而謂之西曲云。（樂府詩集卷四十七西曲歌）

＊夜黃一曲原無，據王運熙吳聲西曲的產生時代一文補。

古今樂錄曰：神弦歌十一曲：一曰宿阿，二曰道君，三曰聖郎，四曰嬌女，五曰白石郎，六曰青溪小姑，七曰湖就姑，八曰姑

恩，九曰採菱童，十曰明下童，十一曰同生。*（樂府詩集卷四十七
神弦歌引）

*王運熙説：“神弦歌係‘祭祀神祇，弦歌以娛神之曲’（王琦李長吉歌詩
彙解神弦歌注）；共計十一題，十八曲，是清商曲中份量很少的一部。
以歌中青溪、白石及赤山湖等地名考之，知其發生仍不離建業左右。
（漢魏六朝樂府文學史五編二章）郭茂倩曾説吳聲歌曲起於建業，神
弦歌也産生於建業一帶，故我們不妨説神弦歌是吳聲歌曲的一道分
支；但因它内容專門頌述神祇，與吳聲之爲普通風謠者有異，所以自
成一部。”（六朝樂府與民歌附録神弦歌考）

　　郭茂倩曰：古今樂録曰：“梁鼓角横吹曲有企喻、瑯琊王、鉅
鹿公主、紫騮馬、黄淡思、地驅樂、雀勞利、慕容垂、隴頭流水等歌
三十六曲，二十五曲有歌有聲，十一曲有歌。是時樂府胡吹舊曲
有大白淨皇太子、小白淨皇太子、雍臺、搶臺、胡遵利、㤅女、淳于
王、捉搦、東平劉生、單迪歷魯爽、半和、企喻、比敦、胡度來十四
曲，三曲有歌，十一曲亡。又有隔谷、地驅樂、紫騮馬、折楊柳、幽
州馬客吟、慕容家自魯企由谷、隴頭、魏高陽王樂人等歌二十七
曲，合前三曲，凡三十曲，總六十六曲。江淹横吹賦云：‘奏白登
之二曲，起關山之一引，採菱謝而自罷，緑水慙而不進。’則白登、
關山又是三曲。”*按歌辭有木蘭一曲，不知起於何代也。（樂府詩
集卷二十五梁鼓角横吹曲）

*樂府詩集所收梁鼓角横吹曲共六十五曲。樂録所述梁鼓角横吹曲三
十三曲與樂府詩集所收一致；胡吹舊曲爲樂府詩集所收者有淳于王
（二曲）、東平劉生（一曲）、捉搦歌（四曲），曲調數相符而歌辭則多四
首；其餘諸曲，樂府詩集所收也是曲調與樂録相符，而歌辭則少五首。
故樂録所述和樂府詩集所收，曲調相符而歌辭則或有小異之處。又，

樂錄所述胡吹舊曲中雍臺一曲，樂府詩集收有梁武帝、吳筠辭各一首。

唐書音樂志：北狄樂其可知者，鮮卑、吐谷渾、部落稽三國，皆馬上樂也。鼓吹本軍旅之音，馬上奏之，故自漢以來，北狄樂總歸鼓吹署。魏樂府始有北歌，即魏史（即魏書樂志）所謂"眞人代歌"是也。代都時命掖庭宮女晨夕歌之。用隋世，與西涼樂雜奏。今存者五十三章，其名目可解者六章：慕容可汗、吐谷渾、部落稽、鉅鹿公主、白淨皇太子、企喩也。其不可解者，咸多可汗之辭。此即後魏世所謂"簸羅迴"者是也。其曲亦多可汗之辭。北虜之俗，呼主爲"可汗"。吐谷渾，又慕容別種，知此歌是燕、魏之際鮮卑歌，歌音辭，虜竟不可曉。梁有鉅鹿公主歌辭，似是姚萇時歌辭，華音，與北歌不同。梁樂府鼓吹又有太白淨皇太子、少白淨皇太子、企喩等曲，隋鼓吹有白淨皇太子曲，與北歌校之，其音皆異。開元初，以問歌工長孫元忠，云自高祖以來，代傳其業。元忠之祖受業於侯將軍，名貴昌，幷州人也，亦世習北歌。貞觀中，有詔令貴昌以其聲敎樂府。元忠之家世相傳如此，雖譯者亦不能通知其辭，蓋年歲久遠，失其眞矣。

郭茂倩曰：（企喩歌）又有坐和、企喩、北敦，蓋曲之變也。（樂府詩集卷二十五企喩歌辭）

八 東晉詩文

一 陶淵明

陶淵明（公元三六五——四二七），字元亮，一說名潛字淵明，世號靖節先生。潯陽柴桑（今江西九江西南）人。他的曾祖據說就是晉大司馬陶侃，他的祖父和父親都曾做過太守一類的官。但到陶淵明時，家世已經衰落，生活相當艱苦。

陶淵明青年時代懷着建功立業的壯志，再加上貧困生活的逼迫，曾幾次出仕，先後任江州祭酒、鎮軍參軍、建威參軍、彭澤令等職。但是他的抱負得不到施展，又不肯與士族社會同流合污，於是四十一歲那年便決計棄官歸隱了。此後他一直過着躬耕隱居的生活。

陶淵明是我國文學史上的偉大詩人之一。他的詩歌痛斥了當時社會和政治的腐敗，表現出高尚的情操，有很高的價值。歸隱以後，由於參加了勞動，接觸了人民，也由於自己經濟地位的下降，詩裏反映了農民的思想要求，這是十分可貴的。陶淵明的藝術成就也非常突出，他的詩自然朴素，而又韻味雋永。陶詩在南朝崇尚駢儷的文學風氣之下，並不受人重視，但對唐以後的詩歌創作却起了好的作用。

應該指出，陶淵明的歸隱還只是一種消極反抗。在他的詩裏,樂天安命的宿命思想又很嚴重,這對後代作家起了不好的影響。

　　陶淵明的詩文共一百三十餘篇。清陶澍注靖節先生集是較好的注本。

和郭主簿①

藹藹堂前林②,中夏貯清陰。凱風因時來,回飈開我襟。息交游
閒業③,臥起弄書琴。園蔬有餘滋④,舊穀猶儲今。營己良有極,
過足非所欽。春秫⑤作美酒,酒熟吾自斟。弱子戲我側⑥,學語
未成音。此事眞復樂⑦,聊用忘華簪。遙遙望白雲⑧,懷古一何深。

①和郭主簿共二首,大約作於晉安帝元興元年(公元四〇二),時年三十
　八歲(用王瑤說,見其編注之陶淵明集)。此其一,詩中寫閒適愉快的
　生活,以及懷古的幽情。郭主簿,事蹟不詳。主簿,官名,主管簿書,
　各級政府都有。

②"藹藹"四句:"藹藹",茂盛貌。"貯",貯藏、貯留。"凱風",南風。"回
　飈",迴風。這四句說堂前林木繁茂,雖在仲夏,仍然貯有清陰。南風
　及時吹來,吹開了我的衣襟。

③"息交"二句:"息交",罷交游。"閒業",對正業而言。正業指儒家典
　籍,閒業指像老子、莊子、山海經等書。這二句說停止了朋友間的來
　往,馳心於閒業之中,終日讀書彈琴。一作"息交逝閒臥,坐起弄書
　琴。"

④"園蔬"四句:言園裏的蔬菜有多餘,往年的糧食至今還有儲存。維持
　自己生活所需要的東西實在有限, 過多的東西並非我所欽羨。"餘
　滋",餘味,即指菜。

⑤春秫:擣黏稻以作酒。

⑥“弱子”二句：說幼子在身邊嬉戲，剛開始學話，吐音還不清楚。

⑦“此事”二句：“華簪”，華貴的髮簪，此代指富貴。這二句說上述這些事情真是快樂，暫且可賴以忘掉富貴榮華。

⑧“遙遙”二句：說遙望白雲，懷古之情是多麼深沈。

其　二①

和澤周三春②，清涼素秋節。露凝無游氛③，天高肅景澈。陵岑聳逸峯④，遙瞻皆奇絕。芳菊開林耀⑤，青松冠巖列，懷此貞秀姿，卓爲霜下傑。銜觴念幽人⑥，千載撫爾訣。檢素不獲展⑦，厭厭竟良月。

①這首詩寫秋景，以松菊興起幽人，歌詠其清高貞潔，也表達了對他們的企慕。

②“和澤”二句：“澤”，雨露。“和澤”，謂雨水調和。“周”，遍。“三春”，謂春季三月。這二句說整個春季多雨水，秋季却是氣候清涼。

③“露凝”二句：“游氛”，飄浮着的霧氣。“肅景”，古認爲秋氣肅殺威厲，故稱秋景爲肅景。這二句說露凝爲霜，空中沒有一絲霧氣，天高氣爽，秋色清澈。

④“陵岑”二句：“陵”，大土山。“岑”，山小而高者。“逸峯”，飛逸高聳的山峯。這二句說羣峯高聳，遠遠望去無不挺秀奇絕。

⑤“芳菊”四句：說芳菊開於樹林之中光彩輝耀，青松立於山巖之上挺拔而又整齊，想起它們這種貞秀的姿色，卓然挺立，可謂霜下之傑。

⑥“銜觴”二句：“觴”，酒杯。“銜觴”，謂飲酒。“幽人”，指古代隱者。“撫”，持、堅持。“爾”，指幽人。“訣”，法則、原則。這二句說舉杯想起古代的隱者，千載以下我仍堅持着你們的原則。又，“撫”有親近的意思。“訣”，離別。二句謂我是如此想親近你們（而不可得）。亦通。

⑦“檢素”二句：陶澍說：“自檢平素有懷莫展，厭厭寡緒，其誰知之乎？”

"竟'，終。"良月"，謂淸秋的明月。按，"厭厭"有長久之意，詩經湛
露："厭厭夜飲，不醉無歸。"又，十月亦稱"良月"，或謂卽指十月，備
考。

癸卯歲始春懷古田舍①

先師有遺訓②："憂道不憂貧"。瞻望邈難逮③，轉欲志長勤。秉
耒歡時務④，解顏勸農人。平疇交遠風⑤，良苗亦懷新。雖未量
歲功⑥，卽事多所欣。耕種有時息⑦，行者無問津。日入相與
歸⑧，壺漿勞近鄰。長吟掩柴門⑨，聊爲隴畝民。

①本題共二首，此其二。"懷古田舍"是在田舍中懷古。第一首懷孔子
和荷蓧丈人之事（見論語微子），這首懷孔子問道於長沮、桀溺之事
（亦見論語微子）。"癸卯歲"是晉安帝元興二年（公元四〇三），詩人
三十九歲。當時正因母喪離職，居喪在家，與從弟敬遠同居。本題第
一首說："在昔聞南畝，當年竟未踐。"可見詩人是在這年開始參加農
業勞動的。這首詩表達了他對於農業勞動的看法，抒寫了在勞動中
體驗到的喜悅，懷念着隱居力耕的先賢沮、溺，同時也流露了心中的
憂世之情。

②"先師"二句："先師"，尊稱孔子。論語衞靈公："子曰：'君子謀道不謀
食。耕也，餒在其中矣；學也，祿在其中矣。君子憂道不憂貧。'"這裏
的"道"是指治世之道。

③"瞻望"二句："瞻望"，仰望。"邈"，高遠。"逮"，及。"勤"，勞。"長
勤"，謂長期從事力耕。此連上二句言孔子的遺訓是"君子憂道不憂
貧"，但這種要求太高，我只能企望而難於做到，所以想轉而立志於長
期從事力耕。這四句含意較深。詩人並不反對"君子憂道不憂貧"，
他是有志於治世的，但在多年仕宦生活中認識到當時政治腐朽，"謀
道"根本行不通，所以才寧肯力耕，而不願依附門閥權貴苟求祿位。這

種思想情緒在後來寫作的詩篇中屢屢可見。清吳瞻泰說：“古來唯孔、顏（顏回，孔子弟子）安貧樂道，不屑耕稼，然而邈不可追，則不如實踐隴畝之能保其眞矣。”（陶詩彙注）下句“志”，一作“心”，義同；又作“患”，則整句是說“轉而操憂於耕作之事”，亦可通。

④“秉耒”二句：“秉”，持。“耒(lěi)”，犂柄，此指農具。“時務”，及時當作之事，謂農務。“解顏”，發自眞心的笑顏，清馬璞說：“解顏者，其情見於顏，非强之也。”（陶詩本義）“勸”，勉。這二句說拿起農具歡歡喜喜地去做活，笑語勸勉農人從事農耕。詩人另有四言勸農詩。

⑤“平疇”二句：“疇”，田。“平疇”，平曠的田野。“良苗”，張玉穀說：“‘良苗’‘苗’字，當指‘麥苗’，如作‘稻苗’，則與題中‘始春’二字不合。”（古詩賞析）“懷新”，聞人倓說：“言其生意已盎然也。”（古詩箋）蘇軾說：“非古之耦耕植杖者，不能道此語；非世之老農，不能識此語之妙。”（東坡題跋）

⑥“雖未”二句：“歲功”，謂一年的農事收成。“卽事”，此事，指眼前的勞動和景物。這二句說雖然還沒有預計到這一年的收成，但眼前這些事物就有許多可喜之處。聞人倓說：“將來者不必預計，卽此現在，已可樂也。”

⑦“耕種”二句：“行者”路人。“津”，渡口。“行者問津”用沮、溺事。論語微子：“長沮、桀溺耦而耕。孔子過之，使子路問津焉。長沮曰：‘夫執輿者爲誰？’子路曰：‘爲孔丘。’曰：‘是魯孔丘與？’曰：‘是也。’曰：‘是知津矣。’問於桀溺。桀溺曰：‘子爲誰？’曰：‘爲仲由（子路的字）。’曰：‘是魯孔丘之徒與？’對曰：‘然。’曰：‘滔滔者天下皆是也，而誰以易之？且而與其從辟人之士也，豈若從辟世之士哉？’耰而不輟。子路行以告，夫子憮然曰：‘鳥獸不可與同羣，吾非斯人之徒與而誰與？天下有道，丘不與易也。’”詩人隱以沮、溺自比，意謂在耕作休息時，並不見有孔子那種有志於治世的人來問路。馬璞說：“‘行者無問津’承上‘先師’三句，言今無憂道不憂貧之人也。”

⑧"日入"二句："日入"，擊壤歌："日出而作，日入而息。"這二句說工作完畢和農人一起回家，然後提一壺酒漿去慰勞近鄰。

⑨"長吟"二句："聊"，姑且，暫且。"隴畝民"，田野之人，卽農人。這二句總承全詩，上句意思是說，唱着歌曲，關上柴門，下句則與首四句相應，意謂旣然不能趕上孔子做個治世的人，那就暫且做個沮、溺那樣的農人吧。

時　運①幷序

時運，遊暮春也。春服旣成②，景物斯和，偶景獨遊③，欣慨交心。

邁邁時運④，穆穆良朝，襲我春服⑤，薄言東郊。山滌餘靄⑥，宇曖微霄⑦，有風自南，翼彼新苗⑧。

①時運共四章，寫暮春的景色，以及春遊的欣喜、感慨。清邱嘉穗說："前二章游目騁懷，述所欣也；後二章傷今思古，寄所慨也。"（東山草堂陶詩箋）本詩在形式上摹仿詩經。清張玉穀說："陶公四言，如停雲、時運之類，止摘首句二字爲題，體仿三百，而序語仿卜子(孔子弟子卜商，傳爲詩經各篇前小序的作者)，實則題也。"（古詩賞析）王瑤定此詩作於晉安帝興元三年甲辰(公元四〇四)，陶淵明時年四十歲。此選其一。

②"春服"二句："春服"，春裝。"成"，定。論語先進："莫(暮)春者，春服旣成，冠者五六人，童子六七人，浴乎沂，風(乘涼)乎舞雩(祭天禱雨之處)，詠而歸。""斯"，連詞，無義。這二句意謂春裝已經穿得住了，這時景物融和，正好郊遊。

③"偶景"二句："偶"，伴。"景"，卽"影"。這二句說與影子作伴，獨自一人出遊，心中又是喜歡又是感慨。

④“邁邁”二句：“邁邁”運行貌。“時運”，四時的運行。“穆穆”，熙和，和諧。這二句說四時運行，氣候轉暖，這正是春日熙和的好時光。

⑤“襲我”二句：“襲”，服，穿上。“薄”，發聲詞。“言”，語助辭。這二句說穿上春服，出遊東郊。

⑥“山滌”句：“滌”，洗。“靄”，雲靄。這句說遠山滌除着剩下的最後一點雲霧。

⑦“宇曖”句：“宇”，天地四方。“曖”，唵曖，薆 “霄”，雲氣。這句說天空被一層薄霧籠罩。此句一作“餘靄微消”。清陶澍說：“‘宇曖微霄’，卽歸園田居詩‘曖曖遠人村，依依墟里烟’景狀。若作‘餘靄微消’，則與‘山滌餘靄’詞重意複矣。”（靖節先生集注）

⑧“翼彼”句：“翼”，羽翼，此處作動詞，有披拂扇勵之意。這句說南風扇動着新苗，使它們像鳥兒似地張開了翅膀。清吳瞻泰陶詩彙注引王棠說：“新苗因風而舞，若羽翼之狀。工於肖物。”

始作鎮軍參軍經曲阿作①

弱齡寄事外②，委懷在琴書。被褐欣自得③，屢空常晏如。時來苟冥會④，宛轡憩通衢。投策命晨裝⑤，暫與園田疎。眇眇孤舟逝⑥，緜緜歸思紆。我行豈不遙，登降千里餘。目倦川途異⑦，心念山澤居。望雲慙高鳥⑧，臨水愧游魚。真想初在襟⑨，誰謂形迹拘。聊且憑化遷⑩，終返班生廬。

①“鎮軍參軍”鎮軍將軍的參軍。“曲阿”，今江蘇丹陽縣。李善和馬端臨都認為鎮軍將軍指劉裕。劉裕於晉安帝元興三年（公元四〇四）行鎮軍將軍，此詩當亦作於此年。但宋吳仁傑靖節先生年譜、陶澍靖節先生年譜考異、梁啓超陶淵明年譜却認為鎮軍將軍指劉牢之。梁啓超說：“本詩言‘始作’，正謂始仕耳。”又說：“始就幕職而經丹陽，則軍府

宜在京口(卽鎮江)，當時所謂'北府'也。考其時鎮京口者，自太元十五年庚寅至隆安二年戊戌九月爲王恭；自戊戌九月至元興元年壬寅三月爲劉牢之。先生庚子、辛丑兩年皆在鎮軍幕，則主將必牢之無疑。"陶澍說："考晉書百官志，有左右前後軍將軍。左右前後四軍，爲鎮衞軍。王恭、劉牢之皆爲前將軍正鎮衞軍，卽省文曰'鎮軍'，亦奚不可？"但關於此詩寫作的年代，梁說在晉安帝隆安二年(公元三九八)，陶說在隆安三年，吳說在隆安四年。這首詩寫他在離家赴任途中對田園隱居生活的懷念。

② "弱齡"二句："弱"，二十歲叫弱。"弱齡"，泛指年輕時。"寄事外"，寄身於世事之外，指不肯仕宦。"委"，安置。"委懷"，猶言安心，置心。

③ "被褐"二句："被"，穿。"褐"，粗毛布的衣服，貧賤者所服。老子："知我者希，則我者貴。是以聖人被褐懷玉。""屢空"，謂貧窮。論語先進："回也其庶乎，屢空。""晏如"，猶安然。這二句說雖然身穿粗衣，資用常竭，但總是坦然自得。五柳先生傳："短褐穿結，簞瓢屢空，晏如也。"

④ "時來"二句："時"，時機、時運。"苟"，如，此有居然之意。"冥會"，猶"默契"，言己與時運默然相交。"冥"一作"宜"，又作"且"。"宛"，屈，委屈。"轡"，馬韁繩，此泛指車駕。"宛轡"，猶言"紆轡"、"回駕"。"憩"，息。"通衢"，大道，此喻仕途。這二句說如果碰上了出仕的時機，只得委屈出仕。李善說："言屈長往之駕，息于通衢之中。"

⑤ "投策"二句："裝"，行裝。"命裝"，命人準備清早啓程的行裝。"疏"，遠。李善引張協七命："夸父爲之投策。"呂向說："投捨策杖也。謂捨所杖之拄，命早行之衆將赴職，與田園漸疏也。"丁福保引儀禮注："策，簡也。"說："凡書字有多有少，一行可盡者，書之於簡，數行可盡者，書之於方，方所不容者，乃書於策。投策猶班超投筆從戎之意也。"(陶淵明詩箋注)可參考。以上幾句言離家出仕。

⑥ "眇眇"二句："眇眇"，遠貌。"綿綿"，不絕貌。"紆"，縈繞。這二句說

孤舟越走越遠，歸思縈繞難以斷絕。

⑦“目倦”二句：說眼睛看膩了沿途與家鄉不同的景物，心中懷念着舊日山澤的居處。

⑧“望雲”二句：李善說：“言魚鳥咸得其所，而己獨違其性也。”

⑨“眞想”二句：“眞想”，淳樸保眞的思想。老子：“修之於身，其德乃眞。”“初”，原。“襟”，胸襟，胸懷。這二句說自己那種任眞自得的思想仍在胸懷，誰說受到了形迹的拘束呢？意謂仕途的行迹拘束不了自己淳眞的思想。

⑩“聊且”二句：“憑化遷”，任憑時運自然地變化發展，即所謂與時推移、與時俱化之意。“班生廬”，班固幽通賦：“終保己而貽則今，里止仁之所廬。”意思是說（我父親）能自保己而又留給我以法則，要我擇仁者之里而居。“班生廬”本此，指仁者、隱者所居之處。這二句是說姑且聽任時運的變遷吧，將來終究要返回田園的。

歸園田居①

少無適俗韻②，性本愛丘山。誤落塵網中③，一去三十年。羈鳥戀舊林④，池魚思故淵。開荒南野際⑤，守拙歸田園。方宅十餘畝⑥，草屋八九間。榆柳蔭後簷，桃李羅⑦堂前。曖曖遠人村⑧，依依墟里煙。狗吠深巷中⑨　雞鳴桑樹巔。戶庭無塵雜⑩，虛室有餘閒。久在樊籠裏⑪，復得返自然。

①歸園田居共五首，成一組。晉安帝義熙元年（公元四〇五）乙巳十一月，詩人自彭澤歸隱，此詩大概作於次年，詩人年四十二歲。第一首敍述歸田的原因，以及歸田後的生活和愉快心情。

②“適俗”，適應世俗。“韻”，氣韻風度。

③“誤落”二句：“塵網”，謂塵世猶如羅網。東方朔與友人書：“不可使塵

網名繮拘鎖。"此指仕途。"三十年",當作"十三年",詩人自太元十八年癸巳(公元三九三)爲江州祭酒,至乙巳(公元四○五)辭彭澤令歸田,是十二年,此詩寫於歸後的第二年,正好是十三年(用吳仁傑說)。這二句說誤入仕途,一別田園已經十三年了。

④"羈鳥"二句:"羈鳥",謂束縛於籠中之鳥。"池魚",謂育養於池中之魚。"淵",潭。這二句以羈鳥和池魚爲喻,寫自己在仕途中思戀田園生活的心情,同時興起下文。

⑤"開荒"二句:"南野",一作"南畝"。"際",間。"拙",愚拙。這是自謙之辭,與世俗的機巧相對而言。這二句說現在終於歸耕田園,依守本性。

⑥"方宅"句:"方",旁。這句說住宅四周有十餘畝地。

⑦羅:羅列。

⑧"曖曖"二句:"曖曖",昏暗貌。"依依",輕柔貌。"墟里",村落。

⑨"狗吠"二句:這二句用漢樂府詩雞鳴"雞鳴高樹顛,狗吠深宮中"之意而稍加變化。

⑩"戶庭"二句:"戶庭",門庭。"塵雜",謂塵俗雜事。"虛室",虛空閑靜的居室。"餘閑",猶閑暇。這二句說歸居家中,沒有塵俗雜事相擾,因而有很多閑暇。

⑪"久在"二句:"樊籠",關鳥獸的籠子。此處喻仕宦。這二句說重歸田園,如同長久被關在籠中的鳥獸重返大自然一般。

其　二①

野外罕人事②,窮巷寡輪鞅;白日掩荆扉③,虛室絕塵想。時復墟曲中④,披草共來往。相見無雜言⑤,但道桑麻長。桑麻日已長⑥,我土日已廣,常恐霜霰至,零落同草莽。

①這首詩寫田園中沒有世俗的交往，也沒有世俗的想法，人們所關心的只是莊稼。詩人愛好田園中的勞動生活，不願重返仕途，所以篇末流露出惟恐不能如願以償的憂慮情緒。

②"野外"二句："罕"，稀少。"人事"，指人與人之間交往的事。"窮巷"，僻巷。"寡"，少。"鞅(yāng)"，套在馬頸上的皮帶。"輪鞅"，指車馬。這二句說居於郊野僻巷之中，極少世俗交往。

③"白日"二句："荊扉"，柴門。"塵想"，世俗的想法。這二句說白天關着門，獨處虛室而摒絕一切世俗的念頭。

④"時復"二句："墟曲"，猶"墟里"(聞人倓說)，"鄉野"。"曲"，謂鄉僻。"披"，撥開。這二句的意思是說只同村裏人來往。"墟曲中"，一作"墟里人"。

⑤"相見"二句："雜言"，與上文"塵想"合看，即第一首中所謂"塵雜"。這二句說相見時並不談那些塵雜之事，只談論桑麻的生長情形。

⑥"桑麻"四句："霰(xiàn)"，小雪珠。"莽"，草。這四句說所種桑麻一天天在生長，開墾的土地一天天多了，因而就更耽心風霜雨雪到來，會使桑麻受到摧殘，如野草般零落。

其　三①

種豆南山下，草盛豆苗稀。晨興理荒穢②，帶月荷鋤歸。道狹草木長③，夕露沾我衣。衣沾不足惜④，但使願無違。

①這首詩敘述晨出晚歸的勞動生活和感觸。

②"晨興"二句："晨興"，早起。"荒穢"，荒蕪。"穢"，田中的雜草。"帶"，一作"戴"。這二句說早起去鋤草，直到黃昏月出後才扛着鋤頭回家。

③草木長：草木叢生。

④"衣沾"二句：說衣裳濕了並不值得可惜，只要不違背我的願望就好

了。這裏的"願"是指歸耕。

其 四①

久去山澤遊②，浪莽林野娛。試攜子姪輩③，披榛步荒墟。徘徊丘隴間④，依依昔人居。井竈有遺處⑤，桑竹殘朽株。借問採薪者，此人皆焉如⑥？薪者向我言，死沒無復餘。一世異朝市⑦，此語眞不虛。人生似幻化⑧，終當歸空無。

①這首詩敍述憑弔故墟的感慨，並寫農村殘破零落的景狀。

②"久去"二句："遊"，遊宦。上句即"誤落塵網中，一去十三年"之意。"浪莽"，猶云放浪。何孟春注謂"莽"或作"漭"。"浪漭"，廣大貌。丁福保說"浪莽"即"浪孟"，也即"孟浪"，放曠之意。二說皆通。這二句說離開山澤出去做官已經很久了，如今重歸園田，在林野之間遨遊娛樂。

③"試攜"二句："試"，姑且。"榛"，草木叢生貌。"荒墟"，廢墟。

④"徘徊"二句："丘隴"，猶言墳墓。"依依"，思念之意；作"依稀"解亦可。這二句說徘徊在墳墓之間，思念着過去的人的居處。

⑤"井竈"二句：說井竈尚留有遺跡，桑竹只剩下枯朽的枝幹。

⑥焉如：何往。

⑦"一世"二句：丁福保說："三十年爲一世。古者爵人於朝，刑人於市。言爲公衆之地，人所指目也。'一世異朝市'，蓋古語，言三十年間，公衆指目之朝市，已遷改也。"這二句是說"一世異朝市"這句話眞不虛假。

⑧"人生"二句："幻化"，虛幻變化，而不是實在的。這二句說人生好像幻化而成，本來就是空的，所以終當復歸於空無。

其 五①

恨恨獨策還②,崎嶇歷榛曲。山澗清且淺,可以濯③吾足。漉④我新熟酒,隻雞招近局⑤。日入室中闇⑥,荊薪代明燭。歡來苦夕短,已復至天旭⑦。

①這首詩也是寫田園生活的欣然自得情狀。

②"恨恨"二句:"策",謂策杖,扶杖。"還",謂耕作完畢還家。"曲",指曲折隱僻的道路。

③濯:洗。

④漉:水下滲,濾。

⑤近局:猶鄰曲,近鄰。

⑥"日入"二句:說日落以後屋裏就暗了下來,點一根荊柴代替明燭。

⑦天旭:天明。

飲 酒①并序

余閒居寡歡,兼比②夜已長,偶有名酒,無夕不飲。顧影獨盡,忽焉復醉。旣醉之後,輒題數句自娛,紙墨遂多,辭無詮次③,聊命故人④書之,以爲歡笑爾。

①飲酒詩共二十首,據序文,知這些詩因爲都是醉後所寫,故總題曰飲酒。詩說:"行行向不惑,淹留遂無成。"可見這組詩寫作年代,不會距四十歲太遠。詩中又說:"是時向立年,志意多所恥。遂盡介然分,拂衣歸田里。冉冉星氣流,亭亭復一紀。"可見此詩當作於向立年以後又十二年,正是剛過四十歲不久。從詩的內容看來,應當是在從彭澤歸園田之後,這時歸隱不久,所以第九首中才會寫到田父勸他出仕之

事。茲定此詩於晉安帝義熙二年(公元四〇六)，時陶淵明四十二歲。
湯漢認爲是義熙十二三年之作，王瑤定於義熙十三年。供參考。

②兼比：「兼」，並且。「比」，近來。「比」，一作「秋」。

③詮次：選擇、次序。

④故人：友人。

其 一①

結廬在人境②，而無車馬喧。問君何能爾③，心遠地自偏。採菊
東籬下④，悠然見南山。山氣日夕佳⑤，飛鳥相與還。此中有眞
意⑥，欲辨已忘言。

①此詩原列第五首，前半着重說出「心遠地自偏」的道理，後半寫欣賞自
然景色的悠然心情。文選將此詩與第七首合爲雜詩二首。

②「結廬」二句：「結廬」，構室，建造住宅。「人境」，猶人間、世間。這二
句的大意說雖然住在世間，但並沒有世俗的交往前來打擾。

③「問君」二句：「君」，淵明自謂。「爾」，如此。這二句是設爲問答之辭，
說心既遠遠地擺脫了世俗的束縛，那麼雖處於喧境也如同居於偏僻
之地。

④「採菊」二句：「南山」，丁福保認爲卽指廬山。「見」，文選作「望」。蘇軾
說：「因採菊而見山，境與意會，此句最有妙處。近歲俗本皆作‘望南
山’，則此一篇神氣都索然矣。」(東坡題跋)後人大都同意蘇說。王瑤
陶淵明集說：　　「相傳服菊可以延年，採菊是爲了服食。詩
經上說‘如南山之壽’，南山是壽考的徵象。」可備一說。「悠然」，自得
貌。

⑤「山氣」二句：「日夕」，傍晚。「相與還」，結伴而歸。

⑥「此中」二句：「此中」，小則指此時此地情境，大則指田園隱逸生活。

"真意",謂人生真正的意義。吳淇説:"'意'字從上文'心'字生出,又加一'真'字,更跨進一層。則'心遠'爲一篇之骨,而'真意'爲一篇之髓。"(六朝選詩定論)方東樹説:"境既閒寂,景物復佳,然非心遠則不能領其真意味。"(昭昧詹言)下句意本莊子,莊子齊物論:"辯也者,有大道不稱,大辯不言。"又,外物:"言者所以在意也,得意而忘言。"此謂此中含有真意,想辨別出來,卻忘了該怎樣用言語來表達了。其實詩人的意思是説,既然已經領會了此中真意,何必要去辨別,又何必要用言語去表達呢。"辨",一作"辯"。

其　二①

青松在東園,衆草没其姿②。凝霜殄異類③,卓然見高枝。連林人不覺④,獨樹衆乃奇。提壺掛寒柯⑤,遠望時復爲⑥。吾生夢幻間⑦,何事紲塵羈。

①此詩原列第八首,詩人以孤松自喻,表現自己高潔堅貞的人格。

②"衆草"句:説衆草掩没了青松的姿色。"其"一作"奇"。

③"凝霜"二句:"殄 (tiǎn)",滅絶。"異類",指衆草。"卓然",挺拔貌。這二句説到了冬天寒霜使衆草凋謝,青松的高枝却因此而顯得格外挺拔。

④"連林"句:謂松樹連成樹林,也許不爲人所留意。

⑤柯:樹枝。

⑥"遠望"句:陶澍注:"此倒句,言時復爲遠望也。"

⑦"吾生"二句:"紲",牽制。"塵羈",塵俗的羈絆束縛,猶言塵網。這二句説人生如在夢幻之中,何必把自己束縛在塵網之中呢。

其 三①

清晨聞叩門，倒裳②往自開。問子爲誰與③，田父有好懷。壺漿遠見候④，疑我與時乖。繿縷茅簷下⑤，未足爲高栖。一世皆尚同⑥，願君汩其泥。深感父老言⑦，稟氣寡所諧。紆轡誠可學⑧，違己詎非迷！且共歡此飲⑨，吾駕不可回。

① 此詩原列第九首，表達自己不返仕途的決心。方東樹說："又幻出人來，較之就物言，更易託懷抱矣。此詩夾敍夾議，託爲問答，屈子漁父之恉。注（指陶澍注引東江詩話語）謂時必有人勸公出仕者，是也。"

② 倒裳：詩經齊風東方未明："東方未明，顚倒衣裳。"此用其意，言急忙迎客，來不及穿好衣裳。

③ "問子"二句："子"，指田父。"與"，通"歟"，疑問詞。"田父"，猶老農。"好懷"，好意。這二句說來訪的是位好心腸的老農。

④ "壺漿"二句：說老農提了壺酒遠道前來問候，他怪我與時世不合。"疑"，怪。"乖"，不合。

⑤ "繿縷"二句："繿縷"，同"藍縷"，方言："楚人謂貧人衣破醜敝爲藍縷。""栖"，栖居。"高"，寓敬意。這二句說穿着破爛的衣服住在草屋裏，這樣的地方是不值得做爲您的高樓的。言外之意是說可以去求高官厚祿。此連下二句都是田父勸說之詞。

⑥ "一世"二句："尚同"，謂社會風氣崇尚同流合污。"汩(gǔ)"，同"淈"，攪濁。"汩其泥"，用楚辭漁父中成語："聖人不凝滯於物，而能與世推移，世人皆濁，何不淈其泥而揚其波。"意卽可和世人同濁，不必獨清。這二句說現在舉世都以隨波逐流爲高，希望您也隨着混日子就是了。

⑦ "深感"二句："稟氣"，天生素質。"諧"，合、調和。這二句說深深感激您這一番話的好意，但是我生來就缺少和世俗苟合的性情。

⑧ "紆轡"二句："紆轡"，迴車，喻遠反本心，背道而馳，也卽指出仕而言。

“詎”，豈。這二句說迴車改道誠然可以學習，但是違反了自己的本心，豈不走入迷途！意卽隱居歸田是本性使然，不能隨世俗而有所改變。

⑨“共且”二句：說且來一同歡飲，至於我的車駕，那是不可以回轉的。以上六句是詩人回答田父的話。

其　四①

少年罕人事②，游好在六經。行行向不惑③，淹留遂無成。竟抱固窮節④，飢寒飽所更。敝廬交悲風⑤，荒草沒前庭。披褐守長夜⑥，晨雞不肯鳴。孟公不在茲⑦，終以翳吾情。

①此詩原列第十六首，感歎自己少有壯志，老而無成，而且更歷飢寒，生活困苦，沒有一個人理解自己的心情和處境。丁福保說：“此章悲無知己也。”

②“少年”二句：“罕人事”，謂很少交遊。“游好”，玩好，愛好。“六經”，謂詩、書、易、春秋、禮、樂。樂經在秦時已亡，此泛指經籍。這二句說少年時很少交遊，志趣在於研習經籍。

③“行行”二句：“行行”，走個不停，此謂時光推移。“不惑”，謂四十歲。論語爲政說：“子曰：‘吾十有五而志于學，三十而立，四十而不惑。……’”孔安國疏：“不惑者，志強學廣，不疑惑也。”“淹留”，停滯不進。這二句說年紀逐漸接近四十歲了，仍然無所成就。

④“竟抱”二句：“固窮”，論語衞靈公：“子曰：‘君子固窮，小人窮斯濫矣。’”謂君子固然也有窮困之時，但不像小人那樣窮困則濫溢爲非。“節”，操守。“更”，經歷。這二句說始終抱着“君子固窮”的節操，在生活中飽嚐了種種飢寒之苦。

⑤“敝廬”二句：“敝廬”，破舊的房屋。這二句說房屋破舊，悲風交加，所

處荒僻，野草沒庭。

⑥"披褐"二句：這二句說因寒冷而披衣起來，坐守長夜，但晨雞偏不肯報曉。

⑦"孟公"二句："孟公"，東漢人劉龔，字孟公（見後漢書蘇竟傳）。當時高士張仲蔚，家貧，所處蓬蒿沒人，時人莫識，只有劉龔知道他（見高士傳）。詩人在詠貧士第六首中曾說："仲蔚愛窮居，繞宅生蒿蓬。……舉世無知者，止有一劉龔。"丁福保說："今陶公固窮有年，荒草沒庭，處境與仲蔚相似，惜無知己如劉龔其人者，故有'孟公不在茲'之歎也。"舊解以為"孟公"乃指漢書游俠傳中的陳遵（字孟公），非。"翳"，隱蔽。這二句說如今沒有像理解仲蔚的孟公那樣能理解我的人，因而自己內心的真情也就始終掩蔽不說了。

其　五①

羲農去我久②，舉世少復真。汲汲魯中叟③，彌縫使其淳。鳳鳥雖不至④，禮樂暫得新。洙泗輟微響⑤，漂流逮狂秦。詩書復何罪⑥，一朝成灰塵。區區諸老翁⑦，為事誠殷勤。如何絕世下⑧，六籍無一親。終日馳車走⑨，不見所問津。若復不快飲⑩，空負頭上巾。但恨多謬誤⑪，君當恕醉人。

①此詩原列第二十首，讚揚孔子修詩書禮樂和漢儒整理、傳授六經的功績，並推崇六經能夠教化人民，最後抨擊了當時社會虛偽的風尚。方東樹說："'少真'謂皆從於苟妄也。舉世習非，不得一真，欲彌縫之，道在六經。崇尚乎此，庶可以反性情、美風教、成治化，著誠去偽，返樸還淳。無如世竟無一人問津，此其可痛可恨。而己之所懷，則願學孔子，從事如此，亦欲彌縫斯世。而有志不獲，惟有飲酒遣此悲憤也。"

②"羲農"二句："羲、農"　伏羲氏、神農氏，都是傳說中的上古帝王。

“復”，再。這二句說伏羲、神農距離我們已很久遠，現在整個社會中已很少有眞淳質樸的風尙了。

③“汲汲”二句：“汲汲”，勤勞貌。“魯中叟”，指孔子。孔子是春秋時魯國人。“彌”，合。這二句說孔子努力彌補衰敗的社會風氣，使之反樸歸眞。

④“鳳鳥”二句：上句，論語子罕：“子曰：‘鳳鳥不至，河不出圖，吾已矣夫！’”孔安國疏：“聖人受命，則鳳鳥至，河出圖。今天無此瑞。吾已矣夫者，傷不得見也。”下句，史記孔子世家：“孔子之時，周室微而禮樂廢，詩、書缺。追迹三代之禮，序書傳，上紀唐、虞之際，下至秦繆編次其事。……故書傳、禮記自孔氏。孔子語魯太師：‘樂其可知也。……吾自衞反魯，然後樂正，雅、頌各得其所。’……禮樂自此可得而述。”這二句說，孔子雖然沒有生於盛世，不能在政治上有所建樹，但經他整理發揚以後，禮樂暫且爲之一新。

⑤“洙泗”二句：“洙、泗”，二水名，在今山東曲阜縣北。孔子曾設敎於洙、泗之間。禮記檀弓：“曾子謂子夏曰：‘吾與汝事夫子於洙、泗之間。’”“輟”，停止。“微響”，猶微言。漢書藝文志說：“昔仲尼沒而微言絕，七十子喪而大義乖。”顏師古注：“精微要妙之言耳。”上句的意思是說自孔子死後就不再聽得見微言大義了。下句“漂流”，承上洙、泗，言河水日夜流着，時代很快地也就到了狂暴的秦代。

⑥“詩書”二句：秦始皇曾採納了李斯的建議：“史官非秦記皆燒之，非博士官所職，天下敢有藏詩、書、百家語者，悉詣守、尉雜燒之。”（見史記秦始皇本紀）這二句斥責秦始皇“焚書”的暴行。

⑦“區區”二句：“區區”，猶拳拳。此處形容諸漢儒小心謹愼地傳授經籍的樣子。漢興後，秦代儒生如濟南伏生、淄川田生等人，都出來傳授六經，這時他們都已是七八十歲的老翁了。“諸老翁”，即指伏生等。

⑧“如何”二句：“絕世下”，謂漢世旣絕之後。“六籍”，即六經。這二句說怎麼漢以後就再沒有人去親近六經了呢？按魏、晉文人崇尙老、莊

玄學。干寶晉紀總論說："學者以老、莊爲師，而黜六經。"沈約宋書謝
靈運傳論說："在晉中興，玄風獨扇。爲學窮於柱下(指老子)，博物止
於七篇(指莊子)。自建武(晉元帝司馬睿年號，公元三一七年)至於義
熙(晉安帝司馬德宗年號，公元四〇五——四一八年)，歷載將百，莫
不寄言上德，託意玄珠。"這兩句便是針對這種風氣而說的。

⑨"終日"二句：這二句用孔子問津於沮、溺之事(見癸卯歲始春懷古田
　舍二首注⑦)，詩人自比沮、溺，說只見世人終日馳車奔走，而並不見
　他們之中有像孔子那樣的人來問津。意謂無人探求治世之道。

⑩"若復"二句："頭上巾"，儒者頭上的儒巾。這二句說世道如此，如果
　再不痛快地喝酒，眞是白白地辜負了頭上這塊儒巾了。宋書隱逸傳
　載陶淵明"取頭上葛巾漉酒，畢，還復著之"。

⑪"但恨"二句：說只恨自己的言行多有謬誤，請您們多多寬恕我這個醉
　人吧！以上四句是詩人故作醉語。清李光地說："'但恨'二句又謙謂
　吾之行事，謬誤于詩、書、禮、樂者。麯糵之託，而昏冥之逃，非得已也。
　謝靈運、鮑明遠之徒，稍見才華，無一免者，可以觀矣。"(榕村詩選)

庚戌歲九月中於西田穫早稻①

人生歸有道②，衣食固其端。孰是都不營③，而以求自安。開春
理常業④，歲功聊可觀。晨出肆微勤⑤，日入負耒還。山中饒霜
露⑥，風氣亦先寒。田家豈不苦⑦？弗獲辭此難。四體誠乃疲⑧，
庶無異患干。盥濯息簷下⑨，斗酒散襟顏。遙遙沮溺心⑩，千載
乃相關。但願長如此⑪，躬耕非所歎。

①"庚戌"是晉義熙六年(公元四一〇)，詩人年四十六歲，辭彭澤令歸田
　後的第六年。"西田"卽歸去來兮辭中所說的"西疇"，大約在當時所居
　南村的西面，故稱。又，丁福保說："九月穫稻，不爲早矣。下選田八

月穫，且不言早。今潯陽之俗，禾早者六月穫。一本‘早’是‘旱 字，故有‘山中’‘風氣’句。姑存此以備一說。”詩中敍述其勞動生活以及由收穫早稻而引起的感慨，最後表達了自己力耕的決心。劉履說：“此與前歸園田‘種豆南山下’詩意相表裏。”(選詩補註)

②“人生”二句：“有道”，有常理。“固”，本是、原是。“端”，始、首。這二句說人生歸趣有常道，而原以勤勞謀求衣食爲其開端。

③“孰是”二句：“孰”，何。“是”，指衣食。“營”，經營。這二句說怎麼可以不去經營衣食而只求自己安逸呢？

④“開春”二句：“常業”，日常事務，此謂耕作。“歲功”，一年的收成。“聊”，賴。這二句說一開春就進行耕作，這一年的收成相當可觀。

⑤肆：操。“肆微勤”，從事輕微勞動。

⑥“山中”二句：“饒”，多。“風氣”，氣候。這二句說山中多霜露，氣候冷得比較早。

⑦“田家”二句：說田家難道不覺得苦嗎？只是不能推脫掉這種艱難的勞動罷了。

⑧“四體”二句：“四體”，四肢。“乃”，是。“異患”，意外的禍患，猶言橫禍。“干”，干犯。這二句緊承上文，說四肢誠然疲乏，但也許能避免橫禍臨頭。

⑨“盥濯”二句：“盥(guàn)”，洗手。“襟顏”，謂胸襟容顏。“散襟顏”，是滌愁散心的意思。這二句說勞動完畢洗濯休息，喝酒散心。

⑩“遙遙”二句：言遠隔千年的先賢長沮、桀溺的心情竟能和自己相契合。“沮、溺”，見前癸卯歲始春懷古田舍注。“關”，合。

⑪“但願”二句：說但願長久過這樣的生活。“躬耕”，親身參加耕作。

移　居①

昔欲居南村②，非爲卜其宅。聞多素心人③，樂與數晨夕。懷此顏有年④，今日從茲役。敝廬何必廣⑤，取足蔽牀席。鄰曲時時來⑥，抗言談在昔。奇文共欣賞⑦，疑義相與析。

①關於陶淵明移居之事，宋李公煥於戊申歲六月中遇火一詩下注曰："按靖節舊宅，居於柴桑縣之柴桑里。至是屬回祿之變（火災），越後年，徙居于南里之南村。"（箋注陶淵明集）陶澍引江州志："本居山南之上京，後遇火徙此（南村）"。移居二首就是移居後不久的作品。大約在義熙六年庚戌（公元四一〇），詩人年四十六歲。這是第一首，寫遷居南村後鄰里過從交往之樂。

②"南村"二句："南村"，在潯陽（今江西九江）城下（用古直說，見陶靖節詩箋）。"卜宅"，謂占卜問宅之吉凶，用古諺語"非宅是卜，惟鄰是卜"（見左傳昭公三年）之意。這二句說從前想要往居南村，並不是因為它地宅好（而是為了求得好鄰居）。

③"聞多"二句："素心人"，心性素樸的人。"數"，屢。這二句說，聽說南村有很多素樸的人，自己很願意和他們一同度日，晨夕共處。

④"懷此"二句：說移居南村的願望早就有了，現在終於實現。"茲役"，謂移居這件事。

⑤"敝廬"二句：說房屋何必求廣，只要能遮蔽一張牀一條席子就可以了。"敝廬"，破舊的房屋，指新居。

⑥"鄰曲"二句："鄰曲"，鄰居；舊以為指顏延之、殷晉安等人。據詩人與殷晉安別詩中說："去歲家南里，薄作少時鄰。"知殷晉安當時曾與詩人為鄰。"抗言"，熱烈的對談。"在昔"，指往事。這二句說鄰居時時來訪，來後便熱烈地談論往事。

⑦"奇文"二句：說一起欣賞奇文，共同分析疑難的文義。

其　二①

春秋多佳日，登高賦新詩。過門更相呼②，有酒斟酌之。農務各

自歸③，閒暇輒相思。相思則披衣④，言笑無厭時。此理將不
勝⑤，無爲忽去茲。衣食當須紀⑥，力耕不吾欺。

① 這一首寫移居南村後，春秋佳日，農務閒暇，與鄰里友人登高賦詩，飲
酒言笑之樂。

②“過門”二句：寫鄰人間招飲的事。

③“農務”二句：說有農務時各自回去耕作，遇有閒暇就常常彼此想念。

④“相思”二句：說想念了就立刻披上衣服去訪問，見面後談笑起來沒有
厭倦的時候。

⑤“此理”二句：“此理”，指上面所寫鄰里過從之樂。“將”，豈。“茲”，指
南村新居。這二句說這種鄰居過從之樂豈不比什麼都美嗎？不要忽
忽地離開這裏了。

⑥“衣食”二句：“紀”，經營。這二句說，衣食必須經營，而力耕可供衣
食，它是不會欺騙我們的。張玉穀說：“後二(句)忽跟農務，以衣食當
勤力耕收佳，蓋第耽相樂，本務易荒，樂何能久。以此自警，意始周匝
無弊，而用筆則矯變異常。”

雜　詩①

人生無根蒂②，飄如陌上塵。分散逐風轉，此已非常身。落地爲
兄弟③，何必骨肉親？得歡當作樂④，斗酒聚比鄰。盛年不重
來，一日難再晨。及時當勉勵⑤，歲月不待人。

① 雜詩共十二首。前八首多述年衰自勵之意，後四首多寫行役之事。王
瑤編注陶淵明集將十二首分爲兩組，前八首繫於晉安帝義熙十年甲
寅(公元四一四)，後四首繫於晉安帝隆安五年辛丑(公元四〇一)。此
選其一、其二、其五、其八，共四首。這是第一首，大意是說人們相處
應當和睦；也含有人生無常、及時行樂的消極思想。

②“人生”四句：“蔕(dì)”，同蒂，花或瓜果跟枝莖相連的部分。“蔕”與
“柢”爲同音假借字，“根蔕”猶根柢。“此”，謂此身。古詩：“人生寄一
世，奄忽若飆塵。”這四句大意本此，說人生在世沒有根柢，如路上的
塵土隨風飄轉，人也受着命運的擺佈四處飄泊，而此身經歷了種種變
故，已不是原來的樣子了。

③“落地”二句：說此身旣然已非常身，何必非要骨肉同胞才能相親呢？
卽謂人生在世就應視同兄弟。丁福保說：“落地，謂人始生也。”

④“得歡”二句：“比鄰”，近鄰。這二句說遇有歡慶之事，則應作樂，邀聚
近鄰共同歡飲。“斗”，酒器。

⑤“及時”二句：說趁着盛年之時應當勉勵自己，歲月流逝，是不會等待
人的。

其　二①

白日淪西阿②，素月出東嶺。遙遙萬里輝③，蕩蕩空中景。風來
入房戶④，夜中枕席冷。氣變悟時易⑤，不眠知夕永。欲言無予
和⑥，揮杯勸孤影。日月擲人去⑦，有志不獲騁。念此懷悲悽⑧，
終曉不能靜。

①此詩原爲第二首，抒寫時光流逝、志業未就的悲哀。舊說此詩敍晉、
宋易代之悲者，非是。

②“白日”二句：“淪”，沈。“阿”，大土山。“西阿”，西山。“素”，白。

③“遙遙”二句：“蕩蕩”，廣大貌。“景”，光色。這二句說月光遙遙萬里，
在浩蕩的夜空裏照耀得十分明亮。

④房戶：房門。

⑤“氣變”二句：說氣候起了變化，因而意識到季節也已變了，不能入睡，
才體認到夜是多麼的長。

⑥"欲言"二句：說很想傾吐內心的隱衷，但是沒有人跟我談論　只能擧
　起酒杯勸自己的影子喝酒。

⑦"日月"二句：說日月拋人而去，我雖有志向，但不能實現。"騁"馳騁。
　此謂施展。

⑧"念此"二句：說想到這些事不禁滿懷悲悽，心中徹夜不能平靜。"終
　曉"，直到天亮。

其　三①

憶我少壯時，無樂自欣豫②。猛志逸四海③，騫翮思遠翥。荏苒
歲月頹④，此心稍已去。值歡無復娛⑤，每每多憂慮。氣力漸衰
損⑥，轉覺日不如。壑舟無須臾⑦，引我不得住。前塗當幾許⑧，
未知止泊處。古人惜寸陰⑨，念此使人懼。

①此詩原爲第五首，回憶少壯時的志向，慨歎自己已日漸衰老，因而深
　感警懼。

②"無樂"句："欣豫"，欣喜。這句說少壯時卽便沒有可以快樂的事，心
　情也是愉快的。

③"猛志"二句："猛志"，雄心大志。"逸"，超越。"四海"，古以中國四境
　環海。"騫"，飛擧貌。"翮"，羽莖，翅膀上的硬翎。"騫翮"，猶言展翅。
　"翥(zhù)"，飛翔。這二句說有超越四海的遠大志向，就像鳥兒想展
　翅高飛一樣。

④"荏苒"二句："荏苒"，漸漸地。"頹"，消逝。這二句說歲月漸漸地消
　逝了，少壯時的雄心也已漸漸離開了我。

⑤"值歡"二句：說這時卽使遇有可喜的事也不再覺得可喜（與上"無樂
　自欣豫"對照），反而常常有不少憂慮。

⑥"氣力"二句：說氣力慢慢衰退，轉而感到一天不如一天了。"衰損"，
　衰退。

⑦"壑舟"二句:"壑",山溝。"壑舟",莊子大宗師:"夫藏舟於壑,藏山於
澤,謂之固矣。然而夜半有力者負之而走。"此處借以比喻時光的運
轉、人的自然衰老。"須臾",片刻。"引",此處作"使"解。這二句說
時光的運轉如同莊子所講的"壑舟"一般,儘管想方設法地要留住它,
它仍是很快地走了,沒有片刻的停留,使我也逐漸衰老,不得停留。前
人頗有以爲本詩是歎學行之無成的,故以爲"壑舟"是比喻學行的,如
馬璞說:"吾學所得者不固,如莊子所謂藏舟於壑,爲有力者負去,而
壑復失舟。壑舟之得失,無須臾之傾,我何能失而竟止,只得又復求之
而不得住也。"似與詩意不盡相合,錄以備考。

⑧"前塗"二句:"前塗",卽前途。"幾許",幾多、多少。"止泊處",原意船
舶停留所在,此喻人生歸宿。這二句說不知我還有多少日子好過,也
不知將來的歸宿所在。

⑨"古人"二句:說想到古人愛惜每寸光陰的情形,眞使人感到自已虛度
歲月的可怕。宋湯漢說:"太白詩:'百歲落半途,前期浩漫漫。中宵
不成寐,天明起長歎。'人生學無歸宿者,例有此歎,必聞道而後免此,
此淵明所以惜寸陰歎?"(陶靖節先生詩)張琦說:"詳此詩,公亦欲有
爲未能就,乃沈隱耳。"可參考。

其　四①

代耕本非望②,所業在田桑。躬親未曾替③,寒餒常糟糠。豈期
過滿腹④,但願飽粳糧。御冬足大布⑤,麤絺以應陽。正爾不能
得⑥,哀哉亦可傷。人皆盡獲宜⑦,拙生失其方。理也可奈何⑧,
且爲陶一觴!

①此詩原爲第八首,抒發自己努力耕作而不得溫飽的不平。

②"代耕"二句:"代耕",謂食俸祿。孟子萬章下"祿足以代其耕也。""田

桑”，謂農家耕織之事。這二句說爲官食祿本非我所希望的，我所從
事的是耕織。

③“躬親”二句：說親自參加耕作未曾停止過，但仍不免經常受凍挨餓，
以糟糠糊口。“替”，廢。“糟”，酒糟。“糠”，穀皮。

④“豈期”二句：“期”，希望。“過滿腹”，莊子逍遙遊：“偃鼠飲河，不過滿
腹。”“粳”，粳稻。這二句說只要有粳米塡飽肚子就行了。

⑤“御冬”二句：“御冬”，謂抵禦冬天的寒冷。“大布”，粗布。“麤” 即
“粗”。“絺”(chī)，葛布。“應陽”，適應溫暖的氣候。這二句說冬天有
粗布衣服穿就足够了，夏天希望能穿上麻布衣。此連上二句說明自
己對於衣食的要求都不高。

⑥“正爾”句：“正爾”，即此。這句承上，說即便是這些，也不能得到。

⑦“人皆”二句：說別人都各得其所，而我却謀生無方。“拙”，自謙之詞，
與上句“人”字相對。馬璞以爲“拙生”是“生性之拙”。按此拙亦含性剛
才拙之意，是一種不平的口氣。

⑧“理也”二句：“可奈何”，無可奈何之意。“陶”，樂。這二句是說，別人
得其所宜，自己營生無方，這個“理”啊，拿它怎麽辦呢？還是痛快地
喝一杯吧！陳祚明說：“始言代耕，後言人皆獲宜，自有不獲宜者，故
爾。然固理也，匪直是命。”(采菽堂古詩選)張玉穀說：“後四(句)以
人例己，稍露不平，急以安理剗轉，舉觴作結，此種詩亦可作飲酒詩
讀。”

怨詩楚調示龐主簿鄧治中①

天道幽且遠②，鬼神茫昧然。結髮念善事③，僶俛六九年。弱冠
逢世阻④，始室喪其偏。炎火屢焚如⑤，螟蜮恣中田；風雨縱橫
至⑥，收斂不盈廛。夏日長抱飢⑦，寒夜無被眠；造夕思雞鳴⑧，

及晨願烏遷。在己何怨天⑨，離憂悽目前。吁嗟身後名⑩，於我若浮煙。慷慨獨悲歌⑪，鍾期信爲賢。

①"怨詩楚調"，漢樂府楚調曲有怨詩行，本詩仿其體。馬璞說："怨詩，哀情也，楚調，哀音也。""龐主簿"，龐遵，字通之，爲詩人故交。"主簿"，見和郭主簿詩注①。"鄧治中"，其人不詳，當亦爲詩人故交。"治中"，官職名，漢置，爲州之佐吏，居中治事，主衆曹文書，故名。本詩作於義熙十四年戊午（公元四一八），詩人年五十四歲；詩中說"儃俛六九年"，"六九"即五十四。詩中慨歎境遇維艱，志業無成。趙泉山說："集中惟此詩歷敍平素多艱如此，而一言一字率直致而務紀實也。"（陶澍靖節先生集注引）

②"天道"二句："天道"，此猶孔子所謂"天命"，孔子曾說"君子有三畏"，其一即"畏天命"（見論語季氏），又說："不知命，無以爲君子。"（見論語堯曰）可知"天命"是指超出於客觀世界的主宰人類命運、主持人類善惡公道的神祕法則。"幽"，深邃。下句，"季路問事鬼神。子曰：'未能事人，焉能事鬼。'"（論語先進）"茫昧然"，一無所知。這二句是激憤語，意謂"天道"和"鬼神"，都是幽遠玄妙的，我不懂，也不想去談它。意思是說現實的生活問題尚且解決不了，還談什麼天道鬼神一類玄虛的道理呢。所以下面就轉而寫其生活的困苦。

③"結髮"二句："結髮"，指少年時。古人二十歲行冠禮，開始束髮。"儃俛"，勉力，努力。這二句說少時便心念善事，而且努力實行，一直到五十四歲。

④"弱冠"二句："弱冠"，古人二十歲加冠，體猶未壯，故稱。"世阻"，世道險阻。詩人二十歲時是晉孝武帝太元九年（公元三八四），當時秦兵入侵，江西一帶又遭水災饑饉，故此處並非泛指。"始室"，禮記內則說："三十而有室（室，猶妻），始理男事。"此即謂三十歲。"喪其偏"，猶偏喪。詩經小雅鴻雁毛傳："偏喪曰寡。"寡、鰥都可稱偏喪。此指

喪妻。詩人曾兩次娶妻,晉書本傳說"其妻翟氏,志趣亦同,能安苦節。"翟氏當是繼娶。這二句說二十歲時世道混亂多災,三十歲上又死了妻子。又,陶澍認爲"始室"即"正室"、"元配"之意　則此二句謂二十歲時遭遇世阻,元配的妻也死掉了。

⑤"炎火"二句:用詩經小雅大田"去其螟螣 (míng tè),及其蟊賊,無害我田稺。田祖有神,秉畀炎火"的成詞。毛傳:"炎火,盛陽也。"鄭箋:"螟螣之屬,盛陽氣羸則生之。今明君爲政,田祖之神不受此害,持之付與炎火,使自消亡。""螟",食稻心的害蟲。"蟘 (yù)",食稻葉的害蟲。"焚如"的"如"是語尾。"恣",放縱。這二句說屢年乾旱,烈日像火燒一般,各種害蟲肆無忌憚地侵害着田中的作物。舊注以上句指遭到火災,恐非。

⑥"風雨"二句:"收斂",指農事收成。"廛",詩經魏風伐檀:"不稼不穡,胡取禾三百廛兮。"毛傳:"一夫之居曰廛。"古時一戶人家可分得一廛地(二畝半),用以建造住宅。"三百廛"指三百戶人家的收成。此"不盈廛",意謂所收糧食不足維持一家人的生活。

⑦"夏日"二句:說夏天長久地挨餓,寒冬之夜睡覺沒有被子。

⑧"造夕"二句:"造夕",到晚上。"烏",謂太陽。古代傳說日中有三足烏。"烏遷",謂太陽落山。這二句極言飢寒之苦,意謂夜裏希望天快些亮,白天希望天快些黑。

⑨"在己"二句:"離",遭遇。"目前",指此生而言。這二句說生活貧困,其原因完全在於自己,又何必去怨天呢! 但是想到這一生所遭受的憂患,又感到很悲傷。

⑩"吁嗟"二句:"吁嗟",歎詞。"身後名",死後的名聲。"若浮煙",表示對"身後名"看得很輕。

⑪"慷慨"二句:伯牙善鼓琴,子期知音,子期死,伯牙不再彈琴(見韓詩外傳)。"鍾期"即鍾子期,此處用以喻知音、知己,是對龐、鄧二人說的。邱嘉穗說:"公意謂吾不圖後世名,所賴當吾世而知我者,有二君

耳。是以己之慷慨悲歌自託於伯牙之善彈，而以知音望龐、鄧如鍾子期也。"

詠貧士①

萬族各有託②，孤雲獨無依；曖曖空中滅，何時見餘暉。朝霞開宿霧③，衆鳥相與飛，遲遲出林翮，未夕復來歸。量力守故轍④，豈不寒與飢？知音苟不存，已矣何所悲。

①詠貧士共七首，借古代賢人安貧守賤之事，抒寫自己不慕名利的情懷。第一首以孤雲爲喻敍述貧士的高潔和孤獨。第二首寫自己的貧困處境，說明只有古代的貧士才能賴以慰懷。以下五首便分別歌詠古代貧士的事迹品德。這七首詩是其晚年之作。劉履說："朝霞開霧，喻朝庭之更新；衆鳥羣飛，比諸臣之趨附。而遲遲出林，未夕來歸者，則又自況其審時出處，與衆異趣也。"若據此說，則是宋初的作品。王瑤定爲宋武帝永初元年庚申（公元四二〇）歲末。陶淵明年五十六歲。錄以參考。

②"萬族"四句："萬族"，猶萬類。"託"，託附、依憑。"曖曖"，昏昧貌。"暉"，光輝。這四句以孤雲比喻貧士，說世上衆人都有所託附，唯有貧士像孤雲一樣無依無靠，孤雲在天空中暗然消散，什麼時候也看不見它的光輝。

③"朝霞"四句："朝霞開宿霧"，喻朝廷昏暗，"衆鳥相與飛"，喻衆人趨附。這四句說朝霞驅散夜霧，羣鳥結羣飛出，唯有那一隻鳥（喻貧士）遲遲地飛出樹林，沒到晚上就早早飛回來了。這也是詩人自況。

④"量力"四句："故轍"，舊道，此指前人安貧守賤之道。"苟"，且。"已矣"，猶言算了吧。這四句意思是：自己量力而行，甘守貧賤故道，雖不免忍飢受寒，但世上既然沒有知音，悲傷又有什麼用呢？

其　二①

袁安困積雪②，邈然不可干；阮公見錢入③，卽日棄其官。芻藁
有常溫④，採莒足朝餐，豈不實辛苦？所懼非飢寒。貧富常交
戰⑤，道勝無戚顏。至德冠邦閭⑥，清節映西關。

①本詩原爲第五首，歌詠袁安和阮公。

②"袁安"二句：袁安，字邵公，後漢汝南汝陽（今河南上蔡東南）人。家
　貧。汝南先賢傳："時大雪，積地丈餘。洛陽令自出案行，見人家皆除
　雪出，有乞食者。至袁安門，無有行路。謂安已死，令人除雪入戶，見
　安僵臥。問何以不出，安曰：'大雪人皆餓，不宜干人。'令以爲賢，舉
　爲孝廉也。"（見後漢書袁安傳注引）"困"，困窘。"邈(miǎo)"，高遠。
　"干"，干求。這二句說袁安雖困於積雪，但仍認爲不可干求於人，這
　正表現了他的高風亮節。

③"阮公"二句：其事不詳。

④"芻藁"四句："芻藁(háo)"，本爲馬草，貧士墊着它睡眠，故曰"有常
　溫"。"莒(jǔ)"，草名。又，說文："齊謂芋爲莒"。這四句說夜裏睡在
　草上，白天採莒草以進食，這樣生活雖然辛苦，但所懼並不在於飢寒。

⑤"貧富"二句："道"，指仁義之道。"戚"，憂戚。這二句說安貧和求富這
　兩種思想常常在心裏交戰，仁義之道終究獲勝，因此面無憂戚之色。

⑥"至德"二句："至德"，最高尚的品德。"邦閭"，邦國閭里。"清節"，高
　潔的德行。"西關"，地名，可能就是阮公的故鄉。這二句說他們至高
　的品德冠於邦國鄉里，清風亮節照映於西關。

擬　古①

榮榮窗下蘭②，密密堂前柳。初與君別時③，不謂行當久。出門

萬里客④，中道逢嘉友。未言心先醉⑤，不在接杯酒。蘭枯柳亦
衰⑥，遂令此言負。多謝諸少年⑦，相知不忠厚；意氣傾人命⑧，
離隔復何有？

①擬古詩共九首，成一組。"擬古"是摹擬古詩之意，這九首詩的內容大
　都感諷時事、追慕節義。末首有"種桑長江邊，三年望當採。枝條始
　欲茂，忽值山河改"幾句，黃文煥說："劉裕以戊午年十二月弒晉主於
　東堂，立瑯玡王德文，是爲恭帝元熙元年。庚申二年而裕逼禪矣。帝
　之年號雖止二年，而初立則在戊午，是三年也。"（陶詩析義）又說："此
　九章專感革運。"今從黃說，定此組詩作於宋武帝永初元年或二年（公
　元四二〇——四二一）。時詩人五十六七歲。此選六首。此首原列第
　一首，敍居者怨游子負約，遠行不歸，其中也反映了詩人對當時一些
　輕易妄從、不守信義的人的不滿。

②"榮榮"二句："榮榮"，繁盛貌。這二句寫別時所見的庭前景物。

③"初與"二句："君"，稱游子。下句意謂沒說要去很久。

④"出門"二句："中道"，中途。"嘉友"，好友。這二句說行人遠遊異鄉，
　中途結識了好朋友。

⑤"未言"二句："心醉"，意謂傾心。這二句寫與新交意氣相投的情形，
　說不須杯酒言歡，一見立即傾心。有諷結交輕率意。

⑥"蘭枯"二句："此言"，指別時約言。這二句說蘭枯柳衰，時間流逝，游
　人卻因新交而負了舊約。

⑦"多謝"二句："謝"，告訴。這二句說多多告訴少年人（泛指），這種相
　知是不忠厚的。"謝"也可作"謝絕"解，則"少年"當指"嘉友"，而這二
　句是說多多謝絕這班少年，他們這種相知是不忠厚的。前作詩人語
　氣，後作居者語氣。

⑧"意氣"二句："傾"，覆滅。"傾人命"，猶言送命。這二句說這種不忠
　厚的友情，在一起時，即使可因一時意氣而送掉自己的性命，但到了
　分別以後，他們之間還會有什麼情義呢？聞人倓說："言相知者特患

不忠厚耳，倘其意氣如故，雖命爲之傾，亦且不惜，而何有於離隔乎？"
其說不同，亦可通。

其　二①

辭家夙嚴駕②，當往至無終。問君今何行③，非商復非戎。聞有
田子泰④，節義爲士雄。斯人久巳死⑤，鄉里習其風。生有高世
名⑥，旣沒傳無窮。不學狂馳子⑦，直在百年中。

①本詩原爲第二首，托言遠訪漢末義士田子泰故鄉，表示企慕節義之
　士；同時諷刺了當時士人苟且求榮、不顧節義的行爲。

②"辭家"二句："夙"，早。"嚴駕"，整治車馬。"夙嚴駕"，謂早起駕車。
　"無終"，今河北薊縣。

③"問君"二句：言"請問您如今到無終去做什麼呢？"答說"不是經商也
　不是從戎。"這是設爲問答之辭。

④"聞有"二句："田子泰"，一作"田子春"，非。田子泰，名疇，子泰是字，
　漢末右北平無終人。爲人重節義。董卓遷獻帝於長安，田疇曾受幽
　州牧劉虞之請，帶了家客壯士二十餘人到長安朝見獻帝。詔拜騎都
　尉，不受，以爲"天子蒙塵，不可受荷佩"。回去時公孫瓚已經滅了劉
　虞，他仍到劉虞墓前拜謁，上章表，哭泣致哀。結果激怒了公孫瓚，被
　拘捕。後來公孫瓚怕拘捕了田疇會失去人心，就將他釋放了。他卽
　歸隱於徐無山，衆多歸之，至五千餘家。於是定法紀、辦學校，使地方
　大治(見三國志魏志田疇傳)。這二句謂聽說有個叫田子泰的，很重
　節義，是士中最傑出的人物。此處"節義"是指田子泰正直，有信義，有
　氣節，毫不苟且。

⑤"斯人"二句："斯人"，謂田子泰。這二句說田子泰久巳死去，其鄉里
　仍保持他的遺風。

⑥"生有"二句：說田子泰生前有很高的名聲，死後其名聲仍留傳無窮。

⑦"不學"二句："狂馳子"，謂奔逐名利、苟且求榮的人。"直"，僅、只。
"百年中"，指一生。這二句說不學那些逐利求榮的人，他們生前榮耀
一時，死後就默默無聞了。

其　三①

仲春遘時雨②，始雷發東隅。眾蟄各潛駭③，草木縱橫舒。翩翩
新來燕④，雙雙入我廬。先巢故尚在⑤，相將還舊居。自從分別
來⑥，門庭日荒蕪。我心固匪石，君情定何如？

①本詩原爲第三首，詩中通過對燕子的問話表達了隱居不仕的堅決意
　志。

②"仲春"二句："仲春"，春季第二個月，陰曆二月。"遘"，逢。"東隅"，東
　邊。"東"有春意，如東君卽爲司春之神。這二句說仲春二月，春雨降
　臨，春雷始發。

③"眾蟄"二句："蟄"，動物多眠。此謂多眠的動物。"潛"，藏。"駭"，驚。
　"舒"，伸展。這二句說蟄伏在地下的動物受到了驚動，草木也發了
　芽，枝葉縱橫伸展。以上四句寫季節變化。禮記月令："仲春之月，始
　雨水，雷乃發聲，蟄蟲咸動，啓戶始出。"

④"翩翩"二句：說新近回來的燕子，雙雙飛入我屋裏。"翩翩"，輕飛貌。

⑤"先巢"二句："先巢"，故巢。"故"，仍舊。"相將"，相偕。"舊居"，指
　舊巢。

⑥"自從"四句：第三句用詩經邶風柏舟中成語，"我心匪石，不可轉
　也。""匪"，非。表示信念堅定不可動搖。這四句是設爲問燕之語，說
　自從分別以來，門庭日益荒蕪，而我隱居的信念仍然堅定不移，但不
　知您的心情究竟怎樣？邱嘉穗以爲："末四句亦作燕語方有味。"亦通。

其 四①

迢迢百尺樓②，分明望四荒。暮作歸雲宅③ 朝爲飛鳥堂。山河
滿目中，平原獨茫茫④。古時功名士⑤，慷慨爭此場。一旦百歲
後⑥，相與還北邙。松柏爲人伐⑦，高墳互低昂。頽基無遺主⑧，
游魂在何方。榮華誠足貴，亦復可憐傷！

④本詩原爲第四首。張玉穀說："此擬登廢樓遠望而傷榮華不久之詩。"
　據詩中"古時功名士，慷慨爭此場"句意，則知詩人所傷"榮華不久"
　者，是統治階級上層權貴。這首詩可能是因晉宋易代而引起的感慨。

②"迢迢"二句："迢迢"，高貌。"百尺樓"，謂高樓。"百尺"喻其高。"四
　荒"，猶言"四野"。這二句說登此高樓清楚地望見四野。

③"暮作"二句：形容高樓荒廢之狀，說晚上只有雲在樓中飄動，早晨就
　成爲飛鳥聚集的地方。

④茫茫：無垠貌。

⑤"古時"二句："此場"，謂上文所述"山河"、"平原"，意猶天下。這二句
　說古時有志於功名之士，曾經慷慨激昂地爭奪過這片地方。

⑥"一旦"二句：說這些人死後，都不免一起葬在北邙山。"百歲"，指壽
　終之數。"北邙"，在洛陽城北，漢、魏、晉君臣死後多葬於此。

⑦"松柏"二句："松柏"，古時墳墓周圍多植松柏。"低昂"，或低或高；
　"互低昂"，言高墳也有變化，新的出現了，舊的低陷下去。這二句說
　年代久遠，墓旁松柏爲人砍伐，墳墓也起了變化，高低不齊。古詩："古
　墓犂爲田，松柏摧爲薪。"這裏的意思也一樣。

⑧"頽基"二句："頽基"，謂倒塌敗壞的墓基。"遺主"，謂墓地主人，卽
　死者後代。這二句說有的墳墓已經倒塌，也無後裔前來管理；而這些
　死者的游魂也不知在什麼地方。這是說"功名士"生前儘管極力追求

和爭奪榮華富貴，而死後却一無所得，甚至連自己的墳墓也無法保全。

其　五①

日暮天無雲，春風扇微和②。佳人美清夜③，達曙酣且歌。歌竟長歎息④，持此感人多。皎皎雲間月⑤，灼灼葉中華。豈無一時好，不久當如何？

①本詩原爲第七首。這首詩慨歎青春易逝，好景不長。有人以爲是感歎時政。

②"春風"句：說春風吹來，微微有點和暖。"扇"作動詞用。

③"佳人"二句："美"，愛。"達曙"，直到天明。"酣"，酒足氣振的樣子。這二句說佳人喜愛這清朗的夜晚，所以痛快地喝酒唱歌，直到天明。

④"歌竟"二句："竟"，畢。"此"，指佳人清夜至曙唱歌歎息之事。或謂"皎皎"四句是所唱的歌辭，則"此"指這四句歌辭。這二句說唱完歌長聲歎息，這事感人實多（或謂這歌很感動人）。

⑤"皎皎"四句："皎皎"，潔白明亮貌。"灼灼"，花盛貌。"華"，同"花"。這四句意謂"雲間月""葉中華"雖有一時之好，但都不能久長，"雲間月"盈而復虧，"葉中華"也不免凋謝。

其　六①

少時壯且厲②，撫劍獨行遊。誰言行遊近，張掖至幽州③。飢食首陽薇④，渴飲易水流。不見相知人⑤，惟見古時丘。路邊兩高墳⑥，伯牙與莊周。此士難再得，吾行欲何求。

①本詩原爲第八首。詩中虛擬少壯時雖曾遠遊，而未見知己，實際上是

說當時社會不重節義，也不會有人瞭解自己。

②壯且厲：謂體壯而性烈。

③"張掖"句："張掖"，在今甘肅。"幽州"，在今河北省東北。自張掖至幽州，相距數千里，故上句言"誰言行遊近"。路程愈遠，所到之處愈廣，則愈可證明當時確無知己之人。

④"飢食"二句："首陽薇"，伯夷、叔齊是商朝孤竹君之子，周滅商紂，二人歸隱首陽山，採薇而食，恥不食周粟(見史記伯夷叔齊列傳)。"易水流"，荆軻爲燕太子丹刺秦王，太子丹與其賓客素服在易水送別，荆軻悲歌道："風蕭蕭兮易水寒，壯士一去兮不復還。"(見史記刺客列傳)這二句表示對夷、齊與荆軻的敬慕。

⑤"不見"二句："古時丘"，當指古代墓地。這二句說在遠遊途中，沒有遇見知己，只看見古代的墳山。

⑥"路邊"二句："伯牙"，即俞伯牙，事已見前怨詩楚調注。"莊周"，即莊子。莊子與惠施是至交，惠施死後，莊子不再發議論，因爲世上無人再能理解他(見淮南子脩務訓)。"此士"，謂伯牙與莊子。這四句說伯牙與莊子這樣的人已不可再得，那麼，我出去遠遊，又想求得什麼呢？湯漢說："伯牙之琴，莊子之言，惟鍾、惠能聽，今有能聽之人，而無可聽之言，此淵明所以罷遠遊也。"其說是。

桃花源詩①幷記

晉太元中②，武陵人③捕魚爲業。緣④溪行，忘路之遠近。忽逢桃花林，夾岸數百步，中無雜樹⑤，芳草鮮美，落英繽紛⑥。漁人甚異之⑦。復前行，欲窮其林。林盡水源⑧，便得一山。山有小口，髣髴⑨若有光，便舍⑩船從口入。初極狹，纔通人⑪。復行數十步，豁然⑫開朗。土地平曠，屋舍儼然⑬，有良田美池桑竹之屬。阡陌交通㉔，雞犬相聞。其中往來種作㉕，男女衣著，悉如外人；黃髮垂髫㉖，並怡然自樂。見漁人㉗，乃大驚，問所從來，具㉘答之。便要㉙還家，設酒殺雞作食。村中聞有此人㉚，咸來問訊㉑。自云先世避秦時亂，率妻子邑人來此絕境㉒，不復出焉，遂與外人間隔㉓。問今是何世㉔，乃不知有漢，無論魏、晉。此人一一爲具言所聞㉕，皆歎惋。餘人各復延㉖至其家，皆出酒食。停數日，辭去。此中人語云㉗："不足爲外人道也。"既出，得其船，便扶向路㉘，處處誌之。及郡下㉙，詣太守說如此。太守卽遣人隨其往，尋向㉚所誌，遂迷，不復得路。南陽劉子驥㉛，高尚士也，聞之，欣然規㉜往。未果㉝，尋㉞病終。後遂無問津者㉟。

嬴氏亂天紀㊱，賢者避其世。黃綺之商山㊲，伊人亦云逝。往跡寖復湮㊳，來逕遂蕪廢。相命肆農耕㊴，日入從所憩。桑竹垂餘蔭㊵，菽稷隨時藝。春蠶收長絲㊶，秋熟靡王稅。荒路曖交通㊷，雞犬互鳴吠。俎豆猶古法㊸，衣裳無新製。童孺縱行歌㊹，斑白歡游詣。草榮識節和㊺，木衰知風厲。雖無紀曆誌㊻，四時自成歲。怡然有餘樂㊼，于何勞智慧。奇蹤隱五百㊽，一朝敞神界。淳薄既異源㊾，旋復還幽蔽。借問游方士㊿，焉測塵囂外。願言躡輕風㊿，高舉尋吾契。

①桃花源詩，一般認爲作於晚年。王瑤定於宋永初二年辛酉(公元四二一)，陶淵明五十七歲。它描繪了一個沒有君主、沒有剝削、人人勞動、人人平等的空想社會。這在一定程度上反映了農民的願望，同時對於當時的社會也是一種否定。關於桃花源，前人有種種附會，不盡可信。詩人這一理想的產生，是有其現實基礎的。漢末以來，國內戰亂不止，人民往往自動結集起來歸附於某一有威望的大姓，築塢壁以自

保。詩人在擬古詩中所稱頌的田子泰，就是漢末魏初的一個著名塢
主。當時西北人民爲逃避苻秦的暴虐統治，也有此種形式的組織。詩
人的朋友羊松齡曾經"銜使秦川"(見贈羊長史一詩)，歸後可能對他
講過這類情況(參看陳寅恪桃花源記旁證)。這首詩和記也許就是受
了這種啓發，把塢堡加以理想化而寫成的。

②晉太元中："太元"，晉孝武帝的年號(公元三七三——三九六)。

③武陵人："武陵"，今湖南常德。"武陵人"，謂有位武陵人。

④緣：循、沿着。

⑤"中無"句：說桃花林中純是桃樹，沒有別種樹木。

⑥"落英"句："英"，猶花。"繽紛"，紛繁貌。

⑦"漁人"句：說漁人對這種景況甚感驚異。

⑧"林盡"句：說桃花林的盡頭，正是溪水的源頭。

⑨髣髴：同"彷彿"。

⑩舍：同"捨"。這句說漁人發現洞口有光後，便離開小船，登陸從洞口
進去。

⑪纔通人：剛够一個人通過。

⑫豁然：大開貌。

⑬儼然：矜莊貌，可引伸出整齊的意思。

⑭"阡陌"二句："阡陌"，田間小道，南北叫阡，東西叫陌。這二句說田間
有小道交通，村落間能聽見雞鳴犬吠之聲。

⑮"其中"三句：說人們往來耕種勞作的情形和男女的衣服，都同外邊人
一樣。

⑯"黃髮"句："黃髮"，謂老人，因老人髮白轉黃，故稱；詩經魯頌閟宫曰
"黃髮台背"，鄭箋："皆壽徵也。""垂髫(tiáo)"，謂兒童。小兒垂髮爲
飾曰髫。

⑰"見漁人"三句：說桃源中人見漁人來，大爲驚詫，問漁人從哪裏來。

⑱具：全、都。

⑲要：邀。這句說桃源中人便邀請漁人到家裏去作客。

⑳此人：謂漁人。

㉑咸來問訊：“咸”，都。“訊”，消息。這句說桃源中人都來探問外界消息。

㉒絕境：與人世隔絕的地方。

㉓“遂與”句：“外人”桃源以外的世人。“間隔”，隔離不通音信。

㉔“問今是”三句：說桃源中人問漁人現在外界是什麼朝代，他們連漢朝都不知道，別說魏、晉了。

㉕所聞：謂漁人所知道的世間情形。

㉖延：邀請，引導。

㉗“此中”二句：“此中人”，謂桃源中人。“不足”，不必，不可。這句說桃源中情形不必跟世人去講。

㉘“便扶”二句：“扶”，沿着。“向路”，舊路，指來時的路。“誌”，作標記。這二句說漁人沿着原路回去，並且在路上處處作上標記。

㉙“及郡下”二句：說漁人回到郡治所在地（卽武陵），就去拜見太守，訴說經過。

㉚“尋向”句：說尋找回來時所作標記。

㉛南陽劉子驥：名驎之，子驥是字，南陽（今河南南陽）人，好遊山澤。他曾經到衡山採藥，深入忘返，見一條澗水的南岸有兩個石倉，一閉一開，因水深不能渡。欲還家，又迷失道路，幸虧遇見伐木作弓的人，問清道路，纔得以回家。後來聽說石倉裏有仙丹，想再去找，但已不知所在（見晉書隱逸傳）。本文中說他想去桃源，不必實有其事，可能是因爲他上述事情流傳很廣，所以就把他寫在這裏。

㉜規：計劃。

㉝未果：沒有實現。

㉞尋：不久。

㉟問津：訪求的意思，用孔子使子路向沮、溺問津的成語（事已見前注）。這句意謂以後就沒有人去訪求桃花源了。

㊱“嬴氏”句：“嬴氏”，謂秦始皇嬴政。“亂天紀”，尚書胤政中有“俶擾天紀”。馬璞說：“人道之綱常倫紀皆出於天，故曰‘天紀’，嬴秦亂之也。”這句意謂秦始皇暴虐無道，擾亂了天下秩序。

㊲“黃、綺”二句：“黃”是夏黃公，“綺”是綺里季。黃、綺與東園公、甪里先生四人，為避秦亂，隱於商山(在今陝西商縣東南)，稱“商山四皓”(見高士傳)。他們是秦末漢初著名的賢者和隱者。“之”，到、去。“伊人”，謂桃花源中人。“云”，虛詞，無義。這二句是說，在黃、綺等四賢避秦去商山的時候，桃源中人也離開了這個世界。

㊳“往跡”二句：“往跡”，謂桃源中人初離亂世往桃源的踪跡。“寖”，消蝕。“湮”，湮沒。“來逕”，謂來桃源的道路。這二句說這些人的踪跡模糊湮沒了，來桃源的路徑也就荒蕪了。此即記中所謂“來此絕境，不復出焉”的意思。

㊴“相命”二句：“肆”，努力。“憩”，息。這二句說桃源中人互相督促，努力耕種，太陽落山便各自回家休息。

㊵“桑竹”二句：“菽”，豆類。“稷”，俗叫糜子，跟黍子相似，但不粘。“菽稷”，意猶五穀。“隨時藝”，隨季節耕植。這二句說桑竹繁茂，五穀按照季節及時種植。

㊶“春蠶”二句：“靡”，無。“王稅”，官府所徵賦稅。這二句說春天經營蠶桑便可收得繭絲，秋天莊稼成熟之後不要向官府繳納賦稅。

㊷“荒路”句：“曖”，猶翳，蔽。這句說荒路草木掩蔽，有礙交往。

㊸“俎豆”二句：“俎豆”，古代祭祀用的禮器。“古法”，謂尚用先秦時的禮法。“新製”，新的樣式。這二句說禮法衣裳都還保持先秦古風。

㊹“童孺”二句：“童孺”，兒童。“縱”，任情。“斑白”，謂頭髮花白的老人。“游”，一作“詣”，往、至。這二句說兒童天真活潑地唱着歌，老人高高興興地到處游玩(或往來問候)。

㊺“草榮”二句：意謂因草木的茂盛和凋謝，方始知道季節的變換。

㊻“雖無”二句：“紀”，歲。“紀曆誌”，歲曆的推算記載。這二句說雖然

沒有歲曆的推算記載，但四季終了自成一年。

㊼ “怡然”二句：“怡然”，喜悅貌。這二句說這種簡樸的生活過得滿快
樂，什麼地方用得到智巧呢？

㊽ “奇蹤”二句：“奇蹤”，謂桃源之隱。“五百”，從秦到晉約六百多年，此
舉大概。“敞”，顯露。“神界”，言其境如神仙世界。這二句說桃源中人
隱居避世的奇跡已隱沒了五百年，如今却一旦顯露了這神仙似的境
界。

㊾ “淳薄”二句：說桃源和俗世之間風俗的淳厚與澆薄既然不同，所以此
種境界顯露之後旋卽重新深深地隱蔽不見了。此卽記中所謂“遂迷，
不復得路”之意。“異源”，謂兩種世風各有不同的本源。

㊿ “借問”二句：“游方士”，謂游於方內之士，指世俗中人。莊子德充符
說：“孔子曰：‘彼游方之外者也，而丘游方之內者也。’”“塵囂”，猶
“塵世”。這二句說世俗中人不能測知塵世以外的事情。

51 “願言”二句：“言”，虛詞。“躡”，蹈、踏。“契”，契合。“吾契”，謂與我
志趣相合的人，指桃源中人。這二句說我多麼願意能駕着輕風，高飛
去尋找那些和我志趣相投的人們。

讀山海經①

孟夏草木長②，遶屋樹扶疏。衆鳥欣有託③，吾亦愛吾廬。既耕
亦已種④，時還讀我書。窮巷隔深轍⑤，頗迴故人車。歡然酌春
酒⑥，摘我園中蔬。微雨從東來，好風與之俱⑦。汎覽周王傳⑧，
流觀山海圖。俯仰終宇宙⑨，不樂復何如。

①讀山海經共十三首，成一組。這裏選二首。詩中說：“汎覽周王傳，流
觀山海圖。”可知所讀除山海經外，還有穆天子傳。這一組詩便是讀
山海經、穆天子傳等書時有感而作，其中多借古詠今。第一首是發

端,敍幽居耕讀的樂趣,第二首至第十二首詠二書所記奇異事物。末首旁及齊桓公不聽管仲遺言,任用易牙、開方、豎刁,三人專權,繼而為亂,桓公渴餒而死事,很明顯是為晉宋易代而發。這一組詩有起有結,當是入宋後同一時期的作品。王瑤定於宋武帝永初三年(公元四二二)。這裏選其中的兩首,本篇原為第一首。山海經,共十八卷,多述古代海內外山川異物和神話傳說。王充論衡及吳越春秋都說這書是大禹治水時命伯益記錄而成。不足信。魯迅先生認為是古代的巫書(見中國小說史略)。晉郭璞曾為該書作注,並題圖讚。詩言"山海圖",則所讀當即有郭璞圖讚之本。

②"孟夏"二句:"孟夏",初夏。"扶疏",枝葉繁茂四布貌。這二句說初夏草木生長,房屋四周樹木枝葉四布。

③"衆鳥"二句:說衆鳥因為有了依托而欣喜,我也很愛自己的廬舍。劉履以為這二句"隱然有萬物各得其所之妙"(見選詩補注)。

④"旣耕"二句:說翻耕播種之事都做了,有時還讀讀書。

⑤"窮巷"二句:"窮巷",僻巷。"隔",隔絕。"轍",車輪軋的痕迹。"迴",回轉。這二句說居於僻巷,常使故人回車而去。意謂很少和世人來往。

⑥春酒:詩經豳風七月:"為此春酒,以介眉壽。"仲冬凍時釀酒,經春始成,故稱春酒。

⑦俱:謂俱來,同來。

⑧"汎覽"二句:"汎覽"、"流觀",都是瀏覽的意思,也即作者所謂"不求甚解"。"周王傳",即穆天子傳。晉書束皙傳載:"太康二年(公元二八一),汲郡人不準盜發魏襄王墓,或言安釐王冢,得竹書數十車。"其中有穆天子傳五篇,敍周穆王駕八駿游行四海之事,是神話傳說。晉郭璞曾作注。"山海圖",即山海經圖,根據山海經故事繪製。山海經圖據說漢以前便有,郭璞曾作圖讚。

⑨"俯仰"二句:"俯仰",意謂頃刻間。這二句說頃刻之間便可遊遍宇

宙，這還不快樂，又要怎樣呢？詩人在告子儼等疏中曾說：“少學琴書，偶愛閑靜，開卷有得，便欣然忘食。見樹木交蔭，時鳥變聲，亦復歡然有喜。嘗言五六月中，北窗下臥，遇涼風暫至，自謂是羲皇上人。”可與本詩參閱。

其 二①

精衞衞微木②，將以塡滄海。刑天舞干戚③，猛志固常在。同物既無慮④，化去不復悔。徒設在昔心⑤，良晨詎可待！

①本詩原爲第十首。詩中歌頌了精衞和刑天的堅强鬥爭精神，寄托着詩人慷慨不平的心情。

②“精衞”二句：“精衞”，山海經北山經：“發鳩之山，……有鳥焉；其狀如烏，文首，白喙，赤足，名曰‘精衞’，其鳴自詨。是炎帝之少女，名曰女娃。女娃游于東海，溺而不返，故爲精衞。常銜西山之木石，以堙于東海。”“微木”，細木。“滄海”，大海。

③“刑天”二句：“刑天”，山海經海外西經：“刑天與帝至此爭神，帝斷其首，葬之常羊之山。乃以乳爲目，以臍爲口，操干戚以舞。”“干”，盾。“戚”，斧。這二句說刑天敗後仍然揮舞着盾斧，他的壯志本是始終存在的。上句舊作“形天無千歲”，宋曾紘正之（見艇齋詩話）。但宋周必大說：“此題十三篇大概指一事，如前篇終始記夸父，則此篇恐專說精衞銜木塡海，無千歲之壽，而猛志常在，化去不悔。若併指刑天，似不相續。”（二老堂詩話）此後二說相持不下。陶澍認爲“天”與“千歲”，意義相去太遠，“恐古人無此屬文法也”。又援“欽䲹”、“窫窳”對舉之例，證明並非每篇止詠一事。今從陶本，作“刑天舞干戚”。又，丁福保引酉陽雜俎卷十四，“刑天”作“刑天”，認爲陶淵明所讀山海經亦作“刑天”。所以“宜仍從宋刻江州陶靖節集，作‘刑天無千歲’爲是”。可參攷。

④"同物"二句："同物"、"化去"，卽物化。莊子齊物論："昔者莊周夢爲
蝴蝶，栩栩然蝴蝶也。……周與蝴蝶則必有分矣。此之謂物化。"一
般卽指死生變化而言。鮑照擬行路難中寫蜀帝變爲杜鵑時就說："念
此死生變化非常理。"也卽物化的意思。

⑤"徒設"二句："徒"，徒然、白白地。"在昔心"，謂過去的壯志雄心。"良
晨"，謂實現壯志的好日子。"詎"，豈。這二句說他們徒存昔日的猛
志，但是償願的時機怎能等得到！馬璞說："吾無夸父之力(指"夸父逐
日"事)，而有精衞、刑天之心，然亦徒設此心耳。而能塡滄海之良晨
恐不能待也。"認爲是詩人講他自己，亦通。

詠 荆 軻①

燕丹善養士②，志在報强嬴。招集百夫良③，歲暮得荆卿。君子
死知己④，提劍出燕京。素驥鳴廣陌⑤，慷慨送我行。雄髮指危
冠⑥，猛氣衝長纓。飲餞易水上⑦，四座列羣英，漸離擊悲筑⑧，
宋意唱高聲。蕭蕭哀風逝⑨，淡淡寒波生。商音更流涕⑩，羽奏
壯士驚。心知去不歸⑪，且有後世名。登車何時顧⑫，飛蓋入秦
庭。凌厲越萬里⑬，逶迤過千城。圖窮事自至⑭，豪主正征營。
惜哉劍術疏⑮，奇功遂不成。其人雖已沒⑯，千載有餘情。

①"荆軻"，戰國時衞人。到燕國，燕人叫他荆卿。燕太子丹本在秦國作人
質，因秦王嬴政(卽秦始皇)待他不好，逃回燕國，想召募勇士刺殺秦
王。荆軻被薦，很受太子的優待。後來選定時機，帶着燕國地圖奉獻
秦王，並在地圖中藏一匕首，以便行刺。臨走時，"太子及賓客知其事
者，皆白衣冠以送之，至易水之上。旣祖(古時出行祭路神叫祖)取道，
高漸離擊筑，荆軻和而歌，爲變徵之聲，士皆垂淚涕泣。又前而歌曰：
'風蕭蕭兮易水寒，壯士一去兮不復還。'復爲羽聲忼慨，士皆瞋目，髮

盡上指冠。於是荆軻就車而去，終已不顧"。見秦王，獻上地圖，"圖窮
而匕首見"，荆軻刺殺不中，被殺。(見史記刺客列傳)詩人另有詠二
疏、詠三良詩，何孟春以爲是擬魏阮瑀的同名之作。其寫作時間或在
晚年。王瑤陶淵明集："三詩詩體旣皆相同，內容又互相闡發，當爲一
時之作。其中詠三良一首當爲悼張禕不忍向零陵王進毒酒，而自飲
身死一事。因知這三詩都作於永初二年(四二一)以後；今暫繫於宋
廢帝景平元年癸亥(四二三)，本年淵明五十九歲。"錄以備考。

②"燕丹"二句："燕丹"，卽燕太子丹。"士"，此謂春秋戰國時諸侯的門
客。"嬴"，卽秦國，秦王姓嬴氏。這二句說燕太子丹很好地供養門客，
目的在於向秦王報仇。

③"招集"二句："百夫良"，百夫中最雄俊的人，意卽勇士。詩經秦風黃鳥
稱詠秦穆公時三位良臣爲"百夫之特"、"百夫之防"、"百夫之禦"，鄭
箋"百夫之特"："百夫之中最雄俊也。"餘二語都解爲"此一人可當百
人。""百夫良"語本此。這二句說燕丹招募勇士，年終得到荆軻。

④"君子"二句：說荆軻抱着"士爲知己者死"的精神，提劍離開燕國京
都，到秦國去爲燕太子丹報仇。

⑤"素驥"二句："素驥"，白色良馬。"廣陌"，大道。"我"，擬荆軻自稱。
這二句說白馬在大路上高叫，燕丹等人慷慨送別。

⑥"雄髮"二句："危冠"，高冠。"長纓"，用以結冠的絲帶。這二句極力
形容荆軻的激動情狀。

⑦"飲餞"句："飲餞"，喝酒送別。"易水"，在今河北省易縣西，東流至定
興縣西南。

⑧"漸離"二句："漸離"，高漸離，燕人，荆軻至交，善擊筑。"筑"是古代
一種樂器，形似箏，十三絃，頸細而曲，以竹鼓之。"宋意"，燕國勇士，
亦在易水送行。這二句說高漸離擊筑，宋意高歌。

⑨"蕭蕭"二句：從"風蕭蕭兮易水寒"化出，寫送別時悲涼的氣氛。

⑩"商音"二句："商音"、"羽奏"，指商聲和羽聲。古代樂調分宮、商、角、

徵、羽五聲，亦名五音。這二句意謂筑聲由商調提高到羽調，人們的
心情也隨着由悲哀而震驚。

⑪"心知"二句：說荊軻心裏知道此去必死，但可傳名於後世。此從"壯
士一去兮不復還"化出。

⑫"登車"二句："蓋"，車蓋，這二句說荊軻登車而去，再也沒有回頭看
看，就一直飛馳入秦。

⑬"凌厲"二句："凌厲"，勇往直前貌。"逶迤"，迂曲綿長貌。這二句說荊
軻勇往直前地飛越萬里，彎彎曲曲地經過了許多城市。

⑭"圖窮"句："圖"，卽指燕國地圖。"窮"，盡。"事"，謂謀刺事。"豪主"，謂
秦王。"征營"，同"怔營"，受驚貌。這二句說地圖張開到盡頭，謀刺
之事自然就發生了，當時秦王十分驚恐。

⑮"惜哉"二句："疏"，生疏，"劍術疏"，謂劍術不精。史載荊軻劍術不佳，
曾與衞劍客蓋聶論劍，不稱蓋意。荊軻死後，魯句踐惋惜地說："嗟乎
惜哉！其不講於刺劍之術也。"上句卽用此語。"奇功"，謂刺秦王之
舉。這二句歎息荊軻劍術不精，以致奇功不成。

⑯"其人"二句："其人"，卽謂荊軻。這二句是詩人慨歎之語，說荊軻雖
死，但千年以後，他的事蹟仍然激動我的心情。

有會而作 ①并序

舊穀旣沒，新穀未登②。頗爲老農③，而值年災。日月尚
悠④，爲患未已。登歲之功⑤，旣不可希；朝夕所資⑥，煙火裁
通。旬日以來，始念飢乏。歲云夕矣⑦，慨然永懷⑧。今我不
述，後生⑨何聞哉！

弱年逢家乏⑩，老至更長飢。菽麥實所羨⑪，孰敢慕甘肥。惄如
亞九飯⑫，當暑厭寒衣。歲月將欲暮，如何辛苦悲。常善粥者

心⑬，深念蒙袂非。嗟來何足吝，徒沒空自遺。斯濫豈攸志⑭，
固窮夙所歸。餒也已矣夫⑮，在昔多余師。

①這首詩寫遭災後困於飢餒，但想到古代的貧士却堅定了固窮的決心。
　"會"，領悟。"有會而作"，即有感而作。這是陶淵明晚年的作品，王
　瑤定於宋元嘉三年(公元四二六)，六十二歲時所作。

②未登：說莊稼遭災，沒有收成。"登"，登場。

③"顓爲"二句：說自己務農已久而且又到了老年，偏偏遇上了災荒。

④日月尙悠：說今年的日子還長着呢。

⑤登歲之功：指農業收穫。"歲"，年穀之收成。

⑥"朝夕"二句："朝夕所資"，眼前日常的生活所需。"裁"，纔。這二句
　的意思是僅能維持日常的生活，不至於斷炊。

⑦歲云夕矣：將要到年終了。

⑧永懷：猶深感。

⑨後生：指子孫。

⑩"弱年"句："弱年"，已屢見前注，此泛指少年時。"家乏"，家中貧困。

⑪"菽麥"二句："菽"，豆類。"甘肥"，美味。這二句說能吃上菽麥之類
　的淡飯就不錯了，哪敢羨慕那些美味呢！

⑫"怒如"二句："怒 (nì)"，飢意。"九飯"，說苑立節篇："子思居衞，縕袍
　無表，三旬而九食。""亞"，次一等。這二句說自己老至長飢，比子思
　三旬九食的情況還不如；暑天還穿着冬天的衣服，雖然厭嫌，但是換
　不下來。

⑬"常善"四句："粥者"，施粥以賑濟飢民者，此指黔敖。禮記檀弓："齊
　大饑，黔敖爲食於路，以待饑者而食之。有餓者蒙袂輯屨，貿貿然來。
　黔敖左奉食，右執飲，曰：'嗟來食！'揚其目而視之，曰：'予唯不食嗟
　來之食，以至於斯也。'從而謝焉，終不食而死。""蒙袂"，以袖蒙面，羞
　於見人。"嗟來"，是不尊敬的招呼。"吝"，恨。"遺"，亡失。吳瞻泰引
　沃儀仲曰："'深感蒙袂非'，慎語也。世不但無蒙袂者，並黔敖亦不可

得，安得不固窮乎？"

⑭"斯濫"二句：論語衞靈公："子曰：'君子固窮，小人窮斯濫矣！'""固窮"，固守其窮。"濫"，溢，放縱爲非。"夙"，舊。這二句說斯濫豈是我平生之志，固窮才是我的本願。

⑮"餒也"二句：說挨餓也只好算了吧，古時有不少可以學習的榜樣。

挽　歌　詩①

荒草何茫茫②，白楊亦蕭蕭。嚴霜③九月中，送我出遠郊。四面無人居，高墳正嶕嶢④。馬爲仰天鳴，風爲自蕭條。幽室一已閉⑤，千年不復朝。千年不復朝，賢達無奈何。向來相送人⑥，各自還其家。親戚或餘悲，他人亦已歌。死去何所道⑦，託體同山阿。

①挽歌詩一作擬挽歌辭，共三首。挽歌就是葬歌。相傳最初是拖引柩車的人所唱，所以叫挽歌。當時習俗，人死後親朋等多唱挽歌，表示哀悼。這三首詩是陶淵明生前自挽之詞，此外尚有自祭文一篇，也屬於這一類作品。祁寬說："昔人自作祭文挽詩者多矣，或寓意騁辭，成於暇日。寬考次靖節詩文，乃絕筆於祭挽三篇，蓋出於屬纊之際者。辭情俱達，尤爲精麗。"(見李公煥箋注陶淵明集) 陶淵明卒於宋文帝元嘉四年丁卯(公元四二七)，年六十三。朱熹通鑑綱目載卒於十一月，此詩當是這年九月所作。此選其第三首。

②"荒草"二句：是寫秋景，也是寫荒郊墓地景物。古詩："四顧何茫茫，東風搖百草。"又："白楊何蕭蕭，松柏夾廣路。""茫茫"，廣遠貌，此處形容一片荒草，沒有邊際。"蕭蕭"，風吹樹木發出的聲音。

③嚴霜：寒霜。

④嶕嶢(jiāo yáo)：高貌。

⑤"幽室"二句："幽室"，指壙穴、墳墓。這二句說一且葬入墓中，就如同漫漫黑夜永遠也不會天亮了。

⑥"向來"四句：大意是說剛才來送葬的人各自回家了，親戚或許會悲哀得長久一些，其他的人却已忘掉了悲痛。"向"，昔時。

⑦"死去"二句："山阿"，山陵。這二句以曠達語作結，大意是：死去有什麼可說的呢？無非是寄身在山陵之中罷了。

五柳先生傳①

先生不知何許②人也，亦不詳其姓氏。宅邊有五柳樹，因以爲號焉③。閒靜少言，不慕榮利。好讀書，不求甚解④；每有會意⑤，便欣然忘食。性嗜酒，家貧不能常得。親舊知其如此⑥，或置酒而招之。造飲輒盡⑦，期在必醉，旣醉而退，曾不吝情去留⑧。環堵蕭然⑨，不蔽風日⑩，短褐穿結⑪，簞瓢屢空⑫，晏如⑬也。常著文章自娛⑭，頗示己志。忘懷得失⑮，以此自終。

贊⑯曰：黔婁之妻有言⑰，不戚戚於貧賤，不汲汲於富貴。味其言茲若人之儔乎⑱？銜觴⑲賦詩，以樂其志。無懷氏⑳之民歟？葛天氏之民歟？

①本篇是詩人自況之文。蕭統陶淵明傳中曾說："淵明少有高趣。……嘗著五柳先生傳以自況……時人謂之實錄。"文中敍述自己安貧樂道、不慕榮利的志趣。可與讀山海經"孟夏"首參看。本篇作於何年，不可確知。王瑤說："蕭傳下面(指上面所引該傳的一段文字之下)又接着說：'親老家貧，起爲州祭酒'。按史傳通例，所敍事跡都是以時間前後爲序的，因知五柳先生傳之作在淵明爲江州祭酒以前。淵明爲江州祭酒在晉孝武帝太元十八年，今暫繫此文於晉太元十七年(三九二)，本年淵明二十八歲。"錄以備攷。

②何許人：猶言何等樣人，也可以解作何處人。

③"因以"句：說因而就以"五柳"作爲自己的號了。

④不求甚解：說對所讀之書不執着於字句的講解。

⑤"每有"二句：說對書中的意義每逢有一些體會，便高興得忘了吃飯。

⑥如此：指嗜酒而不能常得。

⑦"造飲"二句："造飲輒盡"，言去親故家飲酒總是把所置之酒喝光。"造"，到、去。"期"，希望、要求。

⑧"曾不"句："吝情"，捨不得。"去留"，複詞偏義，謂去。這句說從不捨不得走。

⑨環堵蕭然："環堵"，房屋四壁。"蕭然"，空寂貌。這句意謂居室內空空洞洞，沒有陳設。

⑩"不蔽"句："蔽"，遮蔽。這句說房屋破舊，不能遮擋風和太陽。

⑪"短褐"句："短褐"，粗布短衣。"穿結"，形容衣服的破爛。"穿"，破。"結"，打結、縫補。這句說所穿的粗布短衣已很破爛。

⑫"簞瓢"句："簞 (dān)"，用葦竹編製的置放食物的器具。"瓢"，舀水的器具。"簞瓢屢空"，是說飲食不足所需。論語雍也："子曰'一簞食，一瓢飲，在陋巷，人不堪其憂，回(顏回)也不改其樂，賢哉回也。'"此句本此。

⑬晏如：安然自在。

⑭"常著"二句：說常常寫作文章來歡娛自己，文章很能表達自己的志意。

⑮"忘懷"二句：說忘却世俗得失之情，而願意終生過這種生活。

⑯贊：這篇文章是仿史傳體寫的，前一部分是五柳先生的傳記，自此以下便是作者爲五柳先生所作的贊語。史傳的贊語是作者對被傳者的評論。

⑰"黔婁"三句："黔婁"，春秋時魯國人，修身清節，不求仕進，屢辭諸侯之聘。死後，曾子去弔喪，問其妻"何以爲諡"。其妻說諡"康"。曾子

以爲黔婁生不得其美，死不得其榮，不能諡"康"。其妻說："彼先生
者，甘天下之淡味，安天下之卑位，不戚戚於貧賤，不忻忻於富貴，求
仁而得仁，求義而得義，其諡爲'康'，不亦宜乎？"（見列女傳）此處卽
用其事。"戚戚"，憂慮貌。"汲汲"，力求貌。這三句是說，黔婁之妻
曾說過，不爲貧賤而憂心戚戚，也不爲富貴而奔走經營。

⑱"味其"句："味"，品味，猶言思量。"若人"，此人。"儔"，類。這句說思
量一下黔婁妻所講的話，五柳先生大約就是黔婁一類的人物吧？

⑲銜觴：謂飮酒。"觴"，酒杯。

⑳無懷氏、葛天氏：都是傳說中上古帝王。路史襌通記謂無懷氏之民
"甘其食樂其俗，……老死不相往來。"葛天氏之治"不言而自信，不
化而自行。"末二句說五柳先生像是生活在古樸淳厚的上古社會中的
人。

歸去來兮辭①并序

　　余家貧，耕植②不足以自給。幼稚③盈室，缾無儲粟④，
生生所資⑤，未見其術。親故多勸余爲長吏⑥，脫然有懷⑦，
求之靡途。會有四方之事⑧，諸侯以惠愛爲德；家叔以余貧
苦，遂見用於小邑。於時風波未靜⑨，心憚遠役。彭澤去家百
里⑩，公田之利，足以爲酒，故便求之。及少日⑪，眷然有歸
與之情。何則？質性自然，非矯厲所得⑫；飢凍雖切⑬，違己
交病。嘗從人事⑭，皆口腹自役。於是悵然慷慨⑮，深媿平生之
志。猶望一稔⑯，當斂裳宵逝。尋程氏妹喪於武昌⑰，情在駿
奔，自免去職。仲秋至冬，在官八十餘日。因事⑱順心命篇⑲，
曰歸去來兮。乙巳歲十一月也。

歸去來兮，田園將蕪胡不歸⑳！既自以心爲形役㉑，奚惆悵而獨悲。悟已往之不諫㉒，知來者之可追。實迷途其未遠㉓，覺今是而昨非。舟遙遙以輕颺㉔，風飄飄而吹衣。問征夫以前路㉕，恨晨光之熹微。乃瞻衡宇㉖，載欣載奔。僮僕歡迎，稚子候門。三徑就荒㉗，松菊猶存。攜幼入室，有酒盈樽㉘。引壺觴以自酌㉙，眄庭柯以怡顏。倚南窗以寄傲㉚，審容膝之易安。園日涉以成趣㉛，門雖設而常關。策扶老以流憩㉜，時矯首而遐觀。雲無心以出岫㉝，鳥倦飛而知還。景翳翳以將入㉞，撫孤松而盤桓。歸去來兮，請息交以絕遊㉟。世與我而相違㊱，復駕言兮焉求！悅親戚之情話㊲，樂琴書以消憂。農人告余以春及㊳，將有事於西疇。或命巾車㊴，或棹孤舟。既窈窕以尋壑㊵，亦崎嶇而經丘。木欣欣以向榮，泉涓涓㊶而始流。善萬物之得時㊷，感吾生之行休。已矣乎㊸，寓形宇內復幾時，曷不委心任去留㊹，胡爲乎遑遑欲何之？富貴非吾願㊺，帝鄉不可期。懷良辰以孤往㊻，或植杖而耘耔。登東皋以舒嘯㊼，臨清流而賦詩。聊乘化以歸盡㊽，樂夫天命復奚疑。

①"歸去來"即歸去之意，"來"是語助辭。清林雲銘、余誠等以爲"就彭澤言謂之歸去，就南村言謂之來"（古文析義初編），疑非是。"辭"，文體名，是一種抒情賦體。本文爲辭彭澤令歸田時所作，序中說"乙巳歲十一月"，知是晉義熙元年（公元四〇五），時年四十一歲。序中說及就職彭澤令和棄職的原因。文中敍述歸田後的心情和樂趣。關於詩人棄官歸田之事，蕭統陶淵明傳說："會郡遣督郵至縣，吏請曰：'應束帶見之。'淵明歎曰：'我豈能爲五斗米折腰向鄉里小兒！'即日解綬去職。賦歸去來。"與序中所說不同。宋韓子蒼曾攄序否定史傳所述，以爲去官之由係赴程氏妹之喪，而非因督郵事（見胡仔苕溪漁隱

叢話所引)。宋洪邁說:"觀其(指序)語意,乃以妹喪而去,不緣督郵。所謂'矯厲違己'之說,疑心有所屬,不欲盡言之耳。辭中止喜還家之樂,略不及武昌,自可見也。"(容齋隨筆五筆)按,洪說近是。詩人曾說:"性剛才拙,與物多忤。"(與子儼等疏)顏延年陶徵士誄中也說:"使為彭澤令,道不偶物,棄官從好。"亦可佐證。

②耕植:謂農桑之事。詩人自三十九歲起就開始參加耕作。參看癸卯歲始春懷古田舍詩注。

③稺:通"稚",謂幼兒。

④缾(píng):瓦甕。段玉裁說:"缾甕之本義為汲器。"(說文注)此作盛米的容器。字與"瓶"通。這句說缾中沒有餘糧。

⑤"生生"二句:"生生所資",謂經營生計所需。"其術",謂經營生計的本領。這二句說缺乏經營生計的本領。

⑥長吏:縣府中的丞、尉,是縣吏中較高的職位。漢書百官公卿表中說:"縣令長……皆有丞、尉,秩四百石至二百石,是為長吏。"這句說親故多勸我做個小官。

⑦"脫然"二句:"脫然",舒貌。"靡途",沒有門路。親故的勸告是一種維持生計的辦法,所以這二句說,聽了之後心中活動起來,有了想作長吏的念頭,但是去謀求這樣的官職卻沒有門路。

⑧"會有"四句:"會有",恰逢。"四方",原指諸侯之國,此指當時各地方勢力。"四方之事",即指他們之間的爭戰。晉安帝元興、義熙年間,正是桓玄篡位失敗,劉裕崛起攬權之時,軍閥混戰,晉室搖搖欲墜。"諸侯",指各地軍閥。"家叔",指陶夔。夔當時任太常卿,陶淵明在晉故征西大將軍長史孟府君傳中稱他為"從父",即叔父。"見用於小邑",指被任用為彭澤令。這四句大意是說:恰逢王室多事,征戰頻仍,各地州郡都以愛惜人才為德,叔父因我貧苦又加引薦,於是被用為彭澤令。傳載陶淵明自建威參軍遷彭澤令,似與此序不合。按,乙巳歲三月陶淵明為建威參軍時曾自江陵出使京都,此後卽棄官還潯陽舊

居。旣歸而耕植不足以自給,欲復**參軍職**則又"**心憚遠役**",八月遂求
爲彭澤令(參用吳仁傑說)。

⑨"於時"二句:"風波",指軍閥之間的戰爭。"憚",患、害怕。"遠役",指
任參軍職時隨軍遠出而言。這二句說當時戰爭未息, 心裏怕出差到
遠地去。

⑩"彭澤"四句:"去家百里", 陶淵明家居柴桑(在今江西九江西南),在
彭澤(今江西彭澤縣西南)西南。故謂彭澤離柴桑不遠。"公田",供
俸祿之田。"利",收益。這四句追敍所以求彭澤令的原因。蕭傳載:
"公田悉令吏種秫,曰:'吾嘗得醉於酒足矣。'妻子固請種秔,乃使二
頃五十畝種秫,五十畝種粳。"可與"足以爲酒"參看。

⑪"及少"二句:"少日",不多幾天。"眷然",思戀貌。'歸與之情',此用
論語公冶長:"子在陳曰:'歸與,歸與!吾黨之小子狂簡,斐然成章,不
知所以裁之。'"這二句說不久就思念田園而有辭官歸去的念頭。

⑫"非矯"句:"矯厲",造作勉强。這句意謂本性自然,不能造作勉强。

⑬"飢凍"二句:意謂飢凍雖關緊要,但違反自己本心也非常痛苦。

⑭"嘗從"二句:"人事",謂仕宦生活中人事交往。"口腹自役",是說爲
了滿足口腹的要求而驅役自己。孟子告子:"孟子曰:……飲食之人,
則人賤之矣,爲其養小以失大也。飲食之人無有失也,則口腹豈適爲
尺寸之膚哉!'"這二句說自己雖也曾從仕,卻都是爲了糊口。

⑮悵然慷慨:說自己感到失望而情感激動。

⑯"猶望"二句:"稔",穀物成熟。"一稔",指公田收穫一次。"斂裳",猶
言收拾行裝。這二句緊承上文說,但我還是希望等到收穫以後,再收
拾行裝連夜走掉。

⑰"尋程氏妹"三句:"尋",不久。"程氏妹",詩人之妹,比詩人小三歲,
嫁程氏,此從夫姓稱之。本集有祭程氏妹文。"駿奔",騎快馬飛馳而
去,嗆其情切心急。這三句說不久程氏妹死在武昌,要立刻去武昌,
於是自免去職。

⑱因事：因上述的事情。又"事"可作"從事"解，"因事"卽"於是"的意思。亦通。

⑲順心命篇：順隨心意，執筆爲文；卽信筆、隨筆的意思。

⑳"田園"句："蕪"，荒蕪。"胡"，爲何，"胡不歸"是用詩經式微"式微，式微，胡不歸"成語。這句說田園將要荒蕪了，爲什麼還不回去！

㉑"旣自"二句："形"，指身。"心爲形役"，內心不想出仕而身已爲官，是心被形所驅役。"奚"，爲何。"惆悵"，悲愁貌。這二句說旣然已使心志屈從於形體而出來做官，那又爲何要惆悵獨悲呢？林雲銘說："使'自'字'獨'字，猶言自作自受，徒悲無益也。"

㉒"悟已"二句：論語微子："楚狂接輿歌而過孔子曰：'鳳兮，鳳兮！何德之衰！往者不可諫，來者猶可追。已而，已而，今之從政者殆而！'"接輿歌中的意思是勸孔子歸隱。"諫"，止，猶言挽救。"追"，挽回、彌補。這二句說認識到過去雖已不可挽救，未來之事還來得及彌補。意思是出仕已錯，而歸隱還不晚。

㉓"實迷"二句：上句用離騷"回朕車以復路兮，及行迷之未遠"之意。"迷途"指出仕。下句用莊子寓言中成語："莊子謂惠子曰：'孔子行年六十而六十化，始時所是，卒而非之，未知今之所謂是之非五十九非也。'"這二句說確實是迷失了道途，好在不遠，現已覺悟到今天所作正確而昨天是錯了。

㉔"舟遙"二句，"遙遙"一作"搖搖"，或"超搖"，義同，船搖動貌（據胡炤瑛說）。這二句寫歸途水行情景。

㉕"問征"二句："征夫"，行人。"前路"，回家的路（或前面路程）的遠近。"熹"，卽"熙"，光明。清桂馥以爲"熹"是星光，晨星將沒，故星光微弱（見札樸）。朱琇同意挂說，謂"若祗作'光明'解，則與上'光'字無別"。錄以備考。這二句寫歸途陸行情景。林雲銘說："陸行多岐，與舟行不同，故問前路。晨光熹微，言早甚也。見之明，故歸之決，歸之決，故行之早，恐不見路，故以晨光熹微爲恨。"

㉖“乃瞻”二句：“衡宇”，猶衡門。“衡”即“横”，横木爲門，言屋之簡陋。“載”，語助詞，有“則”和“乃”的意思。這二句說看見了家，就高興得奔跑起來。

㉗“三徑”二句：“徑”，小路。“三徑”，漢蔣詡隱居後，舍中開三徑，只與求仲、羊仲二人交往，二人也是逃名不出之士（李善注引三輔決錄）。這二句說入門以後，看見庭園間小路已經荒蕪，却喜松菊還在。

㉘“有酒”句：“盈”，滿。“罇”，酒器，同“樽”。

㉙“引壺”二句：“眄”，閑視。“庭柯”，庭院中的樹木。這二句說拿起酒壺，自酌自飲，看看庭中樹木，喜形於色。

㉚“倚南”二句：“寄傲”，謂寄托自己的傲世之情。“容膝”，極言居室狹小。這二句意謂靠着南窗，寄寓自己傲岸的性情，並覺察到簡朴的生活也易使人安樂。

㉛“園日”句：說每日在園中散步，久而趣味自生。

㉜“策扶”二句：“策”，拄着。“扶老”，本竹名，即扶竹，因可用爲杖，故稱杖爲“扶老”。“矯”，舉。這二句說拄着手杖或遊或息，時時抬頭遠眺。

㉝岫（xiu）：山有穴稱“岫”，此泛指山峰。

㉞“景翳”二句：“景”，日光。“翳翳”，暗貌。“盤桓”，猶徘徊。這二句說日將西下，我還手撫孤松徘徊不去。

㉟“請息”句：說謝絕世俗的交游。

㊱“世與”二句：“駕”，駕車，意謂出外與世俗交游。“焉”是虛詞。這二句說世俗與我合不來，我再出游去求什麼呢？

㊲“悅親”二句：說喜歡和親戚聊天，樂於以彈琴作書來消愁解悶。

㊳“農人”二句：“事”，謂農事、春耕。“疇”，田。這二句說農人告訴我春天來臨，將要在西田開始耕種。

㊴“或命”二句：“巾車”，有車套的車。“棹（zhuo）”，划船的長槳，此作動詞。這二句是說準備到西疇去。

㊵“既窈”二句：“窈窕”，幽深貌。“壑”，山溝、山澗。上句說水路，下句

說山路。

㊶涓涓：泉水細流不絕的樣子。

㊷"善萬"二句：說羨慕萬物得時，感歎自己年老，不能有所作爲。

㊸"已矣"二句："已矣乎"，猶言算了吧。"寓"，寄。"寓形字內"，即寄身
　於天地之中。

㊹"曷不"二句："委心"，隨着自己的心意。"去留"，嵇康琴賦："齊萬物
　兮超自得，委性命兮任去留。""遑遑"，心不安貌。這二句說何不隨心
　所欲任性而行，爲什麼還遑遑終日，要想求得什麼呢？

㊺"富貴"二句：說富貴不是我的本願，仙境也不可期及。

㊻"懷良"二句："植杖"，把手杖放在一旁。論語微子："子路間曰：'子見
　夫子乎？'丈人曰：'四體不勤，五穀不分；孰爲夫子？'植其杖而耘。"
　"耘"，除草。"耔(zǐ)"，謂壅土於苗根。這二句說自己只盼望有個好
　天氣，以便孤往獨游，或植杖耘耔。

㊼"登東"二句："臯"，此指田邊高地。"舒嘯"，舒氣長嘯。這二句說登
　上東臯長嘯，又在清水邊賦詩。

㊽"聊乘"二句："乘化"，順隨生命自然的變化。"歸盡"，謂死。"樂夫天
　命"，易經繫辭："樂天知命故不憂。"這二句說姑且順隨着生命的自然
　變化以了此終生，抱定樂天知命的想法，還疑慮些什麼呢？

〔附錄〕

（一）　宋書陶潛傳（節錄）

　陶潛字淵明，或云淵明字元亮，尋陽柴桑人也。曾祖侃，晉
大司馬。潛少有高趣，嘗著五柳先生傳以自況，曰(已見前)。其
自序如此，時人謂之實錄。親老家貧，起爲州祭酒。不堪吏職，少

日，自解歸。州召主簿，不就，躬耕自資，遂抱羸疾。

復爲鎭軍、建威參軍。謂親朋曰：“聊欲絃歌，以爲三逕之資可乎？”執事者聞之，以爲彭澤令。公田悉令吏種秫稻　妻子固請種秔，乃使二頃五十畝種秫，五十畝種秔。郡遣督郵至縣，吏白：“應束帶見之。”潛歎曰：“我不能爲五斗米折腰向鄉里小人！”即日解印綬去職，賦歸去來，其詞曰（巳見前）。義熙末，徵著作佐郎，不就。

江州刺史王弘欲識之，不能致也。潛嘗往廬山，弘令潛故人龐通之齎酒具於半道栗里要之。潛有脚疾，使一門生、二兒舁籃輿。旣至，欣然便共飲酌。俄頃弘至，亦無忤也。先是顏延之爲劉柳後軍功曹，在尋陽與潛情款。後爲始安郡，經過日日造潛，每往必酣飲致醉。臨去，留二萬錢於潛，潛悉送酒家，稍就取酒。嘗九月九日無酒，出宅邊菊叢中坐久，值弘送酒至，即便就酌，醉而後歸。潛不解音聲，而畜素琴一張，無絃，每有酒適，輒撫弄以寄其意。貴賤造之者，有酒輒設。潛若先醉，便語客：“我醉欲眠，卿可去。”其眞率如此。郡將候潛，值其酒熟，取頭上葛巾漉酒，畢，還復著之。

潛弱年薄宦，不潔去就之迹。自以曾祖晉世宰輔，恥復屈身後代。自高祖王業漸隆，不復肯仕，所著文章，皆題其年月，義熙以前則書晉氏年號，自永初以來，唯云甲子而巳。與子書以言其志，并爲訓戒曰（見後）。又爲命子詩以貽之。……潛永嘉四年卒，時年六十三。

(二)　蕭統陶淵明傳

　　陶淵明字元亮；或云潛字淵明，潯陽柴桑人也。曾祖侃，晉大司馬。淵明少有高趣，博學，善屬文，穎脫不羣，任眞自得。嘗著五柳先生傳以自況曰（已見前）。時人謂之實錄。親老家貧，起爲州祭酒，不堪吏職，少日，自解歸。州召主簿，不就。躬耕自資，遂抱羸疾。江州刺史檀道濟往候之，偃臥瘠餒有日矣。道濟謂曰：“賢者處世，天下無道則隱，有道則至。今子生文明之世，奈何自苦如此？”對曰：“潛也何敢望賢，志不及也。”道濟饋以粱肉，麾而去之。

　　後爲鎭軍、建威參軍，謂親朋曰：“聊欲弦歌，以爲三徑之資可乎？”執事者聞之，以爲彭澤令。不以家累自隨，送一力給其子，書曰：“汝旦夕之費，自給爲難。今遣此力，助汝薪水之勞。此亦人子也，可善遇之。”公田悉令吏種秫，曰：“吾常得醉於酒，足矣。”妻子固請種秔，乃使二頃五十畝種秫，五十畝種粳。歲終，會郡遣督郵至縣，吏請曰：“應束帶見之。”淵明歎曰：“我豈能爲五斗米折腰向鄉里小兒！”即日解綬去職，賦歸去來。徵著作郎，不就。

　　江州刺史王弘欲識之，不能致也。淵明嘗往廬山，弘命淵明故人龐通之齎酒具於半道栗里之間邀之。淵明有脚疾，使一門生、二兒舁籃輿，旣至，欣然便共飲酌。俄頃弘至，亦無迕也。先是顏延之爲劉柳後軍功曹，在潯陽與淵明情款，後爲始安郡，經過潯陽，日造淵明飲焉。每往必酣飲致醉。弘欲邀延之坐，彌日不得。延之臨去，留二萬錢與淵明，淵明悉遣送酒家，稍就取酒。嘗九月九日出宅邊菊叢中坐，久之，滿手把菊，忽值弘送酒至，即便就酌，醉而歸。淵明不解音律，而蓄無絃琴一張，每酒適，輒撫弄以寄其意。貴賤造之者，有酒輒設。淵明若先醉，便語客：“我醉欲眠，卿可去。”其眞率如此。郡將嘗候之，值其釀熟，取頭上葛巾漉酒，漉畢，還復著之。

時周續之入廬山事釋惠遠，彭城劉遺民亦遁迹匡山，淵明又不應徵命，謂之“潯陽三隱”。後刺史檀韶苦請續之出州，與學士祖企、謝景夷三人共在城北講禮，加以讎校。所住公廨，近於馬隊。是故淵明示其詩云：“周生述孔業，祖、謝響然臻。馬隊非講肆，校書亦已勤。”其妻翟氏亦能安勤苦，與其同志。自以曾祖晉世宰輔，恥復屈身後代，自宋高祖王業漸隆，不復肯仕。元嘉四年，將復徵命，會卒，時年六十三。世號“靖節先生”。

（三）　顏延之陶徵士誄

夫璿玉致美，不爲池隍之寶；桂椒信芳，而非園林之實；豈其深而好遠哉，蓋云殊性而已。故無足而至者，物之藉也；隨踵而立者，人之薄也。若乃巢、高之抗行，夷、皓之峻節，故已父老堯、禹，錙銖周、漢，而縣世寖遠，光靈不屬，至使菁華隱沒，芳流歇絕，不其惜乎！雖今之作者，人自爲量，而首路同塵，輟塗殊軌者多矣。豈所以昭末景、泛餘波？

有晉徵士潯陽陶淵明，南岳之幽居者也。弱不好弄，長實素心；學非稱師，文取指達。在衆不失其寡，處言每見其默。少而貧苦，居無僕妾。井臼弗任，藜菽不給。母老子幼，就養勤匱。遠惟田生致親之議，追悟毛子捧檄之懷。初辭州府三命，後爲彭澤令。道不偶物，棄官從好。逐乃解體世紛，結志區外，定迹深棲，於是乎遠。灌畦鬻蔬，爲供魚菽之祭；織絇緯蕭，以充糧粒之費。心好異書，性樂酒德，簡棄煩促，就成省曠，殆所謂國爵屏貴、家人忘貧者與？有詔徵爲著作郎，稱疾不到。春秋若干，元嘉四年月日卒於潯陽縣之某里。近識悲悼，遠士傷情，冥默福應，嗚呼淑貞。

　　夫實以誄華，名由諡高，苟允德義，貴賤何筭焉。若其寬樂令終之美，好廉克己之操，有合諡典，無愆前志。故詢諸友好，宜諡曰“靖節徵士”。其辭曰：

　　物尙孤生，人固介立，豈伊時遘，曷云世及。嗟乎若士，望古遙集，韜此洪族，蔑彼名級。睦親之行，至自非敦，然諾之信，重於布言。廉深簡潔，貞夷粹溫，和而能峻，博而不繁。依世尙同，詭時則異，有一於此，兩非默置。豈若夫子，因心違事，畏榮好古，薄身厚志。世霸虛禮，州壤推風，孝惟義養，道必懷邦。人之秉彝，不隘不恭，爵同下士，祿等上農。度量難鈞，進退可限，長卿棄官，稚賓自免。子之悟之，何悟之辨，賦辭歸來，高蹈獨善。亦旣超曠，無適非心，汲流舊巘，葺宇家林。晨煙暮靄，春煦秋陰，陳書綴卷，置酒絃琴。居備勤儉，躬兼貧病，人否其憂，子然其命。隱約就閑，遷延辭聘，非直也明，是惟道性。糾纆斡流，冥漠報施，孰云與仁，實疑明智。謂天蓋高，胡欝斯義，履信曷憑，思順何寘。年在中身，疚維痁疾，視死如歸，臨凶若吉。藥劑弗嘗，禱祀非卹，儼幽告終，懷和長畢。嗚呼哀哉！敬述靖節，式遵遺占，存不願豐，沒無求贍。省訃却賻，輕哀薄斂，遭壞以穿，旋葬

而空。嗚呼哀哉！深心追往，遠情逐化，自爾介居，及我多暇。伊
好之洽 接閭鄰舍，宵盤晝憩，非舟非駕。念昔宴私 舉觴相誨
獨正者危，至方則閡。哲人卷舒，布在前載，取鑒不遠，吾規子
佩。爾實慨然，中言而發，違衆速尤，迕風先蹶。身才非實，榮聲
有歇，叡音永矣，誰箴余闕。嗚呼哀哉！仁焉而終，智焉而斃，黔
婁既沒，展禽亦逝。其在先生，同塵往世，旌此靖節，加彼康惠。
嗚呼哀哉！

（四）　蕭統陶淵明集序

　　夫自衒自媒者，士女之醜行；不忮不求者，明達之用心。是
以聖人韜光，賢人遁世，其故何也？含德之至，莫踰於道；親己之
切，無重於身。故道存而身安，道亡而身害。處百齡之內，居一
世之中，倏忽比之白駒，寄寓謂之逆旅，宜乎與大塊而盈虛，隨中
和而任放，豈能戚戚勞於憂畏，汲汲役於人間哉！齊謳趙女之娛，
八珍九鼎之食，結駟連騎之榮，侈袂執圭之貴，樂既樂矣，憂亦隨
之。何倚伏之難量，亦慶弔之相及。智者賢人居之甚履薄冰，愚
夫貪士競之若洩尾閭。玉之在山，以見珍而終破；蘭之生谷，雖
無人而自芳。故莊周垂釣於濠，伯成躬耕於野，或貨海東之藥
草，或紡江南之落毛。譬彼鵷雛，豈競鳶鴟之肉；猶斯雜縣，寧勞
文仲之牲。至於子常、甯喜之倫，蘇秦、衞鞅之匹，死之而不疑，
甘之而不悔。主父偃言“生不五鼎食，死則五鼎烹”，卒如其言，
豈不痛哉！又楚子觀周，受折於孫滿；霍侯驂乘，禍起於負芒。饕
餮之徒，其流甚衆。唐堯四海之主，而有汾陽之心；子晉天下之

儲，而有<u>洛濱</u>之志。輕之若脫屣，視之若鴻毛，而況於他人乎？是以至人達士，因以晦迹。或懷驩而謁帝，或被褐而負薪，鼓枻清潭，棄機漢曲，情不在於衆事，寄衆事以忘情者也。

有疑<u>陶淵明</u>詩篇篇有酒，吾觀其意不在酒，亦寄酒爲迹者也。其文章不羣，辭彩精拔，跌宕昭彰，獨超衆類，抑揚爽朗，莫之與京。橫素波而傍流，干青雲而直上。語時事則指而可想，論懷抱則曠而且眞。加以貞志不休，安道苦節，不以躬耕爲恥，不以無財爲病。自非大賢篤志，與道汙隆，孰能如此乎？余素愛其文，不能釋手，尚想其德，恨不同時，故加搜校，粗爲區目。白璧微瑕，惟在<u>閑情一賦</u>，<u>揚雄</u>所謂"勸百而諷一"者乎？卒無諷諫，何足搖其筆端？惜哉！無是可也。並粗點定其傳，編之於錄。嘗謂有能觀<u>淵明</u>之文者，馳競之情遣，鄙吝之意祛，貪夫可以廉，懦夫可以立，豈止仁義可蹈，抑乃爵祿可辭，不必旁遊<u>太華</u>，遠求<u>柱史</u>；此亦有助於風教也。

（五） 陶淵明其他作品選錄

晉故征西大將軍長史孟府君傳

君諱<u>嘉</u>，字<u>萬年</u>，<u>江夏</u><u>鄳</u>人也。曾祖父<u>宗</u>，以孝行稱，仕<u>吳</u>司馬。祖父<u>揖</u>，<u>元康</u>中爲<u>廬陵</u>太守。<u>宗</u>葬<u>武昌</u><u>新陽縣</u>，子孫家焉，遂爲縣人也。君少失父，奉母、二弟居，娶大司馬<u>長沙桓公</u><u>陶侃</u>第十女，閨門孝友，人無能間，鄉閭稱之。沖默有遠量，弱冠，儔類咸敬之。同郡<u>郭遜</u>，以清操知名，時在君右，常歎君溫雅平曠，自以爲不及。<u>遜</u>從弟<u>立</u>，亦有才志，與君同時齊譽，每推服焉。

由是名冠州里,聲流京邑。

太尉潁川庾亮以帝舅民望,受分陝之重,鎭武昌,並領江州,辟君部廬陵從事。下郡還,亮引見,問風俗得失,對曰:“嘉不知,還傳當問從吏。”亮以麈尾掩口而笑。諸從事既去,喚弟翼語之曰:“孟嘉故是盛德人也。”君既辭出外,自除吏名,便步歸家。母在堂,兄弟共相歡樂,怡怡如也。旬有餘日,更版爲勸學從事。時亮崇修學校,高選儒官,以君望實,故應尙德之舉。太傅河南褚褎,簡穆有器識,時爲豫章太守,出朝宗亮。正旦大會州府人士,率多時彥,君在坐次甚遠。褎問亮:“江州有孟嘉,其人何在?”亮云:“在坐,卿但自覓。”褎歷觀,遂指君謂亮曰:“將無是耶?”亮欣然而笑,喜褎之得君,奇君爲褎之所得,乃益器焉。舉秀才,又爲安西將軍庾翼府功曹,再爲江州別駕,巴丘令,征西大將軍譙國桓溫參軍。

君色和而正,溫甚重之。九月九日,溫游龍山,參佐畢集,四弟二甥咸在坐。時佐吏並著戎服,有風吹君帽墮落,溫目左右及賓客勿言,以觀其舉止。君初不自覺,良久如廁,溫命取以還之。廷尉太原孫盛爲諮議參軍,時在坐,溫命紙筆,令嘲之。文成示溫,溫以著坐處。君歸,見嘲笑,而請筆作答,了不容思,文辭超卓,四座歎之。

奉使京師,除尙書刪定郎,不拜。孝宗穆皇帝聞其名,賜見東堂,君辭以脚疾,不任拜起。詔使人扶入。君嘗爲刺史謝永別駕,永,會稽人,喪亡;君求赴義,路由永興。高陽許詢有雋才,辭榮不仕,每縱心獨往,客居縣界,嘗乘船近行,適逢君過,歎曰:“都邑美士,吾盡識之,獨不識此人。唯聞中州有孟嘉者,將非是乎？然亦何由來此？”使問君之從者，君謂其使曰：“本心相過，今先赴義，尋遷就君。”及歸，遂止信宿，雅相知得，有若舊交。還至，轉從事中郎，俄遷長史。在朝隤然，仗正順而已。門無雜賓，嘗會神情獨得，便超然命駕，逕之龍山，顧景酣宴，造夕乃歸。溫從容謂君曰：“人不可無勢，我乃能駕御卿。”後以疾終於家，年五十一。

始自總髮，至於知命，行不苟合，言無夸矜，未嘗有喜慍之容。好酣飲，逾多不亂，至於任懷得意，融然遠寄，傍若無人。溫嘗問君：“酒有何好，而君嗜之？”君笑而答曰：“明公但不得酒中趣爾。”又問：“聽妓，絲不如竹，竹不如肉。”答曰：“漸近自然。”中散大夫桂陽羅含賦之曰：“孟生善酣，不愆其意。”光祿大夫南陽劉耽，昔與君同在溫府，淵明從父太常夔嘗問耽：“君若在，當已作公否？”答云：“此本是三司人。”爲時所重如此。

淵明先親，君之第四女也，凱風“寒泉”之思，實鍾厥心。謹按採行事，撰爲此傳。懼或乖謬，有虧大雅君子之德，所以戰戰兢兢，若履深薄云爾。贊曰：

孔子稱進德修業，以及時也。君淸蹈衡門，則令聞孔昭；振纓公朝，則德音允集。道悠運促，不終遠業。惜哉！仁者必壽，豈斯言之謬乎！

與子儼等疏

告儼、俟、份、佚、佟：

天地賦命，生必有死，自古聖賢，誰能獨免。子夏有言：“死生有命，富貴在天。”四友之人，親受音旨。發斯談者，將非窮達不可妄求，壽夭永無外請故耶？

　　吾年過五十，少而窮苦。每以家弊，東西游走。性剛才拙，與物多忤。自量爲己，必貽俗患，僶俛辭世，使汝等幼而飢寒。余嘗感孺仲賢妻之言，敗絮自擁，何慚兒子。此既一事矣。但恨鄰靡二仲，室無萊婦，抱茲苦心，良獨內愧。少學琴書，偶愛閒靜，開卷有得，便欣然忘食。見樹木交蔭，時鳥變聲，亦復歡然有喜。常言五六月中，北窗下臥，遇涼風暫至，自謂是羲皇上人。意淺識罕，謂斯言可保，日月遂往，機巧好疏，緬求在昔，眇然如何。

　　病患以來，漸就衰損，親舊不遺，每以藥石見救；自恐大分將有限也。汝輩稚小家貧，每役柴水之勞，何時可免，念之在心，若何可言。然汝等雖不同生，當思四海皆兄弟之義。鮑叔、管仲，分財無猜，歸生、伍舉，班荆道舊，遂能以敗爲成，因喪立功。他人尚爾，況同父之人哉！潁川韓元長，漢末名士，身處卿佐，八十而終，兄弟同居，至于沒齒。濟北氾稚春，晉時操行人也，七世同財，家人無怨色。詩曰："高山仰止，景行行止。"雖不能爾，至心尚之。汝其慎哉，吾復何言。

自　祭　文

　　歲惟丁卯，律中無射，天寒夜長，風氣蕭索，鴻雁於征，草木黃落。陶子將辭逆旅之館，永歸於本宅。故人悽其相悲，同祖行於今夕，羞以嘉蔬，薦以清酌。候顏已冥，聆音愈漠。嗚呼哀哉！

　　茫茫大塊，悠悠高旻，是生萬物，余得爲人。自余爲人，逢運之貧。簞瓢屢罄，絺綌冬陳。含歡谷汲，行歌負薪。翳翳柴門，事我宵晨。春秋代謝，有務中園。載耘載耔，迺育迺繁。欣以素牘，和以七絃，冬曝其日，夏濯其泉。勤靡餘勞，心有常閒。樂天委分，以至百年。

惟此百年，夫人愛之。懼彼無成，愒日惜時。存爲世珍，沒亦見思。嗟我獨邁，曾是異茲。寵非已榮，涅豈吾緇。捽兀窮廬，酣飲賦詩。識運知命，疇能罔眷。余今斯化，可以無恨。壽涉百齡，身慕肥遯。從老得終，奚所復戀。寒暑逾邁，亡既異存。外姻晨來，良友宵奔。葬之中野，以安其魂。

窅窅我行，蕭蕭墓門。奢恥宋臣，儉笑王孫。廓兮已滅，慨焉已遐。不封不樹，日月遂過。匪貴前譽，孰重後歌。人生實難，死如之何？嗚呼哀哉！

（六）關於陶淵明的評價

鍾嶸曰：宋徵士陶潛。其源出于應璩，又協左思風力。文體省淨，殆無長語；篤意眞古，辭典婉愜。每觀其文，想其人德。世嘆其質直，至如"歡言酌春酒"、"日暮天無雲"，風華清靡，豈直爲田家語耶！古今隱逸詩人之宗也。（詩品中）

王通文中子：或問陶元亮，子曰："放人也。歸去來有避地之心焉，五柳先生傳則幾於閉關也。"（立命篇）

劉良曰：潛詩晉所作者，皆題年號，入宋所作者，但題甲子而已。意者恥事二姓，故以異之。（六臣注文選）

杜甫遣興五首：陶潛避俗翁，未必能達道。觀其著詩集，頗亦恨枯槁。達生豈是足，默識蓋不早。有子賢與愚，何其掛懷抱。

又江上值水如海勢聊短述：爲人性僻耽佳句，語不驚人死不休。老去詩篇渾漫與，春來花鳥莫深愁。新添水檻供垂釣，故著浮槎替入舟。焉得思如陶謝手,令渠述作與同遊。

韓愈曰:吾少時讀醉鄉記,私怪隱居者無所累於世,而猶有是言,豈誠旨於味邪?及讀阮籍、陶潛詩,乃知彼雖偃蹇不欲與世接,然猶未能平其心,或爲事物是非相感發,於是有託而逃焉者也。若顏氏子操瓢與簞,曾參歌聲若出金石,彼得聖人而師之,汲汲每若不可及,其於外也固不暇,尚何麴糵之託而昏冥之逃邪?吾又以爲悲醉鄉之徒不遇也。(送王秀才序)

白居易題潯陽樓:常愛陶彭澤,文思何高玄。又怪韋江州,詩情亦清閒。今朝登此樓,有以知其然。大江寒見底,匡山青倚天。深夜溢浦月,平旦鑪峯烟。清輝與靈氣,日夕供文篇。我無二人才,孰爲來其間?因高偶成句,俯仰愧高山。

思悅曰:文選五臣注云(見前劉良說)。思悅考淵明之詩有以題甲子者,始庚子距丙辰,凡十七年間,只九首耳,皆晉安帝時所作也。中有乙巳歲三月爲建威參軍使節都經前溪作,此年秋乃爲彭澤令,在官八十餘日,即解印綬,賦歸去來兮辭。後一十六年庚申,晉禪宋,恭帝元熙二年也。蕭德施淵明傳曰:"自宋高祖王業漸隆,不復肯仕。"於淵明出處,得其實矣。寧容晉未禪宋前二十年,輒恥事二姓,所作詩但題甲子以自取異哉?矧詩中又無標晉年號者,其所題甲子,蓋偶記一時之事耳。後人類而次之,亦非淵明之意也。(胡仔苕溪漁隱叢話前集卷三引)

蘇軾曰:淵明作詩不多,然其詩質而實綺,癯而實腴,自曹、劉、鮑、謝、李、杜諸人,皆莫及也。(與蘇轍書)

黃庭堅曰:寧律不諧而不使句弱,用字不工不使語俗,此庾開府之所長也;然有意於爲詩也。至於淵明,則所謂不煩繩削而自合者。雖然，巧於斧斤者多疑其拙，窘於檢括者輒病其放。孔子曰：“寧武子其智可及也，其愚不可及也。”淵明之拙與放，豈可爲不知者道哉！（題意可詩後）

又曰：血氣方剛時讀此詩，如嚼枯木。及縣歷世事，知決定無所用智。（跋淵明詩卷，陶澍靖節先生集引）

又曰：謝康樂、庾義城之詩，鑪錘之功不遺餘力。然未能窺彭澤數仞之牆者，二子有意於俗人贊毀其工拙，淵明直寄焉。持是以論淵明，亦可以知其關鍵也。（同上）

陳師道曰：鮑照之詩華而不弱；陶淵明之詩，切於事情，但不文耳。（後山詩話）

又曰：淵明不爲詩，寫其胸中之妙爾。學杜不成，不失爲工；無韓之才與陶之妙，而學其詩，終爲白樂天爾。（同上）

惠洪曰：東坡嘗曰：“淵明詩初看若散緩，熟看有奇句。……”大率才高意遠，則所寓得其妙，造語精到之至，遂能如此，似大匠運斤，不見斧鑿之痕。（冷齋夜話）

葉夢得曰：梁鍾嶸作詩品（評見前）……論陶淵明乃以爲出於應璩，此語不知其所據。應璩詩不多見，惟文選載其百一詩一篇，所謂“下流不可處，君子愼厥初”者，與陶詩了不相類。五臣注引文章錄云：“曹爽用事，多違法度。璩作此詩以刺在位，意若百分有補於一者。”淵明正以脫略世故，超然物外爲意，顧區區在位者，何足累其心哉？且此老何嘗有意欲以詩自名，而追取一人而模放之，此乃當時文士與世進取競進而爭長者所爲，何期此老之淺，蓋嶸之陋也。（石林詩話卷下）

又曰：詩本觸物寓興，吟詠情性，但能輸寫胸中所欲言，無有不佳,而世但役於組織雕鏤,故語言雖工,而淡然無味。陶淵明直是傾倒所有,借書於手,初不自知爲語言文字也,此其所以不可及。(玉澗雜書卷八)

許顗曰:陶彭澤詩,顏、謝、潘、陸皆不及者,以其平昔所行之事賦之於詩,無一點愧詞,所以能爾。(彦周詩話)

張戒曰:詩以用事爲博,始於顏光祿,而極於杜子美;以押韻爲工,始於韓退之,而極於蘇、黃。然詩者,志之所之也,情動於中而形於言,豈專意於詠物者。……淵明"狗吠深巷中,雞鳴桑樹顛",本以言郊居閒適之趣,非以詠田園,而後人詠田園之句,雖極工巧,終莫能及。(歲寒堂詩話卷上)

陳善曰:予每論詩,以陶淵明、韓、杜諸公皆爲韻勝。一日見林倅於徑山,夜話及此。林倅曰:"詩有韻有格,故自不同。如淵明詩,是其格高。謝靈運'池塘生春草'句,乃其韻勝也。格高似梅花,韻勝似海棠花。"予時聽之,瞿然若有所悟。(捫虱新話下集卷一)

又曰:山谷嘗謂白樂天、柳子厚俱效陶淵明作詩,而惟柳子厚詩爲近。然以予觀之,子厚語近而氣不近,樂天氣近而語不近;子厚氣悽愴,樂天語散緩;雖各得其一,要於淵明詩未能盡似也。東坡亦嘗和陶詩百餘篇,自謂不甚愧淵明,然坡詩亦微傷巧,不若陶詩體合自然也。要知淵明詩,須觀江文通雜體詩中擬淵明作者,方是逼眞。(同上下集卷四)

葛立方曰:陶潛、謝朓詩皆平淡有思致,非後來詩人怵心劌目雕琢者所爲也。老杜云"陶謝不枝梧,風騷共推激。紫燕自超詣,翠駁誰剪剔",是也。大抵欲造平淡,當自組麗中來,落其華芬,

然後可造平淡之境。如此，則陶、謝不足進矣。(韻語陽秋卷一)

　　黃徹曰：淵明非畏枯槁，其所以感歎時化推遷者，蓋傷時之
急於聲利也。……俗士何以識之。(碧溪詩話卷七)

　　又曰：世人論淵明，皆以其專事肥遯，初無康濟之念，能知其
心者寡也。嘗求其集，若云："歲月擲人去，有志不獲騁。"又有云：
"猛志逸四海，騫翮思遠翥。""荏苒歲月頹，此心稍已去。"其自樂
田畝，乃卷懷不得已耳。士之出處，未易為世俗言也。(同上卷八)

　　陳知柔曰：人之為詩，要有野意。蓋詩非文不腴，非質不枯，
能始腴而終枯，無中邊之殊，意味自長，風人以來得野意者，惟淵
明耳。(休齋詩話，郭紹虞宋詩話輯佚卷下)

　　楊萬里讀淵明詩：……淵明非生面，稚歲識已早。亟知人更
賢，未契詩獨好。塵中談久暌，眼處目偶到。故交了無改，乃似
未見寶。貌同覺神異，舊飫出新妙。珊空那有痕，滅跡不須掃。
腹腴八珍初，天巧萬象表。向來心獨苦，膚見欲幽討。寄謝潁濱
翁，何謂淡且槁？

　　朱熹曰：淵明所說者莊、老，然辭却簡古。(朱子語類卷一百
三十六)

　　又曰：陶淵明詩，人皆說是平淡，據某看他自豪放，但豪放得
來不覺耳。其露出本相者，是詠荆軻一篇，平淡底人如何說得這
樣言語出來。(同上卷一百四十)

　　又曰：問(韋應物)比陶如何？曰，陶却是有力，但語健而意
閒。隱者多是帶氣負性之人為之，陶欲有為而不能者也，又好
名。韋則自在，其詩直有做不著處，便倒塌了底。(同上)

　　又曰：作詩須從陶、柳門中來乃佳。不如是，無以發蕭散沖淡

之趣,不免於局促塵埃,無由到古人佳處。(陶澍靖節先生集引)

　　陸九淵曰:李白、杜甫、陶淵明,皆有志於吾道。(象山全集卷三十四)

　　辛棄疾書淵明詩後:淵明避俗未聞道,此是東坡居士云。身似枯株心似水,此非聞道更誰聞?(鄧廣銘輯辛稼軒詩文鈔存)

　　敖器之曰:陶彭澤如絳雲在霄,舒卷自如。(敖陶孫詩評,劉壎隱居通議卷六引)

　　眞德秀曰:予聞近世之評詩者曰:"淵明之辭甚高,而其指則出於莊、老。……。"以余觀之,淵明之學,正自經術中來,故形之於詩,有不可掩。榮木之憂,逝川之歎也;貧士之詠,簞瓢之樂也。飲酒末章有曰:"羲農去我久,舉世少復眞。汲汲魯中叟,彌縫使其淳。"淵明之智及此,是豈玄虛之士所可望耶?雖其遺寵辱,一得喪,眞有曠達之風,細玩其詞,時亦悲涼感慨,非無意世事者。或者徒知義熙以後不著年號,爲恥事二姓之驗,而不知其眷眷王室,蓋有乃祖長沙公之心,獨以力不得爲,故肥遯以自絕。食薇飲水之言,銜木填海之喩,至深痛切,顧讀者弗之察耳。淵明之志若是,又豈毀彝倫、外名教者可同日語乎!(跋黃瀛甫擬陶詩)

　　嚴羽曰:漢、魏古詩,氣象混沌,難以句摘,晉以還方有佳句,如淵明"採菊東籬下,悠然見南山"、謝靈運"池塘生春草"之類。謝所以不及陶者,康樂之詩精工,淵明之詩質而自然耳。(滄浪詩話)

　　陳仁子曰:淵明四言所以不可及者,全不犯古詩句;雖間有一二,不多見。他人作未免犯古句,又殊不類。(文選補遺卷三十六)

元好問論詩絕句：一語天然萬古新，豪華落盡見眞淳。南窗白日羲皇上，未害淵明是晉人。

又繼愚軒和黨承旨雪詩：君看陶集中，飲酒與歸田，此翁豈作詩，直寫胸中天。

虞集曰：陶淵明明乎物理，感乎世變，讀山海經諸作，略不道人世間事。（胡師遠詩集序）

陳繹曾曰：陶淵明心存忠義，心處閒逸，情眞景眞，事眞意眞，幾於十九首矣；但氣差緩耳。至其工夫精密，天然無斧鑿痕迹，又有出於十九首之表者，盛唐諸家風韻皆出此。（詩譜）

徐駿曰：魏、晉而降，則世降，而詩隨之。故載於文選者，詞浮靡而趨卑弱。……其間獨陶淵明詩淡泊淵永，復出流俗，蓋其情性然也。後世獨稱陶、韋、柳爲一家，殆論其形，而未論其神者也。（詩文軌範）

都穆曰：陳後山曰："陶淵明之詩，切於事情，但不文耳。"此言非也。如歸田園居云："曖曖遠人村，依依墟里煙。狗吠深巷中，雞鳴桑樹巔。"東坡謂如大匠運斤，無斧鑿痕。如飲酒其一云："衰榮無定在，彼此更共之。"山谷謂類西漢文字。如飲酒其五云："結廬在人境，而無車馬喧，問君何能爾？心遠地自偏。"王荆公謂詩人以來，無此四句。……後山非無識者，其論陶詩，特見之偶偏，故異於蘇、黃諸公耳。（南濠詩話）

又曰：東坡嘗拈出淵明談理之詩有三，一曰"採菊東籬下，悠然見南山"，二曰"笑傲東軒下，聊復得此生"，三曰"客養千金軀，臨化消其寶"，皆以爲知道之言。予謂淵明不止於知道，而其妙語亦不止是。如云"縱浪大化中，不喜亦不懼"，"應盡便須盡，無復獨多慮"。如云"望雲慚高鳥,臨水愧游魚。眞想初在襟,誰謂形迹拘"。如云"不賴固窮節,百世當誰傳"。如云"朝與仁義生,夕死復何求"。如云"及時當勉勵,歲月不待人"。如云"前途當幾許,未知止泊處","古人惜寸陰,念此使人懼"。觀是數詩,則淵明蓋眞有得於道者,非常人能蹈其軌轍也。(同上)

謝榛曰:皇甫湜曰:"陶詩切於事情,但不文爾。"湜非知淵明者。淵明最有性情,使加藻飾,無異鮑、謝,何以發眞趣於偶爾,寄至味於澹然?陳後山亦有是評,蓋本於湜。(四溟詩話卷四)

王世貞曰:淵明託旨沖淡,其造語有極工者,乃大入思來,琢之使無痕迹耳。後人苦一切深沈,取其形似,謂爲自然,謬以千里。(藝苑巵言卷三)

黃文煥曰:古今尊陶,統歸平淡;以平淡概陶,陶不得見也。析之以鍊字鍊章,字字奇奧,分合隱現,險峭多端,斯陶之手眼出矣。鍾嶸品陶,徒曰隱逸之宗;以隱逸蔽陶,陶又不得見也。析之以憂時念亂,思扶晉衰,思抗晉禪,經濟熱腸,語藏本末,湧若海立,屹若劍飛,斯陶之心膽出矣。(陶詩析義自序)

許學夷曰:靖節詩不爲冗語,惟意盡便了,故集中長篇甚少;此韋、柳所不及也。(詩源辯體)

唐順之曰:卽如以詩爲喻,陶彭澤未嘗較聲律,雕文句,但信手寫出,便是宇宙間第一等好詩。何則?其本色高也。自有詩以來,其較聲律,雕文句,用心最苦而立說最嚴者,無如沈約。苦却一生精力,使人讀其詩,祗見其細縛齷齪,滿卷累牘,竟不曾道出一兩句好話。何則? 其本色卑也。本色卑,文不能工也,而況非其本色者哉!(答茅鹿門知縣)

胡應麟曰：子美不甚喜陶詩，而恨其枯槁也；子瞻劇喜陶詩，而以曹、劉、李、杜俱莫及也；二人者之所言皆過也。善乎鍾氏之品元亮也，千古隱逸詩人之宗也，而以源出應璩，則亦非也。（詩藪外編）

江盈科曰：陶淵明超然塵外，獨闢一家，蓋人非六朝之人，故詩亦非六朝之詩。（雪濤詩評）

王圻曰：情之所蓄，無不可吐出；景之所觸，無不可寫入；晉惟淵明，唐惟少陵。（稗史）

鍾惺曰：其語言之妙，往往累言說不出處，數字回翔累盡；有一種清和婉約之氣在筆墨外，使人心平累消。（古詩歸卷九）

又曰：陶公山水朋友詩文之樂，卽從田園耕鑿中一段憂勤討出，不別作一副曠達之語，所以爲眞曠達也。（同上）

顧炎武曰：栗里之徵士，淡然若志於世，而感憤之懷，有時不能自止而微見其情者，眞也；其汲汲於自表暴而爲言者，僞也。（日知錄卷十九）

又曰：陶徵士、韋蘇州，非直狷介，實有志天下者。陶詩“惜哉劍術疏，奇功遂不成”，韋詩“秋郊細柳道，走馬一夕還”，何等感慨，何等豪宕！……大凡伉爽高邁之人，易與入道，夫子言“狂者進取”，正謂此耳。（菰中隨筆）

王夫之曰：鍾嶸以陶詩“出于應璩”，“爲古今隱逸詩人之宗”，論者不以爲然。然自非沈酣六義，豈不知此語之確也。平淡之于詩，自爲一體。平者取勢不雜，淡者遣意不煩之謂也。陶詩于此，固多得之，然亦豈獨陶詩爲爾哉？若以近俚爲平，無味爲淡，唐之元、白，宋之歐、梅，據此以爲勝場。而一行欲了，引之使長；精意欲來，去之若鶩，乃以取適於老嫗，見稱蠻夷，自相張大，則亦不知曝背之非暖而欲獻之也。且如關雎一篇，實爲風始，自其不雜不煩者言之，題以平淡，夫豈不可？乃夫子稱其"不淫不傷"，"爲王化之基"。今試思其不淫不傷者何在？正自古人莫喻其際。彼所稱平淡者，淫而不返，傷而無節者也。陶詩恆有率意一往，或篇多數句，句多數字，正唯恐愚蒙者不知其意，故以樂以哀，如聞其哭笑，斯惟隱者弗獲。已而與田舍翁嫗相酬答，故習與性成；因之放不知歸爾。夫乃知鍾嶸之品陶爲得陶眞也。（古詩評選卷四）

　　陳祚明曰：千秋以陶詩爲閒適，乃不知其用意處。朱子亦僅謂詠荊軻一篇露本旨。自今觀之，飲酒、擬古、貧士、讀山海經何非此旨，但稍隱耳。往味其聲調，以爲法漢人而體稍近，然揆意所存，宛轉深曲，何嘗不厚？語之暫率易者，時代爲之；至於情旨，則眞十九首之遺也。駕晉、宋而獨遒，何王、韋之可擬？抑文生於志，志幽故言遠。惟其有之，非同泛作，豈不以其人哉！千秋之詩，謂惟陶與杜可也。（采菽堂古詩選卷十三）

　　李光地曰：六代華巧極矣，然所謂眞氣流行者，無有也。一則所存者異于古人，二則顧畏世網而不敢道其志，故非放浪山水，嘯咏風花，則或托於游仙出世以自高，或止于歎老嗟卑而自見，此皆所謂應時感候而形其心聲者。觀嵇、阮、張、陸以下諸詩可見。惟陶靖節隱居求志，身中清，廢中權，故其辭雖隱約微婉，而眞氣自不可掩。……此亦所謂頌其詩，論其世，以知其人，不可不察也。（榕村詩選敍例）

　　沈德潛曰：陶公以名臣之後，際易代之時，欲言難言，時時寄託,不獨詠荆軻一章也。六朝第一流人物,其詩自能曠世獨立。鍾記室謂其源出於應璩,目爲中品,一言不智,難辭厥咎巳。(說詩晬語卷上)

又曰:晉人多尚放達,獨淵明有憂勤語,有自任語,有知足語,有悲憤語,有樂天安命語,有物我同得語,倘幸列孔門,何必不在季次、原憲下。(同上)

又曰:陶詩胸次浩然,其有一段淵深樸茂不可到處。唐人祖述者,王右丞有其清腴,孟山人有其閒遠,儲太祝有其樸實,韋左司有其沖和,柳儀曹有其峻潔:皆學焉而得其性之所近。(同上)

方東樹曰:莊以放曠,屈以窮愁,古今詩人不出此二大派,進之則爲經矣。……阮公似屈兼似經,淵明似莊兼似道,此皆不得僅以詩人目之。(昭昧詹言卷一)

陳沆曰:案讀陶詩者有二蔽:一則惟知歸園、移居及田間詩十數首,景物堪玩,意趣易明,至若飲酒、貧士,便已罕尋,擬古、雜詩,意更難測,徒以陶公爲田舍之翁,閒適之祖,此一蔽也。二則聞淵明恥事二姓,高尚羲皇,遂乃逐景尋響,望文生義,稍涉長林之想,便謂"采薇"之吟。豈知考其甲子,多在强仕之年,寧有未到義熙,預興易代之感?至於述酒、述史、讀山海經,本寄憤悲,翻謂恆語,此二蔽也。宋王質、明潘璁均有淵明年譜,當並覽之,俾知早歲肥遯,匪關激成,老閱滄桑,別有懷抱;庶資論世之胸,而無害志之鑿矣。(詩比興箋卷二)

劉熙載曰:曹子建、王仲宣之詩出於騷,阮步兵出於莊,陶淵明則大要出於論語。(藝概詩概)

又曰:陶詩有"賢哉回也,吾與點也"之意,直可嗣洙、泗遺

晉。其貴尚節義，如詠荆卿、美田子泰等作，則亦孔子賢夷、齊之志也。（同上）

又曰：陶詩"吾亦愛吾廬"，我亦具物之情也；"良苗亦懷新"，物亦具我之情也。歸去來辭亦云："善萬物之得時，感吾生之行休。"（同上）

又曰：陶詩云"願言躡清風，高舉尋吾契"，又云"卽事如已高，何必升華嵩"，可見其玩心高明，未嘗不脚踏實地，不是偶然無所歸宿也。（同上）

又曰：鍾嶸詩品謂阮籍詠懷之作，"言在耳目之內，情寄八荒之表"。余謂淵明讀山海經，言在八荒之表，而情甚親切，尤詩之深致也。（同上）

厲志曰：赤堇氏云："昔人以太白比仙，摩詰比佛，少陵比聖；吾謂仙佛聖猶許人學步，惟淵明詩如混沌元氣，不可收拾。"此評最確。（白華山人詩說卷一）

施補華曰：凡作清淡古詩，須有沈至之語，樸實之理，以爲之骨，乃可不朽；非然，則山水清音，易流於薄，且白腹人可以襲取，讀陶公詩知之。（峴傭說詩）

又曰：陶詩多微至語，東坡學陶，多超脫語，天分不同也。（同上）

王國維曰：有有我之境，有無我之境。……"采菊東籬下，悠然見南山"，"寒波澹澹起，白鳥悠悠下"，無我之境也。有我之境，以我觀物，故物皆著我之色彩；無我之境，以物觀物，故不知何者爲我，何者爲物。古人爲詞，寫有我之境者爲多，然未始不能寫無我之境，此在豪傑之士能自樹立耳。（人間詞話卷上）

九　宋代詩文

一　謝靈運

　　謝靈運（公元三八五——四三三）祖籍陳郡陽夏（今河南太康附近）。他出身於東晉大族，是謝玄的孫子，襲爵康樂公，因稱謝康樂。公元四二〇年，宋高祖劉裕代晉，降公爵爲侯。少帝時，出爲永嘉太守，不久辭官，隱居會稽。文帝時，爲臨川內史，元嘉十年獲罪被誅。

　　謝靈運在政治上代表世族地主的利益，在文學上主要也是反映了這個階級的思想願望。他是我國第一個大量創作山水詩的作家，這些詩缺乏社會內容，流露着較重的沒落頹廢的感情。但其中某些篇章反映了自然美，給人以清新開朗之感，還是有一定價值的。在藝術表現上，謝詩刻劃景物逼眞細緻，但過於雕琢堆砌。雖不乏名句，但缺少佳篇。

　　謝靈運在晉、宋之際詩名最高。他以大量山水詩打破了東晉玄言詩的統治，擴大了詩歌題材的領域，對文學的發展是有推動作用的。其詩有黃節的謝康樂詩注，是較完善的注本。

登池上樓①

潛虬媚幽姿②，飛鴻響遠音。薄霄愧雲浮，棲川怍淵沈。進德智所拙③，退耕力不任。徇祿及窮海④，臥痾對空林⑤。衾枕昧節候⑥，褰開暫窺臨⑦。傾耳聆波瀾⑧，舉目眺嶇嶔。初景革緒風⑨，新陽改故陰。池塘生春草⑩，園柳變鳴禽。祁祁傷豳歌⑪，萋萋感楚吟⑫。索居易永久⑬，離羣難處心。持操豈獨古⑭，無悶徵在今！

① “池上樓”，在永嘉郡（今浙江溫州）。據永初三年七月十六日之郡初發都一詩，及本傳“在郡一周，稱疾去職”，知謝靈運在永嘉郡的時間大概是永初三年（公元四二二）七八月間至景平元年（公元四二三）七八月間。此詩當作於景平元年初春，前半發洩官場失意的牢騷，中間寫出滿園春色，最後觸景傷情，決意隱居。

② “潛虬”四句：“虬(qiú)”，有角的小龍。“薄”，通“泊”，止。“怍(zuò)”，慚愧。

③ “進德”二句：“進德”，易乾文言：“子曰：‘君子進德修業，欲及時也。’”此連上四句，李善說：“虬以深潛而保眞，鴻以高飛而遠害，今己嬰俗網，故有愧虬鴻也。”劉履說：“言虬以深潛而自媚，鴻能奮飛而揚音。二者出處雖殊，亦各得其所矣，今我希近薄霄，則拙於施德，無能爲用，故有愧於飛鴻。退效棲川，則不任力耕，無以自養，故有慙於潛虬也。”（選詩補注）當從劉說。

④ “徇祿”句：“徇(xún)”，從，求。“徇祿”，指做官。“及”，到。一作“反”。“窮海”，邊遠的海濱，指永嘉。本傳：“少帝卽位，權在大臣。靈運搆扇異同，非毀執政。司徒徐羨之等患之，出爲永嘉太守。”

⑤ “臥痾”句：“痾(ē)”，病。“空林”，秋多葉落，故謂“空林”。

⑥ “衾枕”句：“衾”，被子。“昧”，暗。這句說臥病於衾枕，感覺不到季節氣候的變化。

⑦ “褰開”句：“褰(qiān)”，揭起。這句說揭開帷簾暫且登樓臨視。

⑧ “傾耳”二句：“傾耳”，側耳傾聽。“聆(líng)”，聽。“嶇嶔(qīn)”，山高險貌。這二句是寫遠景。

⑨ “初景”二句：“初景”，初春的日光。“革”，改變。“緒風”，餘風。楚辭

涉江："欸(ǎi, 欸)秋冬之緒風。""新陽"，指春。"故陰"，指冬。這二句是說冬去春回。

⑩"池塘"二句："變鳴禽"，鳴禽換了種類。這二句是寫近景。

⑪"祁祁"句：詩經豳風七月："春日遲遲，采蘩祁祁，女心傷悲，殆及公子同歸。""祁祁"，衆多貌。這句猶言"采蘩祁祁"這首豳歌，使我傷悲。

⑫"萋萋"句：楚辭招隱士："王孫遊兮不歸，春草生兮萋萋。""萋萋"，草茂盛貌。這句猶言"春草生兮萋萋"這首楚歌使我感傷。招隱士是招尋隱士的詩，所以又由此引起以下離羣索居等語。

⑬"索居"二句：禮記檀弓：子夏曰："吾離羣索居，亦已久矣！""索居"，散居。"離羣"，離開朋友。這二句說離羣索居容易覺得歲月長久，但是難以安心做到。這是一般而論，並非指作者自己。

⑭"持操"二句："持操"，堅持節操。"無悶"，易乾："龍德而隱者也，不易乎世，不成乎名，遯世無悶。"謂有龍德而隱者，不爲世俗易其志，不成其名，避世而無所煩憂。"徵"，驗。這二句說堅持節操豈止古人能夠做到，"遯世無悶"在我已徵驗實現了。謝靈運在永初三年七月十六日之郡初發都一詩中說："將窮山海迹，永絕賞心晤。"可見他本來就把出任永嘉太守看做遯世歸隱，所以此處才說"無悶徵在今"。

游　南　亭①

時竟夕澄霽②，雲歸日西馳。密林含餘清③，遠峯隱半規④。久痗昏墊苦⑤，旅館眺郊歧⑥。澤蘭漸被徑⑦，芙蓉始發池⑧。未厭青春好⑨，已覩朱明移。戚戚感物歎⑩，星星白髮垂。藥餌情所止⑪，衰疾忽在斯。逝將候秋水⑫，息景偃舊崖。我志誰與亮⑬，賞心惟良知。

　　①"南亭"，在永嘉郡。此詩作於景平元年初夏。方回說："此乃夏雨喜

霽之作,思欲見秋而歸也。"(文選顏鮑謝詩評) 方東樹說:"自病起登
池上樓,遂遊南亭,繼之以赤石帆海,又繼以登江中孤嶼,皆一時漸歷
之跡。故此數詩必合誦之, 乃見其一時情事及語言之次第。"(昭昧
詹言)

②"時竟"句:"時竟",黃節說:"四時中一時之終也。"此指春盡。"澄",
清。"霽",雨止。這句說春末的傍晚,雨止天清。

③含餘清:謂雨後空氣清涼。

④"遠峯"句:說遠峯隱沒了半個太陽。"規",圓,此指太陽的圓形。

⑤"久痗"句:"痗(mèi)",病。這裏作動詞用,猶言厭惡。"昏",昏瞀惑
亂。"墊",陷溺。"昏墊",困於水災,此謂久雨。這句說霖雨不止,使
人厭惡很久了。

⑥"旅館"句:"郊歧", 郊外的叉路。這句說幸而如今已晴,於是眺望郊
歧。

⑦"澤蘭"句:楚辭招魂:"皐蘭被徑兮斯路漸。"這句說澤畔的蘭草日漸
繁茂而被覆於路上。

⑧"芙蓉"句:楚辭招魂:"芙蓉始發,雜芰荷些。""芙蓉",荷花。上句與
此句都是寫春末夏初景色。

⑨"未厭"二句:"厭",滿足。"青春",楚辭大招:"青春受謝,白日昭只。"
"朱明",日。楚辭招魂:"朱明承夜兮時不見淹。"爾雅:"夏為朱明。"
此處"朱明"與"青春"對舉, 亦兼有春去夏來之意。這二句說還沒有
盡情領略春天的美好,時光卻已經不可淹留地逝去了。

⑩"戚戚"二句:"戚戚",憂思貌。"星星", 文選李善注引左思白髮賦:
"星星白髮,生於鬢垂。"這二句說節物的變化使自己憂傷感歎,星星
點點的白髮垂在鬢邊。

⑪"藥餌"二句:"藥餌",藥食。李善說:"藥餌既止,故有衰病。"黃節引
姚鼐曰:"藥餌, 當作樂餌。用老子指官祿世味言。作藥誤。"黃案:
"老子曰:'樂與餌,過客止',言聲與食,能止人之往也。當從姚氏說,

作樂餌。蓋謂止於擊歌飲食，忽已衰老矣。"姚、黃說較妥。

⑫"逝將"二句："秋水"，莊子秋水："秋水時至，百川灌河。涇(通)流之大，兩涘(涯)渚崖之間，不辯牛馬。"此處"秋水"即用其意。"景"，影。"偃"，息。張銑說這二句："言將往候秋水至，隨流而歸，息形影於舊居之山崖。"(見六臣注文選)

⑬"我志"二句："亮"，信。"賞心"，心所喜悅。"良知"，猶良友。這二句說自己隱逸的志趣誰能了解呢？只有知心朋友才能給我以安慰喜悅。

過白岸亭①

拂衣遵沙垣②，緩步入蓬屋③。近澗涓密石④，遠山映疏木。空翠難強名⑤，漁釣易為曲⑥。援蘿聆青崖⑦，春心自相屬⑧。交交止栩黃⑨，呦呦食萍鹿。傷彼人百哀，嘉爾承筐樂。榮悴迭去來⑩，窮通成休慼。未若長疏散⑪，萬事恆抱樸。

①"白岸亭"，據太平寰宇記，亭在栖溪西南，去永嘉八十七里。因岸沙色白得名。此詩先寫白岸亭周圍的山光水色，繼而抒發榮悴窮通無常的慨歎，最後表示要不問世事，而歸於抱樸含真。這種感情是十分消極頹廢的。

②"拂衣"句："拂衣"，振衣，喻起行。"遵"，循，沿。"垣"，矮墻。岸沙堆積像一道矮墻，故云"沙垣"。

③蓬屋：此指白岸亭。

④涓密石：細水流過密石。"涓"，細流。

⑤"空翠"句：承"遠山"句。"空翠"，山中青綠色的水氣。"難強名"，很難勉強加以描述。黃節引老子"吾不知其名，字之曰道，強名之曰大"，說此句"雖寫遠山疏木，含有玄理。"

⑥"漁釣"句：承"近澗"句。"為曲"與"強名"對舉，似言漁釣之樂易於吟唱。又黃節引老子"曲則全"(王弼注：不自見其明則全也)，說"漁釣

者利於不自見，故用曲。”是說漁釣者易於全身。又“曲”有“河曲”的
意思，“易爲曲”，是說在近澗中容易找到迴折的河彎以便漁釣。以上
三說都可通，錄以參考。

⑦“援蘿”句：“援”，牽持，攀附。“蘿”，藤蘿。“聆青崖”，在青崖上聆聽。

⑧“春心”句：說春景與自己的心境融合在一起。“屬”，連。

⑨“交交”四句：第一、三句用詩經秦風黃鳥：“交交黃鳥，止于棘。誰從穆
　公？子車奄息。……彼蒼者天，殲我良人！如可贖兮，人百其身！”小雅
　黃鳥：“黃鳥黃鳥，無集于栩。”“交交”，鳥鳴聲。“栩(xǔ)”，櫟樹。“彼”
　與第四句“爾”都非實指某人。這二句說停在栩樹上的黃鳥的鳴聲，使
　我想起奄息、仲行、鍼虎爲秦穆公殉葬之事，以及秦人對他們的哀悼，
　而十分感傷。第二、四句用詩經小雅鹿鳴：“呦呦鹿鳴，食野之苹。我
　有佳賓，鼓瑟吹笙。吹笙鼓簧，承筐是將。”這是燕饗羣臣佳賓的詩。
　“呦呦”，鹿鳴聲。“苹”，草名，白蒿類。“承”，奉。“筐”，用以盛幣帛
　賞賜賓客。這二句說食苹之鹿的鳴聲，使我想起宴饗封賞之樂。

⑩“榮悴”二句：“榮”，茂盛，榮耀。“悴(cuì)”，衰弱，憂困。“窮”，困阨。
　“通”，顯達。“迭”，更替。“休”，喜。“感”，憂。這二句是總括“交交”
　四句而發的感慨。因鳥鳴鹿鳴而聯想到黃鳥、鹿鳴二詩，又由前者想
　到“悴”、“窮”，由後者想到“榮”、“通”。大意是說榮悴交替，沒有一
　定，窮通變化無常，使人或喜或憂。

⑪“未若”二句：“疏散”，通達散淡。“抱樸”，老子：“見素抱樸，少私寡
　欲。”未成器的木材叫樸，“抱樸”，比喻守持人的“本眞”。這二句承上
　說，世事窮通無常，使人休感不定，不如永遠過疏散的隱居生活，對於
　萬事抱着不聞不問的態度，以保持住自己的“本性”。

登江中孤嶼①

江南倦歷覽②，江北曠周旋③。懷新道轉迴④，尋異景不延。亂

流趣正絕⑤，孤嶼媚中川。雲日相暉映，空水共澄鮮。表靈物莫
賞⑥，蘊眞誰爲傳。想像崑山姿⑦，緬邈區中緣。始信安期術⑧，
得盡養生年。

①"江"，指永嘉江。"孤嶼"，張雲璈說："按寰宇記：'孤嶼，在溫州南四
　　十里，永嘉江中渚，長三百丈，闊七十步，嶼有二峰（靈運所登，後人建
　　亭其上）。'李白詩所云'康樂上官去，永嘉遊石門。江亭有孤嶼，千
　　載跡猶存'者是也。"（選學膠言）

②歷覽：徧覽。

③曠周旋：久未周遊。

④"懷新"二句：大意是說尋求新境異景之心甚切，反而覺得道路遠、時
　　間短了。

⑤"亂流"二句：爾雅釋水："正絕流曰亂。"郭璞注："直橫渡也。"邵懿行
　　云："是正訓直。絕猶截也。截流橫渡不順曰亂。"（爾雅羲疏）上句將
　　爾雅原文拆開來用，其實就是截流橫渡之意。"趣"，疾行。"媚"，姸
　　美悅人。"中川"，川中。這二句說截流橫渡十分迅疾，只見孤嶼立於
　　江中姸美悅人。"趣正絕"，五臣作"趣孤嶼"，則是向孤嶼之意。以上
　　六句，吳淇說："非先遊江南，方游江北；正先遊江北，方遊江南。江南
　　旣倦，乃迴想我昔遊江北，江北山水，與我周旋久矣，今久不遊，若朋
　　友之久曠然。於是又欲返棹遊江北。乃未及江北，適於江中亂流正
　　絕之處，得此孤嶼。因知首二句多少曲折，乃用'南'、'北'二字夾出一
　　'中'字也。然於未登孤嶼之先，上着'懷新'二句者何？凡人行過舊
　　路，多不覺遠，以懷新故，冀得見所未見耳。道旣覺遠，則日便覺促，
　　總是急急尋異，以見前倦於江南，非倦於歷覽也。"（見六朝選詩定論）

⑥"表靈"二句："表"，明，顯現。"靈"，靈秀、神異。"物"，世物，世人。
　　"蘊"，藏。"眞"，眞人，仙人。這二句說江嶼之美是仙人所顯現出來
　　的靈秀，然而世人不知欣賞，那麼蘊藏着的仙人又有誰能爲之傳述

呢？吳淇說：“‘表靈’，卽‘亂流’云云，言此等山水，皆表天地靈異之
氣。苟不知賞，則此中所蘊之眞意，誰爲之傳乎？”可參考。

⑦“想像”二句：崑山，卽崑崙山。“姿”，指崑崙山上仙靈的姿容，傳說崑
崙爲西王母居處。“緬邈”，悠遠。“區中緣”，人間的因緣關係。這二
句說由江嶺的靈秀想像到崑崙山仙靈的姿容，世間之事反覺緬邈了。

⑧“始信”二句：“安期”，安期生，古代傳說中的仙人，傳說他活了一千
歲。“安期術”，指長生術。下句，莊子養生主：“可以盡年。”郭象注：
“養生非求過分，蓋全理盡年而已。”呂向說此二句“言我見此山靈異，
始信神仙之道，得盡養生也。”(六臣注文選)

石壁精舍還湖中作①

昏旦變氣候，山水含清暉。清暉能娱人②，游子憺忘歸。出谷日
尚早，入舟陽已微③。林壑斂暝色④，雲霞收夕霏⑤。芰荷迭映
蔚⑥，蒲稗相因依⑦。披拂趨南徑⑧，愉悅偃東扉⑨。慮澹物自
輕⑩，意愜理無違⑪。寄言攝生客⑫，試用此道推。

①謝靈運遊名山志：“湖(巫湖)三面悉高山，枕水渚山。溪澗凡有五處。
南第一谷，今在所謂石壁精舍。”李善說：“精舍，今讀書齋是也。”呂向
說：“言靈運遊山寺也。”劉履說精舍卽太傅(謝安)故宅。湖謂太康湖。
黃節說：“儒者授生徒之處，本稱精舍。……今人皆以佛寺爲精舍。”謝
靈運另有石壁立招提精舍一詩，是營立精舍時所作。此詩是自精舍還
巫湖所作。張玉轂古詩賞析云：“前六，先敍石壁之景，遊壁之樂，而
以‘出谷’二句點清霙日，落到還湖。中六，則敍湖中所見晚景，趨徑、
偃扉，又透後題。後四，總上兩層，約指其趣，自悟悟人，咏歎作結。”

②“清暉”二句：楚辭九歌東君：“羌聲色兮娛人，觀者憺兮忘歸。”“娛”，
樂。“憺(dàn)”，安。

③陽已微：日光已經昏暗。

④"林壑"句："斂"，收斂，聚集。"暝色"，猶暮色。

⑤"雲霞"句："霏"，雲飛貌。這句說晚霞凝聚在天邊。

⑥"芰荷"句："芰(jì)"，菱。這句說芰荷蔚鬱，相互映照。

⑦"蒲稗"句："蒲"，菖蒲，水草名。"稗(bài)"，形狀像穀的一種雜草。這
　裏指的是一種水草。"因依"，依倚。

⑧"披拂"句："披拂"，撥開，也卽陶詩"披草共來往"意。"趣"，疾行。

⑨"愉悅"句："偃"，息。"扉"，門。

⑩"慮澹"句：說思慮淡泊，外物就自然看得輕了。

⑪"意愜"句：說心滿意足就不會違背宇宙萬物的至理常道。

⑫"寄言"二句："攝生"，養生。"此道"，指"慮澹"二句所說的道理。"推"，
　推求。李周翰說："言養生不出此道也。"(六臣注文選)

石門巖上宿①

朝搴苑中蘭②，畏彼霜下歇③。暝還雲際宿④，弄⑤此石上月。鳥
鳴識⑥夜棲，木落知風發。異音同至聽⑦，殊響俱清越⑧。妙物
莫爲賞⑨，芳醑誰與伐⑩？美人竟不來⑪，陽阿徒晞髮。

①此詩一作夜宿石門。"石門"，山名，在今浙江嵊縣。謝靈運遊名山志
　云："石門澗六處，石門溯水上入兩山口，兩邊石壁，右邊石巖，下臨澗
　水。"謝又有石門新營所住四面高山迴溪石瀨茂林修竹一詩，山居賦自
　云石門是其南居。此詩當是宿於石門別墅所作。張玉穀說："前四以
　朝遊陪出夜宿，點題而起。中四卽所聞寫景，不以目治，而以耳治，是
　夜宿神理。後四亦以共賞無人收住，而措詞又別。"

②"朝搴"句："搴(qiān)"，取。"苑"，苑囿，花園。"蘭"，木蘭，香草名。
　離騷："朝搴阰之木蘭兮。"

③歇：盡。

④"暝還"句："暝"，夜。"雲際宿"，即石門巖上宿之意。楚辭九歌少司命："夕宿兮帝郊，君誰須(待)兮雲之際。"

⑤弄：玩賞。

⑥識：知。

⑦"異音"句："異音"，指鳥鳴、風發、木落之聲。"至聽"，至於耳。又，"至"，作極解，"至聽"，猶言最好聽的聲音，亦通。至，一作致。

⑧"殊響"句："殊響"，猶"異音"。"清越"，清亮悠揚。

⑨"妙物"句："妙物"，指以上所寫景物。"莫爲賞"，沒有人欣賞。

⑩"芳醑"句："醑(xǔ)"，美酒。"伐"，誇美。這句說誰與我共誇美此芳醑。

⑪"美人"二句：楚辭九歌少司命："與汝沐兮咸池，晞汝髮兮陽之阿。望美人兮未來，臨風怳兮浩歌。""美人"，指少司命。"晞(xī)"，乾。"陽"，山南。"阿"，曲阿，古代神話中以爲日所經行之處。這二句用其意，表達一種孤獨高傲、傲睨一世的心情，言如此佳景無人共賞，徒然獨遊。

入彭蠡湖口①

客遊倦水宿②，風潮難具論③；洲島驟迴合④，圻岸屢崩奔、乘月聽哀狖⑤，浥露馥芳蓀。春晚綠野秀，巖高白雲屯⑥。千念集日夜⑦，萬感盈朝昏。攀崖照石鏡⑧，牽葉入松門⑨。三江事多往⑩，九派理空存。靈物吝珍怪⑪，異人祕精魂。金膏滅明光⑫，水碧輟流溫。徒作千里曲⑬，弦絕念彌敦。

①"彭蠡湖"，即今江西鄱陽湖。彭蠡湖口，即江州(九江)口，是湖與長江交接處。此詩可能是往臨川途中自長江入彭蠡湖口所作。

②"客遊"句："倦"，厭倦。"水宿"，謂日夜住在船中。

③難具論：難於一一言說。

④"洲島"二句：承上句言風潮勢猛。"驟"，急遽。"迴"，猶洄，水轉曰洄。"迴合"，言浪潮遇到洲島，急遽地從兩邊迴旋繞過，而後又合在一起。呂向說："言人隨風潮之急，數見洲島迴曲會合。"（六臣注文選）可備參考。"圻(qí)"，地界，此指江邊。"崩奔"，言浪潮打到岸上，一次次地逆折回來，奔流而下。

⑤"乘月"二句：李善說："言乘月而遊，以聽哀狖之響；濕露而行，爲翫芳叢之馥。""狖(yòu)"，黑猿，或說爲長尾猴。"浥(yí)"，濕。"馥"，香氣。"蓀"，香草名。

⑥屯：聚。

⑦"千念"二句：大意是說沿途的感想千頭萬緒，紛雜而至，一天到晚想個不停。"盈"，充滿。"朝昏"，早晨晚上。

⑧石鏡：李善注引張僧鑒潯陽記云："石鏡山，東有一圓石，懸崖明淨，照人見形。"水經注廬江水：廬山東"有一圓石，懸崖明淨，照見人影，晨光初散，則延耀入石，毫細必察。故名石鏡焉。"據此可知石鏡山在江西潯陽一帶，是廬山支麓，因山上有石鏡得名。

⑨松門：李善注引顧野王輿地志云："自入湖三百三十里，窮於松門。東西四十里，青松徧於兩岸。"朱珔文選集釋引方輿紀要："松門山，在今都昌縣南二十里。"又說："都昌本彭澤縣地。鄱陽湖亦在縣東南二十里。故入湖口，即近松門山矣。"

⑩"三江"二句："三江"，尚書禹貢："三江既入。"鄭玄注："三江分於彭蠡，爲三孔，東入海。""九派"，"派"，支流。郭璞江賦："流九派乎潯陽。"禹貢："九江孔殷。"陸德明經典釋文引潯陽地記云九江："一曰烏白江，二曰蚌江，三曰烏江，四曰嘉靡江，五曰畎江，六曰源江，七曰廩江，八曰提江，九曰菌江。"又引太康地記云："九江，劉歆以爲湖漢九水入彭蠡澤。"古代關於三江、九派的說法很多，後世無從證實。謝靈運當時已不盡詳。僅錄上說以備參考。這二句是說古代記載中關於三江九派的事蹟已成過去，其中的玄理也無從知曉。"理"，玄理，禹

疏三江，又有九江，古人以爲"三"、"九"之數字均含有玄理。又"理"
作地理解，亦通。

⑪"靈物"二句："玄"，同窅，惜。"祕"，閉。"精魂"，精神魂魄。江賦：
"挺異人乎精魂。"這二句說江湖之中本多靈怪神異，但都惜其珍怪之
相，祕其精神魂魄，而不可見。

⑫"金膏"二句："金膏"，仙藥。穆天子傳："河伯示汝黃金之膏。""水
碧"，山海經："耿山多水碧。"郭璞注："碧，亦玉也。""輟"，止。一作
綴。"流溫"，言水玉溫潤。這二句，呂向說："(金膏、水碧)此江中有
之，然皆滅其明光，止其溫潤而不見。"

⑬"徒作"二句："千里曲"，曲名，即千里別鶴。李善於嵇康琴賦下引蔡
邕琴操："商陵牧子娶妻五年，無子，父兄欲爲改娶，牧子援琴鼓之，歎
別鶴以舒其憤懣。故曰別鶴操。鶴一舉千里，故名千里別鶴也。""絃
絕"，謂曲終。李善說："言奏曲冀以消憂，絃絕而念逾甚。故曰'徒
作'也。"吳淇說："舍舟而崖，遠入松門而望，三江九派歷歷矣。'事'
者，古人之事跡，如大禹九江旣入之續之類。然事旣往矣，孰爲繼之？
'理'者，即康樂後詩所蘊之'眞'(指登江中孤嶼"蘊眞誰爲傳"句。
——注者)，如古聖觀河而作圖，臨洛而作書，皆因其理。其理空存，
誰是作者？故靈物玄珍怪而不出，異人祕精魄而不見，金膏之明光已
滅，水碧之流溫久綴。所謂天地閉、賢人隱之時也。所以徒作思歸之
曲，轉令憂念益甚耳。"

歲　暮①

殷憂不能寐②，苦此夜難頹。明月照積雪③，朔風勁且哀。運往
無淹物④，年逝覺已催。

①歲暮：年終。這首詩"明月"二句歷來被推崇爲寫景名句，但詩中亦有
　消極成分。詩後半似有缺。

②"殷憂"二句："殷"，盛、大、衆。"殷憂"，猶言沈重的憂慮。"頹"，衰、盡。
　這二句說沈重的憂慮使我不能入睡，而又苦於長夜漫漫，難以盡止。

③"明月"二句：上句寫目見，下句寫耳聞。"朔風"，北風。"勁"，猛烈。

④"運往"二句："運往"，指時間的運轉消逝。"淹物"，久留之物。"年逝"，
　年華逝去。"巳"，一作"易"。"催"，促迫。這二句說時光過得很快，
　一切都在消逝中，覺得此生巳經所餘無幾了。

〔附錄〕

（一）　宋書謝靈運傳（節錄）

謝靈運，陳郡陽夏人也。祖玄，晉車騎將軍。父瑍，生而不
慧，爲祕書郎，蚤亡。靈運幼便穎悟，玄甚異之，謂親知曰："我乃
生瑍，瑍那得生靈運！"靈運少好學，博覽羣書，文章之美，江左莫
逮。從叔混特知愛之。襲封康樂公，食邑三千戶。以國公例，除
員外散騎侍郎，不就；爲琅邪王大司馬行參軍。性奢豪，車服鮮
麗，衣裳器物，多改舊制，世共宗之，咸稱謝康樂也。撫軍將軍劉
毅鎮姑孰，以爲記室參軍。毅鎮江陵，又以爲衛軍從事中郎。毅
伏誅，高祖版爲太尉參軍，入爲祕書丞，坐事免。高祖伐長安，驃
騎將軍道憐居守，版爲諮議參軍，轉中書侍郎。又爲世子中軍諮
議，黃門侍郎，奉使慰勞高祖於彭城，作撰征賦。……仍除宋國
黃門侍郎，遷相國從事中郎，世子左衛率。坐輒殺門生，免官。

高祖受命，降公爵爲侯，食邑五百戶。起爲散騎常侍，轉太
子左衛率。靈運爲性褊激，多愆禮度，朝廷唯以文義處之，不以
應實相許。自謂才能宜參權要，既不見知，常懷憤憤。廬陵王義

眞少好文籍，與靈運情款異常。

少帝卽位，權在大臣。靈運構扇異同，非毀執政，司徒徐羨之等患之，出爲永嘉太守。郡有名山水，靈運素所愛好。出守既不得志，遂肆意遊遨，徧歷諸縣，動踰旬朔，民間聽訟，不復關懷。所至輒爲詩詠，以致其意焉。在郡一周，稱疾去職。從弟晦、曜、弘、微等，並與書止之，不從。靈運父祖並葬始寧縣，並有故宅及墅，遂移籍會稽，修營別業，傍山帶江，盡幽居之美。與隱士王弘之、孔淳之等縱放爲娛，有終焉之志。每有一詩至，都邑貴賤莫不競寫，宿昔之間，士庶皆徧，遠近欽慕，名動京師。作山居賦，並自注以言其事……

太祖登祚，誅徐羨之等，徵爲祕書監，再召不起。上使光祿大夫范泰與靈運書，敦獎之，乃出就職，使整理祕閣書，補足闕文。以晉氏一代，自始至終，竟無一家之史，令靈運撰晉書。粗立條流，書竟不就。尋遷侍中，日夕引見，賞遇甚厚。靈運詩書皆兼獨絕，每文竟，手自寫之，文帝稱爲"二寶"。既自以名輩才能應參時政，初被召，便以此自許。既至，文帝唯以文義見接，每侍上宴，談賞而已。而王曇首、王華、殷景仁等，名位素不踰之，並見任遇。靈運意不平，多稱疾不朝直。穿池植援，種竹樹菫，驅課公役，無復期度。出郭游行，或一日百六七十里，經旬不歸。既無表聞，又不請急。上不欲傷大臣，諷旨令自解。靈運乃上表陳疾，上賜假東歸。將行，上書勸伐河北……靈運以疾東歸，而遊娛宴集，以夜續晝，復爲御史中丞傅隆所奏，坐以免官。是歲元嘉五年。

靈運既東還，與族弟惠連、東海何長瑜、潁川荀雍、太山羊璿之，以文章賞會，共爲山澤之游，時人謂之"四友"。惠連幼有才悟而輕薄，不爲父方明所知。靈運去永嘉還始寧時，方明爲會稽郡。靈運嘗自始寧至會稽造方明過視惠連，大相知賞。時長瑜教惠連讀書，亦在郡內，靈運又以爲絕倫，謂方明曰："阿連才悟如此，而尊作常兒遇之。何長瑜當今仲宣，而給以下客之食。尊既不能禮賢，宜以長瑜還靈運。"靈運載之而去。……。

　　靈運因父祖之資，生業甚厚，奴僮既眾，義故門生數百。鑿山浚湖，功役無已。尋山陟嶺，必造幽峻，巖障千重，莫不備盡。登躡常著木履，上山則去前齒，下山去其後齒。嘗自始寧南山，伐木開徑，直至臨海，從者數百人。臨海太守王琇驚駭，謂爲山賊，徐知是靈運，乃安。又要琇更進，琇不肯。靈運贈琇詩曰："邦君難地嶮，旅客易山行。"在會稽亦多徒眾，驚動縣邑。太守孟顗事佛精懇，而爲靈運所輕，嘗謂顗曰："得道應須慧業，丈人生天當在靈運前，成佛必在靈運後。"顗深恨此言。會稽東郭有回踵湖，靈運求決以爲田，太祖令州郡履行。此湖去郭近，水物所出，百姓惜之，顗堅執不與。靈運既不得回踵，又求始寧岯崲湖爲田，顗又固執。靈運謂顗非存利民，正慮決湖多害生命，言論毀傷之，與顗遂構讐隙。因靈運橫恣，百姓驚擾，乃表其異志，發兵自防，露板上言。靈運馳出京都，詣闕上表……。太祖知其見誣，不罪也，不欲使東歸，以爲臨川內史，賜秩中二千石。在郡游放，不異永嘉，爲有司所糾。司徒遣使隨州從事鄭望生收靈運。靈運執錄望生，興兵叛逸，遂有逆志。爲詩曰："韓亡子房奮，秦帝魯連恥。本自江海人 忠義感君子。"追討擒之，送廷尉治罪。廷尉奏靈運率部眾反叛，論正斬刑。上愛其才，欲免官而已，彭城王義康堅執謂不宜恕；乃詔曰：“靈運罪釁累仍，誠合盡法。但謝玄勳參微管，宜宥及後嗣，可降死一等，徙付廣州。”

其後秦郡府將宗齊受至除口，行達桃墟村，見有七人下路亂語，疑非常人，還告郡縣，遣兵隨齊受掩討，遂共格戰，悉禽付獄。其一人姓趙名欽，山陽縣人，云：“同村薛道雙先與謝康樂共事以去。九月初道雙因同村成國報欽云，先作臨川郡犯事，徙送廣州，謝給錢令買弓箭刀楯等物，使道雙要合鄉里健兒，於三江口篡取謝，若得志如意之後，功勞是同。遂合部黨要謝，不及。既還飢饉，緣路為劫盜。”有司又奏依法收治。太祖詔於廣州行棄市刑。臨死，作詩曰：“龔勝無餘生，李業有終盡。嵇公理既迫，霍生命亦殞。悽悽凌霜葉，網網衝風菌。邂逅竟幾何，修短非所愍。送心自覺前，斯痛久已忍。恨我君子志，不獲巖上泯。”詩所稱龔勝、李業，猶前詩子房、魯連之意也。時元嘉十年，年四十九。所著文章傳於世。

（二）　關於謝靈運的評價

南史顏延之傳：（顏）延之嘗問鮑照己與靈運優劣，照曰：“謝五言如初發芙蓉，自然可愛，君詩若鋪錦列繡，亦雕繢滿眼。”

湯惠休曰：“謝詩如芙蓉出水，顏如錯采鏤金。”（詩品中引）

鍾嶸曰：宋臨川太守謝靈運。其源出于陳思，雜有景陽之體，故尚巧似，而逸蕩過之。頗以繁富為累。嶸謂若人興多才高，寓目輒書，內無乏思，外無遺物，其繁富，宜哉。然名章迥句，處處間起，麗典新聲，絡繹奔會。譬猶青松之拔灌木，白玉之映塵沙，未足貶其高潔也。初，錢唐杜明師夜夢東南有人來入其館，是夕，卽靈運生于會稽，旬日而謝玄亡。其家以子孫難得，送靈運於杜治養之。十五方還都，故名客兒。（詩品上）

白居易讀謝靈運詩：吾聞達士道，窮通順冥數。通乃朝廷來，窮卽江湖去。謝公才廓落，與世不相遇。壯士鬱不用，須有所洩處。洩爲山水詩，逸韻諧奇趣。大必籠天海，細不遺草樹。豈惟翫景物，亦欲攄心素。往往卽事中，未能忘興諭。因知康樂作，不獨在章句。（白氏長慶集卷七）

釋皎然曰：嘗與諸公論康樂爲文直於情性，尙於作用，不顧詞采而風流自然，彼清景當中，天地秋色，詩之量也；慶雲從風，舒卷萬狀，詩之變也。不然，何以得其格高，其氣正，其體貞，其貌古，其詞深，其才婉，其德宏，其調逸，其聲諧哉？至如述祖德一章、擬鄴中八首、經廬陵王墓、臨池上樓，識度高明，蓋詩中之日月也，安可攀援哉？惠休所評"謝詩如芙蓉出水"，斯言頗近矣。故能上躡風、騷，下超魏、晉，建安製作，其椎輪乎？（詩式）

敖器之曰：謝康樂如東海揚帆，風日流麗。（敖陶孫詩評）

陳繹曾曰：謝靈運以險爲主，以自然爲工，李、杜取深處，多取此。（詩譜）

王世貞曰：謝靈運天質奇麗，運思精鑿，雖格體創變，是潘、陸之餘法也。其雅縟乃過之。"清暉能娛人，游子憺忘歸"寧在"池塘春草"下耶？"挂席拾海月"，事俚而語雅；"天雞弄和風"，景近而趣遙。（藝苑巵言卷四）

鍾惺曰：靈運以麗情密藻，發其胸中奇秀，有骨、有韻、有色，時有字句滯累，卽從彼法中帶來，如吳、越清華子弟作鄉音，聽者

不必盡解，口煩間自爾可觀，效之則醜矣。（古詩歸卷十一）

又曰：凡麗密詩，薄不得，濁不得，康樂氣清而厚，所以能麗能密。（同上）

陸時雍曰：詩至於宋，古之終而律之始也。體制一變，便覺聲色俱開。謝康樂鬼斧默運，其梓慶之鐻乎。顏延年代大匠斲而傷其手也。寸草莖能爭三春色秀，乃知天然之趣遠矣。（詩鏡總論）

又曰：謝康樂詩佳處有字句可見，不免硜硜以出之，所以古道漸亡。（同上）

又曰：康樂神工巧鑄，不知有對偶之煩。（同上）

王夫之曰：謝詩有極易入目者而引之益無盡，有極不易尋取者而徑遂正自顯然。顧非其人，弗與察爾。言情則於往來動止、縹緲有無之中，得靈蠁而執之有象；取景則於擊目經心、絲分縷合之際，貌固有而言之不欺。而且情不虛情，情皆可景；景非滯景，景總含情。神理流於兩間，天地供其一目，大無外而細無垠；落筆之先，匠意之始，有不可知者存焉，豈徒“興會標舉”如沈約之所云者哉！（古詩評選卷五）

又曰：把定一題一人一事一物，於其上求形模，求比似，求詞采，求故實，如鈍斧子劈櫟柞，皮屑紛霏，何嘗動得一絲紋理。以意為主，勢次之，勢者，意中之神理也；唯謝康樂為能。取勢宛轉屈伸，以求盡其意，意已盡則止，殆無賸語。夭矯連蜷，烟雲繚繞，乃真龍，非畫龍也。（夕堂永日緒論內編）

陳祚明曰：評謝詩者，惟詩譜語最當。（采菽堂古詩選卷十七）

又曰：康樂情深於山水，故山游之作彌佳，他或不逮。抑亦登覽所及，吞納衆奇，故詩愈工乎？龍門足跡徧天下，乃能作史記。子瞻海外之文益奇。善游者以游爲學可也。（同上）

又曰：康樂最善命題，每有古趣。（同上）

又曰：詳謝詩格調，深得三百篇旨趣，取澤於離騷、九歌；江水、江楓、斷冰、積雪，是其所師也。間作理語，輒近十九首。然大抵多發天然，少規往則，稱性而出，達情務盡，鈎深索隱，窮態極妍。陳思、景陽，都非所屑；至於潘、陸，又何足云！千秋而下，播其餘緒者，少陵一人而已。（同上）

黃子雲曰：康樂于漢、魏外，別開蹊徑，舒情綴景，暢達理旨，三者兼長，洵堪睥睨一世。（野鴻詩的）

沈德潛曰：前人評康樂詩，謂“東海揚帆，風日流麗”。此不甚允，大約經營慘淡，鈎深索隱，而一歸自然。山水閒適，時遇理趣；匠心獨運，少規往則。建安諸公，都非所屑，況士衡以下。（古詩源卷十）

又曰：陶詩合下自然，不可及處，在眞在厚。謝詩追琢而返於自然，不可及處，在新在俊。千古並稱，厥有由夫。（同上）

又曰：陶詩高處在不排，謝詩勝處在排，所以終遜一籌。（同上）

又曰：劉勰明詩篇曰：“莊、老告退，而山水方滋”，見游山水詩以康樂爲最。（同上）

又曰：詩至於宋，性情漸隱，聲色大開，詩運轉關也。康樂神工默運，明遠廉儁無前，允稱二妙。延年聲價雖高，雕鏤太過，不無沈悶；要其厚重處古意猶存。（說詩晬語）

　　汪師韓曰：謝靈運詩，鮑照比之“初發芙蓉”；湯惠休比之“芙蓉出水”；敖陶孫比之“東海揚帆，風日流麗”；至梁太子與湘東王書，既謂“學謝，則不屆其精華，但得其冗長”，且謂“時有不拘，是其糟粕矣”，而必先言“謝客吐言天拔，出於自然”。鍾嶸詩品既見其以繁蕪爲累矣，而乃云“譬猶清松之拔灌木，白玉之映塵沙，未足貶其高潔”。後人刻畫山水，無不奉謝爲崑崙墟，不敢異議，甚矣！文中子曰：“謝靈運小人哉！其文傲，君子則謹。”此泛言文耳。南史齊武陵王煜詩學謝靈運體，以呈高帝。帝報曰：“見汝二十字，諸兒作中，最爲優者，但康樂放蕩作體，不辨首尾；安仁、士衡深可宗尚，顏延之抑其次也。”其稱述士衡、延之，蓋不免局於時尚，而謂康樂“不辨首尾”一語，卓識冠絕千古。余嘗取其全集讀之，不但首尾不辨也，其中不成句法者，殆亦不勝指摘。……以上皆其句不成句者也，其詩好用易詞，而用輒拙劣，……（上諸句）無不拙劣強湊。而王敬美乃云：“曹子建後作者多能入史語，不能入經語，謝康樂出而易辭莊語，無不爲用。”王漁洋引此語於池北偶談，且謂用經固以康樂爲主。不知指其用經何句也。其詩又好重句疊字。……凡皆噂沓，了無生氣。至其押韻之字，雜湊牽強，尤有不可爲訓者。“池塘”“園柳”之篇，“白雲”“綠篠”之作，“亂流”“孤嶼”之句，“雲合”“露泫”之詞，披沙撿金，寥寥可數。何仲默謂古詩之法亡于謝，洵特識也。獨不當先謂詩溺于陶耳。（原注：明史文苑何景明傳，其持論謂詩溺于陶，謝力震之，古詩之法亡于謝；文靡于隋，韓力震之，古文之法亡于韓。按　謂文亡于韓，亦謬。）（詩學纂聞）

　　施補華曰：大謝山水游覽之作，極爲巉峭可喜。巉峭則可矯平熟，巉峭却失深厚。故大謝之詩，勝于陸士衡之平，顏延之之澀，然視左太沖、郭景純，已遜自然，何以望子建、嗣宗之項背乎！（峴傭說詩）

劉熙載曰：陶、謝用理語，各有勝境。鍾嶸詩品稱孫綽、許詢、桓、庾諸公詩“皆平典似道德論”，此由乏理趣耳，夫豈尚理之過哉！（藝概詩概）

又曰：沈約宋書謝靈運傳論謂“靈運興會標舉，延年體裁明密”，所以示學兩家者當相濟有功，不必如惠休上人好分優劣。（同上）

　　　　　＊　　　　＊　　　　＊

謝氏家錄：康樂每對惠連，輒得佳語，後在永嘉西堂，思詩竟日不就。寤寐間，忽見惠連，即成“池塘生春草”。故嘗云，“此語有神助，非吾語也”。（詩品中引）

釋皎然曰：客有問予，謝公“池塘生春草”、“明月照積雪”二句，優劣奚若？予曰：“池塘生春草”，情在言外，“明月照積雪”，旨冥句中；風力雖齊，取興各別。（詩式）

陳行健曰：“池塘生春草”，“園柳變鳴禽”，靈運坐此詩得罪，遂託以阿連夢中授此語。有客以請舒王，……舒王曰：“權德輿已嘗評之。……”誦其略曰：“池塘者，泉州潴溉之地；今日生春草，是王澤竭也。豳詩所紀，一蟲鳴則一候變，今日變鳴禽者，候將變也。”（吟窗雜錄）

王若虛曰：謝靈運夢見惠連而得“池塘生春草”之句，以爲神助。石林詩話云，“世多不解此語爲工，蓋欲以奇求之耳。此語之工，正在無所用意，猝然與景相遇，借以成章，故非常情所能到"。冷齋云，"古人意有所至，則見於情，詩句蓋寓意也。謝公平生喜見惠連，而夢中得之，此當論意，不當泥句。"張九成云，"靈運平日好雕鐫，此句得之自然，故以爲奇"。田承君云，"蓋是病起忽然見此可喜，而能道之，所以爲貴"。予謂天生好語，不待主張；苟爲不然，雖百說何益！李元膺以爲"反覆求之，終不見此句之佳"，正與鄙意暗同。蓋謝氏之誇誕，猶存兩晉之遺風。後世惑於其言而不敢非，則宜其委曲之至是也。（濠南詩話卷一）

　　胡應麟曰："池塘生春草"，不必苦謂佳，亦不必謂不佳。靈運諸佳句，多出深思苦索，如"清暉能娛人"之類，雖非鍛煉而成，要皆眞積所致。此却率然信口，故自謂奇。至"明月照積雪"，風神頗乏，音調未諧，鍾氏云云，本以破除事障，世便喧傳以爲警絶，吾不敢知。（詩藪外編）

二　鮑　照

鮑照(公元四一二前後——四六六)字明遠,東海(今江蘇漣水縣北)人,家居建康(今南京)。他出身貧寒,雖也步入仕途,但在南朝那種"上品無寒門,下品無世族"的社會裏,他一生卻並不得意。

他和謝靈運、顏延之同時,都以詩著稱,合稱爲"元嘉三大家",而成就較顏、謝高,是我國文學史上傑出的詩人之一。他的作品,大多表現寒門對士族政治的不滿和抨擊,也有不少是寫下層人民生活的,表現了戰亂、徭役和壓迫、剝削所帶給他們的痛苦。這些作品,思想內容較深刻,社會意義較大。此外,他還有一些抒寫雄心壯志、洋溢着愛國熱忱,或表現憧憬和追求美好生活的好詩。他的一部分作品中也存在着較嚴重的消極思想和感傷情緒。

鮑照詩具有濃厚的浪漫主義色彩。南齊書文學傳論說他"發唱驚挺,操調險危,雕藻淫豔,傾炫心魂";沈德潛說他的樂府"如五丁鑿山,開人世所未有"(見古詩源)。這都可用來說明他的詩歌創作方法和藝術風格的特色。他的主要成就在樂府歌行。

今傳鮑參軍集十卷。錢仲聯增補集說校鮑參軍集注本注釋較詳。

代東門行①

傷禽惡弦驚②，倦客惡離聲。離聲斷客情，賓御③皆涕零。涕零
心斷絕，將去復還訣④。一息不相知⑤，何況異鄉別。遙遙征
駕⑥遠，杳杳⑦白日晚。居人掩閨臥，行子夜中飯⑧。野風吹草
木，行子心腸斷。食梅常苦酸⑨，衣葛常苦寒。絲竹⑩徒滿坐，
憂人不解顏⑪。長歌欲自慰⑫，彌起長恨端。

①東門行屬古樂府相和歌。“代”，猶“擬”，仿作。本篇前寫臨別情景，
　後寫客中愁思。郭茂倩說：“樂府解題：古詞‘出東門，不顧歸；來入
　門，悵欲悲’，言士有貧不安其居者，拔劍將去，妻子牽衣留之，願共鋪
　糜，不求富貴；且曰，今時清不可為非也。若宋鮑照‘傷禽惡弦驚’，但
　傷離別而已。”（見樂府詩集）

②“傷禽”二句：上句用更羸發虛弓而得鳥的典故。戰國策楚策，“異日
　者更羸與魏王處京臺之下，仰見飛鳥，更羸謂魏王曰：‘臣為君引弓虛
　發而下鳥。’魏王曰：‘然則射可至此乎？’更羸曰：‘可。’有間，雁從東
　方來，更羸以虛發而下之。魏王曰：‘然則射可至此乎？’更羸曰：‘此
　孽也。’王曰：‘先生何以知之？’對曰：‘其飛徐而鳴悲，飛徐者，故創
　痛也；鳴悲者，久失羣也。故創未息而驚心未去也，聞絃者音烈而高
　飛，故創隕也。’”下句，“離聲”，離歌之聲。這二句說倦於行旅的游
　客厭惡離歌之聲，猶如受傷的飛鳥厭惡弓弦之聲一樣。

③賓御：“賓”，指送別的賓客。“御”，指御者，趕車的人。

④“將去”句：謂臨去又回過頭來告別。“訣”，別。

⑤“一息”二句：“息”，呼吸，“一息”指片刻。“不相知”，謂不在一起。這
　二句的意思是說片刻分離已很難受，何況還是遠游異鄉的長久別離。

⑥征駕：遠行的車輛。

⑦杳杳(yǎo)：深暗貌。

⑧飰：這裏作動辭用，意謂進食。

⑨“食梅”二句：這是類似起興的句子，而興中有比，引出下文的“憂人不解顏”來。

⑩絲竹：謂絃樂器和管樂器，泛指音樂。

⑪解顏：解除愁苦的容顏，一般用來指歡笑。

⑫“長歌”二句：說想長聲歌唱以自慰，反而更加引起深長的愁恨。“彌”，益、更。“端”，頭緒。

代放歌行①

蓼蟲避葵菫②，習苦不言非。小人自齷齪③，安知曠士懷。雞鳴洛城④裏，禁門平旦開⑤。冠蓋⑥縱橫至，車騎⑦四方來。素帶曳長飆⑧，華纓結遠埃。日中安能止，鐘鳴⑨猶未歸。夷世不可逢⑩賢君信愛才。明慮自天斷⑪，不受外嫌猜。一言分珪爵⑫，片善辭草萊。豈伊白璧賜⑬，將起黄金臺。今君有何疾，臨路獨遲迴⑭？

①放歌行，樂府相和歌辭。李善注說：“歌録曰：孤子生行古辭曰放歌行。”本篇先說小人不知曠達之士的懷抱；中寫洛陽城中官宦們風塵僕僕、忙於營鑽奔競的情况，末段是仕途中人歌頌當朝並詢問曠士的話。

②“蓼蟲”二句：“蓼蟲”，生長在蓼上的蟲。“蓼”，植物名，一年生草本。種類不一，或生水中，或生原野。其中一種叫澤蓼，也叫辣蓼，葉味辛辣。“葵”，蔬類植物，有兔葵、楚葵等。又蜀葵、秋葵皆草名。“菫(jǐn)”，草名。根如薺，葉如細柳，蒸食之，味甜。一名菫葵。爾雅翼

釋草說：“楚辭曰：‘蓼蟲不知徙乎葵菜。’言蓼辛葵甘，蟲各安其故，不
知遷也。”“非”，一作“排。” 胡紹煐說：“按古音‘非’、‘懷’、‘開’同在
脂韻。五臣不知古音，疑其未協，故改‘非’爲‘排’。”(見文選箋證)

③“小人”二句：“齷齪”，局狹貌。“曠士”，曠達之士。此連上二句說小
　人心胸窄狹不知曠士懷抱，猶如蓼蟲不知甜味一樣。

④洛城：指洛陽。東周以來多建都於此，故借以泛指京城。

⑤“禁門”句：“禁門”，天子所居叫禁中。門設禁衞，不是侍御之臣不能
　隨便進去，因此叫禁門。“平旦”，天正明的時候。

⑥冠蓋：官宦的冠冕和車蓋。一般用來泛指達官貴人。

⑦車騎：車馬。“騎(jì)”，可騎的馬。

⑧“素帶”二句：“素帶”，古大夫所用的衣帶。“曳(yè)”，牽引。此謂搖
　曳，飄颺貌。“飆(biāo)”，暴風。“華纓”，用彩色絲線做成的帽纓。
　這二句寫官宦們馳車奔走、風塵僕僕的情景，說他們的素帶在大風中
　飄颺，華麗的帽纓上結聚着遠處的塵埃。

⑨鐘鳴：指深夜戒嚴之後。李善注引崔元始正論：“永寧詔曰：‘鐘鳴漏
　盡，洛陽中不得有行者。’” 因學記聞說：“永寧，漢安帝年號。元始，
　崔寔字也。後漢紀不載此語。”

⑩“夷世”二句：“夷世”，太平盛世。“信”，誠、確實。這二句說這是一個
　很難碰到的太平盛世，賢德的君主確實愛才。

⑪“明慮”二句：“天”，指君。這二句的意思是說英明的考慮出於天子自
　己的判斷，賢君決不會受外人言論的影響而引起猜疑。

⑫“一言”二句：“珪(guī)”，瑞玉，上圓(或劍頭形)下方。古代封官時賜
　珪。左傳哀公十四年：“司馬牛致其邑與珪焉。”注：“珪，守邑符信。”
　這二句說只要有一言之美就分給他爵位和領地，只要有片善可取，就
　將他引上朝廷，使他與草野辭別。

⑬“豈伊”二句：“伊”，語助辭。上句用史記平原君虞卿列傳“(虞卿)說
　趙孝成王，一見賜黃金百鎰、白璧一雙”的事。下句用燕昭王於易水

東南築黃金臺延攬天下賢士的事。黃金臺故址在今河北易縣東南。今北京大興縣東南，也有黃金臺遺跡，爲“燕京八景”之一，叫金臺夕照，是後人附會重建的。（詳清一統志）。這二句說豈但賞賜白璧，還將建築黃金臺來廣延賢才。

⑭“臨路”句：謂面臨仕途何獨遲迴不前。“遲迴”，謂遲疑不決。末二句作小人詰問曠士之詞。

代東武吟①

主人且勿諠②，賤子歌一言：僕本寒鄉士③，出身蒙漢恩。始隨張校尉④，召募到河源，後逐李輕車⑤，追虜出塞垣。密塗互萬里⑥，寧歲猶七奔。肌力盡鞍甲⑦，心思歷涼溫。將軍旣下世⑧，部曲亦罕存⑨。時事一朝異，孤績⑩誰復論？少壯辭家去，窮老還入門。腰鐮刈葵藿⑪，倚杖牧雞独⑫。昔如韝上鷹⑬，今似檻⑭中猿。徒結⑮千載恨，空負百年怨。棄席思君幄⑯，疲馬戀君軒。願垂晉主惠，不愧田子魂。

①東武吟屬楚調曲。李善注說：“左思齊都賦注曰：‘東武，太山，皆齊之土風，絃歌謳吟之曲名也。’”張銑說：“東武，太山下小山名。”（見六臣注文選）本篇寫漢代一有功軍人暮年廢棄歸家的困苦境遇以及他的怨恨和希冀。全篇作老軍人自述口氣。

②諠：同“喧”，諠譁。

③“僕本”句：“僕”，自謙之稱。“寒”，貧寒。

④“始隨”二句：“張校尉”，指張騫。張騫，西漢成固（今陝西城固縣）人。曾爲校尉，隨大將軍衞靑擊匈奴。“召募”，謂應召募從軍。“河源”，黃河發源地。張騫曾有尋河源事（張騫事見漢書張騫傳）。

⑤“後逐”二句：“逐”，跟隨。“李輕車”，指李蔡。李蔡，李廣的從弟，武帝元朔（公元前一二八——前一二三）中爲輕車將軍，擊匈奴右賢王

有功(見漢書李廣傳)。"虜",對敵人的稱呼。這裏指匈奴人。"出",一作"窮"。"窮",到了盡頭。"塞垣",邊塞築以禦敵的城墙。

⑥"密塗"二句:"密",切近。"密塗",近路。"亙",從這邊連到那邊,即綿延之意。"寧歲",安寧的年歲。"七奔",左傳成公七年:"吳始伐楚,子重、子反於是乎一歲七奔命。"此用其中成語。這二句說就是近路,全程也有萬里;就是安寧的年歲,還要奔命多次。

⑦"肌力"二句:"歷涼溫",謂經歷了無數寒暑。這二句說肌力在鞍馬上鎧甲中耗盡了,心思也經歷了無數的寒暑。

⑧下世:猶言去世,死亡。

⑨"部曲"句:"部曲",漢代軍隊編制的名稱。漢書李廣傳顏師古注引續漢書百官志說:"將軍領軍皆有部曲。大將軍營五部,部校尉一人。部下有曲,曲有軍候一人。"其後演變為私人所有軍隊或家僕之稱。此指部曲中的兵士。這句說兵士中也很少有活着的。

⑩孤績:獨有的功績。

⑪"腰鐮"句:說腰間插上鐮刀去割葵藿。"刈(yì)",割草或穀類。"葵",見代放歌行注②。"藿",豆葉。

⑫豘:同"豚",小豬。

⑬韝上鷹:"韝(gōu)",皮革製成的臂衣(手臂上的皮套子),打獵時套上用以停立獵鷹。此用"韝上鷹"來比擬老軍人昔日的英勇。

⑭檻:圈獸類的柵欄。

⑮結:鬱結。

⑯"棄席"四句:"棄席",用晉文公的事。晉文公在外流浪多年後重回晉國為君,到黃河邊,下命令說:"籩豆捐之;席蓐捐之;手足胼胝面目黧黑者後之。"他的功臣咎犯聽了夜裏哭泣。文公說:"寡人出亡二十年,乃今得反國,咎犯聞之不喜而哭,意者不欲寡人反國邪?"咎犯回答說:"籩豆所以食也,而君棄之;席蓐所以臥也,而君棄之;手足胼胝面目黧黑,有功勞者也,而君後之。今臣與在後中,不勝其哀,故哭

之。"文公聽了便收回這個命令(見韓非子外儲說左上)。"幄(wò)"，木帳。釋名釋牀帳："幄，屋也，以帛依板施之，形如屋也。"第二句，"疲馬"，用戰國魏人田子方事。韓詩外傳："昔者田子方出，見老馬於道，喟然有志焉，以問於御者曰：'此何馬也？'御曰：'故公家畜也。罷而不爲用，故出放之也。'田子方曰：'少盡其力而老棄其身，仁者不爲也。'束帛而贖之。""軒"，車的通稱。第三句，"晉主"，指晉文公。"惠"，恩惠。第四句，"田子"，指田子方。"魂"，胡紹煐說："案：魂，云也。謂不媿田子所云也。古'云'、'魂'通。"這四句寫老軍人的慨歎，大意是說物且戀主，何況於人；但望主上賜恩，不要虧待有功戰士。

代出自薊北門行①

羽檄起邊亭②，烽火入咸陽。徵騎屯廣武③，分兵救朔方。嚴秋筋竿勁④，虜陣精且彊。天子按劍怒⑤，使者遙相望。雁行緣石徑⑥，魚貫度飛梁。簫鼓流漢思⑦，旌甲被胡霜。疾風衝塞起，沙礫自飄揚。馬毛縮如蝟，角弓不可張。時危見臣節⑧，世亂識忠良。投軀報明主，身死爲國殤。

①郭茂倩樂府詩集錄此屬雜曲歌辭，說："曹植豔歌行曰：'出自薊北門，遙望胡地桑。枝枝自相值，葉葉自相當。'樂府解題曰：'出自薊北門行，其致與從軍行同，而兼言燕、薊風物及突騎勇悍之狀。'""薊"，故燕國，在今北京一帶。這詩寫北方發生邊警，朝廷遣師嚮敵情事和邊塞風光，以及壯士誓死衛國的決心。

②"羽檄"二句："羽檄"，古代的緊急軍事公文。漢書高帝紀："吾以羽檄徵天下兵。"顏師古注："檄者，以木簡爲書，長尺二寸，用徵召也，其有急事，則加以鳥羽插之，示速疾也。""亭"，亭候，用來駐兵以伺候敵人的建築。"邊亭"，邊境上的亭候。"烽火"，古時邊防告警的烟火。"咸

陽”,秦城,今陝西咸陽縣東的渭城故城卽其舊址；此泛指京城。這
二句說邊防緊急,告警的文書、烽火傳到了京城。

③“徵騎”二句：“騎(jì)”,騎兵。“屯”,駐軍防守。“廣武”,縣名,故城在
今山西代縣西。“朔方”,郡名,有今內蒙古自治區境內黃河以南之地。
這二句承上文,說朝廷聞警,調大軍駐守廣武,又分出兵去援救朔
方郡。

④“嚴秋”二句：“嚴秋”,肅殺的秋天。“筋竿”,謂弓箭。“彊”,同“强”。
這二句寫敵軍的精強,以反襯邊防的危急。

⑤“天子”二句：說天子聞警震怒,卽遣使發兵禦敵,使者不絕於路。張雲
璈選學膠言說：“按史記大宛傳：‘貳師將軍請罷兵,天子大怒,使使遮
玉門曰：軍有敢入,輒斬之。’詩意用此。注引說苑及漢書云云,疏。”錄
以備考。

⑥“雁行”二句：“雁行”,謂排列如雁飛的行列。“魚貫”,謂按次序而進,
如魚游前後相貫。“飛梁”,謂飛跨兩岸的橋梁。這二句寫隊伍行進情
狀。

⑦“簫鼓”六句：寫征人初到邊境的心情和塞上景物。“簫鼓”,指軍樂。
第二句,“旌甲”,旌旗鎧甲。第五句,李善注引西京雜記說：“元封二
年,大雪深五尺,野鳥獸皆死,牛馬蜷縮如蝟。”“蝟”,刺蝟。第六句,
“角弓”,弓背附以獸角的強弓。

⑧“時危”四句：寫壯士誓死衛國的決心。“國殤”,謂爲國犧牲的人。楚
辭九歌有國殤。

代結客少年場行①

驄馬金絡頭②,錦帶佩吳鉤③。失意杯酒間④,白刃起相讎。追
兵⑤一旦至,負劍遠行遊。去⑥鄉三十載,復得還舊丘⑦。升高
臨四關⑧,表裏望皇州。九逵⑨平若水,雙闕⑩似雲浮。扶宮羅

將相⑪，夾道列王侯。日中市朝滿⑫，車馬若川流。擊鐘陳鼎食⑬，方駕自相求⑭。今我獨何爲，坮壜⑮懷百憂！

①本篇在樂府詩集中屬雜曲歌辭。郭茂倩說："樂府解題曰：結客少年場行，言輕生重義，慷慨以立功名也。廣題曰：漢長安少年殺吏受財報仇，相與探丸爲彈，探得赤丸斫武吏，探得黑丸殺文吏。尹賞爲長安令，盡捕之。長安中爲之歌曰：何處求子死，桓東少年場。生時諒不謹，枯骨復何葬。按結客少年場，言少年時結任俠之客爲遊樂之場，終而無成，故作此曲也。"（樂府詩集）本篇大意如郭茂倩按語所說，其中有諷刺官場蠅營狗苟的意思。

②絡頭：馬羈，亦稱籠頭。

③吳鈎：吳地所產的寶刀，似劍而曲。

④"失意"二句："失意"，不如意。這二句說杯酒酬酢間，稍不如意就拔劍相鬭而成爲仇敵。

⑤追兵：指闖禍後追捕少年的兵。

⑥去：離開。

⑦舊丘："丘"，居里。"舊丘"，即老家。

⑧"升高"二句："臨"，從高的地方往下看叫臨。"四關"，李善注引陸機洛陽記說："洛陽有四關：東爲成皋，南伊闕，北孟津，西函谷。""表裏"，猶內外。"皇州"，國都。這二句說回到都城後，登高望遠。

⑨九塗：謂京城中的交通要道。"塗"，道路。一作"衢"。周禮冬官考工記："匠人營國，方九里，旁三門，國中九經九緯。"鄭玄注："經緯，謂塗也。"

⑩"闕"，宮門外建二臺，上有樓觀，中留空缺（闕）作過道，所以叫作闕，也叫象闕，是古代頒布法令的地方。

⑪"扶宮"二句：李周翰說："扶，亦夾也，羅，亦列也。皆王侯將相之宅。"（見六臣注文選）這二句說宮闕、大道兩旁皆王侯將相之居。

⑫"日中"句："日中"，即中午。易繫辭說："日中爲市，致天下之民，聚天

下之貨。”“市朝”，周禮地官鄉師：“凡四時之徵令有常者，以木鐸徇於
市朝。”孫詒讓正義：“市謂國中及郊野之市，朝謂鄉師治事之朝。市
朝，衆之所聚。”一說市朝是官府在市中治事的地方。這句的意思是
說，京中求名求利的人很活躍。含有諷刺意味。

⑬“擊鐘”句：古代高官貴族，列鼎而食，食則擊鐘。

⑭“方駕”句：“方駕”，並車而行。這裏用來形容車馬擁擠的情況。這句
寫官場中人忙於交往、干求。

⑮埳壈：同“坎壈”，窮困不遇的意思。劉向九歎怨世：“惟鬱鬱之憂獨
兮，志坎壈而不違。”王逸注：“坎壈，不遇貌。”錢仲聯說：“按‘升高臨
四關’以下至末，全模古詩青青陵上柏。”(鮑參軍集注)

擬行路難①

奉君金巵之美酒②，瑇瑁玉匣之雕琴，七綵芙蓉之羽帳，九華蒲
萄之錦衾。紅顏零落歲將暮③，寒光宛轉時欲沈。願君裁悲且
減思④，聽我抵節行路吟⑤。不見柏梁銅雀上⑥，寧聞古時清
吹音？

①郭茂倩說：“樂府解題曰：‘行路難備言世路艱難及離別悲傷之意，多
以‘君不見’爲首。按陳武別傳曰：‘武常牧羊，諸家牧豎有知歌謠者，
武遂學行路難。’則所起亦遠矣。”晉書袁崧傳：“舊歌有行路難曲，辭
頗疏質。山松(東晉末人，瓌之曾孫)好之，乃文其辭句，婉其節制，因
酣醉縱歌之，聽者莫不流涕。”鮑照擬行路難共十八首(一說十九首)，
多是對封建士族社會中種種不合理現象感憤不平之作，在當時有較
強的進步性，但其中也存在着消極因素。一般多認爲乃是他少年時
期的作品。本篇原列第一，言時光易逝，徒悲無益，勸人且聽人生不
平的高歌。按第一首顯然是序詩，而末首又說“對酒敘長篇”，則十八
首當是一個組詩。

②“奉君”四句：“卮”，酒器。“瑇瑁”，亦作玳瑁，龜類，生海中，背上有甲，可作裝飾品。“七綵”、“芙蓉”、“九華”、“蒲萄”皆指花紋圖案。“羽帳”，用翠鳥毛羽作成的帳。李善注引陸翽鄴中記：“錦有葡萄文錦。”這四句說奉獻四種解憂之物。

③“紅顏”句：“紅顏”，青春的容顏。這句是從離騷“惟草木之零落兮，恐美人之遲暮”二句化出。

④“願君”句：“裁悲”、“減思”，減少悲傷。“思”，悲。

⑤“抵節”句：抵節，“抵(zhǐ)”，側擊。“節”，樂器，即拊鼓，歌唱時拍之以爲節拍。宋書樂志：“革音有節”，引傅玄節賦：“口非節不詠，手非節不拊。”“行路吟”，唱行路難曲，行路難，不平之曲也。

⑥“不見”二句：“柏梁”、“銅雀”，皆臺名。漢書武帝紀：“元鼎二年春起柏梁臺。”顏師古注引三輔舊事，謂以香柏爲臺。銅雀臺，建安十五年曹操建，在鄴城西北。柏梁、銅雀，皆指歌詠宴樂之所。“寧”，豈、何。“吹”，讀去聲，管樂。這二句意思是說歌聲易逝，且應慷慨高吟，傾吐不平。

其　二①

璇閨玉墀上椒閣②，文窗繡戶垂綺幕。中有一人字金蘭，被服纖羅蘊芳藿③。春燕差池風散梅④，開幃對景弄春爵⑤。含歌攬涕恆抱愁⑥，人生幾時得爲樂？寧作野中之雙鳧⑦，不願雲間之別鶴。

①本篇原列第三，寫門閥貴族婦女們生活的空虛，或者是類似後來宮怨的作品。

②“璇閨”二句：“璇”，一種次於玉的美石。“璇閨”，形容閨房建築的華美。“墀”，墀上地。“椒”，即花椒。“椒閣”，古代后妃貴夫人居處，以椒和泥塗壁，取其香而溫暖，謂之椒房。這裏用“椒閣”來稱美閨房。

這二句寫女子所住閨閣的華美。

③蘊芳藿:"蘊",積聚。"藿",卽藿香,草名,莖葉甚香。

④"春燕"句:"差池",一作"參差",不齊貌。詩經邶風燕燕:"燕燕于飛,差池其羽。"鄭箋:"差池其羽,謂張舒其尾翼,興戴嬀將歸,顧視其衣服。"黃節說:"(此)用詩義,比上'被服纖羅'。召南摽有梅傳:'摽,落也。盛極則墮落者,梅也'。用詩義,起下'人生幾時'。"

⑤"開幃"句:"景",日光。"爵",酒器;解作"雀"亦可,"爵",同"雀"。一作"開幃對影弄禽爵"。

⑥"含歌"句:謂心有憂傷,歌聲含而不發。"攬涕",收涕。

⑦"寧作"二句:"鳧(fú)",野鴨。"別鶴",失偶的孤鶴。古代以鶴爲高貴之鳥,鳧則低賤得多。這二句說寧肯貧賤雙棲,不願富貴失偶。

其　三①

瀉水置平地②,各自東西南北流。人生亦有命,安能行歎復坐愁!酌酒以自寬,舉杯斷絕歌路難③。心非木石豈無感?吞聲躑躅不敢言④!

①本篇原列第四。本詩寫一段難言的痛苦,大約是一件無法挽回或解決的事情。所以說"人生亦有命",而長此陷於痛苦中勢必使人銷沉下去,所以又說"安能行歎復坐愁",因此要設法"斷絕"這一愁緒,也卽李白"抽刀斷水"的意思。杜甫前出塞裏說"棄絕父母恩,吞聲行負戈",正是這類似的情形。其難言之事雖不可知,其悲憤之甚、痛苦之深則由於"不敢言"而益灼然可見。

②"瀉水"二句:"瀉",傾。錢振倫補注引世說新語文學:"殷中軍問:'自然無心於稟受,何以正善人少惡人多?'……劉尹答曰:'譬如寫水著

地,正自縱横流漫, 略無正方圓者。'一時絶歎, 以爲名通。"可見語有
所本。

③"舉杯"句: 是說舉杯想要斷絶愁思(所謂"裁悲且减思")而歌行路難。
黄節說: "斷絶謂歌斷絶也。本集發後渚詩: '聲爲君斷絶。'"其說不
同, 供參考。

④"吞聲"句: "吞聲", 聲欲發而又止。"躑躅", 住足不進的樣子。

其 四①

對案②不能食, 拔劍擊柱長歎息。丈夫生世會幾時, 安能蹀躞③
垂羽翼? 棄置罷官去, 還家自休息。朝出與親辭, 暮還在親側。
弄兒牀前戲, 看婦機中織。自古聖賢盡貧賤, 何況我輩孤④且
直!

①本篇原列第六, 是抒發有志不得逞的感慨。鮑照最早作過什麽官已無
可考。史傳但稱其"郎位尚卑"。詩品說鮑照"才秀人微, 取湮當代",
這詩見出一個才高, 氣盛, 敏感, 自尊的詩人在貴族統治社會壓抑下的
無可奈何之情。

②案: 放食器的小几(形如有脚的托盤)。又通"盌"。兩解都可通。

③蹀躞(dié xiè): 小步行走貌。

④孤: 謂族寒勢孤。

其 五①

君不見少壯從軍去, 白首流離不得還。故鄉窅窅②日夜隔, 音塵
斷絶阻河關。朔風蕭條白雲飛③, 胡笳④哀急邊氣寒。聽此愁人
兮奈何⑤! 登山遠望得留顏⑥。將死胡馬跡⑦, 能見妻子難。 男

兒生世轗軻⑧欲何道，綿憂摧抑起長歎⑨。

①本篇原列第十四，寫征人流離邊塞思鄉難歸的愁苦。此詩情緒低沈，
　流露出頹唐消極的思想感情。

②窅窅(miǎo)：遙遠。

③"朔風"句："朔風"，北風。"蕭條"，寂寞。

④胡笳：胡人的吹奏樂器，用爲軍樂。

⑤愁人兮奈何：用楚辭九歌大司命"愁人兮奈何，願若今兮無虧"中成句。

⑥"登山"句："留顏"，謂留住容顏不使變老。這句説登高遠望，可以減少
　思鄉之苦，而使自己不因憂愁變老。

⑦"將死"二句：意謂將死於邊塞之上，很難見到妻與子。

⑧轗軻：車行不利，引伸爲人生艱難。亦作"坎坷"。

⑨"綿憂"句："綿憂"，綿長不絕的憂愁。"摧"，悲。"抑"，壓抑，抑鬱。

其　六①

諸君莫歎貧，富貴不由人。丈夫四十彊而仕②，余當二十弱冠
辰。莫言草木委冬雪③，會應蘇息遇陽春。對酒敍長篇④，窮途
運命委⑤皇天。但願樽中九醞⑥滿，莫惜牀頭百個錢。直須優游
卒一歲⑦，何勞辛苦事百年。

①本篇原列第十八，大意是説，不要憂歎貧窮，將來總會好起來的；窮通
　有定，愁苦無用，只管飲酒作樂。詩中表現了門第社會中寒士的憤慨
　不平，篇末雖是憤慨話，但也宣揚了及時行樂的消極思想，應批判的來
　讀。

②"丈夫"二句：禮記曲禮："二十曰弱冠，三十曰壯有室，四十曰彊而仕。"
　這二句説一般人四十歲可以作官了，我纔二十歲呢。

③“莫言”二句: “委”, 猶“悴”, 凋殘、枯萎。“會應”, 料應。“蘇息”, 死而
更生。這二句是以草木喻人, 說像草木萎而復蘇一樣, 自己現在雖然
窮賤, 將來必然是會得意的。

④長篇: 長詩。

⑤委: 付託。

⑥九醞: 精釀的好酒。張衡南都賦: “酒則九醞甘醴。”李善注引魏武集上
九醞酒奏: “三日一釀, 滿九斛米止。”“醞”, 釀。

⑦“直須”句: “直”, 但、僅。“直須”, 只須。“卒”, 猶“終”。“卒一歲”, 過
完一年。這句是從左傳襄公二十一年所引逸詩“優哉游哉, 聊以卒歲”
變化而來。

梅 花 落①

中庭②雜樹多, 偏爲梅咨嗟③。“問君何獨然④?” “念其霜中能作
花⑤, 露中能作實。搖蕩春風媚春日, 念爾零落逐寒風, 徒有霜
華無霜質!”

①梅花落屬漢橫吹曲。郭茂倩樂府詩集説: “梅花落, 本笛中曲也。按唐
大角曲亦有大單于、小單于、大梅花、小梅花等曲, 今其聲猶有存者。”
朱乾説: “梅花落, 春和之候, 軍士感物懷歸, 故以爲歌。唐段安節樂府
雜録曰, 笛, 羌樂也。古有落梅花曲。此詩雖佳, 無涉於軍樂。”(樂府
正義)本篇藉梅花以讚美堅貞正直之士, 藉雜樹以譏諷無節操的人。

②中庭: 庭中。

③咨嗟: 讚歎。

④“問君”句: “君”, 指作者。這句代雜樹問: “雜樹很多, 您爲何偏偏讚歎
梅花?”

⑤"念其"五句: 是回答雜樹的話, 意思是説: 梅花能於霜露中開花結實, 有耐寒的高貴品質, 實在令人讚歎。而你們卻不然。你們鬭艷於春日, 却禁不起寒風, 徒有其外表而已! 第一句, "其", 指梅花。第四句, "爾", 指雜樹。

贈傅都曹別①

輕鴻戲江潭②, 孤雁集洲沚。邂逅③兩相親, 緣念共無已④。風雨好東西⑤, 一隔頓萬里。追憶棲宿時, 聲容滿心耳。落日川渚⑥寒, 愁雲繞天起。短翮不能翔⑦, 徘徊煙霧裏。

①都曹, 官名, 宋書百官志説: "都官尚書領都官、水部、庫部、功部四曹。" 此處的傅都曹, 聞人倓古詩箋謂是傅亮。吳丕績鮑照年譜説: "考宋書, 季友(傅亮字)之爲記室, 在義熙三四年間, 七年遷散騎侍郎, 其時先生才數歲, 豈能賦詩贈答? 況其傅又不言其爲都曹, 則此傅都曹似另是一人。"錢仲聯説: "按傅亮卒於元嘉三年, 時照才十三四歲; 至於義熙三四年七年間, 照尚未生也。"(鮑參軍集注)張玉穀説: "詩分三層看。前四(句), 追念前日之偶聚契合。中四(句), 正敍目前之忽散繫思。後四(句), 遥計後日之獨居難聚。純以鴻雁爲比('鴻'喻傅, '雁'自喻), 猶是古格。"

②"輕鴻"二句: "江潭", 水邊。漢書揚雄傳載反離騷: "因江潭而淮記兮。"顏注: "蘇林曰: '潭, 水邊也。'……'潭'音尋。""輕鴻", 謂鴻的翼翮輕快, 含有稱譽傅的意思。"孤雁", 喻自己的孤單。"集", 止。"沚", 小洲。

③邂逅(xiè hòu): 不期而遇。

④"緣念"句: "緣", 情。"念", 意念。"緣念", 情意。"已", 止。這句説兩人的情意都很深長, 没有終極。

⑤“風雨”二句：張玉穀説：“言遭風雨而東西分飛也。”這句是説風雨或東或西，喜好無常。卜辭：“其自西來雨，其自東來雨。”

⑥渚(zhù)：小洲。

⑦“短翮”二句：“翮(hé)”，翎管，泛指翅膀。説“短翮”，這是隱喻自己仕途的不如意，與身不由己。

詠　史①

五都矜財雄②，三川養聲利。百金不市死③，明經有高位④。京城十二衢⑤，飛甍各鱗次⑥。仕子影華纓⑦，游客竦輕轡。明星晨未稀⑧，軒蓋已雲至。賓御紛颯沓⑨，鞍馬光照地。寒暑在一時⑩，繁華及春媚。君平⑪獨寂寞，身世兩相棄⑫。

①古代詩人常託“詠史”以指摘時事，寄託理想。劉履説：“此篇本指時事，而託以詠史，故言漢時五都之地，皆尚富豪；三川之人，多好名利。或明經而出仕，或懷金而來遊，莫不一時駢集於京城，而其服飾車徒之盛如此。譬則四時，寒暑各異，而今日繁華，正如春陽之明媚。當是時，惟君平之在成都，修身自保，不以富貴累其心，故獨窮居寂寞，身既棄世而不仕，世亦棄君平而不任也。然此豈明遠退處既久，而因以自況歟？”(選詩補註)本篇以富貴繁華的生活和窮居寂寞的生活相對照，歌頌了像嚴君平那樣安貧樂道的寒士，諷刺了仕途的蠅營狗苟。

②“五都”二句：“五都”，漢以洛陽、邯鄲、臨淄、宛、成都爲五都。“矜”，誇。“三川”，郡名，秦置。其地有河、洛、伊三川，故名。今河南北部黃河兩岸皆是其地。治滎陽，在今滎陽縣西南。“聲利”，名利。戰國策秦策記張儀的話：“争名於朝，争利於市，今三川、周室天下之市朝也。”

下句即用其意。這二句是說五都、三川都是爭名奪利的繁華之地。

③不市死: 不死於市。史記越王勾踐世家:"(陶)朱公曰:'……吾聞千金之子,不死於市。'"此用其意。

④"明經"句:"明經",通經學。漢代通經學的人可以作博士官。漢書夏侯勝傳:"勝每講授,常謂諸生曰:'士病不明經術,經術苟明,其取青紫(大官印綬的顏色,意指高位),如俛拾地芥耳。'"此用其意。

⑤衢: 四達的大道。

⑥飛甍:"甍(méng)",屋脊;一說屋簷。古代宮殿建築的簷,上揚如鳥張翼,故稱"飛甍"。"鱗次",謂排列相次有如魚鱗,這裏形容屋宇密集。

⑦"仕子"二句:"仕子",作官的人。"彯(piāo)",廣雅:"彯彯,長組(古代君臣士大夫繫玉佩或印的絲帶)之貌。""纓",古代帽子上的帶子,繫在脖子下面,用小的組綬作成。說文通訓定聲說:"織絲有文,……闊者曰組,為帶綬,陿者曰條,為冠纓。""竦",有執、動、驚等義。"竦輕轡",形容提韁策馬奔馳情狀。這二句寫仕子游客雲集京都,服飾華麗,車馬不歇。

⑧"明星"二句:"明星未稀",謂清晨天尚未亮。"軒",古代的一種車子;車轅是彎的,車箱周圍有遮欄,上面有蓬。這種車子大夫以上纔能坐(見說文錯注)。這二句說天還沒亮,官宦們的車駕,已經風起雲湧地到來了。

⑨"賓御"句:"御",侍者,僕人。"颯沓",眾盛貌。這句說官宦的賓客僕從眾多。

⑩"寒暑"二句:"寒暑一時",是說寒暑季節,變化很快,一下子就過去了,喻世態炎涼,變化很快。這二句說季節轉瞬即逝,故百花多趁春光明媚之時紛紛爭豔。用來比喻仕途中人都紛紛趁機追逐功名富貴,引出下文對於嚴君平的贊嘆。

⑪君平: 漢時蜀人,姓嚴,名遵,以字行。在成都賣卜,每日得到百錢,就

閉門讀老子。九十多歲卒。著有老子指歸。

⑫“身世”句：君平以賣卜爲生，不圖仕進，是君平棄絕世俗；世重名利，不
重賢才，是世棄絕君平，所以説“兩相棄”。吳淇説：“舉世繁華如此，那
得不棄君平？舉世繁華如此，君平那得不棄世？詩用‘兩相’字者，有
激之言。……李太白詩，以此五字衍爲十字云：‘君平既棄世，世亦棄君
平。’”（六朝選詩定論）

擬　古①

十五諷詩書②，篇翰靡不通。弱冠參多士③，飛步遊秦宮。側視
君子論④，預見古人風。兩説窮舌端⑤，五車摧筆鋒。羞當白璧
貺⑥，恥受聊城功。晚節從世務⑦，乘障遠和戎。解佩襲犀渠⑧，
卷衰奉盧弓。始願力不及⑨，安知今所終！

①摹擬古時的詩文叫擬古。鮑照有擬古詩八首，這是第二首。大意説自
　幼習文，壯志未酬，後改習武，也未有結果，因而悲悼本志的乖違，憂慮
　將來的終竟。

②“十五”二句：“諷”，背誦。“翰”，筆，此泛指文辭。這二句説少年時就
　嫻熟詩、書，工於文辭。論語爲政：“吾十有五而志于學。”上句“十五”
　用此意。又，阮籍詠懷：“昔時十四五，志尚好詩書。”左思詠史：“弱冠
　弄柔翰，卓犖觀羣書。”都與這二句意近。

③“弱冠”二句：“參”，參謁。“多士”，詩經大雅文王：“濟濟多士。”孔穎達
　疏：“謂世顯之人。”這裏是指朝臣顯貴。“飛步”，高步，健步如飛的意

思。"秦宮",秦都咸陽之宫,此泛指京都。

④"側覷"二句:"側覷",從旁得見,自謙之辭。"君子論",有德行的人的論著。"古人風",古人的風度。這二句説曾學習古人,致力於道德品行的修養。

⑤"兩説"二句:"兩説(shuì)",用魯仲連説新垣衍及下聊城事。據史記魯仲連鄒陽列傳載,戰國時,秦圍邯鄲,魏王使新垣衍入邯鄲,説平原君尊秦昭王爲帝,秦必罷兵。魯仲連聞之,乃責新垣衍;新垣衍退出,不敢言帝秦。秦將聞之,後退五十里。又載,田單攻聊城不下,魯仲連就寫了封書信射入城中;燕將得書卽自殺。"舌端",韓詩外傳説:"避文士之筆端,避武士之鋒端,避辯士之舌端。"此處的"舌端"本此,謂舌辯的機鋒。"五車",謂書多,可裝五車。莊子天下:"惠施多方,其書五車。"後因稱讀書多的人是"學富五車"。這二句説其辯才有如魯仲連,能使對方辭窮理盡,舌爲之結;學識淵博,著論精闢犀利,能摧折文士的筆鋒(下句也可以解釋爲:辯説能使博學之士筆鋒摧折)。朱珔文選集釋説:"善注云:'兩説,謂魯仲連説新垣衍及下聊城。'案李氏冶以善注爲疏。又云:'五臣本劉良以兩説爲本末之説,言舌端能摧折文士之筆端。亦非也。兩説者,兩可之説也,謂兩可之説能窮舌端。而五車之讀能摧筆鋒云者,猶言禿千兔之毫者也。'余謂善注蓋因下文'羞當白璧睍,恥受聊城功',故云然。上言年少雖工篇翰而無益,似卽前篇所謂'南國有儒生,迷方獨淪誤'也。此言辨説以解争,能使讀五車者摧其筆鋒,正與首句'諷詩書'針對。後又云:'解佩襲犀渠,卷袠奉盧弓',蓋有投筆從戎之意。合觀三首,皆作壯語,恐善注未可遽非。近孫氏志祖引顧仲恭云:'兩説當以縱横解之。莊子:縱説則以詩、書、禮、樂,横則金版、六韜。'亦通。但不指定魯連,將何所著乎?"這二句解説甚多,這段引文介紹甚詳,錄以備考。

⑥"羞當"二句:"睍(kuáng)",賜。"白璧睍",用莊子或虞卿事。韓詩外傳載楚襄王曾派人拿了黄金千斤、白璧百雙去聘莊子爲相,莊子不肯。

<u>虞卿</u>事參看<u>代放歌行</u>注⑬。<u>史記魯仲連鄒陽列傳</u>載<u>田單</u>攻下<u>聊城</u>，回來講到<u>魯仲連</u>作書破城的功勢，上面要授以官爵，他就逃隱於海上。這二句是活用上述典故，藉以表現自己功成不受賞的高尚抱負，即<u>左思詠史</u>"功成不受爵，長揖歸<u>田廬</u>"、"吾希<u>段干木</u>，偃息藩<u>魏</u>君；吾慕<u>魯仲連</u>，談笑却<u>秦</u>軍。當世貴不羈，遭難能解紛。功成恥受賞，高節卓不羣"的意思。<u>方東樹昭昧詹言</u>説："此等在今日皆爲習意陳言，不可再擬，擬則爲客氣假象。至<u>杜</u>公贈<u>韋濟</u>，乃大破藩籬。"

⑦"晚節"二句："晚節"，猶言晚年。"從"，從事。"乘"，守。"障"，塞上險要處築以禦敵的堡障。這二句説晚年又參預世務，鎮守邊疆，以和鄰族。

⑧"解佩"二句："佩"，玉佩。古代文官文士都佩玉於帶，行步相觸成聲，以爲趨走的節拍。"犀渠"，獸名，犀牛之屬，此謂甲（見六臣本<u>文選李周翰</u>注），鎧甲。<u>尚書説命</u>："惟甲胄啓戎。"疏："古之甲胄，皆用犀兕。"<u>九歌國殤</u>："操吴戈兮被犀甲。"故稱甲爲犀渠。"表(zhì)"，書衣，書畫的布套子。"盧弓"，黑色的弓。古代諸侯有大功，天子賜盧弓、盧矢，專主征伐（見<u>尚書文侯之命</u>："盧弓一，盧矢百"）。這二句意謂棄文就武。

⑨"始願"二句："始願"，最初的志願。這二句説棄文就武，原非本願，只是迫於時勢，力不能及，不得已纔這樣，但不知今後的下場如何。<u>吴淇</u>説："二章説文。……'十五'二句，言其學，'恥受'（當是'弱冠'之誤）二句，言其問。'古人風'，是三代之英，不是(<u>藺</u>)相如、仲連一流，觀下文'羞'、'恥'二句可見。'兩説'二句，言我舌端筆力都來得，縱橫之事，我非不能爲，只是恥而不爲耳。'聊城'句，是應'筆鋒'，指射書事。'白璧'，乃相如(完璧歸<u>趙</u>)事，應'舌端'。舊注引<u>莊子</u>，誤矣。'晚節'云云，是學問不見於世，寧從世務，棄文就武。即子行三軍之意，決不爲縱橫之事也。然棄文就武，出於時勢之不獲已，非其始願；'始願'乃'古人之風'云云是也。'今'指現前，'力不及'，阻於時勢也。在於我

者,文重而武輕；在於時者,重武而輕文。輕文者,輕道也,所謂君子道
消也。消之又消,伊於何底？故曰：‘安知今所終’。”(六朝選詩定論)
吳說認爲作者最鄙視縱橫游説,並解“白璧”爲相如事,且過分强調其
重文輕武這層意思,皆誤；但串講全詩大意,有啓發性,“古人風”等解
亦佳,故録以備考。

其　二①

幽并②重騎射,少年好馳逐。氊帶佩雙鞬③,象弧④插彫服⑤。獸
肥春草短,飛鞚越平陸⑥。朝遊雁門上⑦,暮還樓煩宿。石梁有
餘勁⑧,驚雀無全目⑨。漢虜方未和,邊城屢翻覆。留我一白
羽⑩,將以分虎竹。

①本篇原列第三,寫幽、并少年的英勇豪邁及其欲立功報國的志願。其
　中寄託了作者的理想。
②幽、并：“幽”,幽州,在今河北北部。“并”,并州,在今山西一帶。幽、并
　古多遊俠健兒,古典詩歌中常常寫到。如曹植白馬篇説：“白馬飾金
　羈,連翩西北馳。借問誰家子？幽并遊俠兒。”
③鞬(jiàn)：馬上盛弓箭之器。
④象弧：象牙裝飾的弓。
⑤彫服：彩繪的箭囊。
⑥“飛鞚”句：“鞚”,馬勒。“飛鞚”,猶言跑馬如飛。這句説飛馬度越平
　川。
⑦“朝遊”二句：“雁門”,山名,秦置郡,漢仍之,古邊防要塞,郡治在今山
　西右玉南,東漢移置今山西代縣北。“樓煩”,漢縣名,今山西朔縣東,
　在漢雁門南。這二句極寫馳騁之疾,以顯示少年的豪邁勁健。
⑧“石梁”句：李善注引闕子：“宋景公使工人爲弓,九年乃成。公曰：‘何

其遲也?'工人對曰:'臣不復見君矣。臣之精盡於此弓矣。'獻弓而歸,三日而死。景公登虎圈之臺,援弓東面而射之,矢踰於西霜之山,集於彭城之東,其餘力益勁,猶飲羽於石梁。"這句用此典故,形容弓硬箭利。

⑨"鶩雀"句:李善注引帝王世紀:"帝羿(即后羿)有窮氏與吳賀北遊,賀使羿射雀。羿曰:'生之乎?殺之乎?'賀曰:'射其左目。'羿引弓射之,誤中右目。羿抑首而愧,終身不忘。故羿之善射,至今稱之。"這句用此典故,極言少年箭術之精。

⑩"留我"二句:"白羽",箭名。"虎、竹",指銅虎符與竹使符。這是漢代國家發兵遣使的憑信。符分兩半,右符留京師,左符給郡守或主將。虎符大致一樣,只是在銅符上刻虎形。這二句說願為刺史郡守,保衛邊疆。

其　三①

束薪幽篁裏②,刈黍寒澗陰。朔風傷我肌,號鳥驚思心③。歲暮井賦訖④,程課相追尋。田租送函谷⑤,獸藁輸上林⑥。河渭冰未開⑦,關隴雪正深。笞⑧擊官有罰,呵辱吏見侵。不謂乘軒意⑨,伏櫪還至今。

①本篇原列第六,寫其困苦生活和不得展志大用於世的感慨,客觀上也反映了一般人民的疾苦。鮑照侍郎報滿辭閤疏說:"身弱涓瘵,地幽井谷。本應守業,墾畛剿茢,牧雞圈豕,以給征賦。而幼性猖狂,因頑慕勇,釋擔受書,廢耕學文。"可見他對詩中所描寫的這種窮困生活是有所體會的。

②"束薪"二句:"薪",柴。"束薪",捆柴。"幽篁",幽暗的竹林。"刈",割草。"幽篁裏",柴稀少;"寒澗陰",穀物難生。這二句意謂環境艱苦,

　　勞動所得十分微薄。

　③"號鳥"句："號鳥",鳴聲如哭號的鳥。"思心",悲愁憂慮之心。

　④"歲暮"二句："井賦",田賦。周禮地官司徒小司徒說："乃經土地而井,牧其田野,九夫爲井……以任地事,而令貢賦。""訖",完了。"程課",定期的稅。這二句說年終把地租田賦剛交完,定期的稅又跟着來了。

　⑤"田租"句："函谷",函谷關,秦置,在今河南靈寶縣西南,漢徙關新安。這句說將田租送到函谷關以內的京都。

　⑥"獸藁"句："獸藁",餵獸的禾稈。"輸",輸送。"上林",苑名,本秦置,漢武帝時又經過增廣。中養禽獸,爲皇帝射獵之所;每年令民間貢藁爲獸食。故址在今陝西長安縣西。

　⑦"河渭"二句："河、渭",黃河、渭水。"關",指函谷關。"隴",指隴山。皆在今陝西省。"關隴",指函谷關、隴山一帶。這二句寫深冬輸送田租、獸藁的艱苦。

　⑧笞(chī):過去五刑之一,用杖拷打犯人。

　⑨"不謂"二句："不謂",不意、不料。"乘軒",謂仕途得志。曹操龜雖壽："老驥伏櫪,志在千里。"謂英雄暮年還有壯志。此用"伏櫪(養馬之所)"喻志士到老未被重用,未得施展才能。這二句意謂不料從政之志,千里的壯懷,到老還不得實現。黃節說："收以'乘軒'、'伏櫪',相對成文,亦見人之失所。"(鮑參軍詩注)

其　四①

　河畔草未黃,胡雁已矯翼②。秋蛬扶戶吟③,寒婦成夜織。去歲征人還④,流傳舊相識。聞君上隴時⑤,東望久歎息。宿昔改衣帶⑥,朝旦異容色。念此憂如何⑦,夜長愁更多。明鏡塵匣中⑧,

瑤琴生網羅。

①本篇原列第七。此擬思婦之詩。

②"胡雁"句："胡雁"，即指雁；因秋天從北方胡地飛來，所以稱爲胡雁。"矯翼"，舉翼、振翅。

③"秋蛩"句："蛩(qióng)"，蟋蟀，一名吟蛩。"扶"，旁。"扶戶"，依戶、在門旁。

④"去歲"二句："征人"，從征的人。這二句說去年其他從征的人回來了，傳言與你在邊地舊曾相識。

⑤"聞君"二句："君"，指丈夫。"上隴"，登上隴山。隴山，在今陝西隴縣西北，亦名隴坂、隴坻、隴首。隴頭歌："隴頭流水，流離四下。念我行役，飄然曠野。登高望遠，涕零雙墮。"這二句暗用其意，說思婦聽說其夫登隴時東望故鄉、懷念歎息。

⑥"宿昔"二句："宿昔"，猶早晚。"改衣帶"，謂因消瘦而衣帶變鬆。即古詩十九首"行行"首"相去日已遠，衣帶日已緩"意。這二句寫思婦想像其夫因懷鄉而很快消瘦、憔悴。

⑦"念此"二句：說想到丈夫的這些情況，自己也很憂傷；秋夜漸長，愁苦更多。

⑧"明鏡"二句：意謂因憂愁而久未梳妝、撫琴。"瑤"，美玉。"瑤琴"，極言琴的精美。"網羅"，謂蜘蛛網。

學劉公幹體①

胡風吹朔雪②，千里度龍山③。集君瑤臺上④，飛舞兩楹前。茲晨⑤自爲美，當避豔陽天⑥。豔陽桃李節⑦，皎潔不成妍。

①劉公幹，名楨，東平(今山東東平縣)人。"建安七子"之一。本題共五首，此其第三首。黃節說："公幹贈從弟詩：'鳳皇集南嶽，徘徊孤竹

根。於心有不厭，奮翅凌紫氛。豈不常勤苦？羞與黃雀羣。何時當來儀？將須聖明君。'明遠此篇取喻及其結體，蓋學之。"(鮑參軍詩注)這詩以雪作比喻，說正直的人雖然高潔，但在世風澆薄、小人得勢的時候，就不得不退位避讒。劉履說："此明遠被間見疏而作，乃借朔雪爲喻。詞雖簡短，而託意微婉。蓋其審時處順，雖怨而益謙。然所謂豔陽與皎潔者，自當有別。"(選詩補註)吳淇說："是詩舊注以雪比小人，桃李比君子，非也。"

②"胡風"句："胡風"，北風；因胡地在北方，故稱。"朔雪"，北方的雪。此喻高潔之士。

③龍山：指逴龍山。楚辭大招王逸注："北方有常寒之山，陰不見日，名曰逴龍。"

④"集君"二句："集"，止。"瑤"，美玉。"瑤臺"，謂華麗的樓臺。"楹"，堂室間的四經柱，其前兩個旁無所依的柱叫楹。這二句喻正直高尚的人若被重用，其美德可得顯露。

⑤茲晨：泛指這時候。"晨"，一作"辰"。

⑥豔陽天：謂春天。

⑦"豔陽"二句："桃李"，喻小人。"節"，季節。這二句意謂小人得勢之時，正直高潔的人是不容於世的。

代春日行①

獻歲②發，吾將行③。春山茂，春日明。園中鳥，多嘉聲。梅始發，柳始青。汎舟艫④，齊櫂驚⑤。奏採菱⑥，歌鹿鳴⑦。微風起⑧，波微生。絃亦發，酒亦傾。入蓮池，折桂枝。芳袖動，芬葉披。兩相思，兩不知。

①樂府詩集中本篇屬雜曲歌辭。本篇寫春天青年男女郊遊嬉戲的情景，

張玉穀古詩賞析說:"前十六(句),半寫春日陸遊之樂,半寫春日水遊之樂。皆就男邊說。'入蓮'四句,則就女邊說,亦兼水陸,却卽夏秋寫景。後二(句),總收,醒出篇旨,聲情何等駘宕!"

②獻歲:一年的開始。楚辭招魂:"獻歲發春兮,汩吾南征。"王逸注:"獻,進。……言歲始來進,春氣奮揚。"後因用以稱歲首。

③吾將行:用楚辭涉江"忽乎吾將行兮"中的成句,謂我將出游,但非用原義。

④艫(lú):漢書武帝紀:"舳艫千里。"王先謙補注引錢大昭云:"漢律名船方長爲舳艫;舳,一曰舟尾,艫,一曰船頭。"此泛指船。

⑤齊櫂驚:"櫂(zhào)",划船的一種工具,形狀和槳差不多。張玉穀說:"(此句謂)齊舉櫂而搖蕩,或有驚也。"

⑥採菱:曲名。爾雅翼說:"吳、楚之風俗,當菱熟時,士女子相與采之,故有采菱之歌以相和,爲繁華流蕩之極。"樂府詩集中此類歌辭屬清商曲辭江南弄。

⑦鹿鳴:詩經小雅篇名,是宴客的詩。

⑧"微風"二句:一作"風微起,波微生",一作"微風起,微波生"。

蕪城賦①

瀾迤平原②,南馳蒼梧、漲海③,北走紫塞、雁門。柂以漕渠④,軸以崑崗⑤。重江複關之隩⑥,四會五達之莊⑦。

①文選李善注:"集云:'登廣陵故城。'"宋本題下注:"登廣陵城作。"錢仲聯說:"考宋文帝元嘉二十七年多十二月,北魏太武帝南犯,兵至瓜步,廣陵太守劉懷之逆燒城府船乘,盡帥其民渡江。孝武帝大明三年四月,竟陵王誕據廣陵反;七月,沈慶之討平之,殺三千餘口。是十年之間,廣陵兩遭兵禍,照蓋有感於此而賦。"(鮑參軍集注)又云:"大明

三四年間,照有日落望江贈荀丞詩。荀丞者,荀萬秋,大明三四年爲
尙書左丞,見宋書禮志。詩有'延頸望江陰',及'君居帝京內,高會日
揮金。豈念慕羣客,咨嗟戀景沈'等句。水南曰陰。是照在江北望江
南帝京遙寄荀丞者。此賦自注云:'登廣陵城作。'以詩證賦,可知是
在大明三四年間客江北時也。""蕪城",指廣陵,故城在今江蘇江都縣
東北。賦中將廣陵的繁盛和遭禍後之荒涼作了鮮明的對比,有一定
藝術性;但表露了作者的感傷情緒。

②"灑池"句:"灑池(mí yǐ)",相連漸平貌。"平原",指廣陵一帶地勢。

③"南馳"二句:"蒼梧",郡名,漢置,即今廣西蒼梧縣治。"漲海",南海
的別稱。"紫塞",謂長城。古今注說:"秦築長城,土色紫,漢塞亦然;
一云雁門草皆紫色,故曰紫塞。""雁門",郡名,秦置,在今山西西北境
內。這二句說廣陵通極遠之地。

④"柂以"句:"柂",同"柁",舵。一作"拖"。梁章鉅文選旁證說:"六臣
本校云:'柂,善作弛。'非也。此注引廣雅:'拖,引也。'是李本作'拖'
之明證。濟注:'柂,舟具也。'蓋改之使配下句'軸'字,乃五臣作'柂'
之明證。段校作'扡'。""漕渠",即邗(hán)溝。春秋時吳於邗江築
城穿溝,東北通射陽湖,西北至京口入淮,後名邗溝。今自江都西北
至淮安三百七十里的一段運河,即古邗溝。亦稱韓江、邗溟溝、官河,
今名漕河。這句說廣陵城邊斜拖着一條漕河。或謂漕河從廣陵城邊
流過;如果將廣陵比作爲一隻船,那麼漕河就像是船後拖着的舵。

⑤"軸以"句:"崑崗",亦名阜岡、崑崙岡、廣陵岡;廣陵城在其上(見太平
御覽第一百六十九卷引郡國志文)。這句說崑崗是廣陵的軸心。

⑥"重江"句,"重江複關",一作"重關複江"。"隩",隱、深。這句說廣陵
爲重重複複的江河關口所環繞,處於幽深隱蔽之處。

⑦"四會"句:"莊",交通要道。爾雅:"六達謂之莊。"這句說廣陵有四通
八達的大道。〔以上是第一段,寫廣陵城的地理形勢。〕

　　當昔全盛之時①,車挂轊②,人駕肩,廛閈撲地③,歌吹沸天。

孳貨鹽田④，鏟利銅山。才力雄富⑤，士馬精姸。故能參秦法⑥，
佚周令，劃崇墉，剗濬洫，圖修世以休命。是以板築雉堞之殷⑦，
井幹烽櫓之勤，格高五嶽⑧，袤廣三墳，崒若斷岸⑨，㠁似長雲，
製磁石以禦衝⑩，糊赬壤以飛文。觀基扃之固護⑪，將萬祀而一
君。出入三代，五百餘載，竟瓜剖而豆分。

① 全盛之時：李善注說："謂漢時也。"張銑注說："謂（漢）吳王濞時。"

② "車掛"二句："轊(wèi)"，車軸末端。"駕"，陵、相迫。這二句寫廣陵
街市熙熙攘攘的情況。語本史記蘇秦列傳："臨菑之塗，車轂擊，人肩
摩。"

③ "廛閈"二句："廛(chán)"，居民區。"閈(hàn)"，閭，里門。"撲"，盡。
"撲地"，猶言遍地。"歌"，唱歌。"吹"，吹奏。這二句說到處住滿了
人，歌吹之聲沸天。

④ "孳貨"二句："孳(zī)"，滋生、繁孳。"貨"，錢財。"銅山"，產銅的山。
"鏟利"，銅需開採而得利，故云。史記吳王濞列傳："吳有豫章郡銅山，
濞則招致天下亡命者盜鑄錢，煮海水為鹽。"這二句說廣陵有鹽田銅
山之利。

⑤ "才力"二句："士馬"，兵馬。李善注說："班固傳贊曰：'材力有餘，士馬
強盛。'"這二句本此，意謂廣陵人力雄厚，人材傑出，軍隊也很精銳。

⑥ "故能"五句：李善注說："聲類曰：'夅'，侈字也。'軼'，過也。'佚'
與'軼'通。西都賦曰：'覽秦制，跨周法（今本無此二句）。'"第三句，
"劃"，剖、開。"崇"，高。"墉(yōng)"，城牆。第四句，"剗(kū)"，鑿、
挖空。"濬"，深。"洫(xù)"，水溝。第五句，"修"，長。"休"，美善，喜，
慶。劉良說"命"指天命。"言奢侈過於秦、周之法令，乃開崇城，鑿深
溝，以謀長世之美命也。"（見六臣注文選）這五句承上文意，說廣陵資
財雄厚，人材衆多，故能超出周、秦法令制度（古代城池建造都有一定
規格，超出規格，謂之"逾制"），而建築了高城，開鑿了深溝，以圖永享

鴻福。

⑦“是以”二句：“板築”，築牆以兩板相夾，中間填滿土，然後夯結實，叫作板築。“雉堞”，城上女牆。“殷”，盛、大。第二句，李善注說：“淮南子曰：‘大構架，興宮室，雜樓井幹。’許慎曰：‘皆屋構飾也。’郭璞上林賦注曰：‘櫓，望樓也。’”“井幹”，樓名，見漢書郊祀志。此當借以泛指城樓。“烽”，烽火；古時敵人入侵，舉烽火以報警。這二句承上文意，說爲了永享鴻福，所以就大規模辛勤地修建了廣陵這座城池（也可以解釋爲：所以就精心營建了這座城池。這樣解釋，是將“殷”、“勤”理解爲一個辭彙而分在二句，參看注⑪劉說）。

⑧“格高”二句：“格”，量度。“五嶽”，謂東嶽泰山、西嶽華山、南嶽衡山、北嶽恆山、中嶽嵩山。“袤（mào）廣”，南北曰袤，東西曰廣。“三墳”，李善注說：“未詳。或曰：毛詩曰‘遵彼汝墳’；又曰‘鋪敦淮墳’；爾雅曰‘墳莫大於河墳’，此蓋三墳。”朱琰文選集釋同意李說，並爲之論證，謂：“李注引毛詩曰‘鋪敦淮墳’。案此與周南‘汝墳’、爾雅‘河墳’並引。彼二處本皆作‘墳’，而‘淮墳’今詩作‘濆’。毛傳於‘淮濆’云：‘厓也。’於‘汝墳’云：‘大防也。’兩者各分。鄭箋則‘淮濆’之‘濆’釋爲‘大防’。又注周禮大司徒職云：‘水涯曰墳。’蓋同聲通用。故爾雅釋水注引詩‘汝墳’作‘濆’，而此注引詩‘淮濆’亦逕作‘墳’也。”孫志祖文選李注補正說：“田藝蘅云：‘兗州土黑墳（謂土色黑而墳起），青州土白墳，徐州土赤埴（土黏曰埴）墳（見尚書禹貢），此三州與揚州接。’”徐攀鳳選注規李不同意田說，謂：“李注尚未確，今有援禹貢釋之者。予數之曰：黑墳、白墳、墳壚、赤埴墳，四墳而非三墳。”洪亮吉曉讀書齋雜錄更創新說，謂：“李注非也。若總經傳言之，墳亦不止三。昭（照）賦蓋用天問：‘地方九則，何以墳之？’王逸章句云：‘墳’，分也。謂九州之地，凡有九品，禹何以能分別之乎？‘三墳’卽主九州之土而言，與上‘五嶽’正配。若泥爲河、淮、汝之墳，則河、汝距燕城較遠，昭（照）何以反舍江而言河、汝乎？以是知當用王逸說注此

爲長矣。"上述諸說均未妥,因無確解,錄以備考。這二句說廣陵的城
牆高與五嶽相齊;所屬甚廣,四周與三墳相接。李周翰說:"(此二句)
言格度高於五嶽諸侯之城;周迴之廣,雖讀三墳(古書名)之書,見列
國之製,亦無此者。"雖能串通大意,嫌較牽强。

⑨"崪若"二句:"崪(zú)",危高、高峻。"矗(chù)",齊平。這二句說廣
陵的城牆像斷岸那樣高峻,像長雲那樣平整。

⑩"製磁"二句:劉文典三餘札記說:"案西征賦:'門磁(磁)石而梁木蘭
兮。'注:'三輔黃圖曰:阿房前殿以木蘭爲梁,磁石爲門,懷刃者止
之。'御覽百八十三引西京記:'秦阿房宮以磁石爲門,懷刃入者輒止
之。'江文通銅劍讚序:'又造阿房之宮,其門悉用磁石,磁石噏(同
"吸")鐵,以防外兵之入焉。'""赬(chēng)",赤色。"飛文",謂光相照
(見六臣本曹植七啓:"燿飛文"張銑注)。這二句說城門是磁石製成
的,可用以防禦持兵器衝進來的歹徒;城牆上糊着一層紅土的漿子,
以增加光彩。

⑪"觀基"五句:第一句,李善注說:"說文曰:'扃(jiǒng)',外閉之關也。
凡文士之言'基扃',汎論城闕,猶車稱軫,舟謂之艫耳,非獨指扃也。
'固護',言牢固也。"劉文典說:"案禮曲禮:'毋固護。'鄭注:'欲專之
曰固,爭取曰護。'得其誼。馬季長笛賦:'或乃聊慮固護,專美擅
工。'注:'精心專一之貌。'亦通。此文之'固護',與上文之'殷勤',誼
實相類。李注望文生訓,失之。"錢仲聯說:"按曲禮作'固獲',同聲相
通。"(鮑參軍集注)第二句,"祀",年。商稱年叫祀。第三、四句,李善
注說:"王逸廣陵郡圖經曰:'郡城吳王濞所築。'然自漢迄于晉末,故
云'出入三代(漢、魏、晉),五百餘載'也。"第五句,"瓜剖豆分",形
容廣陵城的崩裂毀壞。這五句說,看這座城池修建得這樣牢固,滿以
爲在一姓統治之下,千秋萬代,永存不隳,那知只經過三代五百餘年
就崩裂毀壞了。〔以上是第二段,寫廣陵全盛時的繁華情況及其城池
的興廢。張雲璈選學膠言說:"廣陵城是吳王濞所築。賦中如'板築

雉堞之殷，井幹烽櫓之勤’，又‘崒若斷岸，矗似長雲，製磁石以禦衝，糊赬壤以飛文’等句，皆於城郭有深嘅焉。所賦者城，故後段宮館略而不詳。其一則曰‘圖修世以休命’，再則曰‘將萬祀而一君’，深惜吳王濞之不能長有其國。而‘出入三代，五百餘載’云云，蓋直泝自吳王濞以至于今，見逆天者亡，終必歸于無也。〕

澤葵依井①，荒葛罥塗。壇羅虺蜮②，階闥鼣鼯。木魅山鬼③，野鼠城狐，風嗥雨嘯，昏見晨趨。飢鷹厲吻④，寒鴟嚇雛。伏暴藏虎⑤，乳血飡膚。崩榛塞路⑥，崢嶸古馗。白楊早落，塞草前衰⑦。稜稜⑧霜氣，蓌蓌⑨風威。孤蓬自振⑩，驚沙坐飛。灌莽杳而無際⑪，叢薄紛其相依。通池既已夷⑫，峻隅又以頹。直視千里外⑬，唯見起黃埃。凝思寂聽⑭，心傷已摧。

①“澤葵”二句：“澤葵”，一說水葵，一說莓苔（見李善與呂延濟注）。朱珔說：“案水葵卽今之蓴菜，或亦爲荇菜之名。然二者似皆非井畔所宜生。方氏通雅謂，‘澤葵，莓苔也’，總名莓苔。今附土如小松葉者，澤葵類也。其稍大者曰長松。’此與‘依井’字爲合，但未明所據。而本草有‘石韋，生石旁陰處’其生古瓦屋上者名瓦韋。’石韋與‘澤葵’音並相似，疑係此種；亦苔之屬也。”“葛”，山野間一種爬蔓的草，開紫花，莖的纖維可以織布，根可以作藥。“罥（juàn）”，掛。“塗”，同“途”，道路。井邊、路上本是人跡最多的地方，現在卻長滿莓苔、蔓草，可見城市荒蕪情狀。

②“壇羅”二句：“壇”，舊時祭祀的土臺，古人有朝會盟誓等事亦設壇。李善注說：“王逸楚辭注曰：‘壇，堂也。’又，楚人謂中庭曰壇。”“虺（huī）”，一種毒蛇。“蜮（yù）”，古謂之短狐，相傳能含沙射人爲災，形似鼈，亦名射工。“鼣（jūn）”，麏。“鼯（wú）”，鼯鼠，尾巴很長，前後肢之間有薄膜，能從樹上飛降下來，住在樹洞中，晝伏夜出。這二句說壇堂庭階皆成爲毒蛇怪物的活動場所。

③"木魅"四句："魅(mèi)"，古人以爲是木石之怪。"嗥(háo)"，咆哮。"昏"，同"昏"。"見(xiàn)"，顯露。這四句說鬼怪狐鼠嗥叫於風雨之夕，出沒於晨昏之時。

④"飢鷹"，二句："厲"，磨。"鵰(chī)"，鷂鷹。"嚇(hè)"，怒聲，以口拒人；又，恐嚇人。"雛"，小鳥。莊子秋水："南方有鳥，其名爲鵷鶵，子知之乎？夫鵷鶵發於南海，而飛於北海；非梧桐不止，非練實不食，非醴泉不飲。於是鴟得腐鼠，鵷鶵過之，仰而視之曰：'嚇！'"此用"嚇雛"字面，非用其意。這二句說飢寒的鷹鵰磨嘴捕食、嚇唬小鳥。

⑤"伏虣"二句："虣"，李善注說："字書曰：'虣，古文暴字，蒲到切。''虣'，或爲'彪'。爾雅曰：'彪，白虎。彪，戶甘切。'"梁章鉅文選旁證說："彪，'，當依說文作'彪'。"劉文典說："典案：'虣'，古'暴'字。'伏暴'義不可通。孫詒谷考異云：'當從別本作彪。'亦非。說文：'彪，白虎也。''伏彪''藏虎'，誼正相對。梁說得之。'彪'從冥省聲，故音覓；字一作'虣'，是其證也。""飧(sūn)"，晚飯。"膚"，肉(見廣雅釋器)。這二句說猛虎藏伏，伺機捕食，以血肉爲飲食。

⑥"崩榛"二句："榛"，木叢生曰榛(見廣雅釋木)。"崢嶸(zhēng róng)"，高峻貌，深冥貌，陰森貌。"馗(kuí)"，或作'逵'，九達的大道。這二句說叢生的樹木崩塌下來，堵塞路途；荒蕪的古道陰森森的。

⑦"塞草"句：李善說："'塞'，或爲'寒'。""塞草"，泛指城垣上的草。李周翰注說："塞，猶荒也。"非。這句說蕪城的草枯得早。

⑧稜稜：嚴寒貌。

⑨菻菻：風聲勁疾貌。

⑩"孤蓬"二句："振"，拔。"坐飛"，李善說："無故而飛曰坐飛。"張相說："無故而飛，猶云自然飛也，坐亦自也，坐與自爲互文。"(詩詞曲語辭滙釋)這二句寫蕪城蓬轉沙飛的荒涼情景。

⑪"灌莽"二句："灌莽"，草木叢生之地。"杳(yǎo，又miǎo)"，深遠。"叢薄"，草木叢雜處。"相依"，謂彼此相連。這二句說蕪城草木叢生、

一望無際。

⑫“逼池”二句：李善注說：“‘逼池’，城濠（城下池）也。‘峻隅’城隅（城上的角樓）也。”“夷”，平。“頹”，崩壞、倒塌。這二句說城濠已平了，角樓也倒塌了。

⑬“直視”二句：說極目千里，只見塵土飛揚，別無所有。

⑭“凝思”二句：“凝”，停滯。“寂”，無聲。“凝思寂聽”，謂思想凝止、聽覺失靈；此用來形容悲傷之甚。“摧”，猶悲。這二句寫憑弔蕪城後的感受。〔以上是第三段，寫廣陵的荒蕪景象和作者憑弔蕪城後的感受。〕

　　若夫藻扃①黼帳②，歌堂舞閣之基，琁淵碧樹③，弋林釣渚之館④，吳、蔡、齊、秦之聲⑤，魚龍爵馬之玩⑥，皆薰⑦歇燼⑧滅，光沈響絕。東都妙姬⑨，南國麗人，蕙心紈質⑩，玉貌絳唇，莫不埋魂幽石，委⑪骨窮塵；豈憶同輦⑫之愉樂，離宮⑬之苦辛哉？天道如何，吞恨者多，抽琴命操⑭，爲蕪城之歌。歌曰：“邊風急⑮兮城上寒，井逕⑯滅兮丘隴⑰殘。千齡兮萬代⑱，共盡兮何言！”

①藻扃：“藻”，文采。“扃 (jiǒng)”，外閉之關；亦泛指門戶。此用後義。“藻扃”，彩繪的門戶。

②黼帳：“黼 (fǔ)”，白黑相間的花紋。繡。“黼帳”，繡花帳。

③琁淵碧樹：“琁”，字一作“璇”(xuán)，美石。李善說：“‘琁淵’，玉池也。‘碧樹’，玉樹也。”錢仲聯補注：“淮南子：‘崑崙有碧樹。’”

④弋林釣渚之館：謂建築在漁獵之地的宮館。“弋(yì)”，用帶着繩子的箭來射鳥。

⑤吳、蔡、齊、秦之聲：謂各地區的音樂。李善注說：“楚辭曰：‘吳歈(yú，歌)蔡謳。’漢書藝文志有齊歌秦歌。”可見古代吳、蔡、齊、秦的音樂很著名。

⑥魚龍爵馬之玩：謂各種精彩的技藝。“魚龍”，漢書西域傳贊：“作巴俞都盧，海中碭極，漫衍魚龍角抵之戲，以觀視之。”顏師古注：“魚龍者

爲舍利之獸,先戲於庭極畢,乃入殿前激水,化成比目魚,跳躍漱水,作霧障日畢,化成黃龍八丈,出水敖戲於庭,炫燿日光,西京賦云:‘海鱗變而成龍。’卽爲此色也。”“爵(同“雀”)、馬”,兩種戲法與技藝。李善說:“(西京賦)曰:‘大雀踆踆。’又曰:‘爵馬同讐。’”胡克家文選考異說:“注:‘爵馬同讐’。案‘爵’當作‘百’,此因正文云‘爵馬’而誤。不知‘爵’字上引‘大雀踆踆’,已注訖;此但注‘馬’字也。各本皆誤。”西京賦正文作“百馬”,胡說是。

⑦薰:花草香氣。

⑧燼(jìn):火燒剩下的東西。“若夫”句至“光沈”句一段說廣陵城中像吳王濞當時的那些華麗的建築和陳設、歌舞漁獵等娛樂場所,乃至於各著名地區的音樂和各種精彩的戲法技藝,都如香消燼滅、光逝聲絕一樣,永遠消失了。

⑨“東都”二句:李善說:“陸機擬東城一何高曰:‘京洛多妖麗,玉顔侔瓊蕤。’然京洛(洛陽)卽東都也。曹子建詩曰:‘南國有佳人,華容若桃李。’”“東都”、“南國”或本此。“姬(jī)”,古代對婦女的美稱;亦稱妾。

⑩“蕙心”二句:“蕙”,蕙蘭,多年生草本植物,開淡黃綠色花,氣味很香。又,薰草亦叫蕙。此處蕙喻美。“紈(wán)”,素,絲織的細絹。此處紈喻純潔。“絳”,大紅。李善說:“左九嬪武帝納皇后頌曰:‘如蘭之茂’。好色賦曰:‘腰如束素。’‘蘭’、‘蕙’同類,‘紈’、‘素’兼名,文士愛奇,故變文耳。”

⑪委:棄。

⑫同輿:“輿”,泛指車。古時帝王命后妃與之同車,表示愛寵,故“同輿”謂得寵。

⑬離宮:猶俗謂“冷宮”。司馬相如長門賦:“期城南之離宮。”李善說:“離宮,卽長門宮也,在城南。”“離宮”本此,泛指失寵者所居,或謂失寵。“東都”句至“離宮”句一段說吳王宮館中的美人都成過去,現在

她們既無得寵之樂，又無失寵之憂了。

⑭"抽琴"句：說取出琴來創作歌曲。"抽"，引出。"命"，名。"操"，琴曲名。李善說："琴道曰：'琴有伯夷之操。夫遭遇異時，窮則獨善其身，故謂之操。'"作曲當命名，"命操"，卽謂作曲。

⑮急：一作"起"。

⑯井逕："井"，井田，古制方一里九夫所耕種的田。此泛指田畝。"逕"，一作"徑"，步道。"井逕"，謂田畝間通人的路。

⑰丘隴：猶言墳墓。"隴"，本作"壠"，亦作"壟"。

⑱千齡二句：說千秋萬代，古往今來，人皆有死，尚復何言。"共盡"，謂人皆有死，都將同歸於盡。〔以上是末段，大意說廣陵昔日吳王窮奢極侈的豪華生活已成過眼雲烟；並抒發作者華屋山丘、人生無常的感慨。本段思想感情消極。〕

登大雷岸與妹書①

吾自發寒雨②，全行日少，加秋潦浩汗③，山溪猥④至，渡泝⑤無邊，險徑遊歷，棧石星飯⑥，結荷水宿⑦，旅客貧辛，波路⑧壯闊，始以今日食時⑨，僅及大雷。塗登千里⑩，日踰十晨，嚴霜慘節⑪，悲風斷肌，去親爲客⑫，如何如何！

①"大雷岸"，地名，唐屬淮南道舒州，清屬安慶府望江縣，在今安徽省境內。鮑照妹名令暉，有文才，能詩。鍾嶸詩品說："令暉歌詩，往往嶄絕精巧，擬古尤勝，唯百願淫矣。"玉臺新詠收其詩七首。這封信寫在宋文帝元嘉十六年（公元四三九）。吳汝綸說作於元嘉十七年（公元四四〇）臨川王義慶自江州移鎮南兗州，照隨行自潯陽返京時（見古詩鈔上潯陽還都道中注）。錢仲聯鮑參軍集注說："當是元嘉十六年臨川王出鎮江州引照爲佐吏時作。王鎮江州在四月，而照書有'寒

雨'、'秋潦'語,豈照往江州已在秋後耶?"按:本文中有"東顧五洲之
隔,西眺九派之分"語,當是自東而西,不是自西而東,從錢說爲是。
且從'塗登千里,日踰十晨'二語看來,正是從建康到大雷的路程和時
間,而與從江州至大雷的水程不合,所以吳汝綸的說法是錯誤的。這
是一篇駢文體家書,書中描寫了作者在旅途中所看到的自然景色及
其感受。本文色彩瑰麗,寫景生動,有較高的藝術成就。

②"吾自"二句:"發",出發,啓程。這二句說我自從冒着寒冷的秋雨動
身,整天趕路的日子很少。

③秋潦浩汗:"潦",雨水。"浩汗",水廣闊無邊貌。

④猥(wěi):多、盛。

⑤泝(sù):同"溯",逆流而上。

⑥棧石星飯:"棧",棧道的意思。韻會:"小橋曰棧",即在山路險絕處搭
木以爲飛梁。此句意謂在石巖險絕的路上,夜裏吃飯。"星飯",形容
在星光下露天的生活。

⑦結荷水宿:言晚上歇宿在水邊。因爲在水邊歇宿,所以用結荷爲屋來
形容。這一句和上一句都是描寫道路上生活的艱苦。

⑧波路:水路。

⑨"始以"二句:"始",方始。"食時",漢書淮南王安傳:"上……使爲離
騷傳,且受詔,日食時上。""日食時"就是午飯時。這二句承上文而
來,說冒雨出發,加上山水流溢,水深浪闊,行旅危險艱苦,所以直到
今天中午方始到達大雷岸。

⑩"塗登"二句:"登",行進。"踰",通作"逾",越過、度過。這二句說路
已走了千里,時間已過了十天。

⑪"嚴霜"二句:"嚴霜",凜冽的寒霜。"慘",痛。此作動詞。"節",骨
節。這二句說凜冽的寒霜刺痛骨節,悲涼的秋風搉人肌膚。

⑫"去親"二句:"去",離開。"親",指親人、親屬。這是感歎語,意思是
說離開家庭客遊他鄉,心情是如何悲涼![以上爲第一段,敍述離家遠

遊，開始接觸旅途的艱辛。〕

向①因涉頓②，憑觀川陸③；遨神清渚④，流睇方曛；東顧五洲之隔⑤，西眺九派之分；窺地門之絕景⑥，望天際之孤雲。長圖大念⑦，隱心者久矣！南則積山萬狀⑧，負氣爭高⑨，含霞飲景⑩，參差代雄⑪，淩跨長隴⑫，前後相屬，帶天有匝⑬，橫地無窮⑭。東則砥原遠隰⑮，亡端靡際。寒蓬夕捲⑯，古樹雲平。旋風四起，思鳥羣歸⑰。靜聽無聞⑱，極視不見。北則陂池潛演⑲，湖脈通連。苧蒿攸積⑳，菰蘆所繁。栖波之鳥㉑，水化之蟲㉒，智吞愚，彊㉓捕小，號噪驚聒㉔，紛乎其中。西則迴江永指㉕，長波天合㉖。滔滔何窮，漫漫安竭！創古迄今㉗，舳艫相接。思盡波濤㉘，悲滿潭壑。烟歸八表㉙，終爲野塵。而是注集㉚，長寫不測，修靈浩蕩㉛，知其何故哉！西南望廬山，又特驚異。基壓江潮㉜，峯與辰漢相接。上常積雲霞，雕錦縟㉝。若華夕曜㉞，巖澤氣通㉟，傳明散綵㊱，赫似絳天。左右青靄㊲，表里紫霄。從嶺而上，氣盡金光，半山以下，純爲黛色。信可以神居帝郊㊳，鎮控湘、漢者也。若溁洞所積㊴，溪壑所射，鼓怒之所豗擊，湧澓之所宕滌，則上窮荻浦㊵，下至狶洲，南薄鷰艮，北極雷澱，削長埤短㊶，可數百里。其中騰波觸天，高浪灌日，吞吐百川，寫泄萬壑。輕烟不流㊷，華鼎振涾。弱草朱靡㊸，洪漣隴蹙。散渙長鷩㊹，電透箭疾㊺。穹溘崩聚㊻，坻飛嶺覆。回沫冠山㊼，奔濤空谷。碪石爲之摧碎㊽，碕岸爲之虀落。仰視大火㊾，俯聽波聲，愁魄脅息㊿，心驚慓矣！至於繁化殊育(51)，詭質怪章(52)，則有江鵝、海鴨、魚鮫、水虎之類(53)，豚首、象鼻、芒鬚、針尾之族，石蟹、土蚌、燕箕、雀蛤之儔，折甲、曲牙、逆鱗、返舌之屬。掩沙漲㊴，被草渚，浴雨排風㊵，吹潦弄翻。夕景欲沈㊶，曉霧將合，孤鶴寒嘯㊷，遊鴻遠吟，樵蘇一歎，舟子再泣。誠足悲憂㊸，不可說也。

①向：過去，前些時候。

②涉頓：謂行旅。“涉”，徒步過水。“頓”，與“屯”通，止，謂歇息、住宿。“涉頓”，說徒步過了一條河而停下來食宿，泛謂行旅。

③憑觀川陸：“憑觀”，眺望。“川陸”，河流和陸地。

④“遨神”二句：“遨”，遊。“遨神”，猶今所謂“散心”。“清渚”，清水中的小洲。“睇”，傾視。“流睇”，轉目而視。“曛”，黃昏時分。這二句是承接上一句而言，說眺望着河流和陸地，心神遨遊於清流中的小洲，又縱目欣賞剛剛降臨的暮色。

⑤“東顧”二句：“顧”，回視。“五洲”，地名。水經注江水：“（江水）又東逕軑縣故城南，……城在山之陽，南對五洲也。江中有五洲相接，故以五洲為名。”“九派”，指在江州（今九江）所分的九道水。其名稱說法不一，一說指申、烏蜂、烏白、嘉靡、畎、源、廩、提、菌；一說指三里、五洲、嘉靡、烏土、白蚌、烏、菌、沙提、廩，詳程大昌禹貢論。這二句的大意是說回望來徑，與家人遙隔五洲；眺望前路，目的地在江分九道之處。

⑥“窺地”句：“地門”，河圖括地象：“武關山為地門，上與天齊。”錢振倫以為“地門”就是武關山。“絕景”，絕妙無與倫比的景色。

⑦“長圖”二句：“長圖大念”，猶言雄心壯志。“隱”，思，思考的意思。“隱心”，動心。這二句說遨遊在這樣壯麗的景色中，宏圖大志早就被激發起來了。

⑧積山萬狀：重疊的山巒呈現出多種多樣崢嶸奇特的形狀。

⑨負氣爭高：“負”，恃。“負氣”，爭一口氣的意思。這一句是比喻，由於作者自己心裏的雄心壯志在激蕩，所以在他看來，重疊的羣山也像在

爭意氣，比高低。

⑩含霞飲景：“景”，陽光。這是擬人化的修辭手法：山峯映着鮮豔的霞
彩，無雲的地方則是一片明麗的陽光，這就像山峯含着霞彩飲着陽光
似的。

⑪參差代雄：意思是高高低低的羣山，也像互相更替着在逞雄稱霸。這
也是作者以自己當時的心情去觀察羣山的結果。

⑫“淩跨”二句：“淩”，高、升。“跨”，跨越。“隴”，田中高而長的土棱。
“屬”，連。這二句描寫綿延的羣山，說它們高視闊步，前後相連，成爲
一道高大的長隴。

⑬帶天有匝：“帶”，這裏作動詞用。“天”，是賓語。這句意思是說山脈
沿着天邊似乎可以繞過一圈來。

⑭橫地無窮：意思是山脈橫亙大地，無窮無盡。

⑮“東則”二句：“砥”，磨刀石。“砥原”，像磨刀石一樣的平原，猶現代口
語的“一劃平川”。“隰(xí)”，低下之地。“遠隰”，謂遠處低下。“亡
(wú)”，與“靡”均作“無”字解。這二句說東面是一劃平川，愈遠愈低，
無邊無際。

⑯“寒蓬”二句：“蓬”，草名，遇風輒拔而旋，也叫轉蓬。這二句說蓬草被
寒風捲動，古樹高聳雲霄。

⑰思鳥羣歸：思念故巢的鳥一羣羣歸去。這裏是作者用自己的感情去
理解歸林的鳥。

⑱“靜聽”二句：“靜聽”，承上文“旋風”言，說等到着意去靜聽風聲時，又
寂靜無聲了。“極視”，承上文“歸鳥”言，說當努力盯着歸林的鳥羣
時，鳥却又飛遠了，看不見了。

⑲“北則”二句：“陂(pí)”，卽池。“陂池”，水澤。“演”，錢仲聯說：“演當
爲㳙，……今說文‘㳙’字云：‘水脈行地中㳙㳙也。’”又說：“(潛演)蓋
言伏流之水，卽蜀都賦之‘㳙以潛沬’也。”這二句說大小水澤之間水
脈通連。

⑳"苧蒿"二句:"苧",苧麻,"蒿",青蒿,皆草本植物。"攸",作"所"解。"菰",草本植物,其嫩芽即食用的茭白。"蘆",蘆葦。這二句說這裏是苧蒿積聚、菰蘆繁生的地方。

㉑栖波之鳥:指水鳥。

㉒水化之蟲:指魚。說文:"魚,水蟲也。"

㉓彊:同"强。"

㉔"虢噪"二句:"聒(guā)",語雜聲囂。"紛",亂動貌。"其中",指水中。從"栖波"至"紛乎"六句,描寫水澤中鳥類和魚類追逐叫噪,在波中和水面雜亂活動情狀。

㉕迴江永指:"迴江",江水曲折。"永指",流向遠方。

㉖長波天合:說遠望水波如與天相接。

㉗"創古"二句:"創古迄今"猶言自古至今。"舳(zhú)",船尾。"艫(lú)",船頭。"舳艫相接",謂船隻往來不絕。

㉘"思盡"二句:"思",悲。"壑(huò)",山溝、山谷。這二句意謂波濤潭壑,惹人愁思。

㉙"烟歸"二句:"烟",雲氣。"八表",八極之表。古人設想世界的邊緣有八極,八極之表即八極之外。"野塵",出莊子逍遙遊:"野馬也,塵埃也,生物之以息相吹也。"注:"野馬者,遊氣也。"因此"野塵"即指天地間的遊塵。這二句是描寫江湖之上霧氣蒸騰,瀰漫太空之狀。

㉚"而是"二句:"是",此,指江河。"注",流。"集",匯集。"寫",同"瀉"。"不測",不定,無定。這二句說江河的匯集與流瀉都是變化莫測的。

㉛"修靈"二句:"修靈浩蕩",語出離騷:"怨靈修之浩蕩兮"。"修靈",指神,此處當指河神,並以河神來代表河流。"浩蕩",王逸楚辭章句解作"無思慮貌。"這二句的大意是江河浩蕩地奔流,有誰知道它究竟是怎麼回事呢?表現了作者對自然現象的疑惑不解。

㉜"基壓"二句:"基",指山脚。"辰",星辰。"漢",天漢,天河。這二句寫廬山的山脚壓着江水,而其峯頂則上接霄漢。

㉝雕錦縟："縟"，說文："繁采飾也。""雕錦縟"，是形容廬山的形體奇麗、
色彩豐富。

㉞若華夕曜：謂晚霞輝映。"若華"，若木之花。淮南子墜形訓："若木在
建木西，末有十日，其華照下地。"指的是霞光。古人把這種自然現象
在想象中經過不自覺的藝術加工而稱之爲若木之花。"曜"，照。

㉟巖澤氣通：指山間與水上的霧氣連成一片。

㊱"傳明"二句："傳"，散布。"明"，光亮。"赫"，火赤貌。"絳"，赤色，大
紅。這二句說絢爛的晚霞散布光亮和色彩，把天空染得一片火紅。

㊲"左右"二句："靄"，氣。"紫霄"，廬山的一個高峯名。這二句描寫雲
氣圍繞着高峯的情狀。

㊳"信可"二句："帝"，天帝。"郊"，邑外之地。"帝郊"，指天都之郊。這
二句說廬山作爲神祇，居於天都之郊，眞可以鎮守並控制湘江、漢水
流域。

㊴"若溦"四句："溦(cóng)"，小水匯入大水。"洞"，疾流。"射"，謂山谷
泉水噴射。"鼓怒"，形容水流冲擊像發怒似的。"豗(huī)"，相擊。
"澓"，澓流、水洄。"宕"，與"蕩"通。"滌宕"，卽流蕩之意。這四句描
寫各種水流及其流動的情狀。

㊵"則上"四句："窮"，極至。"浦"，水邊。"荻浦"，長着蘆荻的水濱。
"豨(xī)"，豬。"豨洲"，野豬出沒的荒洲。"薄"，迫近。"鷰"，同"燕"。
"辰"，"派"本字，水流之所分。"瀲"，蕩漾的波浪；此指水波蕩漾處。
這四句是寫水流所到的地區。

㊶"削長"二句："埤(pí)"，增、厚。這二句承上文，說把四面八方各種各
樣的河流湖泊削長補短，合在一起，大約有數百里方圓。

㊷"輕烟"二句："溚(tá)"，水溢。這二句說上面停留着輕烟，而下面波
濤滾滾，有如華麗的鼎中水在沸騰一樣。

㊸"弱草"二句："朱"，作"幹"解（見六書故），指草莖。"靡"，披靡，指
草被水淹沒。"洪漣"，大波紋。"隴"，田中高處。"蹙"，迫。這二句

說大水把細弱的草淹沒了，而且越來越迫近田隴。

㊹散渙長驚："渙"，流散。"散渙"，指波浪崩散。"長"，猶"常"。"長驚"，言波浪崩散的情狀常常令驚人，與下句"電透箭疾"相照應。一說"長驚"言波浪崩散像受了驚一樣，亦可通。

㊺電透箭疾：形容波浪崩散，突如其來。

㊻"穹溘"二句："穹"，高大。"溘(kè)"，玉篇："水也。""穹溘"，即上文所說的"高浪"。"崩聚"，則是形容波浪一會兒起來，一會兒跌得粉碎。"坁(dǐ)"，河岸，或作水中小渚解，亦可。"覆"，作"反"解。這二句說洪波起伏，簡直要把河岸（或小渚）沖走，把山嶺沖翻。按上文"甚壓江潮"，知山嶺的基腳直接水際，所以這裏這麼說。

㊼"回沫"二句：說撞擊回來的浪花和水沫一直沖上了山頂，奔騰的波濤把山谷沖刷一空。

㊽"碮石"二句："碮石"，砧石，即河邊擣衣石。"碕(qí)岸"，曲岸。"璷(jì)"，細切成的碎末。"璷落"，言墜落如璷粉。這二句說大浪把河岸連同河邊的擣衣石都沖擊得粉碎。

㊾大火：星名，也稱心宿，即火星。

㊿"愁魄"二句："脅"，逼。"息"，呼吸。"脅息"，屏氣而喘息。"慓"，急疾。這二句說眼前的景象使人驚心動魄。以此來總結上面一段關於波浪奔騰的描寫。

51繁化殊育：指豐富多彩千奇百怪的生物。"化"、"育"，皆作"生殖"、"繁殖"解。

52詭質異章："詭"，變異。"質"，軀。"章"，外表。這是說各種不同體軀和外表的動物。

53"則有"四句：這裏所說的"江鵝"等十六種水生動物均承上文"繁化殊育"、"詭質異章"而來，有的是實有其物，有的來自神話，有的僅舉其形體的某一特點，未必實有此名。凡此種種，均可參閱鮑參軍集注各該項下所釋，茲不贅述。

(54)“掩沙”二句：説借沙丘、草渚蔽掩其體。

(55)“浴雨”二句：“排風”，並列而迎風。“澇”，水。“吹澇”，吐水。“翮”，翅莖。“弄翮”，拍弄翅膀。這二句説魚兒和水鳥活動在風雨之中，吐水拍翅，非常活躍。

(56)“夕景”二句：“夕景”，傍晚的陽光。這二句謂晨昏之時。

(57)“孤鶴”四句：“孤鶴”、“遊鴻”，此處皆用來比喻離鄉背井的遊子。“樵”，打柴。“蘇”，取草。“樵蘇”，指打柴取草之人。這四句極寫背井離鄉之悲。透過作者的眼光，鶴和鴻雁都像遊子一樣孤寂悲哀，樵夫舟子也似乎在歎息和哭泣。

(58)“誠足”二句：説遊子的心情實在悲愁，非言語所能表達。〔以上爲第二段，描寫作者在旅途中所見到的雄壯奇麗景色，這些景色引起了他的複雜的情感。〕

風吹雷飆①，夜戒前路②。下弦內外③，望達所屆。寒暑難適④，汝專自愼。夙夜戒護⑤，勿我爲念。恐欲知之，聊書所覩。臨塗草蹙⑥，辭意不周。

①飆(biao)：暴風。

②“夜戒”句：“戒”，備。這句的意思是説前面路上已經夜色蒼茫了。解作前途將在夜間行走，更要小心戒備，亦可。

③“下弦”二句：“下弦”，陰曆每月二十三日前後，月亮東半明而西半暗，成半圓弓形，故稱“下弦。”“屆”，至。“所至”，所要到達的地方。這二句説在本月二十三日左右，我可望到達目的地。

④“寒暑”二句：“適”，適應。這二句説天氣冷熱是不容易適應的，你自己要小心。此與下二句都是作者囑咐他妹妹的話。

⑤夙夜戒護：“夙夜”，早晚。“戒護”，猶言小心保重。

⑥蹙：急促。〔以上爲第三段，是全篇結束語，預計抵達日期並致關切之意。〕

〔附錄〕

(一)南史鮑照傳

鮑照字明遠，東海人，文辭贍逸，嘗爲古樂府，文甚遒麗。元嘉中，河、濟俱清，當時以爲美瑞，照爲河清頌，其敍甚工。照始嘗謁(臨川王)義慶，未見知。欲貢詩言志，人止之曰："郎位尙卑，不可輕忤大王。"照勃然曰："千載上有英才異士，沈沒而不聞者，安可數哉！大丈夫豈可遂蘊智能，使蘭艾不辨，終日碌碌與燕雀相隨乎？"於是奏詩。義慶奇之，賜帛二十疋。尋擢爲國侍郎，甚見知賞。遷秣陵令。文帝以爲中書舍人。上好文章，自謂人莫能及。照悟其旨，爲文章多鄙言累句，咸謂照才盡，實不然也。臨海王子頊爲荆州，照爲前軍參軍，掌書記之任。子頊敗，爲亂兵所殺。(附臨川烈武王道規傳後)

(二)鮑照其他作品選錄

飛 蛾 賦

仙鼠伺闇，飛蛾候明，均靈舛化，詭欲齊生。觀齊生而欲詭，各會性以憑方。淩燋烟之浮景，赴熙焰之明光。拔身幽草下，畢命在此堂。本輕死以邀得，雖糜爛其何傷。豈學山南之文豹，避雲霧而嚴藏。

謝秣陵令表

臣<u>照</u>言：即日被尚書召，以臣爲秣陵令。臣負鍤下農，執鞭末皂，情有局塗，志無遠立，遭命逢天，得汙官牒，不悟恩澤無窮，謬當獎試。用謝刀筆，猥承宰職，豈是闇儒所能克任。今便抵召，違離省闥，係戀罔極，不勝下情。謹拜表以聞。

瓜步山揭文

歲合龍紀，月巡鳥張。<u>鮑</u>子辭<u>吳</u>客<u>楚</u>，指<u>兗</u>歸<u>揚</u>。道出關津，升高問途。北眺甋鄉，南矖炎國，分風<u>代川</u>，揆氣閩澤。四睨天宮，窮曜星絡。東窺<u>海門</u>，候景落日。遊精八表，駛視四遐。超然遠念，意類交橫。信哉，古人有數寸之篇，持千鈞之關，非有其才施，處勢要也。<u>瓜步山</u>者，亦江中眇小山也。徒以因迥爲高，據絕作雄，而淩清瞰遠，擅奇含秀，是亦居勢使之然也。故才之多少，不如勢之多少遠矣。仰望穹垂，俯視地域，涕洟江河，疣贅丘嶽。雖奮風漂石，驚電剖山，地淪維陷，川關殷宮。豪盈髮廬，並未注言。況乎汎河浮海之高，遺金堆璧之奇，四遷八聘之策，三黜五逐之疵，販交買名之薄，吮癰舐痔之卑，安足議其是非！

（三）關於鮑照的評價

<u>鍾嶸</u>曰：宋參軍<u>鮑照</u>。其源出于二<u>張</u>，善製形狀寫物之詞。得<u>景陽</u>之諔詭，含<u>茂先</u>之靡嫚。骨節強于<u>謝混</u>，驅邁疾于<u>顏延</u>。總四家而擅美，跨兩代而孤出。嗟其才秀人微，故取湮當代。然貴尚巧似，不避危仄，頗傷清雅之調。故言險俗者，多以附<u>照</u>。（詩

品中）

朱熹曰：鮑明遠才健，其詩乃選之變體，李太白專學之。如
"腰鐮刈葵藿，倚杖牧鷄豚"，分明說出個個強不肯甘心之意；如
"疾風衝塞起，沙礫自飄揚。馬尾縮如蝟，角弓不可張"，分明說
出邊塞之狀，語又峻健。（朱子語類）

許顗曰：明遠行路難壯麗豪放，詩中不可比擬，大似賈誼過
秦論。（許彥周詩話）

敖器之曰：鮑明遠如飢鷹獨出，奇矯無前。（敖陶孫詩評）

陳繹曾曰：六朝文藝衰緩，唯劉越石、鮑明遠有西漢氣骨。
李、杜筋取此。（詩譜）

鍾惺曰：鮑參軍靈心妙舌，樂府第一手，五言古却又沈至。
（古詩歸卷十二）

又曰："鮑照能以古詩聲格作樂府，以五言性情入七言，別有
奇響異趣。（同上）

鄭厚曰：鮑明遠則高鴻決漢，孤鶻破霜。（藝圃折中）

陸時雍曰：鮑照材力標舉，凌厲當年，如五丁鑿山，開人世之
所未有。當其得意時，直前揮霍，目無堅壁矣。駿馬輕貂，雕弓
短劍，秋風落日，馳騁平岡，可以想此君意氣所在。（詩鏡總論）

王夫之曰：明遠樂府自是七言至極，顧於五言歌行，亦以七
言手筆行之，句疏氣迫，未免失五言風軌。但其謀篇不雜，若門
有車馬、東武、結客諸作，一氣內含，自睍此體腸，要當從大段着
眼，乃知其體度。若徒以光俊求之，則且去吳均不遠矣。元嘉之
末，雅俗沿革之際，未可以悅耳妄相推許也。（古詩評選卷一）

又曰：七言之製，斷以明遠爲祖何？前雖有作者，正荒忽中

鳥徑耳。柞械初拔，卽開夷庚，明遠於此，實已範圍千古，故七言不自明遠來皆蕪稗而已。（同上）

又曰：杜陵以俊逸題鮑，爲樂府言爾。鮑五言恆得之深秀而失之重澀，初不欲以俊逸自居。……五言自著"俊"字不得。（同上卷五）

陳祚明曰：鮑參軍既懷雄渾之姿，復挾沈摯之性。其性沈摯，故卽景命詞，必鈎深索異，不欲猶人。其姿雄渾，故抗音吐懷，每獨成亮節，自得於已。樂府則弘響者多，古詩則幽尋者衆。然弘響之中，或多拙率；幽尋之內，生澀病焉。二弊交呈，每傷氣格。要須觀過知仁，卽瑕見美；則以雖拙率而不近，雖生澀而不凡，音節定遒，句調必健。少陵所詣，深悟於茲，固超俗之上篇，軼羣之貴術也。所微嫌者，識解未深，寄託亦淺。感歲華之奄謝，悼遭逢之岑寂，惟此二柄，布在諸篇。縱古人託興，率亦同然；而百首等情，烏覩殊解？無煩詮釋，莫足覘思。夫詩惟情與辭，情辭合而成聲。鮑之雄渾在聲，沈摯在辭，而於情反傷淺近；不及子山，乃以是故。然當其會心得意，含咀宮商，高揖機、雲，遠符操、植，則又非子山所能競爽也。要之，自宋以後，此兩家洵稱人傑。鮑境異於庾，故情遜之；庾時後於鮑，故聲遜之；不究此二家之蘊，卽不知少陵取法何自。古今作者，沿泝有因，至於格調之殊，易地則合，固不可强加軒輊耳。（采菽堂古詩選卷十八）

黃子雲曰：明遠沈雄篤摯，節亮句遒，又善能寫難寫之景，較之康樂，互有專長。（野鴻詩的）

沈德潛曰：明遠樂府，如五丁鑿山，開人世所未有。後太白往往效之。五言古亦在顏、謝之間。（古詩源卷十一）

又曰：抗音吐懷，每成亮節。其高處遠軼機、雲，上追操、植。（同上）

又曰：五言古雕琢與謝公相似，自然處不及。（同上）

成書偉云曰：擬行路難十八首，淋漓豪邁，不可多得，但議論太快，遂爲後世粗豪一流人藉口矣。（多歲堂古詩存例言）

劉熙載曰：明遠長句，慷慨任氣，磊落使才，在當時不可無一，不能有二。杜少陵簡薛華醉歌云：“近來海內爲長句，汝與山東李白好；何劉沈謝力未工，才兼鮑照愁絕倒。”此雖意重推薛，然亦見鮑之長句，何、劉、沈、謝均莫及也。（藝概詩概）

丁福保曰：李、杜皆推服明遠，稱曰“俊逸”。明遠字字鍊，步步留，以澀爲厚。凡太鍊則傷氣，明遠獨俊逸，又時出奇警，所以獨步千秋，衣被百世。（八代詩菁華錄箋注）

又曰：鮑詩於去陳言之法尤嚴，只一熟字不用。又取真境，沈響驚奇，無平緩實弱鈍懈之筆，杜、韓常師其句格，如“霞石觸峰起”，“穹跨負天石”，句法峭秀，杜公所擬也。（同上）

十 齊代詩文

一 謝 朓

謝朓(公元四六四——四九九)字玄暉,陳郡陽夏(今河南太康附近)人。他和謝靈運是同族,所以有"小謝"之稱。曾任宣城太守等職,所以人們又稱他"謝宣城"。齊東昏侯永元元年,以事下獄死,年僅三十六。

謝朓是齊代的優秀詩人,他和沈約等人共同開創了"永明體"。他的詩對於黑暗現實和仕途流露了畏懼和不滿的情緒,但還不能大膽揭發。他的山水詩成就很高,不但徹底擺脫了玄言詩的影響,而且更爲淸俊秀麗。沈德潛說:"玄暉靈心秀口。每誦名句,淵然泠然,覺筆墨之中、筆墨之外,別有一段深情妙理。"(古詩源)這是很中肯的。但是他的詩總的說來,表現的生活面畢竟窄了一些。有謝宣城集五卷。

玉 階 怨①

夕殿下珠簾,流螢飛復息。長夜縫羅衣,思君此何極② ?

　①玉階怨,樂府詩集收入相和歌楚調曲。本篇是宮怨詩。

　②此何極:這種思念哪有終結呢?

王 孫 遊①

綠草蔓② 如絲，雜樹紅英③ 發。無論君不歸④，君歸芳已歇。

①王孫遊，樂府詩集收入雜曲歌辭。楚辭招隱士："王孫遊兮不歸，春草
　生兮萋萋。"此篇詩意出於此。

②蔓：蔓延。

③英：花。

④"無論"二句：大意是：不用說您不回來，等您回來的時候恐怕春花也
　已經謝了。"歇"，盡。

江 上 曲①

易陽春草出②，踟躕日已暮。蓮葉何田田，淇水不可渡。願子淹
桂舟③，時同千里路。千里旣相許，桂舟復容與④。江上可採
菱⑤，清歌共南楚。

①本篇樂府詩集收入雜曲歌辭。這是一首情歌，表達一個女子的愛情。

②"易陽"四句："易陽"，易水北岸。"淇水"，發源於河南林縣臨淇鎮。
　"易陽"、"淇水"皆非實指，方東樹說："此篇初未詳其特用易、淇二水
　之故，……後讀枚乘菟園賦曰：'晚春早夏，邯鄲、襄國、易陽之容麗
　人，及其燕餙子，相與雜遝而往欵焉。'予乃悟古人以此地多游冶，故
　與淇上并稱之。"(昭昧詹言)淇水在齊、梁時用意同巫山，往往用以表
　示男女之間的愛情，如齊王融古意："巫山彩雲沒，淇上綠楊稀。""淇
　水不可渡"，是說愛情尚未可得。"蓮葉何田田"，用漢樂府相和歌江
　南成句。"田田"，荷葉飽滿秀拔貌，一說鮮碧貌。

③"願子"二句："子"，指所愛之人。"淹"，停留。"桂舟"，桂木船。這二
　句說希望愛人停舟相載，千里共航，片刻也不分離。

④容與：舒閑貌。

⑤"江上"二句："南楚"，此指楚地歌謠。漢書高帝紀載劉邦對戚夫人說：

“爲我楚舞，吾爲若楚歌。”此借指情歌。這二句是想像與愛人一邊採
菱，一邊共唱楚歌。“共南楚”，一作“氣悠揚”。

暫使下都夜發新林至京邑贈西府同僚①

大江流日夜②，客心悲未央。徒念關山近③，終知返路長。秋河
曙耿耿④，寒渚夜蒼蒼。引領見京室⑤，宮雉正相望。金波麗鳷
鵲⑥，玉繩低建章。驅車鼎門外⑦，思見昭丘陽。馳暉不可接⑧，
何況隔兩鄉？風雲有鳥路⑨，江漢限無梁。常恐鷹隼擊⑩，時菊
委嚴霜。寄言蹰躇者⑪，寥廓已高翔。

①南齊書謝朓傳載：謝朓爲隨王蕭子隆文學，“子隆在荆州，好辭賦，朓
以文才尤被賞愛。流連晤對，不捨日夕。長史王秀之以朓年少相動，
密以啓聞。……世祖勅曰：‘朓可還都。’朓道中爲詩寄西府”。這首詩
敍戀闕之情，也表達了遠禍全身的意思。“新林”，在南京西南。“京
邑”，指齊的京城金陵（即今南京）。“西府”，指荆州隨王府。吳淇說：
“自發新林到京邑說起，題卻着‘暫使下都’。‘下都’，蓋荆州隨王之
國。曰‘下都’，乃讒人之藪。曰‘使下都’，乃見遭讒之由。既受命而
爲隨王文學，卻曰‘暫使’，見今已詔還京，且以幸其不再返也。不曰
‘京師’，曰‘京邑’，蓋其家在焉。故詩中又變化爲‘關山’。觀朓又有
之宣城發新林浦向板橋詩，足證新林距京邑不遠，一時到家心切，故
急急然不待明發。”（六朝選詩定論）

②“大江”二句：“大江”，指長江。“央”，盡。上句是寫景，也是比喻悲愁
不盡好像江流日夜不停。

③“徒念”二句：“關山”，指險阻的旅途。此時謝朓將至京邑，故言到達
金陵的路程雖然巳近，終知返回荆州的路程卻更長了。

④“秋河”二句：“秋河”，秋夜的銀河。“耿耿”，光亮。“蒼蒼”，深青色。

這二句寫自新林出發沿途所見的景色。

⑤ "引領"二句："引領"，伸頸。"京室"，此指金陵。"宮雉"，宮牆。這二句說舉頭可以望見京城，城內的宮牆與己遙遙相對。

⑥ "金波"二句："金波"，月光。"麗"，連，附著。"鳷鵲"，漢觀名。"玉繩"，星名。"建章"，漢宮名。此借漢之宮、觀指金陵的宮殿。這二句說月亮照在宮殿上，玉繩星低垂在建章宮之下。

⑦ "驅車"二句："鼎門"，李善注引帝王世紀："春秋，成王定鼎于郟鄏，其南門名定鼎門。蓋九鼎所從入也。"此指金陵南門。"昭丘"，楚昭王的墓，在荊州。登樓賦"西接昭丘"。"陽"，日。這二句說驅車到了都門，心中却思念着荊州。張玉穀說："言昭丘者，以楚昭好賢，陰比子隆也。"（古詩賞析）

⑧ "馳暉"二句："馳暉"，指太陽。曹植箜篌引"驚風飄白日，光景馳西流"。"接"，迎。這是說荊州的太陽西流昭丘，想在金陵能迎接它昇起，但是朝陽還遲遲沒有東昇，所以說"馳暉不可接"。"兩鄉"，指荊州、金陵兩地。這是說：太陽不受地域限制尚且不可驟見，何況和西府同僚人隔兩地呢！就更難相見了。

⑨ "風雲"二句："梁"，橋梁。這二句說風雲之中仍有鳥道，飛鳥可以穿過它自由飛翔，而我却受到江、漢的阻隔，難回荊州。

⑩ "常恐"二句："隼(zhǔn)"，鷹類，比鷹稍小。"委"，枯萎。這二句說自己常常害怕讒邪中傷，好像鳥怕鷹隼、菊怕嚴霜一樣。

⑪ "寄言"二句："罻 (wèi) 羅"，捕鳥的羅網。"寥"，深。"廓"，空。李善注引喻蜀父老："猶鷦鵬之翔乎寥廓之宇，而羅者猶視乎藪澤。"這二句是告訴讒害他的人說，我已遠走高飛，你休想再陷害我了。

之宣城出新林浦向板橋①

江路西南永②，歸流東北騖。天際識歸舟，雲中辨江樹。旅思倦

搖搖③，孤遊昔巳屢。旣懽懷祿情④，復協滄洲趣。囂塵自茲
隔⑤，賞心於此遇。雖無玄豹姿⑥，終隱南山霧。

①這詩是作者出任宣城太守途中所作。先寫江行所見之景，後寫出仕
　外郡亦未始不可喜。詩中表露了遠隔囂塵，遠害全身的思想。"宣
　城"，卽今安徽宣城縣。"新林浦"，見前詩注①。"板橋"，在新林浦
　南。文選李善注引水經注："江水經三山，又湘浦(一作幽浦)出焉。
　水上南北結浮橋渡水，故曰板橋浦。江又北經新林浦。""板"，一作
　"版"。

②"江路"二句："永"，長。"騖"，奔馳。詩人逆水向西南行，江水回向東
　北奔流。江以入澤爲歸，故云"歸流"。

③"旅思"二句："搖搖"，心情恍惚的樣子。詩經王風黍離："行邁靡靡，
　中心搖搖"。"屢"，頻繁。這二句說倦於行旅，思緒恍惚，孤遊的經歷
　過去已經不止一次。

④"旣懽"二句："懷祿"，楊惲報孫會宗書："懷祿貪勢，不能自退。""滄
　洲"，猶言水濱，隱者所居。這二句說這次到宣城去旣遂了做官的心
　意，又合了幽隱的情趣。

⑤"囂塵"二句："囂塵"，噪雜的塵世。這二句說噪雜污濁的環境從此離
　開了，心中喜愛的生活將在這裏開始。

⑥"雖無"二句：列女傳賢明傳陶答子妻："答子治陶三年，名譽不興，家
　富三倍。……居五年，從車百乘歸休，宗人擊牛而賀之。其妻獨抱兒
　而泣。姑怒曰：'何其不祥也！'婦曰：'妾聞南山有玄豹，霧雨七日而
　不下食者，何也？欲以澤其毛而成文章也，故藏而遠害。……今夫子治
　陶，家富國貧，君不敬，民不戴，敗亡之徵見矣！願與少子俱脫。'……
　處期年，答子之家果以盜誅。"這二句用此事，大意是：自己雖無美德
　高行，但此去宣城，總可幽棲遠害。

落日悵望①

昧旦多紛喧②，日晏未遑舍。落日餘清陰③，高枕東窗下。寒槐漸如束④，秋菊行當把。借問此何時⑤？涼風懷朔馬。已傷歸暮客⑥ 復思離居者。情嗜幸非多⑦，案牘偏爲寡。既乏琅邪政，方憩洛陽社。

①這首詩寫深秋暮景所引起的感觸，也表達了詩人自己的生活理想。

②"昧旦"二句："昧旦"，天將明未明之時。"紛喧"，紛擾喧囂。"日晏"，日晚，傍晚之時。"未遑舍"，沒顧得停止。這二句說城中塵雜紛擾，自昧旦直到傍晚這種紛擾尚未能夠停止。鮑照代放歌行："雞鳴洛城裏，禁門平旦開。冠蓋縱橫至，車騎四方來。……日中安能止，鍾鳴猶未歸。"與此意同。

③"落日"二句："清陰"，清蔭。陶淵明歸鳥："顧儔相鳴，景庇清陰。""東窗"，陶淵明停雲："有酒有酒，閑飲東窗。"這二句說日落之後，紛喧已止，惟餘清陰，正好東窗下高枕而臥。

④"寒槐"二句："束"，縛。續晉陽秋："陶潛九日無酒，坐宅邊菊叢中採摘盈把。""行當"，且當，將可。這二句說秋天槐樹葉落，漸漸變得枯瘦，好像捆緊了一樣，秋菊也將可採摘了。

⑤"借問"二句："涼風"，北風。"朔馬"，北方所產之馬。古詩："胡馬依北風(胡馬南來後仍依戀于北風)，越鳥巢南枝。"下句用其意，言北風引起了朔馬對故土的懷戀。這句和上句相聯，一問一答，暗示已到深秋，同時又取其依戀故土之意，引起下文。

⑥"已傷"二句："歸暮"，晚歸。這二句說已於此日暮之時，本已爲晚歸的旅人悲傷，見此秋景，更思念起那些與親人分離而獨居的人了。

⑦"情嗜"四句："情嗜"，嗜好。"案牘"，文書，公文。"琅邪政"，用東漢張宗事。張宗是鎮壓赤眉起義軍的劊子手。後漢書張宗傳載：宗字

諸君,南陽魯陽人。建武十六年,"琅邪北海盜賊復起,宗督二郡兵討之,……皆悉破散。……後遷琅邪相,其政好嚴猛,敢殺伐。"下句,晉書董京傳:"董京字威輦,不知何郡人也。初與隴西計吏俱至洛陽,被髮而引,逍遙吟詠,常宿白社中。""白社",地名,在今河南洛陽東。董京是隱士,下句用其事。這二句言己不爲虐政,而只求這一種散淡悠閑的生活。

遊　東　田①

戚戚苦無悰②,攜手共行樂。尋雲陟累榭③,隨山望菌閣。遠樹曖阡阡④,生煙紛漠漠。魚戲新荷動,鳥散餘花落。不對芳春酒⑤,還望青山郭。

①本詩寫遊東田時所見初夏景色。李善説:"朓有莊在鍾山,東遊還作。"張雲璈説:"何氏讀書記云:'齊武帝時文惠太子立樓館於鍾山下,號曰東田,太子屢遊幸之(見南史齊鬱陵王紀)。'雲璈按:梁書范雲傳:'齊文惠太子,常出東田觀穫。'南史沈約傳:'立宅東田,矚望郊阜。嘗爲郊居賦以序其事。'即此。"(選學膠言)

②"戚戚"二句:"戚戚",憂慮貌。"悰(cóng)",樂。這二句説自己戚戚不樂,遂與朋友一同攜手出遊。

③"尋雲"二句:"陟(zhì)",升,登高。"累",重疊。"菌閣",王褒九懷:"菌閣兮蕙樓。"以菌、蕙等香草形容樓閣之華美。這二句説因尋雲而登上了一層層的臺榭,順着山勢看到一座座華美的樓閣。

④"遠樹"二句:"阡阡",同芊芊,茂盛貌。"漠漠",散佈貌。這二句説站在臺榭上俯視四周,只見遠樹鬱鬱葱葱,煙霧繚繞。

⑤"不對"二句:是説不去飲酒取樂,却來郊外漫遊,更有佳興。也即本詩題意。

晚登三山還望京邑①

灞涘望長安②，河陽視京縣。白日麗飛甍③，參差皆可見。餘霞散成綺④，澄江靜如練。喧鳥覆春洲⑤，雜英滿芳甸。去矣方滯淫⑥，懷哉罷歡宴。佳期悵何許⑦，淚下如流霰。有情知望鄉，誰能鬒不變？

①這首詩，是寫登三山時所見美景和遙望京邑所引起的思鄉之情。"三山"，在今南京市西南長江南岸，上有三峯，南北相接。"還望"，回頭眺望。

②"灞涘"二句："灞"，灞水，源出陝西藍田縣，流經長安，過灞橋。"涘"，河岸。王粲七哀詩："南登霸陵岸，回首望長安。""河陽"，縣名，故址在今河南孟縣西。"京縣"，此處指洛陽。潘岳河陽縣詩："引領望京室。"這裏以王粲望長安，潘岳望河陽，來比喻自己還望京邑時的情景。

③"白日"二句："麗"，附著，或明麗。"飛甍(méng)"，飛聳的屋簷。"參差"，高下不齊貌。這二句說還望京邑，只見日光照射在飛聳的屋簷上，屋簷高高低低，歷歷在目。

④"餘霞"二句："綺"，錦緞。"練"，白絹子。這二句說仰視天空只見餘霞鋪展開來像一片錦緞，澄清的江水如同白練。

⑤"喧鳥"二句："覆"，蓋。"覆春洲"，言鳥之多。"英"，花。"甸"，郊野。

⑥"去矣"二句："方"，將。"滯淫"，淹留，久留。王粲七哀詩："荆蠻非我鄉，何爲久滯淫？""懷哉"，猶言"想念啊"，詩經王風揚之水："懷哉懷哉！曷月予旋歸哉！"揚之水是一首征人眷懷故鄉的詩。"罷"，停止。"歡宴"，指故鄉舊館的宴遊；石崇思歸引："思歸引，歸河陽，……望我舊館心悅康，……宴華池，酌玉觴。"與此意同。這二句說京邑雖好，

可是自己將要離開它而在外久留，而我是多麼想念那停止了的故鄉舊館的歡宴生活。吳淇說："然此地（指三山）雖非京邑，景亦頗佳。卽有宣城之行，只得且爲遲留。但信美非吾土，故以懷鄉之故而歡宴爲之罷也。"（六朝選詩定論）其說不同，錄以備考。

⑦"佳期"四句："佳期"，指還京邑之期。"霰"，雪糁。"鬒（zhěn）"，黑髮。這四句說還鄉無期，愁恨淚下，懷着望鄉之情，誰能不白了頭髮呢？

同王主簿有所思①

佳期期② 未歸，望望下鳴機③ 。徘徊東陌上④ ，月出行人稀。

①王主簿，王融，"竟陵八友"之一，這首詩是和他的。有所思，本屬樂府鼓吹曲辭漢鐃歌。

②期：期望、等待。

③"望望"句："望望"，失意貌。禮記檀弓："望望焉如有從而弗及。""下鳴機"，走下織機。

④"徘徊"二句：說織婦走下織機，徘徊在東陌上，直到月出人稀，仍不見丈夫歸來。

〔附錄〕

（一）南齊書謝朓傳（節錄）

謝朓字玄暉，陳郡陽夏人也。祖述，吳興太守。父緯，散騎侍郎。朓少好學，有美名，文章清麗。解褐豫章王太尉行參軍，歷隨王東中郎府，轉王儉衛軍東閤祭酒，太子舍人，隨王鎮西功曹，轉文學。子隆在荆州，好辭賦，數集僚友，朓以文才，尤被賞愛，流連晤對，不捨日夕。長史王秀之，以朓年少相動，密以啓聞。世祖敕曰："侍讀虞雲，自宜恆應侍接，朓可還都。"……遷新安王中軍記室。……尋以本官兼尙書殿中郎。

隆昌初，敕朓接北使。朓自以口訥，啓讓不當，見許。高宗輔政，以朓爲驃騎諮議，領記室，掌霸府文筆，又掌中書詔誥。除祕書丞，未拜。仍轉中書郎，出爲宣城太守，以選復爲中書郎。建武四年，出爲晉安王鎭北諮議，南東海太守，行南徐州事。啓王敬則反謀，上甚嘉賞之，遷尙書吏部郎。朓上表三讓，中書疑朓官未及讓，以問祭酒沈約，約曰："宋元嘉中范曄讓吏部，朱修之讓黃門，蔡興宗讓中書，並三表詔答，具事宛然。近世小官不讓，遂成恆俗，恐此有乖讓意。王藍田、劉安西並貴重，初不自讓，今豈可慕此不讓邪？孫興公、孔顗並讓記室，今豈可三署皆讓邪？謝吏部今授超階，讓別有意，豈關官之大小。撝謙之美，本出人情，若大官必讓，便與詣闕章表不異。例旣如此謂，都自非疑。"朓又啓讓，上優答不許。

朓善草隷，長五言詩，沈約常云："二百年來無此詩也。"敬皇后遷祔山陵，朓撰哀策文，齊世莫有及者。

東昏失德，江祏欲立江夏王寶玄，末更回惑，與弟祀密謂朓曰："江夏年少輕脫，不堪負荷神器，不可復行廢立。始安年長，入纂不乖物望。非以此要富貴，政是求安國家耳。"遙光又遣親人劉渢密致意於朓，欲以爲肺腑。朓自以受恩高宗，非渢所言，不肯答。少日，遙光以朓兼知衞尉事，朓懼見引，卽以祏等謀告左興盛、劉暄，興盛不敢發言，祏聞以告遙光。遙光大怒，乃稱敕召

朓仍回車付廷尉，與徐孝嗣、祏、暄等連名啓誅朓……。又使御史
中丞范岫奏收朓，下獄死，時年三十六。朓初告王敬則，敬則女爲
朓妻，常懷刀欲報朓，朓不敢相見。及爲吏部郎，沈昭略謂朓曰：
"卿人地之美，無忝此職，但恨今日刑於寡妻。"朓臨敗，歎曰："我
不殺王公，王公由我而死。"

(二)關於謝朓的評價

　　鍾嶸曰：齊吏部謝朓。其源出于謝混。微傷細密，頗在不
倫。一章之中，自有玉石。然奇章秀句，往往警遒，足使叔源失
步，明遠變色。善自發詩端，而末篇多躓，此意銳而才弱也。至
爲後進士子之所嗟慕。朓極與余論詩，感激頓挫過其文。(詩品
中)

　　嚴羽曰：謝朓之詩，已有全篇似唐人者，當觀其集方知之。
(滄浪詩話)

　　陳繹曾曰：謝朓藏險怪于意外，發自然于句中，齊、梁以下造
語皆出此。(詩譜)

　　鍾惺曰：謝玄暉……似撮康樂、淵明之勝，而似皆有不敵處
曰"厚"。(古詩歸卷十三)

　　又曰：玄暉以山水作都邑詩，非唯不墮清寒，愈見曠逸。(同
上)

　　又曰：(謝朓)往往以排語寫出妙思，康樂亦有之。然康樂排
得可厭，却不失爲古詩。玄暉排得不可厭，業已浸淫近體。(同上)

　　譚元春曰：(謝朓)與靈運俱妙于出景，但彼以確而能清，此

似清而實確。(古詩歸卷十三)

王世貞曰：玄暉不唯工發端，撰造精麗，風華映人，一時之傑。……特不如靈運者，匪直材力小弱，靈運語俳而氣古，玄暉調俳而氣今。(藝苑卮言卷四)

胡應麟曰：六朝句於唐人，調不同而語相似者：「餘霞散成綺，澄江淨如練」，初唐也；「金波麗鳷鵲，玉繩低建章」，盛唐也；「天際識歸舟，雲中辨江樹」，中唐也；「魚戲新荷動，鳥散餘花落」，晚唐也。俱謝玄暉詩也。(詩藪外編)

陸時雍曰：詩至于齊，情性旣隱，聲色大開。謝玄暉豔而韻，如洞庭美人，芙蓉衣而翠羽旗，絕非世間物色。(詩鏡總論)

王夫之曰：語有全不及情而情自無限者，心目爲政，不恃外物故也。「天際識歸舟，雲間辨江樹」，隱然一含情凝眺之人，呼之欲出。從此寫景，乃爲活景。故人胸中無丘壑、眼底無性情，雖讀盡天下書，不能道一句。司馬長卿謂讀千首賦便能作賦，自是英雄欺人。(古詩評選卷五)

陳祚明曰：玄暉去晉漸遙，啓唐欲近，天才旣雋，宏響斯臻。斐然之姿，宣諸逸韻，輕清和婉，佳句可賞。然佳旣在茲，近亦由是；古變爲律，風始悠歸。至於是平調單詞，亦必秀琢，按章使字，法密旨工。後人哦傳警句，未究全文；知其選語之悠揚，不知其謀篇之深造也。發端結響，每獲驪珠；結句幽尋，亦鏗湘瑟。而詩品以爲「末篇多躓」，理所不然。夫宦轍言情，旨投思遁；賦詩見志，固應歸宿是懷，仰希逸流，貞觀邱壑，以斯託興，趣頗蕭然。恆見其高，未見其躓。但嫌篇篇一旨，或病不鮮，幸造句各殊，豈相妨誤？蓋玄暉密於體法，篇無越思；揆有作之情，定歸是柄。如耕者之有畔焉，踰是則不安矣。至乃造情述景，莫不取穩善調，理在人之意中，詞亦衆所共喩。而寓目之際，林木山川，能役字模形，稍增雋致。大抵運思使事，狀物選詞，亦雅亦安，無放無累；篇篇可誦，蔚爲大家，首首無奇，未云驚代，希康樂則非倫，在齊、梁誠首傑也。（釆菽堂古詩選卷二十）

黃子雲曰：玄暉句多清麗，韻亦悠揚，得于性情獨深，雖去古漸遠，而擺脫前人習弊，永、元中誠冠冕也。（野鴻詩的）

沈德潛曰：玄暉靈心秀口。每誦名句，淵然泠然，覺筆墨之中，筆墨之外，別有一段深情妙理。（古詩源卷十二）

又曰：康樂每板拙，玄暉多清俊；然詩品終在康樂下，能清不能厚也。（同上）

施補華曰：謝玄暉名句絡繹，清麗居宗，雖不如魏、晉諸賢之厚，然較之陰鏗、何遜、徐陵、庾信，骨幹堅强多矣。其秀氣成釆，江郎五色筆，尙不能逮。唐人往往效之，不獨太白也。玄暉詩變有唐風，眞確論矣。（峴傭說詩）

*　　　　　*　　　　　*

梁簡文帝與湘東王書：至如近世謝朓、沈約之詩，任昉、陸倕之筆，斯實文章之冠冕，述作之楷模。

顏之推曰：劉孝綽當時旣有重名，無所與讓，唯服謝朓，常以謝詩置几案間，動輒諷味。（顏氏家訓文章篇）

李白宣城謝朓樓餞別校書叔雲詩曰：蓬萊文章建安骨，中間小謝又清發。

又新林阻風寄友人詩曰：明發新林浦，空吟謝朓詩。

又酬殷明佐詩曰：我吟謝朓詩上語，朔風颯颯吹飛雨。謝朓巳沒青山空，後來繼之有殷公。

杜甫寄岑嘉州詩曰：謝朓每篇堪諷誦，馮唐已老聽吹噓。

雲仙雜記：李白登九華落雁峯曰：“此山最高，呼吸之氣，想通天座矣，恨不攜謝朓驚人詩句來，搔首一問青天耳。”

＊　　　　＊　　　　＊

李白金陵城西樓月下吟詩曰：金陵夜寂涼風發，獨上高樓望吳、越。白雲映水搖空城，白露垂珠滴秋月。月下沈吟久不歸，古來相接眼中稀；解道澄江淨如練，令人長(一作還)憶謝玄暉。

唐庚曰：靈運在永嘉因夢惠連，遂有“池塘生春草”之句；玄暉在宣城，因登三山，遂有“澄江淨如練”之句。二公妙處蓋在鼻無堊，目無膜。鼻無堊，斤將曷運？目無膜，篦將曷施？所謂混然天成，天球不琢者歟？(唐子西語錄，郝立權謝宣城詩注引)

王世貞曰：謝山人(榛)謂“澄江淨如練”，“澄”、“淨”二字意重。欲改“秋江淨如練”。余不敢以爲然，蓋江澄乃淨耳。(藝苑巵言)

王士禎論詩絕句：“楓落吳江”妙入神，“思君流水”是天眞。何因點竄“澄江練”？笑殺談詩謝茂秦！

二　孔稚珪

孔稚珪（公元四四八——五〇一）字德璋，會稽山陰（今浙江紹興）人。齊代曾任太子詹事等職。史傳他爲人不樂世務，愛山水，門庭之內，草萊不剪。有孔詹事集輯本一卷。

北山移文①

鍾山之英②，草堂之靈③，馳煙驛路④，勒移山庭。夫以耿介拔俗之標⑤，瀟灑出塵之想，度白雪以方潔⑥，干青雲而直上，吾方知之矣⑦。若其亭亭物表⑧，皎皎霞外，芥千金而不盼⑨，屣萬乘其如脫⑩，聞鳳吹於洛浦⑪，值薪歌於延瀨⑫，固亦有焉⑬。豈期終始參差⑭，蒼黃翻覆；淚翟子之悲，慟朱公之哭；乍迴跡以心染⑮，或先貞而後黷。何其謬哉⑯！嗚呼！尚生不存⑰，仲氏既往⑱，山阿寂寥⑲，千載誰賞！

①北山，即文中之鍾山，今名紫金山，在南京市東北。南齊周顒字彥倫，汝南（今河南汝南縣境）人。初隱於鍾山，後應詔出爲海鹽（今浙江海鹽）令。秩滿入京（建業，即今南京），欲經過鍾山，孔稚珪就寫了這篇文章諷刺他。文中借北山山靈的口吻　揭發了周顒“身在江海之上，心居魏闕之下”的虛僞面目，同時也尖銳諷刺了一般的趨名嗜利的士大夫文人。這是一篇駢文。文章用擬人化的寫法，對於北山的草木山水都有細緻的性格刻划，在藝術上也是十分成功的。移文　官府文書的一種。文心雕龍檄移：“移者，易也。移風易俗，令往而民隨

者也。"漢書律曆志:"壽王又移帝王錄。"王先謙注:"凡官曹平等不
相臨敬,則爲移書。"

②英:精靈,指山神。

③"草堂"句:"草堂",周顒隱鍾山時,名其居室曰草堂。李善注引梁簡
　文帝草堂傳:"汝南周顒,昔經在蜀,以蜀草堂寺林壑爲懷,乃於鍾嶺
　雷次宗(宋代隱士)學館立寺,因名草堂,亦號山茨。""靈",神靈。

④"馳煙"二句:"驛路",猶言馬路、大路。此指周顒所經過的路。"勒",
　刻。這二句說鍾山和草堂的神靈騰雲駕霧地馳驅於驛路,刻移文於
　山庭。

⑤"夫以"二句:"耿介",耿直有節操。"拔俗"、"出塵",超乎塵俗。"標",
　表,儀表。"瀟灑",豁脫無拘貌。這二句先從興隱講起,說有那麼一
　種人,他們具有耿介不俗的儀表,瀟灑出塵的情懷。

⑥"度白"二句:"度",量,比。"方",比。"干",犯,凌駕。這二句說他們
　的品行可與白雪相比,志向凌駕於青雲之上。

⑦"吾方"句:說這種人正是我所了解的。

⑧"若其"二句:"若其",猶言至於那種。"亭亭",挺立貌。"表",外。
　"皎皎",明亮貌。這二句是說至於有一種人,他們屹立於世俗之上,
　光彩超過雲霞。

⑨"芥千"句:"芥",草芥。"盻",視。史記魯仲連傳載魯仲連幫助趙國
　擊退秦軍以後,"平原君乃置酒,酒酣起前,以千金爲魯連壽。魯連笑
　曰:'所謂貴於天下之士者,爲人排患釋難解紛亂而無取也。即有取
　者,是商賈之事也。而連不忍爲也。'遂辭平原君而去。"這一句用此
　事,說他們把千金當作草芥,根本不看在眼裏。

⑩"屣萬"句:"屣(xǐ)",草鞋。"萬乘",兵車萬乘,謂天子。淮南子主術
　訓:"堯年衰志閔,舉天下而傳之舜,猶卻行(倒退一步)而脫屣也。"
　許慎說:"言其易也。"這一句說把天子之位看得如同草鞋,可以很容
　易地脫掉。

⑪"聞鳳"句：列仙傳："王子喬，周靈王太子晉也，好吹笙作鳳鳴，遊伊、洛之間。"這句用此事，是說他們與仙人同遊。"浦"，水邊。

⑫"值薪"句：呂向說："蘇門先生游於延瀨，見一人採薪，謂之曰：'子以終此乎？'採薪人曰：'吾聞聖人無懷，以道德爲心，何怪乎而爲哀也！'遂爲歌二章而去。"呂向根據何書不詳。"值"，遇上。"延瀨"，猶言長河。"瀨（lài）"，水流沙上。這句是說他們和高士相來往。

⑬固亦有焉：本來也就有的。

⑭"豈期"四句：淮南子說林訓："楊子見歧路而哭之，爲其可以南，可以北。墨子見練絲而泣之，爲其可以黃，可以黑。""參差"，不齊、不一，指歧路。"蒼黃翻覆"，謂白色的絲可以染成青的也可以染成黃的，翻覆變化沒有一定。"翟子"，即墨翟。"朱公"，即楊朱。這四句用淮南子的典故，說哪裏料到還有這樣一種人，終始不一，翻覆不定，如同歧路、練絲一樣，墨子見了定要爲之悲泣，楊朱見了定要爲之慟哭。

⑮"乍迴"二句："乍"，暫。"迴跡"，謂避跡於山林。"染"，謂沾染着世俗名利。"貞"，潔。"黷（dú）"，污垢。這二句說雖然暫時隱遁在山林，但心還忘不掉世俗；或者開始的時候較爲貞潔，後來却變得污穢了。

⑯何其謬哉：這是總結以上六句，感慨說：這種人是多麽欺人啊！

⑰尚生不存：高士傳："尚長，字子平，河內朝歌人也。隱居不仕，性尚中和，好通老、易。……男女嫁娶既畢，勅斷家事勿相關，當如我死也。於是遂肆意與同好北海禽慶，俱遊五嶽名山，竟不知所終。"尚長，後漢書作向長。這句說尚長這樣的隱士如今已經沒有了。

⑱仲氏既往：後漢書仲長統傳："仲長統字公理，山陽高平人也。……統性俶儻敢直言，不矜小節，默語無常，時人或謂之狂生。每州郡命召，輒稱疾不就。"這句說仲長統這樣的隱士久已去世。

⑲"山阿"二句：承上二句言以致山林空寂寥落，長久以來無人賞問。"阿"，山的隱曲處。〔以上爲第一段，先從兩種真隱士講起，然後轉而

斥責那種翻覆無常的假隱士，最後慨歎世上沒有高潔之人，以致山阿寂寥無人賞問。〕

世有周子，①儁俗之士。旣文旣博②，亦玄亦史③。然而學遁東魯④，習隱南郭⑤，偶吹草堂⑥，濫巾北岳，誘我松桂，欺我雲壑。雖假容於江臯⑦，乃纓情於好爵。其始至也⑧，將欲排巢父，拉許由，傲百氏，蔑王侯，風情張日⑨，霜氣橫秋。或歎幽人長往⑩，或怨王孫不遊。談空空於釋部⑪，覈玄玄於道流。務光何足比⑫，涓子不能儔⑬。及其鳴騶入谷⑭，鶴書赴隴，形馳魄散，志變神動。爾乃眉軒席次⑮，袂聳筵上，焚芰製而裂荷衣⑯，抗塵容而走俗狀。風雲悽其帶憤⑰，石泉咽而下愴。望林巒而有失，顧草木而如喪。

①“世有”二句：“周子”，指周顒。“儁俗之士”，才智出衆的人。“儁”，同俊。

②旣文旣博：旣有文采又博學。

③亦玄亦史：也通玄學也通歷史。南齊書周顒傳：“顒處席曉語，辭韻如流，聽者忘倦。兼善老、易。”

④“然而”句：“東魯”，指顏闔。莊子讓王：“魯君聞顏闔得道之人也，使人以幣先焉。……使者曰：‘此顏闔之家與？’顏闔對曰：‘此闔之家也。’使者致幣。顏闔曰：‘恐聽者謬，而遺使者罪，不若審之。’使者還反審之，復來求之，則不得已。”這句謂周顒雖有才學，然而學了顏闔的樣子隱遁起來。

⑤習隱南郭：莊子齊物論：“南郭子綦，隱几而坐，仰天而噓，荅焉似喪其偶。”這句說周顒學了南郭子綦的樣子隱居起來。

⑥“偶吹”二句：“偶吹”，韓非子內儲說：“齊宣王使人吹竽，必三百人。南郭處士請爲王吹竽，宣王說之。廩食以數百人。宣王死，湣王立。好一一聽之，處士逃。”“濫”，過分，不得當。“巾”，隱者的頭巾。周顒不

是眞的隱者，而戴了隱者的頭巾，所以說"濫巾"。"北岳"，卽北山。這二句說周顒冒充隱者居於北山草堂，好像南郭處士竊取吹竽的位置一樣。"偶"，合；一本作"窺"。

⑦"雖假"二句："假容"，裝樣。"江臯"，江邊，隱者居處。"纓"，繫。或作"擾"，亂。這二句說雖然裝作隱居的模樣，實乃熱衷於好的爵位。

⑧"其始"五句："排"，排斥。"拉"，摧敗。"巢父"、"許由"，皆堯時隱士。高士傳載：堯欲將天下讓給許由，由遁耕於潁水之陽。"堯又召爲九州長，由不欲聞之，洗耳於潁水濱。時其友巢父牽犢欲飲之，見由洗耳，問其故。……巢父曰：'子若處高岸深谷，人道不能通，誰能見子？子故浮游，欲聞求其名譽。污我犢口。'牽犢上流飲之。""百氏"，謂百家諸子。這五句說周顒初來北山的時候自命不凡，想要勝過巢父、許由，至於百氏王侯就更蔑視了。

⑨"風情"二句：言其風度情致之高如欲遮天蔽日，氣慨如同嚴霜凌厲於秋季。"張"，讀去聲，大、擴大。

⑩"或歎"二句："幽人"，隱者。"長往"，謂隱遁不反。潘岳西征賦："悟山潛之逸士，悼長往而不反。"下句，楚辭招隱士："王孫遊兮不歸，春草生兮萋萋。"此反用其意。這二句說周顒假意讚歎幽人長隱不反，埋怨王孫公子貪富不隱。

⑪"談空"二句："空空"，佛家語，謂色卽是空，空卽是色。"釋部"，謂佛經。"覈(hé)"，考核。"玄玄"，老子："玄之又玄，衆妙之門。"王弼注："玄者冥也，默然無有也。""道流"，卽道家。這二句是說周顒習佛、道之學。南齊書周顒傳："汎涉百家，長於佛理，著三宗論。……兼善老、易，與張融相遇，輒以玄言相觸，彌日不解。"

⑫"務光"句：李善注引列仙傳："務光者，夏時人也。耳長七寸，好琴，服蒲韭根。殷湯伐桀，因光而謀。光曰：'非吾事也。'湯得天下，已而讓光，光遂負石沈窶水而自匿。"

⑬"涓子"句：李善注引列仙傳："涓子者，齊人也，好餌術，隱於宕山，能

風。”“儔”，同列。以上二句是諷刺周顒、說務光、涓子都比不過他。

⑭“及其”四句：“鳴騶”，此指皇帝的徵車。“騶(zōu)”，主駕之官。“鳴”指車鈴聲。或以“騶”爲“騶從”、“騶騎”，顯貴者出行，前後侍從之騎卒。“鳴”，官吏喝道。亦通。“鶴書”，字體名，即鶴頭書，此指皇帝的詔書。李善引蕭子良古今篆隸文體：“鶴頭書與偃波書，俱詔板所用。在漢則謂之尺一簡。豺髣鶴頭，故有其稱。”這四句是說皇帝的徵車詔書一入山，他就模樣也變了，魂魄也散了，隱逸的意志也動搖了。

⑮“爾乃”二句：“爾乃”，於是就。“軒”，舉、揚。“席”、“筵”，都是蓆子；古人席地而坐，筵長席短，筵鋪地上，席設筵上，作爲坐席。這二句說他於是就坐不住了，眉飛袖舉，得意洋洋。

⑯“焚芰”二句：“芰(jì)”，菱。“芰製”、“荷衣”，離騷：“製芰荷以爲衣兮，集芙蓉以爲裳。”以製衣比喻修身的芳潔。“抗”，舉。這二句說他焚毀撕裂了芰荷的衣服，呈現出一副俗態。

⑰“風雲”四句：言風雲因此悽愴帶恨，石泉也嗚咽下淚，看來山林岡巒花草樹木都對他失望喪氣。〔以上爲第二段，把周顒前後的行爲作了鮮明的對比，揭穿其趨名嗜利的可憎面目。〕

　　至其紐金章①，綰墨綬；跨屬城之雄②，冠百里之首；張英風於海甸③，馳妙譽於浙右。道帙長殯④，法筵久埋；敲扑諠囂犯其慮⑤，牒訴倥傯裝其懷。琴歌既斷⑥，酒賦無續；常綢繆於結課⑦，每紛綸於折獄。籠張、趙於往圖⑧，架卓、魯於前錄。希蹤三輔豪⑨，馳聲九州牧。使我高霞孤映⑩，明月獨舉，青松落蔭，白雲誰侶？澗戶摧絕無與歸⑪，石逕荒涼徒延佇。至於還飆入幕⑫，寫霧出楹，蕙帳空兮夜鶴怨，山人去兮曉猨驚。昔聞投簪逸海岸⑬，今見解蘭縛塵纓。

①“至其”二句：“紐”、“綰(wǎn)”，繫。“金章”，銅印。“墨綬”，黑色絲帶，用以挂印者。呂良說：“銅章、墨綬，縣令之章節也。”

②“跨屬”二句：“屬城”，謂鄰近相連各縣。“雄”，長。“百里”，約指一縣
　方圍之地。這二句說他當了海鹽縣令，聲名在鄰近各縣之上。

③“張英”二句：“英風”，英聲、美聲。“海甸”，海鹽近海，故云。“甸”，郊
　野。這二句說周顒在海鹽一帶取得了英名。

④“道帙”二句：“帙(zhì)”，書套。“道帙”，謂道家書籍。“法筵”，佛家
　講經說法的講席。“殯”、“埋”，意謂拋棄。

⑤“敲扑”二句：“敲扑”，敲打、鞭笞。“牒”，公文。“訴”，訴狀。“倥傯
　(kǒng zǒng)”，事多而迫促貌。此連上二句說周顒永遠拋棄了研究
　道、佛的舊業，而使鞭笞犯人的誼囂聲擾亂他的思慮，公文訴狀一類
　瑣碎事務裝滿他的胸懷。

⑥“琴歌”二句：言琴歌酒賦這類高雅的事情結束了。

⑦“常綢”二句：“綢繆(chóu móu)”，纏綿。“結”，終結。“課”，考課。漢
　以後考核官吏政績功過，分別等第，以便升貶，叫考課。“紛綸”，眾多
　貌。“折獄”，斷決訟獄。這二句說他常常糾纏於應付考課等雜事，並
　且忙着斷決訴訟。

⑧“籠張”二句：西漢張敞、趙廣漢都曾做過京兆尹，東漢卓茂、魯恭都曾
　做過縣令。四人都是名吏。“籠”、“架”，都是超過的意思。“往圖”，
　“前錄”，以往的圖像或記載。這二句說周顒想要獲取比張敞等人更
　大的名聲。

⑨“希蹤”二句：“三輔”，漢代將京城長安附近分爲京兆、左馮翊、右扶
　風，以輔衞京城，稱爲三輔。三輔之尹是很顯貴的官。“九州”，古時
　分天下爲九州。“牧”，一州之長。這二句說他希圖趕上三輔的權豪，
　聲譽遠播於九州官吏之間。

⑩“使我”四句：“落”，居，有屯聚、蓄積之意，如村落、籬落。“青松落蔭”，
　猶言青松積蔭，按“落”訓“降”，“降蔭”言蔭之沉重，也有堆積的意思。
　意思是徒有大片松蔭堆積在那裏，却無人過問。這四句是說周顒走
　後，山間景物寥落寂然。

⑪"澗戶"二句：言澗戶已經毁壞沒有人將它們復歸於原位，石逕也荒涼了，長期地橫在山上，空等着人從此地經過。

⑫"至於"四句："飆"，急風。"還飆"，迴風。"寫"，同瀉，吐。"楹"，堂前柱。"蕙"，香草名。"蕙帳"，用蕙做成的帳。這四句寫草堂的荒涼，大意是：以至於迴風吹入帳幕，雲霧噴吐堂前，夜鶴曉猨也因而哀怨驚恐。

⑬"昔聞"二句："投簪"，謂棄官不仕。李善說是用漢疏廣事。廣，東海人，爲太子太傅，後棄官歸隱，故曰"逸海岸"。"蘭"，香草，隱者所佩。"縛塵纓"，謂出仕做官。"纓"，繫冠之帶。這二句說周顒改節出仕。〔以上爲第三段，寫周顒做官之後，一味追求名利，前後判若兩人，拋下北山，一片荒涼。〕

於是南岳獻嘲①，北隴騰笑，列壑爭譏，攢峰竦誚。慨游子之我欺②，悲無人以赴弔。故其林慚無盡③，澗愧不歇，秋桂遣風，春蘿罷月。騁西山之逸議④，馳東皋之素謁。今又促裝下邑⑤，浪拽上京，雖情投於魏闕⑥，或假步於山扃。豈可使芳杜厚顏⑦，薜荔蒙恥，碧嶺再辱，丹崖重滓，塵游躅於蕙路⑧，汙淥池以洗耳。宜扃岫幌⑨，掩雲關，斂輕霧，藏鳴湍，截來轅於谷口，杜妄轡於郊端。於是叢條瞋膽⑩，疊穎怒魄，或飛柯以折輪⑪，乍低枝而掃跡。請迴俗士駕⑫，爲君謝逋客。

①"於是"四句："攢(cuán)"，聚。"攢峰"，衆峰。"竦(sǒng)"，動。"誚"，譏。這四句接上段，言周顒變節，使得鍾山之南岳、北隴、列壑、衆峰羣起爭相嘲笑譏諷之。呂良說："(此四句)言皆譏笑此山初容此人也。"(見六臣注文選)

②"慨游"二句：說山神慨歎受了周顒的欺騙，而又無人前來慰問。"游子"，周顒離開鍾山出去游宦，故稱。

③"故其"四句：大意是說：所以山林山澗都替他慚愧不止，秋桂、春蘿也

不需要風月來傳其香增其美了。"遺"，罷遺。

④"騁西"二句："騁"、"貤"，意謂宣佈。"西山"、"東皋"，不必實有所指。一說西山指首陽山，周代伯夷、叔齊隱於此。"逸議"，猶言高論。逸有逸人之意。李善注："逸議，隱逸之議也。""謁"，告，談議。"素"，素心，與熱衷仕途之心對照。"素謁"，猶布衣之謁、貧素之謁。這二句說羣峯衆壑受了周顒的欺騙，都想宣佈它們的議論，使衆人皆知。

⑤"今又"二句："促裝"，急治行裝。"下邑"，指海鹽。"上京"，指建業。"浪拽"，猶言盪槳。"拽(yì)"，同枻，槳。這二句說周顒如今又急急忙忙離開海鹽到京都去。

⑥"雖情"二句："魏"，同巍，高大。"闕"，宮門兩邊的門樓。呂氏春秋審爲篇："身在江海之上，心居魏闕之下。""山扃"，山門。這二句說他雖然一心奔向宮廷，但也許還想借路北山。

⑦"豈可"四句："杜"，杜若，香草名。"薜荔"，香草名。"滓"，污穢。這四句說怎能因爲放你經過此地，而使芳草再受恥辱，崖嶺重被玷污呢。

⑧"塵游"二句："塵"，揚塵。"躅"，跡。"淥"，水清。"洗耳"，用許由事，見第二段注⑧。這二句承上說怎能使塵跡留落在蕙草路上，因洗耳而弄髒了清池呢。

⑨"宜扃"六句："扃"，閉。"岫(xiù)"，山穴。"斂"，收。"來轅"，指周顒的車。"杜"，拒絕。"妄"，狂妄，引伸作亂闖之意。"轡"，馬繮，此指馬。這六句說應該拒周顒於山外。

⑩"於是"二句："叢條"，叢聚的枝條。"瞋"，怒目。"瞋膽"，猶言肝膽也都氣壞了。"疊"，重疊、聚集。"穎"，草的末端。這二句是說草木都發怒了。

⑪"或飛"二句：言有的揚起樹枝去折毀車輪，有的忽然低下枝葉來掃除周顒的污跡。

⑫"請迴"二句："俗士"、"逋客"，皆指周顒。"逋"，逃。"君"，指山靈。這

二句是作者說明代山靈爲文以驅逐周顒。大意是：請以此文擋回俗士的車駕，爲山靈謝絕這個逃客。〔以上爲第四段，寫北山的憤怒，並表示拒絕周顒從此地經過。〕

〔附錄〕

南齊書孔稚珪傳（節錄）

孔稚珪（按，南史作孔珪）字德璋，會稽山陰人也。祖道隆，位侍中。父靈產，泰始中罷晉安太守，有隱遁之懷，於禹井山立館，事道精篤，吉日於靜屋四向朝拜，涕泗滂沱。東出過錢塘北郭，輒於舟中遙拜杜子恭墓。自此至都，東向坐，不敢背側。元徽中爲中散太中大夫。頗解星文，好術數。太祖輔政，沈攸之起兵，靈產密白太祖曰："攸之兵衆雖疆，以天時冥數而觀，無能爲也。"太祖驗其言，擢遷光祿大夫，以簏盛靈產上靈臺，令其占候，餉靈產白羽扇、素隱几，曰："君性好古，故遺君古物。"

稚珪少學涉有美譽，太守王僧虔見而重之，引爲主簿，州舉秀才，解褐宋安成王車騎法曹行參軍。轉尚書殿中郎。太祖爲驃騎，以稚珪有文翰，取爲記室參軍，與江淹對掌辭筆。遷正員郎中書郎尚書左丞。父憂去官，與兄仲智還居父山舍。仲智妾李氏驕妒無禮，稚珪白太守王敬則殺之。服闋，爲司徒從事中郎、州治中別駕從事史、本郡中正。永明七年，轉驍騎將軍，復領左丞，遷黃門郎，左丞如故。轉太子中庶子。廷尉張左相承用晉世張、杜律二十卷。世祖留心法令，數訊囚徒，詔獄官詳正舊注。

先是七年，尙書刪定郞王植撰定律章，表奏之……。從之，於是公卿八座參議考正舊注有輕重處。竟陵王子良下意多使從輕，其中朝議不能斷者，制旨平決。至九年，稚珪上表……。詔報從納，事竟不施行。轉御史中丞，遷驃騎長史輔國將軍。建武初，遷冠軍將軍，平西長史，南郡太守。稚珪以虜連歲南侵，征役不息，百姓死傷，乃上表……。帝不納。徵侍中，不行，留本任。

　　稚珪風韻清疏，好文詠，飮酒七八斗，與外兄張融情趣相得。又與琅邪王思遠、廬江何點、點弟胤並款交，不樂世務。居宅盛營山水，憑几獨酌，傍無雜事。門庭之內，草萊不剪，中有蛙鳴。或問之曰：“欲爲陳蕃乎？”稚珪笑曰：“我以此當兩部鼓吹，何必期效仲擧。”永元元年爲都官尙書，遷太子詹事，加散騎常侍。三年，稚珪疾，東昏屛除以牀轝走，因此疾甚，遂卒，年五十五。贈金紫光祿大夫。

十一 梁代詩文

一 蕭 統

蕭統(公元五〇一——五三一)字德施，南蘭陵(今江蘇武進附近)人。梁武帝衍的長子。天監元年立為太子。三十一歲病卒，謚昭明。他博覽羣書，愛好文學。所編文選是我國現存最早的一部較好的詩文選集。

文選序①

式觀元始②，眇覿玄風：多穴夏巢之時③，茹毛飲血之世，世質民淳，斯文未作。逮乎伏羲氏之王天下也④，始畫八卦，造書契，以代結繩之政，由是文籍生焉。易曰："觀乎天文⑤，以察時變；觀乎人文，以化成天下。"文之時義⑥，遠矣哉！

①文選凡六十卷(原序作三十卷，今本六十卷，或為李善所析)，因是昭明太子蕭統所編，故又稱昭明文選，是秦、漢至齊、梁時期的詩文選集。唐顯慶中李善為作注。至開元間呂延祚又集呂延濟、劉良、張銑、呂向、李周翰五人為之作注，於是就有李善注、五臣注兩種本子。南宋後將李注、五臣注合刻，稱"六臣注文選"。本篇是蕭統為文選所作的序，主要分三部分：首言文之源起；次述各種文體源起遞變的概況；最後說明文選選目與編次的原則。

②"式觀"二句："式"，發語詞。"元始"，即原始，遠古時代。"眇"，遠。

“覿 (dī)”，見、覿。“玄”，遠。“玄風”，原始風俗。這二句說，且讓我
們遠遠地回溯一下原始時代的世風民情。

③“冬穴”四句：禮記禮運：“昔者先王未有宮室，冬則居營窟，夏則居橧
(zēng，搭巢曰橧)巢。未有火化，食草木之實，鳥獸之肉，飲其血，茹其
毛。”“茹”，食。“茹毛飲血”，謂初民未發明用火時生吃鳥獸。“斯文”，
指禮樂法度教化等。此謂文字和文章。“作”，起。這四句說穴居野
處，茹毛飲血的時代，世風民情質樸淳厚，文字文章都未興起。

④“逮乎”五句：“逮”，及。“逮乎”，猶到了。“伏羲氏”，傳說中的上古帝
王，又稱包羲氏。易繫辭：“上古結繩而治，後世聖人易之以書契。”又
尚書序：“古者伏羲氏之王天下也，始畫八卦，造書契，以代結繩之政，
由是文籍生焉。”易繫辭：“古者包羲氏之王天下也，仰則觀象於天，俯
則觀法於地，觀鳥獸之文與地之宜，近取諸身，遠取諸物，於是始作八
卦，以通神明之德，以類萬物之情。”“八卦”，傳謂最早的象形文字：☰
(乾)、☷(坤)、☵(坎)、☲(離)、☶(艮)、☳(震)、☱(兌)、☴(巽)。這
五句說到伏羲氏畫八卦、作書契，纔有了文字記載。

⑤“觀乎”四句：見易賁傳。第一句，“天文”，指日月星辰。第三句，“人
文”，指詩書禮樂。這四句說觀天之文，可知季節變化；觀人之文，以
施教化，可服天下。

⑥“文之”二句：意謂文籍對於時代的重大意義早已有了。〔以上為第一
段，說原始時代人們還不可能創造文化，至伏羲氏時代，才始創文化，
文化一旦產生，就有重大的社會意義。〕

　　若夫椎輪為大輅之始①，大輅寧有椎輪之質；增冰為積水所
成②，積水曾微增冰之凜。何哉？蓋踵其事而增華③，變其本而
加厲。物既有之，文亦宜然。隨時變改，難可詳悉④。

　①“若夫”二句：“若夫”，承接連詞。“椎輪”，無輻條的車輪。此指最簡
陋的小車。“輅 (lù)”，即車。論語衛靈公：“乘殷之輅。”鄭注：“殷車

曰大輅。”這二句說大輅由椎輪變化而來，然而大輅哪裏有椎輪之樸
質？由椎輪到大輅是一個質的變化。

②“增冰”二句：“增冰”，厚冰。“微”，無。“凜”，寒。這二句說冰是水凝
結成的，而水沒有冰冷。

③“蓋踵”二句：“踵”，因、繼。“華”，文飾。“變本加厲”，變得比本來的事
物更爲厲害。這二句承上文，說上述現象之所以產生，是由於事物繼
續有所發展、變化，變本加厲所致。

④悉：明析。〔以上爲第二段，說與其他事物一樣，文也隨時有變化，很
難詳加分析。〕

嘗試論之曰：詩序云：“詩有六義焉①：一曰風，二曰賦，三曰
比，四曰興，五曰雅，六曰頌。”至於今之作者，異乎古昔。古詩之
體②，今則全取賦名。荀、宋表之於前③，賈、馬④繼之於末。自
茲以降，源流實繁。述邑居則有“憑虛”、“亡是”之作⑤，戒敗遊
則有長楊、羽獵之制⑥。若其紀一事⑦，詠一物，風雲草木之興，
魚蟲禽獸之流，推而廣之，不可勝載矣。又楚人屈原⑧，含忠履
潔⑨，君非從流⑩，臣進逆耳，深思遠慮，逐放湘南⑪。耿介⑫之
意旣傷，壹鬱之懷靡愬⑬；臨淵有“懷沙”之志⑭，吟澤有“憔悴”
之容⑮。騷人之文，自茲而作。

①“詩有”七句：引毛詩關雎序文。“風”、“雅”、“頌”，是周代詩歌音樂上
的區分。鄭樵認爲：“風土之音曰‘風’，朝庭之音曰‘雅’，宗廟之音曰
‘頌’。”“賦”、“比”、“興”，是詩歌創作手法上的區分：直陳其事叫
“賦”；比喩叫“比”；興起叫“興”。

②“古詩”二句：班固兩都賦序：“賦者，古詩之流也。”這二句的意思是說
賦也是古詩的一種體裁，現在則統統稱之爲賦。

③“荀、宋”句：“荀、宋”，指荀卿和宋玉。荀卿著賦篇，自此文體中就有
了“賦”的名稱。賦篇用隱晦曲折的語言與問答的形式，寫箴、蠶等物

的形體、功用,但偏于說理(到漢賦則主體物),在形式上爲散體賦的開端。宋玉有風賦等。按此處所說的賦是指漢代以體物爲主的大賦,有別於屈原以抒情爲主的騷體賦,故以荀、宋爲宗。"表",標。這句說荀、宋開漢賦的先聲。

④賈、馬:指賈誼和司馬相如。漢賦的代表作家。

⑤"述邑"句:說張衡的西京賦託憑虛公子以述西京的繁盛,司馬相如的上林賦託亡(wú)是公以述帝皇遊獵上林苑的盛況。

⑥"戒畋"句:說揚雄作羽獵、長楊二賦以戒田獵。"畋(tiān)",田獵。

⑦"若其"六句:學海堂集文選序注羅日章說:"紀事如潘岳籍田……,詠物如王褒洞簫……,風雲如宋玉風賦……,草木如鍾會……菊花賦……,魚蟲禽獸如摯虞有觀魚賦……。"這六句說漢賦詠物記事的作品頗多,不能一一盡述。

⑧屈原:戰國楚人,名平,別號靈均。爲楚三閭大夫,懷王重其才,後因上官大夫等進讒見疏;憂憤而作離騷。襄王時貶謫江南,作漁父諸篇以見志,不久自沈汨羅江而死。詳見先秦文學史參考資料。

⑨"含忠"句:"含",懷。"履",行、爲。"履潔",行爲高潔。史記屈原賈生列傳:"屈原正道直行,竭忠盡智以事其君。"

⑩"君非"二句:"從流",從善如流,喻勇於求善。左傳成公八年:"從善如流。"注:"如流,喻速。""逆耳",逆耳之言,謂忠言。孔子家語載孔子說:"良藥苦於口而利於病,忠言逆於耳而利於行。"這二句說楚王不能納諫,屈原卻進忠言。

⑪"遂放"句:"放",放逐。"湘",指湖南湘水。"湘南",指屈原流放所至湘水西南一帶。

⑫耿介:剛直。

⑬壹鬱:猶怫鬱,憂憤不平。"靡愬",無處傾訴。"靡",無。"愬",與"訴"通。

⑭"臨淵"句:史記屈原賈生列傳:"屈原至於江濱,……乃作懷沙之賦。

……於是懷石，遂自投汨羅以死。”這句卽指此事。

⑮“吟澤”句：楚辭漁父：“屈原旣放，遊於江潭，行吟澤畔，顏色憔悴，形容枯槁。”卽此句所本。“又楚”句至“自茲”句，說屈原心懷忠信，行爲高潔，由於楚王不是勇於納諫之君，而他卻進深思熟慮的逆耳忠言，於是獲罪，被放湘南，自沉以前寫了漁父、懷沙等篇，此後騷體就興起了。〔以上爲第三段，指出文學隨時而變，由詩體變爲賦體，並論及賦的代表作家與作品。在論述騷體的發生時，作者把屈原的創作和他的政治鬥爭聯繫起來，認爲他的作品是政治鬥爭的產物，這是值得注意的。〕

　　詩者①，蓋志之所之也，情動於中而形於言。關雎、麟趾②，正始之道著；桑間濮上③，亡國之音表。故風雅之道，粲然可觀。自炎漢中葉④，厥塗漸異。退傅有在鄒之作⑤，降將著“河梁”之篇⑥，四言五言，區以別矣。又少則三字，多則九言，各體互興，分鑣並驅⑦。頌者⑨，所以游揚德業，褒讚成功。吉甫有“穆若”之談⑨，季子有“至矣”之歎⑩。舒布爲詩⑪，旣言如彼；總成爲頌⑫，又亦若此。次則箴興於補闕⑬，戒出於弼匡⑭，論則析理精微⑮，銘則序事清潤⑯，美終則誄發⑰，圖像則讚興⑱；又詔誥敎令⑲之流，表奏牋記⑳之列，書誓符檄㉑之品，弔祭悲哀㉒之作，答客指事㉓之制，三言八字㉔之文，篇辭引序㉕，碑碣誌狀，衆制鋒起㉖，源流間出。譬陶匏異器㉗，並爲入耳之娛；黼黻不同，俱爲悅目之玩。作者之致㉘，蓋云備矣。

　　①“詩者”三句：毛詩關雎序：“詩者，志之所之也。在心爲志，發言爲詩。情動於中而形於言。”“所之”的“之”，意爲適、往。這三句意謂詩是作者思想感情的體現。

　　②“關雎”二句：“關雎、麟趾”，詩經二南篇名。“正始之道”，本毛詩關雎

序："關雎、麟趾之化，王者之風，故繫於周公。"又："周南、召南，正始
之道，王化之基。"這二句說關雎等篇彰明教化。

③"桑間"二句：禮記樂記："桑間濮上之音，亡國之音也。"鄭玄注："濮水
之上，地有桑間者，亡國之音於此之水出也。昔殷紂使師延作靡靡之
樂，已而自沈於濮水，後師涓過焉，夜聞而寫之，爲晉平公鼓之，是之
謂也。"這二句說桑間濮上標誌着亡國之音。

④"自炎漢"二句："炎漢"，古代講陰陽五行，認爲漢爲火德，故稱炎漢。
"厥"，其。"塗"，道路。"厥塗"，其道路，此指詩歌發展道路。這二句
說詩歌發展到漢代中葉，道路漸漸與古不同。

⑤"退傅"句：漢彭城人韋孟爲楚元王、子夷王及孫王戊三代傅（相），"戊
荒淫不遵道，孟作詩諷諫，後遂去位"。"退傅"，謂退位之傅，指韋孟。
韋孟去位後居鄒，又作在鄒詩。諷諫、在鄒二詩均四言。韋孟事見漢
書韋賢傳。

⑥"降將"句："降將"，指李陵。李陵，漢武帝時拜騎都尉，後與匈奴作戰，
力竭而降。李陵與蘇武詩有"攜手上河梁"之句。此詩共三首，全是
五言，係後人僞託，非李陵作。

⑦分鑣並驅：言其乘騎各異而齊足並馳。這裏用來形容不同詩體並興
的情況。"鑣(biāo)"，馬銜；也用來稱乘騎。

⑧"頌者"三句：毛詩序："頌者，美盛德之形容，以其成功告於神明者
也。""游揚"，稱道其美德，使名遠播。這三句說頌是用以歌功頌德的。

⑨"吉甫"句：尹吉甫，周人，作蒸民（見詩經大雅），有"穆如清風"之句。
"穆"，和。"穆若"，即"穆如"。

⑩"季子"句：吳公子季札至魯觀樂，聽到"頌"詩，讚美道："至矣哉！"
（見左傳襄公二十九年）"歟"，讚美。

⑪"舒布"二句："舒"，展示。"布"，敷陳其言。"舒布"，猶今言"表現"。
"言"，助辭，無義。這二句說表現爲詩歌，就像韋孟、李陵所寫的那樣。

⑫"總成"二句："總成"，總括而成。這二句說總括美德而加以頌揚，就

像尹吉甫所作、季札所歎這樣。

⑬“箴興”句：文心雕龍銘箴篇：“箴者，鍼也。所以攻疾防患，喻箴石也。”范文瀾注引韋昭周語注說：“箴，箴刺王闕以正得失也。”這句說爲了彌補缺點就產生箴。

⑭“戒出”句：文心雕龍詔策篇：“戒者，慎也。”范文瀾注說：“戒、敎、命，雖皆尊長示卑下之辭，然不限之於君臣之際，故彦和於篇末附論之。”“弼”，輔助。“匡”，匡正。這句說尊長爲了輔助晚輩下屬改正錯誤，就產生了戒。

⑮“論則”句：說論主敍理，故須精密。文心雕龍論說篇：“論也者，彌論羣言，而研精一理者也。”

⑯“銘則”句：陸機文賦：“銘博約而溫潤。”李善說：“博約謂事博文約也。銘以題勒（刻識）示後，故博約而溫潤。”釋名釋典藝：“銘，名也。述其功美，使可稱名也。”這句說銘敍事要清新圓潤。

⑰“美終”句：“美終”，謂讚美有功業而終者。“誄”，累列死者生時德行的文辭；後世以誄爲哀祭文的一種。文心雕龍誄碑篇：“誄者，累也。累（累列）其德行，旌（表彰）之不朽也。”

⑱“圖像”句：“圖像”，畫像。“讚”，讚揚人的文辭。呂延濟說：“若有德者，後世圖畫其形，爲文以讚美也。”（六臣注文選）

⑲詔誥敎令：“詔誥”，詔書告示之類。“敎者，效也。出言而民效也。”（文心雕龍詔策篇）“令”，命令。四者均爲古代帝王或朝廷所發的不同種類的公文。

⑳表奏牋記：“表奏”，封建時代，臣下對其主上進言陳事的公文。文心雕龍章表篇說：“降及七國，未變古式，言事於主，皆稱上書。秦初定制，改書曰奏。漢定禮儀，則有四品：一曰章，二曰奏，三曰表，四曰議。章以謝恩，奏以按劾，表以陳請，議以執異。”“牋記”，文心雕龍書記篇：“記之言志，進己之志也。牋者，表也。表識其情也。”據范文瀾注：“牋之與記，隨事立名，義非大異。……六朝時已不甚分晰矣。”

㉑書誓符檄："書"，古代凡文字著于簡帛者都叫書。此指互相往來的書
札，古稱書，今稱信。"誓"，盟誓之辭。"符"，做憑信用的符契，或叫符
信。"檄"，檄文。張銑說："檄者，皦也。噭彼令皦然明白。"(見六臣
注文選)

㉒弔祭悲哀："弔"，謂弔祭亡者或慰問其家屬。此謂弔慰之文。"祭"，
祭文。"悲哀"，哀悼之作。張銑說："悲，蓋傷痛之文也。哀者，亦愛
念之辭。"

㉓答客指事："答客"，如東方朔答客難之類。"指事"，如揚雄解嘲之類
(用呂延濟說)。

㉔三言八字：呂延濟說："三言，謂漢武秋風辭。八字，謂魏文帝樂府
詩。"秋風辭中大多數句子除去"兮"字，可以說是三言(鮑照代春日行
純是三言)；大牆上蒿行有八言句"何不恣君口腹所嘗"。不必坐實作
者原意即指此二篇，但可作參考。學海堂集文選序注曾釗說："文心
雕龍云：'有韻者文也。'則此三言八字皆是有韻之作，疑卽文章緣始
所謂'離合體'也。古微書引孝經援神契曰：'寶文出，劉季握，卯金
刀，在軫北，字禾子，天下服。'以'出'、'握'、'北'、'服'為韻，是三言
之文也。魏志注引語林：楊修為魏主曹操主簿，至江南讀曹娥碑，碑
背有八字詞曰："黃絹幼婦，外孫齏臼。"以"婦"、"臼"為韻，是八字之
文也。孔融'離合體'實本於此。"張杅說："三言八字皆指指隱語。"按：
曾、張之說為是。關於"離合體"，詳見文心雕龍明詩篇注。

㉕"篇辭"二句：此舉各類文體。"篇"，詩章之稱，如淮南王篇之類。"辭"，
辭賦的一種，如秋風辭、歸去來兮辭之類。"引"，文體之一，如班固典
引之類。文選該篇蔡邕注說："引者，伸也、長也。"(李善注引)又，樂
府詩中也有叫引的，如箜篌引。"序"，文體名，用來陳述著作者的意
趣，如本篇卽是。"碑"，刻記功德於石叫碑；此謂碑文。"碣"，碑類，
此亦指碑碣上的文辭。"誌"，正字通："凡史傳記事之文曰誌。""狀"，
敘述事實而以上陳的文辭叫狀。

㉖"衆制"二句："鋒起"，言其衆多。"鋒"，又作"螽(蜂)"。"間出"，言其紛雜。"間"，雜。這二句承上"次則"十三句，意謂漢代中葉以來，除詩、頌外，其餘如箴、戒、論、銘等等體制，都紛紛產生，種類繁多。

㉗"譬陶"四句：第一句，"陶"，此指壎(同塤)。壎，古樂器，用土(卽陶)作成，土爲八音之一。"匏(páo)"，葫蘆的一種；這裏指用匏作成的樂器，亦爲八音之一。周禮春官大師："播之以八音：金、石、土、革、絲、木、匏、竹。"注："土，壎也。……匏，笙也。"笙有十三簧，竽有三十六簧，皆列管匏內，施簧管端(見爾雅翼)。第三句，"黼黻(fǔ fú)"，古禮服上繡飾的花紋。白與黑相間的花紋叫黼，黑與青相間的花紋叫黻。這四句承上文，意思是說上述種種文體，雖各有不同，但正如不同的樂器和刺繡一樣，都能供人欣賞。

㉘"作者"二句：意思是說有了這許多文體，作家們的種種情致意趣都可完備地加以表現了。〔以上爲第四段，敍述辭賦之外，各種文體的發生發展及其不同的功用。〕

　　余監撫① 餘閒，居多暇日，歷觀文囿②，泛覽辭林③，未嘗不心遊目想④，移晷⑤忘倦。自姬⑥、漢以來，眇焉悠邈⑦，時更七代⑧，數逾千祀⑨。詞人才子，則名溢於縹囊⑩，飛文染翰，則卷盈乎緗帙⑪。自非略其蕪穢⑫，集其清英⑬，蓋欲兼功⑭太半，難矣。

①監撫："監"，監國，謂皇帝外行，由太子代攝國事。"撫"，撫軍，謂從天子巡行外地。左傳閔公二年："冢子(太子)君行則守，有守則從。從曰撫軍，守曰監國。"

②文囿：猶言文壇。"囿(yòu)"，園。

③辭林：謂文辭薈萃如林，極言其多。

④心遊目想：謂思想。

⑤移晷：謂日影移動，喩時間流逝。"晷(guǐ)"，日影。

⑥姬：指周代。周爲姬姓。

⑦眇焉悠邈：謂年代久遠。“眇”、“悠”、“邈”，義相近，謂久遠。

⑧時更七代：“更”，更替。“七代”，指周、漢、魏、晉、宋、齊、梁七代。

⑨數逾千祀：“逾”，逾越、超過。“祀”，年。

⑩縹囊：“縹”，帛青白色。“縹囊”，盛書的淡青色布囊。

⑪緗帙(xiāng zhì)：淺黃色布書套。“緗”，帛淺黃色。

⑫蕪穢：糟粕。

⑬清英：許巽行文選箋即認爲“清”應作“菁”。“菁英”，精華。

⑭“蓋欲”二句：承上文，說周、漢以來，年代久遠，作家作品很多，若不去其糟粕，取其精華，欲收事半功倍之效是很難的。“兼”，併。“兼功太半”，併全功於大半；即事半功倍（語出孟子公孫丑）的意思。〔以上爲第五段，說歷代作家衆多，文籍浩翰，若不加以選擇，很難盡讀，點明編文選的必要。〕

　　若夫姬公①之籍，孔父之書，與日月俱懸，鬼神爭奧②，孝敬之准式③，人倫④之師友，豈可重以芟夷⑤，加以剪截？老、莊之作⑥，管、孟之流，蓋以立意爲宗，不以能文爲本。今之所撰，又以略諸。

①姬公：周公。

②鬼神爭奧：言周、孔之書，深奧玄妙可與鬼神相敵。

③准式：准則法式。

④人倫：謂倫理道德。

⑤芟夷：謂除草。“芟(shān)”，割草。“夷”，削平。

⑥“老、莊”六句：說老子、莊子、管子、孟子以立論爲主，本不在於文辭，故略而不取。“諸”，之。〔以上爲第六段，述先秦經書子籍不入選的理由。〕

　　若賢人之美辭，忠臣之抗直①，謀夫②之話，辯士之端③，冰釋泉湧④，金相玉振。所謂坐狙丘⑤，議稷下，仲連之却秦軍⑥，食其之下齊國⑦，留侯之發八難⑧，曲逆之吐六奇⑨，蓋乃事美一時，語流千載，概見墳籍⑩，旁出子史⑪。若斯之流⑫，又亦繁博。雖傳之簡牘，而事異篇章。今之所集，亦所不取。至於記事之史，繫年之書⑬，所以褒貶是非，紀別異同。方⑭之篇翰，亦已不同。若其讚論之綜緝辭采⑮，序述之錯比文華，事出於沈思，義歸乎翰藻，故與夫篇什，雜而集之。

①抗直：剛直無所屈撓；此謂剛直之言。

②謀夫：謀士，出謀劃策的人。

③端：舌端，謂言論。韓詩外傳："君子避三端：避文士之筆端；避武士之鋒端；避辯士之舌端。"

④"冰釋"二句："冰釋"，謂如冰那樣融化。"金相玉振"，詩經大雅棫樸："追琢其章，金玉其相。"傳："相，質也。"金玉須雕琢始明其質，謂文質俱美曰金相玉質，此據此而稍加變化。呂延濟說："振，發聲也。言金質玉聲。"這二句承上文，意謂賢人、忠臣、謀夫、辯士的言辭滔滔不絕，既有內容又有文采。

⑤"坐狙丘"二句：魯連子："齊之辯者曰田巴，辯於狙丘，而議於稷下。毀五帝，罪三王，一日而服千人。"（見文選曹植與楊德祖書李善注引）"狙丘"、"稷下"，皆齊地名。稷下在今山東臨淄北。史記田敬仲完世家："是以齊稷下學士復盛。"集解引劉向別錄："齊有稷門，城門也，談說之士，期會於稷下也。"狙丘未詳。

⑥"仲連"句：戰國策趙策載秦圍趙邯鄲，魏王使辛垣衍勸趙王尊秦為帝。魯仲連適遊趙，責辛垣衍，使不敢復言帝秦事。秦將聞之，退軍五十里。

⑦"食其"句：指酈食其說服齊王降漢的故事（見史記酈生陸賈列傳）。

⑧"留侯"句：漢高祖用酈食其計，欲復封六國之後，張良用八事難之，遂止（見史記留侯世家）。"留侯"，張良封號。

⑨"曲逆"句：陳平封曲逆侯。史記陳丞相世家："凡出六奇計，奇計或頗祕，世莫能聞也。"此指其事。

⑩墳籍：泛指書籍。古帝王伏羲、神農、皇帝之書謂之三墳。

⑪"旁出"句：謂賢人、忠臣、謀夫、辯士的言行亦旁見諸子和史書。

⑫"若斯"六句："簡牘"，古代無紙，書寫於竹叫簡，於版叫牘；後世沿用以泛指書籍。"篇章"，此指具有文學意味的文章。這六句說這些人（指賢人、忠臣、謀夫、辯士，尤着重於後二者）的言論很繁博，雖有著述流傳，但不同於帶文學性的篇章，所以也不入選。

⑬繫年之書：指史書。杜預左傳序："記事者以事繫日，以日繫月，以月繫時，以時繫年，所以紀遠近，別同異也。"

⑭方：比。

⑮"若其"，六句："綜緝"，聯綴。第二句，"錯比"，錯雜地聯綴，亦卽組織。第三句，"沈思"，深思。第四句，"歸"，附麗。"翰"，筆毫。借謂文辭。"藻"，文。"翰藻"，謂文學辭藻。第五句，"篇什"，詩章之稱。這六句承上文，說史書繫年紀事，有所褒貶，與文學作品比較，也有不同；然而其中的讚論、序述，都是運用文學表現手法，經過深思，通過辭藻表現出來的，所以就把它們和文學的篇章雜在一起而加以選輯。"讚論"就是文選所選"史論"中的"傳贊"一類，如漢書公孫弘傳贊、後漢書皇后紀論等。"序"卽"敍"，"序述"是指史書"敍傳"的"述贊"，文選中歸為"史述贊"一類，如漢書述高祖贊、漢書述成紀贊等，原來各是漢書敍傳中的一段。朱自清說："事出於沈思的事，實當解作事義、事類的事，專指引事而言，並非泛說。"（文選序事出於沈思義歸乎翰藻說）可參看。〔以上為第七段，說明不選賢人、忠臣、謀夫、辯士的論著，以及不選史籍而選其中讚、論等部分文字的理由。〕

　　遠自周室①，迄于聖代，都為三十卷，名曰文選云爾。凡次文之體，各以彙聚；詩賦體旣不一，又以類分；類分之中，各以時代相次。

①“遠自”四句：“迄”，到。“聖代”，指梁代。“都”，凡、總共。今本文選凡六十卷。〔以上爲第八段，說明選文起訖時代與編排體例。〕

〔附錄〕

南史蕭統傳（節錄）

昭明太子統，字德施，小字維摩，武帝長子也。以齊中興元年九月生於襄陽。武帝既年垂强仕，方有冢嗣，時徐元瑜降，而續又荆州使至，云“蕭穎胄暴卒”；時人謂之“三慶”。少日而建鄴平，識者知天命所集。天監元年十一月立爲皇太子，時年幼，依舊於內拜東宮，官屬文武皆入直永福省。五年五月庚戌，出居東宮。

太子生而聰叡，三歲受孝經、論語，五歲徧讀五經，悉通諷誦。性仁孝，自出宮，恆思戀不樂。帝知之，每五日一朝，多便留永福省，或五日三日乃還宮。八年九月於壽安殿講孝經，盡通大義，講畢，親臨釋奠于國學。年十二，於內省見獄官將讞事，問左右曰：“是皁衣何爲者？”曰：“廷尉官屬。”召視其書曰：“是皆可念，我得判否？”有司以統幼，紿之曰：“得其獄皆刑罪上。”統皆署杖五十。有司抱具獄，不知所爲，具言於帝，帝笑而從之。自是數使聽訟，每有欲寬縱者，卽使太子決之。建康縣讞誣人誘口獄翻縣，以太子仁愛，故輕當杖四十，令曰：“彼若得罪，便合家孥戮，今縱不以其罪罪之，豈可輕罰而已，可付冶十年。”十四年正月朔旦，帝臨軒冠太子於太極殿。舊制，太子著遠游冠金蟬翠緌緌，至是詔加金博山。

太子美姿容，善舉止，讀書數行並下，過目皆憶。每游宴祖道，賦詩至十數韻，或作劇韻，皆屬思便成，無所點易。帝大弘佛教，親自講說，太子亦素信三寶，徧覽衆經，乃於宮內別立慧義殿，專爲法集之所，招引名僧，自立三諦法義。普通元年四月，甘露降於慧義殿，咸以爲至德所感。時俗稍奢，太子欲以己率物，服御樸素，身衣浣衣，膳不兼肉。三年十一月，始興王憺薨，舊事以東宮禮絕傍親，書翰並依常儀。太子以爲疑，命僕射劉孝綽議其事。……太子令曰：“……司農卿明山賓、步兵校尉朱异議稱慕悼之辭，宜終服月。”於是付典書，遵用以爲永單。七年十一月貴嬪有疾，太子還永福省，朝夕侍疾，衣不解帶。及薨，步從喪還宮至殯，水漿不入口，每哭，輒慟絕。武帝敕中書舍人顧協宣旨曰：“毀不滅性，聖人之制，不勝喪比於不孝，有我在，那得自毀如此？可卽强進飲粥。”太子奉敕乃進數合，自是至葬日進麥粥一升。武帝又敕曰：“聞汝所進過少，轉就羸瘦。我比更無餘病，政爲汝如此，胸中亦塡塞成疾。故應彊加饘粥，不俟我恆爾懸心。”雖屢奉敕勸逼，終喪日止一溢，不嘗菜果之味。體素壯，腰帶十圍，至是減削過半，每入朝，士庶見者，莫不下泣。

太子自加元服，帝便使省萬機，內外百司奏事者，塡塞於前。太子明於庶事，每所奏，謬誤巧妄，皆卽辯析，示其可否，徐令改正，未嘗彈糾一人。平斷法獄，多所全宥，天下皆稱仁。性寬和容衆，喜慍不形於色，引納才學之士，賞愛無倦，恆自討論墳籍。或與學士商榷古今，繼以文章著述，率以爲常。于時東宮有書幾三萬卷，名才並集。文學之盛，晉、宋以來未之有也。性愛山

水,於玄圃穿築,更立亭館,與朝士名素者遊其中。嘗泛舟後池,
番禺侯軌盛稱此中宜奏女樂,太子不答,詠左思招隱詩云:"何必
絲與竹,山水有清音。"軌慙而止。出宮二十餘年不畜音聲。未
薨(按,梁書無此二字),少時敕賜太樂女伎一部,略非所好。

　　普通中,大軍北侵,都下米貴,太子因命菲衣減膳,每霖雨積
雪,遣腹心左右,周行閭巷,視貧困家及有流離道路,以米密加振
賜,人十石,又出主衣絹帛,年常多作襦袴,各三千領,多月以施
寒者,不令人知。若死亡無可斂,則爲備棺槥。每聞遠近百姓賦
役勤苦,輒斂容變色。常以戶口未實,重於勞擾。吳郡屢以水災
不熟,有上言當漕大瀆,以瀉浙江中。大通二年春,詔遣前交州刺
史王弈假節發吳、吳興、信義三郡人丁就役。太子上疏曰:"……
不審可得權停此功,待優實以不?"武帝優詔以喻焉。

　　太子孝謹天至,每入朝,未五鼓便守城閂,開東宮。雖燕居
內殿,一坐一起,恆向西南面。臺宿被召,當入危坐達旦。三年
三月,游後池,乘彫文舸摘芙蓉,姬人蕩舟,沒溺而得出,因動股。
恐貽帝憂,深誠不言,以寢疾聞,武帝敕看問,輒自力手書啟。
及稍篤,左右欲啟聞,猶不許,曰:"云何令至尊知我如此惡?"因
便嗚咽。四月乙巳暴惡,馳啟武帝,比至巳薨。時年三十一。帝
臨哭盡哀,詔斂以袞冕,諡曰"昭明"。五月庚寅葬安寧陵。詔司
徒左長史王筠爲哀冊文,朝野惋愕。都下男女,奔走宮門,號泣
滿路,四方氓庶及墠徼之人,聞喪者哀慟。

　　太子性仁恕,見在宮禁防捉荊子者,問之,云"以清道驅人"。
太子恐復致痛,使捉手板代之。頻食中得蠅蟲之屬,密置拌邊,
恐廚人獲罪,不令人知。又見後閣小兒攤戲,後屬有獄牒攤者,

法士人綴流徒,庶人綴徒,太子曰:"私錢自戲,不犯公物,此科太重。"令注刑止三歲,士人免官。獄牒應死者,必降長徒,自此以下,莫不減半。

　　所著文集二十卷,又撰古今典誥文言爲正序十卷,五言詩之善者爲英華集二十卷,文選三十卷。……

二　劉　勰

劉勰(生卒年不詳)字彥和，東莞莒(今山東莒縣)人。父尚，
越騎校尉。劉勰早孤，貧寒不能婚娶，依附沙門僧佑生活，居十
餘年，因而博通經論。自梁武帝天監初年起，做過東宮通事舍人
等幾任小官，很受昭明太子蕭統賞愛。晚年出家，改名慧地，不
到一年就去世了。他的著作主要是文心雕龍。此外還寫了一些
寺塔及名僧碑誌，今存梁建安王造剡山石城寺石像碑一篇(見藝
文類聚卷七十六)。弘明集卷八又載他的滅惑論一篇。

文心雕龍　明詩①

大舜云②："詩言志，歌永言"。聖謨所析③，義已明矣。是
以在心爲志④，發言爲詩，舒文載實，其在茲乎？詩者⑤，持也，持
人情性；三百之蔽⑥，義歸無邪，持之爲訓，有符焉爾。

①文心雕龍作於齊代，是我國現存最早的有系統的文學研究專著。它
　反對當時的形式主義文學，主張文學不但要有華美的形式，而且首先
　要有充實的內容、深刻的思想和充沛的感情。它指出文學發展與時
　代社會的關係，論述了各種文體演變的過程，並對重要作家、作品作
　了扼要的評價。它還闡述了文章的作法、作家的修養，以及文學批評
　等問題。文心雕龍共十卷，五十篇。前五卷主要是論文體流變，後五
　卷主要是論創作和批評。其中序志一篇是全書序文。明詩是第六篇，
　在這裏劉勰論述了詩歌的起源，詩歌發展的歷史，以及各種詩體的演

變。對於各個時期的文學風貌和重要詩人也有精闢的評論。關於"文心雕龍"四字，序志裏有一段說明："夫文心者，言爲文之用心也。……古來文章，以雕縟成體，豈取騶奭之羣言雕龍也。"史記孟子荀卿列傳載戰國時齊人騶衍通陰陽天文，騶奭采其術以紀文，齊人叫他雕龍奭。劉向別錄："騶奭修飾之文飾，若雕鏤龍文，故曰雕龍。"

②"大舜"三句：尙書舜典載大舜說："詩言志，歌永言，聲依永，律和聲。"王肅注："謂詩言志以導之，歌詠其義以長其言。"毛詩鄭玄詩譜序正義引鄭注堯典曰："詩所以言人之志意也。永，長也。歌又所以長言詩之意。"這三句引用舜的話，對詩和歌加以基本的說明，說詩是表達思想願望的，歌是把這思想願望詠唱出來。

③"聖謨"二句："聖"，指舜。"謨(mó)"，謀畫、考慮。"聖謨"，猶言聖訓，此指舜典。這二句說經過聖賢的分析，詩的含義就明確了。

④"是以"四句：詩大序："詩者，志之所之也。在心爲志，發言爲詩。"正義曰："詩者，人志意之所之適也。雖有所適，猶未發口，蘊藏在心，謂之爲志，發見於言，乃名爲詩。"這四句的大意是說，所以，蘊藏在心裏的是思想、感情和願望，用言語把它們表達出來就是詩，所謂鋪陳文辭以寄託內容，它的意思就在於此吧？

⑤"詩者"三句：是講詩的社會作用，大意是：詩，就是"持"的意思，也就是培植人的思想感情。鄭玄詩譜序正義："名爲詩者，內則說負子之禮云'詩負之'。注云'詩之言承也'。春秋說題辭云'詩之爲言志也'。詩緯含神霧云'詩者，持也'。然則詩有三訓：承也，志也，持也。作者承君政之善惡，述己志而作詩，爲詩所以持人之行，使不失隊(墜)，故一名而三訓也。"劉勰此說本含神霧，而加以發揮。

⑥"三百"四句：論語爲政："子曰：'詩三百，一言以蔽之，曰思無邪。'"正義："詩之爲體，論功頌德，止僻防邪，大抵皆歸於正，於此一句可以當之也。""符"，符合。這四句引了孔子的意見，然後說，可見把詩解釋成"持"，是有根據的。〔以上爲第一段，本段運用儒家正統文學觀

點，來說明詩的產生及其社會作用。紀昀評曰：“‘大舜’九句是發乎情，‘詩者’七句是止乎禮義。”〕

人稟七情①，應物斯感，感物吟志，莫非自然。昔葛天氏樂辭云②，玄鳥在曲；黃帝雲門③，理不空綺。至堯有大唐之歌④，舜造南風之詩，觀其二文，辭達而已。及大禹成功⑤，九敘惟歌；太康敗德⑥，五子咸怨。順美匡惡⑦，其來久矣。自商暨周⑧；雅頌圓備，四始彪炳，六義環深。子夏監絢素之章⑨，子貢悟琢磨之句，故商、賜二子，可與言詩。自王澤殄竭⑩，風人輟采；春秋觀志，諷誦舊章；酬酢以爲賓榮，吐納而成身文。逮楚國諷怨⑪，則離騷爲刺。秦皇滅典⑫，亦造仙詩。漢初四言⑬，韋孟首唱，匡諫之義，繼軌周人。孝武愛文⑭，柏梁列韻；嚴、馬之徒，屬辭無方。至成帝品錄⑮，三百餘篇。朝章國采，亦云周備，而辭人遺翰，莫見五言。所以李陵、班婕妤⑯，見疑於後代也。按召南行露⑰，始肇半章；孺子滄浪，亦有全曲。“暇豫”優歌⑱，遠見春秋；“邪徑”童謠，近在成世。閱時取證，則五言久矣。又古詩佳麗⑲，或稱枚叔，其孤竹一篇，則傅毅之辭，比采而推，兩漢之作乎！觀其結體散文⑳，直而不野，婉轉附物，怊悵切情，實五言之冠冕也。至於張衡怨篇㉑，清典可味；仙詩緩歌，雅有新聲。暨建安之初㉒，五言騰踊，文帝、陳思，縱轡以騁節；王、徐、應、劉，望路而爭驅。並憐風月㉓，狎池苑，述恩榮，敘酣宴。慷慨以任氣㉔，磊落以使才。造懷指事㉕，不求纖密之巧；驅辭逐貌，唯取昭晰之能，此其所同也。乃正始明道㉖，詩雜仙心。何晏之徒，率多浮淺。唯嵇志清峻㉗，阮旨遙深，故能標焉。若乃應璩百一㉘，獨立不懼，辭譎義貞，亦魏之遺直也。晉世羣才㉙，稍入輕綺，張、潘、左、陸，比肩詩衢。采縟於正始㉚，力柔於建安；或析文以爲妙，或流靡以自妍，此其大略也。江左篇製㉛，溺乎玄風，嗤笑徇務之志，崇盛亡機之談。袁、孫已下㉜，雖各有雕采，而辭趣一揆，莫與爭雄，所以景純仙篇，挺拔而爲俊矣。宋初文詠㉝，體有因革，莊、老告退，而山水方滋。儷采百字之偶，爭價一句之奇；情必極貌以寫物，辭必窮力而追新，此近世之所競也。

① "人稟"四句："稟"，受，言人之情是受於天的。"七情"，禮記禮運："何爲人情？喜怒哀懼愛惡欲，七者弗學而能。""應物斯感"，禮記樂記："凡音之起，由人心生也。人心之動，物使之然也。感於物而動，故形乎聲。"這四句說人天生就有喜怒哀懼愛惡欲這七種感情，七情因外界事物的刺激而感動，既然有所感動，就要抒發出來，這一切都是自然而然的。

② "昔葛"二句：唐寫本文心雕龍作"昔葛樂辭，玄鳥在曲。"據楊明照校，當作"昔葛天樂辭，玄鳥在曲。""氏"、"云"二字爲衍文。"葛天氏"，古帝號。呂氏春秋仲夏紀古樂篇："昔葛天氏之樂，三人摻(shǎn 持)牛尾投足以歌八闋：一曰載民、二曰玄鳥……"高誘注："上皆樂之八篇名也。"這二句是說古帝葛天氏的時候，有一種歌舞，要唱八首歌來伴舞，玄鳥就是其中入曲歌唱的一首。

③ "黃帝"二句："雲門"，歌頌黃帝的一首樂曲。周禮春官大司樂："以樂舞敎國子，舞雲門、大卷……"鄭注："此周所存六代之樂，黃帝曰雲門、大卷。……言其德如雲之所出，民得以有族類。""綺"，應作"絃"。詩譜序正義："黃帝有雲門之樂，至周尚有雲門，明其音聲和集。既能和集，必不空絃，絃之所歌，即是詩也。"這二句說雲門這個曲子理應有詩相配。

④ "至堯"四句："大唐"，唐寫本作"大章"。禮記樂記："大章，章之也。"鄭注："堯樂名也。言堯德章明也。周禮闕之，或作大卷。"范文瀾引

尙書大傳及鄭注,說:"大唐乃舜美堯禪之歌,不得云堯有,似當作大章爲是。然鄭注樂記大章,已云周禮闕之。彥和所見,當卽尙書大傳大唐之歌,行文偶誤耳。"(文心雕龍注)第二句,禮記樂記:"昔者舜作五弦之琴,以歌南風。"正義引南風詩:"南風之薰(和暖)兮,可以解吾民之慍兮;南風之時兮,可以阜(增多)吾民之財兮。"這四句論述堯、舜時的詩歌,說大唐、南風這兩首詩不過文辭達意而已,還沒有什麼文采技巧可言。

⑤"及大"二句:僞古文尙書大禹謨:"禹曰:'於!帝念哉!德惟善政,政在養民。水火金木土穀惟修,正德、利用、厚生,惟和。九功惟敍,九敍惟歌。"注:"言六府三事之功有次敍,皆可歌樂,乃德政之致。"這二句論述禹時的詩歌,說大禹實施了九項善政,人民安居樂業,於是作歌歌頌他的美德。

⑥"太康"二句:史記夏本紀:"帝啓崩,子帝太康立。帝太康失國,昆弟五人,須(待)於洛汭,作五子之歌。"這二句說夏王太康荒淫失國,他的五個弟弟作了五首詩,表示諷刺怨憤。五子之歌,見僞古文尙書。

⑦"順美"二句:鄭玄詩譜序:"論功頌德,所以將順其美;刺過譏失,所以匡救其惡。""順",順而行之。"匡",正。這二句總結前四句,說可見用詩歌來頌揚君王的美德,幫助糾正他們的過失,這是由來已久了。

⑧"自商"四句:第一句,"曁(jì)",及,至。第二句,"雅",詩經大雅、小雅。"頌",詩經周頌、魯頌、商頌。"圓備",周備。第三句,"四始",有三說:一說爲風、大雅、小雅、頌。毛詩序:"是以一國之事,繫一人之本,謂之風。言天下之事,形四方之風,謂之雅。雅者正也,言王政之所由廢興也。政有大小,故有小雅焉,大雅焉。頌者,美盛德之形容以其成功告於神明者也。是謂四始,詩之至也。"鄭箋云:"始者,謂王道興衰之所由也。"應以此爲準。一說爲關雎(風之始)、鹿鳴(小雅之始)、文王(大雅之始)、淸廟(頌之始),見史記孔子世家。一說爲大明(水始)、四牡(木始)、嘉魚(火始)、鴻雁(金始),見詩大序正義所引氾歷

樞。"彪炳",輝煌多采。第四句,"六義",詩大序:"故詩有六義焉:一曰風;二曰賦;三曰比;四曰興;五曰雅;六曰頌。"其中風、雅、頌是詩的分類,賦、比、興是詩的作法。"環深",周密深厚。"六義環深",言六義已齊全成熟。這四句說自商至周,雅、頌已經周備,四始已彪炳可觀,六義也已齊全成熟。按這正是詩經創作的時代。

⑨"子夏"四句:上句,"子夏",孔子弟子,名商。"監",鑑,明。"素",白色。"絢(xuàn)",彩色。"絢素之章",指詩經衞風碩人之第二章。論語八佾:"子夏問曰:'巧笑倩兮,美目盼兮,素以爲絢兮。何謂也?'子曰:'繪事後素。'(鄭注:"凡繪畫先布衆色,然後以素分布其間 以成其文。喻美女雖有倩盼美質,亦須禮以成之。")曰:'禮後乎?'子曰:'起予者商(子夏)也!始可與言詩已矣!'"下句,"子貢",孔子弟子,名賜。"琢磨之句",見詩經衞風淇澳。"切磋",加工骨、牙。"琢磨",加工玉石。論語學而:"子貢曰:'貧而無諂,富而無驕,何如?'子曰:'可也,未若貧而樂,富而好禮者也。'子貢曰:'詩云:如切如磋,如琢如磨。其斯之謂與?'子曰:'賜也,始可與言詩已矣!告諸往而知來者。'(言子貢能舉一反三)"這四句用孔子與子夏、子貢引用詩經和討論詩經的例子,說明詩經在當時的生活中的作用。子曰"不學詩,無以言"(論語季氏)也正是强調詩在士大夫日常交談中是必不可少的。

⑩"自王"六句:第一句,"王澤",先王的德澤。班固兩都賦序:"王澤竭而詩不作。""殄(tiǎn)",盡。第二句,"風人",詩人、採詩人。第三句,"觀志",漢書藝文志:"古者諸侯卿大夫交接鄰國,以微言相感,當揖讓之時,必稱詩以諭其志。蓋以別賢不肖而觀盛衰焉。"賦詩的人以詩"言志",聽詩的人則藉其所賦以"觀志"、"知志"。關于外交酬酢賦詩的情形,左傳有一段記載。左傳襄公二十七年:"鄭伯享(饗,宴)趙孟於垂隴,子展、伯有、子西、子產、子大叔、二子石從。趙孟曰:'七子從君以寵武(趙孟名)也,請皆賦以卒君貺(賜),武亦以觀七子之志。'"七子各賦詩,伯有賦鶉之賁賁,有譏刺鄭伯之意。卒享,文子告

叔向曰：“伯有將爲戮矣！詩以言志，志誣其上，而公怨之。以爲實榮。其能久乎？(他還能活得久嗎？)”朱自清說：“這裏賦詩的鄭國諸臣，除伯有外，都志在稱美趙孟，聯絡晉、鄭兩國的交誼。趙孟對於這些頌美，‘有的是謙而不敢受，有的是回敬幾句好話’。只伯有和鄭伯有怨，所賦的詩裏有云，‘人之無良，我以爲君！’是在藉機會罵鄭伯。所以范文子說他‘志誣其上而公怨之。’”(詩言志辨·賦詩言志)第六句，“吐納”，指賦詩聽詩。“身文”，自身之文飾。左傳僖公二十四年：“介之推曰，言，身之文也。”這六句說商、周以後，王澤盡竭，所以不再采詩。春秋之時雖常賦詩觀志，但都諷誦舊章。詩歌的作用也改變了，或者各國朝聘酬酢時賦詩以讚美賓客，或者賦詩以自我炫耀。范文瀾文心雕龍注：“春秋列國朝聘酬酢，必賦詩言志，然皆諷誦舊章，辭非己作，故彥和云然”。關於這種情況羅根澤有一段說明：“春秋士大夫的賦詩，是借以表達賦詩人自己的情意或對人的情意，並不是要體察作詩人的情意，更不是欣賞詩的文學之美。”(中國文學批評史一九五七年古典文學出版社出版第一冊第三七頁)朱自清說：“賦詩却往往斷章取義，隨心所欲，卽景生情，沒有定準。”(詩言志辨) 錄以備考。

⑪“逮楚”二句：說楚國政治昏庸，人多諷怨之言，於是屈原作離騷以斥責之。范文瀾引郝懿行曰：“案漢志以騷爲賦，此篇以騷爲詩，蓋賦者古詩之流，離騷者含詩人之性情，具賦家之體貌也。”

⑫“秦皇”二句：說秦始皇焚毀典籍，却也命人作仙眞人詩。史記秦始皇本紀：“三十六年，……使博士爲仙眞人詩。”此詩不傳。

⑬“漢初”四句：西漢韋孟有四言諷諫詩一首。見漢書韋賢傳。傳載韋孟“爲楚元王傅，傅子夷王及孫王戊，戊荒淫不遵道，孟作詩諷諫。”“繼軌周人”，繼續着周人的道路。

⑭“孝武”四句：第二句，范文瀾引古文苑卷八，漢武帝元封三年，作柏梁臺，詔羣臣二千石有能爲七言詩，乃得上坐(下引柏梁詩略)。“列

韻”，猶言聯句。柏梁詩每句押韻，一韻到底，所以說“列韻”。此即後世所謂柏梁體。沈德潛說：“此七言古權輿(始)，亦後人聯句之祖也。”(古詩源)第三句，“嚴”，漢賦家嚴忌。嚴忌本姓莊，後漢人避明帝諱，改爲嚴。“馬”，漢賦家司馬相如。“屬(zhú)辭”，猶言屬文，屬是連綴之意，此謂作詩。“方”，法度。這四句說漢武帝愛好文學，於柏梁臺上與羣臣聯句，而嚴、馬等人，對於作詩，却是不得其法的。

⑮“至成帝”六句：第一、二句，漢書藝文志總序：“成帝時以書頗散亡，使謁者陳農求遺書於天下。詔光祿大夫劉向校經傳、諸子、詩賦。……每一書已，向輒條其篇目，撮其旨意，錄而奏之。”漢書藝文志詩賦畧載“歌詩二十八家，三百一十四篇”。“品錄”，品評校錄。第三句，“朝章國采”，朝廷國家的文獻。“采”，文采，文章。第五句，“遺翰”，遺筆、遺作。這六句說成帝時品錄天下遺書，其中詩歌達三百餘篇，朝廷國家的重要典籍文章也算齊全了，但文人遺作中還不見有五言詩。范文瀾說：“彥和之意，似謂三百餘篇中不見著名文士作五言詩，非謂三百餘篇無一五言詩也。採自民間之歌謠，非辭人所作，而儘多五言，彥和殆未嘗疑之也。”“彥和謂辭人遺翰莫見五言，是士大夫所作，或三言、或四言、或雜言，惟採自民間之歌辭爲五言耳。”

⑯“所以”二句：“李陵”，漢成紀人，廣孫。武帝時拜騎都尉，自請將步騎五千，伐匈奴，矢盡而降。相傳有與蘇武詩，五言。“班婕妤”，漢成帝宮人，先得寵，後趙飛燕得寵，被譖，退侍太后於長信宮。相傳作怨歌行以自悼，此亦五言。這兩首詩，後人多疑爲僞託，顏延年庭誥：“逮李陵衆作，總雜不類，元是假託，非盡陵製。至其善篇，有足悲者。”(見太平御覽卷五八六引)此二句承上六句，說因漢書藝文志中不見文人有五言，所以李陵、班婕妤的五言詩被後人懷疑。劉勰對此僅存疑，沒有直接表示意見。

⑰“按召南”四句：詩經召南行露第二章：“誰謂雀無角，何以穿我屋？誰謂女無家，何以速我獄？雖速我獄，室家不足。”前半章(四句)爲五言。

孟子離婁篇有孺子歌："滄浪之水清兮，可以濯我纓。滄浪之水濁兮，可以濯我足。"全是五言。

⑱"暇豫"六句：第一句，"暇豫"，閑樂。"優"，優施。春秋時晉獻公之倡優。國語晉語二載優施飲里克(晉大夫)酒，中飲，優施起舞曰："暇豫之吾吾，不如鳥烏(韋昭注：吾吾，不敢自親之貌也。言里克欲爲閑樂事君之道，反不敢自親，吾吾然其智曾不若鳥烏也)，人皆集於菀(ㄩ，茂盛貌)，己獨集於枯。"第三句，漢書五行志載成帝時歌謠："邪徑敗良田，讒口亂善人；桂樹華不實，黃爵(雀)巢其顚；故爲人所羨，今爲人所憐。"這兩首詩都是五言。"閱"，經歷。這六句說優施唱"暇豫"之歌，遠見於春秋，"邪徑"這首童謠近出於漢成帝之世。所以從歷史的發展上加以考證，五言詩是由來已久了。

⑲"又古"六句：第二句，"枚叔"，枚乘字，西漢景帝時辭賦家。第四句，"傅毅"，東漢章帝時人。范文瀾引黃侃詩品講疏說："文心雕龍明詩篇曰：'又古詩佳麗，或稱枚叔，(徐陵玉臺新詠有枚乘詩八首，青青河畔草一，西北有高樓二，涉江采芙蓉三，庭中有奇樹四，迢迢牽牛星五，東城高且長六，明月何皎皎七，行行重行行八，此皆在十九首中。玉臺又有蘭若生春陽一首。亦云枚叔作。)其孤竹一篇則傅毅之辭。(傅毅字武仲，當明、章時。孤竹謂十九首中之冉冉孤生竹一篇也。)比采而推，兩漢之作乎？'(以枚叔爲西漢人，傅毅爲東漢人故。)""采"，文采。本書所謂"采"，指文學的形式技巧而言，詳見情采篇。"比采而推"，比較其文采而加以推論。"采"，一作"類"。

⑳"觀其"五句："其"，指古詩十九首。"散文"，猶言敷文、行文。"婉轉"，曲折細緻。"附"，接近。"怊悵"，愁怨貌。這五句說察看古詩十九首的結構行文，質朴而不俗野，描繪曲折細緻而又逼眞，悵恨的感情表現得很眞切，實在是五言詩中頭等的作品了。自"成帝"句至此，論述五言詩的起源。

㉑"至於"四句："張衡"，東漢作家。"怨篇"，李詳文心雕龍黃注補正：

"御覽(八三九卷)載衡怨詩曰:'秋蘭,嘉美人也。嘉而不獲用,故作是詩也。'其辭曰:'猗猗秋蘭,植彼中阿;有馥其芳,有黃其葩。雖曰幽深,厥美彌嘉;之子云遙,我勞如何?'""仙詩緩歌",不詳。這四句説至於漢代其他的作品,如東漢張衡的怨詩,清麗典雅,耐人尋味,仙詩緩歌也都典雅而有新聲。

㉒ "暨建安"六句:第二句,"騰踊",用馬騰躍之勢來形容五言詩的飛躍發展。第三句,"文帝",曹丕。"陳思",陳思王曹植。第四句,"縱轡騁節",以縱馬馳騁來形容曹丕、曹植運用五言詩的手法非常純熟。第五句,"王",指王粲。"徐",指徐幹。"應",指應瑒。"劉",指劉楨。皆屬"建安七子"。第六句,曹丕典論論文:"斯七子者,於學無所遺,於辭無所假,咸以自騁驥騄於千里,仰齊足而並馳。"這六句説到了建安初年,五言詩得到飛躍的發展,曹丕、曹植非常純熟地駕馭着這一新的詩歌形式,王粲等人在詩壇上猶如縱馬馳騁,各顯其能。

㉓ "並憐"四句:説文帝等人的詩歌內容,都是欣賞風月,描繪池苑,敍述君王或朋友的恩惠榮寵,敍述宴飲的盛況等等。

㉔ "慷慨"二句:説他們都能自由地、毫無拘束地施展其豪放的才氣。

㉕ "造懷"五句:大意是:不論是抒寫胸懷,或者是描敍具體的事物,都不追求纖細的技巧;驅遣文辭以描寫事物的形象,只求其盡清晰明確之能事。這是他們相同的地方。

㉖ "乃正始"四句:"正始",魏廢帝年號。"明道",言闡明道家哲學。此時玄風漸興,老、莊思想對文學影響很大,所以説"詩雜仙心"。"何晏",字平叔,今存詩二首。"率",大都。

㉗ "唯嵇"三句:"標",標舉,高出於衆。這三句説唯有嵇康詩的志趣清高峻切,阮籍詩意旨深遠,所以能高出衆人。

㉘ "若乃"四句:"若乃",至於。"應璩",字休璉。魏氏春秋:"齊王芳即位,曹爽輔政,多違法度。璩作百一詩以諷。"百一詩序説:"時謂爽曰:公今聞周公巍巍之稱,安知百慮有一失乎?""遺直",言其人直道

而行，有古人遺風。這四句說應璩百一詩在正始文學中是獨一無二的諷諫詩，敢於諷刺而不畏懼，文辭曲折而含義純正，可算是魏代的"遺直"了。

㉙"晉世"四句："輕綺"，輕浮綺麗。"張"，指張載、張協、張亢。"潘"，指潘岳、潘尼。"左"，指左思。"陸"，指陸機、陸雲。第四句，"比肩"，並肩。"詩衢"，詩歌的道路。這四句說西晉諸詩人漸漸走入輕綺浮華的道路，在這條道路上並肩走着張、潘、左、陸等人。

㉚"采縟"五句："采"，文采，此指形式、技巧。"縟"，繁盛的采飾。"力"，風力、風骨，指文學的深刻的思想、富有現實性的內容，以及由此產生的剛健有力的風格情調。本書風骨篇："捶字堅而難移，結響凝而不滯，此風骨之力也。若瘠義肥辭，繁雜失統，則無骨之徵也。思不環周，索莫乏氣，則無風之驗也。"這段話強調思想內容的重要，反對單純追求技巧，可與本文參照閱讀。建安風力很爲劉勰、鍾嶸所推崇。這五句說他們的詩歌的形式比正始時更華美，而風力却比建安時柔弱，或雕琢細碎的詞句以爲妙，或鋪陳浮靡的詞藻以爲美，這就是西晉詩歌大致的情形了。劉勰這段話很中肯。鍾嶸和他意見不同，詩品把張協、潘岳、左思、陸機都列爲上品，並認爲太康文學繼承了建安傳統："太康中，三張、二陸、兩潘、一左，勃爾復興，踵武前王，風流未沫，亦文章之中興也。"這種評價是偏高了。

㉛"江左"四句：第一句，"江左"，江東，長江下游今江蘇一帶。東晉建都建康(今南京)，故此指東晉。第二句，"溺"，沈沒。"玄風"，道家玄學的風氣。第三句，"徇務之志"，指儒家入世從政之志。"徇"，從。"務"，指政事。干寶晉紀總論："學者以莊、老爲宗，而黜六經。談者以虛薄爲辯，而賤名檢。當官者以望空爲高，而笑勤恪。"第四句："亡(wú，同無)機之談"，指老、莊抱朴守眞棄絕智巧之論。這四句說東晉作品沈沒在玄風之中，嗤笑儒家從政之志，而推崇並充滿了道家棄絕智巧之論。

㉜"袁、孫"六句:"袁",袁宏。"孫",孫綽。皆東晉玄言詩人。"趣",趨。"揆(guì)",道。孟子離婁篇:"先聖後聖,其揆一也。""景純",郭璞字,作遊仙詩十四篇。這六句說袁宏、孫綽以後的詩人,雖然各有其雕琢采飾的技巧,但文辭單調,是不能和袁、孫爭雄的,所以郭璞的遊仙詩就顯得突出挺拔而成爲佳篇了。

㉝"宋初"九句:第二句,"因革",沿革,沿襲變革。第五句,"儷(lì)",並、偶。第七句,"情",情性。此指作品的思想、內容、情感等等,與文采、修辭等表現技巧相對而言。這九句大意是說:宋初的詩歌,繼承着前代而又有所變革,莊、老哲理從詩裏消失了,而山水風景却正逐漸成爲詩的主要內容。講求冗長的對偶,在上百字的對偶句上比較文采;講求新巧的造句,在一個句子的新奇上爭奪聲價。描寫、抒情必求近似原貌,傾盡全力以追求新穎的文辭。這就是近世所競相追求的風氣。〔以上爲第二段。本段論述詩歌發展的過程、各時代的文學風貌以及重要作家作品。本段又可分爲六小段。第一小段自"人稟七情"至"其來久矣",追溯詩經以前的詩歌創作,認爲夏代詩歌已開始有了"順美匡惡"的作用。第二小段自"自商曁周"至"亦造仙詩",論述商、周間詩經的形成,春秋戰國時賦詩言志的情形,附帶提及離騷及秦時的詩歌創作。第三小段自"漢初四言"至"雅有新聲",論述兩漢詩歌,着重追溯了五言詩的起源,認爲五言起源於民歌。第四小段自"曁建安之初"至"此其所同也",論述建安時代五言詩的發展,以及曹植等人的創作。第五小段自"乃正始明道"至"挺拔而爲俊矣",論述魏晉文學,着重評價正始、太康文學,並論述東晉玄言詩的發展。第六小段自"宋初文詠"至"此近世之所競也",論述宋代山水詩的興起。〕

故鋪觀列代①,而情變之數可監;撮擧同異,而綱領之要可明矣。若夫四言正體②,則雅潤爲本;五言流調,則清麗居宗;華實異用,惟才所安。故平子得其雅③,叔夜含其潤,茂先凝其清,景陽振其麗。兼善則子建、仲宣④，偏美則太沖、公幹。然詩有恆裁⑤，思無定位，隨性適分，鮮能通圓。若妙識所難，其易也將至；忽之爲易，其難也方來。至於三六雜言⑥，則出自篇什；離合之發⑦，則明於圖讖；回文所興⑧，則道原爲始；聯句共韻⑨，則柏梁餘製。巨細或殊⑩，情理同致，總歸詩囿，故不繁云。

①"故鋪"四句：第二句，"情變之數"，詩中思想情感變化的規律。劉勰認爲文學的發展與時代有極密切的關係。本書時序篇："時運交移，質文代變，古今情理，如可言乎！"所以他說"鋪觀列代"則"情變之數可監"。"監"，鑑，明。第三句，"撮"，取。這四句承上，大意是：所以從古至今將各個時代的狀況察看一下，詩裏思想情感變化的規律就明晰了；取出其相同與不同之處加以研究，詩歌主要的發展綫索就清楚了。下面卽分述各種詩體。

②"若夫"六句："四言正體"，謂四言詩是各種詩體中最基本、最標準的一種。摯虞文章流別論："雅音之韻，四言爲正，其餘雖備曲折之體，而非音韻之正也"。"雅潤"，典雅而有文采。"潤"，飾。"流調"，變調，由四言演變而成之變音、變體。"惟才所安"，華麗樸實兩種不同的風格由作家的才華而定。這六句說四言五言各自的特點，以及華實兩種特點因人而有不同的情況。

③"故平子"四句："平子"，東漢張衡字。"叔夜"，晉嵇康字。"茂先，晉張華字。"景陽"，晉張協字。這四句承上四言以雅潤爲本，五言則清麗居宗，以及"華實異用，惟才所安"這兩層意思，舉出四個詩人分別加以印證、說明。

④"兼善"二句："兼善"，兼有雅潤清麗四種優點。"子建"，魏曹植字。"仲宣"，魏王粲字。"偏美"，具備某一種長處。"太沖"，晉左思字。"公幹"，魏劉楨字。

⑤"然詩"八句：大意是說，詩有固定的體裁形式，思想却不是固定不變

的。隨着情性內容的不同，詩的風格、技巧、形式也就有了不同，所以很少人能把二者和諧地統一起來。如果巧妙地認識到這種難處，作詩就容易了；如果忽視它而以爲很容易，困難就將來了。後四句本<u>國語晉語</u>："文公謂郭偃曰，始也吾以治國爲易，今也難。對曰，君以爲易，其難也將至矣；君以爲難，其易也將至矣。"<u>黄侃</u>說："此數句雖似膚廓，實則爲詩之道，已具於此。'隨性適分'四字，已將古今家數派別不同之故，包舉無遺矣。"（見<u>范文瀾文心雕龍注</u>所引）

⑥ "至於"二句：<u>摯虞文章流別論</u>："古之詩有三言、四言、五言、六言、七言、九言。古詩率以四言爲體，而時有一句二句雜在四言之間，後世演之，遂以爲篇。三言者，'振振鷺'、'鷺于飛' 之屬是也。五言者，'誰謂雀無角'之屬是也。六言者，'我姑酌彼金罍' 之屬是也。七言者，'交交黄鳥止于桑'之屬是也。九言者，'泂酌彼行潦挹彼注茲'之屬是也。"這二句說至於三言、六言及其他雜言詩，則是從<u>詩經</u>的篇章中發展出來的。"篇什"，詩章之稱。因<u>詩經雅、頌</u>十篇爲一什，故稱篇什。

⑦ "離合"二句："離合"，是一種詩體。<u>古文苑</u>載<u>孔融離合作郡姓名字詩</u>："漁父屈節，水潛匿方（'漁'字拆離爲'魚'和'水'，'水'，用於第二句第一字。留'魚'字）；與皆（時）進止，出行施張（'皆'字拆離爲'出'和'日'，'出'用於第二句第一字。'日'與'魚'合爲'魯'字）。……"用這樣離合的方法可以湊出他的郡、姓、名、字，即"<u>魯國孔融文舉</u>"。"發"，興起，這是一種近似文字遊戲的詩。"明"，萌。"圖"，河圖，即八卦。"讖"，符命之書。符命，古稱天降瑞應以爲人君受命之符曰符命。<u>黄叔琳</u>引<u>玉函輯佚書孝經右契</u>："<u>孔子</u>作<u>孝經</u>及<u>春秋河洛</u>成，告備於天，有赤虹下，化爲黄玉，長三尺。上刻文云：'寶文出，<u>劉季</u>握。卯金刀，在軫北，字禾子，天下服。'合卯金刀爲<u>劉</u>，禾子爲<u>季</u>也。"這二句言離合詩產生於圖讖。

⑧ "回文"二句："回文"，一種詩體，回環讀之皆成文。"道原"，不詳。<u>梅</u>

慶生劉子文心雕龍晉注："宋賀道慶作四言回文詩一首，計十二句，四十八言，從尾至首，讀亦成韻。而道原無可考，恐原爲慶字之誤。"黃叔琳說："舊注引賀道慶，然道慶四言回文之前已有璇璣圖詩，不可謂之始矣。唐武后璇璣圖序：'前秦苻堅時，扶風竇滔妻蘇氏名蕙字若蘭。滔鎭襄陽，絕蘇氏音問，蘇氏因織錦爲迴文，五彩相宣，縱廣八寸，題詩二百餘首，計八百餘言。縱橫反覆，皆爲文章。'又雜體詩序：'晉傅咸有迴文反覆詩二首，反覆其文以示憂心展轉也。'是又在竇妻前。"（文心雕龍輯注）

⑨"聯句"二句："聯句"，按同一韻每人各吟詩一句，聯綴而成詩篇。漢武帝召羣臣於柏梁臺，聯句成柏梁詩。這是聯句的起始。詳見本文前注。

⑩"巨細"四句：說上面所講的三六雜言、離合等等詩體，篇幅雖有大小的不同，但同是表達思想感情的，都可歸入詩歌的範圍，因此就不再贅敍了。"囿(yòu)"，有圍牆的園地。〔以上爲第三段，本段論述各種詩體的特點。〕

　　贊曰①：民生而志，詠歌所含。興發皇世，風流二南。神理共契，政序相參。英華彌縟，萬代永耽。

①"贊曰"八句："贊"，是一種文體，本書頌贊篇："贊者，明也，助也。……並颺言以明事，嗟歎以助辭也。"本書各篇篇尾皆有贊，用以概括全篇大意，或作簡短結論。"二南"，周南、召南，屬詩經國風。此以二南代稱詩經。"神理"，神明之道義。劉勰認爲文學原始於一種抽象的"道心"、"神理"，而又應該體現它、發揚它。"序"，古鄕學名。"政序"，猶言政教。"耽"，樂。這八句說，人生而有志，且要把心中所含之志吟詠歌唱出來，這樣就產生了詩。詩歌起源於三皇之世，發展爲詩經的傳統，與神理相合，與政教相參。這樣，詩歌日益精采完美，而將永遠被人欣賞、愛好。

〔附錄〕

(一)南史劉勰傳

　　劉勰字彥和，東莞莒人也。父尚，越騎校尉。勰早孤，篤志好學。家貧，不婚娶，依沙門僧祐居，遂博通經論，因區別部類，錄而序之，定林寺經藏，勰所定也。梁天監中，兼東宮通事舍人。時七廟饗薦，已用蔬果，而二郊農社，猶有犧牲。勰乃表言，二郊宜與七廟同改。詔付尚書議，依勰所陳。遷步兵校尉，兼舍人如故。深被昭明太子愛接。初勰撰文心雕龍五十篇，論古今文體，……既成，未爲時流所稱。勰欲取定於沈約，無由自達，乃負書候約於車前，狀若貨鬻者。約取讀，大重之，謂深得文理，常陳諸几案。勰爲文長於佛理，都下寺塔及名僧碑誌，必請勰製文。敕與慧震沙門，於定林寺撰經證。功畢，遂求出家，先燔鬚髮自誓，敕許之。乃變服，改名慧地云。

(二)文心雕龍序志篇

　　夫文心者，言爲文之用心也。昔涓子琴心，王孫巧心，心哉美矣，故用之焉。古來文章以雕縟成體，豈取騶奭之羣言雕龍也。夫宇宙緜邈，黎獻紛雜，拔萃出類，智術而已。歲月飄忽，性靈不居，騰聲飛實，製作而已。夫有肖貌天地，稟性五才；擬耳目於日月，方聲氣乎風雷；其超出萬物，亦已靈矣。形同草木之脆，名踰金石之堅，是以君子處世，樹德建言，豈好辯哉，不得已也。

　　予生七齡，乃夢彩雲若錦，則攀而採之。齒在踰立，則嘗夜夢執丹漆之禮器，隨仲尼而南行，旦而寤，乃怡然而喜。大哉聖人之難見也，乃小子之垂夢歟。自生人以來，未有如夫子者也。敷讚聖旨，莫若注經，而馬、鄭諸儒，弘之已精。就有深解，未足立家。唯文章之用，實經典枝條，五禮資之以成，六典因之致用，君臣所以炳煥，軍國所以昭明。詳其本源，莫非經典。而去聖久遠，文體解散，辭人愛奇，言貴浮詭，飾羽尙畫，文繡鞶帨，離本彌甚，將遂訛濫。蓋周書論辭，貴乎體要；尼父陳訓，惡乎異端。辭訓之異，宜體於要。於是搦筆和墨，乃始論文。

　　詳觀近代之論文者多矣。至於魏文述典，陳思序書，應瑒文論，陸機文賦，仲洽流別，弘範翰林；各照隅隙，鮮觀衢路。或臧否當時之才，或銓品前修之文，或汎舉雅俗之旨，或撮題篇章之意。魏典密而不周，陳書辯而無當，應論華而疏略，陸賦巧而碎亂，流別精而少巧，翰林淺而寡要。又君山、公幹之徒，吉甫、士龍之輩，汎議文意，往往間出，並未能振葉以尋根，觀瀾而溯源。不述先哲之誥，無益後生之慮。蓋文心之作也，本乎道，師乎聖，體乎經，酌乎緯，變乎騷；文之樞紐，亦云極矣。

　　若乃論文敍筆，則囿別區分，原始以表末，釋名以章義，選文以定篇，敷理以舉統。上篇以上，綱領明矣。至於割情析采，籠圈條貫，摛神性，圖風勢，苞會通，閱聲字；崇替於時序，褒貶於才略，怊悵於知音，耿介於程器，長懷序志，以馭羣篇。下篇以下，毛目顯矣。位理定名，彰乎大易之數，其爲文用，四十九篇而已。

　　夫銓序一文爲易，彌綸羣言爲難。雖復輕采毛髮，深極骨髓，或有曲意密源，似近而遠，辭所不載，亦不勝數矣。及其品列成文，有同乎舊談者，非雷同也，勢自不可異也；有異乎前論者，非苟異也，理自不可同也。同之與異，不屑古今，擘肌分理，唯務折衷。按轡文雅之場，環絡藻繪之府，亦幾乎備矣。但言不盡意，聖人所難；識在餅管，何能矩艧。茫茫往代，既沈予聞；眇眇來世，倘塵彼觀也。

贊曰：生也有涯，無涯惟智。逐物實難，憑性良易。傲岸泉石，咀嚼文義。文果載心，余心有寄！

三　鍾　嶸

鍾嶸(公元？——五五二)字仲偉，潁川長社(今河南長葛)人。齊永明中爲國子生，復任侍郎、參軍等職。到了梁代，作過晉安王的記室。他很好學，通周易，有較高的辭章修養。他的詩品，是我國古代著名的評論詩歌的專著。

詩 品 序①

氣之動物②，物之感人，故搖蕩性情，形諸舞詠。照燭三才③，煇麗萬有，靈祇待之以致饗，幽微藉之以昭告，動天地，感鬼神，莫近於詩。

①詩品專門評論五言詩作家作品，除無名氏古詩一組外，共論到自漢至梁作家一百二十二人。它反對聲病，主張自然和諧的音律；反對用典，主張"直尋"；反對玄風，提倡建安文學的創作精神，有不少好的意見。它將所論到的作家分爲上中下三品以別高下，由於當時文藝觀點的影響，因此，對不少作家的品級的評定(如將陶淵明列爲中品，陸機列爲上品，等等)是不正確的。它有意識地去闡述詩歌流派、前後作家的繼承關係，可見已有了文學發展的觀念，但由於不認識社會背景、現實生活對作家作品所具有的決定性的意義，因此許多分析都不免主觀片面、牽強附會。上中下三品分編三卷，每品前有序。今將三序合而爲一，只於注中標明哪幾段在哪一卷前。詩品之名，梁書本傳及唐、宋各志均作詩評。

②"氣之"四句：說氣候使景物發生變化，而景物又感動人，所以被激蕩起來的感情，就表現在舞蹈和歌詠中。文心雕龍物色："春秋代序，陰陽慘舒，物色之動，心亦搖焉。……四時之動物深矣。"意思與此相近，可參閱。當然，古人對於四季變化常賦予比自然現象本身更多的解釋（如陰陽之類），所謂"氣"的概念因此也不僅限於氣候，但是古人覺得通過氣候的變化最容易使人感到這個"氣"的存在。第四句，"形"，表現。"諸"，"之於"或"之乎"二字的合聲。

⑨"照燭"五句：第一句，"燭"，照。"三才"，謂天、地、人。第二句，"暉"，光。"麗"，附着。"萬有"，概舉宇宙間所有事物。第三句，"靈祇(qí)"，神靈，古代稱地神爲"祇"。"饗"，享，祭祀。這六句說照耀三才，輝映萬物，祭祀神靈，闡明幽深微妙之旨，感動天地鬼神，莫過於詩歌。〔以上是第一段，說明詩歌的產生及其作用。文中認爲外物感動人，產生感情，因而表現爲歌舞，這是對的，但神秘地誇大了詩歌的作用卻是錯誤的。〕

　　昔南風之辭①，卿雲之頌，厥義夐矣。夏歌曰："鬱陶乎予心。"②楚謠曰："名余曰正則。"③雖詩體未全④，然是五言之濫觴也。

　　逮漢李陵⑤，始著五言之目矣。古詩眇邈⑥，人世難詳，推其文體，固是炎漢之製，非衰周之倡也。

　　自王、揚、枚、馬之徒⑦，詞賦競爽，而吟詠靡聞。從李都尉迄班婕妤⑧，將百年間，有婦人焉，一人而已。詩人之風，頓已缺喪。東京二百載中⑨，惟有班固詠史，質木無文。

　　降及建安⑩，曹公父子，篤好斯文。平原兄弟，鬱爲文棟。劉楨、王粲⑪，爲其羽翼。次有攀龍託鳳⑫，自致於屬車者，蓋將百計。彬彬之盛⑬，大備於時矣。

爾後陵遲衰微㉔,迄於有晉。太康⑮中,三張⑯、二陸⑰,兩潘⑱、一左⑲,勃爾復興⑳,踵武前王,風流未沫,亦文章之中興也。

永嘉㉑時,貴黃、老㉒,稍尚虛談㉓。于時篇什㉔,理過其辭,淡乎寡味。爰及江表㉕,微波㉖尚傳,孫綽、許詢、桓、庾諸公詩㉗,皆平典似道德論,建安風力盡矣。

先是郭景純用儁上之才㉘,變創其體。劉越石仗清剛之氣,贊成厥美。然彼衆我寡,未能動俗。

逮義熙㉙中,謝益壽斐然繼作。元嘉中㉚,有謝靈運,才高詞盛,富豔難蹤,固已含跨劉、郭,陵轢潘、左。

故知陳思㉛為建安之傑,公幹、仲宣㉜為輔。陸機為太康之英,安仁、景陽㉝為輔。謝客㉞為元嘉之雄,顏延年㉟為輔。斯皆五言之冠冕㊱,文詞之命世也。

①"昔南風"三句:第一句,"南風",歌名,相傳為虞舜作。禮記樂記:"昔者舜作五弦之琴以歌南風。"其辭云:"南風之薰兮,可以解吾民之慍兮。南風之時兮,可以阜吾民之財兮。"崔述以為是後人擬作(見其唐虞考信錄)。第二句,"卿雲",歌名。尚書大傳虞夏傳:"維十有五祀,卿雲(瑞氣)聚,俊乂集,百工相和而歌卿雲,帝乃倡之曰:'卿雲爛兮,糺縵縵兮。日月光華,且復旦兮。'"第三句,"厥",其。"敻(xuàn)",長、久、遠。這三句說從前的南風歌、卿雲歌,其意義是深長的。

②"夏歌"句:見尚書五子之歌。

③"楚謠"句:見楚辭離騷。

④"雖詩"二句:"濫觴",謂開始。郭璞江賦:"惟岷山之導江,初發源乎濫觴。"李善注引王肅說:"觴,所以盛酒者,言其微也。"李周翰說:"謂初發源,小如一盞。"這二句說夏歌、楚謠(指離騷)其詩體雖不全是五言,但上述二句已是五言的開端。

⑤"逮漢"二句：李陵，漢成紀人。李廣孫。武帝時拜騎都尉，自請率步騎五千伐匈奴，以少擊衆，遇敵力戰，矢盡而降。陵有與蘇武詩三首。鍾嶸認爲五言詩始創於此三首，但當時已有人懷疑。劉勰說："至成帝品錄，三百餘篇，朝章國采，亦云周備，而辭人遺翰，莫見五言，所以李陵、班婕妤見疑於後代也。"（見文心雕龍明詩）後蘇軾則認爲是"齊、梁間小兒所擬作"（見答劉沔書）。"著"，立。"目"，項目。"始著五言之目"，謂開始創立五言詩這一種體裁。

⑥"古詩"五句：第一句，"古詩"，文選於古詩中采錄十九首，題爲古詩十九首，不著作者姓氏。文心雕龍明詩說："古詩佳麗，或稱枚叔，其孤竹一篇，則傅毅之詞，比采而推，兩漢之作乎！"玉臺新詠取西北有高樓等八首，加上蘭若生春陽一首，題爲枚乘所作。沈德潛說："古詩十九首，不必一人之辭，一時之作。……而西京古詩，皆在其下。"（見說詩晬語）近人大都認爲是東漢末無名氏所作。"眇邈"，久遠。第二句，"人世"，謂古詩的作者與創作年代。第四句，"炎漢"，古代有水、火、木、金、土五行相生相剋的說法。據說漢代以火德興旺，故稱炎漢。第五句，"衰周"，謂周末。"倡"，同"唱"。這五句說古詩年代久遠，作者與創作年代很難詳細知道，從體裁推斷，必是漢代而非周末的作品。

⑦"自王"三句："王、揚、枚、馬"，指王褒、揚雄、枚乘、司馬相如。他們都是漢代著名的詞賦家。"爽"，高邁不羣。"靡"，沒有。這三句說漢代王、揚、枚、馬等人皆以詞賦著稱，沒聽說有詩歌傳世。

⑧"從李"四句："李都尉"，指李陵，見前注。"班婕妤"，漢成帝時女官，選入後宮.始爲少使，後得寵，爲婕妤（漢女官名）。後因趙飛燕進讒失寵，退居東宮，作怨歌行（五言）以自悼。論語泰伯："武王曰：'予有亂（治的意思。或說"亂"本作"乿"，古"治"字）臣十人。'孔子曰：'才難，不其然乎？唐、虞之際於斯爲盛，有婦人焉，九人而已。'"意思說治臣難得，武王之世號爲人才頗盛，除了一位婦人，只不過九人而已。這四句襲用了論語歎"才難"的語氣，歎詩風的缺喪，說從李陵到班婕妤，

約百年間,除了一個女作家,就只有李陵一人而已:

⑨"東京"三句:"東京",西漢都長安,東漢都洛陽,世因稱洛陽爲東京,長安爲西京。此以"東京"指東漢。班固有五言詠史詩一首,議論縷縈救父之事,枯燥而無文采,所以說"質木無文"。

⑩"降及"五句:第一句,"建安",漢獻帝年號,公元一九六到二二○年,共二十五年。第二句,"曹公父子",指曹操、曹丕、曹植。第三句,"篤",深厚。"斯文",原指禮樂法度教化之迹,後世用以稱儒者、文士。第四句,"平原",指曹植。曹植於建安十六年封平原侯。"平原兄弟",指曹植與其兄曹丕。許文雨說:"(六朝)用偶句而實一事,厥例頗多。今人不省,强分曹公父子指操、丕,平原兄弟指植、彪。不知白馬與陳思贈答,有'以莚扣鐘'之誚,何能並稱文棟乎?本書嘗稱魏文足以對揚厥弟,雕龍明詩篇則謂'文帝、陳思,縱轡以騁節'。才略篇又謂'文帝以位尊減才,思王以勢窘益價',由於俗情抑揚。然則文棟自係譽丕、植,不得以後世行文之法,刻舟而求也。"(見文論講疏) 第五句,"鬱",盛貌。這五句意謂到了建安時代,曹操父子很愛好文士,成爲文壇領袖。

⑪"劉楨"二句:說劉楨、王粲是曹氏父子左右輔佐之人。

⑫"次有"三句:"攀龍託鳳",舊以龍鳳喻君主,謂從之以建立功業。"屬車",侍從之車,亦稱副車。這三句說較次一等的人物,攀附曹氏父子,作他們部屬的更多,將以百數計算。

⑬"彬彬"二句:"彬彬",論語雍也:"文質彬彬,然後君子。"包注:"彬彬,文質相半之貌。"這裏以"彬彬"指文學。這二句意謂建安時文學大盛。

⑭"爾後"二句:"陵遲",義同"陵夷",逐漸下降消失的意思。漢書成帝紀:"帝王之道,日以陵夷。"顏師古注:"言其頹替若丘陵之漸平也。又曰陵遲,亦言如丘陵之逶遲稍卑下也。"這二句說建安以後文學逐漸衰微,這種頹勢到晉代才停止。

⑮太康：晉武帝年號，公元二八○到二八九年，共十年。

⑯三張：舊謂張載與其弟張協、張亢。鄭振鐸、劉大杰以張華代張亢，理由是張亢並未列入詩品（見插圖本中國文學史、中國文學發展史）。

⑰二陸：指陸機、陸雲兄弟。

⑱兩潘：指潘岳與其姪潘尼。

⑲一左：指左思。

⑳“勃爾”四句：“勃”，盛貌。“踵”，追。“武”，踪跡、步武。“踵武前王”，用離騷“及前王之踵武”成語。原意謂思追踪古之先王使國家大治，此借謂繼續前人的文學事業。“沬”，微晤。此連上幾句，意謂太康時張載等作家繼續了前代的成就，使文學得以中興。

㉑永嘉：晉懷帝年號，公元三○七到三一三年，共七年。

㉒黃、老：謂黃帝、老子。古代以黃、老爲道家之祖，因用來稱道家。

㉓虛談：談玄。

㉔篇什：詩經中的雅、頌十篇爲什，後因以“篇什”泛稱詩篇。

㉕江表：謂江之外（就中原而言），指長江以南之地，此指東晉。

㉖微波：指玄言餘波。

㉗“孫綽”三句：孫、許等皆東晉玄言詩人。“桓、庾”，或謂桓溫、庾亮。“道德論”，著者很多，非止一篇。世說新語文學篇注引晉諸公贊說：“自魏太常夏侯玄、步兵校尉阮籍等，皆著道德論。”文學篇又說：“何平叔（晏）注老子始成，詣王輔嗣（弼），見王注精奇，乃神伏曰．若斯人，可與論天人之際矣。因以所注爲道德二論。”可知道德論是闡發老、莊哲理的論著。“建安風力”，或稱“建安風骨”，當指建安文學慷慨悲涼的情調和富於現實性的內容。黃侃說：“風趣卽風氣，或稱風氣，或稱風力，或稱體氣，或稱風辭，或稱意氣，皆同一義。”（見文心雕龍體性札記）這三句說東晉孫、許諸人的詩都像玄學論文，喪失了建安文學的特色。

㉘“先是”六句：第一句，“郭景純”，郭璞，字景純。“僑”，本作“俊”。第

三句，"劉越石"，劉琨，字越石。郭璞的游仙詩，劉琨的扶風歌、重贈盧諶等皆西晉末東晉初的作品，與玄言詩是不同的。這六句說郭璞、劉琨已開始在改變玄言詩體，只是敵不過寫玄言詩的人多，對當時影響不大。

㉙"逮義熙"二句："義熙"，東晉安帝年號，公元四〇五到四一八年，共十四年。"謝益壽"，謝混，字叔源，小字益壽。謝混開始寫山水詩。宋書謝靈運傳論說："叔源大變太元之體。"南齊書文學傳論："仲文玄氣，猶未盡除；謝混清新，得名未盛。""斐(fěi)然"，文彩貌。這二句說義熙中謝混繼起創作，很有文彩。

㉚"元嘉"六句：第一句，"元嘉"，宋文帝年號，公元四二四到四五三年，共三十年。第五句，"含"，包容。"劉、郭"，指劉琨、郭璞。第六句，"陵轢"，猶壓倒。"陵"一作"凌"。"潘、左"，指潘岳、左思。這六句說元嘉中謝靈運的文學成就很高，超過劉、郭諸人。

㉛陳思：曹植封陳王，卒謚思，後稱陳思王。

㉜公幹、仲宣：前爲劉楨字，後爲王粲字。

㉝安仁、景陽：前爲潘岳字，後爲張協字。

㉞謝客：謝靈運小名。詩品謝靈運條："靈運生於會稽。旬日，而謝玄(靈運祖父)亡。其家以子孫難得，送靈運於杜治養之。十五方還都，故名客兒。"

㉟顏延年：顏延之字延年。

㊱"斯皆"二句："冠冕"，喻蓋過一切，指一類中的首要人物。"命世"，名高一世。此連上數句先將建安以來各時期的詩人分別主次，然後說他們都是五言詩人的代表、著名的文學家。〔以上是第二段，探討五言詩的發生、發展及其不同流派的演變，並簡要地評價各時期的主要五言詩人。〕

　　夫四言①，文約意廣，取效風、騷，便可多得；每苦文繁而意少，故世罕習焉。五言居文詞之要②，是衆作之有滋味者也，故云會於流俗。豈不以指事造形③，窮情寫物，最爲詳切者邪？

故詩有三義焉④：一曰興，二曰比，三曰賦。文已盡而意有餘，興也。因物喩志，比也。直書其事，寓言寫物，賦也。宏斯三義⑤，酌而用之，幹之以風力，潤之以丹彩，使味之者無極，聞之者動心，是詩之至也。

若專用比興⑥，患在意深，意深則詞躓。若但用賦體⑦，患在意浮，意浮則文散，嬉成流移，文無止泊，有蕪漫之累矣。

若乃春風春鳥，秋月秋蟬，夏雲暑雨，冬月祁寒⑧，斯四候之感諸詩者也⑨。嘉會寄詩以親⑩，離羣託詩以怨。至於楚臣去境⑪，漢妾辭宮⑫；或骨橫朔野，或魂逐飛蓬；或負戈外戍，殺氣雄邊；塞客衣單，孀閨淚盡；或士有解佩出朝⑬，一去忘返；女有揚蛾入寵⑭，再盼傾國。凡斯種種⑮，感蕩心靈，非陳詩何以展其義，非長歌何以騁其情？故曰：“詩可以羣⑯，可以怨。”使窮賤易安⑰，幽居靡悶，莫尙於詩矣。

故詞人作者⑱，罔不愛好。今之士俗⑲，斯風熾矣。纔能勝衣⑳，甫就小學，必甘心而馳騖焉。於是庸音雜體㉑，人各爲容。至使膏腴子弟㉒，恥文不逮，終朝點綴，分夜呻吟。獨觀謂爲警策㉓，衆覩終淪平鈍。次有輕薄之徒㉔，笑曹、劉爲古拙，謂鮑照羲皇上人，謝朓今古獨步。而師鮑照㉕，終不及“日中市朝滿”；學謝朓㉖　劣得“黃鳥度青枝”。徒自棄於高聽㉗，無涉於文流矣。

①“夫四”六句：說四言詩體文辭簡約而含意廣泛，學習國風、離騷，便可獲得很多；但每每苦於文辭繁多而寫出來的意思較少，所以近世很少有人嫻熟四言。

②“五言”三句：說五言在詩歌中很重要，是衆詩體中最有味道的一種，

所以很適合於世人的口味。"云",語助辭,無義。"會",合。

③"豈不"三句:承上文意,說世人愛好五言,是因爲用它來抒情寫景最細緻貼切。

④"故詩"十一句:解釋興、比、賦這三種不同的詩歌作法。

⑤"宏斯"七句:說興、比、賦三義的作用很大,作詩時斟酌運用三義,以風力作骨幹,加以文采的潤色,使人玩味到它的詩意則覺得餘味無窮,聽到它的吟諷則心中深受感動,這是詩的最高造詣。

⑥"若專"三句:"躓(zhì)",凡事不順利皆曰躓。"辭躓",文辭不順暢。這三句說作詩若專用比興,則必然產生意思深奧、文辭生硬的毛病。

⑦"若但"六句:說作詩若只用賦體,則意思膚淺,文辭鬆散,輕浮油滑而無所歸依,必然產生蕪雜散漫的毛病。

⑧祁寒:嚴寒。"祁",盛、大。

⑨"斯四"句:此連上幾句,意思是說四季氣侯、景物的變化對詩歌有影響。

⑩"嘉會"二句:"嘉會",賓主宴會。這二句說歡聚的詩親熱,別離的詩哀怨。

⑪"楚臣"句:指屈原被讒放逐事。史記太史公自序:"屈原放逐著離騷。"

⑫"漢妾"句:指漢元帝宮人王嬙和親匈奴事。

⑬"又士"二句:沈約八詠詩解佩去朝市:"去朝市,朝市深歸暮,辭北綬而南徂,浮東川而西顧。"與此二句意同,謂朝士掛冠歸隱。

⑭"女有"二句:"蛾",蛾眉,本作"娥眉"。娥,好。漢武帝李夫人因其兄李延年歌:"北方有佳人,絕世而獨立。一顧傾人城,再顧傾人國。寧不知傾城與傾國,佳人難再得。"而得以入宮得寵。此指其事。

⑮"凡斯"四句:說上述放逐,和親種種情事很感動人,這些思想感情非用詩歌不足以表達。

⑯"詩可"二句:語出論語陽貨篇,意謂詩歌可以表達友愛,也可以表達

怨恨。

⑰“使窮”三句：說若要使窮途貧賤的人得以心安，隱居者沒有煩悶，就沒有比“陳詩”、“長歌”更好的了。

⑱“故詞”二句：詞人，猶言詩人。這二句說文學家沒有不愛好詩歌的。

⑲“今之”二句：“熾”，盛。這二句說在當時一般讀書人中作詩之風很盛行。

⑳“纔能”三句：“勝衣”，謂兒童稍微長大，身體能承受得住衣服。“甫”，剛，纔。“小學”，古人八歲入小學。漢書食貨志，“八歲入小學，學六甲五方書計之事。”“馳騖”，謂奔走。這三句說當時一般人很小就一心爲寫作詩歌而努力。

㉑”於是”二句：說由於寫得很濫，就出現了各式各樣平庸的詩歌和雜亂的體制。

㉒“至使”四句：“膏腴(yú)”，土地肥沃。此借喻富裕。“膏腴子弟”，富家子弟。“分夜”，半夜，謂夜晝自此而分。這三句說富家子弟恥於自己的詩歌達不到水平，就整天寫作，整夜苦吟。

㉓“獨觀”二句：“警策”，謂文章中生動處。詳見前陸機文賦注。這二句說這些作品，作者獨自看看以爲很不錯，但衆人一看，就覺得平庸魯純。

㉔“次有”四句：“羲皇上人”，指上古時代的人。“羲皇”，傳說中的上古帝王伏羲氏。陳延傑詩品注說：“此蓋譏鮑詩之古質也。”許文雨文論講疏說：“今觀此語，尤見齊、梁士俗，尊鮑之甚矣。”按此處與下文皆鮑、謝並舉，下文又說明他們都是當時所推崇、取法的人物，可見“羲皇上人”是借喻鮑照在詩壇上的崇高地位而非譏諷語。許說是。這四句說，更次的是，當時有些輕薄的人，嘲笑曹植、劉楨的詩歌古樸笨拙，而說鮑照和謝朓的成就超越古今。

㉕“而師”二句：說學習鮑照，終於趕不上他“日中市朝滿”(代結客少年

場行)這樣的詩句。

㉖"學謝朓"二句："劣"，暑，接近。"黃鳥度青枝"，見虞炎玉階怨。這二
　句說學謝朓而學不到他的好處，勉強得到"黃鳥度青枝"這樣的句
　子。

㉗"徒自"二句："高聽"，指高尚的文學趣味。這二句說上述這些人，白
　白地拋棄了高尚的文學趣味，在文學上是未入流的。〔以上是第三段，
　前述五言詩的優點、詩歌的作法和作用，後評齊、梁詩歌創作中的不
　良傾向。〕

　　觀王公縉紳之士①，每博論之餘，何嘗不以詩爲口實。隨其嗜
慾②，商榷不同，淄、澠並泛，朱紫相奪，喧議競起，準的無依。近
彭城劉士章③，俊賞之士，疾其淆亂，欲爲當世詩品，口陳標榜。
其文未遂④，感而作焉。

　　昔九品論人⑤，七略裁士，校以賓實，誠多未値。至若詩之
爲技⑥，較爾可知，以類推之，殆均博弈。方今皇帝⑦，資生知之
上才，體沈鬱之幽思，文麗日月，賞究天人，昔在貴遊⑧，已爲稱
首。況八紘旣奄⑨，風靡雲蒸，抱玉者聯肩，握珠者踵武。固已瞰
漢、魏而不顧⑩，呑晉、宋於胸中，諒非農歌轅議，敢致流別。嶸
之今錄⑪，庶周旋於閭里，均之於談笑耳。

①"觀王"三句："縉"，赤色；或作"搢"，插。"縉紳"，謂作官的人。古代
　作官的人插笏於紳帶間，故稱。"口實"，猶俗言話柄。這三句說當時
　上層人士在廣博的談論之餘也談論詩歌。

②"隨其"六句：第三句，"淄、澠(mǐn)"，二水名，都在山東；二水味異，合
　則難辨，古謂齊易牙能辨之。第六句，"準的"，猶言標準。這六句說
　他們談論詩歌時，隨着各自的愛好，意見也各有不同，或混淆不清，或
　相持不下，議論紛紛，沒有可依傍的標準。

③"近彭城"五句：第一句，"彭城"，郡名，故治即今江蘇銅山縣。"劉士章"，齊中庶子劉繪，字士章，彭城人。詩品列為下品。第五句，"標榜"，謂相表揚。這五句說劉繪是一位傑出的文學欣賞家，他不滿於上述這種混亂情況，想品評當代詩歌，有所標榜。

④"其文"二句：說劉繪的著作沒有完成，鍾嶸有感於此而作詩品。

⑤"昔九"四句：第一句，"九品論人"，指班固漢書古今人表品人物為九等。第二句，"七略裁士"，漢書藝文志："成帝時，詔劉向校經傳諸子詩賦，向條其篇目，撮其指意，錄而奏之。會向卒，向子歆總羣書，而奏其七略；故有輯略、六藝略、諸子略、詩賦略、兵書略、術數略、方技略。"其書久佚，為我國最早的書目。此指分七類評論作家。第三句，"賓實"，猶言名實。莊子逍遙遊："名者，實之賓也。"這四句說從前班固、劉向對人物的品評，若從名、實兩方面加以考校，確有許多不恰當的地方。

⑥"至若"四句："較"，明貌。"博"，古代的一種棋戲。"弈 (yì)"，古代稱圍棋為弈。這四句說至於詩歌也是一種技藝，這是顯而易知的，以類推之，幾乎和棋戲相同。

⑦"方今"五句：第一句，"方今皇帝"，謂梁武帝蕭衍。第二句，"資"，天賦。"生知"，謂不學習天生就知道。第三句，"體"，體察。"沈"，深沈。"鬱"，蘊積，"幽"，深。"沈鬱之幽思"，謂深幽的文思。第五句，"賞究天人"，謂賞析精深廣博，能窮究天理人情。這五句是恭維梁武帝有天才，能深思，文學成就輝煌，賞析精深廣博。

⑧"昔在"二句：齊竟陵王開西邸，招延文學之士。梁武帝(蕭衍)，與沈約、謝朓、王融、蕭琛、范雲、任昉、陸倕遊，號"竟陵八友"。"貴遊"即指此。這二句說梁武帝與文士交游時已是詩壇領袖。

⑨"況八"四句：第一句，"八紘 (hóng)"，猶言八方。"奄"，覆、大有餘。"八紘既奄"，謂已統治天下。第二句，"風"、"雲"，易乾："雲從龍，風從虎，聖人作而萬物覩。"意謂同類相感，後因以風雲喻際遇。"靡"、

"燕"，這裏用來形容風雲之盛。"風靡雲蒸"，謂有許多人出來佐助君王。這裏是說梁武帝愛好文學，當時湧現出許多文士。第三、四句，"抱玉者"、"握珠者"，皆指有才學的人。曹植與楊德祖書："人人自謂握靈蛇之珠，家家自謂抱荆山之玉。"珠、玉喻才學。"踵"，追。"武"，踪跡、步武(半步曰武)。"聯肩"、"踵武"，極言人多。這四句說梁武帝作了皇帝後，湧現出許多有才學的作家。

⑩"固已"四句："諒"，信、誠。"農歌轅議"，即農人的歌謠、趕車人的議論。這是作者自謙之辭。這四句說當代詩人的成就已超過漢、魏、晉、宋，這確非我這粗淺的著作所敢於區分其派別而加以品酹的。作者是反對齊、梁詩風的，這只是敷衍當世的客套話。

⑪"嶸之"三句："庶"，近。"周旋"，打交道。"閭里"，謂民間。這三句說我這著作只不過流傳於民間，相等於一般談笑而已。〔以上是第四段，先述寫作詩品的動機和目的，最後恭維幾句梁武帝和當代詩歌，並致謙辭。上四段序於卷上。〕

一品之中①，略以世代爲先後，不以優劣爲詮次。又其人既往②，其文克定，今所寓言，不錄存者。

夫屬詞比事③，乃爲通談。若乃經國文符④，應資博古；撰德駁奏⑤，宜窮往烈。至乎吟詠情性⑥，亦何貴於用事。"思君如流水"，⑦既是即目⑧。"高臺多悲風"⑨，亦唯所見。"清晨登隴首"⑩，羌無故實⑪。"明月照積雪"⑫，詎⑬出經史？觀古今勝語，多非補假⑭，皆由直尋⑮。

顏延、謝莊⑯，尤爲繁密，於時化之。故大明、泰始中⑰，文章殆同書抄。近任昉、王元長等⑱，辭不貴奇，競須新事。爾來作者⑲，浸以成俗。遂乃句無虛語⑳，語無虛字，拘攣補衲，蠹文已甚。但自然英旨㉑，罕値其人。詞既失高㉒，則宜加事義。雖謝天才，且表學問，亦一理乎！

　　陸機文賦，通而無貶。李充翰林㉓，疏而不切。王微鴻寶㉔，密而無裁。顔延論文㉕，精而難曉。摯虞文志㉖，詳而博贍㉗，頗曰知言。觀斯數家，皆就談文體，而不顯優劣。至於謝客集詩㉘，逢詩輒取。張隲文士㉙，逢文即書。諸英志錄，並義在文，曾無品第。

　　蠑今所錄㉚，止乎五言。雖然㉛，夫網羅今古，詞文殆集，輕欲辨彰淸濁，掎摭利病，凡百二十人。預此宗流者㉜，便稱才子。至斯三品升降㉝，差非定制，方申變裁，請寄知者爾。

①“一品”三句：“詮”，具，解釋。“詮次”，按次序解說。這三句說一品之中，大致按作家時代爲先後，而不按其優劣排比。

②“又其”四句：“克”，成。這四句說過去的作家，其文已成定論，這裏所評的，不錄現在還活着的人。

③“夫屬”二句：“屬”，綴輯。“屬詞”，謂作文。“比”，比輯，也是綴輯的意思。“比事”，猶用事，引用典故。“通談”，猶言老生常談。這二句說作文用典故，這已是經常爲人所談論的題目。

④“若乃”二句：“符”，用竹木、金玉作成，書文字於其上，剖而爲二，各存其一，以爲徵信。“經國文符”，謂有關國家大事的文書。“資”，用。“博古”，謂博通古事。這二句說有關國家大事的文書應該用許多典故。

⑤“撰德”二句：“撰德”，謂記敍德行的文章。“駁”，這裏指駁議，駁正錯誤意見的議論。“奏”和駁議都是臣屬上給皇帝的不同體裁的書疏。獨斷：“凡羣臣上書於天子者有四名：一曰章，二曰奏，三曰表，四曰駁議。”“烈”，功業。這二句說記敍德行的文章和駁議表奏等，宜於儘量引用古人的業績。

⑥“至乎”二句：說至於抒情的詩歌，卻不以用典故取貴。

⑦"思君"句：徐幹雜詩中的句子。

⑧即目：寫眼前所見。

⑨"高臺"句：曹植雜詩的起句。

⑩"清晨"句：許文雨說："案吳均答柳惲首句云：‘清晨發隴西’，沈約有所思起句云：‘西征登隴首’，仲偉殆誤合二句爲一句耶？"（見文論講疏）此句出處未詳，或其詩久已失傳，許說不足信。

⑪"羌無"句："羌"，發語辭。"故實"，猶言掌故。

⑫"明月"句：謝靈運歲暮中的句子。

⑬詎：豈、何。

⑭補假：謂借用、補綴典故。

⑮直尋：直接描寫感受。這十一句說像"思君如流水"等古今佳句，都不用典故，而是直接描寫所見所感。

⑯"顏延"三句：說顏延之、謝莊（皆宋人）好用典故，篇章繁密，對當時的文風有影響。

⑰"故大明"二句："大明"，宋孝武帝年號，公元四五七到四六四年，共八年。"泰始"，宋明帝年號，公元四六五到四七一年，共七年。這二句說由於受到顏、謝用典繁密的影響，所以大明、泰始時期的文學創作幾乎同書抄（詞章典故的輯錄，如唐代的北堂書鈔、後來的辭彙之類）一樣。

⑱"近任昉"三句："任昉"，梁人。"元長"，王融字。王融，齊人。這三句說近人任昉、王融不強調表現的突出，而爭着用新穎的典故。

⑲"爾來"二句："爾"，通"邇"，近。"寖"，同"浸"，漸進。這二句說近來作者，競用新穎典故，已逐漸成爲習俗。

⑳"遂乃"四句："拘攣"，猶拘束。"蠹（dǔ）"，壞、病害。這四句說由於競用典故，於是每字每句都有出處，礙手礙腳，到處補綴，對文學創作的毒害很大。

㉑"但自"二句："英"、"旨"，都是精美的意思。"值"，遇見。這二句說詩

歌寫得自然精美的人卻很少見。

㉒"詞旣"五句：是諷刺語，說文詞旣欠高明，則宜加添掌故義理，雖顯得沒有天才，卻能表現學問，這也是用典的一個理由吧！

㉓翰林：晉李充著翰林論五十四卷。嚴可均全晉文只輯數條，餘亡佚。

㉔鴻寶：隋書經籍志雜家載鴻寶十卷，書今不傳。

㉕顏延論文：許文雨說："延之庭誥，亦有論文之語。其論律呂音調（卽憲子），曾見誚于王融，下文載之。其論言筆之分，復爲劉勰所詆，具詳文心雕龍總術篇。"

㉖文志：隋書經籍志史部載文章志四卷，摯虞撰。書今不傳。

㉗博贍：廣博豐富。"贍（shàn）"，富足、豐富。"陸機"十四句分別評論各家文論，以爲都只談文體，不評價作家作品的優劣。

㉘謝客集詩："謝客"，謂謝靈運，詳見前注。隋書經籍志總集載謝靈運詩英九卷，或此所指。

㉙文士：隋書經籍志史部載文士傳五十卷，張隱撰。"隱"、"隲"形近，或有誤。"至於"七句說謝靈運等人所編的詩集或文集，其用意都在於蒐輯作品，也不加品評。

㉚"嶸今"二句：說詩品只採錄五言詩加以評論。

㉛"雖然"六句：第四句，"輕欲"，意猶大膽地想要。"辨彰"，辨明、辨別。第五句，"掎摭（jǐ zhí）"，摘取。這六句說雖然只採錄五言，卻也費了不小氣力，將古今作品差不多搜羅齊備，共選出一百二十家（實一百二十二家，此舉其成數），打算大膽地對他們加以品評，辨明其清濁，指摘其利弊。

㉜"預此"二句："預"，加入到裏面去。這二句說凡列入詩品所論各詩歌流派中的人，便可稱爲才子。

㉝"至斯"四句："制"、"裁"，都是裁判、論斷的意思。"方"，將。"申"，再。"請寄"，猶言請託。這四句說至於這些作家三品高下的劃分，則不是確定不移的論斷，還將再作品評，這就有待於知音者了。〔以上

是第五段，首先說明一品之中的作家，不按優劣，而按時代先後的次序排列，並說明不評論在世的作家；其次舉例說明好詩都是直接描寫所見所感，極力反對用典；最後表示不滿於諸家文論、詩文輯錄的缺乏評論，並說明詩品要分三品評論古今許多五言詩人。此段序於卷中。〕

　　昔曹、劉殆文章之聖，陸、謝爲體貳①之才，銳精研思，千百年中，而不聞宮商②之辨，四聲③之論。或謂前達偶然不見④，豈其然乎？

　　嘗試言之⑤，古曰詩頌⑥，皆被之金竹，故非調五音，無以諧會。若“置酒高堂上”⑦、“明月照高樓”⑧，爲韻之首。故三祖之詞⑨，文或不工，而韻入歌唱。此重音韻之義也⑩，與世之言宮商異矣。今既不被管絃⑪，亦何取於聲律耶？

　　齊有王元長者，嘗謂余云：“宮商與二儀⑫俱生，自古詞人不知之，惟顏憲子⑬乃云‘律呂音調’⑭，而其實大謬。唯見范曄、謝莊頗識之耳。常欲進知音論，未就。”王元長創其首⑮，謝朓、沈約揚其波。三賢或貴公子孫⑯，幼有文辯，於是士流景慕，務爲精密，襞積細微，專相凌架。故使文多拘忌⑰，傷其眞美。余謂文製本須諷讀，不可蹇礙，但令清濁通流，口吻調利，斯爲足矣。至平上去入，則余病未能，蜂腰鶴膝⑱，閭里已具。

　　陳思贈弟⑲，仲宣七哀⑳，公幹思友㉑，阮籍詠懷㉒，子卿“雙鳧”㉓，叔夜“雙鸞”㉔，茂先寒夕㉕，平叔衣單㉖，安仁倦暑㉗，景陽苦雨㉘，靈運鄴中㉙，士衡擬古㉚，越石感亂㉛，景純詠仙㉜，王微風月㉝，謝客山泉㉞，叔源離宴㉟，鮑照戍邊㊱，太沖詠史㊲，顏延入洛㊳，陶公詠貧之製㊴，惠連擣衣之作㊵，斯皆五言之警策者也㊶。所謂篇章之珠澤㊷，文采之鄧林。

①體貳："體"，謂肢體(四肢亦叫四體)。"貳"，副。"體貳"，猶前言"羽翼"，謂輔佐、副助。

②宮商：古代分五音：宮、商、角、徵、羽。

③四聲：謂古代漢語字音的四種聲調：平、上、去、入。南齊永明末年，文詞講究聲調，周顒善識聲韻，始著四聲切韻，以爲規律，梁沈約繼之，作四聲譜，今皆不傳。"昔曹"六句說從前曹植、劉楨、陸機、謝靈運這些有成就的詩人，精心鑽研，千百年來，沒聽見他們說過作詩要辨五音分四聲的話。

④"或謂"二句：承上言，說或者有人說這只是這些前代賢達偶然沒有發現這些規律，難道眞是這樣嗎？

⑤"嘗試"句："嘗"也是試的意思。這句說且對此試作說明。

⑥"古曰"四句："被"，覆、加。"金竹"，金屬與竹作成的樂器，泛指音樂。這四句說古代凡稱爲詩、頌的，都要配上音樂，所以非調好五音不能使歌辭與曲調和諧合一。

⑦"置酒"句：阮瑀雜詩中的句子。

⑧"明月"句：曹植七哀詩中的句子。"若置"三句說像"置酒高堂上"、"明月照高樓"，音韻就最好。

⑨"故三"三句："三祖"，魏武帝操，太祖；文帝丕，高祖；明帝叡，烈祖。這三句說曹操、曹丕、曹叡的詩，文辭或有不工，而聲音可以入樂歌唱。

⑩"此重"二句：說這就是古代重視音韻的意義，這和近世講究宮商是有所不同的。

⑪"今旣"二句："管絃"，謂管樂和絃樂。這二句說現在的詩已不入樂，還要聲律何用？

⑫二儀：謂天地。

⑬顏憲子：顏延之謐曰憲子，見宋書本傳。

⑭律呂音調："律呂"，古代用來校正樂律的儀器。傳黃帝時伶倫截竹為筒，以筒之長短，分別聲音之清濁、高下，樂器之音，即依以為準則，分陰陽各六，陽為律，陰為呂，合稱十二律。這句的意思大概是說有了律呂才有音調。"齊有"九句說，王融曾對我說五音從開天闢地以來就有的，古代詩人卻不知道，只有顏延之說過有了律呂才有音調的話，其實這話是錯誤的；范曄、謝莊比較懂得聲律。王融自己曾想進奏知音論，但沒有成功。

⑮"王元長"二句：說王融等提倡四聲八病。南史陸厥傳說："永明末，盛為文章。吳興沈約、陳郡謝朓、琅邪王融，以氣類相推轂。汝南周顒，善識聲韻，為文皆用宮商，以平、上、去、入為四聲，且以之制韻，有平上頭、尾、蜂腰、鶴膝。五字之中，音韻悉異，兩句之內，角徵不同，不可增減。世呼為'永明體'。"

⑯"三賢"六句：第五句，"襞（bì）積"，裙上的褶。此借喻詩歌音韻、格律上的花樣。第六句，"凌架"，猶云誇越而上。這六句說王、謝、沈三人的社會地位高，而且自幼就有文才，於是許多人仰慕他們，學習他們，作詩力求音韻精密、格律細微，並為此競相超越。

⑰"故使"二句：說由於過於講究聲律，所以使詩歌受到許多限制，傷害它的本來之美。

⑱"蜂腰"二句："蜂腰、鶴膝"，詩格。"沈約云：'詩有八病，謂平頭、上尾、蜂腰、鶴膝、大韻、小韻、旁紐、正紐。'……蜂腰者，謂第二字與第五字同聲，兩頭大，中心細，似蜂腰也。鶴膝者，謂第五字與第十五字同聲，以兩頭細，中間粗，如鶴膝也。"黃侃文心雕龍聲律札記說："記室云：'蜂腰鶴膝，閭里已具。'蓋謂雖尋常歌謠，亦自然不犯之，可無嚴設科禁也。"此連上七句，表明作者對於聲律的看法，說詩歌創作本須吟誦，音調不能拗口，然而只要流利和諧就足夠了；至於四聲，自己則苦於不能識別，而蜂腰、鶴膝，在民間歌謠中本來就是有的，因此沒有講究的必要。

⑲陳思贈弟：曹植有贈白馬王彪詩。

⑳仲宣七哀：王粲有七哀詩。

㉑公幹思友：指劉楨的贈徐幹這一類作品。

㉒阮籍詠懷：阮籍有詠懷八十二首。

㉓子卿雙鳬：子卿，蘇武的字。蘇武於漢武帝時奉命出使匈奴，被扣留在北海上，牧羊十九年，終不屈服，後於昭帝時歸漢。古文苑載蘇武別李陵詩，有云：“雙鳬俱北飛，一鳬獨南翔。”

㉔叔夜雙鸞：嵇康贈秀才入軍第十九首起句云：“雙鸞匿景曜”。

㉕茂先寒夕：許文雨說：“‘寒夕’自係其詩所用之字，必非櫽栝詩句之意者。此詩殆已佚去，或卽以(張華)雜詩‘繁霜降當夕’當之，恐誤。”

㉖平叔衣單：今傳何晏詩僅兩首，皆無“衣單”之句，想已佚失。

㉗安仁倦暑：潘岳悼亡其二有“凓暑隨節闌”之句，又在懷縣作有“隆暑方赫曦”之句。

㉘景陽苦雨：張協雜詩其十有云：“階下伏泉涌，堂上水衣生。洪潦浩方割，人懷昏墊情。”，“苦雨”當指此詩。

㉙靈運鄴中：謝靈運有擬魏太子鄴中集詩八首。

㉚士衡擬古：陸機有擬古詩十二首。

㉛越石感亂：劉琨的重贈盧諶、扶風歌就是這一類作品。

㉜景純詠仙：郭璞有游仙詩十四首。

㉝王微風月：王微今只傳雜詩一首，無言風月者。許文雨說：“案江文通雜體詩有王徵君微養疾一首，中云：‘清陰往來遠，月華散前墀。’寫風月也。原詩自有此。”

㉞謝客山泉：謝靈運開山水詩派，他的山水詩很多，故以“山泉”槪其詩。

㉟叔源離宴：今謝混只傳游西池一首，非寫離宴。許文雨說：“丁刊全晉詩卷七，載送二王在領軍府集詩，題下有夾注云：‘此詩見宋版初學記卷十八，作謝琨。又劣版末二句作謝琨。’案此詩末二句云：‘樂酒輟今辰，離端起來日。’此離宴卽指此詩。”

㊱鮑照戍邊：鮑照的代出自薊北門行等就是詠戍邊的作品。

㊲太沖詠史：左思有詠史詩八首。

㊳顏延入洛：顏延之有北使洛詩。

㊴陶公詠貧之製：陶淵明的乞食、詠貧士等都是詠貧的作品。

㊵惠連擣衣之作：謝惠連有擣衣詩。

㊶"斯皆"句：說上述曹植贈白馬王彪等篇都是五言詩中的佳作。

㊷"所謂"二句："珠澤"，謂有珍珠的水澤。許文雨說："'鄧林'，見海外北經。畢沅云：'桃林卽鄧林也。鄧桃音相近。'案中山經云：'桃林廣員三百里，'是其地之大可知。借以喩文彩總萃之處也。"這二句是稱讚上述這些作品的話。〔以上是末段，先論古人不辨聲律，咏歌入樂，但求音韻和諧；次述聲病說的發生發展及其流弊，並主張自然流暢的音律；末列舉歷代優秀篇章。此段序於卷下。〕

〔附錄〕

（一）南史鍾嶸傳

　　鍾嶸字仲偉，潁川長社人，晉侍中雅七世孫也。父蹈，齊中軍參軍。嶸與兄岏、弟嶼並好學，有思理。嶸，齊永明中爲國子生，明周易。衞將軍王儉領祭酒，頗賞接之。建武初爲南康王侍郎。時齊明帝躬親細務，綱目亦密。於是郡縣及六署九府，常行職事，莫不爭自啓聞，取決詔敕；文武勳舊，皆不歸選部。於是憑勢互相通進，人君之務，相爲繁密。嶸乃上書言："古者明君揆才頒政，量能授職，三公坐而論道，九卿作而成務，天子可恭己南面而已。"書奏，上不懌，謂太中大夫顧暠曰："鍾嶸何人，敢斷朕機務！卿識之不？"答曰："嶸雖位末名卑，而斯言或有可採。且繁碎職事各有司存，今人主總而親之，是人主愈勞而人臣愈逸，所謂代庖人宰而爲大匠斲也。"上不顧而他言。永元末，除司徒行參軍。梁天監初，制度雖革，而未能盡改前弊，嶸上言……。敕付尙書行之。

　　衡陽王元簡出守會稽，引爲寧朔記室，專掌文翰。時居士何胤築室若邪山，山發洪水，漂拔樹石，此室獨存。元簡命嶸作瑞室頌，以旌表之，辭甚典麗。遷西中郞晉安王記室。嶸嘗求譽於沈約，約拒之。及約卒，嶸品古今詩爲評，言其優劣云："觀休文衆製，五言最優。齊永明中，相王愛文，王元長等皆宗附約，于時謝朓未遒，江淹才盡，范雲名級又微，故稱獨步。故當辭密于范，意淺于江。"蓋追宿憾，以此報約也。頃之，卒官。

(二)關於鍾嶸詩品的評價

　　章學誠曰：詩品之於論詩，視文心雕龍之於論文，皆專門名家勒爲成書之初祖也。文心體大而慮周，詩品思深而意遠，蓋文心籠罩羣言，而詩品深從六藝溯流別也。（如云某人之詩，其源出於某家之類，最爲有本之學，其法出於劉向父子。——原注，下同。）論詩論文而知溯流別，則可以探源經籍，而進窺天地之純，古人之大體矣。此意非後世詩話家流所能喩也。（鍾氏所推流別，亦有不甚可曉處。蓋古書多亡，難以取證。但已能窺見大意，實非論詩家所及。）（文史通義詩話）

四　沈　約

　　沈約(公元四四一——五一三)字休文,吳興武康(今浙江武康縣)人。歷仕宋、齊、梁三代,是齊、梁文壇的領袖。他和謝朓等人所開創的"永明體",是比較自由的古體詩走向格律嚴整的近體詩的一個重要的過渡階段。他提出了詩歌創作的"四聲八病"說,他自己的詩歌也非常注重聲律、對仗,但是內容狹隘平庸,走入了形式主義的歧途。著作有宋書、四聲譜等,詩文有沈隱侯集輯本二卷。

夜　夜　曲①

河漢縱且橫②,北斗橫復直。星漢空如此③,寧知心有憶?孤燈曖④不明,寒機曉猶織。零⑤淚向誰道,雞鳴徒歎息。

①夜夜曲,樂府詩集收入雜曲歌辭。樂府詩集:"夜夜曲,梁沈約所作也。樂府解題曰:'夜夜曲,傷獨處也。'"這首詩寫思婦懷念情人徹夜不眠的愁恨。

②"河漢"二句:"河漢",即銀河。"北斗",北斗七星。這二句用銀河、北斗方位的變化來顯示時間的流逝。

③"星漢"二句:說銀河只會掉轉它的方位,它哪裏了解我心中有所懷念呢?

④曖:昏暗貌。

⑤零:落。

別范安成[1]

生平少年日[2]，分手易前期。及爾同衰暮[3]，非復別離時。勿言一樽酒[4]，明日難重持。夢中不識路[5]，何以慰相思？

[1] 范安成，卽范岫，字懋賓。梁書范岫傳載他與沈約俱爲蔡興宗所禮遇。又云：“(齊)文惠太子之在東宮，沈約之徒以文才見引，岫亦預焉。”范岫在齊代曾爲安成內史，故稱范安成。這是一首贈別詩，寫暮年離別的悲傷。

[2] “生平”二句：說從前年輕時分別，預期再會不難。“前期”，謂離別時預定的再會之期。“易前期”，把再會看得很容易。

[3] “及爾”二句：說我和你如今都已衰老，老年是不宜於再分離了。意思是說再見面就困難了。“別離時”，也可能指從前少年分手的時候。

[4] “勿言”二句：大意是不要說這一杯餞別的酒太微薄，今後恐怕連這樣一杯酒也難以共飲了。

[5] “夢中”二句：韓非子載戰國時張敏與高惠友善，敏想念高惠，於夢中往尋，中途迷路而回。這二句用此典，謂別後在夢中也難以尋見，相思之情用什麼來安慰呢？

傷　謝　朓[1]

吏部信才傑[2]，文峰振奇響。調與金石諧[3]，思逐風雲上[4]。豈言陵霜質[5]，忽隨人事往。尺璧爾何冤[6]，一旦同丘壤。

[1] 沈約有懷舊詩九首，此其二，是傷悼齊代詩人謝朓的。詩中稱讚他的人品才學，並爲他的死抱屈。南齊書謝朓傳載：始安王遙光謀篡，謝朓不肯附和。遙光大怒，誣陷謝朓，朓下獄死，年三十六。

②"吏部"二句："吏部"，指謝朓，他曾爲尙書吏部郞。"文峰"，猶言文壇。
　"峰"，一作"鋒"。這二句說謝朓確實才能傑出，在文壇上獨具一格，成
　就很高。

③"調與"句："金石"，指鐘磬之類。這句說謝朓的詩歌音調鏗鏘協律。

④"思逐"句：說他的才思高超。謝朓傳："朓善草隸，長五言詩。沈約常
　云：'二百年來無此詩也。'"可見沈約是很推崇他的。

⑤"豈言"二句：說哪裏想得到這樣一個不畏嚴霜的品質堅貞的人，忽然
　遭世事而死去。

⑥"尺璧"二句："尺璧"，徑尺之璧，此指謝朓。這二句大意是說像尺璧
　一樣潔白可貴的你，死得是多麼冤枉。

石塘瀨聽猿①

噭噭②夜猿鳴，溶溶③晨霧合。不知聲遠近，惟見山重沓④。既
歡東嶺唱⑤，復佇西巖答。

①這是一首寫景小詩，或疑詩有殘缺。

②噭噭(jiào)：猿悲叫聲。

③溶溶：水氣盛貌。

④重沓：重疊。

⑤"既歡"二句：說聽到東嶺的猿聲已很喜歡，又站立多時佇聽西巖猿的
　和鳴。

〔附錄〕

(一)梁書沈約傳（節錄）

沈約字休文，吳興武康人也。祖林子，宋征虜將軍。父璞，

淮南太守。璞，元嘉末被誅。約幼潛竄，會赦免。旣而流寓孤貧，篤志好學，晝夜不倦。母恐其以勞生疾，常遣滅油滅火。而晝之所讀，夜輒誦之。遂博通羣籍，能屬文。起家奉朝請。濟陽蔡興宗聞其才而善之。興宗爲郢州刺史，引爲安西外兵參軍兼記室。興宗嘗謂其諸子曰：“沈記室人倫師表，宜善事之。”及爲荊州，又爲征西記室參軍，帶厥西令。興宗卒，始爲安西晉安王法曹參軍，轉外兵，並兼記室。入爲尙書度支郎。齊初，爲征虜記室，帶襄陽令。所奉之王，齊文惠太子也。太子入居東宮，爲步兵校尉管書記，直永壽省，校四部圖書。時東宮多士，約特被親遇。每直入見，景斜方出。當時王侯到宮，或不得進，約每以爲言。太子曰：“吾生平懶起，是卿所悉，得卿談論，然後忘寢，卿欲我夙興，可梜早入。”遷太子家令，後以本官兼著作郎，遷中書郎，本邑中正，司徒右長史，黃門侍郎。時竟陵王亦招士，約與蘭陵蕭琛、琅邪王融、陳郡謝朓、南鄉范雲、樂安任昉等皆遊焉，當世號爲得人。俄兼尙書左丞，尋爲御史中丞，轉車騎長史。隆昌元年，除吏部郎，出爲寧朔將軍，東陽太守。明帝卽位，進號輔國將軍，徵爲五兵尙書，遷國子祭酒。明帝崩，政歸冢宰，尙書令徐孝嗣使約撰定遺詔，遷左衞將軍，尋加通直散騎常侍。永元二年，以母老表求解職。改冠軍將軍，司徒左長史，征虜將軍，南清河太守。

　　高祖在西邸，與約遊舊。建康城平，引爲驃騎司馬，將軍如故。時高祖勳業旣就，天人允屬，約嘗扣其端，高祖默而不應。佗日又進曰：“今與古異，不可以淳風期萬物，士大夫攀龍附鳳者，皆望有尺寸之功，以保其福祿。今童兒牧豎悉知齊祚已終，莫不云明公其人也。天文人事，表革運之徵，永元以來，尤爲彰著。讖云：‘行中水，作天子。’此又歷然在記。天心不可違，人情不可失，苟是歷數所至，雖欲謙光，亦不可得已。”高祖曰：“吾方思之。”對曰：“公初杖兵樊河，此時應思；今王業已就，何所復思？昔武王伐紂始，人民便曰‘吾君武王’，不違民意，亦無所思。公自至京邑，已移氣序，比於周武，遲速不同。若不早定大業，稽天人之望，脫有一人立異，便損威德。且人非金玉，時事難保，豈可以建安之封，遺之子孫。若天子還都，公卿在位，則君臣分定，無復異心。君明於上，臣忠於下，豈復有人，方更同公作賊。”高祖然之。約出，高祖召范雲告之，雲對略同約旨。高祖曰：“智者乃爾暗同，卿明早將休文更來。”雲出語約，約曰：“卿必待我。”雲許諾。而約先期入，高祖命草其事，約乃出懷中詔書並諸選置高祖，初無所改。俄而雲自外來至殿門，不得入，徘徊壽光閣外，但云“咄咄”。約出，問曰：“何以見處？”約舉手向左，雲笑曰：“不乖所望。”有頃，高祖召范雲，謂曰：“生平與沈休文羣居，不覺有異人處，今日才智縱橫，可謂明識。”雲曰：“公今知約，不異約今知公。”高祖曰：“我起兵於今三年矣，功臣諸將實有其勞，然成帝業者，乃卿二人也。”

梁臺建，爲散騎常侍、吏部尙書兼右僕射。高祖受禪，爲尙書僕射，封建昌縣侯，邑千戶，常侍如故。又拜約母謝爲建昌國太夫人。奉策之日，左僕射范雲等二十餘人咸來致拜，朝野以爲榮。俄遷尙書左僕射，常侍如故。尋兼領軍，加侍中。天監二年，遭母憂，輿駕親出臨弔。以約年衰，不宜致毀，遣中書舍人斷客節哭。起爲鎭軍將軍丹陽尹，置佐史。服闋，遷侍中右光祿大夫，領太子詹事，揚州大中正。奏尙書八條事，遷尙書令，侍中、詹事、中正如故。累表陳讓，改授尙書左僕射，領中書令，前將軍，置佐史、侍中如故。尋遷尙書令，領太子少傅。九年，轉左光祿大夫，侍中、少傅如故，給鼓吹一部。初，約久處端揆，有志台司，論者咸謂爲宜，而帝終不用，乃求外出，又不見許。與徐勉素善，遂以書陳情於勉……。勉爲言於高祖，請三司之儀，弗許，但加鼓吹而已。約性不飲酒，少嗜欲，雖時遇隆重而居處儉素，立宅東田，矚望郊阜，嘗爲郊居賦，……尋加特進光祿，侍中、少傅如故。十二年卒官，年七十三。詔贈本官，賻錢五萬，布百疋，諡曰“隱”。

　　約左目重瞳子，腰有紫志．聰明過人。好墳籍，聚書至二萬卷，京師莫比。少時孤貧，丏於崇黨，得米數百斛，爲宗人所侮，覆米而去；及貴，不以爲憾，用爲郡部。傳嘗侍讌，有妓師是齊文惠宮人。帝問識座中客不，曰：“惟識沈家令。”約伏座流涕，帝亦悲焉，爲之罷酒。約歷仕三代，該悉舊章，博物洽聞，當世取則。謝玄暉善爲詩，任彥昇工於文章，約兼而有之，然不能過也。自負高才，昧於榮利，乘時藉勢，頗累清談。及居端揆，稍弘止足，每進一官，輒殷勤請退，而終不能去，論者方之山濤。用事十餘年，未嘗有所荐達。政之得失，唯唯而已。初，高祖有憾於張稷，及稷卒，因與約言之。約曰：“尙書左僕射出作邊州刺史，已往之事，何足復論？”帝以爲婚家相爲，大怒曰：“卿言如此，是忠臣邪？”乃輦歸內殿。約懼，不覺高祖起，猶坐如初。及還，未至床而憑空頓於戶下，因病夢齊和帝以劍斷其舌。召巫視之，巫言如夢。乃呼道士奏赤章於天，稱禪代之事不由己出。高祖遣上省醫徐奘視約疾，還，具以狀聞。先此約嘗侍讌，值豫州獻栗，徑寸半，帝奇之，問曰：“栗事多少？”與約各疏所憶少帝三事，出謂人曰：“此公護前不讓，卽羞死。”帝以其言不遜，欲抵其罪。徐勉固諫乃止。及聞赤章事，大怒，中使譴責者數焉。約懼，遂卒。有司謚曰“文”，帝曰：“懷情不盡曰‘隱’。”故改爲“隱”云。

　　所著晉書百一十卷，宋書百卷，齊紀二十卷，高祖紀十四卷，邇言十卷，謚例十卷，宋文章志三十卷，文集一百卷，皆行於世。又撰四聲譜，以爲在昔詞人，累千載而不寤，而獨得胸衿，窮其妙旨，自謂入神之作。高祖雅不好焉。帝問周捨曰：“何謂四聲？”捨曰：“天子聖哲是也。”然帝竟不遵用。

(二)沈約其他作品選錄

宋書謝靈運傳論

　　民稟天地之靈，含五常之德，剛柔迭用，喜慍分情。夫志動於中，則歌詠外發，六義所因，四始攸繫。升降謳謠，紛披風什，雖虞、夏以前，遺文不覩，稟氣懷靈，理無或異；然則歌詠所興，宜自生民始也。

　　周室既衰，風流彌著。屈平、宋玉，導清源於前，賈誼、相如，振芳塵於後。英辭潤金石，高義薄雲天。自茲以降，情志愈廣。王褒、劉向、揚、班、崔、蔡之徒，異軌同奔，遞相師祖。雖清辭麗曲，時發乎篇，而蕪音累氣，固亦多矣。若夫平子豔發，文以情變，絕唱高蹤，久無嗣響。至於建安，曹氏基命，二祖陳王，咸蓄盛藻；甫乃以情緯文，以文被質。自漢至魏，四百餘年，辭人才子，文體三變。相如巧爲形似之言，班固長於情理之說，子建、仲

宣以氣質爲體，並標能擅美，獨映當時。是以一世之士，各相慕
習。原其飈流所始，莫不同祖風、騷。徒以賞好異情，故意製相
詭。

　　降及元康，潘、陸特秀，律異班、賈，體變曹、王。縟旨星稠，
繁文綺合，綴平臺之逸響，採南皮之高韻。遺風餘烈，事極江左。
有晉中興，玄風獨振，爲學窮於柱下，博物止乎七篇。馳騁文辭，
義單乎此。自建武暨乎義熙，歷載將百，雖綴響聯辭，波屬雲委，
莫不寄言上德，託意玄珠，遒麗之辭無聞焉爾。仲文始革孫、許
之風，叔源大變太元之氣。爰逮宋氏，顏、謝騰聲。靈運之興會
標舉，延年之體裁明密，並方軌前秀，垂範後昆。若夫敷袵論心，
商榷前藻，工拙之數，如有可言。

　　夫五色相宣，八音協暢，由乎玄黄律吕，各適物宜。欲使宮
羽相變，低昂互節，若前有浮聲，則後須切響；一簡之內，音韻盡
殊，兩句之中，輕重悉異。妙達此旨，始可言文。至於先士茂制，
諷高歷賞。子建“函京”之作，仲宣“霸岸”之篇，子荆“零雨”之
章，正長“朔風”之句，並直舉胸情，非傍詩史，正以音律調韻，取
高前式。自騷人以來，此祕未覩。至於高言妙句，音韻天成，皆
闇與理合，匪由思至。張、蔡、曹、王，曾無先覺，潘、陸、謝、顏，去
之彌遠。世之知音者有以得之，知此言之非謬。如曰不然，請待
來哲。

答陸厥書

　　宮商之聲有五，文字之別累萬。以累萬之繁，配五聲之約，
高下低昂，非思力所舉。又非止若斯而已也，十字之文，顛倒相

配,字不過十,巧厤已不能盡,何況復過於此者乎？靈均以來,未
經用之於懷抱,固無從得其髣髴矣。若斯之妙,而聖人不尚,何
邪？此蓋曲折聲韻之巧,無當於訓義,非聖哲立言之所急也。是
以子雲譬之雕蟲篆刻,云"壯夫不爲"。自古辭人,豈不知宮羽之
殊、商徵之變？雖知五音之異,而其中參差變動,所昧實多。故鄙
意所謂"此祕未覩"者也。以此而推,則知前世文士,便未悟此
處。若以文章之音韻,同弦管之聲曲,則美惡妍蚩,不得頓相乖
反。譬猶子野操曲,安得忽有闒緩失調之聲？以洛神比陳思他
賦,有似異手之作。故知天機啓則律呂自調,六情滯則音律頓舛
也。士衡雖云炳若縟錦,寧有濯色江波,其中復有一片是衞文之
服,此則陸生之言,即復不盡者矣。韻與不韻,復有精麤,輪扁不
能言,老夫亦不盡辨此。

(三)關於聲律說

南史陸厥傳：(永明)時盛爲文章,吳興沈約、陳郡謝朓、琅玡
王融以氣類相推轂。汝南周顒善識聲韻。約等文皆用宮商將平
上去入四聲。以此製韻,有平頭、上尾、蜂腰、鶴膝；五字之中,音
韻悉異,二句之內,角徵不同,不可增減,世呼爲"永明體"。

詩人玉屑詩病：

詩病有八(沈約——原註)

一曰"平頭"：第一、第二字不得與第六、第七字同聲。如："今
日良宴會,懽樂難具陳。""今"、"懽"皆平聲。

二曰"上尾"：第五字不得與第十字同聲。如："青青河畔草,

鬱鬱園中柳。""草"、"柳"皆上聲。

三曰"蜂腰"：第二字不得與第五字同聲。如："聞君愛我甘，竊欲自修飾。""君"、"甘"皆平聲，"欲"、"飾"皆入聲。

四曰"鶴膝"：第五字不得與第十五字同聲。如："客從遠方來，遺我一書札。上言長相思，下言久別離。""來"、"思"，皆平聲。

五曰"大韻"：如"聲"、"鳴"爲韻，上九字不得用"驚"、"傾"、"平"、"榮"字。

六曰"小韻"：除本一字外，九字中不得有兩字同韻，如"遙"、"條"不同。

七曰"旁紐"，八曰"正紐"：十字內兩字疊韻爲"正紐"，若不共一紐而有雙聲，爲"旁紐"。如"流"、"久"爲"正紐"，"流"、"柳"爲"旁紐"。

八種惟"上尾"、"鶴膝"最忌，餘病亦皆通。

（四）關於沈約的評價

鍾嶸曰：梁左光祿沈約。觀休文衆製，五言最優。詳其文體，察其餘論，固知憲章鮑明遠也。所以不閑于經綸，而長于清怨。永明相王愛文，王元長等皆宗附于約。于時謝朓未遒，江淹才盡，范雲名級又微，故約稱獨步。雖文不至其工麗，亦一時之選也。見重閭里，誦詠成音。嶸謂約所著旣多，今翦除淫雜，收其精要，允爲中品之第矣。故當詞密于范，意淺于江矣。（詩品中）

陳祚明曰：休文詩體，全宗康樂；以命意爲先，以煉氣爲主；辭隨意運，態以氣流，故華而不浮，雋而不靡。詩品以爲"憲章明

遠”，源流旣謬；獨謂工麗見長，品題並謬。要其擅勝，特在含毫
之先。命旨旣超，匠心獨造；渾淪跌宕，具以神行，句字之間，不
妨率直。所未逮康樂者，意雖遠而不曲，氣雖厚而不幽。意之不
曲，非意之咎，乃辭乏低徊也；氣之不幽，非氣之故，乃態未要眇
也。大抵多發天懷，取自然爲詣極；句或不琢，字或不謀，直致出
之，易流平弱。遠攀漢、魏，望塵之步欲前；近比康樂，具體而微
是已。夫辭雖乏於低徊，而運以意則必警；態雖未臻要眇，而落
於氣者必超。驟而詠之，飀飀可愛；細而味之，悠悠不窮。以其
薄響，校彼燕音；他人雖麗不華，休文雖淡有旨，故應高出時手，
卓然大家。三復之餘，慕思無已。（采菽堂古詩選卷二十三）

　　沈德潛曰：家令詩較之鮑、謝，性情聲色俱遜一格矣。然在
蕭、梁之代，亦推大家；以篇幅尙闊，詞氣尙厚，能存古詩一脈也。
爾時江屯騎、何水曹各自成家，可以鼎足。（古詩源卷十二）

五　江　淹

　　江淹(公元四四四——五〇五)字文通，濟陽考城(今河南蘭考縣)人。出身寒微，後來作過高官，封爲醴陵侯。他少年時以文章顯名，晚年才思減退，世謂"江郎才盡"。他的詩幽麗精工，抒情賦也有較高的藝術成就，但內容狹隘，思想性不強。今傳江醴陵集二卷。

別　賦①

　　黯然銷魂者②，唯別而已矣。況秦、吳兮絕國③，復燕、宋兮千里。或春苔兮始生④，乍秋風兮暫起⑤。是以行子腸斷，百感悽惻。風蕭蕭而異響，雲漫漫而奇色。舟凝滯於水濱⑥，車逶遲於山側，櫂容與而詎前，馬寒鳴而不息。掩金觴而誰御⑦，橫玉柱而霑軾。居人愁臥⑧，怳若有亡。日下壁而沈彩⑨，月上軒而飛光。見紅蘭之受露⑩，望青楸之離霜。巡層楹而空掩⑪，撫錦幕而虛涼。知離夢之躑躅⑫，意別魂之飛揚。

　　①本篇着意在描寫各種離情別緒，有一定藝術性，但無深刻意義，而且情調感傷。
　　②"黯然"二句："黯(àn)然"，失色貌，心神沮喪的樣子。"銷魂"，猶言喪魂。這二句總攝全篇，說使人喪神失魄的，莫過於別離了。
　　③"況秦"二句："秦、吳"，皆古國名。"絕國"，絕遠之國。秦地在今陝西

一帶，吳地在今江、浙一帶。一在西北，一在東南，所以説“絕國”。“燕、宋”亦古國名，燕在今河北一帶，宋在今河南一帶，相距也很遙遠。相隔愈遠，相見愈難，離愁也必愈深，所以這裏舉遠別離來説。

④“或春”二句：春來秋至，時物感人，更易牽引人的離愁別恨，所以這裏舉這兩個季節來説。以上六句提出離愁最苦，下面便分別從行子居人兩方面具體描寫別離之苦。

⑤“是以”四句：“行子”，出外旅行的人。“悽惻”，悲傷。“蕭蕭”，風聲，合有蕭瑟凄涼的意味。“漫漫”，無邊際貌。“異響”、“奇色”是從行子的感覺上寫。由於行子心懷離愁，於是感到風也異響，雲也變色了。這四句説，因此行子為別離而腸斷，百感俱集，十分悲傷，感到風雲也似乎異於平時了。

⑥“舟凝”四句：“凝滯”，猶言滯留。“逶(wěi)遲”，呂向説：“少留貌。”（見六臣注文選）“櫂(zhào)”，槳。“容與”，從容閑舒的樣子，這裏引伸為蕩漾不進之意。“詎”，豈。“不息”，不停。這四句寫舟車不進情狀，以表現行子將行時的惜別之情。

⑦“掩金”二句：“掩”，覆。“觴(shāng)”，酒杯。“御”，進。“橫”，橫持。這裏引伸為擱置之意。“柱”，琴瑟上用以繫弦之木。這裏以玉柱代指琴瑟等樂器。“軾(shì)”，車前橫木。“霑軾”，指淚流沾軾。這二句説，別情悽切，對金杯而不能飲，有琴瑟而不忍奏，灑淚而別。從“行子腸斷”至此，是從行子方面寫別情；以下則從居人方面寫別情。

⑧“居人”二句：“居人”，與行子相對，指留在家裏的人。“怳(huǎng)”，失意貌。“亡”，失。這二句説居人因離別而愁臥，怳然若有所失。

⑨“日下”二句：“軒”，樓板、檻板。這二句説太陽從屋後下去，隱沒了光彩，月亮升上樓頭，散發着光輝。點明是黃昏時候。日盡夜來，最牽惹離人愁緒。

⑩“見紅”二句：“紅蘭”李周翰説：“蘭至秋，色紅也。”（見六臣注文選）“楸(qiū)”，落葉喬木，幹高葉大，夏天開花，古人多植之於道旁。曹植

名都篇:"走馬長楸間。""離",罹,遭。這二句說見紅蘭綴着露,青楸蒙上霜。點明季節正是引人產生別恨的淸秋。

⑪"巡層"二句:"楹(yíng)",屋前柱。也用作計屋數的量辭;屋一列爲一楹。"錦",有彩色花紋的絲織品。"幕",帷帳。"空掩"、"虛涼",李善注:"掩,掩涕也。涼,悲涼也。"疑非是。"掩",當謂掩門。"涼",當謂帷帳無溫。這樣解,"空"和"虛"二字才有着落。由於行子已去,不居於室,所以居人有層楹空掩、錦幕虛涼的感覺。

⑫"知離"二句:"躑躅(zhí zhú)",行不進貌。"意",意度、料知。這二句緊承上文,寫居人由自己相思之深,而推想行子亦必"離夢躑躅不進,別魂飛揚不安"(劉良語)。〔以上是第一段,先槪述離愁之苦,然後從行子、居人兩方面再加以具體描寫。〕

故別雖一緒①,事乃萬族。至若龍馬銀鞍②,朱軒繡軸。帳飲東都③,送客金谷。琴羽張兮簫鼓陳④,燕、趙歌兮傷美人。珠與玉兮豔暮秋⑤,羅與綺兮嬌上春。驚駟馬之仰秣⑥,聳淵魚之赤鱗。造分手而銜涕⑦,咸寂寞而傷神。

①"故別"二句:說離別之情雖一,而離別之事却千差萬別。"一緒",同一種情緖。"族",類。這二句是總提一筆,下面就分別敍述各種各樣的離別。

②"至若"二句:"龍馬",周禮夏官廋人:"馬八尺以上爲龍。""銀鞍",銀製的鞍,言其華貴。"軒",車的通稱。"朱軒",貴者所乘之車。"繡",五彩俱備。"繡軸",亦謂車乘的華貴。這二句寫行者和送別者車騎的華貴。

③"帳飲"二句:"帳飲",張設帷帳於郊外餞別。"東都",東都門,長安城門名。漢書疏廣傳載,疏廣爲太子太傅,深受朝廷器重,年老乞歸,帝"加賜黃金二十斤,皇太子贈以五十斤。公卿大夫故人邑子設祖道供帳東都門外,送者車數百輛,辭決而去"。"金谷",地名,在洛陽西北,

因金水流經此谷而得名，亦名金谷澗。晉石崇曾於此造園，世稱金谷園。李善注引石崇金谷詩序：“余元康六年，從太僕卿出爲使持節青、徐諸軍事征虜將軍，有別廬在河內縣金谷澗中，時征西將軍祭酒王詡當還長安，余與衆賢共送澗中。”又晉書石苞傳載：“（崇）頃拜太僕，出爲征虜將軍，假節監徐州諸軍事，鎭下邳，崇有別館在河陽之金谷，一名梓澤，送者傾都，帳飲於此焉。”這二句用疏廣、石崇事喩富貴者之別。

④“琴羽”二句：“羽”，五音之一，其聲最細。“張”，琴瑟施絃，即“奏”的意思。“琴羽張兮”，猶言琴奏羽聲。“陳”，列。“燕”、“趙”，皆古國名，燕在今河北一帶，趙在今山西一帶。古詩有“燕趙多佳人，美者顏如玉”，所以古典詩文中稱美人常言燕、趙。這二句說餞別之時奏起音樂，美人和樂歌唱，十分悲傷。

⑤“珠與”二句：“暮秋”，秋季末一月。“上春”，也叫孟春，是陰曆正月春事將興之時。“珠”、“玉”、“羅”、“綺”，是指樂伎的穿戴裝飾。“暮秋”、“上春”，是互文。這二句說無論春秋樂伎都打扮得很華麗嬌豔。

⑥“驚駟”二句：“駟馬”，古時一乘車駕四匹馬，稱駟馬。“秣”，飼馬。“仰秣”，淮南子說山訓：“伯牙鼓琴，駟馬仰秣。”高誘注：“仰秣，仰頭吹吐，謂馬笑也。”按，馬吃草料時頭俯於槽，仰秣，即仰頭咀嚼之意。“鱗”，指魚。韓詩外傳：“淳于髡曰：昔者瓠巴鼓瑟而潛魚出聽；伯牙鼓琴而六馬仰秣。”這二句是用這個典故來形容音樂之美，說音樂是那樣動聽，以致使得馬也仰起頭，魚也跳出水面來欣賞它。

⑦“造分”二句：“造”，到。“銜涕”，含淚。這二句緊接上文，結束本段，說到了分手的時候，無不流淚傷情。〔以上是第二段，寫富貴者的別離。〕

乃有劍客慚恩①，少年報士，韓國趙廁，吳宮燕市，割慈忍愛，離邦去里。瀝泣共訣②，抆血相視，驅征馬而不顧，見行塵之

時起。方銜感於一劍③，非買價於泉裏。金石震而色變④，骨肉
悲而心死。

①"乃有"六句："劍客"，精通劍術的任俠之士。"慙恩"，慚愧於未能報答
　主人知遇之恩。"報士"，勇於報讎之士。"韓國"，指聶政刺殺韓相事。
　史記刺客列傳載，濮陽嚴仲子事韓哀侯，與韓相俠累有仇，逃亡至齊，
　用百金結交刺客聶政，聶政感其知遇，至韓而刺殺俠累。"趙廁"，指豫
　讓欲刺趙襄子事。史記刺客列傳載，豫讓事晉國智伯，很受尊寵。後來
　智伯爲趙襄子所滅，他"乃變姓名爲刑人，入宮塗廁"，挾匕首欲刺襄
　子。"吳宮"，指專諸刺殺吳王僚事。史記刺客列傳載，春秋時，吳國公
　子光欲殺王僚，遂設謀請王僚宴飲，刺客專諸藏匕首於炙好的魚腹
　中，送到席上，專諸擘魚，即以匕首刺死王僚。"燕市"，指荆軻刺秦王
　事。史記刺客列傳載，荆軻受燕太子丹的恩遇，丹命他赴秦刺秦王，他
　便藏匕首於督亢地圖中以獻秦王，圖窮而匕首見，即以匕首刺秦王，
　不中，遇害。第五句，謂辭別父母妻子。第六句，"邦"，國。"里"，鄉
　里。這六句說，又有劍客俠士如聶政、豫讓、專諸、荆軻等一類人，他
　們辭別父母妻子，離開故國鄉里而去行刺。

②"瀝泣"四句："瀝"，水下滴。"瀝泣"，猶言灑淚。"訣(jué)"，別。"抆
　(wèn)"，拭。"抆血"，即淚盡繼之以血的意思，言悲愴之深。這四句說
　刺客灑淚而別，拭血相視，騎上征馬，頭也不回地走了，只見一路上時
　時揚起塵土。

③"方銜"二句："銜感於一劍"，謂因感知遇之恩而思仗劍行刺。"買價"，
　謂換取聲價。"泉裏"，黃泉之下，即死的意思。這二句說刺客去行
　刺，並非要以死來換取聲價，而是因爲感激主人知遇之恩。

④"金石"二句："金石"，鍾磬一類的樂器。李善注引燕丹太子："荆軻與
　武陽入秦，秦王陛戟而見燕使，鼓鍾並發，羣臣皆呼萬歲，武陽大恐，
　面如灰色。"上句即用此事，謂行刺之難。"心死"，言悲哀之甚。莊
　子田子方："仲尼曰：'……夫哀莫大於心死。'"史記刺客列傳載，聶政

刺殺了韓相俠累之後，"因自皮面抉眼，自屠出腸，遂以死"，以致使人都認不出他是誰。韓國當局把他的屍體暴露于市上，懸千金之賞以求識者，但很久還是沒有人能辨識得出。他姐姐聶嫈說："妾其奈何畏歿身之誅，終滅賢弟之名！"就在韓市伏屍而哭，自殺於其旁。下句用此事，謂行刺所造成的死別之悲。〔以上是第三段，寫刺客的生離死別。〕

或乃邊郡未和①，負羽從軍。遼水無極，雁山參雲。閨中風暖②，陌上草薰。日出天而曜景，露下地而騰文。鏡朱塵之照爛，襲青氣之烟熅。攀桃李兮不忍別，送愛子兮霑羅裙。

①"或乃"四句："羽"，謂箭。司馬相如上林賦："彎繁弱，滿白羽。""遼水"，卽今遼河。縱貫遼寧省，至營口入渤海。"無極"，無邊。"雁山"，山海經海內西經："雁門山，雁出其間。"又梁州記："梁州縣界有雁塞山。""遼水"、"雁山"，此泛指邊塞山河。"參雲"，高聳入雲，極言山高。這四句說或者是由於邊境有事，參軍到遠方去抵抗敵人。

②"閨中"六句：第二句，"薰"，香氣。第三句，"曜"，照。"景"，日光。"曜景"，閃耀光輝。第四句，"文"，文彩。"騰文"，謂露珠在陽光之下閃耀着絢麗的光彩。第五句，"鏡"，這裏作動詞用，猶云照。"朱塵"，紅塵。"照爛"，明貌。第六句，"青氣"，李善注引易通卦驗說："震，東方也。主春分日出，青氣出震，此正氣也。"卽春天之氣。"烟熅"，這裏是氣盛的意思。這六句寫別離時的明媚春光。〔以上是第四段，寫從軍之別。〕

至如一赴絕國①，詎相見期？視喬木兮故里②，決北梁兮永辭。左右兮魂動③，親賓兮淚滋。可班荆兮贈恨④，唯罇酒兮敍悲。值秋雁兮飛日⑤，當白露兮下時。怨復怨兮遠山曲⑥，去復去兮長河湄。

①"至如"二句："詎"，豈。李善注引琴道說："雍門周以琴見孟嘗君，孟嘗

君曰：'先生鼓琴，亦能令悲乎？'對曰：'臣之所能令悲者，無故生離，遠赴絕國，無相見期，臣爲一揮琴而太息，未有不懷愴而流涕者。"這二句用其意，說至於離別到絕遠的國家去，那就再也沒有相見之期了。

②"視喬"二句：王充論衡佚文篇："睹喬木知舊都。"此用其意。"決"，通"訣"。這二句說，依戀地望着故鄉的喬木，在北面的橋梁上訣別告辭。

③"左右"二句：說左右僕從和親戚賓客，都爲這種離別所感動而傷心落淚。

④"可班"二句："班"，布。"班荆"，布荆草於地而坐。左傳襄公二十六年載，楚伍擧與聲子相善；伍擧將奔晉，聲子遇之於鄭郊，"班荆相與食，而言復故"。這二句用其意，寫遠游的人和親舊惜別的悲痛。

⑤"值秋"二句：雁飛、露下，點明離別是在秋季。

⑥"怨復"二句："遠山曲"，遠山彎曲之處。"湄(méi)"，水邊。這二句說旅行的人沿着長河走遠了，送別的人猶望着遠山曲處而滿懷離恨。〔以上是第五段，寫遠赴絕國者的別離。〕

又若君居淄右①，妾家河陽。同瓊珮之晨照②，共金爐之夕香。君結綬兮千里③，惜瑤草之徒芳。愍幽閨之琴瑟④，晦高臺之流黄。春宮閟此青苔色⑤，秋帳含茲明月光。夏簟清兮晝不暮，冬釭凝兮夜何長！織錦曲兮泣已盡⑥，迴文詩兮影獨傷。

①"又若"二句："淄右"，李善說："漢書有淄川國。……'淄'或爲'塞'。""河陽"，今河南孟縣有河陽故城。這二句說婦居中土，夫在塞外。

②"同瓊"二句："瓊珮"，玉珮。"晨照"，宋孝武帝擬漢李夫人賦："俟玉羊(月也)之晨照。"這二句是追敍離別前的幸福生活，說清早在晨光中同起，傍晚在爐香中共坐。

③"君結"二句："綬"，繫印、環的絲條。"結綬"，謂出仕作官。"瑤草"，香草。山海經中山經："姑媱之山，帝女死焉，其名曰女尸，化爲䔄草，

其葉胥成,其花黃,其實如菟丘,服之媚于人。"郝懿行箋疏:"'蕃',
通作 瑤'。""瑤草",喻閨中少婦。這二句說丈夫出外作官,少婦自歎
青春獨處。

④"悲幽"二句:"幽閨",深閨。第一句說對琴瑟感到慚愧,是指把琴瑟
放在那裏不奏的意思,藉以表示愁思之深。第二句,"流黃",黃色的
絹。這裏當指高臺上的帷幕。羅幕深掩,以免眺遠傷懷,故高臺晦暗
不明。或謂流黃晦暗,由於愁深懶於洗滌,亦可。

⑤"春宮"四句:"閟(bì)",閉門。"簟(diàn)",竹席;細葦席。"釭(gāng)",
燈。"凝",謂燈光凝聚。這四句是寫四季相思。

⑥"織錦"二句:武則天璇璣圖序:"前秦苻堅時,竇滔鎮襄陽,攜寵姬趙
陽臺之任,斷妻蘇蕙音問,蕙因織錦爲迴文,五彩相宣,縱橫八寸,題
詩二百餘首,計八百餘言,縱橫反覆,皆成章句,名曰璇璣圖以寄滔。"
李善注引織錦迴文詩序所載之事與此小異。這二句用此事寫思婦孤
獨相思之情。〔以上是第六段,寫游宦之別和閨中的相思。〕

儻有華陰上士①,服食還山。術旣妙而猶學②,道已寂而未
傳。守丹竈而不顧,鍊金鼎而方堅。駕鶴上漢③,驂鸞騰天。暫
遊萬里,少別千年。惟世間兮重別④,謝主人兮依然。

①"儻有"二句:"華陰",今陝西華陰縣。"上士",士中之賢者。此謂道
士。"服食",道家迷信,認爲煉丹服食,可以成仙。李善注引列仙傳
說:"修羊者,魏人也。華陰山下石室中有龍石,段(鍛)其上,取黃精
食之,後去,不知所之。"這二句用此事,謂道士服食求仙。

②"術旣"四句:"寂",寂靜。這裏用來形容道行之深。"未傳",言道已
深但尙未得到眞傳。"丹竈",鍊丹的竈。"不顧",謂不顧人世。"鍊
金鼎",謂在金鼎中鍊丹。"方堅",謂其意志正十分堅決。這四句說
道術已經很高了,但還在修養工夫;毫不顧戀人世,一心要鍊成丹砂。

③"駕鶴"四句:"漢",河漢,天河。"驂(cān)",駕三馬。此謂車駕。"鸞",古

代傳說中鳳凰一類的鳥。"駕鶴"、"驂鸞",謂成仙飛昇。"暨",同"暫"。這四句說成仙昇天,一刹那可行萬里,天上少別,人間已是千年。

④"惟世"二句:"謝",辭別。"依然",依戀貌。列仙傳載,王子晉吹笙作鳳鳴,遊於伊、洛之間,道士浮丘公接上嵩高山。三十餘年後,見桓良說:"告我家,七月七日,待我緱氏山頭。"到期晉果乘白鶴至。山下的人望着他而不能上,晉舉手謝世人,數日後離去。這二句用此事,說世間重視別離,即使是堅決棄世求仙,但一旦飛昇,仍不免依依不捨地和世人告別。〔以上是第七段,寫學道成仙者的別離。〕

下有芍藥之詩①,佳人之歌,桑中衞女②,上宮陳娥。春草碧色③,春水淥波,送君南浦,傷如之何!至乃秋露如珠④,秋月如珪,明月白露,光陰往來。與子之別,思心徘徊。

①"下有"二句:"下"承上段"上士"之"上"而來,與天上仙境對照,指人間。"芍藥之詩",詩經鄭風溱洧:"維士與女,伊其相謔,贈之以芍藥。""佳人之歌",李延年歌:"北方有佳人,絕世而獨立。"這二句是用溱洧與李延年歌喻男女相戀。

②"桑中"二句:詩經鄘風桑中:"爰采唐矣?沬之鄉矣。云誰之思?美孟姜矣。期我乎桑中,要我乎上宮,送我乎淇之上矣。"按邶、鄘實際上多爲衞風。此詩中地名均衞地。"衞"、"陳",周諸侯國名。衞國在今河南北部與河北南部一帶。陳國在今河南東南部和安徽北部一帶。其地好歌舞,民歌中多男女相悅之辭。"陳娥",用衞莊姜送別陳女戴媯於野事(見詩經邶風燕燕于飛毛序)。這二句用詩經桑中、燕燕中送別之意以寫離思。

③"春草"四句:"淥(lù)",水清。"南浦",九歌河伯:"子交手兮東行,送美人兮南浦。"以後詩文中乃用來泛指送別之地。這四句寫春日水邊于飛送別情景。

④"至乃"六句:"珪(guī)",瑞玉。李善注引遯甲開山圖說:"禹遊於東海,

得玉珪，碧色，圓如日月，以自照，目達幽冥。”“光陰往來”，謂季節更換，時光流逝。這六句寫別後秋夜相思情景。〔以上是第八段，寫戀人之別。〕

是以別方不定①，別理千名，有別必怨，有怨必盈，使人意奪神駭，心折骨驚。雖淵、雲之墨妙②，嚴、樂之筆精，金閨之諸彥，蘭臺之羣英，賦有凌雲之稱，辯有雕龍之聲，誰能摹暫離之狀，寫永訣之情者乎！

①“是以”四句：說儘管別離的地方沒有一定，別離的原因也有種種不同，但是有別必有怨，有怨而其情又必充盈，使人悲傷之至。

②“雖淵”八句：第一句，“淵”，漢王襃，字子淵。“雲”，漢揚雄，字子雲。二人都是漢代有名的辭賦家。第二句，“嚴”，嚴安。“樂”，徐樂。二人都是漢代有名的文章之士。第三句，“金閨”，謂金馬門，漢官署名，爲著作之庭。“彥”，士的美稱。第四句，“蘭臺”，漢代宮中藏書的地方，後設有蘭臺令史，掌典校圖籍，治理文書。第五句，史記司馬相如列傳：“（司馬）相如既奏大人之頌，天子大說，飄飄有凌雲之氣，似游天地之間。”第六句，史記孟子荀卿列傳：“騶衍之術，迂大而閎辯，（騶）奭也文具難施，……故齊人頌曰：‘談天衍，雕龍奭’。”這八句說卽使有王襃、揚雄諸人那樣的大才，也難將離情別緒完全表達出來。〔以上是末段，總結全文，說明別賦寫作之難。〕

〔附錄〕

（一）南史江淹傳（節錄）

江淹字文通，濟陽考城人也，父康之，南沙令，雅有才思。淹少孤貧，常慕司馬長卿、梁伯鸞之爲人，不事章句之學，留情於文章。早爲高平檀超所知，常升以上席，甚加禮焉。起家南徐州從事，轉奉朝請。宋建平王景素好士，淹隨景素在南兗州。廣陵令郭彥文得罪，辭連淹，言受金。淹被繫獄，自獄中上書。……景素覽書，卽日出之。尋舉南徐州秀才對策上第，再遷府主簿。景素爲荊州，淹從之鎮。少帝卽位，多失德。景素專據上流，咸勸因此舉事。淹每從容進諫，景素不納。及鎮京口，淹爲鎮軍參軍，領南東海郡丞。景素與腹心日夜謀議，淹知禍機將發，乃贈詩十五首以諷焉。會東海太守陸澄丁艱，淹自謂郡丞應行郡事。景素用司馬柳世隆，淹固求之，景素大怒，言於選部，黜爲建安吳興令。

　　及齊高帝輔政，聞其才，召爲尙書駕部郎驃騎參軍事，俄而荊州刺史沈攸之作亂，高帝謂淹曰：“天下紛紛若是，君謂何如？”淹曰：“昔項彊而劉弱，袁衆而曹寡，羽卒受一劍之辱，紹終爲奔北之虜，此所謂在德不在鼎，公何疑哉！”帝曰：“試爲我言之。”淹曰：“公雄武有奇略，一勝也；寬容而仁恕，二勝也；賢能畢力，三勝也；人望所歸，四勝也；奉天子而伐叛逆，五勝也。彼志銳而器小，一敗也；有恩無威，二敗也；士卒解體，三敗也；搢紳不懷，四敗也；懸兵數千里而無同惡相濟，五敗也。雖豺狼十萬，而終爲我獲焉。”帝笑曰：“君談過矣”。桂陽之役，朝廷周章詔檄，久之未就。齊高帝引淹入中書省，先賜酒食，淹素能飲啖，食鵝炙垂盡，進酒數升訖，文誥亦辦。相府建，補記室參軍。高帝讓九錫及諸章表，皆淹製也。

　　齊受禪，復爲驃騎豫章王嶷記室參軍。建元二年，始置史官，淹與司徒左長史檀超共掌其任，所爲條例，並爲王儉所駁，其言不行。淹任性文雅，不以著述在懷，所撰十三篇，竟無次序。又領東武令參掌詔策。後拜中書侍郎。王儉嘗謂曰："卿年二十五，已爲中書侍郎，才學如此，何憂不至尚書金紫，所謂富貴卿自取之，但問年壽何如爾。"淹曰："不悟明公見眷之重。"

永明三年，兼尚書左丞。時襄陽人開古冢得玉鏡及竹簡古書，字不可識。王僧虔善識字體，亦不能諳，直云"似是科斗書"。淹以科斗字推之，則周宣王之簡也。簡殆如新。少帝初，兼御史中丞，明帝作相，謂淹曰："君昔在尚書中，非公事不妄行，在官寬猛能折衷，今爲南司，足以振肅百僚也。"淹曰："今日之事可謂當官而行，更恐不足仰稱明旨爾。"於是彈中書令謝朏、司徒左長史王繢、護軍長史庾弘遠，並以託疾不預山陵公事；又奏收前益州刺史劉悛、梁州刺史陰智伯，並贓貨巨萬，輒收赴廷尉。臨海太守沈昭略、永嘉太守庾曇隆及諸郡二千石並大縣官長，多被劾，內外肅然。明帝謂曰："自宋以來，不復有嚴明中丞，君今日可謂近世獨步。"累遷祕書監侍中衞尉卿。初，淹年十三時，孤貧，常采薪以養母。嘗於樵所得貂蟬一具，將鬻以供養，其母曰："此故汝之休徵也。汝才行若此，豈長貧賤也。可留待得侍中著之。"至是果如母言。

永元中，崔慧景舉兵圍都，衣冠悉投名刺，淹稱疾不往。及事平，時人服其先見。東昏末，淹以祕書監兼衞尉。又副領軍王瑩及梁武至新林，淹微服來奔，位相國右長史。天監元年爲散騎常侍左衞將軍，封臨沮縣伯。淹乃謂子弟曰："吾本素官，不求富貴，今之忝竊遂至於此，平生言止足之事，亦以備矣。人生行樂，須富貴何時。吾功名既立，正欲歸身草萊耳。"以疾遷金紫光祿大夫，改封醴陵侯，卒。武帝爲素服舉哀，諡曰“憲”。

淹少以文章顯，晚節才思微退，云爲宣城太守時罷歸，始泊禪靈寺渚，夜夢一人，自稱張景陽，謂曰：“前以一匹錦相寄，今可見還。”淹探懷中得數尺與之。此人大恚曰：“那得割截都盡！”顧見丘遲，謂曰：“餘此數尺，既無所用，以遺君。”自爾淹文章躓矣。又嘗宿於冶亭，夢一丈夫自稱郭璞，謂淹曰：“吾有筆在卿處多年，可以見還。”淹乃探懷中得五色筆一以授之，爾後爲詩，絕無美句。時人謂之才盡。凡所著述，自撰爲前後集，并齊史傳志，並行於世。嘗欲爲赤縣經以補山海之闕，竟不成。

（二）關於江淹的評價

鍾嶸曰：齊光祿江淹。文通詩體總雜，善于摹擬。筋力于王微，成就于謝朓。初淹罷宣城郡，遂宿冶亭，夢一美丈夫，自稱郭璞，謂淹曰：“我有筆在卿處多年矣，可以見還。”淹探懷中，得五色筆以授之，爾後爲詩，不復成語，故世傳“江淹才盡”。（詩品中）

陳祚明曰：文通於詩頗加刻畫，天分不優，而人工偏至。規古力篤，尤愛嗣宗。偶得蒼秀之句，頗亦邃詣。但意乏圓融，調非宏亮。衡其體氣，方沈直是小巫；而詩品謂休文“意淺於江”，何其妄論也！（采菽堂古詩選卷二十四）

沈德潛曰：文通頗能修飾，而風骨未高。（古詩源卷十三）

劉熙載曰：江文通詩有凄涼日暮，不可如何之意。此詩之多情而人之不濟也。雖長於雜擬，於古人蒼壯之作，亦能肖吻，究非其本色耳。（藝概詩概）

六　丘遲

丘遲(公元四六三——五〇八)字希範，吳興烏程(今浙江吳興)人。齊時任殿中郎，梁時官至中書郎，遷司徒從事中郎，頗以文才見賞。今傳丘司空集輯本一卷。

與陳伯之書①

遲頓首陳將軍足下：無恙②，幸甚，幸甚。將軍勇冠三軍③，才爲世出，棄燕雀之小志，慕鴻鵠以高翔。昔因機變化④，遭遇明主；立功立事⑤，開國稱孤。朱輪華轂⑥，擁旄萬里，何其壯也！如何一旦爲奔亡之虜⑦，聞鳴鏑而股戰，對穹廬以屈膝，又何劣邪！

①陳伯之，睢陵(今江蘇睢寧)人。齊末爲江州刺史，曾抗擊過梁武帝蕭衍，後降梁仍爲江州刺史，封豐城縣公。公元五〇二年率部投魏，爲平南將軍。梁天監四年(公元五〇五年)臨川王蕭宏領兵北征，陳伯之率兵相拒，宏命記室丘遲私與伯之書勸降，五〇六年三月，伯之乃於壽陽(今安徽壽縣附近)擁兵八千歸降。這封信首先斥責陳伯之忘恩負義投降敵人。繼而申明梁朝寬大爲懷不咎旣往，從正面勉勵他歸降。最後指出敵我雙方鬥爭的形勢，以及陳處境的危險，從雙方軍事力量的對比中勸他歸降。中間又以江南故國的美景，和廉頗、吳起的故事打動他。寫得委曲婉轉淋漓盡致，是一篇很好的駢體書信。

②“無恙”，問候語。“恙”，憂。

③“將軍”四句：前二句，李陵答蘇武書：“陵先將軍(指李廣)功略蓋天

地,義勇冠三軍。"蘇武報李陵書:"每念足下才爲世生,器爲時出。"後
二句,史記陳涉世家:"陳涉少時,嘗與人傭耕,輟耕之壟上 恨恨久
之,曰:'苟富貴,無相忘!'傭者笑而應曰:'若爲傭耕,何富貴也!
陳涉太息曰:'嗟呼! 燕雀安知鴻鵠之志哉!'""燕雀",比喻庸俗小
人。"鴻鵠",天鵝,比喻才俊志士。這四句謂陳之英勇爲三軍之首,才
能也是當世傑出,而且有遠大的志向。

④"昔因"二句:"因機",順應機緣。"遭遇",遇合。"明主",英明的君
主。此指梁武帝蕭衍。這二句指陳背齊歸梁。大意是說:過去你順
應機緣,變而歸梁,很受明主武帝的賞愛恩遇。

⑤"立功"二句:"開國",開建邦國。晉時封爵,自郡公至縣男,皆冠以開
國之號,南北朝至宋各代皆沿襲之。梁書陳伯之傳載:"力戰有功,……
……進號征南將軍,封豐城縣公,邑二千戶。"故此言"開國稱孤"。"孤",
王侯自稱。這二句言陳建立了功勳、事業,得以封爵稱孤。

⑥"朱輪"二句:"朱",紅色。"轂(gǔ)",車輪中心的圓木。"朱輪華轂",
謂華麗的車子。"旄(máo)",古代用牦(máo)牛尾裝飾的旗子。此指
旄節,使臣持之以爲信物。專制軍事的武官也持旄節。"擁旄",持
旄。陳爲江州刺史,故曰"擁旄"。"萬里",李善注引荀悅漢記:"今之
州牧,號爲萬里。"

⑦"如何"四句:"奔亡之虜",逃跑投敵分子。"虜",敵人。此指陳伯之
背梁降魏之事。"鏑(dí)",箭頭,金屬作成。"鳴鏑",響箭。相傳是
西漢初匈奴冒頓(mò dú)單于所造,軍中用以發號施令。"股戰",
大腿顫抖,言其恐懼。"穹廬",氈帳,猶今之蒙古包。這四句謂陳一旦
降敵,在北魏惶恐不安,卑躬屈膝,顯得多麼卑劣下賤〔以上是第
一段,以陳伯之過去的明智、顯赫,對比今日的卑怯,斥責其忘恩負
義,逃亡投敵。〕

　尋君去就之際①,非有他故,直以不能內審諸己,外受流言,
沈迷猖蹶,以至於此。聖朝赦罪責功②,棄瑕錄用,推赤心於天

下③，安反側於萬物。將軍之所知④，不假僕一二談也。朱鮪涉血於友于⑤，張繡剚刃於愛子，漢主不以爲疑，魏君待之若舊。況將軍無昔人之罪⑥，而勳重於當世。夫迷塗知反⑦，往哲是與；不遠而復，先典攸高。主上屈法申恩⑧，吞舟是漏；將軍松柏不翦⑨，親戚安居。高臺未傾⑩，愛妾尚在；悠悠爾心⑪，亦何可言！

①"尋君"六句："尋"，推求，思索。"去"，指離開梁。"就"，指投靠魏。第三句"直"，但，僅。"審"，察。"諸"，之于的合音。第四句，"流言"，謠言，無根之言。第五句，李周翰說："沈溺，迷惑，猖狂，蹙僵也。言惑亂佞行，至於此也。"(六臣注文選)這六句大意是：想來你去梁投魏之時，並沒有其他原因，只不過因爲自己既無主見，而又聽信了流言，一時迷惑錯狂，以至於投降了敵人。

②"聖朝"二句，"聖朝"，指梁朝。"責"，求。"責功"，以立功相督求。"瑕"，玉上斑點，此指過失。這二句言梁朝寬赦人之罪過，而督求其建立功績，不計較人之過失，而廣爲錄用。

③"推赤"二句：後漢書光武帝紀："降者更相語曰：'蕭王推赤心置人腹中，安得不投死乎？'"又載：漢兵破邯鄲，誅王郎，收文書，得吏人與郎交關謗毀者數千章。公會諸將燒之曰："令反側子自安。""反側子"，謂翻覆動搖圖謀不軌之人。這二句言梁朝能誠心待人，寬宥萬物，使一切懷疑動搖的人都安定下來。

④"將軍"二句："不假"，猶言不須，不用。"僕"，丘遲自謂。書信中自謙之稱。"一二談"，猶一一敍說。這二句承上言梁朝之寬大爲懷，既往不咎，你是知道的，不用我一一細述了。

⑤"朱鮪"(wěi)四句：朱鮪是王莽末年綠林軍將領。他曾勸更始帝（劉玄）殺了漢光武（劉秀）的哥哥劉伯升。李善注引謝承後漢書："上（光武）攻洛陽，朱鮪守之。上令岑彭說鮪曰：'赤眉已得長安，更始爲胡殷所反害，今公誰爲守乎？'鮪曰：'大司徒公（指光武之兄伯升）被害

鮪與(參預)其謀，誠知罪深，不敢降耳！'彭還白上，上謂彭復往明曉之：'夫建大事不忌小怨，今降。官爵可保，況誅罰乎？'"朱鮪遂獻城而降。"涉血"，猶喋(díe)血，喋同踥。謂流血滿地污足。"友于"，尚書君陳："惟孝友于兄弟"，"于"字本爲介詞，後人每以友于二字連稱，用爲兄弟之意。此指光武兄伯升。此句連下"漢主"句是說：朱鮪曾經殺了光武的哥哥，但光武並不疑忌，反而誠心招降他。第二句，三國志魏書武帝紀載："建安二年，公(曹操)到宛。張繡降，既而悔之，復反。公與戰，軍敗，爲流矢所中。長子昂、弟子安民遇害。"四年，"冬十一月，張繡率眾降，封列侯。""劓(zì)"，揷刀。此句連下"魏君"句是說：張繡雖然殺死了曹操的愛子，但他歸降以後，曹操待之若舊。

⑥"況將"二句："昔人"，指上述朱鮪、張繡。這二句意謂：何況你既無朱、張之罪，而功績又重于當代呢！

⑦"夫迷"四句："塗"，通"途"。"反"，通"返"。"往哲"，以往的聖賢。"與"，贊同。第三句，"不遠而復"，易復卦："不遠復，無祇悔，元吉。""復"，返回，"先典"，古代典籍，此即指易經。"攸"，所。這四句意謂：迷途不遠而知復返，這是往哲所贊同、先典所嘉許的。

⑧"主上"二句："屈法"，輕法。"申恩"，申明恩惠，有重恩之意。下句，"吞舟"，指吞舟之魚，大得能夠吞舟的魚。桓寬鹽鐵論刑德："明王茂其德教而緩其刑罰也，網漏吞舟之魚。"這二句意謂皇上輕法重恩，法網寬疏。

⑨"將軍"二句："松柏"，古人常在墳側植松柏梧桐以爲辨識的標記。這二句是說陳先人的墳墓沒有被損毀，親戚也都安在。

⑩"高臺"句："高臺"，桓譚新論載：雍門周說孟嘗君曰："千秋萬歲後，高臺既已傾，曲池又已平。"此言陳在梁的住宅未毀。

⑪"悠悠"二句："悠悠"，深思貌。這二句謂，你心裏好好想想吧，這還有什麼可說的呢！〔以上是第二段。首先指出陳投魏並沒有什麼重大原因，只不過是一時迷惑。接着敍述梁朝的寬大政策，並以朱鮪、張繡

之事來寬慰他。最後又講梁對陳家室的禮遇，來感化他。〕

今功臣名將①，雁行有序。佩紫懷黃②，讚帷幄之謀；乘軺建節③，奉疆埸之任。並刑馬作誓④，傳之子孫。將軍獨靦顏借命⑤，驅馳氈裘之長，寧不哀哉！夫以慕容超之強⑥，身送東市；姚泓之盛⑦，面縛西都。故知霜露所均⑧，不育異類；姬漢舊邦，無取雜種。北虜僭盜中原⑨，多歷年所，惡積禍盈，理至燋爛。況偽孽昏狡⑩，自相夷戮；部落攜離⑪，酋豪猜貳。方當繫頸蠻邸⑫，懸首藁街。而將軍魚游於沸鼎之中⑬，燕巢於飛幕之上。不亦惑乎？

① "今功"二句："雁行"，雁飛成行列，用以比喻尊卑有次序。這二句謂梁朝功臣名將各有封賞任命，威儀有序。

② "佩紫"二句："紫"，紫綬。"黃"，卽金印。史記范雎蔡澤列傳：蔡澤曰："懷黃金之印，結紫綬於要（腰）。""讚"，佐助。"帷幄"，軍帳。"謀"，計謀，策劃。史紀留侯世家："運籌策帷幄中，決勝千里外，子房功也。"這二句說一般文官參預策劃軍國大計。

③ "乘軺"二句："軺（yáo）"，用二匹馬拉的輕車，此指使車。"節"，符節，使者用以示信。"建節"，將旄節挿立車上。"疆埸"，邊疆。這二句說武將乘輕車豎旄節，接受保衞邊疆的重任。

④ "並刑"二句："刑"，殺。"刑馬作誓"，古代諸侯會盟，殺白馬，飲血爲誓。這二句謂梁有誓約，功臣名將的爵位都可以傳給子孫後代。

⑤ "將軍"三句："靦（tiǎn）"，羞慚貌。"借命"，意謂苟且偷生。一作"惜命"。"氈裘"，胡人衣著，借指胡人。"長"，酋長，此指魏君。這三句承上功臣名將雁行有序，謂獨有你厚顏偷生，爲魏帝奔走效勞，豈不可悲呢！

⑥ "夫以"二句："慕容超"，南燕君主，晉末宋初，大掠淮北，劉裕率兵北伐，包圍了他的根據地廣固（今山東益都縣西北八里堯山南），生擒慕容超，解赴建康（今南京）斬首。事見宋書武帝紀。"東市"，原來是漢

朝長安處決犯人的地方，後來泛指刑場。

⑦“姚泓”二句：“姚泓”，後秦君主。劉裕破慕容超後，於義熙十三年（公元四一七）八月克長安，生擒姚泓。“面縛”，後漢書光武帝紀：“赤眉君臣面縛”注：“面偝也，謂反偝而縛之。”“西都”，指長安。以上四句借劉裕事顯南朝聲威，說明追隨異族不會有好下場。

⑧“故知”四句：“霜露所均”，意謂天地之間。禮記中庸：“天之所覆，地之所載，日月所照，霜露所墜。”“育”，長養。“異類”、“雜種”，指漢族以外的各民族。按這是對其他民族帶有侮辱性的稱呼。“姬”，周天子姓。“姬漢舊邦”，謂北方中原一帶是周漢的故國。“取”，收。

⑨“北虜”四句：“北虜”，指北魏。“虜”，是對北方各民族侮辱性的稱呼。“年所”，年數。自公元三八六年，拓跋珪建立北魏，至公元五〇五年丘遲寫此信時（時值北魏宣武帝），已一百多年。這四句是說，鮮卑等族佔據中原已有多年，積惡已滿，應該滅亡了。

⑩“況僞”二句：“僞孽”，指北魏宣武帝。“夷戮”，屠殺。這二句是說北魏統治集團昏瞶狡詐，自相殘殺。按，公元五〇一年宣武帝的叔父咸陽王元禧圖謀起兵作亂，被殺。五〇四年北海王元詳也曾謀亂，囚禁而死。

⑪“部落”二句：“擕”，離。“擕貳”，猶四分五裂。“酋豪”，酋長。“貳”，二心。這二句說北魏各部四分五裂，互相猜忌。

⑫“方當”二句：“方”，將。“繫頸”，史記高祖本紀：“沛公兵遂先諸侯至霸上，秦王子嬰素車白馬，係頸以組，……降軹道旁。”“蠻邸”，外族首領所居館舍。“藁街”，漢朝京城長安的街名，蠻邸即設於此。這二句說北魏統治者很快就要被縛至京城絞首示衆。

⑬“而將軍”三句：“鼎”，古代烹煮用器，三足。後漢書張綱傳：“相聚偷生若魚遊釜中，喘息須臾間耳。”又，李善引袁崧後漢書朱穆上疏曰：“養魚沸鼎之中，棲鳥烈火之上。用之不時，必也焦爛。”第二句，“巢”，築窩。“飛幕”，飛動搖蕩的帳幕。左傳襄公廿九年：季札曰：“夫子之在

此也，猶燕之巢於幕上。”這三句以“魚游沸鼎”，“燕巢飛幕”，比喻陳處境險惡，而仍迷惑不知。〔以上是第三段，言魏不足恃，破滅在卽，希望陳明察時局，及早歸梁。〕

　　暮春三月，江南草長，雜花生樹，羣鶯亂飛。見故國之旗鼓①，感生平於疇日，撫弦登陴，豈不愴悢！所以廉公之思趙將②，吳子之泣西河，人之情也。將軍獨無情哉？

　①“見故國”四句：“故國”，指梁朝。“平生”，平日。“疇日”，昔日。李善注引袁宏後漢紀漢獻帝春秋臧洪報袁紹書曰：“每登城勒兵，望主人之旗鼓，感故交之綢繆，撫弦搦矢，不覺涕流之覆面也。”“撫”，持。“絃”，指弓弦。“陴(pí)”，城上女墻。“愴悢”，悲傷。上四句寫江南故國景物秀美，此四句緊接着說，你如今與梁軍對壘，持弓登城，見到故國軍隊的旗鼓，回憶起往日的生活，能不傷心！

　②“所以”四句：“廉公”，指廉頗。史記廉頗藺相如列傳載：廉頗爲趙將，伐齊，大破之，拜爲上卿。“趙孝成王卒，子悼襄王立。使樂乘代廉頗。廉頗怒，攻樂乘，樂乘走。廉頗遂奔魏之大梁。⋯⋯廉頗居梁久之，魏不能信用。趙以數困於秦兵，趙王思復得廉頗，廉頗亦思復用於趙。趙王使使者視廉頗尙可用否。⋯⋯趙使還報王曰：‘廉將軍雖老，尙善飯，然與臣坐，頃之，三遺矢矣！’趙王以爲老，遂不召。楚聞廉頗在魏，陰使人迎之。廉頗一爲楚將，無功，曰：‘我思用趙人！’廉頗卒死於壽春。”第二句，“吳子”，指吳起。呂氏春秋觀表載：“吳起治西河之外，王錯譖之於魏武侯，武侯使人召之，吳起至於岸門，止車而休，望西河泣數行而下。其僕謂之曰：‘竊觀公之志，視舍天下若舍屣，今去西河而泣，何也？’吳起雪泣應之曰：‘子弗識也！君誠知我，而使我畢能，秦必可亡，而西河可以王。今君聽讒人之議，而不知我，西河之爲秦也不久矣！魏國從此削矣！’”“西河”，今陝西黃河西岸郃陽一帶。這四句承上“豈不愴悢”，大意是：廉頗之思爲趙將，吳起之泣於西河，都表現

了對故國的感情。你難道獨無情嗎？〔以上是第四段。以江南景色，故國之思來激發陳歸梁，〕

想早勵良規①，自求多福。當今皇帝盛明，天下安樂。白環西獻②，楛矢東來。夜郎滇池③，解辮請職；朝鮮昌海，瞯角受化。唯北狄野心④，倔強沙塞之間，欲延歲月之命耳！中軍臨川殿下⑤，明德茂親，摠茲戎重。弔民洛汭⑥，伐罪秦中。若遂不改⑦，方思僕言。聊布往懷⑧，君其詳之。丘遲頓首。

①“想早”二句：“想”，囑望，盼望。“勵”，勉勵。“良規”，好的打算。這二句是說，希望你早日作出妥善的打算，自求美福。

②“白環”二句：“白環”，白玉環。李善注引世本載：“舜時，西王母獻白環及佩。”第二句“楛(hù)矢”，楛木做的箭。楛是一種似荆而色赤的樹。家語：孔子曰：“昔武王尅商，……於是肅慎氏貢楛矢石砮。”“砮(nǔ)”，石可爲矢鏃者。這二句用舜及周武王時各地朝貢珍品的典故，說明梁朝之盛明。

③“夜郎”四句：“夜郎”，今貴州桐梓縣東。“滇池”，今雲南昆明縣南。二者皆漢西南方國名。“解辮”，謂解其辮髮以就衣冠，改從漢族風俗。“請職”，請求封職。第三句“昌海”，即今新疆羅布泊。“瞯角”，謂以額角叩地，以示歸服。這四句誇張梁朝聲威和力量，實際上梁的國力並不至此，這表現了丘遲的封建大國的思想，應該批判。

④“惟北狄”二句：“北狄”，指北魏。古代對北方民族稱狄。“倔強”，猶倔強。漢書伍被傳：伍被說淮南王曰：“東保會稽，南通勁越，屈強江、淮間，可以延歲月之壽耳。”“沙塞”，沙漠邊塞。這三句說惟有北方的北魏野心勃勃，倔強於沙塞之間，企圖苟延殘喘。

⑤“中軍”三句：臨川王蕭宏任中軍將軍，天監四年，奉命北伐。以下數句都宣揚蕭宏的德威。“殿下”，對王侯的尊稱。“明德”，好德行。“茂親”，至親，謂宏乃武帝之弟。“摠”通“總”，總，持。“戎重”，兵權重任，

意謂主持北伐軍機大事。

⑥"弔民"二句："弔"，慰問。"洛汭"，洛水隈曲之處，即指洛水入黃河處，在河南洛陽鞏縣一帶。"秦中"，今陝西省中部地區。孟子滕文公下："湯始征自葛……誅其君，弔其民。""伐罪"，討伐有罪者。魏明帝櫂歌行："伐罪以弔民，清我東南疆。"這二句說蕭宏率大軍到北方伐罪弔民。

⑦"若遂"二句："遂"，因循。"僕"，丘遲自謂。這二句說若你仍然因循迷塗而不知改，可要好好考慮考慮我這番話。

⑧"聊布"二句："布"，陳述。"往懷"，往日的情誼。這二句說聊且以此書表達往日的情誼，希望你詳察。〔以上是第五段，宣示梁朝的恩威，歸結到當前的北伐，勸陳早日歸降。〕

〔附錄〕

南史丘遲傳

遲字希範，八歲便屬文。（父）靈鞠常謂"氣骨似我"。黃門郎謝超宗、徵士何點並見而異之。在齊以秀才累遷殿中郎。梁武帝平建鄴，引爲驃騎主簿，甚被禮遇。時勸進梁王及殊禮，皆遲文也。及踐阼，遷中書郎，待詔文德殿。時帝著連珠，詔羣臣繼作者數十人，遲文最美。坐事免，乃獻責躬詩，上優辭答之。後出爲永嘉太守，在郡不稱職，爲有司所糾。帝愛其才，寢其奏。天監四年，中軍將軍臨川王宏，北侵魏，以爲諮議參軍，領記室。時陳伯之在北，與魏軍來拒。遲以書喻之，伯之遂降。還拜中書侍郎，遷司空從事中郎；卒官。遲辭采麗逸，時有鍾嶸著詩評云"范雲婉轉清便，如流風回雪；遲點綴映媚，似落花依草。雖取賤文通，而秀於敬子"。其見稱如此。（文學傳丘靈鞠傳附）

七　吳　均

吳均(公元四六九——五二〇)字叔庠,吳興故鄣(今浙江安吉縣西北)人。作過建安王偉記室、國侍郎、奉朝請。他曾因私撰齊春秋免官;後奉詔撰通史,未成而卒。他的詩文多描繪山水景物,風格清新挺拔,有一定藝術成就,但缺乏深刻的思想性。他在當時文壇上的影響頗大,時人傲效他的文體,號爲"吳均體"。今傳吳朝請集輯本一卷,續齊諧記一卷。

與宋元思書①

風煙俱淨,天山共色,從流飄蕩②,任意東西。自富陽至桐廬③,一百許里,奇山異水,天下獨絕。水皆縹碧④,千丈見底;游魚細石,直視無礙。急湍甚箭⑤,猛浪若奔。夾岸高山,皆生寒樹⑥。負勢競上⑦,互相軒邈,爭高直指,千百成峯。泉水激石,泠泠⑧作響。好鳥相鳴,嚶嚶⑨成韻。蟬則千轉⑩不窮,猿則百叫無絕。鳶飛戾天者⑪,望峯息心;經綸世務者⑫,窺谷忘返。橫柯⑬上蔽,在晝猶昏;疏條⑭交映,有時見日。

①黎經誥六朝文絜箋注說:"'宋',一作'朱',非。案宋元思,字玉山。劉峻有與宋玉山元思書。"本篇寫自富陽至桐廬沿途景色。

②"從流"二句:謂任船隨流而行。

③"自富陽"二句:"富陽",今浙江富陽,臨富春江。"桐廬",今浙江桐

廬,亦臨富春江。這二句述自富陽泛富春江而行,至桐廬的路程。

④縹碧：青蒼色。

⑤"急湍"二句："湍(tuān)",急流。"奔",謂奔馬。這二句說急流快如飛箭,猛浪勢如奔馬。

⑥寒樹：耐寒常綠的樹。

⑦"負勢"四句："負",依恃。"軒",飛、舉。"邈",遠。"互相軒邈",謂互爭高下。這四句寫山峯的各種情狀。

⑧泠泠(líng)：水聲。

⑨嚶嚶(yīng)：鳥鳴相和之聲。

⑩轉：囀,鳥鳴。此指蟬鳴。

⑪"鳶飛"二句：詩經大雅旱麓："鳶飛戾天。""鳶(yuān)",鷂鷹。"戾",至。此以"鳶飛戾天"比喻飛黃騰達之輩。這二句說青雲直上追求高官厚祿者望見此等峯巒定能息競進之心。

⑫"經綸"二句："經綸",以治絲喻規劃政治。這二句說就是那些整天忙于政事的人,看了這些山谷,也會留連忘返。

⑬柯：樹枝。

⑭條：小枝。

〔附錄〕

南史吳均傳

吳均字叔庠,吳興故鄣人也。家世寒賤,至均好學,有俊才。沈約嘗見均文,頗相稱賞。梁天監初,柳惲爲吳興,召補主簿,日引與賦詩。均文體清拔有古氣,好事者或斆之,謂爲"吳均體"。均嘗不得意,贈惲詩而去。久之復來,惲遇之如故, 弗之憾也。

薦之臨川靖惠王，王稱之於武帝，即日召入賦詩，悅焉。待詔著作，累遷奉朝請。先是均將著史以自名，欲撰齊書，求借齊起居注及羣臣行狀，武帝不許。逐私撰齊春秋，奏之。書稱帝爲齊明帝佐命，帝惡其實錄，以其書不實，使中書舍人劉之遴詰問數十條，竟支離無對。敕付省焚之，坐免職。尋有敕召見，使撰通史，起三皇訖齊代。均草本紀、世家已畢，唯列傳未就，卒。均注范曄後漢書九十卷，著齊春秋二十卷，廟記十卷，十二洲記十六卷，錢塘先賢傳五卷，續文釋五卷，文集二十卷。

八　何　遜

　　何遜(公元?——五一八)字仲言，東海郯(今山東郯城縣西)人。他八歲就會作詩，少年時爲范雲所賞識，結爲忘年交。後作過尚書水部郎、廬陵王記室等。他的詩不多，格調清新，和謝朓的詩相近。今傳何記室集輯本一卷。

贈諸游舊①

弱操不能植②，薄伎竟無依。淺智終已矣③，令名安可希。攪攪從役倦④，屑屑身事微。少壯輕年月，遲暮惜光輝⑤。一塗今未是⑥，萬緒昨如非。新知雖已樂⑦，舊愛盡暌違。望鄉空引領⑧，極目淚沾衣。旅客長憔悴⑨，春物自芳菲。岸花臨水發⑩，江燕遶檣飛。無由下征帆⑪，獨與暮潮歸。

　①本篇是旅中思鄉述懷之作，有仕進不得意的感歎。吳汝綸認爲當是爲廬陵王記室隨府江州時所作(見古詩鈔)。各本均作"游舊"，疑是"舊游"之誤。

　②"弱操"二句："操"，操守。"弱操"是弱質之意，謂天生質地孱弱。"植"，培育。"伎"，謂才能。這二句言自己天生素質孱弱，不堪造就，才能也很微薄，沒有一技之長可恃以進取，爲人重用。這是謙詞。

　③"淺智"二句："淺智"，智慮短淺。"已"，止、完。"令"，善、美。"令名"，美名。這二句說自己智慮短淺，一生終了，難以樹立美名。

④"擾擾"二句："擾擾"，紛亂的樣子。"從役"，謂出仕游宦。"屑屑"，瑣碎。這二句說紛亂的仕途行役生活使我厭倦，自身所作的事都很瑣碎而微不足道。

⑤"遲暮"句："光輝"，謂光陰。這句說晚年愛惜光陰。

⑥"一塗"二句："塗"，即"途"，此謂仕途。謝朓酬王晉安詩有："恨望一途阻，參差百慮依。"意與此同。"萬緒"，謂各種愁緒。這二句說自己走上仕途，現在看來是不正確的，心中湧起各種各樣的愁思，覺得從前好像全都錯了。

⑦"新知"二句："新知"，新結識的朋友。"舊愛"，猶舊游。"睽違"，乖隔、分離。這二句說有了新朋友雖然快樂，但老朋友却全都分離了。

⑧"望鄉"二句："領"，頸項。"引領"，謂遠望；遠望時伸長脖子，故云。這二句意謂遠望故鄉，徒然引起更多的悲傷。

⑨"旅客"二句："旅客"，詩人自謂。"芳菲"，芬芳、香。這二句意謂我在外作客，因思鄉而長期形容憔悴，但春天的花草仍然蓬勃、芬芳。

⑩"岸花"二句："檣 (qiáng)"，船的桅杆。這二句說岸邊的花兒臨水盛開，江面上的燕子遶着桅杆盤旋飛舞。此寫詩人江邊所見。這正是乘船歸去的好時光，所以更加觸動鄉愁，引起下文中的想像。張玉穀則以爲這二句是寫"想像歸鄉一路水程之景"。

⑪"無由"二句："無由"，無法。"征帆"，行旅征途之帆。"下征帆"，謂落下征帆不再前行，而獨與暮潮歸去。當然這是不可能的，是幻想，故曰"無由"。或以爲"征帆"指歸行的船。"下征帆"，猶言乘船而下。意近張說，錄以備考。"暮潮"，詩人有渡連圻二首，其二有云："暮潮還入浦，夕鳥飛向家。觸目皆鄉思，何時見狹邪？"則知此處"暮潮"也指歸潮。

臨行與故遊夜別①

歷稔共追隨②，一旦辭羣匹。復如東注③水，未有西歸日。夜雨滴空階④，曉燈暗離室。相悲各罷酒⑤，何時同促膝。

①本篇藝文類聚與文苑英華均作從政江州與故遊別。何遜曾作廬陵王記室，隨府江州（記室是將帥屬下掌書記的官。江州，今九江。廬陵王軍府設在九江，故隨府江州），此詩當作於赴江州時。詩中寫告別朋友依戀難分的情景。

②"歷稔"二句："稔（rěn）"，穀熟。穀一年一熟，故稱年爲稔。"歷稔"，多年。"匹"，朋友。"羣匹"，許多朋友。這二句說多年來大家在一起，現在一旦就要和朋友們離開了。

③注：瀉。

④"夜雨"二句："空階"，入夜，階前沒有人跡，故謂空階。"離室"，謂離別時飲酒聚會所在。這二句說離別前與故遊談了一夜，夜雨滴在空階上，天已破曉，屋內的燈光也已顯得暗淡了。

⑤"相悲"二句："促"，近。古時席地或據榻而坐，對坐膝相接近，叫"促膝"。這二句說大家都很悲傷，罷酒不飲，不知何時再能一起親切地促膝談心。

相　送①

客心已百念②，孤游重千里，江暗雨欲來③，浪白風初起。

①這是留贈送行的朋友的詩。張玉穀說："此非送人詩，乃別送者詩也，製題亦欠明白。"（古詩賞析）余冠英漢魏六朝詩選："何遜集中又有題爲相送的聯句五首。……何遜詩云：'一朝事千里，流涕向三春。'又：'願子俱停駕，看我獨解維。'又：'以我辭鄉淚，沾君送別衣。'這些詩句都是辭別送者而不是送人的語氣。本篇製題欠明白，但從相送聯句類推，可以知道這不是送行的詩。"

②"客心"二句："客心"，異鄉作客之心，是詩人自謂。"百念"，謂心中湧

起各種各樣念頭。“重”，猶更。這二句說異鄉作客，心中已百念交集，何況此游僅我一人，更加上路途千里。

③“江暗”二句：寫分手時江上的景色，寓有旅途艱辛的意思。

〔附錄〕

(一)南史何遜傳

遜字仲言，八歲能賦詩，弱冠州舉秀才。南鄉范雲見其對策，大相稱賞，因結忘年交，謂所親曰：“頃觀文人，質則過儒，麗則傷俗，其能含清濁中，今古見之，何生矣！”沈約嘗謂遜曰：“吾每讀卿詩，一日三復，猶不能已。”其爲名流所稱如此。

梁天監中，兼尙書水部郎，南平王引爲賓客，掌記室事。後薦之武帝，與吳均俱進倖。後稍失意，帝曰：“吳均不均，何遜不遜，未若吾有朱异，信則異矣。”自是疏隔，希復得見。卒於仁威廬陵王記室。初，遜爲南平王所知，深被恩禮；及聞遜卒，命迎其柩而殯藏焉，并饋其妻子。東海王僧孺集其文爲八卷。初遜文章與劉孝綽並見重，時謂之何、劉。梁元帝著論論之云：“詩多而能者沈約，少而能者謝朓、何遜。”（何承天傳附）

(二)關於何遜的評價

顏之推曰：何遜詩實爲精巧，多形似之言，揚都論者，恨其每病苦辛，饒貧寒氣，不及劉孝綽之雍容也。雖然，劉甚忌之。（顏

氏家訓文章篇）

　　胡應麟曰：陰、何並稱舊矣，何攄寫情素，沖淡處往往顏、謝遺韻。陰惟解作麗語，當時以並仲言，後世以方太白，亦太過。然近體之合，實陰兆端。（詩藪外編）

　　陸時雍曰：何遜詩語語實際，了無滯色。其探景每入幽微，語氣悠柔，讀之殊不盡纏綿之致。（詩鏡總論）

　　又曰：何遜以本色見佳，後之探眞者，欲摹之而不及。陶之難摹，難其神也；何之難摹，難其韻也。何遜之後繼有陰鏗，陰、何氣韻相隣，而風華自布，見其婉而巧矣。微芳幽馥，時欲襲人。（同上）

　　陳祚明曰：何仲言詩經營匠心，惟取神會。生乎駢麗之時，擺脫塡綴之習；淸機自引，天懷獨流，狀景必幽，吐情能盡。故應前服休文，後欽子美。後人不詳旨趣，動以駢麗少六朝，抑知六朝詩文，本饒淸緒，縱復取靑妃白，中含宛轉之情，況多濯粉滌朱，獨表淸揚之質。惟異有述，何代無才，若捐意狥辭，務華棄實，雖曰間有，豈是同然！耳食者槩廢諸家，膚襲者又詭竊餘論。試取休文、仲言之集，切磋究之，寧不爽然自失乎！少陵於仲言之作，甚相愛慕，集中警句，每見規模；風格相承，脈絡有本。淺學者源流弗考，一往吠聲。今徒知推服少陵，而於少陵所推服者，反加詆毀，可乎？予選古詩，雖齊、梁以後，不敢忽略。誠以有唐大家，恆多從此取徑，雖命體不同，而楚風漢謠，並成其美，春蘭秋菊，各因其時；採擷流風，咸饒逸韻也。然求其跌宕若休文，高深若彥昇，淸迥若仲言者，亦不多得矣。（采菽堂古詩選卷二十六）

沈德潛曰：仲言詩雖乏風骨，而情詞宛轉，淺語俱深，宜爲沈、范心折。（古詩源卷十三）

又曰：陰何並稱，然何自遠勝。（同上）

又曰：水部名句極多，然漸入近體。（同上）

又曰：蕭梁之代，君臣贈答，亦工豔情，風格日卑矣。隱侯短章，略存古體，文通、仲言，辭藻斐然；雖非出羣之雄，亦稱一時能手。陳之視梁，抑又降焉。子堅、孝穆，略具體裁，專求佳句，差強人意云爾。（說詩晬語）

黃伯思曰：集中若“團團月隱洲”，“輕燕逐飛花”，“遠岸平沙合，連山遠霧浮”，“岸花臨水發，江燕遶檣飛”，“游魚上急瀨”，“薄雲岩際宿”等語，子美皆採爲己句，但小異耳。故曰：“能詩何水曹”，信非虛賞。古人論詩，但愛逐“露濕寒塘草，月映清淮流”，及“夜雨滴空堦，曉燈暗離室”爲佳。殊不知逐秀句若此者殊多。（苕溪漁隱叢話後集卷二引東觀餘論）

九　陶弘景

陶弘景(公元四五二——五三六)字通明，丹陽秣陵(今江蘇江寧縣)人。他好道術，愛山水。梁時隱居句曲山。梁武帝遇有朝廷大事，常前往諮詢。因此時人稱他爲"山中宰相"。他的詩文在山川景物的描繪上有一定成就。今傳陶隱居集輯本一卷。

答謝中書書①

山川之美，古來共談。高峯入雲，清流見底。兩岸石壁，五色交輝②。青林翠竹，四時俱備。曉霧將歇③，猿鳥亂鳴；夕日欲頹④，沈鱗⑤競躍。實是欲界之仙都⑥。自康樂以來⑦，未復有能與其奇者。

①謝徵(或作徽)，字元度，曾爲中書鴻臚，故稱"謝中書"。這是作者寄給謝徵談山水的信。

②交輝：交相輝映。

③歇：消。

④頹：墜、下落。

⑤鱗：謂魚。

⑥"實是"句：說這實在是人間的仙境。"欲界"，佛家所謂三界之一，說是有七情六欲的衆生所居之處；指人間。

⑦"自康樂"二句："康樂"，謝靈運襲封康樂公，故稱。"與"，參與的意思。這二句說從謝靈運以後，就再也沒有能欣賞這奇妙山水的人

了。

〔附錄〕

南史陶弘景傳

　　陶弘景字通明，丹陽秣陵人也。祖隆，王府參軍；父貞，孝昌令。初，弘景母郝氏夢兩天人手執香爐來至其所，已而有娠。以宋孝建三年丙申歲夏至日生。幼有異操，年四五歲恆以荻爲筆畫灰中學書，至十歲得葛洪神仙傳，晝夜研尋，便有養生之志，謂人曰：“仰青雲，覩白日，不覺爲遠矣。”父爲妾所害。弘景終身不娶。及長，身長七尺七寸，神儀明秀，朗目疏眉，細形長額聳耳，耳孔各有十餘毛出外二寸許，右膝有數十黑子作七星文。讀書萬餘卷，一事不知以爲深恥。善琴棊，工草隸。

　　未弱冠，齊高帝作相，引爲諸王侍讀。除奉朝請。雖在朱門，閉影不交外物，唯以披閱爲務。朝儀故事，多所取焉。家貧，求宰縣不遂。永明十年，脫朝服挂神虎門，上表辭祿。詔許之，賜以束帛，敕所在月給茯苓五斤，白蜜二升，以供服餌。及發，公卿祖之征虜亭，供帳甚盛，車馬填咽，咸云宋、齊以來未有斯事。

　　於是止于句容之句曲山，恆曰：“此山下是第八洞宮，名‘金陵華陽之天’，周回一百五十里，昔漢有咸陽三茅君 得道 來掌此山，故謂之茅山。”乃中山立館，自號華陽陶隱居。人間書札卽以隱居代名。始從東陽孫游嶽受符圖經法，徧歷名山，尋訪仙藥。身旣輕捷，性愛山水，每經澗谷，必坐臥其間，吟咏盤桓，不能已已。謂門人曰："吾見朱門廣廈，雖識其華樂，而無欲往之心；望高巖，瞰大澤，知此難立止，自恆欲就之。且永明中求祿得輒差舛，若不爾，豈得爲今日之事？豈唯身有仙相，亦緣勢使之然。"沈約爲東陽郡守，高其志節，累書要之不至。

弘景爲人員通謙謹，出處冥會，心如明鏡。遇物便了，言無煩舛，有亦隨覺。永元初，更築三層樓，弘景處其上，弟子居其中，賓客至其下，與物遂絕；唯一家僮得至其所。本便馬善射，晚皆不爲，唯聽吹笙而已。特愛松風，庭院皆植松，每聞其響，欣然爲樂。有時獨游泉石，望見者以爲仙人。

性好著述、尙奇異，顧惜光景，老而彌篤。尤明陰陽五行、風角星算、山川地理、方圓產物、醫術本草、帝代年曆，以算推知漢熹平三年丁丑冬至加時在日中，而天實以乙亥冬至加時在夜半，凡差三十八刻，是漢曆後天二日十二刻也。又以歷代皆取其先妣母后配饗地祇，以爲神理宜然，碩學通儒咸所不悟。又嘗造渾天象，高三尺許，地居中央，天轉而地不動，以機動之，悉與天相會。云修道所須，非止史官，用是深慕張良爲人，云"古賢無比。"

齊末，爲歌曰："水丑木，爲梁字。"及梁武兵至新林，遣弟子戴猛之假道奉表。及聞議禪代，弘景援引圖讖數處，皆成"梁"字，令弟子進之。武帝既早與之游，及卽位後，恩禮愈篤，書問不絕，冠蓋相望。弘景既得神符祕訣，以爲神丹可成，而苦無藥物。帝給黃金、朱砂、曾青、雄黃等，後合飛丹，色如霜雪，服之體輕。及帝服飛丹有驗，益敬重之。每得其書，燒香虔受。帝使造年曆，至己巳歲而加朱點，實太清三年也。帝手敕招之，錫以鹿皮巾，後屢加禮聘，並不出。唯畫作兩牛，一牛散放水草之間，一牛著金籠頭，有人執繩以杖驅之。武帝笑曰：“此人無所不作，欲斅曳尾之龜，豈有可致之理。”國家每有吉凶征討大事，無不前以諮詢，月中常有數信，時人謂爲“山中宰相”。二宮及公王貴要，參候相繼，贈遺未嘗脫時，多不納受，縱留者，即作功德。

天監四年移居積金東澗。弘景辟穀導引之法，自隱處四十許年，年逾八十而有壯容。仙書云“眼方者壽千歲”，弘景末年，一眼有時而方，曾夢佛授其菩提記云“名爲勝力菩薩”，乃詣鄮縣阿育王塔自誓，受五大戒。後簡文臨南徐州，欽其風素，召至後堂，以葛巾進見，與談論數日而去，簡文甚敬異之。天監中獻丹於武帝中。大通初，又獻二丹，其一名“善勝”，一名“成勝”，並爲佳寶。無疾，自知應逝，逆剋亡日，仍爲告逝詩。大同二年卒，時年八十五，顏色不變，屈伸如常，香氣累日，氛氳滿山。遺令：既沒不須沐浴，不須施牀，止兩重席於地，因所著舊衣上加生袚裙及臂衣韈，冠巾法服，左肘錄鈴，右肘藥鈴，佩符絡左腋下，繞腰穿環，結於前，釵符於髻上，通以大袈裟覆衾蒙首足，明器有車馬。道人、道士並在門中，道人左，道士右，百日內，夜常然燈，且常香火。弟子遵而行之。詔贈太中大夫，諡曰“貞白先生。”

弘景妙解術數，逆知梁祚覆沒，預制詩曰：“夷甫任散誕，平叔坐論空，豈悟昭陽殿，遂作單于宮。”詩祕在篋裏，化後門人方稍出之。大同末，人士競談玄理，不習武事。侯景篡，果在昭陽殿。初，弘景母夢青龍無尾，自己升天。弘景果不妻無子。從兄以子松喬嗣。

所著學苑百卷，孝經、論語集注，帝代年曆，本草集注，効驗

方，肘後百一方，古今州郡記，圖像集要，及玉匱記，七曜，新舊術
疏占候，合丹法式，共祕密不傳，及撰而未訖又十部，唯弟子得
之。

十二　陳代詩文

一　陰　鏗

　　陰鏗(生卒年未詳)字子堅,武威姑臧（今甘肅武威縣)人。在梁作過法曹參軍,入陳作過太守、員外散騎常侍。他學識廣博,善寫五言詩,詩名和何遜並稱。杜甫解悶詩說:"頗學陰何苦用心。"他的詩風格清麗,可惜流傳下來的不多。

江津送劉光祿不及①

依然臨江渚②,長望倚河津。鼓聲隨聽絕③,帆勢與雲鄰。泊處空餘鳥,離亭④已散人。林寒正下葉⑤,釣晚欲收綸。如何相背遠⑥,江漢與城闉。

①本篇寫去江邊渡頭送友,到遲了, 未及相見, 佇立江邊, 心情悵惘。"津",渡口、"光祿",官名。"劉光祿",未詳。

②"依然"二句:"依然",依戀貌。"渚",小洲。"長望",遠望。這二句說依依然獨臨江邊,在渡頭遠望。

③"鼓聲"二句:"鼓聲",古時開船,打鼓為號。這二句寫船已遠去情景。

④離亭:渡頭送行的亭子。

⑤"林寒"二句:"下葉",落葉。"綸",釣絲。這二句說天氣寒冷,樹木葉落,天色已晚,釣者正要收起釣絲回家。

⑥"如何"二句:"闉(yīn)",城曲重門。"城闉",猶言城門。"江漢",是友人所去的地方,"城闉"是作者歸去的地方,所以說"相背遠"。

和傅郎歲暮還湘州①

蒼茫歲欲暮②，辛苦客方行。大江靜猶浪③，扁舟獨且征。棠枯絳④葉盡，蘆凍白花輕。戍人寒不望⑤，沙禽迥未驚⑥。湘波各深淺⑦，空軫念歸情。

①這是一首送行的詩。“湘州”，即今湖南長沙。“傅郎”，姓傅的郎官，未詳。詩人常居揚州，此詩或送傅郎溯江而上歸湘州。

②“蒼茫”二句：“蒼茫”，猶莽蒼，寒冷（見集韻）。“客”，謂傅郎。這二句說天冷歲晚，傅郎正辛苦地遠行。

③“大江”二句：“大江”，長江。這二句說長江平靜時仍有風浪，這時惟有傅郎的扁舟孤零零地將要遠行。

④絳：紅色，棠葉秋時遇霜則紅。

⑤“戍人”句：“戍”，守望。“戍人”，守望的兵。這句說因為寒冷，戍人也不出來瞭望了。

⑥“沙禽”句：“沙禽”，沙洲上的禽鳥。“迥 (jiǒng)”，遠。這句說沙洲上的鳥，離船很遠，都未驚動。以上四句張玉穀以為是想像傅郎舟行所見。

⑦“湘波”二句：“湘”，湘江。“軫 (zhěn)”，傷痛。這二句說湘水各處深淺不同，傅郎此去即可親歷，而我不能歸去，則徒傷於思歸之情。

開　善　寺①

鷲嶺春光遍②，王城野望通。登臨情不極③，蕭散趣無窮。鶯隨入戶樹④，花逐下山風。棟裏歸雲白⑤，窗外落暉紅。古石何年臥⑥，枯樹幾春空？淹留惜未及⑦，幽桂在芳叢。

①本篇是作者遊開善寺所作。開善寺在南京鍾山，梁武帝天監十四年
（公元五一五）建，趙宋以後改名太平興國禪寺（見六朝事蹟編類）。當
時鍾山多佛寺，開善寺之景尤勝，陳徐伯陽、釋洪偃都有遊開善寺之
作。

②“鷲嶺”二句：“鷲(jiù)嶺”，卽靈鷲山，在中印度，如來曾講法華等經於
此，故佛家以爲聖地；此指鍾山，因鍾山多佛寺，故以“鷲嶺”喻之。“王
城”，卽京都，指建康（今南京）。這二句說鍾山已滿是春色，登此可眺
望京都。

③“登臨”二句：“不極”，不盡。“蕭散”，疏散。這二句說登山的情意不
盡，閑遊的興趣無窮。

④“鶯隨”二句：意謂風吹動屋旁樹枝，樹枝搖擺地伸入窗戶中，停在枝
上的黃鶯也就隨之而進；花被風吹落下山，却像花在追逐下山的風。

⑤“棟裏”句：說白雲飄進室內棟梁間。

⑥“古石”二句：這二句寫山景。據六朝事蹟編類所引寶公實錄和高僧
傳載，高僧寶誌，劉宋元嘉年間生在一株古木鳳巢之中，爲朱氏婦
所收養，並施宅爲寺。寶誌自幼便在鍾山出家爲僧，死後葬於鍾山。
又，開善寺之東，山巓上有“定心石”下臨峭壁。疑此處“古石”、“枯
樹”或卽因“定心石”及寶誌生於古木之事而發。

⑦“淹留”二句：“淹”，久。“淹留”，久留。“幽”，深。“幽桂”，生在山林
深處的桂樹。淮南小山招隱士：“桂樹叢生兮山之幽，……攀援桂枝
兮聊淹留。……王孫兮歸來，山中兮不可久留。”此卽用其意，謂未能
在此久留，辜負幽谷芳桂，深以爲憾。

〔附錄〕

（一）南史陰鏗傳

鏗字子堅，博涉史傳，尤善五言詩，被當時所重。爲梁湘東

王法曹行參軍。初鏗嘗與賓友宴飮，見行觴者，因回酒炙以授之，衆坐皆笑，鏗曰：「吾儕終日酣酒，而執爵者不知其味，非人情也。」及侯景之亂，鏗嘗爲賊擒，或救之，獲免。鏗問之，乃前所行觴者。陳天嘉中，爲始興王中錄事參軍。文帝嘗宴羣臣賦詩，徐陵言之。帝卽日召鏗預宴，使賦新成安樂宮。鏗援筆便就，帝甚歎賞之。累遷晉陵太守，員外散騎常侍。頃之，卒。有文集三卷行於世。（陰子春傳附）

（二）關於陰鏗的評價

陳祚明曰：陰子堅詩聲調旣亮，無齊、梁晦澀之習，而琢句抽思，務極新雋；尋常景物，亦必搖曳出之，務使窮態極妍，不肯直率。此種清思，更能運以亮筆，一洗玉臺之陋，頓開沈（佺期）、宋（之問）之風；且覺比玉臺則特妍，較沈、宋則尤媚。六朝不淪於晚唐者，全賴有此大雅君子，振起而維挽之；宜乎太白仰鑽，少陵推許，榛塗之關，此功不小也。後人郤覽古詩，不詳時代，妄欲一切相繩。如讀六朝體，漫曰此是五古，遂欲以漢、魏望之，此旣不合；及見其漸類唐調，又欲以「初」「盛」律擬之，彼又不倫，因妄曰六朝無詩；否亦曰六朝之詩，自成一體可耳，槪以爲是卑靡者，未足與於風、雅之列。不知時各有體，體各有妙。況六朝介於古近體之間，風格相承，神爽變換，中有至理。不盡心於此，則作律不由古詩而入，自多俚率凡近，乏於溫厚之音。故梁、陳之詩，不可不讀。讀梁、陳之詩，尤當識其正宗，則子堅集其稱首也。更且無論前古後律，脫換所由；就此一體，亦有妙境，烏容不詳！今俊逸如子堅，高亮如子堅，詩至是可以止矣。前此則漢、魏、蘇、李　三曹、三謝，後此則沈、宋、岑、王、李、杜，凡諸名家，神調本合，各因時異，易地皆然，或素或青，夏造殷因，不可指周文而笑夏質，執夏質以廢周文也。（采菽堂古詩選卷二十九）

　　沈德潛曰：詩至於陳，專攻琢句，古詩一線絕矣。少陵絕句云：“頗學陰、何苦用心。”又贈太白云：“李侯有佳句．往往似陰鏗。”此特賞其句，非取其格也。（古詩源卷十四）

二　徐　陵

　　徐陵(公元五〇七——五八二)字孝穆，東海郯(今山東郯城縣)人。他在梁作過散騎侍郎；入陳遷光祿大夫太子少傅。他是著名的宮體詩人，但也寫過一些具有北方邊塞情調的詩篇；他的詩語言簡潔，近於唐人的律詩，在推動詩體的發展上有一定作用。今傳徐孝穆集六卷，及其所編玉臺新詠十卷。

出自薊北門行①

　　薊②北聊長望，黃昏心獨愁。燕山對古刹③，代郡④隱城樓。屢戰橋恆斷，長冰塹⑤不流。天雲如地陣，漢月帶胡秋⑥。漬土泥函谷⑦，按繩纏涼州⑧，平生燕頷相⑨，會自得封侯。

　　①出自薊北門行屬樂府雜曲歌辭。本篇寫征人建功立業的願望。

　　②薊：古燕地，在今河北境。

　　③刹：六朝稱佛塔爲刹。

　　④代郡：戰國時趙國置，秦、漢因舊制，今河北蔚縣及山西東北邊境一帶。燕山山脈爲東北屏障，長城在其上，與太行山脈首尾相接於昌平附近，長城自此西向分爲內外長城，代郡卽居其間，故言北方邊防者每以并舉，如黃昔壘："前年過代北，今歲往遼西。"遼西燕山所至境。"隱"，不見。這二句說，但見燕山與古刹相對，不見遠方代郡之城樓。

⑤塹：溝，此指護城河。

⑥“漢月”句：說月亮也帶着胡地秋天蕭瑟的氣氛。

⑦“漬土”句：“漬土”，以水浸土成泥。“泥”，此處作動詞用。“函谷”，關名，戰國時秦置，在今河南靈寶縣；漢武帝時徙關新安。後漢書隗囂傳載王元說：“元請以一丸泥，為大王東封函谷關。”

⑧“挼繩”句：“挼(nuó)”，搓。“涼州”，今甘肅武威一帶。這句意謂奪回涼州，與上句都寫征人的英勇善戰。

⑨“平生”二句：後漢書班超傳載相者說班超“生燕頷虎頸，飛而食肉，此萬里侯相也”；後因在西域有功封定遠侯。“頷(hàn)”，下巴頦。“會”，當。這二句說征人自信定能獲得功名。

關　山　月①

關山三五月②，客子憶秦川③。思婦高樓上④，當窗應未眠。星旗映疏勒⑤，雲陣上祁連。戰氣今如此，從軍復幾年？

①關山月屬樂府漢橫吹曲。樂府詩集引樂府解題：“關山月，傷別離也。”本篇寫征人對家鄉的思念。

②三五月：十五的月亮。

③秦川：指關中，卽隴山東至函谷關一帶。

④“思婦”二句：是客子的想像。

⑤“星旗”四句：“旗”，星名。史記天官書：“房心東北曲十二星曰旗。”“疏勒”，漢西域諸國之一。疏勒城在今新疆維吾爾自治區疏勒縣。“雲陣”，形容雲如兵陣。“祁連”，山名，此卽新疆境內的天山。這四句說旗星映照在疏勒城上，濃雲像兵陣一樣瀰漫在祁連山間，戰爭的氣氛這樣濃厚，不知還要從軍多久呢？

〔附錄〕

（一）南史徐陵傳（節錄）

　　陵字孝穆，母臧氏嘗夢五色雲化爲鳳，集左肩上，已而誕陵。年數歲，家人攜以候沙門釋寶誌，寶誌摩其頂曰："天上石麒麟也。"光宅寺慧雲法師每嗟陵早就，謂之顏回。八歲屬文，十三通莊、老義。及長，博涉史籍，縱橫有口辯。父摛爲晉安王諮議，王又引陵參寧蠻府軍事。王立爲皇太子，東宮置學士，陵充其選。稍遷尙書度支郎，出爲上虞令。御史中丞劉孝儀與陵先有隙，風聞劾陵在縣贓污，因坐免。久之，爲通直散騎侍郎。梁簡文在東宮，撰長春殿義記，使陵爲序；又令於少傅府述令所製莊子義。

　　太清二年，兼通直散騎常侍，使魏。魏人授館宴賓。是日甚熱，其主客魏收謔陵曰："今日之熱當由徐常侍來。"陵卽答曰："昔王肅至此，爲魏始製禮儀；今我來聘，使卿復知寒暑。"收大憨。齊文襄爲相，以收失言，囚之累日。及侯景入寇，陵父摛先在圍城之內。陵不奉家信，便蔬食布衣若居哀恤。會齊受魏禪，梁元帝承制於江陵，復通使於齊。陵累求復命，終拘留不遣，乃致書於僕射楊遵彥，不報。及魏平江陵，齊送貞陽侯明爲梁嗣，乃遣陵隨還。太尉王僧辯初拒境不納，明往復致書，皆陵辭也。及明入，僧辯得陵大喜，以爲尙書吏部郎，兼掌詔誥。其年陳武帝誅僧辯，仍進討韋載。而任約、徐嗣徽乘虛襲石頭。陵感僧辯舊恩，往赴約。約平，武帝釋陵不問，以爲尙書左丞。紹泰二年，又使齊，還除給事黃門侍郎祕書監。陳受禪，加散騎常侍。天嘉四年，爲五兵尚書領大著作。

六年，除散騎常侍御史中丞。時安成王頊爲司空，以帝弟之尊，權傾朝野，直兵鮑僧叡假王威風，抑塞辭訟，大臣莫敢言。陵乃奏彈之。文帝見陵服章嚴肅，若不可犯，爲斂容正坐。陵進讀奏狀。時安成王殿上侍立，仰視文帝，流汗失色，陵遣殿中郎引王下殿。自是朝廷肅然。遷吏部尚書領大著作。陵以梁末以來，選授多失其所，於是提舉綱維，綜覈名實。時有冒進求官，馳競不已者，乃爲書宣示之……自是衆咸服焉。時論比之毛玠。

及宣帝入輔，謀黜異志者，引陵預其議。廢帝即位，封建昌縣侯。太建中爲尚書左僕射，抗表推周弘正、王勱等，帝召入內殿曰："卿何爲固辭而舉人乎？"陵曰："弘正舊藩長史，王勱太平中相府長史，張種帝鄉賢戚，若選賢舊，臣宜居後。"固辭累日，乃奉詔。及朝議北侵，宣帝命舉元帥，衆議在淳于量，陵獨曰："不然。吳明徹家在淮左，悉彼風俗，將略人才，當今無過者。"於是爭論數日不能決。都官尚書裴忌曰："臣同徐僕射。"陵應聲曰："非但明徹良將，忌即良副也。"是日詔明徹爲大都督，令忌監軍事，遂剋淮南數十州地。宣帝因置酒舉杯屬陵曰："賞卿知人。"七年，領國子祭酒，以公事免侍中僕射，尋加侍中給扶。十二年爲中書監，領太子詹事，以年老累求致事。宣帝亦優禮之，詔將作爲造大齋，令陵就第攝事。

後主即位，遷左光祿大夫太子少傅。至德元年卒，年七十七，詔贈特進。初，後主爲文，示陵云"他日所作"，陵嗤之曰："都不成辭句。"後主銜之，至是諡曰"章繆侯"。

陵器局深遠，容止可觀，性又清簡，無所營樹，俸祿與親族共之。太建中，食建昌，戶戶送米至水次，親戚有貧匱者，皆召令取焉，數日便盡。陵家尋致乏絕，府寮怪問其故，陵云：“我有車牛衣裳可賣，餘家有可賣不？”其周給如此。少而崇信釋教，經論多有釋解。後主在東宮，令陵講大品經義學，名僧自遠雲集，每講筵，商較四坐，莫能與抗。目有青精，時人以爲聰慧之相也。自陳創業，文檄軍書及受禪詔策，皆陵所製，爲一代文宗。亦不以矜物，未嘗詆訶作者。其於後進，接引無倦。文、宣之時，國家有大手筆，必命陵草之，其文頗變舊體，緝裁巧密，多有新意。每一文出，好事者已傳寫成誦，遂傳于周、齊，家有其本，後逢喪亂，多散失，存者三十卷。（徐摛傳附）

(二)徐陵玉臺新詠序

　　夫淩雲概日，由余之所未窺，千門萬戶，張衡之所曾賦。周王璧臺之上，漢帝金屋之中，玉樹以珊瑚作枝，珠簾以玳瑁爲押，其中有麗人焉。其人也，五陵豪族，充選掖庭；四姓良家，馳名永巷。亦有潁川新市，河間觀津，本號嬌娥，曾名巧笑。楚王宮裏，無不推其細腰；衛國佳人，俱言訝其纖手。閱詩敦禮，豈東鄰之自媒；婉約風流，異西施之被教。弟兄協律，生小學歌，少長河陽，由來能舞。琵琶新曲，無待石崇；箜篌雜引，非關曹植。傳鼓瑟於楊家，得吹簫於秦女。至若寵聞長樂，陳后知而不平；畫出天仙，閼氏覽而遙妒。至如東鄰巧笑，來侍寢於更衣；西子微顰，得橫陳於甲帳。陪遊馺娑，騁纖腰於結風；長樂鴛鴦，奏新聲於度曲。妝鳴蟬之薄鬢，照墮馬之垂鬟。反插金鈿，橫抽寶樹。南

都石黛,最發雙娥;北地臙脂,偏開兩靨。亦有嶺上仙童,分丸
魏帝;腰中寶鳳,授曆軒轅。金星將婺女爭華,麝月共嫦娥競爽。
驚鸞冶袖,時飄韓掾之香;飛燕長裾,宜結陳王之佩。雖非圖畫,
入甘泉而不分;言異神仙,戲陽臺而無別。眞可謂傾國傾城,無
對無雙者也。加以天時開朗,逸思雕華,妙解文章,尤工詩賦。瑠
璃硯匣,終日隨身;翡翠筆牀,無時離手。清文滿篋,非惟芍藥之
花;新製連篇,寧止蒲萄之樹。九日登高,時有緣情之作;萬年公
主,非無誄德之辭。其佳麗也如彼,其才情也如此。

　　既而椒宮宛轉,柘館陰岑,絳鶴晨嚴,銅蠡晝靜。三星未夕,
不事懷衾;五日猶賒,誰能理曲。優游少託,寂寞多閑。厭長樂
之疏鐘,勞中宮之緩箭。纖腰無力,怯南陽之搗衣;生長深宮,笑
扶風之織錦。雖復投壺玉女,爲觀盡於百驍;爭博齊姬,心賞窮
於六箸。無怡神於暇景,惟屬意於新詩。庶得代臯蘇,微蠲愁
疾。但往世名篇,當今巧製,分諸麟閣,散在鴻都。不籍篇章,無
由披覽。於是燃脂暝寫,弄筆晨書。撰錄豔歌,凡爲十卷。曾無
忝於雅頌,亦靡濫於風人。涇、渭之間,若斯而已。於是麗以金
箱,裝之寶軸。三臺妙迹,龍伸蠖屈之書;五色花箋,河北、膠東
之紙。高樓紅粉,仍定魚魯之文;辟惡生香,聊防羽陵之蠹。靈
飛六甲,高擅玉函。鴻烈仙方,長推丹枕。至如青牛帳裏,餘曲
既終;朱鳥窗前,新妝已竟。方當開茲縹帙,散此綿緗。永對翫
於書幃,長循環於纖手。豈如鄧學春秋,儒者之功難習;竇專黃
老,金丹之術不成。因勝西蜀豪家,託情寡於魯殿;東儲甲觀,
流詠止於洞簫。變彼諸姬,聊同棄日,猗歟彤管,無或譏焉。

（三）關於宮體詩

南史梁簡文帝紀：（簡文帝）弘納文學之士，賞接無倦。······雅好賦詩，其自序云七歲有詩癖，長而不倦。然帝文傷於輕靡，時號"宮體"。

南史梁簡文帝紀論：簡文文明之姿，稟乎天授······宮體所傳，且變朝野。

南史徐摛傳：徐摛······屬文好爲新變，不拘舊體。······摛文體既別，春坊盡學之。"宮體"之號，自斯而始。

隋書文學傳序：梁自大同之後，雅道淪缺，漸乖典則，爭馳新巧，簡文、湘東啓其淫放，徐陵、庾信分道揚鑣，其意淺而繁，其文匿而彩。詞尚輕險，情多哀思，格以延陵之聽，蓋亦亡國之音乎。

唐杜確岑嘉州集序：梁簡文帝及庾肩吾之屬，始爲輕浮綺靡之辭，名曰"宮體"，自後沿襲，務爲妖體。

隋書音樂志下：（陳）後主嗣位，耽荒於酒，視朝之外，多在宴筵，尤重聲樂，遣宮女習北方簫鼓，謂之"代北"，酒酣則奏之；又於清樂中造黃鸝留及玉樹後庭花、金釵兩邊垂等曲，與幸臣等製其歌辭，豔麗相高，極於輕薄，男女唱和，其音甚哀。

南史張貴妃傳：後主······以宮人有文學者袁大捨等爲女學士。後主每引賓客對貴妃等，游宴則使諸貴人及女學士與狎客共賦新詩，互相贈答，采其尤豔麗者以爲曲調，被以新聲，選宮女有容色者以千百數，令習而歌之，分部選進，持以相樂，其曲有玉樹後庭花、臨春樂等。

　　陳書江總傳：(江總)好學能屬文，於五言七言尤善，然傷於浮豔，故爲後主所愛幸。多有側篇，好事者相傳諷翫，于今不絕。後主之世，總當權宰，不持政務，但日與後主游宴後庭，共陳暄、孔範、王瑳等十餘人，當時謂之狎客。

白紵辭二首(錄一)　　　　　　　　蕭　衍

朱絲玉柱羅象筵，飛琚促節舞少年。短歌流目未肯前，含笑一轉私自憐。

美女篇　　　　　　　　　　　　　蕭　綱

佳麗盡關情，風流最有名。約黃能效月，裁金巧作星。粉光勝玉靚，衫薄擬蟬輕。密態隨流臉，嬌歌逐軟聲。朱顏半已醉，微笑隱香屛。

詠內人畫眠　　　　　　　　　　蕭　綱

北窗聊就枕，南簷日未斜。攀鈎落綺障，插捩舉琵琶。夢笑開嬌靨，眠鬟壓落花。簟文生玉腕，香汗浸紅紗。夫婿恆相伴，莫誤是娼家。

三婦豔詞十一首(錄一)　　　　　　陳叔寶

大婦年十五，中婦當春戶。小婦正橫陳，含嬌情未吐。所愁曉漏促，不恨燈銷炷。

玉樹後庭花　　　　　　　　　　陳叔寶

麗宇芳林對高閣，新妝豔質本傾城。映戶凝嬌乍不進，出帷含態笑相迎。妖姬臉似花含露，玉樹流光照後庭。

三　江　總

　　江總(公元五一八——五九○)字總持,濟陽考城(今河南蘭考縣)人。在梁代作過尙書僕射。入陳,爲尙書令。他常隨後主在後庭游宴,作豔詩;和陳暄、孔範等十餘人號爲"狎客"。今傳江令君集輯本一卷。

雜　曲①

行行春逕蘼蕪綠② 織素那復解琴心。乍愜南階悲綠草③,誰堪東陌怨黃金。紅顏素月俱三五④,夫壻何在今追虜。關山隴月春雪冰⑤,誰見人啼花照戶。

　　①雜曲共三首,此選其一。本篇寫思婦春愁。
　　②"行行"二句:"逕",通"徑",小路。"蘼蕪",草名。古詩上山采蘼蕪:"上山采蘼蕪,下山逢故夫。""新人工織縑,故人工織素。"此處活用其意。"琴心",以琴達意。史記司馬相如列傳說卓文君新寡,司馬相如以琴心挑之。下句反用其意。這二句說自己雖與丈夫久別,但對他的愛情不會動搖。
　　③"乍愜"二句:"乍",暫。"愜(qiè)",愉快。"黃金",指春天楊柳新葉淡黃的顏色。這二句說由於感春傷別,使得剛剛產生的一點愉快心情,也變成悲怨了。
　　④"紅顏"句:"三五",三五一十五。這句說紅顏少婦與明月都在盛時,或謂人當十五歲,月當十五夜,亦可。

⑤"關山"二句：說丈夫遠征在外，所見只是隴月冰雪，誰見我在春日的
悲苦情狀。

閨　怨　篇①

寂寂青樓大道邊，紛紛白雪綺窗②前。池上鴛鴦不獨自，帳中
蘇合還空然③。　屏風有意障明月，燈火無情照獨眠。遼西水凍
春應少④，薊北鴻來路幾千。願君關山及早度，念妾桃李片時
妍⑤。

①本篇寫閨中少婦思念遠征的丈夫。古詩賞析說："前六，點地點時，先
就閨人摹寫其多夜空房獨宿，觸物傷心苦景。中二，則念彼邊應亦
苦寒，音信何偏稀少。後二，以早歸慰我，就彼邊收合己邊。'片時
妍'說得危竦。友人卞近村云：此種七言，專工對仗，已開唐人排律之
體。良然。"

②綺窗：有紋飾的窗子。

③"帳中"句："蘇合"，香名。"然"，同"燃"。

④"遼西"二句："遼西"，郡名，秦置。"遼西"、"薊北"，皆在今河北東北
部一帶。

⑤片時妍：言其麗色易逝。"妍"，美。

〔附錄〕

陳書江總傳（節錄）

江總字總持，濟陽考城人也。晉散騎常侍統之十世孫；五世
祖湛，宋左光祿大夫開府儀同三司忠簡公；祖蒨，梁光祿大夫，有

名當代；父祢，本州迎主簿，少居父憂，以毀卒。在梁書孝行傳。總七歲而孤，依于外氏。幼聰敏，有至性。舅吳平光侯蕭勱，名重當時，特所鍾愛，嘗謂總曰："爾操行殊異，神采英拔，後之知名，當出吾右。"及長，篤學有辭采。家傳賜書數千卷，總晝夜尋讀，未嘗輟手。年十八，解褐宣惠武陵王府法曹參軍。中權將軍丹陽尹何敬容開府置佐史，並以貴胄充之，仍除敬容府主簿。遷尙書殿中郎。梁武帝撰正言始畢，製述懷詩，總預同此作。帝覽總詩，深降嗟賞，仍轉侍郎。尙書僕射范陽張纘、度支尙書瑯邪王筠、都官尙書南陽劉之遴並高才碩學，總時年少有名，纘等雅相推重，爲忘年友。會之遴嘗酬總詩，其略曰："上位居崇禮，寺署鄰栖息。忌聞曉驪唱，每畏晨光艷。高談意未窮，晤對賞無極。探急共遨遊，休沐忘退食。曷用銷鄙吝，枉趾覿顏色。下上數千載，揚榷吐胸臆。"其爲通人所欽挹如此。遷太子洗馬，又出爲臨安令，還爲中軍宣城王府限內錄事參軍，轉太子中舍人。及魏國通好，勑以總及徐陵攝官報聘，總以疾不行。

　　侯景寇京都，詔以總權兼太常寺卿守小廟，臺城陷，總避難崎嶇，累年至會稽郡，憩於龍華寺，乃製修心賦略序時事。……總第九舅蕭勃先據廣州，總又自會稽往依焉。梁元帝平侯景，徵總爲明威將軍、始興內史，以郡秩米八百斛給總行裝。會江陵陷，逐不行。總自此流寓嶺南積歲。

　　天嘉四年，以中書侍郎徵還朝，直侍中省。累遷司徒右長史，掌東宮管記，給事黃門侍郎，領南徐州大中正，授太子中庶子、通直散騎常侍東宮，中正如故。遷左民尙書，轉太子詹事，中正如故；以與太子爲長夜之飲，養良娣陳氏爲女，太子微行總舍，上怒免之。尋爲侍中，領左驍騎將軍；復爲左民尚書，領左軍將軍，未拜，又以公事免。尋起爲散騎常侍、明烈將軍、司徒左長史，遷太常卿。

後主即位，除祠部尚書；又領左饒騎將軍，參掌選事，轉散騎常侍、吏部尚書；尋遷尚書僕射，參掌如故。至德四年，加宣惠將軍，量置佐史；尋授尚書令，給鼓吹一部，加扶，餘並如故。……禎明二年，進號中權將軍，京城陷，入隋爲上開府。開皇十四年卒於江都，時年七十六。……

總篤行義，寬和溫裕，好學能屬文，於五言七言尤善，然傷於浮豔，故爲後主所愛幸。多有側篇，好事者相傳諷翫，于今不絕。後主之世，總當權宰，不持政務，但日與後主遊宴後庭，共陳暄、孔範、王瑳等十餘人，當時謂之狎客。由是國政日頹，綱紀不立。有言之者，輒以罪斥之。君臣昏亂，以至于滅。有文集三十卷，並行於世焉。

十三　北朝詩文

一　酈道元

酈道元(公元?——五二六)字善長,北魏范陽(今河北涿縣)人。曾爲東荆州刺史,以嚴酷免官。後爲關右大使。雍州刺史蕭寶夤反,酈道元於赴任途中爲蕭寶夤所殺。他自幼好學,歷覽奇書,博聞强記,著有水經注等。

水　經　注①

江水注② (節錄)

江水歷峽,東逕新崩灘③。此山漢和帝永元十二年崩③,晉太元二年又崩。當崩之日,水逆流百餘里,湧起數十丈。今灘上有石,或圓如簞④,或方似屋,若此者甚衆,皆崩崖所隕,致怒湍流⑤,故謂之新崩灘。其頹巖所餘⑥,比之諸嶺,尚爲竦桀。其下十餘里,有大巫山,非惟三峽⑦所無,乃當抗峯岷、峨⑧,偕嶺衡、疑⑨。其翼附羣山⑩,並槪青雲,更就霄漢辨其優劣耳。神孟涂所處。山海經曰:⑪夏后啓之臣孟涂,是司神於巴,巴人訟於孟涂之所,其衣有血者執之,是請生居山上,在丹山西。郭景純云⑫:丹山在丹陽,屬巴。丹山西即巫山者也。又帝女居焉。宋玉所謂天帝之季女⑬,名曰瑤姬,未行而亡,封於巫山之陽,精魂爲草實、爲靈芝。所謂巫山之女,高唐之阻,且爲行雲,暮爲行

雨,朝朝暮暮,陽臺之下。且旦視之　果如其言,故立爲廟,號朝
雲焉。其間首尾百六十里,謂之巫峽,蓋因山爲名也。

①水經注四十卷,北魏酈道元撰。水經是我國古代的一部地理書。唐
　書藝文志說:"(漢)桑欽水經三卷,一作郭璞撰。"推究文句,當是三國
　時人所作。水經過於簡略,酈道元爲之作注,繁徵博引,使原著內容
　大爲豐富。水經注描繪了祖國壯麗的山川,記載了許多神話傳說和
　各地風土人情,科學價值和文學價值都較高。

②本節摘自水經注卷三十四江水注,描寫三峽風光並記述有關的神話
　傳說。"江水",長江。

③"此山"二句:後漢書五行志載:"和帝永元十二年(公元一○○),夏,
　閏四月,戊辰,南郡秭歸山,高四百丈,崩,填谿,殺百餘人。""太元",
　東晉孝武帝年號。"太元二年",爲公元三七七年。

④簞(dān):古代盛飯的圓形竹器。

⑤"致怒"句:"湍",急流的水。這句說石積江中,使得急流受阻,更加洶
　湧澎湃。

⑥"其頹"三句:"竦桀",聳峙貌。這三句說崩後餘下來的山比別的許多
　山還高。

⑦三峽:卽瞿塘峽、巫峽、西陵峽,地當長江上游,介乎四川、湖北兩省之
　間。

⑧"乃當"句:"乃",猶"且"。"岷",岷山,在四川松潘縣北。"峨",峨嵋
　山,在四川峨嵋縣西南。這句說大巫山可與岷、峨爭高下。

⑨"偕嶺"句:"衡",衡山,五嶽中的南嶽,在湖南省境。"疑",九疑山,又
　名蒼梧山,在湖南寧遠縣。這句說大巫山可與衡、疑相比。

⑩"其翼"三句:"槩",平。這三句說大巫山兩旁與它相連的羣山,皆高
　與雲齊,要到霄漢之上,方能分辨其高低。

⑪"山海經"七句:據山海經第十海內南經,引文畧有出入。竹書載帝啓
　八年,帝使孟涂如巴涖訟。"司神於巴",謂孟涂爲巴地之神。"巴",巴

郡．在四川。"其衣有血者執之"，謂衣上有血者，就拘囚之。"請生"，郭璞注說是"好生"，餘未詳。

⑮"郭景純"三句：此是山海經郭璞注文。"景純"，郭璞的字。

⑯"宋玉"一段：據宋玉高唐賦序，引文有出入。襄陽耆舊傳說："赤帝女曰姚姬，未行(未嫁)而卒，葬於巫山之陽(山南)。"

　　自三峽七百里中，兩岸連山，略無闕① 處。重巖疊嶂，隱天蔽日，自非亭午夜分②，不見曦③月。至於夏水襄陵④，沿泝⑤阻絕。或王命急宣，有時朝發白帝⑥，暮到江陵⑦，其間千二百里，雖乘奔御風⑧，不以疾也。春冬之時，則素湍綠潭⑨，迴清倒影。絕巘⑩多生怪柏，懸泉瀑布，飛漱其間，清榮峻茂，良多趣味。每至晴初霜旦，林寒澗肅，常有高猿長嘯，屬引⑪淒異，空谷傳響，哀轉久絕。故漁歌曰："巴東三峽巫峽長，猿鳴三聲淚沾裳！"

①"闕"：同缺。

②亭午夜分："亭午"，正午。"夜分"，夜半。

③曦：日光。

④襄陵：謂夏季水漲，溢上丘陵。"襄"，上。尚書堯典："蕩蕩懷山襄陵，浩浩滔天。"

⑤沿泝：順水而下叫"沿"，逆流而上叫"泝"。

⑥白帝：城名，在今四川奉節縣東。

⑦江陵：卽今湖北江陵縣。

⑧"雖乘"二句："乘奔"，乘着奔跑的馬。"御風"，駕風。這二句說乘馬駕風都不如船行得快。

⑨"則素"二句："素"，白色。"湍"，急流。"潭"，深水。"迴清"，迴映清光。

⑩巘(yàn)：山峯。

⑪屬引："屬"，連。"屬引"，謂猿聲接連不斷。

〔附錄〕

北史酈道元傳

道元字善長，初襲爵永寧侯，例降爲伯。御史中尉李彪以道元執法清刻，自太傅掾引爲書侍御史。彪爲僕射李沖所奏，道元以屬官坐免。景明中爲冀州鎮東府長史。刺史于勁，順皇后父也，西討關中，亦不至州。道元行事三年，爲政嚴酷，吏人畏之，姦盜逃于他境。後試守魯陽郡，道元表立黌序，崇勸學敎。詔曰：“魯陽本以蠻人不立大學，今可聽之，以成良守文翁之化。”道元在郡，山蠻伏其威名，不敢爲寇。延昌中，爲東荊州刺史，威猛爲政，如在冀州。蠻人詣闕訟其刻峻，請前刺史寇祖禮及以遣戍兵七十人送道元還京。二人並坐免官。後爲河南尹。明帝以沃野、懷朔、薄骨律、武川、撫冥、柔玄、懷荒、禦夷諸鎮，並改爲州，其郡縣戍名，令準古城邑，詔道元持節兼黃門侍郎馳馹，與大都督李崇籌宜置立，裁減去留。會諸鎮叛，不果而還。孝昌初，梁遣將揚州刺史元法僧又於彭城反叛，詔道元持節兼侍中攝行臺尙書節度諸軍，依僕射李平故事。軍至渦陽敗退，道元追討，多有斬獲。後除御史中尉。

道元素有嚴猛之稱，權豪始頗憚之，而不能有所糾正，聲望更損。司州牧汝南王悅嬖近左右丘念，常與臥起，及選州官，多由於念。念常匿悅第，時還其家。道元密訪知，收念付獄。悅啓靈太后，請全念身，有敕赦之。道元遂盡其命，因以劾悅。時雍州刺史蕭寶夤反狀稍露,侍中城陽王徽素惡道元,因諷朝廷遣爲關右大使。寶夤慮道元圖己,遣其行臺郎中郭子帙圍道元於陰盤驛亭。亭在岡上,嘗食岡下之井。既被圍,穿井十餘丈不得水。水盡力屈,賊逐踰墻而入,道元與其弟道□、二子俱被害。道元瞋目叱賊,厲聲而死。寶夤猶遣斂其父子,殯於長安城東。事平,喪還,贈吏部尚書、冀州刺史、安定縣男。

　道元好學,歷覽奇書,撰注水經四十卷、本志十三篇,又爲七聘及諸文,皆行於世。然兄弟不能篤睦,又多嫌忌,時論薄之。(酈範傳附)

二　楊衒之

楊衒之，北魏人，他的家世爵里生卒都不甚可考。據洛陽伽藍記書中自述和書首所署官銜，知道他於北魏永安中爲奉朝請；著書時爲撫軍府司馬。該書自序說他在武定五年（公元五四七）因行役重遊洛陽，見"城郭崩毀，宮室傾覆，寺觀灰燼，廟塔丘墟，……京城表裏凡有一千餘寺，今日寮廓，鐘聲罕聞"，有感而撰洛陽伽藍記。

洛陽伽藍記①

法雲寺②（節錄之一）

市③東有通商、達貨二里。里內之人，盡皆工巧，屠販爲生，資財巨萬。有劉寶者，最爲富室。州郡都會之處，皆立一宅，各養馬一④匹。至於鹽粟貴賤，市價高下⑤，所在一例。舟車所通，足跡所履，莫不商販焉。是以海內之貨，咸萃⑥其庭，產匹銅山⑦，家藏金穴。宅宇踰制⑧，樓觀出雲，車馬服飾，擬⑨於王者。

①本書共五卷，主要在記載洛陽的佛寺，宣傳宗教迷信和災異，落後的東西很多；但也在一定程度上反映了北魏的政治、經濟、文化情況和社會面貌，揭露了統治階級的腐化墮落，且有較高的文學價值。

②此與後一節皆摘自卷四城西編法雲寺條。這兩節記敍了洛陽當時的繁榮情況和種種有趣的市井傳聞，以及統治階級奢侈腐化的生活，有

一定認識意義。但其中關於所謂"百姓殷阜，年登俗樂"等昇平氣象的描寫，顯然誇大失實。

③市：指洛陽大市，在西陽門外四里御道南。

④一：一作"十"，似是。

⑤"市價"二句：謂各地分店貨物價格相同。

⑥萃：草叢生；引伸爲聚集的意思。

⑦"產匹"二句：極言其富有。"匹"，匹敵，相當。史記佞幸列傳載漢文帝曾賜鄧通蜀嚴道銅山，得自鑄錢。後漢書郭皇后紀載郭后弟郭況，曾經幾次得到皇帝的賞賜，豐盛莫比，京師號其家爲金穴。

⑧踰制：古代各等級的人，其屋宇車馬服飾等都有一定的規格，超出規格，謂之踰制。

⑨擬：相似。〔本段記市東通商、達貨二里多富商，着重寫劉寶的經商和他的富有。〕

市南有調音、樂律二里。里內之人，絲竹謳歌，天下妙伎①出焉。有田僧超者，善吹笳②，能爲壯士歌③、項羽吟④。征西將軍崔延伯⑤甚愛之。正光末⑥，高平失據，虐吏充斥。賊帥万俟醜奴寇暴涇、岐之間⑦，朝廷爲之旰食⑧，延伯總步騎五萬討之。延伯出師於洛陽城西張方橋，即漢之夕陽亭⑨也。時公卿祖道⑩，車騎成列。延伯危冠⑪長劍，耀武於前，僧超吹壯士笛曲於後，聞之者懦夫成勇，劍客思奮。延伯瞻略⑫不羣，威名早著，爲國展力，二十餘年，攻無牢城⑬，戰無橫陣，是以朝廷傾心送之。延伯每臨陣，常令僧超爲壯士聲，甲胄之士⑭莫不踴躍。延伯單馬入陣，旁若無人，勇冠三軍⑮，威鎮戎豎⑯，二年之間⑰，獻捷相繼。醜奴募善射者射僧超，亡，延伯悲惜哀慟⑱，左右謂"伯牙之失鍾子期，不能過也。"後延伯爲流矢所中，卒於軍中。於是五萬之師，一時潰散。

　①伎：通“妓”，樂工、歌妓。

　②笳：胡笳，我國古代北方民族的一種樂器，類似笛子。

　③壯士歌：范祥雍以爲當即隴上歌（見洛陽伽藍記校注）。其歌辭有“隴上壯士有陳安”云云，已見前選。

　④項羽吟：范祥雍以爲疑即拔山歌。其歌辭有“力拔山兮氣蓋世”云云。見樂府詩集卷五十八。

　⑤崔延伯：博陵人，魏書卷七十三有傳。

　⑥“正光”二句：資治通鑑卷一百五十梁武帝普通五年（公元五二四，即後魏孝明帝正光五年）載：“夏，四月，高平鎮民赫連恩等反，推敕勒酋長胡琛爲高平王，攻高平鎮以應拔陵。魏將盧祖遷擊破之，琛北走。”又同年十一月載：“高平人攻殺卜胡，共迎胡琛。”這二句即指此事。“高平”，後魏屬原州，在今甘肅省固原縣。

　⑦“賊帥”句：通鑑卷一百五十梁武帝普通六年（公元五二五，即後魏孝明帝正光六年）四月載：“胡琛據高平，遣其大將万俟醜奴、宿勤明達等寇魏涇州。”“万俟（mò qí）”，複姓。“涇”，後魏時涇州在今甘肅省東部涇川一帶。“岐”，後魏置東西二岐州，俱在今河南南召縣西六十里。

　⑧旰食：“旰（gàn）”，晚。“旰食”，吃飯比平常晚。用以表示憂慮。

　⑨夕陽亭：元河南志卷二後漢城闕宮殿古蹟載：“夕陽亭，城西。又按晉賈充出鎮長安，百寮餞送於此，自旦及暮，故曰夕陽亭。疑因其舊名。”

　⑩祖道：謂餞別。古代出行時祭路神謂之“祖”。

　⑪危冠：高冠。

　⑫瞻略：謂智謀。“瞻”，視，可引伸出審察事物的意思。

　⑬“攻無”二句：“橫（hèng）”，強橫。這二句說崔延伯的軍隊所向無敵，若攻城，沒有一個城池是牢固的，若決戰，沒有一個敵陣是強橫不

敗的。

⑭甲冑之士：謂將士。"甲"，古代軍人打仗穿的護身衣服，是用皮革或金屬作成的。"冑"，盔，古代作戰時戴的帽子。

⑮三軍：軍隊的通稱。

⑯戎豎：謂士卒。"豎"，舊指年輕的僕人。

⑰"二年"二句：崔延伯受命征討在正光五年（公元五二四），第二年破莫折天生，所以這裏說是二年之間。

⑱"延伯"三句：春秋時伯牙善鼓琴，鍾子期善知音。子期死，伯牙絕絃，悲痛世上沒有知音的人（見呂氏春秋本味篇）。這裏借來表示崔延伯對田僧超陣亡的哀慟之深。〔本段記市南調音、樂律二里多樂伎，着重寫田僧超的吹笳絕技。〕

市西有退酤、治觴二里。里內之人多醞酒爲業。河東①人劉白墮②善能釀酒。季夏六月，時暑赫羲③，以甖貯酒，曝④於日中，經一旬，其酒不動，飲之香美而醉，經月不醒。京師朝貴⑤多出郡登藩⑥，遠相餉饋⑦，踰⑧于千里，以其遠至，號曰"鶴觴"，亦名"騎驢酒"。永熙⑨年中，南青州⑩刺史毛鴻賓⑪齎⑫酒之藩，逢路賊，盜飲之即醉，皆被擒獲，因復命"擒奸酒"。游俠語曰："不畏張弓拔刀，唯畏白墮春醪⑬"。

①河東：郡名。秦置，今山西省西南隅汾西、沁源諸縣以南，安澤、沁水諸縣以西皆其地，治安邑（在今山西夏縣北）；晉移治蒲城（在今山西永濟縣東南）；唐改河中府。

②劉白墮：水經卷四河水注載河東郡民劉墮善釀，時代亦相近，當是一人。范祥雍說："按白墮疑爲劉墮之字。據河水注則其始擅業於河東，後蓋遷于京師，或者爲別設分肆于洛。"

③赫羲：形容暑熱之盛。

④曝：曬。

⑤朝貴：朝廷顯貴。

⑥藩：諸侯領地。這裏泛指任所。

⑦餉饋：贈送。

⑧踰：超過。

⑨永熙：後魏孝武帝年號，自公元五三二至五三四，共三年。

⑩南青州：原爲東徐州，後魏孝文帝太和二二年（公元四九八）改。在今山東沂水縣一帶。

⑪毛鴻賓：北史卷四十九有傳。

⑫齎（jī）：帶着。

⑬醪（láo）：醇酒。〔本段記市西退酤、治觴二里之人多善釀酒 着重寫劉白墮所釀的美酒及有關傳聞。〕

法雲寺 （節錄之二）

　　自退酤以西，張方溝以東，南臨洛水，北達芒山，其間東西二里，南北十五里，並名爲壽丘里，皇宗① 所居也，民間號爲王子坊。當時四海晏清②，八荒率職③，䙫囊紀慶④，玉燭調辰⑤，百姓殷阜⑥，年登俗樂⑦。鰥寡不聞犬豕之食⑧ 煢獨不見牛馬之衣。於是帝族王侯、外戚公主，擅⑨山海之富，居川林之饒，爭修園宅，互相誇競。崇門豐室，洞戶連房，飛館生風，重樓起霧，高臺芳榭，家家而築，花林曲池，園囿而有。莫不桃李夏綠，竹柏多青。而河間王琛⑩最爲豪首，常與高陽爭衡⑪，造文柏堂，形如徽音殿⑫。置玉井金罐，以五色絲爲繩。伎女三百人，盡皆國色。有婢朝雲，善吹箎⑬，能爲團扇歌⑭、隴上聲⑮。琛爲秦州⑯刺史，諸羌⑰外叛，屢討之不降，琛令朝雲假爲貧嫗⑱吹箎而乞。諸羌聞之，悉皆流涕，迭相⑲謂曰："何爲棄墳井⑳，在山谷爲寇

也？”卽相率歸降。秦民語曰："快馬健兒，不如老嫗吹箆。"琛在秦
州，多無政績，遣使向西域求名馬，遠至波斯國㉓，得千里馬，號
曰"追風赤驥"。其次有七百里馬十餘匹，皆有名字。以銀爲槽，金
爲鎖環，諸王服其豪富。琛常語人云："晉室石崇㉒乃是庶姓㉓，
猶能雉頭狐腋㉔，畫卵雕薪；況我大魏天王，不爲華侈？"造迎風
館於後園，窗戶之上，列錢青瑣㉕，玉鳳銜鈴，金龍吐佩㉖，素
柰㉗朱李，枝條入簷，伎女樓上，坐而摘食。琛常會宗室，陳諸
寶器，金瓶銀甕百餘口，甌檠盤盒稱是㉘。自餘酒器，有水晶鉢、
瑪瑙杯、琉璃碗、赤玉卮㉙數十枚，作工奇妙，中土所無，皆從西
域而來。又陳女樂及諸名馬，復引諸王按行府庫，錦罽㉚珠璣㉛，
冰羅霧縠㉜，充積其內。綉、纈㉝、紬㉞、綾、絲、綵、越㉟、葛、錢、
絹等不可數計。琛忽謂章武王融㊱曰："不恨我不見石崇，恨石
崇不見我！"融立性貪暴，志欲無限，見之惋歎，不覺生疾，還家臥
三日不起。江陽王繼㊲來省㊳疾，謂曰："卿之財產，應得抗衡，
何爲嘆羨，以至於此？"融曰："常謂高陽一人寶貨多於融，誰知河
間，瞻之在前㊴。"繼笑曰："卿欲作袁術之在淮南㊵，不知世間復
有劉備也？"融乃蹶㊶起，置酒作樂。于時國家殷富，庫藏盈溢，
錢絹露積於廊者，不可較數。及太后㊷賜百官負絹，任意自取，
朝臣莫不稱力而去。唯融與陳留侯李崇㊸負絹過任，蹶㊹倒傷
踝㊺。太后卽不與之，令其空出，時人笑焉。侍中崔光㊻止取兩
匹，太后問："侍中何少？"對曰："臣有兩手，唯堪兩匹，所獲多
矣。"朝貴服其清廉。

　①皇宗：皇族。
　②晏清：太平。

⑧八荒牽職："八荒"，謂八方極遠之處。"牽"，遵循。"牽職"，遵循職守。這句說四方極遠之地都歸順臣服。

④縹囊紀慶："縹"，帛青白色。"縹囊"，盛書的淡青色布囊。這裏用以泛指文史著作。這句說文獻紀載了當時的歡慶情況。

⑤玉燭調辰：爾雅釋天："四時和謂之玉燭。""辰"，時、日。此謂四時。這句的意思是說四時風調雨順。

⑥殷阜：富裕。

⑦年登俗樂：年穀豐收叫登。這句說五穀豐登，百姓安樂。

⑧"鰥寡"二句："鰥(guān)"，沒有妻的男子。"煢(qióng)"，沒有弟兄。"獨"，沒有子女。漢書王章傳："章疾病，無被，臥牛衣中。"顏師古注："牛衣，編亂麻爲之。"這二句說孤寡人不再過非人生活。

⑨擅：擅有。

⑩琛：元琛，魏書卷二十有傳。傳云："琛妃世宗舅女，高皇后妹。琛憑恃內外，多所受納，貪惏之極。"

⑪"常與"句："高陽"，高陽王元雍。魏書卷二十一有傳。資治通鑑卷一百四十九載："高陽王雍，富貴冠一國，宮室園圃，侔於禁苑，僮僕六千，伎女五百，出則儀衛塞道路，歸則歌吹連日夜，一食直錢數萬。李崇富埒於雍而性儉嗇，嘗謂人曰：'高陽一食，敵我千日'。""衡"，稱東西輕重的器具。"爭衡"，比高低。這句說河間王常和高陽王比富。

⑫徽音殿：當是當時宮殿名。

⑬篪：(chí) 古時候一種用竹管製成的樂器。

⑭團扇歌：當即樂府詩集卷四十五中的團扇郎歌。

⑮隴上聲：當即樂府詩集卷八十五中的隴上歌。

⑯秦州：三國魏置，在今甘肅省南部天水、隴西、武都、甘谷一帶。治上邽，後魏改名上封，在今天水南。

⑰羌：我國古代西北部的少數民族。

⑱嫗(yù)：老婦人的通稱。但少女亦稱嫗。

⑲迭相：交相、互相。

⑳墳井：謂故鄉。"墳"，祖墳。"井"，鄉井。

㉑波斯國：其地在今伊朗。

㉒石崇：以豪奢著稱。晉書卷三十三謂其"財產豐積，室宇宏麗，後房百數，皆曳紈繡，珥金翠。絲竹盡當時之選，庖膳窮水陸之珍。與貴戚王愷、羊琇之徒以奢靡相尚。愷以粡澳釜，崇以蠟代薪。愷作紫絲布步障四十里，崇作金步障五十里以敵之。崇塗屋以椒，愷用赤石脂。崇、愷爭豪如此。"

㉓庶姓：古代稱異姓諸侯與帝王無親者爲庶姓。

㉔"雉頭狐腋"二句："雉"，野雞。"雉頭"，用野雞頭上的皮毛綴集成的皮衣。"狐腋"，用狐腋下的皮毛綴集成的皮衣。都是華貴的衣料。"畫卵"，荆楚歲時記："古之豪家，食稱畫卵。今代猶染藍茜雜色，仍加雕鏤，遞相餉遺。"又管子侈靡篇："雕卵然後瀹之，雕橑（卽薪）然後爨之。""畫卵雕薪"，見其豪奢。

㉕列錢青瑣："列錢"，古代宮室牆壁上露出的橫木叫壁帶。壁帶上飾以金環或玉環，因其排列如錢，古謂之列錢。"青瑣"，古代門窗上刻鏤着連環文飾而以青色塗之，叫作青瑣。

㉖佩：繫在帶上的飾物。

㉗柰（nài）：蘋果。

㉘"甌檠"句："甌（ōu）"，小盆；深的碗。"檠（jìng）"，有脚的器皿，如簜豆之類。"稱"，相稱、相等。"是"，此。這句說甌檠盌盒數和上述金瓶銀甖數相等。

㉙卮：古代盛酒的器皿。

㉚罽（jì）：毛織布。

㉛璣：一種不圓的珠。

㉜冰羅霧縠："羅"，輕軟有稀孔的絲織品。"冰"，形容羅的涼爽。"縠（hú）"，縐紗。"霧"，形容縐紗薄而且軟。

㉝纈(xié)：有花紋的絲織品。

㉞紬：通作"綢"。

㉟越：南方布名，用葛織成，見尚書禹貢"島夷卉服"句孔疏："葛越，南方布名，用葛爲之。"

㊱融：元融，字永興，魏書卷十九有傳。傳謂融"領河南尹，加征東將軍。性尤貪殘，恣情聚斂，爲中尉糾彈，削除官爵。"

㊲繼：元繼，魏書卷十六有傳。

㊳省(xǐng)：視。

㊴"瞻之"句：此類似後代的歇後語，瞻之在前，卽忽焉在後。用論語子罕篇中的成句。

㊵"卿欲"二句：後漢書卷一百五呂布傳："劉備領徐州，居下邳，與袁術相拒於淮上，術欲引布擊備，乃與布書曰：……術生年以來，不聞天下有劉備。"此用其事。

㊶蹶(ɡuì)：驚起貌、急遽貌。

㊷太后：靈太后胡氏，魏書卷十三有傳。賜絹事，本傳與同書卷一百十食貨志均有記載。本傳沒有談到崔光，而所記長樂公主事，與光事相似，其餘大致相同而稍詳。食貨志所記無情節。

㊸李崇：魏書卷六十六有傳。傳云："(崇)徵拜尚書左僕射，加散騎常侍，驃騎、儀同如故，遷尚書令，加侍中。崇在官和厚，明於決斷。受納辭訟，必理在可推，始爲下筆，不徒爾收領也。然性好財貨，販肆聚斂，家資巨萬，營求不息。子世哲爲相州刺史，亦無淸白狀。鄴、洛市鄽，收擅其利，爲時論所鄙。"

㊹蹶(jué)：跌倒。

㊺踝(huái，讀 huà)：踝子骨，脚腕兩旁凸起的骨頭。

㊻崔光：魏書六十七有傳。崔光本名孝伯，字長仁，曾與李彪參撰國書，累遷中書監侍中，受拜爲太子少傅。卒年七十三，位至太保。〔本段記壽丘里皇族的奢華和元融、李崇的貪婪等情事。〕

〔附錄〕

(一)洛陽伽藍記序例（節錄）

三墳五典之說，九流百氏之言，並理在人區而義兼天外。至於一乘二諦之原，三明六通之旨，西域備詳，東土靡記。自項日感夢，滿月流光，陽門飾毫眉之象，夜臺圖紺髮之形，邇來奔競，其風遂廣。至晉永嘉，惟有寺四十二所。逮皇魏受圖，光宅嵩洛，篤信彌繁，法教逾盛。王侯貴臣，棄象馬如脫屣；庶士豪家，捨資財若遺迹。於是招提櫛比，寶塔駢羅，爭寫天上之姿，競模山中之影。金剎與靈臺比高，廣殿共阿房等壯，豈直木衣綈繡，土被朱紫而已哉！

暨永熙多難，皇輿遷鄴，諸寺僧尼，亦與時徙。至武定五年，歲在丁卯，余因行役，重覽洛陽。城郭崩毀，宮室傾覆，寺觀灰燼，廟塔坵墟，牆被蒿艾，巷羅荊棘。野獸穴於荒階，山鳥巢於庭樹。遊兒牧豎，躑躅於九逵，農夫耕老，藝黍於雙闕。麥秀之感，非獨殷墟；黍離之悲，信哉周室。京城表裏，凡有一千餘寺。今日寥廓，鐘聲罕聞，恐後世無傳，故撰斯記。然寺數最多，不可遍寫，今之所錄，止大伽藍。其中小者，取其祥異，世諦俗事，因而出之。先以城內為始，次及城外，表列門名，以遠近為五篇。余才非著述，多有遺漏，後之君子，詳其闕焉。

(二)關於洛陽伽藍記的記載材料

劉知幾曰：亦有躬為史臣，手自刊削，雖志存該博，而才闕倫

敍。除煩則意有所恡，畢載則言有所妨，遂乃定彼榛楛，列爲子注，若……羊衒之洛陽伽藍記……之類是也。（史通補注篇）

法苑珠林傳記篇：洛陽地伽藍記一部五卷，元魏鄴都期城郡守楊衒之撰。

晁公武曰：洛陽伽藍記三卷，元魏羊衒之撰。後魏遷都洛陽，一時王公大夫，多造佛寺，或捨其私第爲之，故僧舍之多，爲天下最。衒之載其本末及事迹甚備。（晁氏讀書志）

四庫全書總目提要史部地理類：洛陽伽藍記，後魏楊衒之撰。劉知幾史通作羊衒之，晁公武讀書志亦同，然隋志亦作楊，與今本合，疑史通誤也。其里貫未詳，據書中所稱，知嘗官撫軍司馬耳。……（是書）以城內及四門之外，分敍五篇，敍次之後，先以東面三門、南面三門、北面三門，各署其新舊之名，以提綱領，體例絕爲明晰。其文穠麗秀逸，煩而不厭，可與酈道元水經注肩隨。其兼敍爾朱榮等變亂之事，委曲詳盡，多足與史傳參證。其他藝文古迹及外國土風道里，採摭繁富，亦足以廣異聞。劉知幾史通云：“秦人不死，驗苻生之厚誣；蜀老猶存，知葛亮之多枉。”事見魏書毛修之傳。“秦人”事卽用此書“趙逸”一條。知幾引據最不苟，知其說非鑿空也。他如解魏文之苗茨碑，糾戴延之之西征記，考據亦皆精審。惟以高陽王雍之樓爲卽古詩所謂“西北有高樓，上與浮雲齊”者，則未免固於說詩，爲是書之瑕纇耳。據史通補注篇稱……，則衒之此記實有自注，世所行本皆無之，不知何時佚脫。然自宋以來，未聞有引用其注者，則其刊落已久，今不可復考矣。

嚴可均曰：楊衒之，一姓羊，北平人，魏末爲撫軍府司馬，歷

祕書監，出爲期城太守，齊天保中卒于官*。（嚴輯全文北齊文
楊衒之文附小傳）。

　　* 楊氏生平，魏書、北齊書、北史均無傳。嚴氏謂“歷祕書監”、“齊天保
　　中卒于官”，未詳所本，錄以備考。又，舊說有疑楊衒之爲北魏陽固之
　　子。固有三子，史載其長子休之、其弟詮之，尙闕一，或疑卽衒之；
　　“楊”、“陽”音同。其說殊乏佐證，姑錄備考。

三　溫子昇

　　溫子昇(公元四九五——五四六)字鵬舉，太原（今山西太原）人。晉大將軍溫嶠之後。在後魏作過鎮南將軍、金紫光祿大夫等。他雖生長於北朝，而善於摹倣南朝詩文的風格。他與北朝另一詩人邢邵齊名，時稱"溫、邢"。今傳溫侍讀集輯本一卷。

擣衣詩①

長安城中秋夜長，佳人錦石②擣流黃③。香杵紋砧④知近遠，傳聲遞響⑤何淒涼。七夕長河爛⑥，中秋明月光。蠮螉塞邊絕候雁⑦，鴛鴦樓上望天狼⑧。

　　①六朝及唐代詩歌中常有寫婦女擣衣的詩。楊愼丹鉛錄引字林云："直春曰擣。古人擣衣，兩女子對立，執一杵，如春米然；今易作臥杵，對坐擣之，取其便也。"古人作寒衣，先將執素一類的衣料，放在石上，用木棒捶打，使其平整柔軟，然後再剪裁縫紉。這詩寫婦女擣衣爲在外征戍的丈夫作寒衣，因而觸發了相思懷念之情。

　　②錦石：謂精美的擣衣石。

　　③流黃：色名。演繁露謂爲黃繭之絲。詞林海錯謂爲絹。

　　④香杵紋砧：極言擣衣杵與擣衣石的精美。

　　⑤傳聲遞響：謂砧聲次第傳來。

　　⑥"七夕"句：謂七月七日夜晚銀河明亮。此句用七夕牛郎織女相會的故事反襯佳人的獨處。

⑦“蠮螉塞”句：晉書慕容皝載記說：“(皝) 於是率騎二萬，出蠮螉(yē wēng) 塞，長驅至于薊城。”不詳何處；一說即今河北省的居庸關。“絕候雁”，謂斷絕音信。古人以爲鴻雁能傳遞書信。此句謂與征夫斷絕音信。

⑧“鴛鴦樓”句：“鴛鴦樓”，漢長安未央宮內有鴛鴦殿。此借指佳人居處。“天狼”，星名。晉書天文志：“狼一星在東井東南；狼爲野將，主侵掠。”“望天狼”，看天狼是否已隱沒。在古人看來，天狼消失，表示侵掠已被制止。這句意謂佳人盼望早日能制止侵掠，征夫早日能夠歸來。

〔附錄〕

北史溫子昇傳

溫子昇，字鵬舉，自云太原人，晉大將軍嶠之後也，世居江左。祖恭之，宋彭城王義康戶曹，避難歸魏，家于濟陰冤句，因爲其郡縣人焉。父暉，兗州左將軍長史，行濟陰郡事。子昇初受學於崔靈恩、劉蘭，精勤，以夜繼晝，晝夜不倦，長乃博覽百家，文章清婉。爲廣陽王深賤客，在馬坊教諸奴子書。作侯山祠堂碑文，常景見而善之，故詣深謝之。景曰：“頃見溫生。”深怪問之，景曰：“溫生是大才士。”深由是稍知之。熙平初，中尉東平王匡博召辭人，以充御史。同時射策者八百餘人，子昇與盧仲宣、孫搴等二十四人爲高第。於是預選者爭相引決，匡使子昇當之，皆受屈而去。搴謂人曰：“朝來靡旗亂轍者，皆子昇逐北。”遂補御史，時年二十二。臺中彈文皆委焉。以憂去任，服闋，還爲朝請。

　　後李神雋行荆州事，引兼錄事參軍，被徵赴省。神雋表留不
遣。吏部郎中李獎退表不許，曰：“昔伯瑜之不應留，王朗所以發
歎，宜速遣赴，無踵彥雲前失”。於是還員。及廣陽王深以東北
道行臺召爲郎中。黃門郎徐紇受四方表啓，答之敏速，於深獨沈
思曰：“彼有溫郎中，才藻可畏。”高車破走，珍寶盈滿，子昇取絹
四十匹。深軍敗，子昇爲葛榮所得。榮下都督和洛興與子昇舊
識，以數十騎潛送子昇，得達冀州。還京，李楷執其手曰：“卿今
得免，足使夷甫慙德。”自是無復宦情，閉門讀書，厲精不已。

　　及孝莊即位，以子昇爲南主客郎中，修起居注。曾一日不
直，上黨王天穆時錄尚書事，將加捶撻。子昇遂逃遁。天穆甚
怒，奏人代之。莊帝曰：“當世才子不過數人，豈容爲此便相放
黜。”乃寢其奏。及天穆將討邢杲，召子昇同行。子昇未敢應。
天穆謂人曰：“吾欲收其才用，豈懷前忿也。今復不來，便須南走
越，北走胡耳。”子昇不得已而見之，加伏波將軍，爲行臺郎中。天
穆深知賞之。元顥入洛，天穆召子昇問曰：“卽欲向京師，爲隨我
北度。”對曰：“主上以武牢失守，致此狼狽。元顥新入，人情未安，
今往討之，必有征無戰。王若剋復京師，奉迎大駕，桓、文之舉
也。捨此北度，竊爲大王惜之。”天穆善之，而不能用，遣子昇還
洛。顥以爲中書舍人。莊帝還宮，爲顥任使者多被廢黜，而子
昇復爲舍人。天穆每謂子昇曰：“恨不用卿前計。”除正員郎，仍
舍人。

　　及帝殺爾朱榮也，子昇預謀，當時赦詔，子昇詞也。榮入內，
遇子昇，把詔書問是何文字，子昇顏色不變曰：“勅。”榮不視之。
爾朱兆入洛，子昇懼禍逃匿。永熙中爲侍讀兼舍人，鎭南將軍，

金紫光祿大夫。遷散騎常侍，中軍大將軍。後領本州大中正。

　　梁使張皋寫子昇文筆傳於江外，梁武稱之曰：“曹植、陸機復生於北土，恨我辭人，數窮百六。”陽夏守傅摽使吐谷渾，見其國主牀頭有書數卷，乃是子昇文也。濟陰王暉業嘗云：“江左文人，宋有顏延之、謝靈運，梁有沈約、任昉，我子昇足以陵顏轢謝，含任吐沈。”楊遵彥作文德論，以爲古今辭人皆負才遺行，澆薄險忌，唯邢子才、王元景、溫子昇彬彬有德素。

　　齊文襄引子昇爲大將軍諮議。子昇前爲中書郎，嘗詣梁客館受國書，自以不修容止，謂人曰：“詩章易作，逋峭難爲。”文襄館客元僅曰：“諸人當賀。”推子昇合陳辭，子昇久忸怩，乃推陸操焉。及元僅、劉思逸、荀濟等作亂，文襄疑子昇知其謀，方使之作神武碑，文既成，乃餓諸晉陽獄，食弊襦而死。棄屍路隅，沒其家口。太尉長史宋游道收葬之。又爲集其文筆爲三十五卷。子昇外恬靜，與物無競，言有準的，不妄毀譽，而內深險，事故之際，好豫其間，所以終致禍敗。又撰永安記三卷。

四　庾　信

庾信(公元五一三——五八一)字子山,南陽新野(今河南新野縣)人,齊、梁時著名宮體詩人庾肩吾之子。他出身貴族,自幼出入梁朝宮廷,與徐陵同時寫了許多淫靡綺麗的宮體詩賦,世稱"徐庾體"。侯景叛亂,梁都建康失守,他就逃往湖北江陵,輔佐梁元帝。後出使西魏,在出使期間梁亡,因爲北朝當時傾慕南朝文化,以文學成就被强留在長安。北周代魏後,他更被重視,官位清顯。但由於國破家亡,羈旅北地,內心很痛苦,常常想念祖國和故鄉,因此他後期的詩賦較有內容,大多抒寫"鄉關之思"和屈身仕於北朝的痛苦,庾信懷念故國的思想感情是值得肯定的,但其忍辱求全的一面在今天是要批判的。

庾信的作品比起當時一般作家來顯得較深刻,藝術造詣頗高,對後代詩歌的發展有一定進步影響。在藝術表現上,他特別講究形象、聲色,長於駢儷、用典,可說是六朝集大成的作家,又是唐詩的先驅者。他在文學史上起了承前啟後的作用。今傳庾子山集十六卷,清倪璠注釋本可用。

烏　夜　啼①

促柱繁絃非子夜②,歌聲舞態異前溪。御史府中何處宿③?洛陽城頭那得棲1彈琴蜀郡卓家女④,織錦秦川竇氏妻。詎不自驚長淚落,到頭啼烏恆夜啼。

①烏夜啼，樂府曲名，屬清商曲辭西曲歌。唐書樂志："烏夜啼，宋臨川
王義慶所作也。元嘉十七年，徙彭城王義康於豫章。義慶時爲江州，
至鎭相見而哭。爲文帝所怪，徵還宅，大懼。伎妾夜聞烏啼聲，扣齋
閣云：'明日應有赦'。其年更爲南兗州刺史，作此歌。故其和云：'籠
窗窗不開，烏夜啼，夜夜望郎來。'今所傳歌似非義慶本旨。"唐崔令
欽敎坊記載爲衡陽王義季事。古今樂錄："烏夜啼舊舞十六人。"庾信
這首詩寫女子聽到烏夜啼所引起的別愁離恨。劉熙載說："庾子山燕
歌行開唐初七古，烏夜啼開唐七律，其他體爲唐五絕、五律、五排所本
者，亦不可勝舉。"(藝概)庾信這首詩思想內容很空洞，選它，主要是
因爲它在七律的發展上有一定影響。

②"促柱"二句："柱"，琴瑟張絃之木。每絃有一柱，可以自由移動以調
整音之高低，柱促則絃短，故音高而急。"繁絃"，指琴瑟上衆多的絃。
顧野王箋賦："調宮商于促柱，轉妙音於繁弦。""子夜"，晉曲名。詳見
南朝樂府子夜歌注。"前溪"，宋書樂志："前溪歌者，晉車騎沈玩所
製。"郗昻樂府題辭："前溪，舞曲也。"庾信這首烏夜啼是舞曲歌辭，所
以開頭二句就說所奏旣非子夜，所歌所舞亦與前溪不同。

③"御史"二句：漢書朱博傳："是時御史府吏舍百餘區，井水皆竭。又其
府中列柏樹，常有野烏數千棲宿其上，晨去暮來，號曰朝夕烏。烏去
不來者數月，長老異之。"上句用此典故。續漢書五行志一："桓帝之
初，京都童謠曰：'城上烏，尾畢逋。……'"這是一首揭露貪政的歌謠，
以城上的烏鴉比喩居高位而貪財的官僚，說他們的尾巴都缺了。下
句用此典故。因後漢都洛陽，故云"洛陽城頭"。上二句說所奏所舞
並非子夜、前溪，那麼是什麼呢？此二句用有關烏鴉的典故，睠示出這
是一首烏夜啼。

④"彈琴"四句：第一句，史記司馬相如傳："卓王孫有女文君新寡，好音，
故相如……以琴心挑之……文君竊從戶窺之，心悅而好之，恐不得當
也。旣罷，相如乃使人重賜文君侍者通殷勤。文君夜亡奔相如。"西

京雜記："司馬相如將聘茂陵人女爲妾,卓文君作白頭吟以自絕,相如
乃止。卓文君是臨邛(今四川邛崍)人,故云"蜀郡"。第二句,織錦迴
文詩序謂前秦苻堅時秦州刺史竇韜,其妻蘇蕙,字若蘭。竇韜徙沙漠,
臨去,別蘇,誓不更娶。至沙漠,便娶婦。蘇氏織錦端中作此迴文詩
以贈之。"秦川",今陝西一帶古稱秦川。第三句,"詎",豈,何。這四
句用卓文君、蘇蕙的故事。她們都曾一度被丈夫嫌棄,所以說像卓文
君、蘇蕙這樣的女子,聽到烏鴉整夜整夜的啼叫,怎能不自驚而落淚
呢!最後一句點明烏夜啼題意,謂烏鴉反正是要啼的,並不管夜深時
人聽了起什麼感想。

擬 詠 懷①

榆關斷音信②,漢使絕經過。胡笳落淚曲③,羌笛斷腸歌。纖腰
減束素④,別淚損橫波。恨心終不歇⑤,紅顏無復多。枯木期填
海⑥,青山望斷河。

①擬詠懷共二十七首,正如擬古擬行路難,內容不必盡同於前人。倪璠
　說:"皆在周鄉關之思,其辭旨與哀江南賦同矣。"(庾子山集注)此其
　第七首,寫他自己羈留異國不得南歸的苦悶。
②"榆關"二句:"榆關",戰國時關名,在今陝西榆林東。此用以泛指邊
　塞。"漢使",漢人朝廷的使者。這二句言己遠離故國,祖國的信息既
　已斷絕,祖國的使者也不見到來。
③"胡笳"二句:"胡笳(jiā)",樂器名,胡人捲蘆葉而成。這二句言自己
　所聽到的都是胡地的音樂,聽了不禁淚落腸斷,更加悲傷。
④"纖腰"二句:"纖",細。"素",精白的絹。"束素",喻腰。宋玉登徒子
　好色賦:"腰如束素。"謂腰細軟好像一束絹。"減束素",言腰身因悲
　傷而消瘦。"橫波",指眼睛。傅毅舞賦:"目流涕而橫波。"下句言自
　己因別離祖國而悲痛流涕,以致哭壞了眼睛。

⑤“恨心”二句：“恨心”，充滿離恨之心。“紅顏”，指少年之時。這二句
　是說離恨不止，以致自己很快地就衰老了。以上四句皆以閨中思婦
　自喻。

⑥“枯木”二句：山海經北山經：“發鳩之山，有鳥焉，名曰精衞，其鳴自
　詨(jiào，卽叫)。常衝西山之木石，以堙(yīn)洝於東海。”上句用此。
　下句，水經注卷四河水注：“華、岳本一山，當河，河水過而曲行。河神
　巨靈手盪脚蹋，開而爲兩。”聞人倓說：“望斷河者，仍望其(指華、岳二
　山)合。無聊之想。”（古詩箋）這二句說自己南歸的顧望就像希望枯
　木塡海、青山斷河一樣不能實現。

其 二①

悲歌渡遼水②，弭節出陽關。李陵從此去，荊卿不復還。故人形
影滅③，晉書兩俱絕，遙看塞北雲，懸想關山雪。遊子河梁上④，
應將蘇武別。

①本篇原列第十，寫自己出使西魏不得南歸的惆悵心情。

②“悲歌”四句：第一句，“遼水”，卽今遼河，在今遼寧省境。“遼水”，倪
　璠注謂一作“易水”，一作“燕水”。第二句，“弭節”，緩步徐行。“弭”
　(mǐ)，與“彌”通。漢書李廣傳：“率師東轅，彌節白檀。”李陵是李廣之
　孫，漢書李陵傳卽附李廣傳下，所以這裏借以寫李陵事，以啟下句。
　“陽關”，關名，在今甘肅敦煌西南。遼水、陽關都是當時的邊塞。第
　三句，李陵，字少卿，天漢二年率步卒五千人，出塞與匈奴戰。後戰
　敗，遂降匈奴中。第四句，“荊軻”，燕人謂之荊卿。荊軻入秦刺秦
　王，燕太子餞之易水上。乃歌曰：“風蕭蕭兮易水寒，壯士一去兮不復
　還!”這四句意謂自己懷着悲痛的心情出使西魏，從此一去故國，不得
　復歸。

③“故人”四句：第一句，“故人”，舊友。“形影”，形象、模樣。第三句，

"塞北"，塞外，指自己所在的地方。第四句，"關山"，木蘭辭："關山
度若飛。""關山"是祖國與異域之間的許多關口山岳，是來往必經之
路。這四句說老朋友的形象已在記憶中漸漸模糊消失了，而雙方又
都沒有書信往來；遙望着塞北的浮雲，心裏却想着那來往路途上的
白雪。

④"遊子"二句：李陵與蘇武詩："攜手上河梁，遊子暮何之？"這是一首
訣別詩，此二句用其意，言己如李陵那樣永遠不能歸國。

其　三①

搖落秋爲氣②，淒涼多怨情。啼枯湘水竹③，哭壞杞梁城。天亡
遭憤戰④，日蹙值愁兵。直虹朝映壘⑤，長星夜落營。楚歌饒恨
曲⑥，南風多死聲。眼前一杯酒⑦，誰論身後名。

①本篇原列第十一，先寫梁亡以後的淒涼景象，然後倒敍梁軍的覆敗，
認爲這是天意所定，不可挽回，最後感慨梁君臣只顧眼前享樂而無後
慮之憂。

②"搖落"二句：宋玉九辯："悲哉秋之爲氣也，蕭瑟兮草木搖落而變衰。"
"氣"，節氣。這二句是說秋天草木凋落，一片淒涼，使人充滿悲怨
之情。

③"啼枯"二句："湘水竹"，張華博物志："堯之二女，舜之二妃，曰湘夫
人。舜崩，二妃啼，以涕揮竹，竹盡斑。""湘水竹"即今所謂"湘妃竹"、
"斑竹"。下句，琴操載：杞殖戰死，妻泣曰："上則無父，中則無夫，下
則無子，人生之苦至矣！"乃放聲長號，杞城爲之崩。殖一名梁。"杞
梁城"，即杞城，今杞縣，在河南省。倪璠說："言(梁元帝)江陵之敗，
君臣被戮，殺傷者衆，有夫妻離別之苦也。"

④"天亡"二句："天亡"，天意使亡。史記項羽本紀載，項羽曰："此天之亡

我，非戰之罪也。”“憤戰”，使人怨恨的戰爭。“日蹙”，晉書天文志：
“日濛濛無光，士卒內亂。”按“蹙”，說文，迫也。詩經大雅召旻：“今
也日蹙國百里。”意思是說國土每天縮小百里。然“天亡”、“日蹙”對
舉，依天文志當是日暮途窮之意。這二句言戰爭失利，士兵愁怨。

⑤“直虹”二句：晉書天文志：“虹頭尾至地，流血之象。”“壘”，營壘。晉
書天文志：“蜀後主建興十三年，諸葛亮帥大衆伐魏，屯於渭南。有長
星赤而芒角，自東北西南流，投亮營。……占曰：‘兩軍相當，有大流星
來走軍上及墜軍中者，皆破敗之徵也。’九月亮卒於軍，焚營而退。羣
帥交怨，多相誅殘。”下句用此事。“營”，兵營。這二句是寫梁元帝江
陵敗亡的徵兆。

⑥“楚歌”二句：“楚歌”，楚人的歌曲。此處亦用“四面楚歌”之意。“饒”，
多。“南風”，南方的樂曲。左傳襄公十八年：“晉人聞有楚師。師曠
曰：‘不害。吾驟歌北風，又歌南風，南風不競，多死聲。楚必無功。’”
倪璠說：“梁元帝都江陵，本楚地。故多引楚事以爲辭。”這二句言梁
軍敗國亡。

⑦“眼前”二句：世說新語任誕：“張季鷹（翰）……曰：‘使我有身後名，
不如卽時一杯酒。’”這二句言江陵君臣但圖一時逸樂，而無後慮。

其　四①

日晚荒城上②，蒼茫餘落暉。都護樓蘭返，將軍疏勒歸。馬有風
塵氣③，人多關塞衣。陣雲平不動④，秋蓬卷欲飛。聞道樓船
戰⑤，今年不解圍。

①本篇原列第十七，寫荒城傍晚的秋景及北朝軍旅的歸來，因聯想起
漢代傅介子、耿恭之事，對比自己的遭遇，不勝感慨。倪璠說：“此章
述其南北絕遠之情也。”

②"日晚"四句：第三句，"都護"，官名，漢宣帝時置西域都護，司邊防事；此泛指邊將。"樓蘭"，漢西域諸國之一。傅介子斬其王後，改名鄯善。漢書傅介子傳載：傅介子昭帝時爲平樂監。時樓蘭國數反覆，霍光遣介子與士卒齎金幣，以賜外國爲名，至樓蘭。樓蘭王與介子飲，介子令壯士二人刺殺王，持王首而返。這句用此事，取其出使異國，得以功成而歸之意。第四句，"疏勒"，漢書西域傳："疏勒國治疏勒城，去長安九千三百五十里。"後漢書耿恭傳載：耿恭明帝永平時爲戊己校尉，引兵據疏勒城。匈奴攻城，城中食盡困窮，餘數十人，堅守不降。後漢遣軍迎歸。這句用此事，取其出征立功而歸之意。這四句言荒城之上黃昏時蒼茫空闊，惟餘落日殘照。見軍旅歸來，因而聯想起傅、耿之事，深感他們能不辱使命功成而歸。言外有自慚意。

③"馬有"二句："風塵"，風起塵揚，指邊塞旅途。"關塞衣"，征衣。這二句承上二句，寫征人歸來的情狀。

④"陣雲"二句："陣雲"，史記天官書說雲有陣雲、杼雲等，"陣雲如立垣(牆)"。"蓬"，植物名，多年生草木。埤雅："蓬，末大於本，遇風輒拔而旋。"這二句又言荒城秋景，與第一二句呼應。

⑤"聞道"二句：漢書楊僕傳載：南越反，武帝拜僕爲樓船將軍。有功，封梁侯。"樓船"，高大的船。這二句是由眼前的北地風光及軍事鬭動又想起江南故國來，因舉南方戰爭故事，而且是梁侯的事，表達自己對江南故國空有懷念之情，而不能效忠。

其　五①

尋思萬戶侯②，中夜忽然愁。琴聲遍屋裏③，書卷滿牀頭。雖言夢蝴蝶④，定自非莊周。殘月如初月⑤，新秋似舊秋。露泣連珠下，螢飄碎火流。樂天乃知命⑥，何時能不憂？

①本篇原列第十八，言己羈旅異國，功業無望，瞬息衰老，又不能像 莊子 一樣曠達，所以常常憂愁不止。這首詩情緒比較低沉。

②"尋思"二句："尋思"，不斷思索。"萬戶侯"，漢制，列侯大者食邑萬戶，小者五六百戶。有大功勳方能封萬戶侯。 漢書李廣傳："文帝曰：'惜 廣 不逢時，令當 高祖 世，萬戶侯豈足道哉！'" 倪璠 說："言己不能爲國 建勳也。"

③"琴聲"二句：言己有很高的教養和學識，但只能供自己消遣，而無益 於國家。

④"雖言"二句： 莊子齊物論："昔者 莊周 夢爲蝴蝶，栩栩然（欣暢貌）蝴蝶也，自喻適志與，不知 周 也，俄然覺，則蘧蘧然（驚動貌）周 也。不知 周 之夢爲蝴蝶與？蝴蝶之夢爲 周 與？""定自"，"自"是語助詞。這二 句說自己不能像 莊周 那樣豁達適志。意思着重在下句，上句只是引用 典故，並不是說自己眞的夢到變成蝴蝶。

⑤"殘月"四句："殘月"，陰曆月末的月亮由圓變缺，故曰殘月。"初月"，陰曆月初的新月。"殘月"、"新月"形皆如弓。"新秋"，今秋。"舊秋"，往年秋天。這二句言時光一天天、一年年地過去了，自己的生活却仍 舊是老樣子。第三句，"泣"，古人以爲露也是落下來的，故此處言露 水滴墜如泣。第四句，"碎火"，形容螢火點點的樣子。這四句描寫秋 夜景色。

⑥"樂天"二句： 易繫辭："樂天乃知命，故不憂。"這二句的意思是說：古 來雖有"樂天知命"的話，但是自己有亡國的遭遇，哪能就不憂呢？

其　六①

蕭條亭障遠②，悽慘風塵多。關門臨白狄③，城影入黃河。秋風 蘇武別④，寒水送荆軻。誰言氣蓋世⑤，晨起帳中歌。

①本篇原列第二十六。倪璠說：“言己入長安之後，即景傷懷，若李陵之長絕，荆卿之不還。又傷江陵之亡，同於垓下也。”

②“蕭條”二句：“蕭條”，寂寞冷落貌。“亭障”，亭候堡障。“風塵”，指寇警。戎馬所至，風塵起揚，故曰“風塵”。這二句寫邊疆景物。

③“關門”二句：“白狄”，春秋時狄族之一支。上句言關門以外卽白狄所居之地，下句言城影映入黃河之中。

④“秋風”二句：漢書蘇武傳載：蘇武字子卿。以天漢元年使匈奴，匈奴欲降之，不從，乃徙武北海上。昭帝卽位數年，匈奴與漢和親，蘇武方得歸。李陵置酒賀武云：“異域之人，一別長絕。”上句用此事，以李陵自喩，言己不得南歸。下句用荆軻事，詳見本詩其二注②。

⑤“誰言”二句：史記項羽本紀載：項羽兵壁垓下，漢軍及諸侯兵圍之數重，羽夜聞漢軍四面皆楚歌，“項王則夜起，飲帳中。……乃悲歌忼慨，自爲詩曰：‘力拔山兮氣蓋世，時不利兮騅不逝。騅不逝兮可奈何，虞兮虞兮奈若何，’歌數闋，美人和之。項王泣數行下。”這二句意謂項羽雖氣蓋當世，終不免失敗。借以喩梁朝之亡。亦可解釋爲作者自己的感慨，意謂就算有項羽那樣的蓋世英雄氣，到此困境也只好作無可奈何的帳中歌了。

俠客行①

俠客重連鑣②，金鞍被桂條。細塵鄣路起③，驚花亂眼飄。酒醲人半醉，汗濕馬全驕。歸鞍畏日晚④，爭路上河橋。

①倪璠說：“此詩亦作畫屛風詩二十五篇之首，在詩集。文苑英華另作俠客行，在樂府。”此詩描寫俠客的生活。

②“俠客”二句：“俠客”，卽“俠客”。“鑣”，馬銜。“連鑣”，謂所乘之馬相連而行。“重連鑣”，言俠客重義氣，好結客，連騎而行。“被”，猶“披”。“桂條”，梁元帝答齊國雙馬書：“名重桂條，形圖柳谷。”按搜神記卷

七：“張掖之柳谷，有開石焉。……其文有五馬。”柳谷本地名，此借指名馬。“桂條”、“柳谷”於雙馬書中對舉，正指馬而言。庾信謝滕王賚馬啓：“柳谷未開，翻逢紫燕。”也是這樣用法。

③“細塵”四句：“鄣”，同“障”，猶遮。“鄣路起”，猶言“起鄣路”。第三句，“醺”，酒微醉和悅貌。第四句，“驕”，馬健壯得意貌。前二句先寫俠客騎馬而過，塵土飛揚，花片驚落，極言馳騁之速，後二句再寫馳騁着的人和馬的狀態。

④“歸鞍”二句：“歸鞍”，猶言歸馬。這二句說他們因怕日晚天黑，所以並驅急馳跑過橋去。這裏寫出俠客們喜歡競賽的神情。

寄　王　琳①

玉關道路遠②，金陵信使疏。獨下千行淚，開君萬里書③。

①南史王琳傳載：王琳，字子珩，平侯景有功。元帝被殺，魏立梁王詧，王琳為元帝舉哀，出兵攻詧。陳霸先簒敬帝位，琳又與陳對抗，軍敗被殺。倪璠說：“王琳方志雪歸恥，故子山有是寄焉。”閔人俀說：“玉關喻己留滯長安也。金陵，梁故都，元帝遷江陵，為蕭詧所敗。敬帝仍都建業，又為陳霸先所簒，南北不通，故曰音信信疏也。琳乃心梁室，艱險備嘗，信能不為之淚下哉！”(古詩箋)

②“玉關”二句：“玉關”，玉門關，在今甘肅敦煌西。“金陵”，梁國都，即今南京。“信使”，猶云使者。這二句言己遠在異國，金陵來的使者又很稀少。

③“開君”句：“君”，指王琳。“萬里書”，來自萬里以外的信。

重別周尙書①

陽關萬里道②，不見一人歸。惟有河邊雁③，秋來南向飛。

①周尙書，名弘正，字思行。梁元帝時爲左戶尙書。弘正於陳武帝天嘉
　元年往長安迎宣帝，天嘉三年自周南還。庾信先有別周尙書弘正一
　首，所以本詩題爲重別周尙書。原詩二首，此其一。

②"陽關"二句："陽關"，關名，在今甘肅敦煌西南，玉門關以南。二關皆
　出塞行經之地。上句言己覊留長安，如在陽關之外。下句言己不得
　南歸。

③"惟有"二句：以秋雁南飛比喩弘正南還。

哀江南賦序①

粵以戊辰之年②，建亥之月，大盜移國，金陵瓦解。余乃竄身
荒谷③，公私塗炭。華陽奔命④，有去無歸。中興道銷⑤，窮於甲
戌。三日哭於都亭⑥，三年囚於別館。天道周星⑦，物極不反。
傅燮之但悲身世⑧，無處求生；袁安之每念王室⑨，自然流涕。
昔桓君山之志事⑩，杜元凱之平生，並有著書，咸能自序。潘岳
之文采，始述家風⑪；陸機之辭賦，先陳世德。信年始二毛⑫，
卽逢喪亂，藐是流離，至於暮齒。燕歌遠別⑬，悲不自勝；楚老相
逢⑭，泣將何及。畏南山之雨⑮，忽踐秦庭；讓東海之濱，遂餐
周粟。下亭漂泊⑯，高橋覊旅。楚歌非取樂之方⑰，魯酒無忘
憂之用。追爲此賦⑱，聊以記言。不無危苦之辭，惟以悲哀爲
主。

①哀江南賦作於晚年。北史庾信傳："信雖位望通顯，常作鄉關之思，
　乃作哀江南賦，以致其意。"這篇賦以作者自己的身世遭遇爲綫索，寫
　出梁朝由興到衰的過程。它揭露了梁朝政治的腐敗，統治階級腐朽

無能、爭權奪利的醜惡面目,以及他們帶給國家和人民的災難。庾信在這篇賦裏並對自己屈節仕敵表示慚愧,對故國表示懷念。哀江南賦序是用駢文寫的。它概括了全篇大意,着重說明創作該賦的動機。"哀江南"出自招魂:"魂兮歸來哀江南"句。梁武帝都建鄴,元帝都江陵,均在江南,故借用成語爲賦、杜甫詠懷古跡"庾信平生最蕭瑟,暮年詩賦動江關。"即指此作。

② "粵以"四句:"粵",同"曰",發語辭。"戊辰",梁武帝太清二年(公元五四八),歲在戊辰。"建亥之月",十月。"大盜",竊國篡位者,此指侯景。南史梁武帝紀:"太清二年八月戊戌侯景舉兵反。十月,侯景……至建鄴。"後二句即指此事。"移國",易國,篡國。後漢書光武帝紀贊:"炎正中微,大盜移國(謂王莽篡位)。""金陵",今南京,即建鄴,梁國都。"金陵瓦解",猶言金陵淪陷。

③ "余乃"二句:"竄",逃匿。"荒谷",左傳桓公十三年:"莫敖縊于荒谷。"杜預注:"荒谷,楚地。"此借指江陵。北史本傳:"侯景作亂,梁簡文帝命信率宮中文武千餘人,營於朱雀航。及景至,信以衆先退。臺城陷後,信奔於江陵。"時亦太清二年。上句言此事。下句言公室私門俱遭侯景之害,如同陷入泥塗炭火之中。

④ "華陽"二句:"華陽",倪璠說指江陵,西魏國都長安在華山之陰(山北),而梁都江陵在華山之陽(山南),故稱江陵曰華陽。"奔命",奉命奔走,此處指奉命出使。梁元帝承聖三年(公元五五四)庾信奉命從江陵出使西魏,這年十一月,西魏攻陷江陵,元帝被殺;庾信遂留長安未歸。這二句言此事。

⑤ "中興"二句:"中興",指梁元帝即位江陵,平侯景。"甲戌",元帝承聖三年歲在甲戌。這年西魏攻陷江陵,梁元帝被殺。這二句言梁朝中興之道於甲戌這一年又消失了。

⑥ "三日"二句:晉書羅憲傳:"魏之伐蜀,憲守永安城。及成都敗,知劉禪降,乃率所部臨於都亭三日。"臨,哭(見左傳宣公十二年:"國人大

臨"杜注)。"都亭",都城內的亭子。上句用此典。下句,左傳昭公二
十三年:"晉人來討,叔孫婼 (chuò) 如晉,晉人執之。……乃館諸於
箕。"箕,晉國別都,今山西太谷東。"館",客館,使者所居。"別館",
正館以外的館舍。叔孫婼是魯國使者,與庾信遭遇相似。這裏用他
的故事,取其出使被囚這一層意思。這二句意謂自己對於江陵淪陷很
感悲痛,但被西魏羈留,不得歸國。按叔孫婼於昭公二十三年出使,
二十四年卽回,並非被囚三年。

⑦ "天道"二句:"天道",天理。"周星",卽歲星(或稱太歲、木星)。歲星
十二年繞天一周,故亦稱周星。古人認爲天有十二次(星位),地有九
州,以九州諸國之封域,與十二次相配當。而歲星是天之貴神,所在
之次,其國有福(見左傳襄公九年、昭公三十二年注疏)。這二句意謂
按照天理,周星照臨梁地之時,或可使梁復興,這也算是"物極則反",
但元帝江陵敗後,梁至今不能復興,實是"物極不反"了。鶡冠子環
流:"物極則反,命曰環流。"(言事物發展到極限則向自身的反面轉
化)庾信反用其意,說梁雖已窮極,也不能再好轉了。

⑧ "傅燮"二句:後漢書傅燮傳載:傅燮,字南容,不容於朝,出爲漢陽太
守。王國、韓遂等圍攻漢陽,城中兵少糧盡。子幹勸他棄郡歸鄉,將
來別輔明主。傅燮慨然而歎:"汝知吾必死邪!蓋聖達節,次守節。且
殷紂之暴,伯夷不食周粟而死,仲尼稱其賢。今朝廷不甚殷紂,吾德
亦豈絕伯夷!世亂不能養浩然之志,食祿又欲避其難乎?吾行何之,
必死於此!"遂麾左右進兵,臨陣戰歿。這二句用其悲歎自身的遭
遇,及"吾行何之,必死於此"之意,言梁朝旣然沒有復興的希望,而自
己又被羈留在異國,所以只能悲歎自己的厄運,而無處求生了。

⑨ "袁安"二句:後漢書袁安傳載:袁安字邵公,官司徒。因皇帝幼弱、外
戚專權,每逢上朝或與公卿談及國事"未嘗不噫嗚流涕"。上二句說悲
歎自身的遭遇,這二句轉過來又說悲歎梁朝的覆亡。

⑩ "昔桓"四句:後漢書桓譚傳載:桓譚字君山,著書二十九篇,號曰新

論。晉書杜預傳載：杜預字元凱，著春秋經傳集解。杜預自序說：“少而好學，在官則觀於吏治，在家則滋味典籍。”“志事”，有志於事業。一作“志士”，有節操之士。“平生”，平時，一生。“自序”，自為文章，以敍其生平志趣。這二句說像桓譚、杜預這樣的有志之人，都有著作流傳，並能藉以自敍其生平志趣。

⑪“潘岳”四句：潘岳作家風詩，述其家族的風尙。陸機作祖德賦、述先賦，歌頌其祖先的功德。又文賦云：“詠世德之駿烈。”“陳”，陳述。這四句言潘岳以其華茂的詞采最先寫詩敍述其家風；陸機最先以辭賦陳述其祖德。

⑫“信年”四句：“二毛”，頭髮斑白（黑白二色毛髮相間），言半老之人。據庾子山集滕王逌序，北周大象元年己亥庾信“春秋六十有七”，則喪亂之歲，庾信年三十六，所以說“年始二毛。”“藐是”，遠是。一作“狽狽。”“流離”，轉徙流亡不得其所。“暮齒”，暮年，晚年。這四句說自己中年之時卽逢國家喪亂，遠離故國，流亡異域，至今已是暮年之人了。上文“昔桓”八句說用詩賦記述個人及家族的事迹是早有先例的；自此以下數句承上，大意是說像自己這種不幸的遭遇，也是可以用一篇賦記錄下來的。

⑬“燕歌”二句：北史王褒傳載：褒作燕歌，妙盡塞北苦寒之狀，元帝及諸文士和之，而競為淒切。及江陵為魏師所破，元帝出降，方驗。庾信亦作有燕歌行。樂府詩集：“樂府解題曰：‘晉樂奏魏文帝秋風、別日（兩首燕歌行的開頭二字），言時序遷換，行役不歸，婦人怨曠，無所訴也。’廣題曰：‘燕，地名也，言良人從役於燕而為此曲。’”可見燕歌行多半是傷別之作。這二句卽取其意，言羈旅北方，遠別故國，不能克制自己的悲傷。

⑭“楚老”二句：倪璠引龔勝事注之。漢書龔舍傳載：龔舍與龔勝友善，世謂之楚兩龔。王莽遣使徵勝，勝曰：“吾受漢家厚恩，亡（無）以報。今年老矣，且暮入地，誼豈以一身事二姓，下見故主哉！”語畢，遂不復

開口飲食，積十四日死。"有老父來弔，哭甚哀。旣而曰：'嗟乎！薰以香自燒，膏以明自銷。襲生竟夭天年，非吾徒也。'逐趨而出，莫知其誰。""倪璠說：'楚老'即指來弔襲勝之老父。又說：'子山本國江陵，世居楚地，言江陵引楚事多以自喻。'"信本爲楚人，爲魏、周所逼，何異王莽時。故引此事，深慙楚襲。傷其身事二姓，絕紀唐矣。""泣將何及"，用陳留老父事。後漢書逸民列傳："陳留老父者，不知何許人也。桓帝世黨錮事起，守外黃令陳留張升去官歸鄉里，道逢友人，共班草而言。……因相抱而泣。老父趨而過之，植其杖，太息言曰：'吁！二大夫何泣之悲也，夫龍不隱鱗，鳳不藏羽，網羅高懸，去將安所？雖泣何及乎！'"這二句的大意是：遇到了故國的遺老，也只有相對而泣，自己仍是沒有什麼出路。

⑮ "畏南"四句：列女傳賢明傳："陶答子妻曰：'妾聞南山有玄豹，霧雨七日而不下食者。何也？欲以澤其毛而成文章，故藏而遠害。'"第一句用此典，言己遭遇侯景之亂，本有藏而遠害之意。一說南山高而向陽，以喻君主，言其時迫於君命不敢不出使西魏。似不可信。淮南子脩務訓載：申包胥裹繭重胝（脚上磨起層層厚繭），七日七夜至於秦庭，以見秦王曰："使下臣告急。"秦王乃發軍擊吳，果大破之，以存楚國。第二句用此典，言己奉命出使西魏。"忽"，忽忽。"踐"，至。按"南山"、"秦庭"暗喻南朝、北朝，"畏南山之雨"，喻南朝江山在風雨飄搖之中。"忽踐秦庭"，喻出使救急謀和。史記齊太公世家：齊康公十九年"田常曾孫田和始爲諸侯，遷康公海濱。"第三句用此典，指宇文寬纂西魏建立北周。"讓"，禪讓，是飾詞，庾信在周作官，故不直言纂奪。史記伯夷列傳："武王已平殷亂，天下宗周，而伯夷、叔齊恥之，義不食周粟，隱於首陽山，采薇而食之。"第四句用此典，言己仕北周。以上四句的大意是說自己遭遇世亂，本有隱居遠害之志，然國事危急不得不忽忽出使西魏。後來江陵淪陷，北周又纂了魏，自己也就落到失節仕周。

⑯ “下亭”二句：後漢書范式傳載：孔嵩往京城，道宿下亭，盜共竊其馬。上句用此事，言旅途漂泊而多患難。後漢書梁鴻傳載：梁鴻“至吳（今江蘇吳縣）依大家（世族之家）皋伯通，居廡（大屋）下。”下句用此事，言己羈旅異鄉。“高橋”，一作“皋橋”，在吳閶門內。這二句說己漂泊異鄉，過着羈旅的生活。

⑰ “楚歌”二句：“楚歌”，楚人之歌。漢書高帝紀載：“帝謂戚夫人曰：‘爲我楚舞，吾爲若楚歌。’……歌數闋，戚夫人歔欷流涕，上起去，罷酒。”“十二月，圍羽垓下，羽夜聞四面皆楚歌。”此“楚歌”，取其悽愴與圍困之意。庾信在擬詠懷其十一中也說：“楚歌饒恨曲。”“魯酒”，魯地之酒。莊子胠篋：“魯酒薄而邯鄲圍。”此言“魯酒”，亦兼取酒薄與“邯鄲圍”之意。這二句說國亡身困，楚歌魯酒，更增愁恨。

⑱ “追爲”四句：“聊”，且。“記言”，漢書藝文志：“古之王者，世有史官，左史記言，右史記事。”此賦以自己身世爲綫索，感慨於梁朝的興亡治亂，近於歷史敍述，但又不完全是記事，故曰“記言”。嵇康琴賦：“稱其材幹，則以危苦爲上；賦其聲音，則以悲哀爲主。”這四句說作此賦之大旨，是欲以記載梁朝興亡之史實，雖然也有敍述個人危苦的詞句，但以悲痛國事爲主要內容。〔以上爲第一段。本段略述國家喪亂以及自己出使和仕周的過程，並對此深表痛惜慚愧，最後談到寫作此賦的大旨。〕

　　日暮途遠①，人間何世！將軍一去②，大樹飄零；壯士不還③，寒風蕭瑟。荆璧睨柱④，受連城而見欺；載書橫階⑤，捧珠盤而不定。鍾儀君子⑥，入就南冠之囚；季孫行人⑦，留守西河之館。申包胥之頓地⑧，碎之以首；蔡威公之淚盡⑨，加之以血。釣臺移柳⑩，非玉關之可望；華亭鶴唳⑪，豈河橋之可聞！

① “日暮”二句：史記伍子胥傳：“吾日暮塗遠，吾故倒行而逆施之。”索隱：“譬如人行，前途尚遠，而日勢已暮。”上句用此典。“遠”一作“窮”，

"人間世"，莊子有人間世篇，王先謙集解云："人間世，謂當世也。"這二句感慨世間事物變化無常，自從戰亂以來，不知發生了多少變化，也不知目前又是怎樣一個世界，可是自己已經年老力衰，無所作爲了。

② "將軍"二句：後漢書馮異傳："每所止舍，諸將並坐論功，異常獨屏樹下，軍中號曰'大樹將軍。'"這二句只借用其字面的意思。"將軍"指自己。倪璠說："言己牽宮中文武千餘人營於朱雀航，及己退，爲侯景所據，是其飄零者也。"

③ "壯士"二句：史記刺客列傳載：荆軻爲燕太子丹復秦仇，太子等送至易水之上。荆軻歌曰："風蕭蕭兮易水寒，壯士一去兮不復還！"這二句說出使西魏，一去不得復返。

④ "荆璧"二句：史記廉頗藺相如列傳載：趙惠文王得和氏璧，秦昭王聞之，使人送信給趙王，"願以十五城請易（交換）璧。"趙王遂使藺相如奉璧入秦。秦王見相如，相如奉璧奏上。相如見秦王無意償趙城，"乃前曰：'璧有瑕，請指示王。'王授璧，相如因持璧却立，倚柱，怒髮上衝冠，謂秦王曰：'……臣觀大王無意償趙王城邑，故臣復取璧。大王必欲急臣（逼迫而使我發急），臣頭今與璧俱碎於柱矣！'相如持其璧睨柱（斜視着柱子），欲以擊柱。秦王恐其破璧，乃辭謝，固請，召有司案圖，指從此以往十五都予趙。""荆璧"，即和氏璧，因楚人和氏得之於楚山中，故稱荆璧。"連城"，相連之城。這二句說藺相如出使秦國，不曾被秦王欺侮，而自己出使西魏却被欺而不得歸。

⑤ "載書"二句：用毛遂事。史記平原君列傳載："平原君與楚合從，言其利害，日出而言之，日中不決。……毛遂按劍歷階而上。"遂責楚王楚王乃從。"毛遂謂楚王之左右曰：'取雞狗馬之血來！'毛遂奉（捧）銅盤而跪進之楚王曰：'王當歃血（歃音 shà，以血塗口旁）而定從。……'"於是定縱。"載書"，左傳襄公九年："鄭與晉盟，晉士莊子爲載書。"杜預注："載書，盟書也。""珠槃"，諸侯盟誓所用之器。周禮天官冢宰："玉府（官名）……若合諸侯，則共（供）珠盤玉敦。"鄭注："敦，槃

類。珠玉以爲飾。……合諸侯者必割牛耳，取其血歃之以盟。珠盤以盛牛耳。"這二句言毛遂幫助平原君與楚定了合縱之盟，而自己出使西魏終未能定盟以存梁。

⑥ "鍾儀"二句：左傳成公七年："楚子重伐鄭。……囚鄖公鍾儀（鄖本小國，被楚滅，淪爲屬邑），獻諸晉。……晉人以鍾儀歸，囚諸軍府。"九年："晉侯觀于軍府，見鍾儀問之曰：'南冠（戴着楚冠）而縶（被拘）者誰也？'有司對曰：'鄭人所獻楚囚也。'使稅（釋）之。召而弔（撫慰）之。再拜稽首，問其族（家族），對曰：'泠（伶）人也。'……使與之琴，操南音。……文子曰：'楚囚君子也。……'"這二句以鍾儀自比，言己本楚人，而羈留魏、周，近乎南冠之囚。

⑦ "季孫"二句：左傳昭公十三年載：諸侯盟於平丘，季孫意如相魯昭公與會。邾人、莒人告魯朝夕伐之，因而無力向晉進貢。晉侯遂不准魯與盟，並執季孫。後欲釋之，季孫不肯歸，而待見遣之禮。韓宣子遂使叔魚勸季孫。叔魚威嚇他說："……鮒（卽叔魚）也聞諸吏將爲子除（設）館於西河（意謂把你拘囚在西邊靠近黃河的地方），其若之何？"季孫懼，乃歸魯。"行人"，官名，掌朝覲、聘問（遣使通問）之事。這二句以季孫自比，言己出使西魏，不得南歸，而被留於長安。

⑧ "申包胥"二句：左傳定公四年載：吳伐楚，戰於柏舉（今湖北麻城縣附近），楚敗。吳攻入郢都。楚大夫申包胥至秦請救兵。秦哀公先不肯出兵，申包胥"立依於庭牆而哭，日夜不絕聲，勺飮不入口。七日，秦哀公爲之賦無衣（見詩經秦風。其中有"王於興師，脩我戈矛，與子同仇"之語。哀公賦此，表示允許出兵），九頓首而坐。秦師乃出。""頓地"，叩頭至地。這二句說江陵淪陷，自己不能像申包胥一樣求到救兵。這兩句其實是不通的。王若虛滹南遺老集文辨云："庾信哀江南賦，堆垛故實以寓時事，雖記聞爲富，筆力亦壯，而荒蕪不雅，了無足觀。……至云'申包胥之頓地，碎之以首'，尤不成文也。"因爲用事排偶、敷藻調聲以致害意，是駢文的通病，庾信也不免於此。

⑨ "蔡威公"二句：劉向說苑載：蔡威公閉門而泣，三日三夜，泣盡而繼之以血，曰："吾國且亡。"這二句用此事，言己對梁亡非常悲痛而又無可奈何。

⑩ "釣臺"二句："釣臺"，其地傳說不一，此處所言在武昌西北。用以借指南方故國。晉書陶侃傳載：侃為武昌太守時，曾"整陣於釣臺。""移柳"，陶侃傳："嘗課諸營種柳，都尉夏施盜官柳植之於己門。侃後見，駐車問曰：'此是武昌西門前柳，何因盜來此種？'施惶怖謝罪。"庾信又有楊柳歌"武昌城下誰見移"，也是用此事。"移"一作"栘"，古今注："栘柳亦曰移楊。"移楊卽扶楊。"玉關"，玉門關，在今甘肅敦煌西北。此借指北地。這二句意謂故國的樹木不是羈留於北地的我所能望見的了。

⑪ "華亭"二句：世說新語尤悔："陸平原（陸機）河橋敗，為盧志所譖，被誅。臨刑歎曰：'欲聞華亭鶴唳，可復得乎！'"劉孝標注引八王故事曰："華亭，吳由拳縣（今浙江嘉興縣南）郊外墅也。有清泉茂林。吳平後，陸機兄弟共遊於此十餘年。""河橋"，晉書陸機傳："列軍自朝歌至於河橋。"朝歌，在今河南湯陰西南，河橋當亦在此一帶。這二句字面的意思是華亭鶴鳴，哪裏是敗於河橋的陸機所能聽到的呢？意謂故國的鳥鳴自己也聽不到了。〔以上為第二段，本段抒發自己羈留異國的悲痛心情，以及對江南故國的懷念。〕

孫策以天下為三分①，衆纔一旅，項籍用江東之子弟②，人惟八千。遂乃分裂山河③，宰割天下。豈有百萬義師④，一朝卷甲，芟夷斬伐，如草木焉！江、淮無涯岸之阻⑤，亭壁無藩籬之固。頭會箕斂者⑥，合從締交；鋤耰棘矜者，因利乘便。將非江表王氣⑦，終於三百年乎？是知并吞六合⑧，不免軹道之災；混一車書⑨，無救平陽之禍。嗚呼⑩！山嶽崩頹，旣履危亡之運；春秋迭代，必有去故之悲。天意人事，可以悽愴傷心者矣！況復舟楫路窮⑪，星漢非乘槎可上；風飆道阻⑫，蓬萊無可到之期。窮者欲達其言⑬，勞者須歌其事。陸士衡聞而撫掌⑭，是所甘心；張平子見而陋之⑮，固其宜矣！

① "孫策"二句：三國志吳志孫策傳載：孫策字伯符，募得數百人，從袁術。後來平定了江東。吳志陸遜傳："遜上疏曰：'昔桓王(孫策諡號長沙桓王)創基，兵不一旅，而開大業。'""一旅"，五百人。"三分"，魏、蜀、吳三分天下。這二句說孫策三分天下，他所憑藉的隊伍不過五百人。

② "項籍"二句：史記項羽本紀載：籍，字羽。隨其叔父項梁起事反秦，"舉吳中兵，使人收下縣(吳郡四圍各縣)，得精兵八千人。"及敗，羽笑謂烏江亭長曰："籍與江東子弟八千人渡江而西，今無一人還。""江東"，長江下游南岸之地，即今江蘇南京一帶。這二句說項羽率領的江東子弟，只有八千人。

③ "遂乃"二句：賈誼過秦論："宰割天下，分裂山河。""宰割"，猶分裂。這二句承上四句說，孫策、項羽只用很少兵力就能割據一方。

④ "豈有"四句：南史侯景傳載：侯景反，王質率兵三千無故自退，歷陽太守莊鉄降，西豐公大春棄石頭城走，謝禧棄白下城走。援兵至北岸，衆號百萬，後皆走。上二句就是講梁軍這種敗逃的情況。"卷甲"，藏甲，形容軍隊潰敗。"芟(shān)夷"，除草，削除。侯景傳載：侯景每出師戒諸將曰："吾破城邑淨殺却，使天下知吾威名。"故諸將以殺人爲戲笑。可見侯景殺害百姓很多。這四句承上數句，言梁擁有百萬大軍，不但不能取得勝利，反而一下子就潰敗下來，致使侯景 于謹像除草伐木一樣地屠殺兵士和人民。這樣的事情，過去何曾有過呢！

⑤ "江、淮"二句："涯"，水邊。"涯岸"，河岸。"藩籬"，以竹木編織的屏障。這二句說侯景和于謹長驅直入，梁軍紛紛敗降，江、淮這兩條河不起天塹的作用，軍營的牆壁還不如藩籬堅固。

⑥ "頭會"四句："頭會箕斂"，漢書陳餘傳："頭會箕斂以供軍費。"服虔注："吏到其家，以人頭數出穀，以箕斂之。"弟二句，"合從締交"，過秦論："合從(縱)締交，相與爲一。"第三句，"鋤、耰(yōu)"，都是農具。"棘"，戟，一種兵器。"矜"，矛鋋的把柄。過秦論："鋤耰棘矜，不敵於鉤戟長鎩(zhā)也。"過秦論這兩句話是說陳涉等起義者武器低劣，不如齊、楚等九國，但能滅秦。庾信所說"頭會箕斂者"和"鋤耰棘矜者"，皆指出身下層的人。第四句，過秦論："因利乘便，以宰割天下。"這四句說陳霸先(陳高祖)和一些出身下層的人們，乘梁朝衰弱混亂的便利機會，紛紛聯合起來終於代替了梁朝。陳霸先，吳興人，"其本甚微"(見南史陳本紀)。

⑦ "將非"二句："江表"，江外，指長江以南建康一帶。"王氣"，天子之氣。古代有望氣之術，認爲某地有天子出，當可先見王氣。史記漢高祖本紀："秦始皇帝常曰：'東南有天子氣。'於是因東游以厭(鎭)之。""江表王氣"，暗指梁朝的氣數。"三百年"，自孫權建都建業(公元二二九)至吳孫皓天紀四年(公元二八〇)遷都武昌，共五十一年。又自東晉大興元年(公元三一八)建都建康，歷宋、齊、梁至梁敬帝太平二年(公元五五七年)梁亡，共二百四十一年。前後建都於建業(建業、建鄴、建康，皆是不同時代的不同名稱)共二百九十二年。"三百年"是舉其成數。這二句說是不是江表王氣經三百年就注定要終止了呢？

⑧ "是知"二句："六合"，天地四方。過秦論說秦有"幷吞八荒之心。""吞二周而亡諸侯，履至尊而制六合。""軹(zhǐ)道之災"，史記高祖本紀："沛公兵遂先諸侯至霸上，秦王子嬰素車白馬，係頸以組，封皇帝璽符節，降軹道旁。"這二句以秦軹道之降比喩梁元帝江陵之降。

⑨ "混一"二句："混一"，統一。"車書"，禮記中庸："子曰：'今天下車同軌，書同文，行同倫。'""混一車書"，統一天下。"平陽之禍"，晉書孝懷帝本紀載：永嘉五年劉聰攻陷洛陽，遷懷帝於平陽。七年，懷帝遇害。孝愍帝本紀：建興四年劉曜陷長安，遷愍帝於平陽。五年，愍帝遇害。

"平陽"，今山西臨汾縣。這二句以晉懷、愍二帝被害於平陽，比喩梁武帝被害於金陵。以上數句意謂：梁因政治腐敗，兵力軟弱，以致外患內亂同時爆發。江表王氣或將至此告終。由此可知，雖能吞併天下，建立統一的國家，如不勵精圖治，終將不免使國家滅亡，皇帝自己也不免被害。

⑩ "嗚呼"七句：第二句，"崩頹"，倒塌。國語周語："山崩川竭，亡之徵也。"第三句，"履"，經過。第四句，"迭代"，循環更替。"春秋迭代"，比喩朝代的更替。第六句，"天意"，是說梁朝的覆亡是出於天意。"人事"，人之作爲，指陳之篡梁。第七句，阮籍詠懷詩其九："素質遊商聲，悽愴傷我心。"這七句意謂山嶽倒塌，象徵着梁朝遭遇危亡的命運；春秋四時（梁、陳）的更替，必會引起離別舊時節（舊王朝）的悲哀。天意人事，無可挽回，實在令人悽愴傷心。

⑪ "況復"二句："楫(jí)"，船槳。"星漢"，卽銀河。"槎(chá)"，水中浮木。張華博物志："舊說云：天河與海通。近世有人居海渚者，年年八月有浮槎去來不失期。人有奇志，立飛閣於槎上。多齎糧，乘槎而去。十餘日中，猶觀星月日辰，自後芒芒忽忽，亦不覺晝夜。去十餘日，奄至一處，有城郭狀，居舍甚嚴。遙望宮中，多織婦。見一丈夫牽牛，渚次飲之。牽牛人乃驚問曰：'何由至此？'此人具說來意，並問此是何處。答曰：'君還至蜀郡，訪嚴君平則知之。'竟不上岸，因還如期。後至蜀，問君平，曰：'某年月日有客星犯牽牛宿。'計年月，正是此人到天河時也。"這二句反其意，言己前途渺茫，走投無路，沒有歸宿。

⑫ "風飆"二句："飆(biāo)"，回風。"蓬萊"，海上三山之一。漢書郊祀志："自威宣、燕昭使人入海求蓬萊、方丈、瀛洲。此三神山者，其傳在勃海中，去人不遠，蓋嘗有至者。諸仙人及不死之藥皆在焉。其物禽獸盡白，而黃金銀爲宮闕。未至，望之如雲；及到，三神山反居水下。臨之，患且至，則風輒引船而去，終莫能至云。"這二句以回風阻道，蓬萊不可到達比喩自己日暮途窮。

⑬ "窮者"二句：晉書王隱傳："隱曰：'蓋古人遭時則以功達其道，不遇則以言達其才。'"公羊傳宣公十五年何休注："勞者歌其事。"這二句意謂自己巳日暮途窮，欲寫此賦以表達心中想說的話，記下自己的遭遇。

⑭ "陸士衡"二句：晉書左思傳載：左思作三都賦，"初陸機入洛，欲爲此賦，聞思作之，撫掌而笑。與弟雲書曰：'此間有傖父欲作三都賦。須其成，當以覆酒甕耳。'及思賦出，機絕歎伏，以爲不能加也，遂輟筆焉。"陸機字士衡。"撫掌"，拍手。這二句用此事，言己作哀江南賦，卽便受人嘲笑，也是甘心的。

⑮ "張平子"二句：後漢書張衡傳："張衡字平子。……時天下承平日久，自王侯以下莫不踰侈，衡乃擬班固兩都作二京賦，因以諷諫。精思傅會，十年乃成。"藝文類聚："昔班固觀世祖遷都於洛邑，懼將必踰溢制度，不能遵先聖之正法也。故假西都賓，盛稱長安舊制，有陋洛邑之議，而爲東都主人折禮衷以答。張平子薄而陋之，故更造（造二京賦）焉。""陋"，賤，輕視。"兩都"、"二京"皆指長安與洛陽。這二句與上二句一樣，都是謙詞，意謂自己這篇賦作得不好，被人輕視，是理所當然的。〔以上爲第三段。先以孫策、項籍之雄才大略與梁朝的軟弱無能相對照，敍述梁朝的覆亡，以及廣大士兵、人民遭到屠殺的慘狀，並表示感到不勝悽愴。接着說自己現巳日暮途窮，悽愴傷心。故必寫此賦以抒衷情，卽便被人恥笑，也是心甘情願的。

〔附錄〕

（一）北史庾信傳

庾信字子山，南陽新野人。祖易，父肩吾，並南史有傳。信幼而俊邁，聰敏絕倫。博覽羣書，尤善春秋左氏傳。身長八尺，腰帶十圍，容止頹然有過人者。父肩吾爲梁太子中庶子，掌管記。東海徐摛爲右衞率，摛子陵及信並爲抄撰學士。父子東宮，出入禁闥，恩禮莫與比隆，旣文並綺豔，故世號“徐庾體”焉。當時後進，競相模範。每有一文，都下莫不傳誦。累遷通直散騎常侍，聘于東魏，文章辭令，盛爲鄴下所稱，還爲東宮學士，領建康令。

侯景作亂，梁簡文帝命信率宮中文武千餘人，營於朱雀航。及景至，信以衆先退。臺城陷後，信奔於江陵。梁元帝承制，除御史中丞。及即位，轉右衞將軍，封武康縣侯，加散騎侍郎，聘於西魏。屬大軍南討，遂留長安。江陵平，累遷儀同三司。周孝閔帝踐阼，封臨淸縣子，除司水下大夫，出爲弘農郡守，遷驃騎大將軍，開府儀同三司，司憲中大夫，進爵義城縣侯。俄拜洛州刺史。信爲政簡靜，吏人安之。

時陳氏與周通好，南北流寓之士，並許還其舊國。陳氏乃請王褒及信等十數人。武帝唯放王克、殷不害等，信及褒並惜而不遣。尋徵爲司宗中大夫。

明帝、武帝，並雅好文學，信特蒙恩禮。至於趙、滕諸王，周旋款至，有若布衣之交。羣公碑誌，多相託焉。唯王褒頗與信埒，自餘文人，莫有逮者。信雖位望通顯，常作鄉關之思，乃作哀江南賦，以致其意。大象初，以疾去職，隋開皇元年卒，有文集二十卷。文帝悼之，贈本官，加荆、雍二州刺史。

（二）庾信謝滕王集序啓

信啓，伏覽制垂賜集序，紫微懸映，如傳闕里之書；靑鳥遙飛，似送層城之璧。若夫甘泉宮裏，玉樹一叢；玄武闕前，明珠六寸，不得譬此光芒，方斯燭照。有節有度，卽是能平八風；愈唱愈高，殆欲去天三尺。殿下雄才蓋代，逸氣橫雲，濟北顏淵，關西孔子。譬其毫翰，則風雨爭飛；論其文彩，則魚龍百變。蒲桃繞館，新開碣石之宮；修竹夾池，始作睢陽之苑。琉璃泛酒，鸚鵡承杯；鳳穴歌聲，鸞林舞曲。況復行雲逐雨，迴雪隨風。湖陽之尉，旣成爲喜之因；舂陵之侯，便是銷憂之地。某本乏材用，無多作述。加以建鄴陽九，劣免儒硎；江陵百六，幾從士壠。至如殘編落簡，並入塵埃；赤軸青箱，多從灰燼。比年疴恙彌留，光陰視息，桑榆已迫，蒲柳方衰。不無秋氣之悲，實有途窮之恨。是以精采眊亂，頗同宋玉；言辭蹇吃，更甚揚雄，一吟一詠，其可知矣。好事者不求，知音者不用。非有班超之志，遂已棄筆；未見陸機之文，久同燒硯。至於凋零之後，殘缺之餘，又已雜用補袍，隨時覆醬。聖慈憐愍，遂垂存錄。始知揄揚過差，君子失辭；比擬縱橫，小人迷惑。荊玉抵鵲，正恐輕用重寶；龍淵削玉，豈不徒勞神慮。匠石迴顧，朽材變於雕梁；孫陽一言，奔蹄成於駿馬。故知假人延譽，重於連城；借人羽毛，榮於尺玉。溟池九萬里，無蹈此澤之深；華山五千仞，終愧斯恩之重。卽日金門細管，未動春灰；石壁輕雷，尙藏冬蟄。伏願聖躬，與時納豫。南陽寶雄，幸足觀瞻；鄳縣菊泉，差能延壽。伏遲至鄳可期，從梁有日。同杞子之盟會，必欲瞻仰風塵；共薛侯而來朝，謹當逢迎冠蓋。魚腸尺素，鳳足數行，書此謝辭，終知不盡。謹啓。

（三）關於庾信的評價

宇文逌曰：信……妙善文詞，尤工詩賦；窮緣情之綺靡，盡體物之瀏亮。（庾子山集序）

張溥曰：史評庾詩"綺豔"，杜工部又稱其"清新"、"老成"。此六字者，詩家難兼，子山備之。玉臺瓊樓，未易幾及。……令狐譔史，詆爲"淫放"、"輕險"，"詞賦罪人"。夫唐人文章，去徐、庾最近，窮形寫態，模範是出，而敢於毀侮，殆將諱所自來，先縱尋斧斨？（庾子山集題辭）

楊愼曰：庾信之詩，爲梁之冠絕，啓唐之先鞭。史評其詩曰"綺豔"，杜子美稱之曰"清新"，又曰"老成"。"綺豔""清新"，人皆知之，而其"老成"，獨子美能發其妙。余嘗合而衍之曰：綺多傷質，豔多無骨，清易近薄，新易近尖。子山之詩，綺而有質，豔而有骨，清而不薄，新而不尖，所以爲老成也。若元人之詩，非不綺豔，非不清新，而乏老成。宋人詩則强作老成，而綺豔清新，槪未之見。若子山者，可謂兼之矣。不然，則子美何以服之如此！（升庵詩話，歷代詩話續編本卷九）

陳祚明曰：北朝羈跡，實有難堪，襄、漢淪亡，殊深悲慟。子山驚才蓋代，身墮殊方，悢悢如亡，忽忽自失。生平歌詠，要皆激楚之音，悲涼之調。情紛糾而繁會，意雜集以無端，兼且學擅多聞，思心委折；使事則古今奔赴，述感則方比抽新。又緣爲隱爲彰，時不一格，屢出屢變，彙彼多方；河漢汪洋，雲霞蒸蕩，大氣所舉，浮動毫端。故閒秀句以拙詞，厠清聲於洪響，浩浩洒洒，成其大家。不獨齊、梁以來，無足限其何格，卽亦晉、宋以上，不能定爲專家者也。至其琢句之佳，又有異者，齊、梁之士，多以練句爲工，然率以修辭，矜其藻繪；縱能作致，不過輕清。夫辭非致則不覬空靈，致不深則鮮能殊創。玉臺以後，作者相仍，所使之事易知，所運之巧相似，亮至陰子堅而極矣，穩至張正見而工矣。惟子山聳異搜奇，不獨矗爾標新，抑且無言不警；故紛紛藉藉，名句沓來，抵鵲亦用夜光，摘蠅無非金豆。更且運以傑氣，敷爲鴻文。如大海迴瀾之中，明珠木難，珊瑚瑪瑙，與朽株敗葦，苦霧酸風，洶湧奔騰，雜至並出，陸離光怪，不可名狀。吾所以目爲大家，遠非矜容飾貌者所能儗似也。審其造情之本，究其琢句之長，豈特北朝一人，卽亦六季鮮儷。（采菽堂古詩選三十三）

倪璠曰：北史文苑傳曰：“徐陵、庾信，分路揚鑣，其意淺而繁，其文匿而采，辭尚輕險，情多哀思。”文中子曰：“徐陵、庾信，古之夸人也，其文誕。”按徐、庾並稱，蓋子山江南少作宮體之文也。及至江北而庾進矣。是以“輕險”之目，“楚旣失之”；“夸誕”之評，“齊亦未得。”（庾子山集注釋）

沈德潛曰：陳、隋間人，但欲得名句耳。子山於琢句中，復饒清氣，故能拔出於流俗中，所謂軒鶴立雞羣者耶！（古詩源卷十四）

又曰：子山詩固是一時作手，以造句能新，使事無迹，比何水部似又過之，武陵陳胤倩（祚明）謂少陵不能靑出於藍，直是亦步亦趨，則又太甚矣。（同上）

陳沆曰：令狐棻撰周書，稱子山文“浮放”、“輕險”、“辭賦罪人”，第指其少年宮體，齊名孝穆者耳。使其終處淸朝，致身通顯，不過黼黻雍容，賡和綺豔，遇合雖極恩榮，文章安能命世。而乃荆、吳傾覆，關塞流離，國家俱亡，身世如夢。冰蘗之閱旣深，豔冶之情頓盡。及乎周、陳繼好，南人歸南，復以惜才，獨留不遺。視殷、徐之還故鄉，如少卿之望屬國，嶓然斷梗，終老關西。於是湘纍之吟，包胥之哭，鍾儀“土風”，文姬“悲憤”，蒼然萬感，並入孤哀，回首前修，殆若隔世。固當六季寡儔，奚惟少穆却步；斯則境地之曲成，未爲塞翁之不幸者也。或謂子山終餐周粟，未效秦庭，雖符“麥秀”之思，究慚“採薇”之操。然六季雲擾，士多烏棲，康樂、休文，遺譏心蹟；求共廉頗將楚，思用趙人，樂毅奔鄲，不忘燕國者，又幾人哉？“首邱”之思，亦可尙已。又考滕王逌作庾子山集序，稱昔在揚都，有集十四卷，值亂不存，及到江陵，又有三卷，重遭兵火，一字無遺；今之所撰，止入魏以來，暨皇代所著述云云。則是早歲靡靡之元音，已燼於冥冥之劫火，世厄其運，天就其名。少陵詩云，“庾信文章老更成”，“暮年詞賦動江關”，良有以也。（詩比興箋卷二）

　　劉熙載曰：庾子山燕歌行開唐初七古，烏夜啼開唐七律。其他體爲唐五絕、五律、五排所本者，尤不可勝舉。（藝槪詩槪）

五　王　褒

　　王褒(約公元五一三——五七六)字子淵。琅邪臨沂（今山東臨沂）人。他原是梁宮廷文人，西魏陷江陵，梁元帝出降，他到長安，被留，終身未能南返。他到北方以後，詩風有所改變。今傳王司空集輯本一卷。

渡河北①

　　秋風吹木葉②，還似洞庭波。常山臨代郡③，亭障繞黃河。心悲異方樂，腸斷隴頭歌④。薄暮臨征馬，失道⑤北山阿⑥。

①　本篇寫北渡黃河，因見秋天的景色而引起羈旅之悲和思鄉之情。

②　"秋風"二句：九歌湘夫人："嫋嫋兮秋風，洞庭波兮木葉下。"此言河上葉落，風景有似江南故國。

③　常山二句："常山"，漢代北部邊關名，漢書地理志："代郡。"注，"莽曰厭狄，有五原關、常山關，屬幽州。"又名飛狐關，在今河北蔚縣南。"代郡"，古代國，戰國時趙滅代，置郡，是漢代北部邊郡，當今河北蔚縣及山西東北邊區一帶。"亭"，亭堠，古時伺敵之所，猶今"崗哨。""障"，堡壘，作戰時守禦之所。這裏"亭障"泛指邊塞防禦工事。這二句是說，渡過黃河，看到亭障不絕，令人想起更遠的漢代最北部邊塞。言外有故國之慨。

④　隴頭歌：屬樂府梁鼓角橫吹曲。樂府詩集載隴頭歌辭三章，其三："隴頭流水，鳴聲幽咽。遙望秦川，心肝斷絕。"後來文人詩歌中就常用來

泛指引起征人行役思鄉之感的音樂。

⑤ 失道：迷路。

⑥ 山阿：山的曲折處。

〔附錄〕

北史王褒傳

王褒字子淵，琅邪臨沂人也。曾祖儉，祖騫，父規，並南史有傳。褒識量淹通，志懷沈靜，美威儀，善談笑，博覽史傳。七歲能屬文。外祖梁司空袁昂愛之，謂賓客曰："此兒當成吾宅相。"弱冠舉秀才，除祕書郎太子舍人。梁國子祭酒蕭子雲，褒之姑夫也，特善草隸，褒少以姻戚去來其家，遂相模範，而名亞子雲，並見重於時。武帝嘉其才藝，遂以弟鄱陽王恢女妻之，襲爵南昌縣侯。歷位祕書丞、宣城王文學、安城內史。及侯景陷建鄴，褒輯寧所部，見稱於時。轉南平內史。梁元帝嗣位，褒有舊，詔拜吏部尚書右僕射，仍遷左丞兼參掌。褒既名家，文學優贍，當時咸共推挹，故位望隆重，寵遇日甚，而愈自謙損，不以位地矜物，時論稱之。

初，元帝平侯景及禽武陵王紀後，以建鄴彫殘，時江陵殷盛，便欲安之。又其政府臣僚皆楚人也，並願即都鄢郢，嘗召羣臣議之。鎮軍將軍胡僧祐、吏部尚書宗懍、大府卿黃羅漢、御史中丞劉毅等曰："建鄴王氣已盡，又荊南地又有天子氣，遷徙非宜。"元帝深以爲然。褒性謹慎，知元帝多猜忌，弗敢公言其非，後因淸閑密諫，言辭甚切。元帝意好荆楚，已從僧祐等策，竟不用。及魏征江陵，元帝授褒都督城西諸軍事。柵破，從元帝入金城，俄而元帝出降。褒遂與衆俱出見，柱國于謹甚禮之。褒曾作燕歌，妙盡塞北寒苦之狀。元帝及諸文士並和之，而競爲悽切之辭，至此方驗焉。

　　褒與王克、劉瑴、宗懍、殷不害等數十人，俱至長安。周文喜曰：“昔平吳之利，二陸而已。今定楚之功，羣賢畢至，可謂過之矣。”又謂褒及王克曰：“吾卽王氏甥也，卿等並吾之舅氏，當以親戚爲情，勿以去鄉介意。”於是授褒及殷不害等車騎大將軍儀同三司。常從容上席，資餼甚厚。褒等亦並荷恩眄、忘羈旅焉。周孝閔帝踐阼，封石泉縣子。明帝卽位，篤好文學，時褒與庾信，才名最高，特加親待。帝每遊宴，命褒賦詩談論，恆在左右。尋加開府儀同三司。保定中，除內史中大夫。武帝作象經，令褒注之，引據該洽，甚見稱賞。

　　褒有器局，雅識政體，旣累世在江東爲宰輔，帝亦以此重之。建德以後，頗參朝議，凡大詔冊，皆令褒具草。東宮旣建，授太子少保，遷少司空，仍掌綸誥。乘輿行幸，褒常侍從。初，褒與梁處士汝南周弘讓相善，及讓兄弘正自陳來聘，帝許褒等通親知音問。褒贈弘讓詩并書焉。尋出爲宜州刺史，卒於位。